Simon X. Rost
DER MANN,
DER NIEMALS SCHLIEF

Weitere Titel des Autors:

Der fliegende Mönch
Wie ein Falke im Sturm

Titel in der Regel auch als E-Book erhältlich

Simon X. Rost

DER MANN, DER NIEMALS SCHLIEF

Ein Tom-Sawyer-Roman

Lübbe Paperback

Dieser Titel ist auch als E-Book erschienen

FSC
www.fsc.org
MIX
Papier aus verantwortungsvollen Quellen
FSC® C014496

Originalausgabe

Dieses Werk wurde vermittelt durch die
Literarische Agentur Thomas Schlück GmbH, 30827 Garbsen.

Lektorat: Dr. Stefanie Heinen
Textredaktion: Monika Hofko, München
Umschlaggestaltung: Pauline Schimmelpenninck Büro für Gestaltung, Berlin
Umschlagmotiv: © getty-images / Brian Doben, © missbehavior.de
Satz: Fotosatz Amann, Aichstetten
Gesetzt aus der Bembo
Druck und Einband: GGP Media GmbH, Pößneck

Printed in Germany
ISBN 978-3-7857-6079-6

5 4 3 2 1

Sie finden uns im Internet unter: www.luebbe.de
Bitte beachten Sie auch: www.lesejury.de

Für Johannes und Emil

1. Teil

Wenn Schlaf und Wachen ihr Maß überschreiten,
sind beide böse.
HIPPOKRATES VON KOS (460 – 377 V. CHR.)

Es ist leichter, eine Lüge zu glauben, die man tausendmal hört, als die Wahrheit, die man nur einmal hört.
ABRAHAM LINCOLN (1809 – 1865)

Washington, Karfreitag, 14. April 1865

Der Schuss weckte ihn.

Er dröhnte in seinen Ohren wie Geschützdonner, obwohl der Knall vom Lachen der Zuschauer gedämpft wurde. Tom sprang auf. Noch verwirrt vom Schlaf und begleitet von Bildern eines verlöschenden Traumes, versuchte er, sich zurechtzufinden. In den Geruch nach Seife und kaltem Zigarrenrauch von dem Mantel, auf dem er dösend gelegen hatte, mischte sich ein anderer, ein furchtbarer Geruch, als er die zeternde Garderobiere des Ford's Theatre zur Seite stieß und unter dem ausladenden Kronleuchter die breite Treppe zu den Logen hinaufhastete.

Es war der Geruch von Schießpulver.

Im Laufen riss Tom den Colt aus dem Schulterhalfter.

Wo zum Henker war Parker? Hatte sich der schmierige Fettsack wieder aus dem Staub gemacht? Saß er im »Star Saloon« nebenan und trank Whiskey mit dem Kutscher des Präsidenten?

Die Zuschauer lachten jetzt nicht mehr. Stattdessen drangen schrille Schreie der Damen an Toms Ohr, dann ein dumpfer Aufprall auf Holz, wahrscheinlich der Bühne, und dann brüllte ein Mann: »*Sic semper tyrannis!* Der Süden ist gerächt!«

Toms Füße hämmerten auf den roten Teppich, der mit Messingstangen auf der Treppe befestigt war. Als er oben nach rechts abbog und in den schmalen Flur mit der rotgoldenen Tapete und den flackernden Gaslampen zur Loge des Präsidenten rannte, spürte Tom sein Herz wie einen Hammer gegen das Brustbein schlagen. Er hatte geschlafen, verdammt!

Die Türen der anderen Logen öffneten sich, massige Männer in edlen Cuts und Damen in Musselinkleidern sprangen erschrocken heraus und wichen noch erschrockener zurück, als Tom mit seiner Waffe an ihnen vorbeistürmte und sie wild mit den Händen zur Seite scheuchte. »Weg da! Weg da! Holen Sie einen Arzt!«

Die Tür zur Präsidentenloge stand offen. Ein Mann im Militärrock kniete am Boden. Und da war Blut.

Das Blut des Präsidenten.

Tom zwängte sich zwischen Major Rathbone, einem kleinen bärtigen Mann mit breiten Schultern, und dem Türstock in die Loge. Mrs Lincoln hatte die Hände an die Wangen gelegt und zitterte. Sie schrie etwas, das Tom nicht verstand. Und er sah Clara Harris, die Verlobte des Majors, die versuchte, Mrs Lincoln zu beruhigen.

Tom kniete sich hin, Major Rathbone stützte den Kopf des Präsidenten.

Des angeschossenen Präsidenten.

In Abraham Lincolns Hinterkopf klaffte ein ausgefranstes Loch von der Größe eines Silberdollars. Der Präsident war kaum mehr bei sich, seine Augen waren verdreht, und aus dem ohnehin hageren, oft blassen Gesicht war jede Farbe gewichen. Blut lief aus der Wunde über die schwarzen Haare in den weißen Stehkragen hinein. Der Präsident atmete flach.

Tom spürte, wie der Zorn dumpf und schwer in ihm aufwallte wie eine Woge aus Blei. Jemand hatte auf den Präsidenten geschossen. Und er, Tom, hatte geschlafen. Er blickte zum Major.

»Wer war das? Und wo ist er?«

Erst jetzt sah er, dass der Major ebenfalls verwundet war. Die Uniform war am Arm zerfetzt, der dunkelblaue Stoff mit Blut getränkt. An der Stirn hatte Rathbone eine Schnittwunde.

Der Major keuchte.

»Booth. Der Schauspieler. Er ist über die Bühne geflüchtet. Er hatte die hier und ein Messer.« Rathbones Blick ging zum Boden. Neben dem Präsidenten lag eine Derringer. Eine ungenau zielende Waffe, aber auf kurze Distanz hatte das kleine Drecksding eine verheerende Wirkung.

Tom wollte aufstehen, da packte ihn eine Hand am Arm.

Der Präsident. Seine unsteten Augen versuchten, Tom direkt anzuschauen. »Sawyer? Sind Sie das?«

»Ja, Sir.« Tom versuchte seiner Stimme einen festen Klang zu geben, aber das Zittern darin konnte selbst einem Angeschossenen nicht entgehen.

Lincolns Griff um Toms Arm wurde fester. »Dieser Mann darf nicht entkommen.«

»Oh nein, Sir. Das wird er nicht.«

»Bleiben Sie gut, Thomas. Bleiben Sie gerecht.«

»Ja, Sir.«

Tom schluckte, dann lockerten sich die Finger des Präsidenten um seinen Arm. Die Augen des großen Mannes schlossen sich.

»Einen Arzt!«, brüllte Tom, seine Stimme überschlug sich. »Verdammt! Schaffen Sie einen Arzt her!«

Er stand auf, beugte sich über die Balustrade der Loge in der unsinnigen Hoffnung, unter den verängstigt nach oben blickenden Zuschauern, die einen unterhaltsamen Abend mit *Unser amerikanischer Cousin* erwartet hatten, einen Arzt zu entdecken.

Aber da war kein Arzt. Jedenfalls keiner, der sich zu erkennen gab.

Auf der Bühne stand eine ältere Schauspielerin und starrte fassungslos von der Loge zum Seitenvorhang. Tom spähte am Vorhang vorbei und erblickte die Tür nach draußen. Sie stand offen. Das Gaslicht warf einen fahlgelben Schein auf die schmutzige Gasse hinter dem Ford's Theatre. Tom stieg über die Balustrade und sprang auf die Bühne hinab.

Dieser Mann darf nicht entkommen.

Oh nein, Sir. Das wird er nicht.

Auf dem Mississippi, am Morgen des 10. Juli 1865

»Geht es Ihnen gut, Sir?«

Tom lehnte an der schneeweißen Reling und starrte auf die schlammigen Wassermassen, die unter ihm dahinzogen wie brauner Nebel. Wegen der schmutzigen Färbung nannten die Leute den Fluss, an dessen Ufer er groß geworden war, auch »Big Muddy«.

Tom blickte zu den steilen Felsen auf der Seite von Missouri. Hinter ihm, nach Backbord, lagen die bewaldeten Ufer von Illinois. Schildkröten sonnten sich auf entwurzelten Baumstämmen im Mississippi.

»Alles klar bei Ihnen, Mister?«, erkundigte sich der Lotse der *Excelsior* erneut. Er warf Tom über die randlose Brille einen prüfenden Blick zu, während er gegen seinen ungepflegten Schnurrbart pustete. Graue Locken hingen dem Mann in die Stirn. Seine Weste spannte über dem Bauch.

Tom nickte. »Alles klar. Bin nur etwas müde. Die Nacht war kurz.«

Der Lotse grinste. »Oh, die Nächte in Keokuk haben's in sich, was? Und die Ladys in den Saloons lassen einen nicht zur Ruhe kommen, wie?« Er lachte meckernd.

Tom antwortete nur mit einem schmalen Lächeln.

Der Lotse kam näher. »Mein Bruder Orion wohnt in Keokuk; ich weiß, wovon ich rede, Mister. Haben Sie das Schlitzauge im »Golden Goose« gesehen, der für einen Vierteldollar eine Nudelsuppe durch die Nase schlürft? Haben Sie?« Wieder lachte er meckernd.

Als er merkte, dass Tom ihm kaum zuhörte, folgte er Toms Blick zum Ufer und senkte verschwörerisch die Stimme. »Sie sehen sich das Mistding an, hm?«

Tom blickte den Lotsen verständnislos an.

Der ältere Mann deutete auf eine Rauchsäule hinter den Bäumen am Ufer. »Die Eisenbahn. Macht uns Schiffern das Leben schwer. Einfach zu schnell für uns, und heutzutage hat's ja jeder so verflucht eilig. Aber wenn Sie mich fragen, ist das eine verdammt armselige Art zu reisen, meinen Sie nicht?«

Tom nickte träge.

Der Lotse klopfte ihm freundschaftlich auf die Schulter. »Ich muss dann mal wieder. Diese verdammten Untiefen hier lassen einen Mann nicht zur Ruhe kommen. Aber Sie haben noch eine Stunde, bis wir in St. Petersburg sind. Und ich kann Sie beruhigen: Verglichen mit Keokuk ist das wirklich ein verschlafenes Nest. Bis dahin können Sie sich ausruhen, hauen Sie sich aufs Ohr! Sie werden die alte Lady schon hören, wenn wir da sind.« Grinsend deutete er auf die große Glocke, die vor dem verglasten Steuerhaus am Texasdeck hing, und machte sich auf zum Bug des Dampfschiffes.

Von irgendwoher zog der Duft von Bratkartoffeln in Toms Nase, und er hörte das Lachen aus dem Saloon, wo ein Ministrel-Sänger mit schwarz geschminktem Gesicht seine Version von *Jumping Jim Crow,* dem hinkenden Stallburschen, zum Besten gab. Die Nummer war lahm, Tom hatte sie schon zweimal gesehen. Er schüttelte sich. Seine Lider waren bleischwer, und seine Finger fühlten sich taub an.

Hauen Sie sich aufs Ohr.

Tom schnaubte. Wann hatte er das letzte Mal richtig geschlafen? Im Ford's Theatre in Washington? An jenem Karfreitag? Sicher, es gab jede Nacht ein oder zwei Stunden, in denen sein Geist wegdriftete. Aber die Regel waren durchwachte Nächte in schweißnassen Laken.

We never sleep – Wir schlafen nie.

Das war Pinkertons Motto gewesen. Der Wahlspruch von Toms ehemaligem Arbeitgeber prangte über dem wachsamen Auge, das Amerikas berühmtester Detektiv sich als Erkennungszeichen erwählt hatte.

We never sleep.

Tom hatte geschlafen, als es darauf ankam, und es spielte keine Rolle, dass er zu diesem Zeitpunkt schon lange nicht mehr Mitarbeiter in Allan Pinkertons Detektivagentur gewesen war. Der Präsident hatte Tom in seinem Umfeld behalten wollen, auch nachdem Pinkerton in Ungnade gefallen war. Seither waren andere für den persönlichen Schutz des Präsidenten zuständig.

Aus Pinkertons Truppe war nur Tom bei Lincoln geblieben, weil Lincoln es so wollte. Und Tom ebenfalls. Er bewunderte den Präsidenten. Nicht wegen seines Charismas. Damit war es nicht weit her, fand Tom. Lincoln wirkte oft herb, fast hölzern, und die lange hagere Erscheinung mit den schweren Tränensäcken und der öligen Haut war wenig einnehmend. Aber früher oder später konnte sich niemand, der ihn kennenlernte, seiner Tiefe, seiner Weisheit und seiner Leidenschaft für die gerechte Sache entziehen. Tom zumindest konnte es nicht. Für einen wie ihn, der ohne Vater aufgewachsen war, gab es beileibe schlechtere Vorbilder als Lincoln, der in einer armseligen Blockhütte in Kentucky geboren worden war und durch harte Arbeit zum Präsidenten der Vereinigten Staaten aufstieg. Und der durch einen Derringer Philadelphia in der Hand von John Wilkes Booth getötet wurde.

Dieser Mann darf nicht entkommen.

Oh nein, Sir. Das wird er nicht.

Und er war auch nicht entkommen.

Tom hatte gedacht, der Tod von Booth würde ihm den Schlaf zurückbringen. Aber er hatte sich getäuscht. Auch die Kapitulation der letzten konföderierten Truppen bei Fort Towsen im Indianergebiet brachte ihm die ersehnte Ruhe nicht zurück. Genauso wenig wie die Hinrichtung der vier anderen Verschwörer. Obwohl Mary Surratt, Lewis Powell, David Herold und George Atzerodt vor drei Tagen im Innenhof von Fort McNair aufgeknüpft worden waren, hatte Tom in der Nacht wach gelegen.

So hatte er, als Sids Telegramm ihn erreichte, nicht gezögert, die Gelegenheit zu ergreifen, um so viele Meilen wie möglich zwischen sich und Washington zu bringen. Obwohl man ihn gebeten hatte zu bleiben.

Andrew Johnson, bis zu jenem Karfreitag Vizepräsident, wurde noch am 15. April als neuer Präsident vereidigt, und die Metropolitan Police hatte Tom angeboten, er solle für Johnson das tun, was er für Lincoln getan hatte. Tom überlegte noch, ob er das Angebot annehmen sollte. Es war ein großzügiges Angebot, und bisher hatte niemand ihm die Schuld an Lincolns Tod gegeben. Noch nicht.

Tom vermutete jedoch, es würde nicht lange dauern, bis man vergessen hätte, dass er an jenem verhängnisvollen Abend gar nicht Dienst gehabt hatte und aus freien Stücken im Ford's Theatre geblieben war. John F. Parker, der dickliche Polizist der Metropolitan Police, war drei Stunden zu spät gekommen, um Tom bei seiner Schicht abzulösen. Parker war ein unzuverlässiger Säufer, und da Tom sein Rendezvous an diesem Abend durch Parkers Schuld ohnehin versetzt hatte und Parker sichtlich angetrunken war, als er im Ford's Theatre ankam, beschloss Tom zu bleiben, um den Heimweg des Präsidenten zu sichern. Er hätte nicht gedacht, dass es zu einem Anschlag im Theater kommen würde. Er hätte nicht gedacht, dass Parker so faul und so dreist wäre, nach einer kurzen Stippvisite in der Präsidentenloge schnurstracks in den »Star Saloon« nebenan zu gehen, um seinen Rausch aufzuwärmen.

Er hätte es nicht gedacht. Und doch war es so gekommen.

Irgendwann, da war sich Tom sicher, würde man ihn dafür verantwortlich machen, dass er den Präsidenten nicht geschützt hatte. Ganz einfach, weil er da gewesen war. Und Parker, der da sein sollte, würde nicht zur Rechenschaft gezogen werden, weil er eben nicht da gewesen war. So dachten die Menschen in Washington nun mal. Und im ganzen Rest der Welt auch, vermutete Tom.

Er wühlte in den Taschen seines Gehrocks und zog zwischen einem Taschenmesser, einem Stück Schnur, ein paar Münzen und einem Talisman, auf dem Sankt Christophorus mit dem Kinde abgebildet war, das Telegramm hervor, das sein Halbbruder ihm geschickt hatte.

HEIRATE IN ZWEI WOCHEN +++ STOP +++ FREUE MICH, WENN DU KOMMST +++ STOP +++ IN LIEBE, SIDNEY

Die Nachricht hatte ihn vor acht Tagen in Washington erreicht. Tom sah es als ein Zeichen dafür an, seine Zelte in der Hauptstadt abzubrechen und St. Petersburg einen Besuch abzustatten. Tante Polly, bei der er gemeinsam mit Sid aufgewachsen war, würde ihn bestimmt kaum wiedererkennen, so ausgezehrt und von der Sonne verbrannt, wie er war. Er hatte seine Familie zum letzten Mal vor dem Krieg gesehen. Zehn Jahre war das jetzt bald her.

Tante Polly war bestimmt schon in heller Aufregung wegen der anstehenden Hochzeit. Die energische Frau würde für ihren kleinen Siddy alles organisieren – von der Sitzordnung über das Buffet bis zum Kleid ihrer künftigen Schwiegertochter. Welches Mädchen wohl dumm genug war, Sid Sawyer zu heiraten? Bestimmt irgendeine langweilige, hochnäsige Kuh.

Tom runzelte die Stirn und stopfte das Telegramm wieder in seine Rocktasche. Er hielt nicht allzu viel von seinem Bruder. Wenn er früher mit seinem Freund Huck Finn die Schule geschwänzt hatte, um schwimmen und angeln zu gehen, hatte Sid brav in der Bank bei ihrem Lehrer Mr Dobbins gesessen und sich für eine Extraaufgabe gemeldet. Und wenn Tom dann mit zerrissener Hose heimgekommen war, hatte Sid mit gewaschenen Händen und gekämmten Haaren beim Abendbrot gesessen und ihn schon bei Tante Polly verpetzt.

Trotzdem freute Tom sich, Sid zu sehen. Und auf Huck freute er sich auch – falls der noch in St. Petersburg war. Vielleicht würde ihm ja St. Petersburg den Schlaf schenken, den er so dringend brauchte.

Tom ging in seine enge Kabine und packte seine Sachen

zusammen. Das schmale Bett war unbenutzt. Er spülte sich den Mund mit Backnatron und Whiskey aus und warf einen kurzen Blick in den Spiegel über der Waschschüssel. Seine Haut spannte sich über die Wangenknochen, und der Anblick des rasierten Kinns ließ ihn wieder zusammenzucken. Vor drei Tagen noch hatte er einen Bart bis zum obersten Hemdknopf getragen. Er fuhr sich mit den Fingern durch die langen dunklen welligen Haare. An den Schläfen hatten sich silbrige Fäden daruntergemischt. Kein Wunder, nach allem, was passiert war.

Garrets Farm. Die Schüsse. Booth.

Bleiben Sie gut, Thomas. Bleiben Sie gerecht.

Tom hörte die Stimmen und die Schritte der anderen Passagiere auf der Treppe zum Oberdeck. Dann ertönte die Glocke. Ohne sich noch einmal umzuschauen, nahm er seinen Koffer und trat zu den anderen auf das Deck.

Der Dampfer überholte gerade einen Verband aus Flößen, der Baumstämme in den Süden transportierte. Die sonnengegerbten Flößer winkten freundlich, saßen um einen Topf Muschelsuppe und sogen an ihren Maiskolbenpfeifen.

Zuerst erkannte Tom Jackson Island, wo er als Kind mit Huck Finn und Joe Harper einige Tage als Ausreißer verbracht hatte, dann tauchte St. Petersburg hinter den Bäumen am Missouri-Ufer auf. Weit vor der Anlegestelle waren die verfallenen Dächer des alten Schlachthofs zu sehen. Tom entdeckte den Kirchturm und das Dach der Sonntagsschule, und ein Gefühl von Wehmut fuhr ihm durch die Brust. Hinter der Stadt erhob sich der Cardiff Hill, und nun konnte er auch die Villa der Witwe Douglas zwischen Sumachbüschen als weißen Bau mit Säulen ausmachen.

Ein bisschen wie das Weiße Haus …

Schnell verscheuchte Tom den Gedanken. Stattdessen blickte er zu den beiden hohen gezackten Schornsteinen, aus denen jetzt dichte schwarze Rauchwolken hervorquollen. Eine billige Pracht, die die Mannschaft kurz vor der Ankunft in einer Stadt mit ein paar Kloben Pechtanne erzeugte. Der Kapitän, ein stattlicher weißhaariger Mann, trat unter das Sternenbanner, das am Göschstock flatterte, hakte seine Daumen in die Uniformjacke und ließ seinen Blick über die Menschenmenge auf dem Oberdeck schweifen, als wäre er ein Admiral und sie seine siegreichen Kadetten.

»Zwei Faden!«, tönte der Ruf des Lotsen über das Deck, dann schoss zischend der Dampf durch die Ventile, der Kapitän hob die Hand, und die Räder griffen rückwärts aus und butterten das Wasser zu Schaum. Am Bug wurde die breite Landebrücke weit nach Backbord hinausgeschoben, an deren Ende bereits ein junger Matrose mit einer Rolle Tau in der Hand bereitstand.

An der Anlegestelle warteten Händler, Packer und neue Passagiere auf die Ankunft des Dampfers. Ein schwarzer Lastenträger führte die Hände zum Mund, formte einen Trichter und ließ einen Schrei gellen: »Dampfboot kommt!«

Das Tau wurde an Land geworfen. Dann lag der Dampfer ruhig im Wasser.

Tom ging von Bord. Außer ihm trug kaum jemand einen Koffer; die Handvoll Passagiere, die die *Excelsior* mit ihm verließen, waren hier, um einen Ausflug zu machen, etwas einzukaufen oder um auf einen Drink in einen Saloon zu gehen. Offenbar hatte niemand vor, länger in St. Petersburg zu bleiben. Niemand außer ihm.

Er blieb einen Augenblick auf dem Anleger stehen und beschirmte mit der Hand die Augen gegen die gleißende Sonne. Die Hauptstraße schien wie ausgestorben. Die Straßen und Bürgersteige waren verlassen, nur ein Hund mit fleckigem Fell saß mitten auf der Straße und leckte sich die Pfoten. In der Außenwand des Mietstalls konnte man Einschusslöcher erkennen. Es roch nach Fisch und nach den säuerlichen Dämpfen der neuen Gerberei, die man direkt am Anleger gebaut hatte.

Plötzlich spürte Tom, wie sich eine Hand auf seine Schulter legte.

»Tom? Thomas Sawyer?«

Tom drehte sich um. Ein breites schwarzes Gesicht mit strahlend weißen Zähnen und einem grauen Bart sah ihn entgeistert an. Der kräftige Mann setzte einen Käfig mit aufgeregt gackernden Hühnern ab und strich sich mit einem schmutzigen Taschentuch den Schweiß von der Stirn. Um seinen Hals hing eine Lederschnur mit einem Kupferpenny. Tom überlegte einen Augenblick. Dann erkannte er die Züge seines alten Freundes. »Jim? Bist du das?«

»Herr im Himmel! Tom Sawyer! Ich dacht schon, die verdammten Rebs hätten dich erwischt.«

Jim schien unschlüssig zu sein, ob er Tom umarmen durfte, obwohl er ihn kannte, seit Tom ein kleiner Junge war. Schließlich trug Tom einen Anzug und war ein weißer Mann, während Jim Mrs Watsons Haussklave gewesen war, bevor sie ihm in ihrem Testament die Freiheit geschenkt hatte. Etwas steif streckte Jim schließlich die Hand aus.

Tom ergriff sie und zog den alten Freund dann kurz an seine Brust.

Jim schnaubte und lachte, doch als Tom ihn losließ, schimmerten Jims Augen feucht. »Hätt nich' gedacht, dass man dich noch mal sieht. 's hieß, du wärst 'n feiner Mann geworden in Washington. Wärst bei Präsident Linkum und so. 'ne Schande, das mit sein' Tod. Verdammte Rebs!«

Tom schüttelte den Kopf. »Bin kein feiner Mann, Jim. War's nie und bin's auch jetzt nicht. Hab ein Telegramm von Siddy bekommen. Bin wegen der Familie da. Wollt mich in St. Petersburg umsehen.«

Jim nickte traurig. »Wegen Miss Polly, hm?«

Tom lächelte. »Ja. Schätze, sie kann jede Unterstützung brauchen. Sie macht sich bestimmt verrückt wegen Sids Hochzeit, oder?«

Jim blinzelte verwirrt. Er leckte sich über die Lippen. »Wegen Master Sids Hochzeit? Tom, Miss Polly macht sich nich' verrückt. Kann sie gar nich', sie …«

Die Verwirrung in Jims Zügen wich einer tiefen Bestürzung. Jim schluckte und senkte die Stimme. »Sie is' tot, Tom«, sagte er heiser. »Seit drei Tagen. Ich dachte, das Telegramm von Master Sid hätte dir …« Jims Stimme brach.

Tom spürte, wie ihm das Blut in die Wangen schoss. Ihm wurde schwindelig, seine Beine gaben nach, und er ließ sich auf Jims Hühnerkäfig sinken. Die Vögel gackerten empört auf. »Tot?«, flüsterte er.

»Sie wird gerade beerdigt. Ich muss den Dampfer abladen, weißt ja, Tom, sonst wär ich auch gekommen. Aber die halbe Stadt is' da. Wenn du dich beeilst, kommste vielleicht noch rechtzeitig.«

Der hochgewachsene Fremde mit dem Koffer in der Hand zog sofort die Blicke auf sich. Wer kam schon mit einem Koffer zu einer Beerdigung? Auch sein sandfarbener Gehrock wirkte fehl am Platz neben den dunklen Anzügen der Herren und den schwarzen Glockenröcken und Seidenhauben der Ladys. Die Trauernden drehten sich nach ihm um, beugten sich flüsternd zu einem Nachbarn.

Tom nahm das Tuscheln und Kopfschütteln der Trauergemeinde kaum wahr. Wie in Trance war er die anderthalb Meilen vom Ort hinauf zum Hügel gelaufen, auf dem der Friedhof lag: ein von einem morschen, windschiefen Bretterzaun umschlossenes Viereck aus zahllosen eingesunkenen Gräbern, die im Schatten einiger Ulmen lagen. Verwitterte, oben abgerundete Holzbretter mit den verblichenen Namen der Verstorbenen kennzeichneten die kaum mehr zu erkennenden Grabstellen. Keines der Gräber war mit Blumen geschmückt, und fast niemand in St. Petersburg hatte das Geld, um ein kleines Metallgitter um das Grab eines Verwandten herum errichten zu lassen.

Es war so heiß, dass Tom der Schweiß in den aufgestellten Kragen seines Hemdes lief. Er schlug nach einer Mücke auf seiner Wange.

Jim hatte recht: Die halbe Stadt war da.

Tom blieb in der letzten Reihe stehen und lauschte dem trägen Singsang von Pfarrer Sprague, der weißhaarig und gebeugt vor der Trauergemeinde stand. Er war gerade noch rechtzeitig gekommen, um zu sehen, wie der Sarg in der Grube verschwand. Sechs kräftige Männer ließen die schwarze Kiste aus groben Eichenbrettern mit Seilen in das Loch hinab. Sid war einer von ihnen.

Tom musterte ihn. Sein Halbbruder war dick geworden, seit er ihn zum letzten Mal gesehen hatte, doch das kurze blonde Haar und die weichen Gesichtszüge hatten ihm seine jungenhafte Ausstrahlung bewahrt. Sid zitterte vor Anstrengung, als das grobe Seil durch seine Hände glitt. Vielleicht zitterte er auch vor Trauer.

Tante Polly.

Zwei spindeldürre Männer in der zerschlissenen Uniform der Union bliesen in eine verbeulte Tuba und eine ebenso schäbige Trompete und untermalten den Zug der Trauergemeinde mit einer schaurigen Melodie.

Tante Polly.

Tränen schossen Tom in die Augen. Er hatte nicht geweint, als Lincoln starb. Der Zorn und die Aufgabe, den Mörder zu fassen, hatten ihn davor bewahrt. Doch jetzt konnte er die Tränen nicht zurückhalten. Tom hatte oft Tante Pollys Rute zu spüren bekommen, wenn er frech und ungezogen gewesen war. Sie hatte gebrüllt, gedroht und geschlagen. Aber sie hatte ihn auch in den Arm genommen, hatte ihn getröstet und versucht, ihm die Mutter zu ersetzen, so gut sie konnte. Tom empfand nichts als Dankbarkeit und Liebe, wenn er an sie dachte, und der Gedanke, dass er sie nie wiedersehen würde, zerriss ihm das Herz.

Ich bin zu spät gekommen. Viel zu spät.

Verstohlen wischte Tom die Tränen mit dem Ärmel weg. Er versuchte sich abzulenken, indem er die Menschen, die in einer Schlange anstanden, um seinem Bruder Sid die Hand zu geben und ihm ihr Beileid auszusprechen, nach bekannten Gesichtern absuchte.

Er erkannte die Witwe Douglas, eine wohlhabende Dame Anfang sechzig; ihr Mann war Friedensrichter gewesen und hatte ihr das Anwesen auf dem Cardiff Hill hinterlassen. Hinter ihr kam Rechtsanwalt Riverson, immer noch schlank, aber inzwischen mit grauen Schläfen, und Tom glaubte in dem blonden Mann neben ihm, einem Herrn im feinen dunklen Cut, Willie Mufferson zu erkennen, den einstigen Musterknaben der Schule. So unterwürfig, wie er neben Riverson hertrottete, war er bestimmt bei dem Anwalt in die Lehre gegangen.

Tom staunte, als er seinen alten Lehrer wiedererkannte: Mr Dobbins. Dobbins musste inzwischen Mitte fünfzig sein, doch er hatte rote Wangen und wirkte jugendlich und kräftig, so als würde er körperlich arbeiten und nicht seit dreißig Jahren hinter dem Katheder stehen, um ungezogenen Bengels wie ihm ein wenig lesen und schreiben beizubringen und ihnen die Bibel einzutrichtern. Doch dann erkannte Tom plötzlich, dass Dobbins' dunkelhaarige Perücke, die er schon früher getragen hatte, zu einem guten Teil dafür verantwortlich sein mochte, dass er ihn so unverändert fand.

Tom ließ den Blick schweifen. Hinter Dobbins glaubte er Susie Harper und ihre Mutter Sereny zu erkennen. Susie war füllig geworden, oder war sie vielleicht schwanger? Sereny weinte. Sie und Tante Polly waren immer gute Freundinnen gewesen. Aber wo steckte Joe, Susies Bruder und sein Jugendfreund, mit dem er und Huck Finn einst Jackson Island erobert hatten? War Joe im Krieg gefallen, oder hatte er St. Petersburg inzwischen verlassen?

Als ein hochgewachsener älterer Herr Sid gemessen die Hand schüttelte und ihm leise und eindringlich sein Beileid aussprach, geriet der Zug der Trauernden ins Stocken. Tom erkannte die markante Nase und die hohen Schläfen von Richter Thatcher, einer Respektsperson seiner Kindheit und der Vater seiner Jugendliebe Becky. Der Richter drückte Sid noch einmal mitfühlend die Schulter, trat dann endlich beiseite, setzte seinen Zylinder auf und ging in den Schatten einer Ulme, wo eine schlanke Frau in einem schwarzen Seidenkleid auf ihn wartete.

Heufalter umschwirrten ihren kleinen Seidenhut, unter dem blondes Haar hervorblitzte. Äste verwehrten Tom den Blick auf ihr Gesicht, doch als er sah, wie sie die Hand von Richter Thatcher ergriff und wie sie mit der anderen Hand einen Schmetterling von ihrem Hut verscheuchte, schlug sein Herz einen Moment lang schneller.

Becky.

Rebecca Thatcher, das Mädchen, in das er mit zwölf Jahren unsterblich verliebt gewesen war. Mit der er sich gezankt und die er geküsst hatte, mit der er sich in der McDouglas-Höhle hinter dem Cardiff Hill verirrt und die er nach Tagen dort wieder herausgeführt hatte. Rebecca, die Jahre später, als Tom und sie sich unzählige Male getrennt und wieder versöhnt hatten, endgültig mit ihm brach, weil sie nie verstanden hatte, warum er aus St. Petersburg wegwollte. Die ihn deswegen einen gottverdammten Idioten genannt und ihm zum Abschied eine runtergehauen hatte. Die nie wieder etwas von ihm hören wollte und deren Wunsch in den letzten zehn Jahren, seit Tom St. Petersburg verlassen hatte, in Erfüllung gegangen war. Jetzt aber würde er mit ihr sprechen müssen. Er konnte nicht hierherkommen, ohne mit ihr zu reden. Doch zunächst würde er mit Sid sprechen müssen. Jetzt gleich.

Der Trauerzug war vorüber, die Trauergemeinde verließ den Friedhof, und die zerfledderten Unionssoldaten schwangen ihre verbeulten Instrumente auf den Rücken und teilten sich die Münzen, die Sid ihnen in die Hand drückte. Tom ging auf Sid zu. Er straffte sich, wischte sich die Tränen aus dem Gesicht und legte sich die Worte zurecht, als ein breitschultriger Mann mit schulterlangen Haaren unter einem buschigen schwarzen Schnurrbart ihm in den Weg trat.

»Tom? Tom Sawyer?«

»Ja, Sir.« Toms Blick fiel auf den schimmernden Messingstern an der Weste des Mannes. »Was kann ich für Sie tun, Sheriff?«

Der Sheriff zog an der Krempe seines breiten schneeweißen *Boss of the Plaines*-Hutes und hakte dann die Daumen in die Armlöcher seiner Weste. »Tut mir schrecklich leid, das Ganze, Tom. Es ist furchtbar, was mit deiner Tante passiert ist.«

Tom kniff die Augen zusammen. Wer war das bloß? Er dachte sich den Schnurrbart weg, und plötzlich stand ein kleiner schmaler Junge mit aufgeschürften Knien, dreckverschmiertem Gesicht und einer ungezähmten schwarzen Mähne vor ihm. »Joe? Joe Harper? Du bist der Sheriff hier?«

Joe nickte betroffen, als wäre das eine schwere Anschuldigung. »Wie ich schon sagte, Tom: Das Ganze ist furchtbar. Ich hab seit vorgestern kein Auge zugetan. Ich hab mit Jim Hollis und Billy Fisher nur zwei Männer, und, na ja, du kennst Billy ja, er ist nicht der Hellste, aber … aber ich verspreche dir, wir besorgen uns mehr Männer, und dann fassen wir den Dreckskerl.«

Tom schüttelte langsam den Kopf. »Wovon zum Teufel redest du, Joe?«

Joe spuckte aus. »Huck Finn wird dafür büßen, Tom. Der Hurensohn wird in der Hölle schmoren, dafür, dass er deine Tante ermordet hat.«

Der Herr ist mein Hirte …

Toms Blick ruhte auf dem gestickten Bibelvers in einem aus Zigarrenschachteln gebastelten Rahmen, der über der Hintertür hing.

The Lord is my Shepherd,
I shall not want;
He makes me lie down in green pastures.
He leads me beside still waters;

He restores my soul.
He leads me in paths of righteousness
For His name's sake.
Psalm 23

Ihr Hirte hatte Tante Polly nicht geholfen. Er hatte sie heimgeführt. Tom wandte die Augen von dem Bibelvers ab und schüttelte den Kopf, als er die fragenden Blicke von Sid und Joe Harper auf sich bemerkte.

»Das kann nicht sein, Siddy. Das ist unmöglich.«

»So wahr mir Gott helfe, Tom. Es ist die bittere Wahrheit.«

Tom starrte auf die Holzdielen der Stube, wo man noch dumpf und braun die Blutflecken sah, die das Mädchen wohl auch mit viel Scheuern nicht wegbekommen hatte. Er saß am Esstisch in Tante Pollys Haus in der Hooper Street. Dem Haus, in dem er gemeinsam mit Sid aufgewachsen war, nachdem seine Eltern gestorben waren.

Im Erdgeschoss gab es neben der Küche und der Speisekammer nur einen einzigen Raum, der wie früher gleichzeitig als Schlafzimmer, Frühstückszimmer, Speisezimmer und Bibliothek diente. Das Holz der Wände war im Laufe der Jahrzehnte dunkel geworden, Gestecke aus Trockenblumen hingen neben Stickereien und weiteren Bibelversen. Auf dem Sofa mit dem verblichenen hellblauen Bezug lagen viereckige Flicken aus alten Hemden und Hosen säuberlich übereinandergestapelt, so als hätte Tante Polly eben erst mit einer neuen Steppdecke beginnen wollen. Eine Außentreppe führte zu den Räumen im oberen Stockwerk, wo damals Toms und Sids Kinderzimmer gewesen war. Draußen vor dem Fenster schnüffelte eine Sau mit ihren Ferkeln den Bürgersteig entlang und labte sich an Melonenabfällen.

»Es stimmt, Tom. Ich habe ihn selbst gesehen, deinen Huck.« Sid stand an den Schrank gelehnt, in dem das Porzellan für die Feiertage aufbewahrt wurde, und schob betrübt die Unterlippe vor.

Deinen Huck? Tom war noch keine Stunde in der Stadt und verspürte schon jetzt den brennenden Wunsch, seinem Halbbruder eine Ohrfeige zu verpassen. Manche Dinge änderten sich eben nie. Er sah sich langsam um und entdeckte im Holz des Schrankes die Kerben, die er einst mit seinem Barlow-Messer hineingeritzt hatte. Das Messer hatte ihm seine Cousine Mary geschenkt, und es war zwölfeinhalb Cent wert gewesen.

Zwölfeinhalb Cent, zwölfeinhalb Cent …

Tom schüttelte den Kopf und rieb sich die Augen. Warum fiel ihm das jetzt ein? Er fühlte sich wie gerädert, war benommen vom Schlafmangel, von der Reise und von den erschütternden Neuigkeiten, und ihm ging auf, dass er seit dem Morgen nichts gegessen hatte. In der Stube war es unerträglich heiß, und Tom nahm einen großen Schluck Eistee aus dem Glas vor sich, bevor er sich an seinen Bruder wandte. »Tut mir leid, Siddy, ich kapier's einfach nicht. Vielleicht erzählt ihr beide, du und Joe, mir einfach noch einmal, was hier los war, damit ich nicht dumm sterbe.«

Sid warf dem Sheriff, der an der Hintertür lehnte, einen schnellen Blick zu, und Tom bemerkte, wie Joe Harper die Augenbrauen hochzog. Der Sheriff schob seinen Hut in den Nacken und verschränkte die Arme. Als Sid nicht anfing zu reden, nickte Joe ergeben. »Also gut, Tom, pass auf: Vorgestern Abend bin ich unten am Fluss, weil irgend so ein Penner aus Illinois seinen Kahn am Anleger vertäut hat, obwohl wir noch ein Frachtschiff erwartet haben, und der Typ war nicht auffindbar. Jedenfalls … jedenfalls mach ich mich auf, um in den Saloons nach diesem Kerl zu suchen, als der kleine Will Tanner, das ist der Sohn von Bob Tanner und Amy Lawrence, du weißt schon: Amy, die Blonde, ihr zwei hattet da mal was laufen, wenn ich mich nicht irre … jedenfalls kommt Willy durch die Straßen gelaufen und schreit nach mir wie blöd, und als er mich gefunden hat, sagt er, ich soll zu Polly kommen, weil Sid dort auf mich wartet und weil was Schlimmes passiert ist. Ich komm also hierher, und da seh ich Sid, und ich seh deine Tante, Tom.

Sid ist total fertig und lehnt an der Tür hier, so wie ich gerade, und deine Tante liegt in ihrem eigenen Blut auf den Dielen.«

»Wurde sie erschossen? Erstochen?«

Joe und Sid wechselten wieder einen kurzen Blick, dann fuhr der Sheriff fort: »Erschlagen. Und wie! Huck muss total durchgedreht sein. Sie hatte vorne 'ne Platzwunde, wo er ihr wohl eins übergezogen hat, dann ist sie wahrscheinlich zusammengebrochen, und auf dem Boden hat er ihr dann den Rest gegeben. So 'n Loch im Schädel hintendrin.«

Joe formte mit beiden Daumen und Zeigefingern einen Kreis. Als er dafür einen tadelnden Blick von Sid erntete, ließ er betreten die Hände wieder sinken. »'tschuldigung. Dachte, du willst es genau wissen, Tom. Ich mein, wo du mal bei Pinkerton warst, wenn's stimmt, was die Leute so sagen.«

»Es stimmt, was die Leute so sagen, Joe.« Tom nickte Sid zu. »Wie hast du sie gefunden, Sid? Und wie kommst du darauf, dass es Huck Finn war?«

»Na, weil ich ihn gesehen habe!«

»Wo hast du ihn gesehen?«

Sid blickte durch die Stube und hob die Hände: »Na hier! Wo denn sonst?«

»Und was genau hast du gesehen? Hast du gesehen, wie er Tante Polly erschlagen hat?«

»Klar! Ich kam von einer Besprechung mit der Witwe Douglas. Sie hat ein Grundstück hinter dem Cardiff Hill, das Pettibone vom Sägewerk ihr abkaufen will, und unsere Bank soll das Geschäft abwickeln.«

Unsere Bank? Erst jetzt merkte Tom, dass er noch nicht einmal wusste, womit sein Halbbruder sein Geld verdiente.

»Als ich nach Hause komme, höre ich in der Stube jemanden heftig atmen, und als ich reinkomme, steht da Huck. Er hat einen blutigen Sack in der Hand und steht über Tante Polly gebeugt, die leblos am Boden liegt. Huck starrt mich an, als wär ich ein Gespenst. ›Sie ist tot!‹, sagt er, als würde man das nicht sehen, bei dem ganzen Blut, und ich bin wie festgenagelt und starr sie an und starr ihn an, und dann schrei ich Huck an, warum er das getan hat, und dann stößt mich das Schwein zur Seite und rennt einfach weg!«

Während seiner Schilderung war Sid immer aufgeregter geworden. Joe Harper trat zu ihm und klopfte ihm auf die Schulter. »Wir kriegen den Hurensohn, Sidney. Mach dir keine Sorgen.«

Tom blickte auf die verblassten Blutspuren, die sich von der hinteren Tür bis zum Schrank zogen. Tante Polly hatte sich wohl noch ein paar Fuß auf dem Boden dahingeschleppt, bevor ihr Mörder sie endgültig tötete. Hatte sie versucht, ihm zu entkommen?

»War etwas in dem Sack drin, Sid?«

Sid sah auf. Sein Blick war verschwommen. »In dem Sack?«

»In dem Sack, den Huck dabeihatte. War da etwas drin? Etwas Schweres vielleicht? Ein Stein?«

Sid schüttelte den Kopf. »Nein. Der Sack war ganz schlaff. Warum fragst du?«

Tom wandte sich an den Sheriff. »Habt ihr die Mordwaffe gefunden?«

»Nein. Aber ich nehm an, es war 'ne Axt oder 'ne Eisenstange oder 'n Hammer.«

Tom nickte. »Du nimmst also an, es war ein schwerer Gegenstand?«

»Ja.«

»Weil man mit einem Kissen so schlecht jemanden erschlagen kann, hm, Joe?« Tom seufzte.

Joe zog die Augenbrauen zusammen. »Ja … aber … Wie meinst du das, Tom? Sag mal, machst du dich gerade über mich lustig?«

Tom schüttelte den Kopf. »Nein. Hast du überhaupt nach der Mordwaffe gesucht?«

»Nein, ich … schätze, er hat sie mitgenommen.«

Tom nickte. »Ja, kann sein. Aber Sid hat keine Mordwaffe gesehen, als er Huck hier angetroffen hat. Nur einen schlaffen

Sack. Vielleicht hat er Polly ja erschlagen, hat die Waffe dann draußen ins Gebüsch geworfen und ist dann noch einmal reingekommen?«

Joe blinzelte und sah ihn verständnislos an. »Warum sollte er das tun?«

»Genau: Warum sollte er das tun? Merkst du was, Joe? Wenn der Sack schlaff war, dann hat Huck Tante Polly wohl kaum damit erschlagen. Und wenn er sonst keine Waffe in der Hand hatte, dann war vielleicht jemand vor ihm da und hat Tante Polly erschlagen, und Huck hat sie einfach nur gefunden, weil er zur falschen Zeit vorbeigekommen ist. Warum sollte er sie überhaupt umbringen? Was für einen Grund sollte es dafür geben? Hast du nachgesehen, ob irgendetwas fehlt, Siddy?«

Sid schüttelte den Kopf. »Nein, warum?«

Tom stöhnte auf. »Weil das ein Grund sein könnte, warum jemand Tante Polly erschlägt! Ein Dieb kommt rein, wird überrascht und tötet sein Opfer. Also: Fehlt etwas?«

Sid blickte sich hilflos um und zuckte mit den Schultern. »Ich … ich glaube nicht, ich … Hör mal, Tom, keine Ahnung, was für einen Grund Huck hatte, Tante Polly zu erschlagen, und ich weiß, er war mal dein Freund, aber Huck war es, das kannst du mir glauben, Tom. Er war früher vielleicht mal ein netter Kerl, obwohl ich ihn noch nie ausstehen konnte. Aber seit du weg bist …«

Sid brach ab, und Joe Harper sprang ein. »Sid denkt sich das nicht aus, Tom. Huck Finn ist ein Mistkerl. Fast noch schlimmer, als sein Vater einer war. Er trinkt, er klaut, er prügelt sich. Er hat kein Haus und schon gar keine Arbeit. Huck lebt irgendwo im Wald oder am Fluss – das weiß keiner so genau. Vor etwa einem Monat konnte ich die Männer der Stadt gerade noch davon abhalten, ihn zu lynchen, weil er sich beim Gemeindefest an Sally Austin, das ist die kleine Schwester von Mary Austin, vergehen wollte. Sie waren beim Friedhof, das Mädel war vierzehn, und sie hat geschrien. Die Männer kamen gerade noch rechtzeitig. Sie haben ihn quasi von ihr runtergezogen, Tom.«

Tom nickte betroffen. Die beiden hatten recht. Die Tatsache, dass der Sack leer gewesen war, besagte gar nichts. Wer lief schon mit einem blutigen Sack herum? Und vielleicht hatte sich Sid ja auch getäuscht, und in dem Sack war doch etwas gewesen. Dass Joe Harper offensichtlich ein Stümper war und keine Ahnung hatte, wie man den Schauplatz eines Mordes anständig untersuchte, machte die Sache nicht besser. Und Huck … Hucks Vater war ein grausamer Despot und ein furchtbarer Trinker gewesen und hatte Huck als kleinen Jungen so oft blutig geschlagen, dass Huck irgendwann abgehauen war. Ein Trinker, ein Schläger, immer Schwierigkeiten mit dem Gesetz.

Immer wieder die gleiche Geschichte.

Vor fünf Jahren hatte Tom Walter P. Winslow, einen krankhaften Mörder, ins nagelneue Joliet Prison vor den Toren Chicagos gebracht. Winslow war ein perverser Sadist, ein kaltblütiger Killer, der junge schwarze Männer angesprochen und sich als Schaffner der Untergrundbahn ausgegeben hatte, einer Organisation, die entflohenen Sklaven dabei half, in die Nordstaaten zu flüchten. Winslow gab vor, auch den Familien der jungen Männer helfen zu können, die noch im Süden in Staaten lebten, wo es weiterhin Sklaverei gab.

Winslow war ein Holzfäller, der sich nebenher mit Schreinerarbeiten über Wasser hielt. Er hatte die jungen Männer mit Versprechungen zu sich nach Hause gelockt und ihnen mit einem Schäleisen, mit dem man normalerweise die Rinde von einem Baum schabte, den Leib aufgeschlitzt. Er hatte gesagt, es bereite ihm Genuss, den Blick in ihren Augen zu sehen, wenn sie ihr eigenes, noch schlagendes Herz in den Händen hielten. Auf dem Weg ins Gefängnis aber hatte Winslow in Pinkertons schwarzer Kalesche geheult wie ein kleines Kind und von seinem Vater erzählt. Einem Trinker und Schläger, der immer Schwierigkeiten mit dem Gesetz hatte – und der den kleinen Walter immer wieder blutig geschlagen hatte. Tom hatte die Geschichte so oder so ähnlich auch von anderen Mördern so oft gehört, bis sie ihm zu den Ohren heraushing. Er hatte Winslow angefahren, es solle die Klappe halten. Es gab keine Entschuldigung für das, was diese Bestien taten, und doch glaubte Tom, ein Muster in diesen Lebensläufen zu erkennen. Ein Trinker und Schläger, immer Schwierigkeiten mit dem Gesetz.

Aber Huck? *Sein* Huck ein Mörder?

Joe Harper räusperte sich. »Tja, ich …« Er deutete unbestimmt mit dem Daumen auf die Hintertür der Stube, die in den Garten führte.

Sid nickte beflissen. »Sicher, Joe, du hast 'ne Menge zu tun.«

Joe grinste dankbar, doch er machte keine Anstalten zu gehen, sondern druckste herum, während er mit seinem Stiefel unsichtbare Staubflusen auf den Dielen von links nach rechts schob.

Tom blickte fragend zu Sid, dann wieder zum Sheriff. »Joe? Willst du noch was sagen?«

»Jaah«, kam es gedehnt von Joe. »Weißt du, Tom, die Wahl zum Sheriff steht an, und Saul Jones, der Sohn vom alten Waliser, bewirbt sich auch, obwohl er eigentlich der Postmeister von St. Petersburg ist. Aber er hat jede Menge Freunde, und ein bisschen Geld scheint er auch zu haben, und er gibt jedem Penner, der ihn darum bittet, einen aus und … Also jedenfalls … wäre es natürlich gut, wenn ich Huck bis zur Wahl finden würde. Für die Leute hier, meine ich, und ich dachte mir, ich dachte, du könntest mir vielleicht helfen, weil … Ich mein, immerhin war sie ja deine Tante, und du warst mal bei Pinkerton.«

Tom blickte auf. Joe wippte auf den Füßen und versuchte so etwas wie ein schüchternes Grinsen. Große weiße Zähne blitzten unter dem buschigen Schnurrbart hervor wie Kieselsteine.

Tom schüttelte den Kopf. »Tut mir leid, Joe. Ich bin kein Detektiv mehr. Das letzte Mal, als ich eine Waffe getragen habe, um jemanden zu beschützen, ist der Mann gestorben. Und ich hab bestimmt keine Lust, dabei zu sein, wenn man Huck Finn fasst und ihm den Prozess macht. Wahrscheinlich ist er eh schon über alle Berge.«

Joe blickte enttäuscht zu Boden. Tom sah zu Sid hinüber. Dunkle Ringe lagen unter dessen Augen, als hatte er viel geweint. Plötzlich bahnte sich eine Welle der Zuneigung ihren Weg in Toms Herz. »Ich werd mir ein Zimmer in einem der Saloons nehmen und dir ein paar Tage unter die Arme greifen, Siddy. Dann werd ich wieder gehen. Kannst du einen Saloon empfehlen, wo ich keine Läuse bekomme und wo die Wanzen einen nicht gleich auffressen?«

Sid zog die Stirn kraus. »Aber … Du kannst hier wohnen, Tom. Ich werd auf der Couch schlafen, und du kannst mein Zimmer … unser altes Zimmer haben.«

Tom nickte. »Danke. Aber ich will dir nicht zur Last fallen. Ich nehme an, deine Hochzeit ist erst mal verschoben?«

»Ja. Rebecca war die Erste, die gesagt hat, wir müssten erst mal warten. Sie ist immer so verständnisvoll.«

»Rebecca?«

»Meine Braut. Becky Thatcher. Du kannst sie unmöglich vergessen haben, Tom!«

Becky Thatcher. Becky.

Tom hatte sie nicht vergessen. Wie auch? Seine Wange brannte immer noch, wenn er an den Abschied vor zehn Jahren dachte.

Tom knallte das leere Glas auf den Tresen und bestellte sich einen vierten Whiskey. Sein Koffer stand ungeöffnet neben dem Spucknapf am Ende des Tresens, um den herum braune Tabaksprenkel verspritzt waren. Tom hatte sich noch nicht einmal das Zimmer angesehen, das ihm der Wirt für zwei und einen halben Dollar die Nacht vermietete. Stattdessen war er gleich am Tresen geblieben; er wollte sich dermaßen betrinken, dass man ihn später in sein Zimmer würde hinauftragen müssen. Deswegen hatte er dem Wirt Harold, mit einem eindrucksvollem Backenbart und einer zerfurchten unförmigen Nase, und seinem kräftig wirkenden Sohn Timothy schon im Voraus ein großzügiges Trinkgeld zukommen lassen.

Whiskey. Vielleicht kam dann endlich der Schlaf. Oder zumindest eine andere Form geistiger Abwesenheit. Tom seufzte. Er war am Morgen mit der Absicht nach St. Petersburg gekommen, etwas Ruhe zu finden, und nun musste er feststellen, dass seine Tante ermordet worden war – vermutlich von seinem besten Freund. Und dass sein Halbbruder, den er nie wirklich hatte leiden können, dabei war, seine Jugendliebe zu heiraten. Wenn das nicht Grund genug war, einen zu heben, was dann?

Tom legte den Kopf in den Nacken, goss sich Whiskey Nummer vier in die Kehle und schüttelte sich. Das Zeug schmeckte grässlich. Der Wirt putzte mit seiner speckigen Schürze die zerkratzten Gläser, hielt sie prüfend ins Licht und blickte dann mit demselben prüfenden Blick auf Tom und die leeren Gläser vor diesem. »Gehen Sie's langsam an, Mister. Der Abend ist noch jung.«

»Der Abend hat noch gar nicht angefangen, Harold. Wenn ich Ihnen zur Last falle, dann stellen Sie die Flasche einfach her, dann kann ich selbst nachschenken.«

»Hab's ja nur gut gemeint.« Der Wirt hob beschwichtigend die Hände und stellte dann die Flasche mit der bernsteinfarbenen Flüssigkeit vor Tom hin. »Man sollte was essen, bevor man die erste Flasche leert.«

Tom blickte aus trüben Augen auf. »Sollte man, Harold? Man sollte so vieles, wissen Sie? Man sollte zum Beispiel am Karfreitag nicht in ein Theater gehen, das bringt Unglück. Und man sollte nie zu einer Hochzeit fahren, wenn man nicht weiß, wer die Braut ist. Und mit einem leeren Sack sollte man am besten auch nicht dort auftauchen, wo gerade jemand umgebracht wurde.«

Harold blinzelte, hielt für einen Moment mit dem Putzen der Gläser inne und brummte endlich wie zustimmend, bevor er mit der speckigen Schürze über das Ende des Tresens wischte, das weit von Tom entfernt war.

Tom seufzte und blickte sich um. Die Lampen mit den grünen Glasschirmen in »Harold's Happy Tavern« an der Ecke Bird Street und Main waren schon angezündet, obwohl es draußen noch gleißend hell war. Doch sie brachten nur wenig Licht in die düstere Schankstube, die von einem dunkelroten Tresen und einem ausladenden Lüster in der Mitte des Raumes beherrscht wurde. Hinter der Bar hing ein stumpfer Spiegel, davor standen sorgsam aufgereiht Flaschen und Gläser. Zahlreiche Ölgemälde mit Jagdszenen, die der Rauch aus dem Kamin und die Essensdünste mit einem schmierigen dunklen Firnis überzogen hatten, zierten die Wände. Obwohl es den Saloon schon viele Jahre gab, kannte Tom den neuen Besitzer nicht. Der vorige Inhaber, Mr Walker, hatte ihm und Huck öfter das Fell gegerbt, wenn sie wieder einmal versucht hatten, ein Loch in das Limonadenfass im Hinterhof zu bohren, um sich dann abwechselnd unter den munter plätschernden Strahl zu legen.

Tom sah sich um. Er war fast allein im Schankraum. Harold wischte immer noch den Tresen, Timothy klopfte in der Küche irgendwelche Fleischstücke, vermutlich in der Hoffnung, sie würden dadurch weniger zäh. Ein schwarzer Junge von vielleicht zehn Jahren fegte die vor Schmutz starrenden Dielen, und in einer Ecke hockten zwei Männer in der verschlissenen Uniform der Konföderierten. Die rissigen grauen Uniformhosen hingen über die berüchtigten Schlammtreter herab – klobige Stiefel von schlechter Qualität, mit denen die Kontrakthändler der Armeen ein Vermögen verdient hatten.

Ein Potawatomi-Indianer, der eine blaue Kerseyhose und die Abzeichen eines Scouts trug, döste neben der Tür. Er hob träge die Lider, als die Glocke an der Saloontür anschlug und ein gut gekleideter Schwarzer mit einer kleinen ledernen Gladstone-Reisetasche eintrat. Zu einem Anzug aus braun karierter Wolle trug er eine ebenso karierte Mütze, eine flaschengrüne Weste und ein weißes Hemd, um dessen Kragen ein schwarzes Schnürband gebunden war.

Der junge Schwarze achtete nicht auf die feindseligen Blicke der beiden Veteranen in der Ecke, sondern ging forschen Schrittes zu Harold an den Tresen. Er stellte seine Tasche ab und tippte sich an die karierte Mütze. »Sir. Mein Name ist Hiram B. Cooper, und man hat mir diesen Saloon empfohlen. Haben Sie noch ein Zimmer frei?«

Harold blickte von seinen Gläsern auf und dann zur Seite, als wolle er sichergehen, dass der junge Schwarze tatsächlich mit ihm gesprochen hatte. »Ein Zimmer wollen Sie?«, echote Harold dann und schielte unbehaglich zu den Veteranen in der Ecke.

»Ja, Sir. Haben Sie eines frei, das ich mieten könnte?«

»Du wirst dem Nigger wohl doch kein Zimmer vermieten, Harold? Ich dachte immer, das hier wär ein anständiges Lokal.« Einer der beiden Veteranen, ein dünnes kleines Frettchen mit einem fransigen Schurbart, reckte das Kinn und spähte aus trüben gelblichen Augen über seinen Bierkrug zum Tresen. Ein .45 Allen-Pepperbox-Revolver lag vor ihm auf dem Tisch.

Harold stützte beide Hände auf den Tresen. »Halt die Klappe, Jeb! Wenn das ein anständiges Lokal wär, wärst du wohl kaum hier! Und ich krieg noch drei Dollar und zwanzig Cent von dir, Freundchen!«

Jeb äffte Harold gehässig nach, aber dann verstummte er.

Tom blickte über den Spiegel hinter der Bar zu Jebs Begleiter. Der Mann war groß und sicher zweihundert Pfund schwer, überragte Jeb bestimmt um mehr als einen Kopf. Er trug einen rötlich schimmernden Vollbart, der ihm bis zur Brust ging, und sein Kopf war rasiert und nur von kurzen Stoppeln bedeckt. Seine rote Schildmütze lag auf dem Tisch. Gekreuzte Kanonen auf dem Stoff verrieten Tom, dass der Mann bei der Artillerie der Südstaaten gedient hatte. Der Hüne wirkte ganz ruhig. Er starrte geradeaus, als hätte er den Schwarzen gar nicht bemerkt. Doch Tom sah, wie seine Nasenflügel bei jedem Atemzug bebten. Die Faust des Riesen umklammerte den Henkel seines Bierkrugs. Die Knöchel der Hand wurden weiß.

»Tut mir leid, Mr Cooper, aber ich kann Ihnen leider kein Zimmer geben.« Harold wandte dem jungen Mann den Rücken zu, leerte einen Spucknapf in den Ausguss und wischte den Napf mit seiner Schürze durch.

Cooper hob die Augenbrauen. »Heißt das, dass Sie kein Zimmer mehr frei haben? Oder heißt es, Sie geben mir keins?«

Harold drehte sich um, wollte etwas erwidern. Dann aber zuckte er plötzlich zusammen und ging in Deckung. Im gleichen Augenblick flog ein Bierglas heran, zerschellte am Tresen neben Cooper. Glassplitter und Bier spritzten in alle Richtungen, trafen Cooper, Harold und auch Tom. Der Indianer schreckte aus seinem Schlaf, und der kleine schwarze Junge, der den Boden fegte, flüchtete mit einem raschen Sprung in eine Ecke und suchte Schutz hinter einem Fass. Dann herrschte einen Moment lang Stille.

»Du hast gehört, was er gesagt hat, Nigger. Und jetzt mach, dass du hier rauskommst, bevor ich mich vergesse.« Es war Jebs großer Begleiter, der leise gesprochen hatte. Der Bierkrug stand nicht mehr vor ihm. Der Hüne mit dem roten Bart glotzte immer noch geradeaus, als müsste er sich konzentrieren, um den Farbigen nicht anzublicken.

Der schluckte. Er zitterte plötzlich, hielt sich mit einer Hand an der Messingstange fest, die um den Tresen herumlief, und griff mit der anderen ganz langsam nach seiner Reisetasche am Boden. Sein Blick blieb dabei über den stumpfen Spiegel auf die beiden Veteranen hinter ihm gerichtet.

Mit bleichem Gesicht tauchte Harold im gleichen Moment wieder hinter dem Tresen auf. »Dale, du verfluchter Drecksack! Ich war doch schon dabei, ihn wegzuschicken! Was fällt dir ein, verdammt noch mal?!«

»Er soll gehen, Harold. Sag ihm, dass er jetzt lieber schnell gehen soll, sonst wird Dale böse!«, zischte Jeb in Richtung Tresen.

Der Wirt nickte Cooper zu. »Sie haben's gehört, Mister, vielleicht ist es ja besser … Ich meine, bevor …«

Cooper nickte. »Ist gut, Sir. Ist gut, ich gehe.«

»Ja, geh zu deinen Niggerfreunden, und sag ihnen, dass wir hier keine Nigger haben wollen!«, schrie Jeb aufgebracht. »Sag ihnen das! Sonst geht's dir und ihnen so wie dem Niggerfreund Lincoln, verstanden?«

Cooper hatte immer noch die Hand auf die Messingstange gelegt, um das Zittern in den Griff zu bekommen. Dann straffte er sich, um den Saloon zu verlassen.

»Moment.« Tom legte eine Hand auf Coopers Handgelenk.

Der junge Schwarze blickte an seinem Ärmel hinab und sah Tom verständnislos an. In seinen Augen stand Angst.

Tom ließ dessen Handgelenk los, tätschelte ihm kurz den Handrücken, dann schwang er auf dem Barhocker herum und grinste in die Ecke, in der die Veteranen saßen. »Du bist also Dale. Ja?«

Dale blinzelte. Er neigte den Kopf ein klein wenig zur Seite und heftete den Blick auf Tom, ohne zu antworten.

»Dale, hm? Das ist lustig, weißt du, Dale? Dale ist doch eigentlich ein Mädchenname. Also, hier in St. Petersburg ist das zumindest so. Als ich ein kleiner Junge war, hatten wir hier im Ort ein Mädchen, das hieß Dale. Dale Porter. Sie war klein, picklig und nicht besonders schlau. Ein bisschen wie du, Dale. Bist du auch ein Mädchen? Ich meine, wenn du einen Mädchennamen trägst?«

Jeb sog zischend die Luft ein und blickte erschrocken zu Dale. Harold und Cooper musterten Tom erstaunt. Dale hingegen sagte gar nichts, sondern starrte weiter geradeaus. Seine kräftigen Pranken umfassten die Tischkante.

Tom wusste, dass der Whiskey ihm die Zunge schwer gemacht hatte, aber er hörte nicht auf zu reden. »Vielleicht fehlt dir ja was? Da unten, meine ich?« Tom ließ den Zeigefinger in Hüfthöhe kreisen. »Vielleicht magst du ja auch Jungs? Ich meine, wer Dale heißt und einen so hübschen Mann dabeihat wie Jeb? Wollt ihr zwei Liebchen das Zimmer von Mr Cooper hier vielleicht selber haben, um eine rauschende Nacht ...«

Weiter kam Tom nicht. Mit einem Grunzen, das zu einem Schrei wurde, packte Dale den Tisch und schleuderte ihn in Toms Richtung.

Harold schrie ebenfalls auf.

Tom und Cooper wichen aus, als der Tisch am Tresen zerschellte. Dale sprang auf und stürmte auf ihn zu, den Kopf gesenkt, als wollte er Tom einfach durch den Tresen rammen. Tom lächelte grimmig. Er machte einen Schritt zur Seite, versetzte Dale einen Stoß in den Rücken, sodass der noch mehr Schwung bekam, und im nächsten Augenblick krachte Dale mit dem Kopf gegen den Tresen.

Tom hob die Whiskey-Flasche und hieb sie Dale auf den Schädel. Das Glas zersprang, und Dale ging mit einem Ächzen zu Boden. Er rührte sich nicht.

»Das war alles, Dale? War das echt alles, was du zu bieten hast? Du bist wirklich wie ein Mädchen, weißt du, du –«

»Schnauze, du Bastard! Und nimm die Hände hoch!« Es klickte. Jeb hatte den Hahn des Allen-Pepperbox-Revolvers gespannt und richtete den Lauf nun auf Tom.

Tom schluckte, dann lächelte er schief und nahm die Hände hoch. »Jeb? Jetzt sei doch nicht gleich eingeschnappt, das war doch ein Witz, das mit dir und Dale und –«

»Halt's Maul, sag ich!« Jebs Stimme wurde gefährlich leise.

Plötzlich klickte es erneut. Diesmal hatte der Potawatomi angelegt und den Hahn gespannt. Er zielte mit einer Deane & Adams, Kaliber 36, einem Double-Action-Revolver mit fünf Schuss, auf Jeb. »Mann gegen Mann, Faust gegen Faust«, murmelte er.

Tom ließ die Hände wieder sinken. »Tja, Jeb, ich schätze, das ändert einiges.«

»Das ändert gar nichts! Lass die Hände oben!« Jeb fuchtelte mit dem Revolver zwischen Tom und dem Potawatomi hin und her. »Das hier geht dich nichts an, Rothaut! Misch dich nicht ein, und verpiss dich!«

»Ihr verpisst euch alle! Und zwar sofort!«

Harold hob eine Winchester Yellowboy über den Tresen und richtete sie auf den Potawatomi. Timothy kam aus der Küche gerannt und trat neben seinen Vater. Seine Kochschürze war blutverschmiert. Er hielt einen Le-Mat-Revolver in der Hand. Cooper stand heftig atmend neben Tom, er schien sich unschlüssig zu sein, ob auch er die Hände hochnehmen sollte. Einen Augenblick lang herrschte atemlose Stille.

Tom rührte sich als Erster. Er hob die Handflächen beschwichtigend zur Decke. »Gut. Schön. Jetzt stehen wir hier also rum. Mal ernsthaft: Können wir nicht alle so tun, als wär nichts passiert? Das hier …«, Tom wedelte unbestimmt mit der Hand zu den Waffen, »… das hier bringt uns jetzt echt nicht weiter!«

Schweigen im Saloon, niemand rührte sich.

Tom trat einen Schritt auf Jeb zu. »Also gut: Ich komm für den verschütteten Whiskey auf, und Dale hier …« Er wandte sich um und wollte auf den am Boden liegenden Dale zeigen. Aber Dale lag nicht mehr am Boden, sondern war inzwischen schwankend auf die Füße gekommen. Sein Bart war nass vom Whiskey, Scherben glitzerten darin. Blut lief ihm von einer Platzwunde an der Stirn, und es sah fast so aus, als schielte er.

Tom schluckte. Dale war einen Kopf größer und gut fünfzig Pfund schwerer als er. Und Dale war wütend. Tom sah Dales Faust kommen, aber er war nicht schnell genug. Der Kinnhaken traf ihn hart und schleuderte ihn quer durch den Saloon. Er landete auf einem Tisch, der glatt unter ihm entzweibrach. Tom war nah an einer Ohnmacht, doch Dale packte ihn, zog ihn hoch und warf ihn durch die Schwingtüren des Saloons auf die staubige Bird Street. Tom schlug mit dem Rücken auf, und ihm schwanden die Sinne.

Als er wieder zu sich kam, fühlte sich sein Kehlkopf an, als wäre er in eine stählerne Schraubzwinge geraten, und er spürte, wie ihm die Augen aus den Höhlen traten. Dale hatte die fleischigen Pranken um Toms Hals gelegt und würgte ihn. Tom bekam keine Luft. Wenn er nicht bald etwas tat, würde dieses sadistische Schwein ihn umbringen.

Tu was! Tu endlich was!

Er versuchte, mit der Hand nach dem kleinen Atkinson-Messer in seinem Stiefel zu greifen, aber er kam nicht heran. Er musste die Hände hochnehmen, um Dales Griff um seinen Hals abzuwehren.

Tom spürte, wie die Schwärze langsam in ihn hineinkroch. Dales Griff um seinen Hals war eisern, Tom keuchte, rang nach Luft, er schloss die Augen, weil er das Ende kommen fühlte. Doch dann erlahmte Dales Griff mit einem Mal.

Tom schlug die Augen wieder auf und sog gierig die Luft ein. Dale hatte die Hände von seinem Hals gelöst. Der Hüne blinzelte, sah sich erstaunt um.

Hinter ihm stand Hiram Cooper und zog eine Spritze aus dessen Hintern. Er klopfte gegen das Glas der Spritze, nahm die Nadel ab, verstaute sie in einem kleinen Futteral und legte das Futteral in die Reisetasche neben sich zurück. »Sie werden nur ein wenig schlafen und morgen vielleicht etwas Kopfweh haben, Sir«, sagte er zu Dale. Dann schloss er die Tasche, klemmte sie unter den Arm und lief eiligen Schrittes die Bird Street hinab.

Dale blinzelte immer noch, als würde er nicht wissen, wie ihm geschehen war. In der Saloon-Tür stand Jeb und starrte ungläubig auf seinen Kumpel. Dale wollte sich aufrichten, doch seine Beine gaben nach, er sackte zusammen, als hätte man ihm das Rückgrat entfernt, und schlug der Länge nach hin. Der Rotschimmel und der Braune, die vor dem Saloon angeleint waren, blickten kurz auf, dann senkten sie den Kopf wieder in den Wassertrog vor sich.

»Dale!« Jeb sprang zu seinem Kameraden, kniete neben ihm nieder und tätschelte ihm die Wange. »Dale, sag doch was!«

Doch Dale blieb am Boden. Er schlief.

Tom atmete tief durch und blieb erschöpft liegen. Er blickte nach oben und sah die Rockschöße einer Frau.

»Glotzt du mir unter den Rock, oder was soll das werden, Thomas Sawyer? Puh, und du stinkst wie ein Whiskeyfass!« Die Frau fächelte sich mit der Hand Luft zu.

Becky.

»Pass auf, dass du nichts umwirfst. Hier ist ein furchtbares Durcheinander, ich weiß. Aber ich bin erst seit acht Wochen hier drin und bin noch nicht dazu gekommen, aufzuräumen. Nimmst du Zucker?«

Tom setzte sich vorsichtig auf einen klapprigen Hocker neben der Druckmaschine. Um ihn herum waren bis zur Zimmerdecke alte Zeitungen gestapelt. Sie lagen auf dem Fußboden und auf den Tischen des Redaktionsbüros, sie hingen noch druckfrisch über Wäscheleinen, die quer durch den Raum gespannt waren. Gerahmte Sonderausgaben zierten die Wände, und zusammengeknüllte alte Ausgaben steckten in den Ritzen zwischen den Wandbrettern, um den Wind abzuhalten. Er saß in einem Meer aus Buchstaben.

»Hat der Kerl aus dem Saloon dir auch die Zunge rausgerissen? Ob du Zucker haben willst, hab ich gefragt.«

»Nein, keinen Zucker, danke.«

Tom nahm die Tasse entgegen, die Becky ihm hinhielt. Der Geruch der Bohnen mischte sich mit dem von frischer Druckerschwärze, der im Raum hing wie ein schweres Parfüm. Toms Kiefer schmerzte, seine Kehle brannte wie Feuer. Er fühlte sich, als wäre er in die massive Druckerpresse geraten, neben der er saß. Die schweren gusseisernen Platten der schwarz und rot lackierten Maschine wurden durch einen klobigen Hebel aufeinandergepresst; auf einer Seite der Setzkasten mit den Bleilettern, auf der anderen Seite der Papierbogen.

»Das ist 'ne Boston-Presse von J. Golding«, sagte Becky, als sie seinen Blick bemerkte. »Nicht gerade das neueste Modell, schwergängig, und hier drin ist es oft so heiß und feucht, dass die Farbwalzen mit den Laufrollen nicht übereinstimmen, und dann entsteht Walzenschmitz. Trotzdem ist das Ding noch das Beste an dieser ganzen Zeitung.« Sie seufzte und deutete mit einer vagen Handbewegung in das Zeitungsmeer, in dessen Mitte sie stand. Einen Moment zuvor hatte Becky den kleinen schwarzen Seidenhut abgesetzt, den sie bei der Beerdigung getragen hatte. Sie hatte eine Nadel aus den Haaren gezogen und dann den Kopf geschüttelt, und Tom war noch immer wie gefangen vom Anblick ihrer blonden welligen Haare, die sich über ihre Schultern ergossen hatten wie ein goldener Wasserfall.

Er schüttelte den Kopf. »Ich … Ich versteh kein Wort. Du bist was? Du … arbeitest hier? Bei dieser Zeitung?«

Becky grinste. »Ich *bin* die Zeitung, Tom. Ich bin der *St. Petersburg Chronicle*. Papa hat mir ein bisschen Geld geliehen, damit ich das hier machen kann. George Cruickshank, der den *Chronicle* davor hatte, ist an Weihnachten mit einem Ruderboot auf die Illinois-Seite gerudert, um den Heiligen Abend in der Fährschänke mit den Flößern zu verbringen statt mit seiner Frau. Dann ist ein Gewitter aufgezogen, und als er stockbetrunken zurückgerudert ist, ist das Boot gekentert, und George ist ertrunken. Die Trauer seiner Witwe hat sich in Grenzen gehalten. Sie war mehr als froh, als ich ihr den Schuppen hier, die Presse und den Namen der Zeitung abgekauft habe.«

Tom nickte beeindruckt. Er konnte sich kaum vorstellen, wie Becky, die schlank, fast zierlich war, dieses Ungetüm von Druckerpresse bediente. »Also bist du die Besitzerin, Becky? Respekt.«

Becky verschränkte die Arme vor der Brust. »Nenn mich nicht Becky. So nennt mich keiner mehr. Mein Name ist Rebecca. Becky war das kleine verzogene, pausbäckige Mädchen.«

Tom nickte. »Gut, dann also Rebecca. Und wer schreibt für dich diese …« Er beschrieb mit der Hand einen Bogen über die unzähligen Blätter, die um ihn herum hingen, gestapelt waren und zu seinen Füßen lagen.

»Ich. Ich schreibe die Artikel, Tom. Für mehr Mitarbeiter reicht der Absatz des *Chronicle* leider nicht. Papa hat mir prophezeit, dass ich keine drei Monate durchhalte, und ich bin wild entschlossen, ihm das Gegenteil zu beweisen. Deswegen mache ich auch die Fotografien und schicke sie zum Kupferstecher nach Palmyra, wenn ich mir ein Bild für die Zeitung leisten will. Ich setze die Buchstaben, ich drucke die Zeitung, ich bestelle das Papier, mache die Abrechnung, liefere sie aus, mache hier sauber, und ich koche Kaffee für jeden dahergelaufenen Kerl, der sich im Saloon hat verprügeln lassen – vorausgesetzt, er hat eine gute Geschichte für meine Zeitung zu erzählen.«

»Eine gute Geschichte?«

»Man sagt, du wärst bei Lincoln gewesen. Als es passiert ist.«

»Oh, das?«

»Ja. Das. Washington ist weit weg. Meine Leser brennen darauf, exklusiv eine Geschichte aus erster Hand von den letzten Stunden des Präsidenten zu lesen.«

Tom blickte zu Boden, verschränkte die Arme und schüttelte den Kopf. »Das wird leider keine Heldengeschichte. Deine Leser in St. Petersburg würden über einen Mann lesen, der auf Lincoln aufpassen sollte, der aber geschlafen hat, als der Präsident erschossen wurde. Ich bin mit schuld, wenn man so will.«

Becky schob die Unterlippe vor. »Oh, das würde dich in ihren Augen erst recht zu einem Helden machen.«

Tom schüttelte verständnislos den Kopf.

Becky lächelte traurig. »Die Typen im Saloon? Wir haben viele Veteranen des Südens hier in St. Petersburg. Man nennt Marion County auch *Little Dixie*, falls du dich erinnerst. Und die Besatzungstruppen der Union, die während des Bürgerkriegs hier stationiert waren, haben sich wenig Freunde gemacht, auch wenn Missouri in der Union geblieben ist und auch wenn die Sklaverei hier abgeschafft wurde, Tom ... oder lieber *Thomas*?«

»Nein – Tom. Tom wie eh und je. Ein paar von uns müssen

ja schließlich ihren Namen behalten, oder?« Tom grinste frech, doch dann zuckte er zusammen, weil sein Kiefer schmerzte. »Was ist mit dir, Beck... Rebecca? Wie denkst du darüber?«

Becky stellte ihre Kaffeetasse ab und machte sich daran, die zum Trocknen aufgehängten Zeitungsblätter von den Wäscheleinen zu zupfen und nach einem für Tom nicht zu erschließenden System ineinanderzulegen. »Wie ich darüber denke? Darüber, dass Abraham Lincoln gesagt hat, alle Menschen seien gleich?«

»Ja?«

»Du würdest wahrscheinlich gern hören, dass auch ich so denke, Tom Sawyer, hm? Das würdest du doch gerne hören?«

Tom zuckte arglos mit den Schultern. »Ja.«

»Oh, und so denke ich auch tatsächlich. Doch es stimmt leider nicht. Nicht vor dem Krieg und nicht danach. Es stimmt einfach nicht. Die Menschen sind nicht gleich!«

»Aber ... aber die Schwarzen sind jetzt frei! Ein schwarzer Mann kann sich jetzt sein eigenes Haus bauen, sich frei eine eigene Arbeit suchen, er kann frei wählen.«

Becky riss die Arme hoch, und die Zeitungsblätter flatterten auf. »Ach wie schön! Schön, dass der schwarze Mann frei wählen kann. Soll ich dir etwas sagen? Seine Frau kann es nicht! *Ich* kann es auch nicht! Weißt du, wie man mich anschaut, wenn ich allein mit dem Pferd nach Palmyra reite? Soll ich dir von den Blicken der Männer erzählen, wenn ich mit ihnen um Papier oder Druckerschwärze feilsche? Soll ich dir erzählen, wie man mich ausgelacht hat, als ich Ersatzteile für die Druckerpresse kaufen wollte? Dass mein Vater den Kaufvertrag für diese Zeitung für mich unterschreiben musste? Soll ich dir sagen, wie wütend ich war, als man mich in der Kirche herablassend und voller Mitleid angeschaut hat, weil ich mit knapp dreißig Jahren allein in der Bank saß, weil ich noch nicht verheiratet war, und dass es mich noch mehr geärgert hat, als man mir dann wieder freundlich und respektvoll begegnet ist, weil ich mich mit Sid verlobt hatte? Als wäre ich von einer schweren Krankheit genesen? Alle da draußen …«, sie wies mit dem ausgestreckten Finger auf die stumpfen Fensterscheiben, »alle da draußen warten nur darauf, dass ich mit dieser Zeitung Schiffbruch erleide, weil sie es nicht ertragen können, dass eine Frau eine andere Arbeit macht, als am Herd zu stehen, ihre Kinder zu hüten und sonntags in die Kirche zu gehen. Alle! Und du willst wissen, was ich davon halte, dass alle Menschen gleich sind, Tom Sawyer?«

Becky war laut geworden. Mit einem Stapel Zeitungsblätter unter dem Arm ging sie auf Tom zu und reckte angriffslustig das Kinn vor.

Tom kam nicht umhin, ihre zarte Haut zu bemerken. Und das umwerfende Blau ihrer Augen. Er zuckte mit den Schultern. »Ja. Das will ich wissen.«

Sie nickte wortlos, dann warf sie die Zeitungsblätter nachlässig auf den Tisch neben der Druckerpresse. Staub wirbelte auf und glitzerte im Abendlicht, das schräg durch die Scheiben hereinflutete. Sie wandte ihm den Rücken zu, stützte die Hände auf den Tisch, atmete durch. »Freut mich für die schwarzen Männer.«

Tom schwieg. Dann umspielte ein Lächeln seine Mundwinkel. »Und Siddy? Was sagt er dazu, dass du dich nicht so benimmst wie eine ehrbare Bürgerin von St. Petersburg?«

Becky fuhr herum und verschränkte die Arme vor der Brust. Ihre Augen glänzten. Sie lächelte. »Oh, er versteht das. Sidney ist nicht so wie die anderen, er ist so … so …«

»Verständnisvoll?«, schlug Tom vor, aber der spöttische Unterton in seiner Stimme entging Becky nicht.

Ihr Lächeln erstarb. »Was willst du von mir, Tom? Du hast mich hier vor zehn Jahren sitzen lassen, und jetzt kommst du zu mir, um auf deinem Halbbruder – meinem Verlobten – rumzuhacken?«

Tom schüttelte den Kopf. »Nein. Ich bin zu dir gekommen, weil du mich hierher geschleppt hast. Und eigentlich bin ich gekommen, um nach allem, was in Washington passiert ist, bei Siddys Hochzeit dabei zu sein. Ich wusste nicht, dass er *dich* heiratet. Ich wär wahrscheinlich nicht gekommen, wenn ich es gewusst hätte. Und ich werd euch nicht lange zur Last fallen. Ich helfe Sid ein paar Tage, dann bin ich wieder weg.«

»Du hilfst ihm?«

»Wegen Tante Polly. Sid soll das Haus bekommen. Und das Geld, falls es welches gibt. Ich will nichts davon. Irgendein Notar wird das bestätigen müssen.«

Beckys Züge, eben noch wütend und angespannt, wurden weich. Die vollen Lippen bekamen einen traurigen Ausdruck. »Es … tut mir leid, Tom. Ich mochte sie, das weißt du. Als wir noch jünger waren, du und ich, und … du weißt schon, so was wie ein Paar, da hat sie mir ihr Leid mit dir geklagt und ich ihr meins. Wir waren so etwas wie Freundinnen. Sie hat nie an mir gezweifelt. Als ich ihr von der Zeitung erzählt habe, hat sie das verstanden und gesagt: ›Die Männer haben keine Ahnung, was eine Frau alles tun kann, um ihren Lebensunterhalt zu verdienen.‹ Es tut mir so leid.« Ihre Augen schimmerten feucht.

Tom schluckte. Wenn sie weinen würde, würde er auch weinen müssen, das wusste er.

Doch Becky wandte sich ab und ging zu einem hohen Regal mit schmalen Fächern. Sie zog eine postkartengroße Glasscheibe zwischen Dutzenden anderen hervor, kam zu Tom zurück und gab sie ihm. »Hier.«

Tom griff nach der Glasscheibe und betrachtete sie neugierig. Er sah schwarze Verfärbungen darauf, als wäre die Scheibe schmutzig.

Doch dann zog Becky das Glas plötzlich zurück. »Ich weiß ja gar nicht, ob du das überhaupt sehen willst. Tut mir leid, ich …«

»Was? Ob ich was sehen will, Becky?«

Becky verzog den Mund. »Ich heiße Rebecca!«

»Ja. Dann eben Rebecca. Was will ich sehen? Was ist das da in deiner Hand? Eine Fotografie?«

Becky nickte. »Von ihr. Tot. Auf dem Boden ihres Hauses in der Hooper Street.«

Toms Augen wurden zu schmalen Schlitzen. »Du hast sie fotografiert?«

Becky zuckte mit den Schultern. »Ja. Ich bin … ich wäre ihre Schwiegertochter geworden. Aber ich bin auch der *St. Petersburg Chronicle.* Ich habe darüber berichtet.«

Als sie sah, dass Tom die Stirn in Falten legte, zuckte Becky erneut mit den Schultern. »Die Plage der streunenden Hunde, die St. Petersburg in den letzten Monaten heimgesucht hat, scheint ausgestanden zu sein, aber nun vermisst leider Mr Harbinson seinen Hund. Faszinierend, nicht wahr? Über so atemberaubende Dinge berichte ich normalerweise, Tom. Der Mord an Polly ist die größte Geschichte hier seit Kriegsende und seit dem Untergang der *Sultana* auf dem Mississippi vor drei Monaten! Wenn der Sheriff Huck Finn fängt, wird es einen Prozess geben, und meine Zeitung wird darüber berichten. Bis dahin ist der Kupferstecher in Palmyra mit meiner Druckplatte fertig, und ich kann das Bild drucken. Er wird die Fotografie hier mit einem Huck Finn im Hintergrund ergänzen, der sie gerade umgebracht hat.«

»Also steht es für dich fest?«

»Was?«

»Dass Huck Finn der Mörder ist?«

Sie sah überrascht auf. »Wer zweifelt denn daran?«

»Ich. Gib mir das Bild, bitte.«

Er streckte die Hand aus, und Becky legte die Glasscheibe zögernd hinein. Tom zuckte zusammen. Der Anblick eines Negativbildes war immer noch ungewohnt, fast verstörend für ihn. Vor allem, wenn die eigene tote Tante darauf abgebildet war. Er hielt die Glasscheibe ans Fenster und kniff die Augen zusammen. Polly lag in einer Blutlache auf dem Dielenboden, den Kopf zur Seite gedreht. Im Hintergrund war der Schrank mit Toms Kerben zu erkennen. Tom erschrak, als er sah, wie alt seine Tante geworden war. Die Negativplatte zeigte ihr Haar pechschwarz. Es musste also schlohweiß gewesen sein. Und am Boden schimmerten weiße Tropfen und weiße Lachen. Das war das Blut.

Pollys Finger schienen im Tode verkrampft zu sein, wie in die Dielen gekrallt, so als hätte sie versucht, ihrem Mörder kriechend zu entkommen. Oder kroch sie auf den Schrank zu, um sich zu verstecken? Die Brille lag zerbrochen auf dem Boden neben ihr. Das Haar war blutverschmiert, die tödliche Wunde im Hinterkopf deutlich zu erkennen.

Ein Loch im Kopf. Wie bei Lincoln.

Dieser Mann darf nicht entkommen.

Oh nein, Sir. Das wird er nicht.

Bittere Galle stieg ihm die Kehle hoch, und Tom schluckte. Oder war es Wut? Er würgte sie hinunter.

»Wenn du nicht glaubst, dass Huck es war, warum bleibst du dann nicht hier und findest heraus, wer es wirklich getan hat? Schließlich warst du doch bei Pinkerton, wenn es stimmt, was die Leute sagen.«

Tom stöhnte auf: »Ich würde gern wissen, was für Leute das ständig sagen! Es scheint so, als würde man hier den ganzen Tag über nichts anderes reden, als dass Tom Sawyer bei Pinkerton war!«

Becky zuckte mit den Schultern, nahm Tom die fotografische Platte aus der Hand und legte sie wieder ins Regal. »Ich sag's ja: ein paar streunende Hunde. In St. Petersburg zerreißt man sich das Maul schon über Kleinigkeiten.« Sie drehte sich um, verschränkte die Arme vor der Brust und lehnte sich mit dem Rücken an das Regal. »Also, was ist: Bleibst du?«

Tom blickte zu Boden. Er glaubte nicht, dass Huck der Täter war. Oder wollte er es nur nicht glauben? Wollte er nicht glauben, dass sein bester Freund ein Mörder war, obwohl alles dafür sprach? Ihm wurde schwindelig. Die Wirkung des Whiskeys war inzwischen verflogen, aber Dale hatte ihm zugesetzt, und er hatte noch immer nichts gegessen. Er hätte auf Harold hören sollen. *Man sollte was essen, bevor man die erste Flasche leert.* Schon richtig, Harold, und alle zwei Wochen sollte man auch einmal schlafen.

Tom rieb sich die Schläfen. »Wie war das mit Sally Austin

beim Gemeindefest? Wollte Huck dem Mädchen wirklich Gewalt antun?«

Becky trat an die Druckerpresse, zog eine bedruckte Zeitungsseite heraus und hängte sie an die Wäscheleine. »Ich glaube schon. Sally ist zwar ein richtiger Wildfang, nach allem, was man hört. Verdreht den Jungs reihenweise den Kopf, macht ihnen in der Sonntagsschule schöne Augen und so weiter. Aber sie hat Huck bestimmt nicht ermutigt. Wie denn auch? Er streift in den Wäldern herum, ist selten in St. Petersburg – höchstens um die Felle der Waschbären und Füchse zu verkaufen, die er jagt, und sich dann im ›Red Oak‹ volllaufen zu lassen oder seine paar Dollar bei Madame Paulines Mädchen zu verhuren, was man so hört. Er ist als streitsüchtiger Streuner verschrien, sieht ziemlich verwahrlost aus, und er stinkt. Nicht gerade die Sorte Mann, nach der sich eine Vierzehnjährige sehnt, wenn du verstehst, was ich meine.«

»Und was ist auf dem Gemeindefest passiert?«

»Wir haben Schreie vom Friedhof gehört. Ein paar Männer sind nachsehen gegangen und haben Huck entdeckt, wie er Sally festgehalten hat. Sie hat versucht sich zu befreien und um Hilfe gerufen, sie hat geschrien, dass er sie vergewaltigen will. Lucius Austin, Sallys Vater, hat Huck niedergeschlagen, und die Männer haben schon einen Strick geknüpft und über eine alte Ulme auf dem Friedhof geworfen. Sheriff Joe Harper hat sie zurückgehalten. Schätze, auch der alten Zeiten wegen; schließlich wart ihr drei früher dicke Freunde. Huck hat behauptet, Sally würde ihm Geld schulden, und darüber sei es zum Streit gekommen, aber das klang wohl nach einer hastigen Lüge, vor allem, weil ihm die Hose in den Kniekehlen hing und er … na ja … weil er mächtig in Fahrt war, was man sich so erzählt.« Becky blickte vielsagend auf ihre Hüftgegend hinab.

Tom nickte. »Verstehe.« Mit einem Mal war sein Kopf bleischwer. Er stützte die Ellenbogen auf die Knie und legte den Kopf in die Hände. Sein Hucky. Stinkend und betrunken mit einer Mordslatte zwischen den Beinen einer Halbwüchsigen.

Tom spürte mit den Fingern den Schweiß an seinen Schläfen, und ihm war, als läge ein Amboss auf seiner Brust.

Becky ging zu einem Stapel Papier, nahm einen frischen Bogen und spannte ihn in die Druckerpresse ein. »Joe hat ihm das Versprechen abgenommen, dass er sich nie wieder in St. Petersburg blicken lässt, und die Männer haben ihn aus der Stadt gejagt. Huck ist fast zu allem fähig, wenn du mich fragst. Ob er zu einem Mord fähig ist, weiß ich nicht, aber wenn es in dieser Stadt jemand herausfinden kann, dann du. Joe Harper ist ein netter Kerl, aber der wäre schon froh, wenn er Harbinsons Hund finden würde.«

Sie krempelte die Ärmel ihres Kleides hoch, drehte Tom den Rücken zu und umfasste mit beiden Händen fest den massiven Hebel der Druckerpresse. »Du hast meine Frage noch nicht beantwortet, Tom. Bleibst du und findest es heraus?«

Becky zog mit Wucht und ihrem ganzen Körpergewicht am Hebel. Die schweren, gusseisernen Platten sausten aufeinander zu, es gab ein lautes schmatzendes Geräusch, und dann wurden die Bleilettern auf das Papier gepresst. Becky entnahm den bedruckten Bogen und betrachtete zufrieden das Ergebnis. »Was ist los, Tom? Hat's dir die Sprache ver–«

Sie wandte sich um.

»Tom!«

Der Stuhl, auf dem Tom gesessen hatte, war umgestürzt, der Lärm der Druckerpresse hatte den Sturz offensichtlich übertönt. Blut tropfte aus Tom Sawyers Nase auf eine alte Zeitung. Reglos lag er auf dem Boden ihrer Redaktion.

Erst war alles dunkel, dann mischten sich Formen und Geräusche dazu, und es wurde hell. Verschwommen nahm er Farben wahr. Und dann die Stimme.

»Nichts als Ärger, Tom Sawyer, du machst einem nichts als Ärger!« Ein freundliches Lachen ertönte.

Tom öffnete blinzelnd die Augen und blickte in ein gütiges Gesicht. »Wo … was ist passiert?«

Über sich sah er blühende Robinien. Tom versuchte, sich aufzurichten, und erkannte, dass er auf einer harten Holzbank in einem Garten vor einem kleinen, weiß gestrichenen Haus lag. In dem Gesicht über ihm zeichneten sich Lachfalten um die wachen graublauen Augen hinter den kreisrunden Brillengläsern ab. Die dunkle Perücke schob sich in eine sonnenverbrannte Stirn. »Du bist umgekippt, Jungchen! Hat Rebecca dir was Unanständiges erzählt, oder was hat dir die Sinne geraubt?«

Dobbins.

Der Mann lachte erneut auf und wies mit dem Daumen hinter seinen Rücken, wo Becky mit einem feuchten Lappen in der Hand stand und Tom forschend ansah. Die Besorgnis in ihrem Gesicht wich langsam der Erleichterung, als sie sah, wie Tom sich aufrichtete.

»Keine Ahnung, ich … Da war die Schlägerei, hab wohl mehr abbekommen, als ich dachte. Außerdem sollte ich mal was essen und –«

»Und du siehst furchtbar müde aus, Tom«, unterbrach ihn Dobbins. »Du schläfst schlecht, was? Da sollten wir etwas machen, *ich* sollte da etwas machen. Aber erst mal wollen wir für etwas zu essen sorgen. Hattie!« Toms ehemaliger Lehrer erhob sich und wandte sich zum Haus. »Hattie, bring Mr Sawyer hier etwas von den Bohnen mit Hammelfleisch, die du gekocht hast!«, rief er durch die Tür.

Dobbins wartete auf eine Antwort, aber es kam nichts. »Hattie?« Er verschwand in dem weiß gestrichenen Gebäude und rief weiter nach seiner Angestellten.

Als Tom über den windschiefen Lattenzaun blickte, erkannte er die Rückseite seines ehemaligen Schulhauses. Der Lehrer der Dorfschule hatte sein Haus direkt neben seinem Arbeitsplatz.

»Er ist immer noch der Alte, was?« Becky setzte sich neben

Tom und deutete in die Richtung, in die Dobbins verschwunden war. »Er ist jetzt auch unser Arzt in St. Petersburg, seit Doktor Garth sich aus dem Staub gemacht hat. Garth hatte Geld in eine Mine in Kalifornien gesteckt, die nur auf einem Stück Papier existierte, und deswegen wohl Schulden bei einem der Holzbarone, nach allem, was ich rausgefunden habe. Er wollte wohl nicht warten, bis der seinen Eintreiber geschickt hat. Und die Bürger der Stadt warten seit zwei Monaten auf einen Doktor aus St. Louis, der die Praxis von Garth übernehmen soll, aber bis jetzt warten sie vergebens. Du kannst dir nicht vorstellen, wie viele Leserbriefe zu dem Thema ich schon hatte.«

Tom schüttelte seinen Kopf. »Hast *du* mich hierhergeschleppt?«

»Dobbins und ich haben dich auf einem Handkarren hergefahren. Du warst ein bisschen im Weg, da auf dem Boden in der Redaktion, weißt du?«

Tom nickte. »Danke. Aber ich brauch keinen Arzt. Es geht schon wieder.«

»Blödsinn, Sawyer! Ich sehe, wann ein Mann einen Arzt braucht und wann nicht!« Dobbins war unbemerkt wieder aus dem Haus gekommen. Er hielt Tom einen Kanten Brot und eine Scheibe Speck hin. »Hier, lass es dir schmecken. Ich hab keine Ahnung, wo Hattie sich rumtreibt, wahrscheinlich kauft sie Hühner am Anleger. Mit dem Dampfschiff haben sie frische gebracht, hat sie gesagt. Verdammte Dampfschiffe. Mir wird jedes Mal schlecht, wenn ich auf einem von diesen schaukelnden Pötten bin. Aber wenn sie zurückkommt, kann sie was erleben!«

Dobbins ging an Tom vorbei und hinüber in den Gemüsegarten des kleinen Häuschens. Er schlenderte durch die Beete, bückte sich zuweilen und pflückte ein paar Blätter von einer Pflanze ab.

Tom blickte auf das Brot und den Speck in seiner Hand und dann Hilfe suchend zu Becky.

»Hattie ist Mr Dobbins' Haussklavin … Entschuldige, sie ist natürlich sein Hausmädchen. Die Kleine kocht großartig. Du hast leider Pech, aber besser Brot und Speck als gar nichts, oder?«

Tom nickte benommen. Dann stand er auf und ging zu Mr Dobbins zwischen den Beeten, während er an dem Brot und an der Speckscheibe kaute. An hohen Holzstangen rankten sich Kletterpflanzen empor, und Tom erkannte alle möglichen Kräuter und hübsche Blumen, die überall im Garten wuchsen. Dobbins trug einen kleinen Bastkorb unter dem Arm, in den er die abgezupften Blätter fallen ließ.

»Was tun Sie da, Mr Dobbins? Sammeln Sie Brennnesseln?«

In Dobbins' Augen blitzte der Schalk auf. »Ja, um dir damit den Hintern zu versohlen, so wie früher.« Der Lehrer deutete auf die Büsche. »*Melissa officinalis*, Tom. Melisse. Und hier«, er klaubte ein paar hübsche sternförmige weiße Blüten mit violetten Fäden aus seinem Korb, »*Passiflora incarnata*, die Passionsblume. Das da ist *Valeriana officinalis*, der Baldrian. Erkennst du, was das wird, Thomas? Weißt du, was ich hier für dich pflücke?«

Dobbins warf einen prüfenden Blick über seine randlose Brille und ließ seine Augen forschend auf Tom ruhen.

»Ja, Sir«, antwortete Tom. Dann bemerkte er, dass er geantwortet hatte, ohne nachzudenken, weil Dobbins einmal sein Lehrer gewesen war und weil man dem Lehrer so antwortete. Er schüttelte den Kopf. »Nein, Sir.«

Dobbins grinste und kratzte sich am Kopf. Graue Haare, Dobbins' echte Haare, blitzten an den Schläfen keck unter der Perücke hervor. »Ich mach dir ein Schlafmittel, Tom. Was immer dir den Schlaf raubt, und nach allem, was man so hört, könnte da einiges sein …« Wieder blickte er prüfend über den Rand seiner Brille hinweg. »Was immer es ist, es wird dich nicht länger belasten nach einem Tee, den du dir mit diesen Blättern und Blüten zubereitest.« Er reckte den Zeigefinger in die Luft. »›Dass wir nicht noch kränker und verrückter sind als ohnehin schon, verdanken wir ausschließlich der größten Gabe der Natur: dem Schlaf!‹ Thomas Henry Huxley hat das gesagt, ein englischer Zoologe und erster Anhänger Darwins. Weißt du, wer Darwin ist, Tom? Nein? Ist ja auch egal. Sieh mal!«

Dobbins deutete auf eine der Kletterpflanzen, die sich an den langen Stangen emporrankten. »Nun brauche ich nur noch ein paar Früchte von dieser Pflanze. Die kennst du aber, Tom, oder? Ich gebe dir einen kleinen Hinweis: Du hast ihre segensreiche Wirkung bestimmt schon des Öfteren genossen, wenn du dich nicht allzu sehr verändert hast.«

Tom stutzte. Was für eine segensreiche Wirkung? Er zuckte mit den Schultern. »Das sind Erbsen, oder?«

Dobbins schüttelte enttäuscht den Kopf, als säße Tom noch in der vorletzten Bank der Sonntagsschule und hätte einmal wieder die Konjugation eines Verbs vermasselt. »Siehst du diese kleinen Zapfen nicht, Tom? Sind das etwa Erbsen?«

»Nein, Sir.« Tom schüttelte betreten den Kopf. Er sah sich nach Becky um und entdeckte zu seinem Missfallen, dass sie dem Schauspiel belustigt zusah und ein Lachen unterdrückte. Etwas war in ihrem Lächeln, in ihren Augen, die strahlten vor Vergnügen, was ihn verwirrte. Er zwang sich, den Blick von ihr abzuwenden.

Dobbins sprach mit triumphierendem Tonfall weiter. »Hopfen, mein Lieber! *Humulus lupulus!* Und man macht Bier daraus, das du bestimmt schon des Öfteren gekostet hast, oder? Erbsen sind das hier! Und sie haben uns das Geheimnis des Lebens verraten, Tom, oh ja!«

Tom blickte seinen ehemaligen Lehrer etwas ratlos an, als der mit einem entrückten Lächeln auf einige wild wuchernde kniehohe Büschel deutete, an denen gelbe und grüne Schoten hingen.

»Das Geheimnis des Lebens, Sir? Erbsen?«

»Oh ja! Das glaubst du mir nicht, was, Tom? Du hast mir schon früher nicht geglaubt oder mir nicht zugehört. Aber es ist wahr! Warum sehen wir aus, wie wir aussehen? Warum ähneln manche von uns ihrem Vater und andere ihrer Mutter? Warum haben ein schwarzer Rammler und eine weiße Zibbe nur schwarze Kaninchen als Nachwuchs? Aber unter deren Kindern sind wiederum weiße zu finden? Ein Augustinermönch aus Brünn in Österreich hat es herausgefunden, weißt du, Tom? Er hat Erbsen gekreuzt, gelbe und grüne wie diese hier, und er hat so die Geheimnisse der Vererbung entschlüsselt.« Dobbins ging zu den kleinen Büschen, deutete auf die Schoten und schwärmte weiter über die Vererbung ihrer Merkmale.

Tom wusste nicht, ob es daran lag, was Dobbins ihm erzählte, oder daran, wie er es erzählte, jedenfalls trat nach ein paar Sätzen das ein, was schon vor bald zwanzig Jahren tagtäglich eingetreten war: Es gelang ihm nicht mehr, zuzuhören. Als wäre er wieder zehn Jahre alt und lauschte seinem Lehrer, wie der von Moses und Aaron sprach, von Lewis und Clark, von North und South Carolina, machte Tom ein aufmerksames Gesicht und nickte zuweilen. Doch sein Blick verschwamm, und Tom hing seinen eigenen Gedanken nach, ohne ein Wort von dem zu verstehen, was Dobbins ihm über die Erbsen zu erklären versuchte.

Hinter Dobbins stand Becky am Haus bei einer Wäscheleine und hängte den Lappen, mit dem sie ihm die Stirn gekühlt hatte, zum Trocknen auf. Die untergehende Sonne tauchte Beckys blonden Schopf in ein goldenes Licht, fast so, als würde eine Gloriole sie umgeben. Und sie machte mit ihren tief stehenden Strahlen Beckys hellen Rock durchscheinend. Tom staunte. Die hatte Beine. Junge, Junge! Was für Beine!

Warum gab es ihm einen Stich, dass sie Sid heiraten wollte? Nur wegen Sid? Oder wegen ihr? Er hatte sie fast zehn Jahre nicht gesehen, fast zehn Jahre nicht an sie gedacht. Oder nur manchmal. Na gut, mehr als nur manchmal. Aber in den Wochen seit Lincolns Ermordung kaum noch. Warum war es ihm plötzlich nicht mehr egal? Sie hatte ihn beeindruckt, vorhin, als sie so selbstverständlich in ihrer Redaktionsstube stand und ihm erzählt hatte, wie sie den Laden schmiss. Wie sie die Druckerpresse angeworfen hatte. Wie sie ihn verspottet hatte. Fast wie früher.

Tom schüttelte sich. Es war nicht wie früher. Nichts war wie früher. Er nicht, Becky nicht, nicht einmal Sid. Die Ereignisse des Tages, Pollys Tod, das alles hatte ihn verwirrt. Es durfte nicht so sein wie früher. Er würde nicht nach zehn Jahren zurückkommen und alles durcheinanderbringen. Sich selbst durcheinanderbringen. Sid brauchte ihn nicht, Polly war zu Grabe getragen, den Rest würde sein Halbbruder auch allein schaffen. Mit Beckys Hilfe.

Becky.

Er wollte niemanden durcheinanderbringen.

Er musste es beenden. Am besten sofort.

Tom blickte auf und merkte, dass Dobbins ihn fragend ansah. Er hatte ihm offensichtlich eine Frage gestellt, aber Tom hatte nicht zugehört. Er öffnete den Mund, um etwas zu sagen, aber es kam nichts heraus.

»Ja, Tom? Weißt du es?«, ermunterte Dobbins ihn.

»Sir, ich …« Tom hob entschuldigend die Arme.

Dobbins trat einen Schritt auf ihn zu und legte ihm die Hand auf die Schulter. »Entschuldige bitte, Tom«, sagte er leise. Seine Stimme war sanft, und er räusperte sich. »Da steh ich und rede und rede, als wäre nichts passiert. Es tut mir furchtbar leid. Das mit Polly, meine ich. Die arme Frau. So ein Ende hat sie nicht verdient. Du musst ganz durcheinander sein.«

Tom schwieg. Dann nickte er. »Das bin ich. Aber das lässt sich ändern.« Er wandte sich um. »Ich muss deinen Vater sprechen, Becky. Sofort.«

»Es müsste alles so formuliert sein, wie du es wolltest, Tom. Bitte lies es durch, du auch, Sid, damit wir sicher sind, dass alles in Ordnung ist.« Richter Thatcher schob das Blatt Papier mit den geschwungenen Buchstaben über den schweren dunklen Eichentisch. Dann stellte er ein Tintenfass dazu und legte eine Schreibfeder daneben.

Tom überflog das Schriftstück nur oberflächlich, während Sid sich beflissen darüberbeugte und es angestrengt studierte. Toms Blick ging zum Fenster. Draußen war die Sonne hinter Sumachsträuchern untergegangen. Ein paar laut quiekende Schweine wurden durch die Hill Street zum neuen Schlachthaus beim Anleger getrieben.

Sie befanden sich im getäfelten Arbeitszimmer des Richters im oberen Stockwerk der Stadtvilla mit dem ausladenden Portal und den weißen Säulen. Schwere Teppiche dämpften jedes Geräusch, nur das Knistern eines kleinen Feuers im Kamin störte die Totenstille. Falls Becky noch im Haus war und nicht in der Redaktion des *St. Petersburg Chronicle*, hörte man sie jedenfalls nicht.

»Nun …« Der hochgewachsene Mann mit der markanten Nase, der Tom und Sid gegenüber in einem reich verzierten, schwarz lackierten Sessel thronte, lehnte sich zurück und verschränkte die Arme über der zweireihigen, gelb karierten Seidenweste.

»Schade, dass du uns schon wieder verlassen willst, Thomas. Ich kann verstehen, dass du nicht dabei sein willst, wenn man Huck Finn fasst und ihm den Prozess macht. Aber wir könnten Männer wir dich hier gut gebrauchen. Mit St. Petersburg geht es aufwärts, seit die Yankee-Truppen abgezogen sind. Langsam, aber stetig.«

Thatcher streckte die Hand aus und beschrieb eine aufsteigende Kurve über der Schreibtischplatte. »Wenn eines Tages die Eisenbahnbrücke über den Mississippi kommt, dann wird St. Petersburg eine richtige Stadt werden. So wie Springfield, vielleicht sogar wie St. Louis.«

»Dabei wünsche ich viel Erfolg, Mr Thatcher.« Tom lächelte freudlos. »Aber St. Petersburg hat es bis hierher ohne mich geschafft. Ich schätze, Sie schaffen's auch weiter ohne mich.«

Richter Thatchers Hand verharrte in der Luft, dann machte er eine abwägende Geste, als ob das eben keineswegs so klar wäre. »Wichtige Entscheidungen müssen getroffen werden, Tom.

Und dafür braucht es Männer mit Mut und Weitsicht. Männer, die einen guten Draht nach Washington haben. So wie du. Als Rebecca bei ihrem Pressehändler das Foto von dir mit Pinkerton und Lincoln auf dem Schlachtfeld von Antietam entdeckt hat, wollte sie es zunächst gar nicht glauben. Aber sie hat so lange bei den Korrespondenten in der Hauptstadt nachgebohrt, bis sie es sicher wusste, und dann hat sie es jedem in St. Petersburg erzählt. Ob die Leute es hören wollten oder nicht, stimmt's, Sidney?« Thatcher lachte trocken auf.

Auf einmal wusste Tom, wer hinter diesem »Was man sich so erzählt« steckte. Warum nur hatte Becky es jedem erzählt? War sie etwa stolz auf ihn gewesen?

Sid blickte von dem Dokument auf, das ihn zum Erben von Tante Pollys Nachlass machen würde. Ein säuerliches Lächeln spielte um seine Lippen. »Ja, sie fand das wohl ziemlich ... erstaunlich. Wir alle fanden es ziemlich erstaunlich, Tom.«

Dass man einen Nichtsnutz wie mich in die Nähe des Präsidenten gelassen hat, meinst du wohl, dachte Tom, er sagte es aber nicht.

»Es ist alles in Ordnung, Sir.« Sid griff nach der Schreibfeder und setzte seinen Namen unter das Dokument. Ohne aufzusehen, reichte er Tom die Schreibfeder weiter. Als Tom sie nicht nahm, blickte Sid auf. Er biss sich auf die Lippen. »Sorry, Tom. Ich will dich nicht drängen. Das Ganze war zwar deine Idee, aber sicher brauchst du noch etwas Zeit zum Nachdenken. Vielleicht willst du auch eine Nacht darüber schlafen. Und wenn du Geld brauchst, für einen Neuanfang oder so ... Wir können dir jederzeit etwas leihen.«

Wir? Tom grübelte, ob Sid damit sich und Becky meinte oder sich und den Richter oder aber die Bank, für die er arbeitete.

Tom nahm die Feder und wies mit dem Kinn auf das Schriftstück. »Um wie viel geht's überhaupt? Was schenke ich dir da, Sid?«

»Mir und Mary. Vergiss das nicht. Unsere Schwester wird

ihren Anteil bekommen, sobald sie wieder reisen kann, nicht wahr, Sir?«

Tom hatte von Sid erfahren, dass ihre Schwester Mary, die flussabwärts in Cape Girardeau lebte, in den Wehen lag und deswegen auch bei der Beerdigung nicht anwesend sein konnte. Richter Thatcher nickte. »Ich kümmere mich darum, Tom. Versprochen. Aber Sid würde niemals jemanden hintergehen, stimmt's, Sid?«

Erstaunt fing Tom einen schnellen, scharfen Blick auf, den Sid Richter Thatcher zuwarf, als hätte in dessen Frage eine kleine Drohung gelegen. Sein Halbbruder räusperte sich. »Niemals, Sir. Und was deine Frage angeht, Tom, so hat unsere Tante keine Reichtümer besessen, wie du dir denken kannst. Das Haus in der Hooper Street, den kleinen verwilderten Gemüsegarten am Fuße des Cardiff Hill, und auf unserer Bank hatte sie ein Konto mit fünfundsiebzig Dollar. Mehr ist da nicht.«

»Fünfundsiebzig Dollar?«, fragte Tom ungläubig. »Mehr nicht? Wovon hat sie überhaupt gelebt?«

»Sie war sparsam, wie alle älteren Frauen hier. Sie hat Decken genäht, die Lucius Austin in seinem Drugstore verkauft hat, und sich von den Hühnern hinterm Haus und dem Gemüsegarten ernährt, so Sachen, du weißt schon. Als ich in der Bank angefangen habe, hab ich ihr ab und zu was zugesteckt. Sie kam über die Runden.« Sid zuckte mit den Schultern.

Tom knetete seine Unterlippe mit Daumen und Zeigefinger. Etwas war merkwürdig an der ganzen Sache. Er griff nach dem Schriftstück und tat so, als würde er es noch einmal lesen, tatsächlich aber dachte er nach. Warum hatte sich Huck Finn für seinen Raub ausgerechnet eine alte Frau ausgesucht, von der jeder wusste, dass sie fast nichts besaß? Warum war er nicht zur Witwe Douglas gegangen? Zu ihrem einsam hinter dem Cardiff Hill gelegenen Haus? Oder zu Richter Thatcher?

Nachdenklich betrachtete Tom die teuren Teppiche und die Ölbilder an den grün gestrichenen Wänden über der schimmernden Holztäfelung. Die prachtvolle Deckenlampe aus poliertem Messing und mattiertem Glas. Die kostbare vergoldete Standuhr auf dem marmornen Kaminsims. Thatchers königsblauen Gehrock über der maßgeschneiderten Hose und den modischen Stiefeletten.

»Was willst du tun, wenn du uns morgen verlässt, Thomas?« Richter Thatcher stand auf und trat an das Fenster hinter seinem Schreibtisch. Er verschränkte die Hände hinter dem Rücken und blickte in die Dunkelheit, die sich über die Straßen von St. Petersburg gesenkt hatte.

Tom schob die Unterlippe vor. »Ich weiß es nicht. Das Nebraska-Territorium soll in die Union aufgenommen werden, vielleicht versuch ich mein Glück dort. Andererseits könnte ich nach Washington zurückgehen. Man hat mir angeboten, für Johnson in ähnlicher Funktion zu arbeiten wie für Lincoln.«

»Johnson, wie?« Thatcher schnaubte. »Überleg dir das gut, Junge. Ich habe auch so meine Kontakte in der Hauptstadt, und nach dem, was man so hört, hat sich Johnson schon jetzt einen Haufen Feinde gemacht. Angeblich war er bei seiner Vereidigung als Vizepräsident betrunken.«

»Washington ist manchmal schwer zu ertragen, Sir. Gönnen Sie einem Mann einen Drink.«

Thatcher drehte sich um und lächelte dünn. »Auch zwei. Aber unser Präsident scheint so ratlos, welchen Kurs er gegenüber dem Süden einschlagen soll, dass da nicht mal eine ganze Flasche hilft. Man sagt, er habe sich auch seinen Kriegsminister Stanton schon zum Feind gemacht. Du müsstest gut auf ihn aufpassen, wenn du zurück nach Washington gehst, sonst ergeht es ihm vermutlich wie seinem Vorgänger.«

Toms Augen verengten sich. Es war das zweite Mal an diesem Tag, dass er jemanden auf Lincolns Ermordung anspielen hörte, und es gefiel ihm jedes Mal weniger.

Thatcher hakte die Daumen in die Taschen seiner Weste ein und wies mit dem Kinn auf das Schriftstück. »Was ist jetzt, Tom? Ich will nicht unhöflich sein, aber ich habe noch ein paar Dinge zu erledigen. Unterschreibst du, oder überlegst du es dir doch noch einmal?« Er betrachtete Tom prüfend, die eisblauen Augen wie zwei kleine harte Kieselsteine.

Tom hielt dem Blick stand und griff nach dem Dokument und der Feder. Als er sie gerade ins Tintenfass tauchte, drang Lärm von der Straße herauf. Stimmen. Es wurde laut gerufen, und man sah den Widerschein von Fackeln an den Holzwänden der Häuser auf der gegenüberliegenden Straßenseite.

Sid sprang auf und trat neben Thatcher, der das Fenster hochgeschoben hatte und sich hinauslehnte. »Was ist da los? Collins? Was rottet ihr euch zusammen? Ist der Sheriff da?«, rief Thatcher hinunter.

Collins, ein Mann, schmal wie ein Besenstiel, mit schütteren Haaren und mit einem eiförmigen Kopf, hob die Fackel und blickte zu dem geöffneten Fenster hoch. Ein gutes Dutzend Männer waren auf der Straße, sattelten Pferde, luden Flinten durch und brüllten sich Anweisungen zu. Collins grinste nach oben und entblößte sein lückenhaftes Gebiss. »Nein, Mr Thatcher, Sir. Harper ist schon hinten bei der alten Gerberei. Er hat die Bluthunde, und wir treffen uns alle da!«

»Die Bluthunde? Wofür denn die Bluthunde, in Gottes Namen?«

»Na wegen Huck Finn! Gustavson hat ihn bei der Gerberei rumschleichen sehen. Wahrscheinlich ist er schon beim Steinbruch, aber die Hunde werden ihn finden, Sir! Wir fangen das Schwein!«

Collins lachte schrill auf und sprang auf einen braunen Hengst, den ihm ein anderer Mann am Zügel brachte. Die Meute schoss in die Luft und preschte die Hill Street hinab.

Thatcher schob das Fenster zu. »Tja, Tom. Ich fürchte, sie werden Huck aufknüpfen, bevor er überhaupt in meinem Gerichtssaal gesessen hat. Was meinst du?« Gleichzeitig wandten sich der Richter und Sid um. Sie erstarrten.

Die Schreibfeder lag unbenutzt auf dem Schriftstück. Toms Stuhl war leer.

Cardiff Hill, Nacht, 10. Juli 1865

Das Gebell der Bluthunde hallte durch den Wald. Tom keuchte, und das Herz hämmerte gegen seine Brust. Es ging steil bergauf. Man hörte lautes Rufen, und der Schein der Fackeln ließ die Schatten der Männer unheimlich durch die Bäume tanzen. Der Mond kam hinter ein paar Wolken hervor, aber das Licht drang kaum bis ins Unterholz.

Tom versuchte verzweifelt, sich an die zugewachsenen Pfade auf dem Cardiff Hill und an die Schleichwege seiner Kindheit zu erinnern. Eine Felsgruppe, die aussah wie ein Dampfschiff? Ein kleiner Bach, der einen Wasserfall bildete? Nach rechts? War das ihr alter Weg?

Er verfluchte sich selbst: Er hatte kein Pferd, keine Fackel, keinen Revolver, nur das Atkinson-Messer in seinem Stiefelschaft. Falls Joe Harpers Männer ihn mit Huck Finn verwechselten und einen Schuss auf ihn abgäben, könnte ihnen das niemand verdenken. Falls Tom Huck jemals finden sollte und falls Huck ein Mörder war und ihn mit einer Schrotflinte bedrohte, würde ihm auch das Messer in seinem Stiefel nichts nützen. Doch sein Colt war noch in der Reisetasche, und die befand sich nun mal in »Harold's Happy Tavern« in der Bird Street. Warum konnte er nicht ein einziges Mal daran denken, seine Siebensachen mit sich zu nehmen?

Trockene Äste knackten laut unter seinen Stiefeln, es raschelte im Gebüsch. Ein Waschbär? Oder Huck Finn?

»Huck? Bist du das? Ich bin's – Tom!«

Keine Antwort. Stattdessen kamen die Männer mit den Fackeln und den Gewehren näher. Tom kämpfte sich weiter den Hügel hinauf. Vor wenigen Minuten war er aus dem Haus von Richter Thatcher gerannt und dem Fackelschein der Männer gefolgt. Die Meute war von der Hill Street in Richtung Anleger geritten und dann in die Main Street abgebogen, um sich schließlich bei der Gerberei zusammenzurotten.

Tom hatte aus der Ferne beobachtet, wie Joe Harper, der auf einem schwarzen Hengst saß, Anweisungen rief und das gute Dutzend Männer in Gruppen einteilte. Tom sah einen weiteren Stern aufblinken und erkannte im Hilfssheriff einen Jugendfreund, Jim Hollis. Neben diesem stand ein stämmiger Mann, der zwei lohfarbene Bluthunde an der Leine führte.

Als Tom fast bei ihnen war, ritten die Männer los, ohne auf ihn zu achten, doch Tom wusste, dass sie mit ihren Pferden nicht weit kommen würden. Der Cardiff Hill war steil und überwuchert; mit einem Pferd musste man auf dem breiten Weg bleiben, der am Haus der Waliser und am alten Steinbruch vorbei zur Villa der Witwe Douglas führte. Und das wusste Huck auch, deshalb würde er sich ins Unterholz schlagen.

Der Steinbruch? Die Villa? Früher hatte die Witwe Douglas für Huck immer eine offene Tür gehabt. War Huck dahin unterwegs? Wohin flüchtete er? Wohin wäre ich selbst geflüchtet, fragte sich Tom. Er stolperte über eine Wurzel, schlug sich die Knie auf, rutschte einige Fuß einen Abhang hinunter und landete in einem Bachbett. Stöhnend blieb er liegen.

»Da drüben, Joe! Da war was!«

Sie hatten ihn bemerkt. Tom erkannte die Stimme des Mannes, den Richter Thatcher vorher als Collins angesprochen hatte, raffte sich mühsam auf und verfluchte sich erneut. Was wollte er hier? Noch vor wenigen Minuten war er drauf und dran gewesen, Sid sein Erbe zu überschreiben und die Stadt zu verlassen. Natürlich erst nachdem er in »Harold's Happy Tavern« zu Ende gebracht hätte, was er am Mittag begonnen hatte: die Flasche Whiskey. Und nun rannte er nachts durch den Wald und suchte Huck Finn, um … ja, um was zu tun eigentlich? Um ihn selbst zu fassen? Um ihn vor dem Mob mit den Gewehren und den Bluthunden zu beschützen? Tom wusste es nicht. Er sah sich um und suchte den Pfad, auf dem er gerade noch den

Hügel erklommen hatte, als er bemerkte, dass die Farne am Bachufer platt getreten waren. Tom bückte sich.

Im selben Augenblick pfiff ein Schuss durch die Nacht und schlug in dem knorrigen Baum neben seinem Kopf ein. Rinde spritzte weg und ritzte Toms Gesicht. Er schrie auf und ließ sich zu Boden fallen.

»Ich hab ihn! Joe! Ich hab den Hurensohn erwischt!«, tönte es triumphierend durch die Nacht. Jemand jubelte. Tom hörte Schritte und das Gebell der Hunde. Sie kamen zu ihm.

»Einen Scheiß hast du, Jim Hollis!«, schrie Tom aus Leibeskräften. »Hör verdammt noch mal auf, hier rumzuballern! Ich bin's! Tom! Tom Sawyer! Sag dem Schwachkopf, dass er aufhören soll, Joe!«

»Tom? Bist du das?«

Tom stöhnte. Der Hilfssheriff schien genauso beschränkt zu sein wie sein Boss. »Ja, verdammt! Hört auf zu schießen!«

Tom hörte, wie Joe Jim Hollis anblaffte, dann wurden die Schritte lauter, und eine Gruppe von fünf oder sechs Männern umringte ihn. Collins schwenkte eine Fackel in seine Richtung, der stämmige Typ mit den Bluthunden zog kräftig an der Leine, um die Tiere zurückzuhalten. Jim Hollis, ein schmächtiger blasser Kerl, der schielte, starrte ungläubig auf Tom, der sich langsam erhob und sich den Dreck von der Hose wischte.

Joe Harper hob die Fackel, deren Schein in seinen Augen flackerte. »Was machst du hier, Tom? Was hast du hier zu suchen? Ist Huck bei dir?«

»Nein, zum Teufel! Und was macht ihr da? Wollt ihr Huck fassen oder ihn gleich erschießen, Joe? Du hast mich fast umgebracht, Jim!«

»Woher soll 'n ich das wissen? Kann kein Arsch riechen, dass du das bist, Tom!«, schnauzte Hollis zurück, sein altes Gwyn & Campbell-Gewehr immer noch im Anschlag.

Joe Harper legte die Hand auf den Lauf der Waffe und drückte sie nach unten. »Lasst es gut sein. Beide. Wir wollen Huck fassen, Tom, nicht erschießen. Das wär zu einfach für das Schwein.

Und Jim hier …«, er wies auf seinen Hilfssheriff, »ist halt mit dem Finger schnell am Abzug; also stell dich nicht so an, er konnt's ja wirklich nicht wissen.«

»Das ist doch unser Niggerfreund aus dem Saloon! Ich erkenn den Scheißer doch!«

Tom zuckte zusammen. Das war Jeb, das kleine Frettchen mit dem Allan-Pepperbox-Revolver. Der schob sich vor Joe Harper und wies mit dem Finger auf Tom. Tom sah sich hastig um. Zu seiner Erleichterung entdeckte er Jebs Kumpel Dale nicht unter den Männern.

Jebs Stimme wurde lauter. »Das ist der Irre, der zusammen mit dem Nigger Dale fertiggemacht hat! Ich schwör's dir, Joe! Er ist es!«

Sheriff Harper war sichtlich verwirrt. Er sah nach links, dann nach rechts, als ob irgendwo zwischen den Bäumen eine Antwort darauf zu finden wäre, was er nun als Nächstes tun oder sagen sollte. »Ihr haltet jetzt alle mal die Klappe! Sofort!«, brüllte er schließlich. »Wenn Tom diesem Dale eine Abreibung verpasst hat, dann wird er seine Gründe dafür gehabt haben, aber die sind mir im Moment scheißegal! Wir sind hier, um uns Huck Finn zu schnappen, Herrgott!«

Joes laute Worte verhallten im Wald. Alle schwiegen.

Der Sheriff trat dicht zu Tom hin, und seine Stimme war kaum mehr als ein Flüstern. »Wie sieht's aus, Pinkterton-Mann: Hilfst du mir jetzt?«

Tom blickte zu Jeb. Der kleine Mann funkelte ihn hasserfüllt an. Jim Hollis spuckte aus, als Tom ihn musterte. Tom heftete den Blick auf den Sheriff. »Versprichst du mir, dass Huck nichts geschieht und dass er einen fairen Prozess bekommt?«

Joe kaute auf der Innenseite seiner Backe. Er sah zu Boden, dann nickte er. »Klar, Tom. Huck wird nicht erschossen.«

Tom schwieg, dann nickte auch er. »In Ordnung, Joe. Ich helfe dir.«

Joe schnaubte zufrieden. »Dann komm mit. Da oben bei dem kleinen Wasserfall haben die Hunde angeschlagen. Ich schätze, er ist auf dem Weg zur Witwe Douglas. Schließlich hat sie ihm immer etwas zugesteckt, wenn er in Schwierigkeiten war.«

Die Männer gingen bereits los, und auch Joe wandte sich ab, doch Tom legte ihm die Hand auf die Schulter. Joe drehte sich wieder um. »Was ist?«

»Du suchst in der falschen Richtung, Sheriff.«

Joe legte die Stirn in Falten. Die anderen Männer blieben stehen. Tom nahm Joes Fackel und schwenkte sie über dem platt getrampelten Farn am Ufer des kleinen Bachs, den er vorher entdeckt hatte. »Siehst du das?« Er ging ein paar Schritte bergab. »Und das?«

Wieder lagen Farnbüschel umgeknickt am Boden.

Der Sheriff trat näher und kniete sich hin. Deutlich sah er den Abdruck eines Stiefels. »Verdammt.«

Tom hob die Fackel und wandte sich an die Männer. »Huck Finn ist vielleicht ein Säufer, und vielleicht ist er auch ein Irrer. Aber dumm ist er nicht, merkt euch das. Er hat eure Hunde gehört und euch den Hügel hinaufgelockt, und als er an den Bach kam, hat er die Richtung geändert und ist im Bachbett quer durch den Wald wieder bergab gelaufen, weil die Bluthunde da seine Fährte nicht wittern.«

Tom nahm einen trockenen Ast und zog damit Linien über den Waldboden. »Hier sind wir. Das ist der Hügel und das der Bach. Der mündet am Fuß des Hügels in den Mississippi, aber davor fließt er zwischen ein paar verlassenen Gebäuden hindurch, wo Huck und ich vor vielen Jahren gespielt haben. Da gibt's tausend Winkel und Ecken, wo ein Mann sich verstecken kann, wenn er ein paar Tage verschwinden will. Du weißt, wovon ich rede, Joe?«

Joe Harper richtete sich auf. Mürrisch blickte er von Tom zu seinen Männern, die Toms Ausführungen staunend gelauscht hatten. Seine Kiefer mahlten, dann sagte er leise: »Der alte Schlachthof.«

Das Tor hing halb aus den Angeln und quietschte, als Tom es aufdrückte. Das Geräusch ging ihm durch Mark und Bein, es hätte Tote aufgeweckt. Falls Huck sie nicht schon vorher bemerkt hatte, dann wusste er spätestens jetzt, dass sie ihn gefunden hatten.

Tom schlich vorsichtig weiter. Die verrotteten Holzbalken des Dachstuhls waren an manchen Stellen eingebrochen, Dachschindeln lagen zersprungen auf dem verwitterten Backsteinboden, und über allem hing der Geruch von Tod und Verwesung. War das schon immer so gewesen? Auch schon vor zwanzig Jahren, als er mit Huck hier gespielt hatte? Damals waren die Gebäude gerade aufgegeben worden, und man hatte einen neuen Schlachthof näher am Anleger für das Dampfschiff gebaut. Jetzt war alles überwuchert, ein Wald aus kleinen Birken hatte das Gebäude eingeschlossen, sie wuchsen aus den Bodenfugen und sogar auf dem Dach. Efeu quoll durch die gesprungenen Scheiben herein, und es war kühl.

Der alte Schlachthof hatte einen hufeisenförmigen Grundriss. Tom war an einem Ende des Hufeisens eingetreten, eine kleine Petroleumlampe in der einen Hand und einen Le-Mat-Revolver, den Joe Harper ihm gegeben hatte, in der anderen. Er folgte dem Weg, den die Schweine nahmen, nachdem die Fleischer sie mit einem Haken am Bein an eine Förderanlage hängten und ihnen die Kehle durchschnitten. Er schwenkte seine Lampe über den Boden und entdeckte mehrere Stiefelabdrücke im Staub. Auch Huck war offenbar dem Weg der Schweine gefolgt.

»Huck? Bist du da?«

Keine Antwort.

Toms Stimme hallte unheimlich durch die Ruine. Er wusste, dass die Männer um Joe Harper ihm nicht viel Zeit lassen würden. Sie waren hinter ihm hergerannt und genau wie er dem kleinen Bach gefolgt, der den Cardiff Hill hinabplätscherte. Als sie kurz zuvor am Schlachthof angekommen waren, hatte Tom bemerkt, wie im Inneren des Schlachthofs ein matter

Kerzenschein erlosch. Es gab keinen Zweifel. Huck musste hier irgendwo sein.

Mit Müh und Not hatte Tom den Sheriff davon überzeugt, dass es das Beste wäre, wenn er allein in den alten Schlachthof gehen würde, um nach Huck zu suchen. Joe, Jim Hollis, Collins, Jeb und die anderen Männer sollten das Gebäude von allen Seiten umstellen. Tom wollte versuchen, Huck zu finden und ihn zu überreden, dass er mitkommen sollte, ohne Widerstand zu leisten.

Tom hatte keine Ahnung, ob ihm das gelingen würde, aber er wollte Typen wie Jim mit dem nervösen Finger oder Jeb lieber nicht in Hucks Nähe haben. Aber war das eine gute Entscheidung? War vielleicht tatsächlich Huck der Irre, und es wäre gut gewesen, jemanden wie Jim und Jeb dabeizuhaben? Tom dachte an die Fotoplatte mit dem Bild seiner erschlagenen Tante und erschauerte.

Das Mondlicht drang schräg durch die Löcher im Dach herein und warf einen silbrigen Glanz auf die verrottenden Überreste der Schlachtbank. Zu seiner Linken lag das gemauerte Becken, wo einst die Schweine überbrüht worden waren, damit man auf den Holzbänken dahinter die Borsten mit scharfen Schabern abkratzen konnte. An der Decke verlief das rostige Gestänge, an dem die toten Tiere kopfüber mit Haken aufgehängt wurden, bevor man ihnen den Bauch aufschlitzte.

Tom trat auf etwas, und es knirschte, vermutlich ein Käfer. In der Ferne hörte man den Mississippi rauschen, und von irgendwoher drang der Schrei eines Käuzchens an sein Ohr. Aber sonst war da kein Geräusch. War Huck überhaupt noch hier?

»Huck?«

Wieder keine Antwort.

Tom ging unter dem Gestänge entlang in den mittleren Trakt des Gebäudes und schlich an einer mannshohen Presse vorbei, in der das Fett aus den Fleischabfällen gepresst wurde. Er fühlte sie wieder: diese Last, wenn draußen alle darauf warteten, dass er ihnen den Mann bringen würde, nach dem sie gesucht hatten. Es war wie in der Nacht, als er Lincolns Mörder gejagt und gefasst hatte. Am 26. April, zwölf Tage nach den Schüssen auf den Präsidenten, hatte Tom die Scheune bei Bowling Green in Virginia ausfindig gemacht, in der sich Booth mit David Harold, einem Mitverschwörer, verschanzt hatte. Die Unionssoldaten, die mit ihm gekommen waren, umstellten die windschiefe Holzbaracke. Harold ergab sich sofort und kam mit erhobenen Händen heraus. John Booth nicht. Als die Scheune brannte, roch es nach dem Tabak, den der Farmer Richard Garrett dort zum Trocknen aufbewahrte.

Als Booth trotz der Flammen immer noch nicht herauskam, hatte Tom sich an Colonel Everton Conger gewandt, der für Lafayette Bakers Spionagedienst im Kriegsministerium arbeitete. Conger befehligte die Jagd auf Booth und duldete Tom nur, weil der der Leibwächter des Präsidenten gewesen war.

Tom hatte Conger gebeten, Booth aus der Scheune holen zu dürfen, bevor der erstickte oder verbrannte. Er dachte das Gleiche, was Joe vorher über Huck gedacht hatte: *Das wäre zu einfach für das Schwein.*

Conger hatte auf seine goldene Taschenuhr geschaut und Tom genau vier Minuten gegeben, dann würde er auf das Gebäude schießen lassen. Als er von der Uhr wieder aufsah, war Tom bereits in der Scheune.

Dieser Mann darf nicht entkommen.

Oh nein, Sir. Das wird er nicht.

Tom meinte fast die Hitze der brennenden Scheune zu spüren und wischte sich den Schweiß von der Stirn, als er an der mit Flechten bewachsenen Fleischbank vorbeiging, auf der die Schweine einst zerteilt worden waren. Oder war es Angst? Er spähte um die Ecke und hielt die Lampe etwas höher. Ein großer Raum, das andere Ende des Hufeisens. Ein mächtiges Tor zur Verladerampe nahm die Rückwand ein. Umgestürzte Salzfässer, die Dauben herausgebrochen, das Gestänge zum Transport der Schweine hing lose von der Decke herab. Ansonsten war der Raum leer. Leer bis auf einen Haufen beim Tor, der aussah wie Lumpen und Decken.

Oder war es ein Mensch, der dort lag?

Tom entsicherte den Le Mat und trat vorsichtig näher. Bis auf das Knirschen seiner Stiefelabsätze auf dem Steinboden war kein Laut zu hören. Da war etwas, da lag etwas. Atmete es? Tom stand noch drei Schritte von dem Haufen am Boden entfernt. Er entdeckte Kerzenstummel und Essensreste und Lumpen. Ein Lager? Ein Schlafplatz? Tom bückte sich, stellte so leise wie möglich die Lampe ab, streckte langsam eine Hand aus und richtete den Le Mat auf den Haufen. Das Blut pochte in seinen Schläfen. Dann zog er mit einem Ruck die Decke zurück.

Nichts.

Da war niemand, niemand atmete. Da waren nur noch mehr Lumpen, dreckige Kleider, ein alter zerfledderter Rucksack. Jemand hatte alles zusammengeknüllt, um dem Haufen die Umrisse eines menschlichen Körpers zu geben. Der Raum war leer, Huck war vermutlich über alle Berge.

Tom wollte sich gerade umwenden, um Joe Harper Bescheid zu geben, als er etwas entdeckte. Er ging in die Hocke und zog einen groben Leinensack aus dem Haufen. Das Gewebe war fleckig, Tom hielt den Sack vor die Lampe. Dunkle braune Kreise waren auf dem Stoff zu sehen. Ein Windhauch streifte seinen Nacken und Toms Haare stellten sich auf. Es war Blut. Tante Pollys Blut? War das der Sack, den Huck bei sich gehabt hatte?

Tom seufzte und wollte aufstehen, als er plötzlich die Klinge an seinem Hals spürte. Jemand packte ihn an den Haaren und riss seinen Kopf zurück. Ein heiseres Flüstern, dicht an seinem Ohr. »Nicht bewegen, nicht schreien, Hurensohn. Wenn du schreist, nehm ich deinen Kopf mit. Den Rest lass ich hier.«

Es war Huck.

»Leg die Waffe auf den Boden. Ganz vorsichtig.«

Tom tat, wie ihm geheißen. Huck roch nach Whiskey, und eine säuerliche Mischung aus Rauch, Schweiß und Zwiebeln schien seinen Kleidern zu entströmen.

»Huck, lass den Scheiß! Ich bin's, Tom!

»Tom? Welcher Tom?« Hucks Zunge war schwer, er war offenbar betrunken.

Tom spürte, wie die Klinge seine Haut ritzte und ein Tropfen Blut ihm in den Kragen lief. Huck hatte ihn mit eisernem Griff an den Haaren gepackt, und es kam Tom so vor, als müsste seine Kopfhaut jeden Moment reißen. Warum hatte er ihn nicht gehört? »Tom Sawyer, verdammt, und jetzt lass mich los!«

Huck lachte kehlig, ohne den Griff zu lockern. »Tom Sawyer? Tom Sawyer ist weg, schon lange weg. Im Osten. Wahrscheinlich ist er tot.«

»Tot? Dann schau mich doch mal an, du Sturschädel! Wenn du mir nicht die Kehle durchschneidest, bin ich sehr lebendig!«, zischte Tom. Den Kopf in den Nacken gebogen, sah er Hucks Gesicht über sich. Hucks Augen waren eisblau, trüb und stumpf. Ein kurzer struppiger Bart umrahmte das kantige Kinn, die blonden Haare waren schulterlang und verfilzt. Er hatte schorfige Wunden im Gesicht, ein Eckzahn fehlte.

»Tom Sawyer würde niemals mit dem Sheriff gemeinsame Sache machen. Tom würde niemals seinen Freund Huck jagen. Du bist ein Lügner. Ein Lügner, dem ich jetzt den Kopf abschneide.« Huck sagte es völlig ungerührt, als sei das eine ebenso unumstößliche Tatsache, wie dass auf den Herbst der Winter folgte. Er drückte das Messer noch fester gegen Toms Hals.

Der Schweiß stand Tom auf der Stirn. Sein Herz schlug knapp unter seinem Hals. Huck glaubte ihm nicht. »Warte! Huck! Hucky, weißt du noch! Wir sind als Kinder mit Joe nach Jackson Island durchgebrannt und haben Pirat gespielt. Wir haben Schildkröteneier gesammelt, und dann haben sie uns gesucht, weil sie dachten, wir wären ertrunken. Sie haben von den Booten aus Kanonen abgeschossen, damit unsere Leichen vom Grund des Flusses auftauchen, und dann sind wir heimgegangen und waren bei unserer eigenen Beerdigung. Weißt du nicht mehr?«

Hucks Augen wurden zu schmalen Schlitzen. »Das kann jeder wissen, jeder kennt die Geschichte!«

Tom hörte, wie seine eigene Stimme immer höher wurde und einen verzweifelten Tonfall annahm, aber er konnte nichts dagegen tun. »Mann, Huck! Weißt du noch, als Gracy Miller mal ins Küchenfeuer gefallen ist? Wie wir Muff Potter geholfen haben, als man ihn wegen dem Mord an Doktor Robinson eingesperrt hat? Weißt du noch, wie wir ihm durch sein Zellenfenster etwas zu essen gegeben haben? Kannst du dich an die Schnur mit den Klappern der Klapperschlange um meinen Fuß erinnern? Woher verdammt soll ich das wissen, wenn ich nicht Tom Sawyer bin, hm?«

Huck blinzelte, der Druck des Messers an Toms Kehle ließ ganz leicht nach.

»Weißt du noch, wie wir Injun Joe verfolgt haben? Und dann der Schwur! Du musst dich doch an den Schwur erinnern!«

Huck schüttelte den Kopf. »An welchen Schwur?«

Toms Stimme überschlug sich. »Na an den Schwur, den wir uns nach dem Mord an Dr. Robinson geschworen haben: *Huck Finn und Tom Sawyer schwören, sie werden dichthalten wegen dem hier, und sie wollen auf der Stelle tot niederfallen, wenn sie je drüber reden, und verfaulen.* Wir haben's auf 'ne Tannenschindel geschrieben und dann mit 'nem Tropfen Blut besiegelt! Niemand außer mir kann das wissen, Hucky! Du musst dich doch erinnern!«

Huck blinzelte noch einmal. Dann schob er Toms Kopf nach oben, ohne dessen Haare loszulassen, und drehte ihn um, sodass er ihm zum ersten Mal richtig ins Gesicht schauen konnte. In Hucks trübe Augen kam ein seltsamer Glanz, seine Lippen bewegten sich, ohne dass er etwas sagte. Dann ließ er Tom los. »Tom. Beim Hokus!«

Tom atmete erleichtert aus. »Na, erkennst du mich jetzt endlich, du Torfkopf?«

Huck nickte fast unmerklich. Ein kleines trauriges Lächeln stahl sich in sein Gesicht, aber dann verzerrten sich seine Züge, als hätte er in eine Zitrone gebissen. »Tom, du musst mir helfen! Diese Arschlöcher sind hinter mir her! Joe Harper ist irgendwo da draußen, du musst sie gesehen haben! Hast du sie nicht gesehen?«

Tom nickte langsam. Huck schwankte ein wenig, sein Blick irrte herum, als würde es ihm schwerfallen, ihn auf Tom gerichtet zu halten. Aus dem drahtigen Jugendlichen von einst war ein Bär von einem Mann geworden. Er trug eine Wildlederjacke mit Fransen wie ein Trapper oder ein Scout, aber sie war speckig und verdreckt, und seine verwaschene blaue Hose war gesprenkelt mit braunen Flecken. War das Blut? Huck wirkte total verwahrlost. Er brauchte Hilfe, das war nicht zu übersehen.

Tom nickte noch einmal. »Ich hab sie gesehen Huck. Ich bin mit ihnen gekommen. Sie werden dich über den Haufen schießen oder gleich aufknüpfen, wenn du nicht von allein mit mir kommst.«

Huck taumelte ein paar Schritte rückwärts. »Du bist mit ihnen gekommen?« Er wies mit dem Zeigefinger auf Tom. »Du meinst … *du* bist mit ihnen gekommen? *Du* hast sie hergeführt?« Er hob sein Messer und schüttelte den Kopf, seine Augen ein Meer aus Zorn.

Tom hob beschwichtigend die Hände. »Huck, verdammt! Du musst jetzt schlau sein. Diese Typen *wollen*, dass du irgendeinen Scheiß baust. Die *wollen*, dass du wegläufst, damit sie einen Grund haben, auf dich anzulegen und abzudrücken. Aber ich kann dir hier lebend raushelfen. Du bekommst einen fairen Prozess, das versprech ich dir. Ich kenn Richter Thatcher, und ich rede mit ihm und mit Joe. Du musst mir nur helfen. Du musst mir sagen, was passiert ist, als du bei Tante Polly warst.«

Huck schnaubte, er atmete keuchend, dann fuhr er sich mit den Fingern durch die verfilzten Haare und kniff die Augen zusammen. »Polly! Scheiße, Tom!« Hucks Wangen wurden fleckig rot, seine Augen füllten sich mit Tränen. »Scheiße, Tom!«, stieß er hervor und trat wieder einen Schritt auf Tom zu. »Das ganze Blut! Ich hab sie geschüttelt, und sie hat nich' mehr geantwortet, verstehst du? Sie war tot! Tot!«

Er schrie so laut, dass es nicht lange dauern konnte, bis Joe Harper mit seinen Leuten im Schlachthaus stehen würde. Tom glaubte schon ihre Schritte vor der Halle zu hören. »Du musst mir jetzt die Wahrheit sagen, Huck. Hast du sie umgebracht?«

Huck blieb stehen wie vom Donner gerührt und blickte auf seine Füße. Er kaute auf der Unterlippe. Die Hand mit dem Messer hing schlaff an ihm herunter. »Die Wahrheit?« Traurig schüttelte er den Kopf und schwieg, immer noch in den Anblick seiner Stiefel vertieft.

»Ja, die Wahrheit. Hast du es mit dem Sack hier gemacht? War ein Stein darin? Hast du ihn ihr auf den Kopf gehauen?«

»Mit dem Sack?« Hucks trübe Augen glitten zu dem Sack mit den Blutflecken auf dem Boden. Er nickte versonnen. »Der Sack. Ja. Der Sack.« Huck schien völlig erstarrt, als wäre er in einen dichten Nebel gehüllt und nähme nichts mehr wahr um sich herum.

Tom bückte sich langsam, ohne Huck aus den Augen zu lassen. Er griff nach dem Le Mat, der auf dem Boden lag. »Ich werde dich jetzt hier rausbringen, Huck. Und du wirst nichts dagegen tun. Du wirst die Hände hochnehmen, und ich verspreche dir, dass Joe und Jim Hollis dich nicht anrühren werden, hörst du? Huck, hörst du mich? Hast du verstanden?«

Huck blickte abwesend zu Tom und dann auf den Revolver in dessen Hand.

»Lass das Messer fallen, Huck. Dreh dich um, und nimm die Hände hoch!«

Huck nickte wie in Trance. Er ließ das Messer fallen, und mit einem lauten Scheppern schlug es auf dem Boden auf. Im selben Augenblick hörte Tom die Schritte von Joe Harpers Männern in der Halle.

»Tom? Wo bist du? Hast du ihn?« Die Stimme des Sheriffs brach sich an den morschen Dachbalken. Draußen schlugen die Bluthunde an.

Tom machte einen Schritt auf Huck zu. »Gut. Jetzt dreh dich um, Huck, und nimm die Hände hoch.«

Huck gehorchte.

Joe Harper und seine Leute kamen um die Ecke. Sie verteilten sich in einem Halbkreis und legten auf Huck an. Joe Harper nickte Tom zu. »Gute Arbeit, Tom.«

Jeb spuckte verächtlich aus.

Tom trat direkt hinter Huck und stieß ihm den Lauf des Revolvers in den Rücken. Er beugte sich zum Ohr seines alten Freundes hin und raunte ihm zu: »Und jetzt sag mir, ob du sie umgebracht hast, Huck Finn. Hast du Polly ermordet? Sag mir die Wahrheit.«

»Die Wahrheit?« Huck flüsterte über die Schulter zu Tom und grinste dabei den Sheriff an.

Joe Harper zog Handschellen aus seiner Westentasche und warf sie vor Huck auf den Boden. Jim Hollis spannte den Hahn seiner Flinte und richtete sie auf Hucks Kopf. »Los!«, rief er grinsend. »Hast ein hübsches Kettchen bekommen, Bastard! Probier doch mal, ob's passt!«

Tom drückte den Le Mat fester gegen Hucks Rücken. »Ja, Huck. Die Wahrheit.«

Huck schien den Druck überhaupt nicht wahrzunehmen. Er bückte sich ganz langsam, zeigte den Männern des Sheriffs seine leeren Handflächen, ließ die Hände dann sinken und griff nach den Handschellen. Er legte sie sich um und ließ sie einrasten.

Jim Hollis grinste, und Tom hörte, wie Joe Harper geräuschvoll ausatmete. Die Läufe der Waffen sanken etwas tiefer. Huck richtete sich wieder auf und drehte sich langsam um. Toms Le Mat zielte direkt auf seinen Bauch. Hucks Augen wurden kalt, der trübe Ausdruck war verschwunden. Er lächelte matt. »Die Wahrheit verträgst du nicht, Tom Sawyer.«

Blitzschnell griff Huck mit beiden Händen nach Toms Waffe. Tom zuckte zurück, Jim Hollis hob die Flinte, doch Huck war schneller. Er umklammerte Toms Waffe mit eisernem Griff und drückte Toms Zeigefinger auf den Abzug. »Tut mir leid, Tom.«

»Huck, nein! Was tust du da?«

Huck drückte stärker gegen Toms Zeigefinger. Ein Schuss löste sich. Tom riss die Augen auf. Huck erstarrte für einen Moment, dann kippte er vornüber und schlug auf dem Boden auf.

Im Schlachthaus war es totenstill. Unter Hucks leblosem Körper bildete sich eine Blutlache.

Dann war ein Kichern zu hören. »Nein, Sheriff, *das* nenn ich gute Arbeit!« Jim Hollis' meckerndes Lachen dröhnte in Toms Ohren, als wären plötzlich alle Fenster geborsten und ein Schwarm kreischender Krähen wäre in das Schlachthaus geflogen.

Lovers' Leap,
am Morgen des 11. Juli 1865

Er konnte die Augen nicht abwenden von der Glut.

Tom starrte auf die gelb und rot flackernden Holzstücke mit den tiefschwarzen Rissen, aus denen kleine Flämmchen züngelten, und zog die Decke enger um die Schultern. Ihm war kalt. Ein Windhauch strich über den Lovers' Leap, einen Felsvorsprung auf einem Hügel im Süden der Stadt, und sorgte dafür, dass das kleine Feuer weiterglomm. Toms Lider waren schwer, bleischwer, aber doch nicht schwer genug. Er fühlte sich steif und zerschlagen und verquollen von Schlaflosigkeit. Der streunende Hund, der ihm aus der Stadt bis hier oben nachgelaufen war, winselte leise.

»Na, Kleiner? Auch müde?« Tom kraulte ihn hinter den Ohren. Der Rüde mit dem struppigen weiß-braun gescheckten Fell reichte Tom kaum bis zu den Knien. Kein Rassehund, eher eine Promenadenmischung. Das Tier legte den Kopf auf den Vorderläufen ab und schloss die Augen. Tom beneidete ihn. Wie schön es wäre, endlich einmal wieder zu schlafen.

Östlich vom Mississippi, hinter den Wäldern am Illinois-Ufer, erschien ein schmaler roter Streifen. Bald würde die Sonne über die Wipfel kriechen und den Dächern von St. Petersburg einen goldenen Schimmer verleihen. Bald. Noch lag die Stadt in tiefem Schlaf. Alle schliefen. Nur Tom nicht.

Die blaue Emailkanne, in der die welken Blätter schwammen, die Mr Dobbins ihm mitgegeben hatte, lag umgekippt neben der Feuerstelle. Tom war schon dreimal in den Büschen gewesen, weil ihn die Blase drückte. Aber müde war er nicht. Auch die Flasche Whiskey hatte nicht geholfen.

Als er volltrunken in den ersten Stock von »Harold's Happy Tavern« gewankt war und sich auf die Maisstrohmatratze hatte fallen lassen, hatte er für ein paar Minuten das Gefühl gehabt, er würde schlafen. Aber das war nur ein Gefühl, und es verging wieder. Er drehte sich hin und her, schließlich stand er wieder auf, holte sich eine Kaffeekanne aus Timothys verwaister Küche und stieg den gewundenen Pfad zum Lovers' Leap hinauf. Seit der Ecke Third und Church Street lief ihm der Hund hinterher. Warum er das tat, wusste Tom nicht. Er hatte ihn jedenfalls nicht dazu ermutigt. Im Gegenteil. Tom hatte versucht, ihn zu verscheuchen, aber der Rüde hatte sich nicht vertreiben lassen. Tom hatte die Kanne mit Wasser aus einer Quelle gefüllt, auf dem Felsplateau mit trockenen Pavienzweigen ein Feuer entfacht, und als das Wasser kochte, Dobbins' Blätter hineingeworfen. Während der Tee zog, war er an die Felskante über dem Mississippi getreten. Angeblich hatte sich hier vor Jahrzehnten ein indianisches Liebespaar entschieden, gemeinsam in den Tod zu springen, weil ihre verfeindeten Familien nicht zuließen, dass sie zusammenlebten. Ein Sprung nur, und er würde für immer schlafen. Ein kleiner Schritt in die ewige Ruhe.

Der Gedanke war für einen Augenblick tröstlich in seinem benebelten Hirn aufgeblitzt, doch dann hatte der Hund aufgejault, und der Tee war fertig, und Tom hatte sich neben das Feuer sinken lassen und die Kanne in einem Zug leer getrunken. Seitdem starrte er in die Flammen.

Es war wieder passiert.

Verdammt noch mal, warum passierte das immer ihm?

Es war genau wie am 26. April in der Scheune bei Bowling Green, als er versucht hatte, Booth herauszuholen. Er hatte im Schlachthof diese Last auf den Schultern gespürt. Die Last, wenn draußen alle warteten und einer allein hineinging. Wenn *er* hineinging.

Colonel Everton Conger hatte auf seine goldene Taschenuhr geblickt und ihm genau vier Minuten gegeben. Dann würde er auf das Gebäude schießen lassen. Bevor der Colonel wieder aufsah, war Tom bereits in der Scheune. Die Wände standen in Flammen, Tabakblätter schwebten als glühende Gerippe durch den Raum. Die Hitze war unerträglich, die Deckenbalken waren vor lauter Rauch kaum zu sehen. Booth lag am Boden auf nassem Stroh, schwitzend und zu schwach, den Revolver richtig zu halten. Das Bein, das er sich beim Sprung auf die Bühne des Ford's Theatre gebrochen hatte, war fachmännisch geschient worden, doch es stand in einem merkwürdigen Winkel ab. Unter seinen sprühenden Augen lagen tiefe Schatten, das schwarze Haar klebte ihm an der Stirn. Der einstmals so anziehende Schauspieler sah ausgezehrt und blass aus, trotz der unnatürlichen Röte in seinem Gesicht. Er blickte auf und damit in den Lauf von Toms Colt.

»Waffe weg, Booth!«

Kraftlos ließ Booth den Revolver fallen; ein Karabiner lag neben ihm im Stroh. Er schob sich in eine sitzende Haltung. »Haben sie dich geschickt, damit du mich holst, Billy Yank?«

»Ich hab's mir selber ausgesucht, Booth. Aber wir müssen uns beeilen. In drei Minuten schießen sie.«

Booth nickte schwach. »Gut. Ein Prozess also. Sehr gut. Ich habe einiges zu erzählen. Ich bin gut auf der Bühne, musst du wissen, Billy Yank! Oh ja! Und alle werden zuhören. Lafayette Baker, Minister Stanton, Präsident Johnson – sie alle werden mir zuhören, und sie werden rote Ohren bekommen, wenn ich ihnen das hier vortrage!«

Die Hände in cremefarbenen Wildlederhandschuhen, zog er zitternd ein rot eingeschlagenes Buch halb aus der Innentasche seines Gehrocks, schob es wieder zurück und klopfte dann darauf. Booth hatte Fieber. Tom zog Handschellen aus der Tasche. »Halten Sie die Klappe, Booth. Und legen Sie sich die hier an.«

Er warf ihm die Handschellen hin, und Booth griff danach.

»Handschuhe aus!«

Booth blickte erstaunt hoch, aber Tom hatte zu oft erlebt, dass Männer, die er verhaftet hatte, in den weiten Aufschlägen der Handschuhe ein kleines Messer verbargen, um damit anzugreifen, oder Nadeln und Draht, um sich aus den Handschellen zu befreien. Booth wollte protestieren, aber Tom unterbrach ihn. »Zwei Minuten noch, bis sie schießen.«

Booth stöhnte. Er zog sich die Handschuhe aus, knüllte sie zusammen und warf sie Tom vor die Füße. »Bewahr sie gut auf, Billy Yank. Jeder wird sie haben wollen. Eines Tages sind sie ein Vermögen wert.« Booth lachte schrill.

»Ich heiße Tom Sawyer. Und jetzt die Handschellen.«

Während Booth sich gehorsam die Handschellen überstreifte, bückte sich Tom nach den Handschuhen. Auf dem Leder waren Blutspritzer. Vielleicht war es Lincolns Blut. Es sollte nicht in einer Scheune in Virginia verbrannt werden.

Als er sich aufrichtete und die Handschuhe einsteckte, fiel ein Schuss.

Booth blickte verstört zu Tom und griff sich dann mit der Hand an den Hals, aus dem ein pulsierender Schwall Blut herausrann. Dann kippte er zur Seite.

Tom sah den Gewehrlauf in einem Spalt zwischen den Brettern der Scheune und dahinter das Gesicht von Sergeant Boston Corbett, einem Kerl mit wirrem Blick, der in Friedenszeiten Hutmacher gewesen war. Tom hatte schon während der mehrtägigen Verfolgungsjagd zur Scheune vermutet, dass Corbett in seiner Hutmacherwerkstatt zu viel Quecksilber eingeatmet hatte. Der Kerl war offensichtlich krank.

In Corbetts Augen glomm Stolz darauf, dass er den Mörder des Präsidenten erschossen hatte.

Dann waren die anderen hereingestürmt und hatten den blutenden Booth nach draußen gezerrt.

Tom spürte, wie seine Kehle trocken wurde vor Zorn und seine Schläfen glühten. Er war nach draußen gerannt, um Corbett niederzuschlagen, aber da stand der Sergeant schon mit auf den Rücken gedrehten Armen vor Colonel Conger. Corbett hatte nur gelacht, als Conger ihn wegen Befehlsverweigerung abführen ließ. Es dauerte noch drei Stunden, bis Booth starb. Sein Tod hatte für Tom dennoch den faden Beigeschmack, dass er es zu leicht gehabt hatte.

Bleiben Sie gut, Thomas. Bleiben Sie gerecht.

War er gut geblieben? Und gerecht? In der Scheune? Und hier im Schlachthof? Niemand würde ihm glauben, dass es Huck gewesen war, der abgedrückt hatte, obwohl ein halbes Dutzend Männer um ihn herumgestanden hatte. Und das Schlimmste war, dass man ihn dazu auch noch beglückwünschen und ihn einen tollen Kerl nennen würde.

Warum hatte er gestern Abend bei Richter Thatcher nicht unterschrieben und die Stadt verlassen? Warum hatte er sich eingemischt und Joe Harper zu Huck geführt? Was in Gottes Namen würde Becky dazu sagen? Würde sie ihm glauben? Und warum zum Teufel war es ihm so wichtig, was Becky sagen würde?

Am Horizont erhob sich träge die Morgensonne. Der Hund neben ihm schnarchte. Tom stand auf und ging zum Abgrund. Ein Sprung, und er würde für immer schlafen.

Tom schob seine Füße ein Stückchen vor, bis seine Stiefelspitzen über den Abgrund ragten. Er schwankte nicht mehr. Inzwischen war er nüchtern. Glasklar. Die Baumwipfel am Illinois-Ufer sahen im ersten Morgenlicht aus, als würden sie in Flammen stehen, und im Fluss spiegelte sich der wolkenlose Himmel. Der Mississippi lag im Tal wie eine silberne Schlange. Hatte Huck Tante Polly wirklich umgebracht?

Und wenn ja, warum?

Es gab nur einen Weg, das herauszufinden.

Der Magnesiumblitz flammte auf und tauchte die Welt in gleißendes Weiß. Einen Moment lang waren alle geblendet. Sie zuckten zusammen, manche schrien erschrocken auf. Aber dann zog der spindeldürre Fotograf mit den fettigen Haaren die belichtete Platte aus dem unförmigen Apparat und sagte schlicht: »Danke, das war's.« Er nickte Becky zu, und der Trubel begann von Neuem.

»Wo haben Sie ihn gefasst, Sheriff?«

»War er allein?«

»Hat er jemanden verletzt?«

»Wer hat geschossen?«

Die Leute riefen ihre Fragen wild durcheinander, und Becky wurde vom Telegrafisten der *Western Union* so unsanft zur Seite geschoben, dass sie fast ihren Schreibblock fallen ließ. Sie winkelte die Ellenbogen ab und eroberte ihren Platz direkt vor der Veranda des Sheriffsbüros zurück.

Joe Harper hob beschwichtigend die Arme, und die Menge wurde etwas leiser. »Aber bitte, bitte, Gentlemen …«, er entdeckte Becky im Gewühl und grinste ihr gönnerhaft zu, »… und Ladys, natürlich! Ich werde alle Fragen beantworten. Der Reihe nach und ganz in Ruhe, wie sich das für St. Petersburg gehört. Eine Stadt, in der die Ordnung und das Gesetz herrschen, nicht zuletzt, wenn Sie mir das gestatten, dank meiner schlagkräftigen Truppe und ihrem unermüdlichen Einsatz unter meiner Leitung!«

Beifall brandete auf. Harper hakte die Daumen in die Ärmelausschnitte seiner Weste und grinste. Becky stöhnte auf. Das war zu erwarten gewesen: Joe Harpers Ansprache zu den nächtlichen Ereignissen im ehemaligen Schlachthof geriet zu einer Wahlrede in eigener Sache.

Die Menge vor dem Büro des Sheriffs bestand aus etwa zwei Dutzend Bürgern, Händlern, Farmern und Flößern; auch Frauen und Kinder waren dabei. Ein paar Schwarze standen abseits bei McLintocks Schmiede und beobachteten das Spektakel ebenfalls. Die Nachricht, dass man Huck gefunden hatte, hatte sich noch in der Nacht in Windeseile von Haus zu Haus verbreitet, und in den frühen Morgenstunden hatte sich eine Traube um Joe Harpers Büro gebildet. Und Joe gedachte natürlich, diese Tatsache zu nutzen.

Jim Hollis stand, auf einem Grashalm kauend, mit verschränkten Armen hinter dem Sheriff. In der Armbeuge trug er lässig sein altes Gwyn & Campbell-Gewehr. Billy Fisher, der feiste zweite Hilfssheriff, lehnte an einer Fensterbank des Sheriffsbüros, trank einen Becher Erbsenkaffee und blickte streng über die Köpfe der Menge hinweg, als wäre ein Hinterhalt der Indianer aus der Richtung des Anlegers zu erwarten. Die Männer genossen ihren Triumph. Der sonst eher tapsig wirkende Sheriff hatte sich gestrafft und schien mit einem Mal aufrechter zu gehen.

»Lassen Sie mich zunächst eine neutrale Schilderung der gestrigen Ereignisse abgeben, wie sie sich zugetragen haben und wie ich sie dem Bürgermeister und auch Richter Thatcher berichtet habe!« Joe Harper hob eine Hand und wedelte unbestimmt in Richtung des Cardiff Hill, während er auf der Veranda auf und ab ging wie ein Professor vor seinen Studenten. »Huck Finn, dessen Schuld an der Ermordung der allseits beliebten Bürgerin Polly Sawyer nun nicht mehr bezweifelt werden kann, wurde gestern Abend kurz nach Sonnenuntergang vom geschätzten Küfer Gustavson entdeckt, als er um die Gerberei im Süden der Stadt herumschlich. Zweifellos, um sich an den Hühnerställen der Gustavsons zu schaffen zu machen, deren Garten an die Gerberei angrenzt. Gustavson schickte seinen Jungen, um mich zu holen. Unter meiner Leitung brach eine Gruppe furchtloser Männer auf, um Finn zu verfolgen, der inzwischen zu Fuß auf den Cardiff Hill geflohen war. Zunächst vermuteten einige, er wolle zur Witwe Douglas, doch mein Riecher sagte mir etwas anderes …«

Joe Harper blieb stehen, ließ den Blick über die Menge wandern und klopfte mit dem Zeigefinger gegen seine Nase. Die Leute hingen an seinen Lippen. Becky stöhnte erneut und notierte Joes Geschwafel auf ihrem Schreibblock.

Nach einer bedeutungsvollen Pause nahm Joe Harper seinen Spaziergang vom einen Ende der Veranda zum anderen wieder auf. »Finn änderte seine Richtung! In einem Bach, wo die Bluthunde seine Spur nicht wittern konnten, stieg er den Hügel wieder hinab, doch ich fand seine Spuren, und wir umstellten den Schlachthof, wo der Mörder sich verschanzt hatte.«

»Und dann? Wer hat geschossen?«

»Stimmt es, dass es Tom Sawyer war?«

Becky zuckte zusammen. Sie hatte bereits Gerüchte gehört, aber sie konnte nicht glauben, dass Tom seinen ältesten Freund erschossen hatte.

Wieder hob Joe Harper beschwichtigend die Hände. »Tom Sawyer war auch dabei. Niemand kann ihm verdenken, dass er voller Zorn und voller Wut und, ja, voller Hass war auf den Mann, der einmal sein Freund war, der aber nun dringend verdächtig ist, seine Tante … also Toms Tante … also …« Joe stockte und ruderte mit der Linken in der Luft, als würde dort irgendwo das fehlende Schlusswort für einen besonders schönen Satz schweben. »… war!«, beendete er schließlich glanzlos seine Ansprache.

Becky strich den verworrenen Satz auf ihrem Schreibblock durch und blickte auf. »Was ist, Joe? Hat er es getan oder nicht?«, rief sie dem Sheriff zu und hatte zugleich Angst vor dessen Antwort.

Joe ließ sich Zeit, er sah zu Boden, kaute auf der Innenseite seiner Backe und nickte langsam. »Ja, Miss Rebecca. Huck hat versucht, ihm die Waffe zu entreißen, Tom konnte nicht anders. Gut, für einen Mann mit seiner Erfahrung war er ein bisschen unvorsichtig, das muss man sagen. Aber wer kann ihm verdenken, dass er auf den Mörder seiner Tante schoss? Es war Notwehr, und Tom Sawyer, der schließlich in den Diensten des letzten Präsidenten stand, ist über jeden Zweifel erhaben!«

»Na, bei Lincoln hat er ja auch tolle Arbeit geleistet! Scheint so, als wär der Typ ein Experte fürs Erschießen!«, rief jemand aus der Menge, und die Umstehenden quittierten den Einwurf mit Gelächter.

»Ja, und wenn du nicht die Klappe hältst, bist du der Nächste auf meiner Liste!«

Augenblicklich verstummte das Lachen. Die Menge teilte sich, und Tom trat auf den kleinen dicken Pharo-Spieler aus dem »Green's« zu, der die Bemerkung abgegeben hatte. Der gedrungene Mann mit der karierten Weste und einem Derby-Hut wich einen Schritt zurück.

»Hast du noch so einen Spruch, oder war's das?«, fauchte Tom ihn an.

Der Pharo-Spieler schüttelte betreten den Kopf. Tom wollte noch etwas hinterherschicken, doch dann spürte er, wie jemand an seinem Hosenbein zog, und sah hinab. Der Mischlingshund kaute an Toms Hosenaufschlägen und rieb den Kopf an seinem Stiefel. Tom schob das Tier mit dem Bein weg.

Joe Harper lächelte breit, hob die Rechte und wies damit auf Tom, als hätte er ihn herbestellt, damit er an seiner kleinen Aufführung teilnahm. »Tom Sawyer, Herrschaften! Ein Junge aus St. Petersburg! Einst beim berühmten Pinkerton und in der Leibwache des Präsidenten, jetzt wieder bei uns!«

Die Menge gab Aaahs und Ooohs von sich, und tatsächlich applaudierten einige.

Tom wandte sich zur Veranda, er schob sich durch die Menge und lief fast genau in Becky hinein.

Sie sah ihn mit großen fragenden Augen an und schüttelte den Kopf. »Tom! Warum ...?«

Tom nahm sie am Ellenbogen und zog sie etwas näher zu sich. »Ich erzähl's dir später. Joe redet Blödsinn«, flüsterte er ihr zu und ging dann die Stufen zur Veranda des Sheriffs hinauf.

Jim Hollis spuckte verächtlich auf die ausgetretenen Dielen, aber er wich Toms Blick aus, als der ihn wütend anfunkelte. Joe Harpers Lächeln gefror, als Tom neben ihn auf die Bühne trat. Er blickte auf die Menge, die murmelnd auf weitere Neuigkeiten wartete, und sprach aus dem Mundwinkel zu Tom: »Was willst du hier, Tom? Ich dachte, du wolltest das erste Dampfboot nach St. Louis nehmen?«

»Ich hab's mir anders überlegt, Joe. Bringst du mich zu ihm?«

Joes Miene verfinsterte sich. Dann nickte er. »In Ordnung. Lass mich das hier nur kurz zu Ende bringen.« Er hob beide Arme und wandte sich wieder der raunenden Menge zu. »Und so kam es, dass Huck Finn angeschossen wurde. Ein Bauchschuss. Er ging zu Boden, verlor die Besinnung. Aber er lebt. Mr Dobbins hat die Wunden noch in der Nacht versorgt, aber er sagt, es sei unwahrscheinlich, dass Huck Finn durchkommt. Sollte er jedoch durchkommen …«, Joe machte eine Pause, zwirbelte seinen Schnurrbart und stieß dann mit dem Zeigefinger energisch in die Luft, »dann wird er vor Richter Thatcher treten und sich für seine Missetaten verantworten müssen! Denn solange ich Sheriff bin, herrschen in St. Petersburg Recht und Ordnung, und für jeden Mörder gibt es in dieser Stadt auch einen Galgen! Danke, Herrschaften!«

Die Menge applaudierte und johlte, und Joe Harper sonnte sich in ihrer Zustimmung.

Toms Blick traf den von Becky. Er sah, wie ihr Brustkorb sich hob und senkte. Sie seufzte erleichtert und lächelte ihm zu. Tom nickte.

Huck lebte.

Das Gefängnis war ein unscheinbarer kleiner Backsteinbau, der am südlichen Ende des Ortes mitten in einem Sumpf stand. Wolken von Stechmücken schwebten über dem vertrockneten Schilfgras, und Libellen kreisten über den wenigen Wasserstellen auf der Suche nach Beute. Es war noch früh am Morgen, doch Toms Hemd klebte schon am Rücken, so gnadenlos brannte die Sonne herunter.

Joe Harper lief schweigsam voraus, und Jim Hollis trabte hinter Tom her, die Gwyn & Campbell über die Schulter gelegt, so als wäre Tom ein Gefangener, den es zu eskortieren galt.

»Ist das deiner? Wie heißt 'n der hässliche Köter?«, zischte Jim zwischen den Zähnen hervor und nickte zu dem Mischling, der zu Toms Leidwesen immer noch neben ihm hertrottete. Die kleine rosa Zunge hing ihm heraus, und er spähte sehnsuchtsvoll zu den vertrockneten Pfützen zwischen den Schilfstauden.

»Weiß nich'. Vielleicht nenn ich ihn Hollis, weil er immer

so treudoof glotzt und jedem hinterherrennt, der mehr in der Rübe hat als er selbst.«

Joe Harper lachte auf, ohne sich umzudrehen, während Jim ausspuckte und einen unverständlichen Fluch murmelte. Die Luft stank nach Fäulnis, als sie über die losen Bretter am Boden liefen, die eine Art Steg durch den kleinen Sumpf bildeten. Als Joe Harper die eisenbeschlagene Tür öffnete, wurde es noch schlimmer – der Gestank verschlug Tom den Atem.

In dem Gefängnis roch es beißend nach Urin und nach Erbrochenem, was wohl daran lag, dass Joe hier in der Regel Betrunkene nach Wirtshausschlägereien einsperrte. Der Bau hatte gerade einmal zwei Zellen. Sie lagen links von dem Gang, in dem ein wackliges Tischchen und ein Schemel standen. An den feuchten Backsteinwänden blühte der Schimmel, der Boden war aus gestampftem Lehm.

Als Jim Hollis die Eingangstür hinter ihnen zuschlug, drang kaum noch Licht und – schlimmer noch – kaum noch Luft in den flachen Bau, und es war fast so heiß wie draußen.

Tom dachte an die vielen Wochen, die Muff Potter, ein alter Landstreicher, hier gesessen hatte, als der wegen Mordes an Dr. Robinson angeklagt war und auf seinen Prozess wartete. Kein Wunder, dass Potter verzweifelt war. Backstein, Gitter und eine massive Holzdecke – mehr gab es nicht, woran sich das Auge in diesem Vorhof zur Hölle hätte festhalten können.

Die erste Zelle zur Linken war leer. Bei der hinteren stand die Gittertür auf. Tom stutzte, aber als er die etwa zehn auf zehn Fuß kleine Zelle betrat, wurde ihm klar, warum niemand abgeschlossen hatte: Erstens war Mr Dobbins darin. Zweitens hätte Huck niemals weglaufen können.

Huck lag regungslos auf einer Holzpritsche, die mit Eisenketten an der Wand befestigt war. Er war blass, unnatürlich blass, sein Gesicht kalkweiß mit einem Stich ins Gelbe, und die Lippen in dem struppigen Bart waren bläulich verfärbt. Das verfilzte Haar hing ihm ins Gesicht; zahllose Abschürfungen überzogen die Wangen, und an der Stirn klaffte eine große Platzwunde, wo er mit dem Gesicht auf dem Boden des Schlachthauses aufgeschlagen war. Dobbins hatte Hucks Oberkörper entblößt, getrocknetes Blut färbte Bauch und Brust. Eine dunkelrot und gelb verschmierte Baumwollkompresse lag über dem Einschussloch, eine Handbreit neben dem Bauchnabel.

Tom schluckte.

War Huck tot? Erschrocken blickte er zu Dobbins, der gerade sein elfenbeinfarbenes Hörrohr von Hucks Brust löste, als Tom mit Joe Harper und Jim Hollis die Zelle betrat. Dann lief ein heftiges Zittern durch Hucks Körper, und Tom seufzte erleichtert auf.

Dobbins nickte den Männern zu und wischte sich mit einem Taschentuch den Schweiß aus dem Nacken. »Sheriff. Tom.«

Harper lehnte sich gegen die Backsteinwand und verschränkte die Arme. »Bitte, Tom. Du wolltest ihn sehen? Hier ist er.«

Tom trat an Hucks Pritsche und setzte sich auf die Kante. Huck war nicht bei Bewusstsein, er schwitzte, und wieder lief ein Zittern durch seinen Körper. »Was ist mit ihm, Mr Dobbins? Wird er's schaffen?«

Der Mischlingshund kam hinter den Männern in die Zelle getrottet. Als würde er die gedrückte Stimmung spüren, winselte er leise und legte Tom die Schnauze auf das Knie.

»Tut mir leid, Tom, aber es sieht nicht gut aus. Die Kugel hat zwar wenig Schaden in der Bauchhöhle angerichtet, wie's aussieht, aber das Mistding ist nicht rausgekommen. Es steckt noch drin, vermutlich dicht am Rückgrat. Ich kann das nicht. Operieren, meine ich. Ich hab ihn verbunden und ihm etwas gegeben, was das Fieber senken soll, aber das wird nicht reichen. Wenn die Kugel nicht entfernt wird, wird Huck sterben.«

»Oh, wie schade.« Jim Hollis verzog den Mund in gespielter Trauer.

Joe Harper versetze ihm einen Hieb auf den Arm. »Lass das, Jim. Das gehört sich nicht. Nicht einmal bei Huck Finn.«

Tom biss sich auf die Lippen und schloss für einen Moment die Augen. Als er sie wieder öffnete, sah er, wie Dobbins das

Hörrohr in seiner Tasche verstaute und aufstand. »Tja, Herrschaften, ich bin hier ganz eindeutig mit meinem Latein am Ende. Sieht so aus, als müsste man einen Arzt aus St. Louis oder aus Springfield kommen lassen. Sie werden das sicher veranlassen. Ich muss jetzt leider wieder zu meiner Schulklasse, bin sowieso schon spät dran, und gegessen habe ich auch noch nichts. Hattie hat vergessen, mir Frühstück zu machen. Ich hab keine Ahnung, wo das Mädel sich schon wieder rumtreibt. Falls Sie sie sehen sollten, Sheriff…« Anstatt den Satz zu beenden, wedelte Dobbins unbestimmt mit der Hand.

Joe Harper brummte zustimmend. »Mhnja, gern, Mr Dobbins, Sir. Ich zieh ihr die Ohren lang, wenn ich sie treffe. Und vielen Dank für Ihre Hilfe hier. Ich werd dem Telegrafisten Bescheid geben. Wir fragen in Palmyra und St. Louis an, ob ein Arzt abkömmlich ist, aber ich rechne damit, dass es ein paar Tage dauern wird, und dann hat sich die Sache bedauerlicherweise vielleicht schon von selbst erledigt.«

Joe Harper warf einen kurzen Seitenblick auf Huck. Dann breitete er die Arme aus und wies mit den Händen zu der niedrigen Zellendecke. »War's das, Tom? Können wir gehen?«

Tom schwieg. In seinem Bauch rumorte es, und ihm war schwindelig. Was hätte er jetzt gegeben für eine Tasse von Beckys Kaffee.

Harper legte Tom eine Hand auf die Schulter. »Hör zu, Tom. Wir alle können verstehen, dass das nicht einfach ist. Pollys Tod und Huck als Mörder und so. Und ich bin mir sicher, du wolltest ihn nicht erschießen, und genauso hab ich das auch dem Richter erklärt. Aber wir müssen jetzt weitermachen. Wir alle. Jim und ich müssen uns um ein verschwundenes Floß kümmern, und Mr Dobbins hier… Na ja, du hast gehört, was er gesagt hat. Und auch du solltest jetzt weitermachen… Also, mit was auch immer du machen wolltest.«

Tom erhob sich langsam. Er nickte.

In Joe Harpers besorgtem Gesicht erschien ein zaghaftes Lächeln. »In Ordnung, Tom? Dann gehen wir, ja?«

Jim Hollis holte den schweren Schlüsselbund aus seiner Tasche und ging zur Zellentür, um sie abzuschließen. Der Doktor setzte seinen Hut auf und war schon im Flur vor den Zellen, als Tom schließlich antwortete.

»Nein.«

Die Männer blieben stehen. Auf Joe Harpers Stirn erschien eine tiefe Falte, und er schüttelte den Kopf. »Nein?«

Tom schüttelte ebenfalls den Kopf. »Nein, Joe. Es ist nicht in Ordnung. Wir werden Huck nicht in diesem Loch verrecken lassen, damit sich das *Problem* von alleine löst. Hier …« Er wühlte in seinen Taschen und zog neben einem Stück Schnur, dem Taschenmesser und dem Talisman mit dem heiligen Christophorus einen Silberdollar heraus. Den drückte er Joe Harper in die Hand. »Damit werdet ihr ihm etwas Anständiges zu essen und zu trinken besorgen, sobald er essen kann. Eine Lampe und eine Decke sollten dafür auch noch drin sein; Huck hat Fieber, und er friert. Und ich will, dass jemand frisches Stroh in dieses Drecksloch bringt und es auf dem Boden verteilt, damit der Doktor nicht in die Scheiße tritt, wenn er ihn untersucht. Und Sie, Mr Dobbins …«

»Ich?« Dobbins kam zaghaft ein paar Schritte zur Zelle zurück und sah Tom überrascht an.

»Sie werden bitte so oft nach Huck sehen, wie es Ihre Zeit zulässt, und versuchen, ihn am Leben zu halten, bis der Doktor eintrifft. Ich werde Sie für alle Ihre Mühen und Ausgaben bezahlen.«

Dobbins nickte ergeben und sah dann fragend zu Joe.

Das Lächeln des Sheriffs war versteinert. Er trat an Tom heran, pustete gegen seinen Schnurrbart und legte den Kopf schräg. »Was soll das werden, Tom? Was hast du vor?«

»Ich will, dass Huck lange genug lebt, um mir zu sagen, was im Haus meiner Tante passiert ist. Ich glaube nicht, dass er sie umgebracht hat, und ich will verdammt sein, wenn ich nicht herausfinde, wer es wirklich war.«

Joe Harper lief rot an. »Wer es wirklich war? Wer es wirklich war? Ja, glaubst du denn, wir sind Volltrottel, Tom? Glaubst du, wir sind eine Bande von verblödeten Hinterwäldlern hier in St. Petersburg, und der ach so schlaue und großartige Tom Sawyer, der im fernen Washington im Dienste des Präsidenten war, muss uns erst zeigen, wie man einen Mordfall aufklärt? Glaubst du das? Hä?«

Dobbins war zusammengezuckt, als der Sheriff zu brüllen begann, aber Tom blinzelte nicht und wich nicht zurück. Er sprach leise und ganz ruhig. »So hätt ich's jetzt nicht gesagt, Joe. Aber im Grunde bringst du's damit auf den Punkt.«

Joe Harpers Gesicht hatte die Farbe eines gekochten Flusskrebses angenommen, er ballte die Fäuste, und Tom rechnete schon damit, dass der Sheriff auf ihn losgehen würde. Aber diesmal war es Jim Hollis, der zu Toms Überraschung eingriff. Er packte Joe am Arm und nickte in eine Ecke, in der ein paar Lumpen lagen. »Zeig's ihm einfach, Joe. Zeig dem Schlaumeier aus der großen Stadt, was wir bei seinem Huck gefunden haben. Er hat auch eins, siehst du?«

Hollis deutete auf Toms Hand, in der dieser immer noch das Taschenmesser und den Talisman hielt.

»Nun gut.« Joe Harper atmete tief durch, dann sagte er über die Schulter zu Jim, ohne den Blick von Tom zu wenden: »Hol's her.«

Jim beugte sich zu dem Bündel hinab.

Tom erkannte sofort Hucks speckige Wildlederjacke, die Dobbins ihm wohl ausgezogen hatte, um die Schusswunde zu behandeln. Jim zog eine Maiskolbenpfeife heraus und dann noch etwas. Er gab es dem Sheriff, der es wiederum einfach an Tom weiterreichte. »Das haben wir bei ihm gefunden, Tom. Erkennst du die Sachen?«

Tom schluckte. Joe hatte ihm eine Bibel und eine Kette in die Hand gedrückt. An der Kette hing der gleiche Anhänger, den er selbst als Talisman besaß. Sankt Christophorus. Er sah es immer noch vor sich, wie Tante Polly einem Hausierer an der Tür drei der kleinen Silberanhänger abgekauft hatte. Tom war damals sechs Jahre alt gewesen, vielleicht sieben. Polly war sehr fromm und hatte immer ein gutes Wort für die armen Hausierer, die für ein paar Cent von Tür zu Tür zogen. Einen der Anhänger hatte sie Tom geschenkt, den anderen Sid. Den dritten hatte sie behalten. »Er hat unseren Herrn Jesus als Kind über einen Fluss getragen. Er war sehr stark. Und sein Bild schützt einen vor einem plötzlichen Tod, vergesst das nie!«, hatte sie gesagt, als sie Sid und ihm die Kette um den Hals legte. Irgendwann war Toms Kette gerissen, weshalb er den Anhänger nun in der Tasche mit sich herumtrug. Polly hatte ihre eigene Kette niemals abgelegt. Warum hätte sie sie Huck geben sollen? Und die Bibel hatte Tom gehört. Die hatte er sich als Junge in der Sonntagsschule durch geschickte Tauschgeschäfte erschwindelt, um vor Becky als guter Schüler dazustehen. Warum sollte Polly sie Huck geben? Huck konnte kaum lesen und war zudem als Heide aufgewachsen.

Nicht Huck! Bitte nicht!

Tom hatte das Gefühl, als hätte jemand ihm einen Tritt in den Magen verpasst.

Joe riss ihn aus seinen Gedanken. »Glaubst du immer noch, dass er unschuldig ist, Tom? Glaubst du das? Hast du Polly je ohne das Ding gesehen?« Er schien ganz ruhig zu sein, nichts deutete auf seinen Ausbruch von gerade eben hin. Er beugte sich vor, dicht an Toms Ohr, flüsterte fast. »Komm mir nicht in die Quere, hörst du? Ich habe diesen Fall gelöst. Und ich kann niemanden brauchen, der in St. Petersburg herumschnüffelt und so tut, als käme der Sheriff dieser Stadt nicht allein klar. Du tust dir und uns allen einen großen Gefallen, wenn du schleunigst von hier verschwindest, hast du mich verstanden, Tom?«

Tom nickte. Schweigend trat er an das vergitterte Fenster, von dem aus man einen Blick auf den gewaltigen Strom hatte, der sich hinter ein paar Hütten am Stadtrand bis zum Horizont erstreckte wie ein wogendes braunes Feld.

»Es ist gut, wieder in St. Petersburg zu sein, Joe«, sagte Tom versonnen. »Fühlt sich gut an. Hätte nicht gedacht, dass es so etwas wie Heimweh gibt, als ich weggegangen bin. In Washington würden sie vermutlich tatsächlich sagen, es ist ein Kaff voller Hinterwäldler, aber mir … mir gefällt's hier!« Er deutete vage aus dem Fenster. »Doch, doch. Der Mississippi mit den Dampfschiffen und den Flößen, die grünen Hügel, die Luft …«

Tom drehte sich um, wies auf Joe und Hollis. »Die Menschen hier sind nett und aufgeschlossen. Und du hast recht, Joe: Sie haben einen Sheriff verdient, der ihnen ein Leben in Sicherheit und Ruhe ermöglicht. Der ihre Häuser schützt, ihren Besitz, ihre Lieben. Aber vielleicht …« Tom trat einen Schritt näher auf Joe zu, in dessen Gesicht nichts als schiere Ratlosigkeit stand. Er hob den Finger und tippte Joe an die Brust. »Aber vielleicht bist das ja nicht du, Joe? Vielleicht ist das ja jemand anders? In ein paar Tagen ist die Wahl, oder? Wer weiß? Vielleicht gefällt es mir ja so gut in St. Petersburg, dass ich gegen dich antrete, Joe? Vielleicht werde ich ja der nächste Sheriff in St. Petersburg, hm? Schließlich habe ja *ich* Huck Finn zur Strecke gebracht und nicht *du*, wenn man es genau nimmt, oder? Das hast du zumindest allen so erzählt, nicht, Joe?«

Harper glotzte Tom fassungslos an.

Tom beugte sich vor und flüsterte in Joes Ohr: »Also sieh besser zu, dass der einzige Mann, der das Gegenteil behaupten könnte, nicht stirbt, Joe.«

Wie konnte man nur so bescheuert sein? Was war nur in ihn gefahren?

Tom stapfte an den letzten Häusern von St. Petersburg vorbei über eine staubige Straße, die sich landeinwärts weg vom Mississippi ins Hinterland schob.

Hier, am Rand der kleinen Stadt, gab es nur noch ein paar windschiefe Hütten und verfallene Scheunen und zahllose Schweinepferche, weit weg von den soliden Backsteinhäusern der vornehmen Bürger in der Bird und der Main Street.

Warum habe ich das getan?, fragte Tom sich immer wieder, seit er das Gefängnis verlassen hatte. Um einen großen Auftritt zu haben? Nur um ein bisschen Dampf abzulassen? War es das wert, dass er Joe Harper nun zum Gegner haben würde? Oder spielte er tatsächlich mit dem aberwitzigen Gedanken, als Sheriff zu kandidieren?

»Was für ein Schwachsinn, Hollis! Der Einzige, der mich wählen würde, wärst vermutlich du!«

Wütend kickte Tom einen Stein weg. Der Mischlingsrüde, der Tom folgte, seit sie das Gefängnis verlassen hatten, zuckte zusammen. Dann kehrte er jedoch an Toms Seite zurück und schmiegte sich im Laufen an Toms Beine. Tom seufzte.

Ein mit Schilf zugewuchertes Bächlein schlängelte sich träge neben der Straße, Eidechsen raschelten im Gebüsch, auf der Suche nach Käfern und Mücken. Die Straße wurde zu einem Hohlweg und stieg sanft an. Auf der vor ihm liegenden Hügelkuppe erblickte Tom eine Ansammlung von armseligen Hütten, und eine Horde von schwarzen Kindern in zerlumpten Kleidern rannte an ihm vorbei. Die Kinder trieben mit Ruten ein Ferkel vor sich her. Sie hatten dem Tier einen alten, löchrigen Hut auf dem Kopf festgebunden und kreischten vor Vergnügen. Tom blieb stehen und wischte sich den Schweiß aus dem Nacken. Er würde sich im Mietstall der Stadt ein Pferd besorgen müssen.

Er war zwar kein guter Reiter, aber zu Fuß zu gehen war eines Mannes nicht würdig und außerdem zu anstrengend. Ihm war schwindelig vor Hitze, er hatte immer noch nichts gegessen, und der mangelnde Schlaf tat ein Übriges.

Er beugte sich zu Hollis hinunter und kraulte ihm den Nacken. »Was willst du von mir, Kleiner, hm? Ich bin kein guter Beschützer, da kannst du jeden fragen.«

Hollis schien nichts auf Toms Gerede zu geben. Er drückte seine feuchte Schnauze gegen Toms Knie und schloss die Augen.

»Tom!«

Tom wandte sich um und beschirmte die Augen gegen die Sonne. Eine schmale Gestalt schob sich auf der Straße auf ihn zu. Staubbedeckte Stiefel unter einem gerafften Glockenrock.

»Warte, ich muss mit dir reden!«

Tom stand auf. Beckys Wangen waren gerötet, aber trotz des schweren smaragdgrünen Seidenkleides schien sie kein bisschen zu schwitzen. Wie machte sie das nur?

»Hast du einen Freund gefunden?« Becky lächelte und nickte zu Hollis, der winselnd zu Toms Füßen saß.

Tom zuckte mit den Schultern. »Mein einziger. Nachdem ich Huck erschossen habe.«

Beckys Miene verfinsterte sich. »Was ist gestern im Schlachthof passiert? Hast du wirklich mit Absicht auf Huck geschossen?«

Tom wandte sich ab und ging weiter den Hügel hinauf. In einer Senke zu ihrer Rechten lag ein Sägewerk. Von den niedrigen Hütten am Horizont kräuselten sich Rauchfahnen zum Himmel, und Fetzen einer Mundharmonikamelodie drangen an Toms Ohr. »Das sagt zumindest der Sheriff. Und das wirst du auch in deiner Zeitung schreiben, oder nicht?«

Becky raffte ihren Rock und hastete hinter Tom her. »Der *St. Petersburg Chronicle* schreibt nur die Wahrheit, und dabei verlasse ich mich nicht auf nur *eine* Quelle. Joes Geschichte kenne ich jetzt. Erzählst du mir deine?«

Tom ging weiter, ohne sich zu Becky umzudrehen. »Meine ist ganz einfach und nicht so spektakulär wie die von Joe, aber du wirst sie wahrscheinlich eh nicht glauben.«

Becky hatte Tom eingeholt und knöpfte ihr Kleid am Kragen auf.

Tom blieb für einen Moment verwirrt stehen, dann sah er, dass Becky ihr kleines Notizbuch und einen Stift aus dem Dekolleté hervorzog.

»Vielleicht versuchst du's einfach mal? Außerdem hab ich Gerüchte gehört, dass du für den Posten des Sheriffs kandidieren willst. Ist da was dran?«

Tom erhaschte einen Blick auf eine Halskette, die zwischen Beckys Brüsten verschwand, dann schüttelte er sich, als ihr tadelnder Blick ihn traf. »Möchte bloß mal wissen, woher du das so schnell weißt«, sagte er rasch.

»Ich bin eben eine gute Journalistin und hab so meine Quellen. Also? Was ist im Schlachthof passiert?«

Tom sah sie an und schwieg. Aufmunternd zog Becky die Augenbrauen hoch.

Tom seufzte. »Ich hab ihn nicht angeschossen. Ich hatte ihn schon verhaftet, mit Handschellen und allem Drum und Dran. Da hat er nach meiner Waffe gegriffen und abgedrückt.«

Becky zog die Stirn kraus. »Er hat … sich selbst erschossen, meinst du? Aber warum?«

Tom zuckte mit den Schultern und ging wieder weiter. »Was weiß ich? Er hat's jedenfalls getan. So, jetzt weißt du's, und damit ist meine Geschichte auch schon aus.«

Becky kritzelte etwas in ihr Notizbuch, schüttelte den Kopf und bemühte sich, mit Tom Schritt zu halten. »Aber das ergibt doch keinen Sinn. Warum sollte er sich erschießen? Das macht doch nur Sinn, wenn er –«

»Ja, wenn er schuldig ist und dem Henker zuvorkommen will. Genau. Aber er ist nicht schuldig.«

»Was macht dich da so sicher?«

Tom wedelte unbestimmt mit den Händen in der Luft. »Er … Es passt einfach nicht! Polly war nicht reich; für einen Überfall gibt es weitaus lohnendere Opfer. Niemand hat wirklich gesehen, was passiert ist, Huck hat nie wirklich zugegeben, dass er es getan hat, und … und –«

»Und du willst einfach nicht, dass es Huck war, habe ich recht?«

Tom sah sie aus rot geränderten Augen an. Er dachte an den Christophorus-Anhänger und an die Bibel, die bei Hucks Sachen gewesen waren. Er nickte düster.

»Ja. Und wahrscheinlich liege ich vollkommen falsch.«

Er schloss die Augen und fuhr sich durch die Haare. Becky

wollte ihm gerade beschwichtigend eine Hand auf den Arm legen, als Tom die Augen wieder aufschlug und mit dem Zeigefinger auf ihr Notizbuch tippte. »Aber das schreibst du nicht, hast du mich verstanden? Dann schreib lieber, ich habe auf ihn geschossen!«

Becky verschränkte die Arme vor der Brust, und ihre Augen wurden zu schmalen Schlitzen. »Aha! Ich soll also doch nicht die Wahrheit schreiben, Tom Sawyer? So denkst du dir das also? Das kannst du vergessen.«

Wütend wandte Tom sich ab. »Vergiss es. Ihr schreibt doch eh, was ihr wollt! Hat Lincoln auch gesagt.«

Inzwischen hatten sie die ersten Hütten auf dem Hügel erreicht. Linker Hand saß ein älterer Schwarzer auf einer grob zusammengenagelten Veranda vor einer windschiefen Baracke und spielte Mundharmonika. Er hatte eine zerschlissene graue Leinenhose an und ein grobes Baumwollhemd, das einstmals blau gewesen sein mochte. Hühner pickten im Staub der Straße und stoben auseinander, als Tom vorbeistapfte und Becky ihm zeternd folgte. Ein paar Schweine wühlten im Dreck. Der Schwarze setzte die Mundharmonika ab, als sie an ihm vorbeigingen.

»Wer, bitte schön, ist denn ›Ihr‹? Ich warne dich: Schmeiß mich ja nicht in einen Topf mit irgendwelchen anderen Zeitungen, Tom! Und wenn du deine eigene Wahrheit nicht verträgst, dann ist das dein Problem und nicht meins, hörst du?«

Tom drehte sich um und hob drohend den Zeigefinger in ihre Richtung. »Wenn du ... Du wirst ... dann ... Ach!« Zornig winkte er ab, drehte sich wieder um und stapfte weiter an den Hütten vorbei. Eine junge schwarze Frau hielt inne und schaute sie über die Wäscheleine hinweg neugierig an. Ein kaum zweijähriges Kind mit einer rotzverschmierten Nase klammerte sich erschrocken an ihre Schürze.

Becky ließ sich von Toms Geste nicht abwimmeln. Sie raffte ihre Rockschöße etwas höher und rief ihm hinterher: »Und was ist mit deiner Kandidatur zum Sheriff? Ist das die Wahrheit, oder ist das auch wieder ein bisschen geflunkert von dir, und ich soll besser nicht darüber schreiben?«

Tom blieb vor einer Hütte stehen, aus der scheppernd Klaviermusik drang, und wandte sich zornig um. Wieder hob er den Zeigefinger drohend in ihre Richtung. »Tom Sawyer ›flunkert‹ nicht, Rebecca Thatcher! Das war vielleicht einmal, aber das ist vorbei! Und wenn du es genau wissen willst: Ja! Ich kandidiere für den Posten des Sheriffs, weil Joe Harper ein Volltrottel ist, der einen Hühnerdieb nicht von einem Raddampfer unterscheiden kann und der seinen Kopf nur hat, damit es ihm nicht in den Hals regnet! Und das kannst du auch genau so in deiner Zeitung schreiben, wenn du willst!«

Becky schluckte. Tom war auf Becky zugetreten und nun mit seiner Nasenspitze nur einen Fingerbreit von ihrer eigenen entfernt. Sie nickte eifrig. »Gut … Das heißt … Ich überleg's mir.«

»Gut.« Tom nickte ebenfalls, ließ den drohenden Zeigefinger wieder sinken und straffte sich, beschämt über seinen Ausbruch. »Du kannst dir noch etwas überlegen, Becky.«

»Rebecca!«

»Also gut, dann eben Rebecca!«

»Ah ja? Und was?«

»Ob du mit Sid heute Abend zum Essen kommen willst.«

Becky stutzte, dann erschien ein Lächeln auf ihrem Gesicht. »Du lädst uns ein? Das ist sehr nett von dir, Tom. Wo essen wir? In ›Harold's Happy Tavern‹? Die Steaks dort sind leider nicht besonders gut, muss ich allerdings sagen.«

Tom schüttelte den Kopf. »Wir essen bei mir. Bei … uns, bei … Tante Polly. Ich ziehe in Pollys Zimmer, kannst du Sid ausrichten. Also bis heute Abend. So gegen sieben?«

Tom drehte sich um und betrat die Veranda des ärmlichen Hauses, aus dem die Klaviermusik drang. Von drinnen waren Stimmen zu hören, und der Geruch von Tabak aus Maispfeifen drang hinter dem Vorhang hervor, der anstelle einer Tür als Eingang diente.

Becky schluckte ihre Überraschung hinunter und rief ihm

hinterher. »Aber … was machst du hier überhaupt, Tom? Was willst du denn da drin?«

Tom drehte sich noch einmal um. »Ich besorg Huck 'nen Arzt. Was sonst?«

Die Gespräche verstummten augenblicklich, der Klavierspieler brach mitten im Lied ab.

Ein halbes Dutzend Männer saßen an Tischen oder standen an der Theke. Alle schwarz. Sie hielten im Trinken inne, starrten auf den weißen Mann, der die Kneipe betreten hatte, und auf den Hund, der um dessen Beine herumschwänzelte. Der Rauch ihrer Zigaretten und Pfeifen kräuselte sich zur Decke. Die Stille wurde nur unterbrochen von den fetten Schmeißfliegen, die den Spucknapf umkreisten.

Tom blinzelte, seine Augen gewöhnten sich langsam an die Dunkelheit. Der Wirt, ein muskulöser Mann in einem weißen Unterhemd, mahlte mit den Kiefern und musterte den Eindringling misstrauisch.

Tom räusperte sich. Bevor er etwas sagen konnte, hörte er Becky von der Straße rufen. »Du willst mich also hier stehen lassen, ja, Tom Sawyer? Das hast du also vor? Du willst eine Lady einfach hier stehen lassen? Das ist schäbig, und ein echter Gentleman tut so etwas nicht! Aber du bist eben kein Gentleman, und du solltest dich verdammt noch mal schämen! Bis heute Abend also!«

Durch die Schlitze des Vorhangs sah Tom, wie Becky, die Fäuste geballt, auf der Stelle kehrtmachte und den Weg zurück nach St. Petersburg einschlug. Der Wirt räusperte sich, die anderen Gäste starrten Tom noch immer unverwandt an.

Tom setzte ein Grinsen auf und hob die Arme. »Tja. So ist sie nun mal.« Er wies mit dem Daumen über seine Schulter. »Becky … Rebecca Thatcher vom *St. Petersburg Chronicle*. Kennen Sie, oder? Tolle Zeitung, stimmt's?«

Tom lächelte jovial in die Runde, aber niemand antwortete ihm. Der Wirt verschränkte die Arme vor der Brust, einer der Gäste stürzte seinen Bitterschnaps hinunter. Toms Lächeln gefror. Er schlenderte zur Bar, sah sich um und beugte sich dann zum Wirt. »Tach.«

Der Wirt verzog keine Miene.

Tom ließ sich nicht beirren. »Tom Sawyer ist der Name. Ich suche jemanden. Cooper heißt der Mann. Hiram B. Cooper, Sie wissen nicht zufällig, wo ich ihn finden kann?«

Der Wirt blinzelte, doch er sagte nichts. Tom spürte die Augen von sechs Männern auf seinem Hinterkopf. Aus dem Raum hinter der Theke hörte er heftiges Atmen. Ein Vorhang versperrte auch hier den Blick. Tom setzte sein freundlichstes Lächeln auf und versuchte es noch einmal. »Ich glaube, er ist Arzt. *Doktor* Cooper vielleicht, hm?«

Der Wirt schwieg beharrlich, und Tom plauderte einfach weiter darauflos. »Wir haben uns kennengelernt. Ich war ihm ein bisschen behilflich und er mir. Sie wissen ja, wie das ist, und da er in der Stadt kein Zimmer bekommen hat, soweit ich weiß, dachte ich, er wäre vielleicht …«

Tom machte eine unbestimmte Geste mit seiner Hand, die die Kneipe und die Hütten drum herum mit einschloss. Aus dem Nebenzimmer drang ein Stöhnen in die Wirtsstube.

Der Wirt schmatzte. »Sie könn' den Doktor nich' sehen, Mister.«

Tom stutzte. »Nicht sehen? Warum nicht? Ich meine, wir sind keine alten Freunde oder so etwas, aber wir kennen uns, sagte ich ja bereits.«

»Tut mir leid, geht jetzt nich'.«

Der Wirt schwitzte, Tom sah deutlich, wie eine dicke Schweißperle von seiner Stirn über die Schläfe zum Kinn rann. Der Mann hatte Angst. Wovor? Das Stöhnen im Nebenzimmer wurde lauter. Was ging da vor? Wurde da gevögelt? Wurde jemand festgehalten? Hollis schnupperte in Richtung des Vorhangs und begann zu knurren.

Tom stützte die Arme auf die Theke und schlug einen forscheren Ton an. »Ist mir egal, wo dein Problem grad ist, Kumpel. Aber ich hab einen Freund, der steckt in Schwierigkeiten und braucht den Doktor. Und zwar sofort. Und wenn du mir nicht gleich sagst, wo ich ihn finden kann, dann zieh ich dich ein bisschen an den Ohren durch deinen Laden hier und –«

Ein gellender Schrei unterbrach ihn. Hinter dem Vorhang brüllte jemand wie um sein Leben, laut, markerschütternd. Der Wirt blickte erschrocken zu Boden, Tom überlegte nicht lange, zückte den LeMat-Revolver, den er Joe Harper noch nicht zurückgegeben hatte, riss den Vorhang zur Seite und stürmte mit vorgehaltener Waffe in das Nachbarzimmer.

Und erstarrte.

Er blickte direkt zwischen die blutbeschmierten Schenkel einer dicken nackten schwarzen Frau, die rücklings auf einem Tisch lag und weiterhin aus Leibeskräften brüllte. Doktor Cooper stand in einem weißen Kittel zwischen ihren Beinen und zog an einer kleinen braunen Kugel, die direkt aus ihrer blutigen Scheide zu wachsen schien. Aus Schüsseln stieg Wasserdampf zur Decke und vernebelte die Sicht. Eine junge Frau, die weiße Leinentücher hielt, blickte erschrocken von Tom zu dem Revolver und dann zum Doktor. Die dicke Frau auf dem Tisch hielt plötzlich mit dem Schreien inne, verwirrt starrte auch sie den weißen Mann mit der Waffe an.

Cooper drehte sich um, entdeckte Tom und seufzte: »Wenn Sie nicht bei einem Dammschnitt assistieren können, Mister, sollten Sie besser draußen warten.«

***

Der kleine Joseph brüllte aus Leibeskräften, und sein Vater, der große Joseph, der hinter der Theke stand, war voll des Glücks. Stolz hielt er seinen Sohn in einem blutbefleckten Leinentuch und zeigte ihn herum, während Doktor Cooper noch damit beschäftigt war, den Dammschnitt von Josephs Frau zu nähen.

In der Kneipe herrschte laute Ausgelassenheit, das Piano spielte *Great Day* und die Männer sangen aus vollem Hals: »*Great day, de righteous marchin' Great day, God's gwine to build up Zion's walls, Chariot rode on de mountain top …*«

Der große Joseph grinste von einem Ohr zum anderen und prostete Tom zu, der an einem der Tische saß und ebenfalls einen Bitterschnaps trank, während Hollis zu seinen Füßen an einem Knochen aus Josephs Abfällen nagte.

»Danke für die Lokalrunde, Mister!«

Tom hob sein Glas und nickte freundlich zurück. Eine Lokalrunde war das Mindeste, was er hatte tun können, um seinen unrühmlichen Auftritt vergessen zu machen. Der Anblick hatte ihn schockiert, Tom war noch nie bei einer Geburt dabei gewesen, sah man einmal von einem Wurf Ferkel ab, den er als Zehnjähriger zusammen mit Huck im Pferch des Walisers beobachtet hatte.

Huck.

Und dann hatte er auch noch eine große Klappe gehabt und Becky gesagt, sie solle schreiben, dass er für den Posten des Sheriffs kandidierte und dass Joe Harper ein Volltrottel war. Herrgott noch mal! Warum passierte das immer wieder? Warum konnte er nicht einfach mal die Klappe halten? Tom setzte das Schnapsglas ab und massierte sich mit Daumen und Zeigefinger die müden Augen, als eine Stimme ihn aufmerken ließ.

»Was kann ich für Sie tun, Mister?«

Hiram Cooper war an Toms Tisch getreten, wischte sich mit einem stockfleckigen Lumpen die Hände trocken und krempelte die Ärmelaufschläge hinunter.

Tom nickte zu einem freien Stuhl und hob sein Glas. »Wollen Sie auch einen?«

Cooper setzte sich und schüttelte den Kopf. Der schlanke Mann mit den kurzen, eng am Schädel anliegenden Haaren hatte eine tiefdunkle Hautfarbe, so wie nasses Ebenholz. Kleine schlaue Augen blitzten aus einem freundlichen runden Gesicht hervor. Hiram lächelte. »Ich trinke nicht. Nicht mehr.«

Tom nickte. »Auch gut. Tut mir leid wegen …« Tom nickte in Richtung des Vorhangs.

Hiram winkte ab. »Sie hat's überlebt, und der kleine Joseph kann sich nicht früh genug daran gewöhnen, dass ein weißer Mann mit einer Waffe vor ihm steht.«

Cooper grinste verschmitzt, und Tom kam nicht umhin, den Doktor zu mögen. Er streckte die Hand aus. »Tom Sawyer ist mein Name. Vielen Dank auch für Ihre Hilfe im Saloon gestern. Vor dem Saloon, meine ich. Mit Dale.«

Cooper blinzelte kurz, als Tom seinen Namen nannte, dann ergriff er Toms Hand. *»Ich* habe zu danken, Mr Sawyer. Ohne Ihre Hilfe hätte Dale mich wahrscheinlich so behandelt, wie er Sie behandelt hat.«

»Ja, ich schätze, wir haben uns beide keine Freunde gemacht.«

»Ich bin es gewöhnt, dass Leute wie Dale mich nicht als Freund ansehen. Gewöhnlich sehen sie mich nicht einmal als Mensch an, geschweige denn als Mediziner.«

»Wo haben Sie Ihren Beruf erlernt, Mr Cooper?«

»An der Wilberforce University in Ohio. Da sehen fast alle so aus wie ich. Ärzte, Juristen, Lehrer, Wissenschaftler. Alle schwarz. Da fällt man gar nicht auf.«

»Hier schon. Warum sind Sie ausgerechnet nach Missouri gezogen, Doktor?«

»Meine Schwester Hattie hat mich hergelockt. Sie hat mir erzählt, dass St. Petersburg keinen Arzt, aber dafür eine glänzende Zukunft vor sich hat, wenn die Eisenbahnbrücke kommt. Ich gebe zu, ich habe mir den Empfang etwas freundlicher vorgestellt. Das Geschäft läuft eher schleppend an.«

Cooper lächelte, diesmal war es ein trauriges Lächeln. Die Männer am Tresen sangen inzwischen *Die Frauen von Buffalo.*

Tom fischte einen Silberdollar aus den Tiefen seiner Jacke und schob ihn über den Tisch. »Wenn Sie einem Mann eine Kugel aus dem Kreuz holen können, haben Sie einen Auftrag.«

Cooper betrachtete den Silberdollar mit großen Augen.

Tom legte seine Hand über die Münze. »Haben Sie so etwas schon einmal gemacht, Doktor? Die Kugel ist verdammt nah am Rückgrat, sagt jemand, der etwas davon versteht.«

Cooper lehnte sich zurück, verschränkte die Arme und schnaubte. »Ah ja? Aber vom Operieren versteht er wohl nichts, dieser Jemand, wie?«

Tom hielt Coopers beleidigtem Blick stand und schwieg.

Der schwarze Doktor nickte. »Ich habe mehr praktische Erfahrungen sammeln können, als mir lieb ist, Mr Sawyer. Auf dem Schlachtfeld von Cold Harbour, beim Richmond-Feldzug und beim Appomattox-Feldzug mit der Potomac-Armee. Zweites Korps unter Generalmajor Hancock. Kugeln nah am Rückgrat. Kugeln im Rückgrat, Kugeln im Hals, zwischen den Rippen, in der Lunge, im Bauch. Durchschuss, Streifschuss, Kopfschuss. Suchen Sie sich was aus, ich hab es alles schon gesehen. Wenn die Männer auf einer Bahre vor mir lagen und fast verblutet sind, dann war es den meisten plötzlich egal, ob ich schwarz bin oder so weiß wie Mehl auf einem Leintuch im Schnee. Sie haben mich angebettelt, dass sie als Nächster drankommen dürfen.«

»Der wird nicht betteln. Er ist nicht bei Besinnung, und er stirbt wahrscheinlich, wenn Sie ihm nicht bald helfen.«

Cooper nickte und griff nach dem Silberdollar. »Dann werde ich meine Tasche packen und gleich nach ihm sehen. Wo finde ich den Mann?«

»Im Gefängnis von St. Petersburg.«

Der Doktor hielt inne und legte die Stirn in Falten. Etwas flackerte in seinem Blick. War es Angst? Misstrauen?

»Der Mann, der diese Miss Polly erschossen hat?«

»Das ist nicht bewiesen. Sein Name ist Huck Finn. Er ist ein Freund. Und diese Miss Polly ist … war meine Tante.«

Cooper blinzelte, dann schüttelte er den Kopf und setzte an, etwas zu sagen.

Doch Tom war schneller. »Das muss man nicht verstehen. Ich will einfach nicht, dass Huck stirbt. Selbst wenn er es getan haben sollte.«

Cooper hob abwehrend die Hand. »Darum geht es mir nicht. Sie sind der Neffe von Miss Polly?«

»Ja.«

»Haben Sie noch mit ihr sprechen können, bevor sie gestorben ist?«

»Nein. Sonst wüsste ich jetzt vermutlich, wer ihr Mörder ist. Warum?«

»Weil meine Schwester Hattie an dem Tag, als Ihre Tante ermordet wurde, bei ihr war, Mr Sawyer. Sie ist von Mr Dobbins gekommen, wo sie arbeitet. Dann ist sie hierher zu Joseph gegangen, hat einen Whiskey bestellt und ihn in einem Zug getrunken. Das hat sie noch nie getan, sagt Joseph. Sie hat dabei gezittert. Und dann ist sie zu Ihrer Tante gegangen.«

Tom schüttelte den Kopf. »Und?«

»Danach hat sie keiner mehr gesehen, Mr Sawyer. Sie war nicht da, als ich in die Stadt kam. Sie ist nicht bei Mr Dobbins. Sie ist nicht hier. Meine Schwester ist verschwunden.«

»Tja, es ist, wie es ist. Kein Palast. So wohnen wir eben.«

Cooper verzog beschämt die Lippen und wies mit den Händen auf die groben Holzbretter, die die Wand bildeten. Es war in der Tat kein Palast. Eher die mieseste Rumpelkammer, die Tom je gesehen hatte.

Man konnte kaum aufrecht gehen. Der Verschlag, in dem Hattie geschlafen hatte, war lieblos an die Außenwand der Kneipe gezimmert worden, es roch noch beißend scharf nach den vorigen Bewohnern der erbärmlich kleinen Kammer: nach Hühnern. Staub und Reste von Federn tanzten schwerelos im Licht, das durch die Ritzen in der Wand hereindrang. Der Raum hatte kein Fenster.

»Das ist alles, was sie hatte. Sagt Josephs Frau. Außer den Sachen, die sie am Leib trug, natürlich.« Cooper deutete auf die schiefen Regalbretter, während er seine Arzttasche auf dem Bett packte. Der Doktor hatte offenbar das Zimmer seiner Schwester bezogen, solange er noch keine eigene Bleibe hatte.

»Kann sein, dass sie zu unserer Tante Bessy nach St. Louis wollte; davon hat sie wohl manchmal geredet, sagt Joseph. Aber das glaube ich nicht, sie wusste schließlich, dass ich unterwegs zu ihr war. Ich hatte es ihr geschrieben.«

Tom beugte sich vor und betrachtete die Dinge, die Hattie gehörten und die säuberlich aufgereiht auf den zwei Regalbrettern über dem Bett lagen.

Ein Unterhemd zum Wechseln, eine saubere karierte Schürze, um das vermutlich zerschlissene Kleid am Sonntag etwas aufzuwerten. Ein Blechnapf, ein Löffel, ein Messer. Eine flache Tonschale mit einem abgebrannten Kerzenstummel stand neben einer weißen Haube. Daneben eine fleckige Bibel. Das war alles. »Sie ist nicht nach St. Louis, Mr Cooper. Sie hat alles dagelassen. Niemand macht so eine Reise, ohne etwas einzupacken.«

Cooper sah auf, sein Blick ein trauriges Eingeständnis, dass Tom recht hatte.

Aus der Ferne drang der Pfiff einer Lokomotive gedämpft zu ihnen. Unter Coopers wachsamen Augen nahm Tom Hatties Unterhemd und kniete sich zu Hollis, der fröhlich um Toms Beine herumschwänzelte. »Hier, Hollis, schnupper mal dran, hm?«

»Ist das Ihr Spürhund?«

Tom schüttelte den Kopf. »Nicht meiner. Und ob er 'n Spürhund ist, wird sich zeigen.«

Hollis versenkte die Schnauze in Hatties Unterhemd und schnupperte.

»Gut! Braves Kerlchen! Und jetzt such Hattie! Such!«

Hollis stellte die Ohren auf, blickte aus treuen braunen Augen zu Tom auf, dann wedelte er mit dem Schwanz, schnappte nach dem Unterhemd und versuchte, es Tom aus den Händen zu reißen.

»Aus, Hollis! Lass das! Du sollst suchen, nicht damit spielen!«

Folgsam ließ Hollis das Unterhemd los, dann bellte er und

legte sich mit dem Rücken auf den zerschlissenen Teppich. Er wälzte sich hin und her und bot Tom winselnd seinen Bauch dar. Tom seufzte. »Du bist ein blöder Hund, Hollis, lass dir das gesagt sein.«

Hollis zeigte sich unbeeindruckt von diesem Vorwurf, rollte sich auf die Seite und verbiss sich in das stockfleckige Bettlaken. Tom wollte sich gerade aufrichten, da fiel sein Blick auf ein Bündel unter dem Bett, und er zog es hervor. Es war ein geblümtes Kleid, fast neu, wie es schien. Tom richtete sich auf und zeigte dem Doktor das Kleidungsstück. »Wenn sie wirklich verreist ist, warum hat sie dann ihr bestes Kleid hiergelassen? Und warum hat sie es überhaupt unter dem Bett versteckt?«

Cooper zuckte mit den Schultern. »Ich fürchte, darauf weiß ich keine Antwort, Mr Sawyer.« Der Doktor hatte seine Tasche gepackt und ließ die Verschlüsse schnalzend zuschnappen. »Ich wär so weit. Können wir?«

Tom nickte. Da fiel ihm die Bibel auf dem Regal ins Auge. Ein Stück Papier schaute zwischen den Seiten heraus. Er griff nach dem speckigen Band und schlug ihn auf.

»Das ist mein Brief«, sagte Cooper. »In dem ich ihr angekündigt habe, dass ich komme. Können Sie gerne lesen, wenn's hilft.«

Tom schlug den Brief auf, überflog die Zeilen und faltete ihn wieder zusammen. Als er ihn wieder in die Bibel zurücksteckte, fiel ihm auf, dass die Seite markiert war. Hattie hatte offenbar mit ihrem Fingernagel eine Kerbe neben einem Absatz hinterlassen. Tom kannte sich herzlich wenig aus in der Bibel. Er blätterte zurück und stellte fest, dass es sich um das erste Kapitel aus dem Lukas-Eangelium handelte. Der Engel verkündete Maria, dass sie ein Kind empfangen und einen Sohn gebären werde, dem sie den Namen Jesus geben solle.

Da sprach Maria zu dem Engel: Wie soll das zugehen, da ich von keinem Manne weiß?
Der Engel antwortete und sprach zu ihr: Der heilige

Geist wird über dich kommen, und die Kraft des Höchsten wird dich überschatten; darum wird auch das Heilige, das von dir geboren wird, Gottes Sohn genannt werden. Und siehe, Elisabeth, deine Gefreunde, ist auch schwanger mit einem Sohn in ihrem Alter und geht jetzt im sechsten Monat, von der man sagt, dass sie unfruchtbar sei. Denn bei Gott ist kein Ding unmöglich.

Tom schüttelte den Kopf und wandte sich zu Cooper.

»War sie besonders religiös? Hattie, meine ich?«

Cooper zuckte mit den Schultern. »Was heißt schon ›besonders religiös‹? Und ehrlich gesagt, Mr Sawyer, Sir: Ich kannte meine Schwester kaum. Ich wurde verkauft, als ich zwölf war. Mr Ashford, der Master in Savannah, dem meine Familie gehörte, hat mich nach Norden verkauft, wo ich einen neuen Herrn bekam, der mir die Freiheit geschenkt hat, als er gestorben ist.

Hattie wurde von der Familie getrennt, als sie zehn war. Verkauft nach St. Petersburg. Zum Glück hatte mein Vater uns lesen und schreiben beigebracht. So konnten Hattie und ich uns von Zeit zu Zeit Briefe schreiben. Meine jüngeren Geschwister hatten nicht so viel Glück. Mein Vater ist gestorben, bevor er ihnen beibringen konnte, was er uns beigebracht hat. Deswegen weiß ich nicht, wo sie sind und ob sie noch leben. Hattie ist alles, was ich noch an Familie habe, Mr Sawyer. Ich wünschte, ich könnte sie kennenlernen.«

Das Weiße in Coopers Augen schimmerte feucht im Zwielicht von Hatties Kammer. Cooper hatte seine Tasche mit beiden Händen gepackt. Seine Knöchel traten weiß hervor, als wollte er auf diese Weise ein Zittern unterdrücken.

Tom presste die Lippen aufeinander und nickte.

Tom war Cooper vorausgeeilt, um bei Joe Harper den Schlüssel zum Gefängnis abzuholen und Bescheid zu geben, dass Hattie vermisst wurde.

Joe und Jim Hollis waren jedoch nicht da, und Billy Fisher, der zweite Hilfssheriff, saß übellaunig an seinem Schreibtisch auf einem Hocker, der unter seinem Gewicht ächzte, und aß Tapiokabrei. Der klobige Schlüsselbund lag mitten auf dem Tisch. Billy Fischer erklärte Tom, dass Joe noch Zäune auf dem Grundstück seiner Familie am Stadtrand ausbessern musste und dann mit Jim Hollis nach dem verschwundenen Floß suchen würde und deshalb keine Zeit habe für »'ne verirrte Niggerseele«. Als er sich dann auch noch stur stellte, als Tom den Schlüssel zum Gefängnis haben wollte, warf Tom hastig seinen Hut auf den Schreibtisch über den Schlüsselbund, zog eine Dollarnote aus einem Bündel und legte sie vor Billy hin.

»Soll ja nicht umsonst sein, Billy. Sag dem Sheriff einfach, ich brauch den Schlüssel, wenn er wieder zurückkommt.«

Dann nahm Tom seinen Hut vom Schreibtisch des Sheriffs, zog dabei unauffällig den Schlüsselbund mit und ging. Der klobige Schlüsselbund klimperte in seiner Tasche, als er zum Gefängnis rannte.

Dort wartete Cooper schon auf ihn. Hollis, den Hund, band Tom an einem Strauch vor dem Backsteinbau fest, damit der ihm nicht überallhin folgte. Dann schloss er auf, und die Männer gingen hinein.

Cooper warf einen Blick auf Huck. »Großer Gott.«

Huck war dem Tode näher als dem Leben. Es stank entsetzlich. Huck stank entsetzlich. Vermutlich hatte er sich eingekotet. Bleich und zitternd lag er auf der Seite, ein dünner Faden Speichel rann ihm aus dem Mund.

Cooper machte sich sogleich ans Werk und gab Tom mit strenger Stimme Anweisungen. »Machen Sie ein Feuer, Mr Sawyer, und besorgen Sie uns hiermit Wasser. Es muss kochen.« Er gab Tom einen blitzblank geschrubbten Topf, dann packte er seine Tasche aus, während Tom sich um das Feuer kümmerte.

Als das Wasser im Topf kurz darauf dampfend sprudelte, warf Cooper seine Zangen, Klammern und Skalpelle hinein und reichte Tom eine weiße Schürze. »Machen Sie es wie ich. Knoten hinten. Und wehe, Sie bringen da Dreck dran.«

»Knoten hinten?«, fragte Tom verwirrt, und als Cooper ihn tadelnd ansah, als wäre er von ärgerlich wenig Nutzen, erkannte Tom, dass er dem Doktor wohl assistieren sollte. Und sein Herz begann schneller zu schlagen.

Bevor Tom protestieren konnte, hatte Cooper sein Werkzeug aus dem kochend heißen Wasser geholt, den Topf vom Feuer genommen und Tom eine Seife gereicht. Er zwang Tom, sich mit dem heißen Wasser die Hände zu verbrühen und sich dabei die Finger zu schrubben.

Als sie wieder hineingingen, versuchte Tom, nur noch durch den Mund zu atmen. Der Geruch war einfach unerträglich. Doch Cooper schien ihn nicht wahrzunehmen. Er legte die Wunde unter dem Verband frei, den Dobbins am Morgen angelegt hatte. Eiter und Blut quollen aus dem kreisrunden Einschussloch, und wie es aussah, hatte Huck sich tatsächlich eingenässt und eingekotet. Da spürte Tom bereits, wie der Inhalt seines Magens die Kehle heraufschoss.

Er schluckte und unterdrückte den Brechreiz.

»Geht's?«, fragte Cooper mit einem scheelen Blick, und Tom, unfähig zu antworten, nickte nur.

Cooper träufelte ein paar Tropfen aus einer kleinen Flasche auf ein Taschentuch und hielt es Huck unter die Nase.

»Chloroform. Es betäubt ihn«, antwortete er auf Toms fragenden Blick. Die Dämpfe stiegen Tom in die Nase, und er schüttelte sich. Hucks Zittern nahm ab und hörte schließlich ganz auf. Er atmete beinahe friedlich. Cooper säuberte Hucks Wunde, tastete dann zunächst vorsichtig mit einem Finger in das Einschussloch hinein und nickte dann.

»Ihr Aushilfsdoktor hatte recht, Mr Sawyer. Die Kugel hat zum Glück kaum Schaden in der Bauchhöhle angerichtet. Aber jetzt hat das Mistding sich versteckt.«

Cooper griff zum Skalpell und vergrößerte die Wunde mit zwei kräftigen kreuzförmigen Schnitten. Tom sog erschrocken Luft ein, aber Cooper bemerkte nur beiläufig: »Wie soll ich die Kugel sonst suchen, hm?«

Er klappte die Hautlappen auf und wies Tom an, sie festzuhalten und nach außen zu ziehen, damit er besser in der Bauchhöhle nach der Kugel suchen konnte. Toms Magen begehrte auf. Vorsichtig zog Cooper Darmschlinge um Darmschlinge aus der Bauchhöhle und legte sie halb auf Toms Hände, halb auf Hucks blutüberströmte Brust. Tom begann zu würgen, und Cooper blickte ihn entsetzt an. »Wehe, sie kotzen mir jetzt in die Bauchhöhle, Mr Sawyer!«

Tom nickte folgsam, wandte sich ab und übergab sich auf den nackten Lehmboden in der Zelle.

Cooper stöhnte entnervt auf. »Holen Sie mir Ihren Aushilfsdoktor, schnell!«, zischte er, und Tom sprang mit schamrotem Gesicht auf und rannte, ohne einen Gedanken an seine furchterregende Aufmachung zu verschwenden, zum Schulhaus.

Die Kinder schrien auf, als der heftig atmende Fremde mit den blutverschmierten Händen die Schule betrat und sich gehetzt umblickte.

Mr Dobbins stand hinter seinem Katheder und malte die Form des Staates Missouri mit Kreide an die Tafel. Erstaunt wandte er sich um, als er die entsetzten Laute der Kinder hörte.

Tom blickte in weit aufgerissene Augen und offen stehende Münder, dann wurde er sich seines seltsamen Aufzugs bewusst und streifte die blutigen Hände an der weißen Schürze ab, die ihm Cooper geliehen hatte. Das machte die Sache nicht eben besser.

Er räusperte sich. »Äh, Mr Dobbins, Sir … Ich müsste Sie kurz sprechen. Es ist dringend.«

Dobbins blieb einen Moment wie festgefroren stehen, dann löste er sich mit beschwichtigenden Handbewegungen von der

Tafel. »Ruhig, Kinder, beruhigt euch. Das ist Mr Tom Sawyer. Er hat mal in St. Petersburg gewohnt und bis vor Kurzem noch für den Präsidenten der Vereinigten Staaten gearbeitet. Beruhigt euch jetzt, schlagt eure Fibeln auf Seite 27 auf und schreibt den Absatz über Thomas Jefferson ab.«

Die Kinder lösten ihre Blicke nur ganz allmählich von Tom und senkten sie dann missmutig in ihre Schulfibel. Das heisere Kratzen der Schreibfedern erfüllte die Stille des weiß getünchten Schulraums. Dobbins schritt durch das halbe Dutzend Bankreihen und an Schülern jeglichen Alters vorbei, nahm Tom an der Schulter und zog ihn sanft vor das Schulhaus. Die ausladenden Äste einer alten Eiche im eingezäunten Hof spendeten Schatten, und von irgendwo hörte man Gewehrschüsse. Dobbins' Augen blitzten schalkhaft hinter seiner Brille hervor. »Tom. Du hast doch nicht etwa Sehnsucht nach deiner alten Schule bekommen? Und wie siehst du überhaupt aus? Hilfst du bei einer Schlachtung?«

Tom blickte zu Boden und kratzte sich am Nacken. »Nein, Sir. Ich helfe bei einer Operation. Das heißt … Ich wollte helfen. Tatsache ist, ich hab mich nicht sonderlich gut angestellt.«

Er zitterte noch immer, als er Dobbins sein Debakel mit wenigen Worten beschrieb. »Ich schätze, Sie wären dem Doktor eine größere Hilfe als ich.«

Dobbins sah ihn nachsichtig an. Er lächelte, nickte und deutet auf die blutverschmierte Schürze. »Gib mir die, Tom. Ich helfe gern.«

Die Erleichterung kroch wie ein warmer Schauer über Toms Nacken. Er band sich die Schürze ab und gab sie seinem alten Lehrer. »Hier, Sir. Und haben Sie vielen herzlichen Dank. Wenn ich Ihnen irgendwie irgendwann einmal helfen kann, lassen Sie es mich bitte wissen.«

Dobbins band sich die Schürze um und lachte. »Nicht der Rede wert, Tom. Und wer weiß? Vielleicht kann ich von deinem Doktor noch etwas lernen.«

Tom erwiderte das Lächeln, dann räusperte er sich. »Er ist …

nur damit Sie das wissen … schwarz. Ein Schwarzer. Der Doktor, meine ich.«

Dobbins' Lächeln wich für einen Moment einem leeren Gesichtsausdruck, dann kehrte es genauso strahlend wie zuvor zurück. »Oh. Tatsächlich? Interessant. Was es heute nicht alles so gibt!«

Dobbins wandte sich dem Tor im Lattenzaun zu, das den Schulhof umgab. Bevor er es öffnete, drehte er sich noch mal um. »Ach, Tom?«

»Ja, Mr Dobbins?«

»Du kannst mir tatsächlich bei etwas helfen.«

»Sir?«

Tom dachte daran, dass er dem Lehrer nicht erzählt hatte, was Cooper ihm über Hatties Verschwinden berichtet hatte. Doch er kam nicht dazu, ihn darauf anzusprechen. Dobbins deutete auf das Schulgebäude. »Da drinnen sitzen zwanzig junge, wissbegierige Menschen und haben keine Ahnung, wohin ihr Lehrer verschwunden ist. Sei so gut und übernimm meine Stunde.«

»Ihre Stunde? Ich?« Toms Stimme klang hohl, fast schrill.

Tom blickte zum Schulhaus. Seine Erleichterung von eben war wie weggeblasen, und das flaue Gefühl im Magen kehrte mit aller Macht zurück.

Zwanzig Augenpaare waren auf Tom gerichtet, die Kinder zwischen sechs und sechzehn starrten Tom stumm und erwartungsvoll an.

»Ich … Er … Er musste weg, und ich … bin Tom Sawyer. Ich komm hier aus St. Petersburg. So wie ihr, wisst ihr?«

Tom spürte, wie er rot anlief. Es war seine Sache nicht, vor vielen Leuten zu sprechen, und sei es ein Haufen Kinder. Er blickte auf seine Hände hinab, bemerkte, dass sie noch immer blutverkrustet waren, und verschränkte sie schnell hinter dem Rücken. Tom hatte keinen blassen Schimmer, womit er anfangen sollte. Er blickte zur Decke, als ob dort oben zwischen den weiß getünchten Holzbalken des Dachgestühls eine Antwort auf die Frage zu finden wäre, wie man eine Unterrichtsstunde abhielt. Doch da war einfach nichts.

In der ersten Reihe saß ein hübsches rothaariges Mädchen, fast eine jungen Frau, mit Sommersprossen, in einem rot karierten Kleid und einer weißen Bluse. Ihre Wangen glühten, und sie hob energisch den Finger. Tom nickte ihr zu, erleichtert, dass jemand anderes den Anfang machte.

»Ja? Du da?«

»Stimmt es, Mr Sawyer, dass Sie dabei waren, als Präsident Lincoln erschossen wurde?«

Tom sank ein Stück in sich zusammen. Er nickte schwach. »Ja. Das stimmt ... Das heißt ... Ich war in der Nähe. Nicht in der Loge. In die Loge kam ich erst später. Ich war ... als eine Art ... Polizist in seiner Nähe.«

Ein etwa acht Jahre alter Junge aus der zweiten Reihe in einer fleckigen Latzhose aus billigem Kattun hob den Arm und schnippte mit den Fingern. Tom nickte ihm zu. »Ja? Du.«

»Will Tanner, Sir. Also ... wenn Sie ein Polizist sind, warum haben Sie dann den Mann nicht erschossen, bevor er Präsident Lincoln erschossen hat?«

»Ja ... uhhh ... Das ist, weißt du ... nicht so einfach zu erklären.«

Tom stöhnte. Was wurde das hier? Das lief ganz und gar nicht so, wie er sich eine Schulstunde vorstellte.

Einer der älteren Jungs in der letzten Reihe, er war vielleicht vierzehn, flachsblond und mit einer aufwärtsgebogenen Nase, meldete sich zu Wort, ohne zu strecken. »Mein Dad sagt, Lincoln hat mit der Kugel nur bekommen, nach was er gefragt hat. Er sagt, Lincoln hat uns die Nigger auf den Hals gehetzt, und jetzt lässt er uns mit ihnen sitzen.«

Manche Kinder schnappten erschrocken nach Luft, manche kicherten. Tom schloss für einen kurzen Moment die Augen. Da war sie wieder, die dumpfe Welle aus Zorn, die ihm über den Nacken kroch. Die Klasse hielt den Atem an, bis Tom die Augen wieder öffnete.

Langsam ging er auf den Jungen zu und fragte mit seiner freundlichsten Stimme: »Wie heißt du, mein Junge?«

»Henry Gustavson, Sir. Mein Vater ist der Küfer hier in St. Petersburg.«

»So, so, Henry Gustavson, Sohn des Küfers. Dann will ich dir mal etwas sagen: Dein Vater mag ja vielleicht wissen, wie man Fässer baut, aber davon, was einem Jungen guttut, hat er keine Ahnung.«

Henry, die Arme angriffslustig vor der Brust verschränkt, kniff die Augen zusammen und schüttelte den Kopf. »Was einem Jungen guttut? Wie meinen Sie das, Sir?«

»Wie lange gehst du schon zur Schule, Henry?«

Henry blickte zu den Jungen links und rechts von ihm und schüttelte verwirrt den Kopf. »Weiß nicht. Vier, fünf Jahre vielleicht?«

Tom, inzwischen bei Henrys Bank angekommen, streckte den Zeigefinger vor und stieß ihn dem erschrockenen Jungen gegen die Brust. »Siehst du! Genau das ist dein Fehler!«

Henry schluckte und sank auf dem Stuhl zusammen. »Mein Fehler? Aber … warum denn mein Fehler?«

»Weil der Mann, über den dein Vater so tiefgründige Dinge zu erzählen weiß, Abraham Lincoln, der Junge, der in einer Holzhütte an der Grenze zur Wildnis geboren wurde und zum Präsidenten der Vereinigten Staaten von Amerika aufstieg, dieser Mann, hat zwar fünf verschiedene Lehrer in zehn Jahren gehabt, hat aber alles in allem nicht mehr als ein Jahr Schulunterricht genossen.«

Henry schwieg. Die Klasse hatte erschrocken verfolgt, wie Tom lauter und lauter wurde und den Kopf immer näher zu Henry hinunterbeugte. Jetzt saß der Junge eingesunken an seinem Tisch, den Rücken gegen die Bank gepresst, die Augen weit aufgerissen.

Tom grinste. »Was sagst du dazu, Henry Gustavson?«

»Wow … das ist … Nur ein Jahr?«

Henry starrte Hilfe suchend zu seinen Mitschülern, die sich eingeschüchtert abwandten. Er zuckte zusammen, als Toms Zeigefinger in die Höhe schoss.

»Nur ein Jahr! Und wenn ich ehrlich bin und meine Tage in der Schule zusammenzähle, waren es bei mir nicht viel mehr. Der Präsident und ein Mann aus seiner nächsten Umgebung! Kein Studium, keine Universität! Keine vier oder fünf Jahre Schule! Das sollte dir zu denken geben, Henry Gustavson! Euch allen …«, Tom drehte sich vor Henry im Kreis und wies mit dem Zeigefinger über die Bankreihen, »Euch allen sollte das zu denken geben! Und damit vielleicht doch noch ein bedeutender Mann aus dir wird, Henry Gustavson, bist du für heute aus dem Unterricht entlassen und gehst nach Hause zu deinem Vater, damit ihr euch gegenseitig mit euren schlauen Sprüchen auf die Nerven fallen könnt.«

Henry blickte wieder unsicher zu dem Jungen, der neben ihm saß. Der zuckte mit den Schultern. Henry griff nach seiner Schulfibel. »Ich soll nach Hause gehen, Sir?«

»Oh ja, und vielleicht denkst du darüber nach, ob es für deine Zukunft so gut ist, morgen wiederzukommen.«

Henrys Augen schimmerten feucht, er blinzelte, schnappte sein Schulheft und die Fibel und verließ mit gesenktem Blick den Raum. In der Klasse herrschte atemlose Stille.

Tom schritt, die Hände hinter dem Rücken verschränkt, langsam zur Tafel zurück. Er setzte ein gewinnendes Lächeln auf und blickte aufmunternd in die Klasse. »Nur ein Jahr Schule. Aber Präsident geworden. Das ist doch was, oder nicht? Na, wer kennt noch eine Geschichte über Abraham Lincoln?«

Das Mädchen mit den roten Haaren in der ersten Reihe hob die Hand. Sie lächelte Tom an, Bewunderung lag in ihrem Blick.

Tom nickte ihr zu. »Ja?«

»Stimmt es, dass er als kleiner Junge seine Mutter verloren hat, weil sie vergiftete Milch getrunken hat?«

Tom blickte zu Boden. Er nickte langsam. Ein Junge, der seine Mutter verloren hatte. Keine Geschichte, die er gern erzählen wollte.

»Ja. Das stimmt. Die Kuh der Lincolns hatte Wasserdost gefressen, und damit wurde ihre Milch giftig. Der nächste Doktor lebte vierzig Meilen entfernt. Sie ist gestorben, und der neunjährige Abraham hat seinem Vater geholfen, ihren Sarg zu schreinern. Es gab in der ärmlichen Blockhüttensiedlung der Lincolns nicht einmal einen Pfarrer, um die Totenmesse zu halten. Monate später, als ein Wanderpriester vorbeikam, hielt der junge Abraham Lincoln den Mann auf und bat ihn, eine Messe am Grab seiner Mutter abzuhalten. Das war ihm sehr wichtig.«

In der Klasse wurde es still. Das rothaarige Mädchen blickte traurig auf ihre Schulfibel. Tom dachte an Becky, die auch in einer dieser Bänke gesessen hatte, und er dachte an Dobbins' altes Anatomiebuch und an den Riss, den Becky versehentlich in das Buch gemacht hatte und für den Tom dann von Mr Dobbins Prügel bezogen hatte, weil er die Schuld auf sich genommen hatte.

Er lächelte das Mädchen, das die Frage gestellt hatte, an. Sie war hübsch, sehr hübsch, sie würde eine wahre Schönheit werden. »Eine traurige Geschichte, ja. Aber es gibt auch eine Menge lustige Sachen von Präsident Lincoln zu erzählen, wie die Geschichte mit den kleinen Vögeln, die aus dem Nest gefallen waren, und wie Abraham auf einen Baum geklettert ist, um sie wieder hineinzulegen. Was glaubst du wohl … Wie heißt du, Mädchen?«

»Sally Austin, Sir.«

»Also Sally, was glaubst du wohl, warum –« Tom stockte. Sally Austin. Das Mädchen, das von Huck auf dem Gemeindefest überfallen worden war.

Sie lächelte ihn an, ihre rosige Haut glühte. »Warum was, Mr Sawyer?«

Tom blinzelte, dann wandte er den Blick von ihr ab und drehte sich der ganzen Klasse zu. »Wir reden später darüber. Ihr schlagt jetzt bitte alle wieder Seite 27 auf und schreibt weiter den Absatz über Thomas Jefferson ab. Und wenn ihr damit fertig seid, dann schreibt ihr den darunter auch noch ab, verstanden?«

Als Sally, verwirrt wie die anderen, ihr Heft aufschlug und mit dem Schreiben begann, legte Tom ihr die Hand auf die Schulter. »Und wir unterhalten uns einen Moment, Sally.«

»Er hat mir furchtbare Angst eingejagt! Er war … so groß, und er roch nicht gut, und er … er war betrunken.«

»Ja, das kann ich verstehen. Ich meine, dass er dir Angst eingejagt hat. Mir hat er gestern auch Angst eingejagt. Aber wie habt ihr euch überhaupt dort getroffen?«

»Sir?« Sally blickte ihn blinzelnd an. Sie saß auf einer Bank im Schatten der Eiche im Schulhof und zupfte an einem Faden, der aus dem Ärmel ihrer Bluse hing.

Tom lehnte an dem knorrigen Baumstamm und kaute auf einem Strohhalm. Eine kleine Brise milderte die Hitze des Nachmittags und ließ ein helles Rascheln durch die Blätter des uralten Baumes gleiten. »Na, beim Friedhof, meine ich. Das Gemeindefest war doch bei der Kirche. Von dort ist es nicht weit bis zum Friedhof, aber außer dir und Huck war dort niemand, als die Männer zu euch kamen. Wie habt ihr euch getroffen? Wart ihr verabredet?«

Sallys Wangen, die vorher gerötet waren, schimmerten jetzt hellrosa. Sie versuchte offenbar, ihre Aufregung zu verbergen, aber ihre Brust hob und senkte sich im schnellen Rhythmus ihres Atems. Für ein Mädchen von vierzehn Jahren ist sie mehr als gut entwickelt, ging es Tom durch den Kopf, und er versuchte, sich wieder auf ihr Gesicht zu konzentrieren. Ihre Augen strahlten in einem kühlen Blau, aber etwas Kesses blitzte immer wieder darin auf. Ihre Zähne waren ebenmäßig und von einem fast unnatürlichen Weiß. Was hatte

Becky gesagt? *Ein richtiger Wildfang. Verdreht den Jungs reihenweise den Kopf. Macht ihnen in der Sonntagsschule schöne Augen.* Kein Wunder, dachte Tom und wartete auf ihre Antwort. Die kam stockend.

»Ich … er hat mir ein Zeichen gegeben.«

»Ein Zeichen?«

»Ja, ein Zeichen. Ich kannte ihn. Er mochte mich, und ich … weiß … dachte zumindest, dass er kein schlechter Kerl ist. Er hat mir immer kleine Geschenke gemacht, wenn wir uns zufällig auf der Straße getroffen haben. Hat mir mal ein Stück Schokolade gegeben, als ich noch klein war, oder mir ein Kaninchen geschenkt. Eins, das noch lebt, verstehen Sie? Später hat er mir ab und zu ein buntes Haarband geschenkt, solche Sachen. Ich hätte es wahrscheinlich nicht annehmen dürfen.«

»Warum nicht? Vielleicht wollte er einfach nur nett sein?«

»Das dachte ich auch. Ich stand vor der Kirche am Tisch mit dem Kuchen, da hab ich ihn auf dem Friedhof gesehen. Er hat mir zugewinkt, und ich bin zu ihm hingegangen. Ich hab niemandem Bescheid gesagt, ich wollte nicht, dass das jemand sieht.«

»Du hast gedacht, er schenkt dir wieder was?«

Sie nickte eifrig. »Ja, aber dann hab ich gemerkt, dass er betrunken war. Er hat nach Whiskey gestunken, und als ich wieder gehen wollte, hat er mich festgehalten und …«

Sally atmete heftig und starrte zu Boden, als sähe sie dort Bilder von sich und Huck an diesem Nachmittag. »Und dann hat er mich festgehalten und versucht, mich zu küssen, hat sein kratziges Kinn an meinen Hals gedrückt, und dann hat er sich die Hose runtergerissen und sein … Sie wissen schon, rausgeholt! Da hab ich furchtbar Angst bekommen und geschrien, verstehen Sie, Sir? Ich wusste, was er vorhatte, ich hatte einfach nur Angst. Was hätte ich denn tun sollen?«

Mit weit aufgerissenen Augen sah sie zu Tom auf. Sie schluckte und blinzelte, kämpfte mit den Tränen.

Tom legte ihr die Hand auf die Schulter. »Huck hat angeblich gesagt, du schuldest ihm Geld. Stimmt das?«

Sally blickte zu Boden und schob mit ihrem Schuh Eicheln und Staub zur Seite. »Ich weiß nicht, warum er das gesagt hat. Ich schulde ihm kein Geld. Ich schulde niemandem Geld. Ich denke, er hat eine Ausrede gesucht, als die Männer kamen und ihn geschnappt haben.«

»Eine Ausrede. Wofür?«

»Na ja, dafür, dass er mich so … bedrängt hat. Ich weiß es nicht. Ich weiß nicht, warum er das gesagt hat, es ist gelogen, Mr Sawyer, und es tut mir so leid, dass er Ihre Tante erschlagen hat. Gott schenke ihrer Seele Frieden.«

»Danke.« Tom nickte und sah bedrückt zu Boden. Was Sally schilderte, stimmte mit dem überein, was Joe Harper und Becky ihm von der Sache erzählt hatten.

»Ich dachte immer, Huck und Ihre Tante wären Freunde. Er hat doch schließlich für sie gearbeitet.«

Tom merkte auf. »Er hat für sie gearbeitet?«

Sally schob die Unterlippe vor und zuckte mit den Schultern. »Ja, so … kleine Sachen für sie erledigt. Arbeiten in ihrem Garten, schwere Sachen tragen. Sie hat ihm dafür die Kaninchen gegeben.«

»Kaninchen? Was für Kaninchen?«

»Na, aus ihrem Garten. Sie hat wohl Kaninchen gehalten. Einmal, als ich ihm im Ort begegnet bin, hatte er so einen Sack dabei, der war ganz blutig, und ich hab ihn gefragt, was er da hat, und er hat gesagt, da seien Kaninchen drin, von Polly, und es war ihm irgendwie peinlich, glaube ich, weil er mir auch mal ein Kaninchen geschenkt hat, aber eins, das lebt, und die in dem Sack waren bestimmt tot. Wegen dem Blut, mein ich, verstehen Sie?«

Tom nickte und schwieg, dann deutete er auf Dobbins' Haus hinter dem Zaun, der den Schulhof einschloss. »Hattie, das Mädchen von Mr Dobbins. Kennst du sie?«

»Ja, Sir. Wir kennen sie alle, Sir. In der Klasse, meine ich.

Schließlich geht sie Mr Dobbins zur Hand. Wäscht, putzt und kocht und so.«

»Hast du sie heute schon gesehen? Oder gestern?«

Sally biss sich auf die Unterlippe und schien nachzudenken. Schließlich schüttelte sie den Kopf. »Nein, Sir.«

»Hatte sie irgendwelche Freunde unter euch Schülern?«

»Nein, Sir, sie ist doch schwarz.« Verständnislos sah sie Tom an.

Der nickte. »Natürlich ist sie das.«

»Aber Ihre Tante mochte Hattie gern. Sie haben wohl zusammen gebetet.«

»Sie haben zusammen gebetet?«

»Ja. Hattie war stolz darauf, dass Miss Polly mit ihr gebetet hat. Sie hat es uns erzählt. Hattie hat viel gebetet in letzter Zeit. Von meinem Platz im Klassenzimmer aus kann ich durch das Fenster in Mr Dobbins' Garten sehen. Wenn Hattie Wäsche aufgehängt hat, ist sie oft noch eine Weile dagestanden, hatte die Hände gefaltet und vor sich hin gemurmelt. Manchmal hat sie geweint. Sie war wohl oft traurig.«

Tom nickte stumm und blickte über den Zaun zum angrenzenden Garten des Schulmeisters, wo Blumen, Kräuter und Gemüse in üppiger Pracht wuchsen. Dann, als er Sallys forschenden Blick auf sich spürte, sah er auf und lächelte. »Danke, Sally. Du hast mir sehr geholfen. Du kannst wieder hineingehen.«

Sallys Befangenheit von eben war mit einem Mal wie weggeblasen. Sie lächelte kokett. »Darf ich Sie auch etwas fragen, Mr Sawyer, Sir?«

»Klar, schieß los.«

»Bleiben Sie in St. Petersburg? Ich meine … für immer? Oder fahren Sie zurück nach Washington, weil Ihre Frau dort auf Sie wartet?«

Verblüfft schüttelte er den Kopf. »Ich … weiß es noch nicht. Eine Frau, die auf mich wartet, gibt es in Washington jedenfalls nicht.«

»Wie schade für Sie.« Sally lächelte zu ihm auf, und es

sah ganz unschuldig aus. Sie sprang auf und lief zum Schulhaus.

Tom rief ihr nach: »Sei so gut, und schick mir bitte Will Tanner her!«

»Will Tanner, Sir?«

»Ja, der blonde Junge in der zweiten Reihe. Das ist doch Will Tanner?«

»Ja, Sir.«

Sally blinzelte verwirrt, dann ging sie ins Schulhaus.

Will Tanner war der Sohn von Bob Tanner und Amy Lawrence, für die Tom als Junge geschwärmt hatte, bevor er Becky kennenlernte. Das war der Junge, den Sid zu Joe Harper geschickt hatte, um den Sheriff zum Schauplatz des Mordes zu holen. Vielleicht hatte der Junge etwas gesehen oder bemerkt, was den Erwachsenen entgangen war. Tom blickte Sallys schlanker Gestalt nach. Ihr Gang war federnd und leicht, und bevor sie das Schulgebäude betrat, blickte sie keck lächelnd über die Schulter zu ihm.

Kaninchen.

Polly hatte Kaninchen gehasst. Schon immer. Polly hatte niesen müssen, sobald sie auch nur in die Nähe eines Kaninchens kam. Nicht einmal der Geschmack von Kaninchenkeulen hatte ihr zugesagt. Was auch immer Huck in dem blutigen Sack gehabt hatte, es war bestimmt kein Kaninchen aus Pollys Garten gewesen.

Es gab dort keine Kaninchen.

Die Steaks waren zäh wie Leder.

Sie kauten angestrengt und schwiegen, die Stille wurde nur vom Ticken der großen Standuhr und vom Geräusch der Messer unterbrochen, die Bohnen in einer fettigen Soße auf die Gabeln schoben und den weichen Speck zerteilten.

Becky hatte recht behalten: Das Essen aus der Küche von

»Harold's Happy Tavern« war zum Davonlaufen. Wenige Minuten zuvor war Tom mit drei übereinandergestapelten, dampfenden Tellern in der einen Hand und seinem Koffer in der anderen durch die staubigen Straßen von St. Petersburg geeilt, während die untergehende Sonne die Häuserfronten in der Hooper Street in schimmerndes Rot tauchte.

Unterwegs hatte er Dale und Jeb mit einer Flasche Schnaps im Schatten einer Eibe herumlungern sehen. Er war ihnen ausgewichen und in einer Menge untergetaucht, die Saul Jones, dem Sohn des Walisers, bei einer Rede zuhörte, die dieser vor seinem Postamt hielt. Jones bewarb sich ebenfalls um den Posten des Sheriffs, und Tom hatte zwischen den Zuhörern gestanden, bis er sicher war, dass Dale und Jeb ihn nicht entdeckt hatten. Als er mit seinem unter den Arm geklemmten Koffer und den Tellern in der Hand schließlich mehr Aufmerksamkeit auf sich zog als Saul Jones, schob Tom sich durch die Menge und trat den Weg in die Hooper Street an. Die Steaks waren fast kalt, als Tom sie endlich auf Pollys altem Küchentisch abstellte.

Jetzt waren sie endgültig kalt.

Sie saßen zu dritt um den Tisch in der Stube und kauten zähes, kaltes Steak.

Auf dem Tisch vor ihm lag ein Umschlag mit der aufgedruckten Adresse von Richter Thatcher. Tom nahm an, dass sich darin das Dokument befand, das er gestern um diese Zeit beim Richter hatte unterschreiben wollen, aber dann doch nicht unterschrieben hatte. Er nahm es an, weil Sid nicht darüber gesprochen hatte. Sid sprach gar nicht.

Er hatte noch nichts gesagt, seit Tom durch die Hintertür ins Wohnzimmer gekommen war, den Arm abspreizte, um den Koffer zu Boden fallen zu lassen, und dann die Teller mit den Steaks und den Bohnen auf den Tisch abstellte, während Hollis fröhlich um Toms Beine schwänzelte.

»Hallo, Sid!«, hatte Tom gesagt, und Sid hatte ihm nicht geantwortet. Sid hatte nicht gesagt: »Willkommen«, oder: »Schön, dich zu sehen, Tom«, oder: »Danke für die Einladung zum Essen.«

Toms Halbbruder hatte den Koffer und den Hund gemustert, als seien es große unförmige Insekten, die in sein Haus gekrabbelt waren. Dann legte er wortlos den Umschlag auf den Tisch, zog sich einen Stuhl heran, setzte sich und nahm sich einen der Teller.

Becky, die an der Spüle stand und einen Eistee vorbereitete, hatte die eisige Stimmung bemerkt, die sich in der Stube ausgebreitet hatte, und das Reden übernommen. Sie erkundigte sich nach Huck, und Tom erzählte ihr von der Operation. Seine unrühmliche Entlassung durch Cooper ließ er aus, umschrieb den Vorgang, so als wäre er mit Cooper übereingekommen, dass es das Beste war, Mr Dobbins hinzuzuziehen, als sie feststellten, dass die Kugel in Hucks Bauch sich hartnäckig verbarg.

Nach dem Gespräch mit Will Tanner bei der Schule, das Tom keine neuen Erkenntnisse brachte, hatte es Tom nicht länger ausgehalten und die Kinder nach Hause geschickt. Er war zum Gefängnis geeilt und kam genau in dem Moment, als Mr Dobbins sich bereits die blutigen Hände wusch und Doktor Cooper die letzten Stiche nähte, die Hucks Bauchwunde verschlossen.

In einem kleinen Blechnapf auf dem Boden lag die Kugel. Tom bekam weiche Knie vor Erleichterung, als er sie sah. Klein, stumpfes Grau mit Blut verschmiert und absolut tödlich im Körper eines jeden. Nicht Abraham Lincoln, sondern Samuel Colt hatte die Leute gleich gemacht, sagte man, und das stimmte.

Cooper hatte erschöpft zu der Kugel hingenickt, während er den Faden an Hucks Wunde abschnitt. »Sie hat die Leber gestreift, und ich musste einen Teil davon entfernen, aber das wird verheilen … vielleicht. Das Mistding hatte sich hinter der Bauchspeicheldrüse versteckt, und ich musste eine gute halbe Stunde danach suchen. Die Kugel ist wohl am Querfortsatz eines Lendenwirbels hängen geblieben. Ihr Huck hat mächtig Glück gehabt! Zumindest die Operation hat er überlebt.«

Als sich ein Lächeln auf Toms Gesicht ausbreitete, hob Cooper abwehrend die Hand. »Freuen Sie sich nicht zu früh, Mr Sawyer. Er hat sehr viel Blut verloren, und die Kugel hat natürlich zu einer Infektion geführt. Das Blei vergiftet den Körper, und dass die Leber verletzt wurde, kommt noch erschwerend hinzu. Beten Sie für ihn. Vielleicht schafft er's, vielleicht nicht.«

Als das Lächeln wieder aus Toms Gesicht verschwand, war Dobbins neben ihn getreten, hatte mit dem Kinn zu Cooper genickt und anerkennend das Kinn vorgeschoben, während er sich die blutverschmierte Schürze abband.

»Der Doktor hier versteht sein Geschäft, Tom. Und Huck ist doch unverwüstlich. Es wird schon gutgehen.«

Tom hatte sich bei beiden herzlich bedankt und ihnen das Versprechen abgenommen, sich weiter um Huck zu kümmern. Dann hatte er in der Stadt eine Decke, Stroh für den Boden und etwas zu essen für Huck besorgt, weil er inzwischen nicht mehr glaubte, dass Joe Harper sich darum kümmern würde, Silberdollar hin oder her.

Nachdem er noch eine Stunde neben Huck ausgeharrt hatte und sich in dieser Zeit immer wieder vergewissert hatte, dass sich Hucks Brustkorb noch hob und senkte, hatte er das Gefängnis wieder abgeschlossen, war zum Büro des Sheriffs gegangen und hatte einem völlig verwirrten Billy Fisher den Schlüssel hingeworfen.

Dann ging er zu »Harold's Happy Tavern« und bestellte dreimal Steak mit Bohnen und Speck. Während er seinen Koffer packte, hörte er die wuchtigen Schläge aus der Küche, mit denen Timothy versuchte, aus beinharten Fleischlappen zarte Steaks zu machen.

Timothy hatte auf ganzer Linie versagt.

Toms Kiefer schmerzte bereits, und er schnippte ein weiteres Stückchen Steak mit dem Messer unter den Tisch zu Hollis, der brav zu seinen Füßen lag und sich über alles freute, was für ihn abfiel. Die Stille war drückend. Sids Miene war wie versteinert, und selbst Becky hatte den Versuch aufgegeben, ein Gespräch zwischen den Brüdern in Gang zu bringen. Tom seufzte innerlich. Wahrscheinlich war es keine gute Idee gewesen, hierherzukommen. Wieder einmal keine gute Idee.

Er blickte zwischen Becky und Sid hin und her und fragte sich, wie diese beiden nur zusammenpassten. Was fand Becky bloß an seinem Bruder? Gut, Sid war nicht dumm, wahrscheinlich noch einer der Schlauesten in St. Petersburg. Aber abgesehen davon? Klar, er hatte noch dazu einen Job bei der Bank, er war mit Beckys Vater befreundet und schien sich im Gegensatz zu den meisten Männern in der Stadt regelmäßig zu waschen, aber reichte das? Herrgott, sie hatte doch offensichtlich Klasse! Und er? Sids Augen schimmerten blass in den dunklen Höhlen; das sonst oft leicht gerötete Gesicht wirkte fahl, die Haut teigig, der ganze Körper schien schlaff auf dem Stuhl zu hängen. Und dennoch: Irgendetwas musste da doch sein?

Vielleicht ist er ein guter Liebhaber, durchzuckte es Tom. Obwohl … vielleicht hatten sie ja noch gar nicht? Hoffentlich nicht, dachte Tom und fragte sich sogleich, warum er das dachte. Warum versetzte es ihm einen Stich, sich vorzustellen, wie Sid die Knöpfe ihres Kleides aufmachte? Wie der Stoff an ihr zu Boden glitt und ihren nackten Körper freigab. Und was für einen Körper …

»Geht's dir gut, Tom?«

Er fuhr zusammen. Becky lächelte ihn freundlich an, Tom hatte nicht bemerkt, dass er sie angestarrt hatte, aber ihr schien es nicht entgangen zu sein. Er setzte eine freundliche Miene auf und deutete lebhaft mit der Gabel auf seinen Teller, während er mit vollem Mund redete. »Aber diefe Bohnen find echt gut, hm, Fid?«

Sid blickte auf. Auch ihm waren Toms Blicke zu Becky offenbar nicht entgangen, und er musterte Tom prüfend. »Also bleibst du hier, ja? Wie lange?«

Tom schluckte den Bissen hinunter. Er ließ sich Zeit mit

der Antwort. »Keine Ahnung, Sid. Ich … will auf jeden Fall bleiben, bis Huck wieder auf den Beinen ist.«

»Du glaubst wohl immer noch, dass er unschuldig ist?«

»In dem Land, in dem ich lebe, ist jemand so lange unschuldig, bis seine Schuld erwiesen ist, Sid.«

»Herrgott, ich hab's doch gesehen, Tom! Ich stand hier! Und er stand da!«

Sid deutete aufgebracht auf die Dielen. Er war laut geworden, und Hollis stellte die Ohren auf.

Tom schüttelte den Kopf. *Nie etwas glauben, was ein anderer gesehen hat, und nur die Hälfte von dem, was man selbst gesehen hat.* Das hatte Lincoln immer gesagt. Er verschränkte die Arme vor der Brust. »Was hast du denn gesehen? Einen Mann, der sich über eine tote Frau beugt, mehr hast du nicht gesehen!«

»Was muss man denn noch *mehr* sehen? Da war nur ich und er und sonst niemand. Glaubst du, ich bin bescheuert? Glaubst du, ich lüge dich an?«

Sid schob ungehalten den Teller von sich, und Becky legte besänftigend die Hand auf Sids Arm. »Schon gut, Sid, das hat er nicht gesagt. Er hat's nicht so gemeint.«

Sid zog den Arm unter ihrer Hand weg. Sein Gesicht nahm eine rote Färbung an, und er wies mit dem Finger auf Tom. »Aber gedacht hat er's! Stimmt's, Tom? Sag doch, dass es stimmt!«

Tom sagte gar nichts, weil er das Gefühl hatte, dass er schon zu viel gesagt hatte. Er schnippte ein letztes Stück Steak mit dem Messer zu Hollis, aber es rutschte unter den Schrank. Hollis trottete zum Schrank und versuchte, mit den Pfoten nach dem Fleisch zu angeln. Tom griff zum Tischtuch und wischte sich den Mund ab, wofür er einen tadelnden Blick von Becky erntete, woraufhin er entschuldigend grinste.

Sid wartete noch immer auf Toms Antwort, und dass sie nicht kam und Tom stattdessen Becky angrinste, machte ihn fuchsteufelswild. Er sprang auf, und in seinen Mundwinkeln war Speichel, als er Tom laut anbellte. »Du lässt dich hier zehn Jahre nicht blicken, kümmerst dich einen verdammten Dreck um Tante Polly oder um uns oder um sonst was, und dann kommst du zurück, stellst deinen Koffer hier rein und glaubst, du kannst mich einfach so über unser Land und über den Mord an Polly belehren, was, Thomas?«

Sid atmete heftig, und Becky führte erschrocken die Hand zum Mund. Es war wieder still in der Wohnküche, Hollis hatte den Kopf eingezogen und schmiegte sich ängstlich an Toms Bein. Tom blinzelte, dann zuckte er mit den Schultern und sagte schlicht: »Ja.«

Sid öffnete den Mund, als wolle er etwas sagen, doch da kam nichts. Er blieb einfach stehen, mit dem Zeigefinger deutete er noch immer auf Tom. Dann zitterte Sids Kinn, kraftlos sank der ausgestreckte Arm hinunter, Sid ließ sich auf den Stuhl fallen, vergrub den Kopf in den Händen und weinte.

Tom erschrak. Was war passiert? Eben hatten sie noch so schön gestritten, und jetzt schluchzte Sid. Becky legte Sid tröstend die Hand auf den Rücken und bedachte Tom mit einem anklagenden Blick. Tom schüttelte den Kopf, sah Becky fragend an, und sie verdrehte die Augen und formte stumm: »Wegen Tante Polly«, und jetzt sagte ihr Blick ihm unmissverständlich, dass er ein gefühlloser Vollidiot war.

Tom fühlte sich plötzlich unbeschreiblich schlecht.

Warum war es immer so? Warum war sein Bruder der Gute, der immer recht hatte? Und warum war er der Mistkerl, der nur an sich selbst zu denken schien? War er das wirklich? Gerade wollte er etwas Besänftigendes sagen, da fuhr Sid wieder auf. »Du hast immer nur Mist gebaut, du hast sie immer enttäuscht, und trotzdem hat sie dir alles verziehen!«

Tom schnappte nach Luft. Wen meinte er? Polly? Becky?

»Sie hat nächtelang wach gelegen, als du nicht mehr da warst, hat sich die Augen ausgeweint vor Angst und hat immer nur gesagt: ›Hoffentlich kommt unser Tom wieder, Sidney, hoffentlich kommt unser Tom wieder!‹ Dass ich die ganze Zeit bei ihr war und mich um sie gekümmert habe, hat gar nicht gezählt! Du solltest dich was schämen, Tom, ja, das solltest du!«

Tom seufzte. Also das war es? Dass Tante Polly ihn vielleicht mehr geliebt haben könnte als Sid?

»Es tut mir leid, Sid. Ich … Das wollte ich nicht. Ich bin mir sicher, wenn du weg gewesen wärst und ich wäre dageblieben, hätte sie immer nach dir gefragt und wegen dir geweint. Und ich werde dir … euch hier nicht lange zur Last fallen, das verspreche ich.«

Sid blickte aus geröteten Augen auf. Er lächelte schwach und deutete auf den Umschlag. »Dann unterschreibst du? Jetzt?«

»Du solltest es wirklich tun, Tom. Für Sid.« Becky sah ihn aufmunternd an, und Sid wischte sich die Tränen von der Wange.

In Tom zuckte etwas, als hätte ein Käfer ihn von innen in die Brust gebissen. Er schürzte die Lippen, lehnte sich zurück und verschränkte die Arme. »Warum habt ihr es nur so verdammt eilig? Warum wollt ihr mich so schnell wieder loswerden? Ich unterschreib ja, aber ich hab doch wohl ein Recht darauf, hier ein paar Tage zu wohnen, nicht?«

Sid blinzelte die letzten Tränen weg, und sein gerötetes Gesicht verlor langsam wieder die Farbe. Er sprach jetzt leise. Unverständnis lag in seiner Stimme. »Aber das war doch deine Idee, Tom! Du wolltest doch zu Richter Thatcher und dieses Dokument aufsetzen. Was ist denn jetzt los mit dir?«

»Nichts. Ich unterschreibe ja. Aber eben nicht jetzt. Später.« Er deutete auf die Teller. »Seid ihr fertig? Oder soll ich bei Harold einen Nachschlag holen?«

Sid schwieg, dann stand er auf und betrachtete Tom fassungslos. Er schüttelte den Kopf, dann wandte er sich an Becky. »Ich gehe hoch. Das war alles ein bisschen viel die letzten Tage. Ich muss mich ausruhen.«

Becky nickte, stand ebenfalls auf und gab Sid einen sanften Kuss auf die Stirn. »Mach das, Sidney. Ich werde morgen nach dir sehen.«

Sid schlurfte grußlos an Tom vorbei und nahm die ausgetretenen Stufen über die Außentreppe ins Obergeschoss. Tom blickte ihm nach und sah dann zu Becky, die sich eine Stola überwarf. Sie bedachte ihn mit einem enttäuschten Blick.

Tom hob die Handflächen zur Decke. »Was? Was hab ich denn gemacht?«

»Du bist kindisch und grausam zu ihm, Tom. Und ich muss mich um den *Chronicle* kümmern, gute Nacht.« Sie zog die Stola enger um sich und wandte sich zur Hintertür.

Tom war völlig verblüfft. *Grausam? Kindisch*? Becky war schon halb aus der Tür, als er ihr hinterherrief. »Soll ich dich begleiten, Becky? Ich mein ... zu deiner Redaktion? Ist ja dunkel und so ...«

Becky blieb stehen und sah ihn vernichtend an. »Wehe, du wagst es. Und ich heiße Rebecca, merk dir das.«

Sie schlug die Hintertür zu. Tom zuckte zusammen. Fassungslos blieb er allein im Wohnzimmer sitzen, nur das stete Tocktock der Standuhr und Hollis' Hecheln füllten die Stille des Raums. Der Hund versuchte immer noch, das Fleischstückchen mit den Vorderpfoten unter dem Schrank hervorzuangeln. Anscheinend hatte Hollis es mit der Pfote noch weiter daruntergeschoben. Tom seufzte und ging zum Schrank.

Er machte einen Bogen um die Kratzspuren auf den Dielen, die Polly im Todeskampf hinterlassen hatte, und kniete sich neben Hollis. Er senkte den Kopf, legte die Wange an den Boden und spähte unter den Schrank. Dort lag das Stückchen Steak, für Hollis in unerreichbarer Ferne.

Tom schob Hollis weg, fasste mit dem Arm unter das wuchtige Möbel und angelte den Klumpen hervor.

»Lass es dir schmecken, Kumpel.«

Er warf Hollis das Fleischstückchen hin, immer noch kniend, und der stürzte sich gierig darauf. Tom stutzte. Irgendetwas war seltsam. Etwas, was er gerade gesehen hatte. Er betrachtete Pollys Kratzspuren auf den Dielen, dann blickte er nochmals zum Schrank. Auch da waren Kratzspuren auf dem Boden. Um die Schrankfüße herum. So als hätte man das Möbel mehrmals von der Wand weg- und dann wieder zurückgeschoben.

Aber warum sollte jemand so etwas tun?

Tom umfasste einen der Füße und zog den überraschend leichten Schrank kurzerhand ein Stückchen nach vorn. Dann hielt er inne. Neben dem Quietschen der Schrankfüße auf dem Dielenboden war auch ein metallisches Scheppern zu hören gewesen. Immer noch auf den Knien spähte er in den Spalt, der nun zwischen der Rückwand des Schrankes und der Mauer entstanden war. Eine flache Schatulle aus Blech lag hinter dem Schrank auf dem Boden.

Tom griff nach der Blechbüchse. Hatte Polly sie dort versteckt? Oder er selber vor so langer Zeit, dass er sich nicht daran erinnerte? *»Sweet May Toilet Soap by Hodgson & Simpson«* stand in geschwungenen Buchstaben auf dem Deckel, dazu Bilder von Veilchen. Von ihm war sie nicht, da war sich Tom sicher. Die Büchse war nicht schwer, Tom schüttelte sie kurz und es klapperte dumpf.

Dann öffnete er den Deckel.

Und sein Herz setzte einen Schlag aus.

Er blickte in das Gesicht seiner Eltern.

Maggie Sawyer saß neben ihrem Mann Walter, der in einer Uniform im Range eines Lieutenants für den Fotografen posierte. Zwei kleine Jungen, der eine blond, der andere mit dunklen Haaren, saßen in weißen Kleidern auf ihrem Schoß. Die Gesichter der Erwachsenen waren starr auf die Linse gerichtet, die Körperhaltung war angespannt. Man konnte die Gestelle des Fotografen, die Kopf und Nacken für die lange Belichtungszeit ruhig hielten, förmlich spüren. Die Gesichter der Kinder waren dennoch unscharf, verschwommen, so als wäre ein leichter Nebel vor ihren Köpfen aufgezogen. Er und Sid hatten sich wohl bewegt, während das Foto gemacht wurde.

Tom schluckte, schlug unwillkürlich die Hand vor den

Mund und setzte sich auf den Boden. Er hatte vergessen, dass es ein Foto von ihnen gab. Polly hatte es ihnen oft gezeigt, als er und Sid noch klein waren, doch irgendwann wollten es beide Jungen nicht mehr sehen. Ihre eigenen schemenhaften Gesichter waren ihnen unheimlich geworden. Und zu viele Erinnerungen waren wach geworden, die Tom einen Stich ins Herz versetzten und die ein leeres Gefühl im Kopf hinterließen, wenn er die Gesichter seiner Eltern betrachtete. Dann hatte er die Fotografie vergessen. Aber Polly hatte sie natürlich aufbewahrt.

Das Bild war in Marion City aufgenommen worden, der Stadt, die der Mississippi verschlungen hatte, bevor sie überhaupt richtig aufgebaut war. Eine kühne Stadtgründung in den Dreißigerjahren, zwölf Meilen nördlich von St. Petersburg am Ufer des Mississippi. Toms Eltern hatten sich überzeugen lassen, von St. Petersburg, das damals nicht mehr als dreißig Hütten umfasste, ins neu gegründete Marion zu ziehen, weil dort eine blühende Zukunft wartete und weil der Handel in St. Petersburg seit Jahren stagnierte. Das Ufer von Marion City war ein Sumpf gewesen, doch die Stadtgründer glaubten, sie könnten ihn trockenlegen. Das Frühjahrshochwasser von 1836 hatte sie eines Besseren belehrt.

Es war ein Irrtum, den seine Mutter mit dem Leben bezahlt hatte.

Tom hustete, blinzelte die Tränen weg und nahm die Fotografie heraus, um zu sehen, was darunter war.

Ein Bündel Geldscheine und ein paar Münzen lagen da. Tom sah auf einen Blick, dass es richtig viel Geld war. Er ließ das Bündel Greenbacks durch die Finger gleiten und zählte mit den Münzen 434 Dollar und zehn Cent. Zusammen mit dem Bankguthaben nicht gerade wenig für eine als mittellos geltende alte Dame. Wo kam das Geld her? Von den Decken, die sie genäht und in Lucius Austins Drugstore verkauft hatte?

Wohl kaum.

Tom nahm das Geld heraus und entdeckte darunter vier kurze Stöckchen oder eher getrocknete Stängel eines Strauchs oder einer Blume. Sie waren leicht, von verblichenem Gelb, geruchlos und etwas länger als Toms Mittelfinger.

An einem Ende waren sie durchbohrt worden, und durch die kleinen Löcher hing je ein Bindfaden. Was war das? Ein Gewürz? Und warum versteckte Polly diese Dinger in einer Schachtel? Tom konnte sich keinen Reim darauf machen und nahm auch die Stöckchen aus der Blechbüchse.

Ein zusammengefalteter Zettel lag am Boden der Seifenschachtel, und als er ihn herausholte, fielen ihm vergilbte Zeitungsausschnitte entgegen. Tom faltete den Zettel auseinander und legte die Stirn in Falten. Das Blatt war vollgeschrieben mit Zahlenreihen.

1865
19 24 25 26 111 24 328 19 11 18 27 19.00
34 46 65 23 56 32 33 115 63 42 ~~25.00~~
324 78 515 25 211 31 15 512 27 13 67 ~~22.00~~
22 111 410 21 43 15 14 25 52 316 28 73 71 71 ~~25.00~~

1865 war möglicherweise eine Jahreszahl, aber der Rest? Daten? Eine Rechnung? Ein verschlüsselter Code vielleicht? Aber wie verschlüsselt? Und warum sollte Polly überhaupt etwas verschlüsseln? Tom legte den Kopf schräg und knetete mit Daumen und Zeigefinger seine Unterlippe. Die Blechdose gab ihm Rätsel auf. Er legte den Zettel mit den Zahlenkolonnen zur Seite und nahm die drei Zeitungsausschnitte zur Hand, die alle aus dem *St. Petersburg Chronicle* stammten und schon einige Jahre alt zu sein schienen. Tom überflog den ersten.

St. Petersburg, 25. September 1863

SONDERBARES VERSCHWINDEN

Junge Dame aus St. Petersburg vermisst

Während unsere Helden bei der Schlacht am Chikamauga ihr Blut für das Wohl der Nation lassen mussten, erreichte unsere Redaktion die Nachricht eines höchst sonderbaren Falles einer verschwundenen Frau. Debbie Chisholm, 22 Jahre alt und gebürtig aus St. Petersburg, lebte bis dato mit ihrem Mann Carl Chisholm auf der Gemarkung der ehemaligen Siedlung Marion City in einer einfachen Hütte.

Carl Chisholm, ein Fischer, der im Mississippi nach Welsen angelt, kam am vergangenen Freitag nach der Arbeit zurück nach Hause und fand seine Frau dort nicht mehr vor. Über dem Feuer hing ein Topf mit kochendem Wasser, die Schmutzwäsche schwamm in einem Zuber. Das Wasser darin war noch warm. Es schien also, als hätte seine Frau das Haus vor nicht allzu langer Zeit verlassen. Mr Chisholm hatte sich zunächst keine Sorgen gemacht und angenommen, seine Frau sei etwa zu den Nachbarn gerufen worden, um dort bei einem Notfall zu helfen. Doch dem war nicht so. Als es dunkel wurde, machte er sich auf die Suche nach seiner Frau, doch keiner der wenigen, weit verstreut lebenden Nachbarn hatte Debbie Chisholm an diesem Nachmittag gesehen. Zu Mr Chisholms großer Verzweiflung blieb seine Frau auch verschwunden, als sich am nächsten Tag ein Suchtrupp unter Leitung des Sheriffs bildete, um die Vermisste zu suchen.

Da in jüngster Zeit Überfälle von Freischärlern der Rebellen, die unionstreue Farmer und Bürger drangsalieren, bedauerlicherweise an der Tagesordnung sind und Mrs Chisholm in der Vergangenheit, genau wie ihr Gatte, aus ihrem Eintreten für die gerechte Sache der Union keinen Hehl gemacht hat, ist wohl davon auszugehen, dass die Unglückliche das Opfer einer dieser marodierenden Banden wurde. Möglicherweise hat man Mrs Chisholm verschleppt oder ihr gar Schlimmeres angetan. Unser Mitgefühl gilt Carl Chisholm, einem treuen Ehemann, dem das Schicksal seiner geliebten Frau wohl auf ewig verborgen bleiben wird und der sich fortan als Witwer betrachten muss.

Ungläubig schüttelte Tom den Kopf. Eine verschwundene Frau?

Er nahm den nächsten Artikel. Es ging um Fanny George, eine junge Schwarze, siebzehn Jahre. Sie wurde eines Morgens im August 1861 von ihrem Besitzer vermisst. Mr Ezra Sparks, der mit seiner Familie am Ortsrand von St. Petersburg eine Stellmacherei und Sargschreinerei betrieb, fand sie nicht in der Hütte vor, in der sie ihre Schlafstatt hatte. Man vermutete, die junge Frau sei weggelaufen oder mithilfe der »Untergrundbahn« in den Norden geflohen. Mr Sparks beklagte den Verlust von etwa 700 Dollar Wert, den Fanny auf dem Markt gehabt hätte, und versprach eine Belohnung für Hinweise, die zu Fannys Ergreifung und Rückgabe führen würden.

Noch eine verschwundene Frau. Tom schnappte sich den nächsten Zeitungsausschnitt. Ein Name sprang ihn an.

Gracie Miller.

Eine Klassenkameradin, die als Kind einmal ins Küchenfeuer gefallen war und sich dabei schrecklich verbrannt hatte. Der Artikel war vom Herbst 1857.

UNGEKLÄRTER VERMISSTENFALL

Der Sheriff von St. Petersburg bittet die hochverehrten Leser des *Chronicle* um Mithilfe bei der Auflösung einer Vermisstensache. Gracie Miller, eine junge unverheiratete Dame mit blonden Haaren, ebenmäßigen Gesichtszügen und von geradem Wuchs, wird seit vergangenem Montag von ihrer Familie vermisst.

Miss Miller, die bei ihrer Familie wohnt, war an jenem Tag mit einem Pferdekarren in das zehn Meilen entfernte Palmyra gefahren, um Obst und Gemüse an einen Gemischtwarenladen zu verkaufen und Stoffballen mit nach Hause zu nehmen. Mr Fawcett, dem Händler, der ihre Ware kaufte und der ihr vorschlug, sich den Wurf Ferkel auf der Farm seines Bruders anzusehen, um eines der Tiere zu kaufen, sagte sie, sie habe auf halbem Wege zurück noch eine Verabredung.

Gracie Miller kam jedoch nicht wieder in St. Petersburg an. Ihren Wagen fand man am darauffolgenden Dienstag verlassen im Wald am Wegrand, eine halbe Meile entfernt vor einer kleinen Lichtung, von der man munkelt, dass Liebespaare sich dort gelegentlich zu einem Stelldichein treffen. Laut Auskunft des Sheriffs war das Pferd noch angebunden und graste friedlich. Auf dem aufgeweichten Waldboden beim Wagen entdeckten der Sheriff und seine Männer Fußspuren, doch das Pferd hatte mit den Hufen die meisten Fußabdrücke zertreten, und es war nicht zu erkennen, ob sie von der jungen Ms Miller oder von jemand anders stammten. Darüber hinaus waren weder Kleidungsstücke noch Blut oder Spuren eines Kampfes zu entdecken. Die eingesetzten Bluthunde hatten nicht angeschlagen. Von

Gracie Miller fand sich keine Spur. »Es ist, als wäre sie vom Erdboden verschluckt«, äußerte sich einer der Männer aus dem Büro des Sheriffs.

Der tragische Verlust ihrer Tochter grämt die Familie Miller sicherlich noch sehr lange, und die Redaktion des *Chronicle* drückt hiermit ihr Mitgefühl und ihr tiefes Bedauern aus. Wer Angaben zu Ms Millers Aufenthalt oder zu ungewöhnlichen Vorkommnissen am Tag ihres Verschwindens machen kann, möge sich bitte beim Sheriff melden. Diese Zeitung ist der Ansicht, dass die Behörden auch Gerüchten nachgehen sollten, denen zufolge sich eine Gruppe Potawatomi-Indianer in den Wäldern westlich von Palmyra herumtreibt. Dort wären möglicherweise weitere Antworten zu finden.

Debbie Chisholm. Fanny George. Gracie Miller.

Alle waren sie verschwunden.

Und jetzt Hattie? Und Polly? Wie hing das alles zusammen?

Hing es überhaupt zusammen?

Tom ließ den Artikel sinken und kraulte Hollis, der die Schnauze auf seinen Schoß gelegt hatte. Im fahlen Licht der Petroleumlampe entdeckte Tom eine schimmernde dünne Bleistiftmarkierung in dem Artikel, die ihm beim Lesen nicht aufgefallen war. Polly hatte einen Kreis um ein Wort in diesem Artikel gemalt. Das Wort war »Verabredung« in dem Satz: »Mr Fawcett, dem Händler, der ihre Ware kaufte und der ihr vorschlug, sich den Wurf Ferkel auf der Farm seines Bruders anzusehen, um eines der Tiere zu kaufen, sagte sie, sie habe auf halbem Wege zurück noch eine Verabredung.«

Verabredung.

Von dem Kreis führte eine dünne, kaum zu erkennende Bleistiftlinie zum Rand des Artikels. Tom drehte den Zeitungsausschnitt um. Auf der Rückseite des Artikels endete die Linie in einem Pfeil, der auf drei Worte wies, die in die freie weiße Fläche einer Anzeige für Damenhüte geschrieben worden waren.

Tom hielt den Atem an.

Drei Worte.

ER IST HIER

Der Mond spiegelte sich in den träge dahinziehenden Wassern des Flusses, und die tief herunterhängenden Zweige der Weiden schaukelten sanft in den Uferwellen. Motten umschwirrten die kleine Petroleumlampe, und gelegentlich hörte man die Welse im Fluss nach Luft schnappen. Die Männer waren erschöpft von der Arbeit des Tages, dennoch saßen sie noch auf dem Anleger zusammen und sangen leise zur Melodie einer Mundharmonika.

O Lord, trouble so hard.
Yes, indeed, my trouble is hard.
O Lord, trouble so hard.
Don't nobody know my troubles but God …

Das Lied schien direkt aus Toms Seele zu kommen. Oh ja, niemand außer Gott wusste um seinen Kummer. Er lag auf einem Stapel leerer Säcke, und sein Blick ging in den unendlichen Sternenhimmel über ihm. Die Luft war warm und roch nach Schilf und verrottenden Seerosen. Hollis' Atem ging ruhig, der Hund hatte die Augen geschlossen. Tom hätte viel dafür gegeben, wenn er mit Hollis hätte tauschen können.

Yes, indeed, my trouble is hard.

Nachdem er die rätselhafte Seifenschachtel gefunden hatte, hatte Tom systematisch das ganze Haus durchsucht, während Hollis sich auf dem Sofa zusammengerollt hatte und schnarchend eingeschlafen war. Auch Sid schlief anscheinend tief und fest in ihrem früheren Zimmer im Obergeschoss, und Tom hatte nicht vor, daran etwas zu ändern. Leise wie einst ihr Kater Peter schlich er durchs Haus, öffnete Schubladen, Türen und Schränke.

Tom blätterte die Handvoll Bücher und Gesundheitszeitschriften durch, die Polly besessen hatte, um nach einem Schlüssel für den Zahlencode zu suchen. Er drückte auf die Dielenbretter, um zu sehen, ob eines lose war, hob den Teppich an, griff unter das Sofa und suchte nach Hinweisen, woher sie das Geld gehabt haben könnte.

Er nahm die Lampe und suchte im Garten und vor dem Haus nach einer Tatwaffe. Er zog die Bodenluke an der Außenwand auf und suchte den engen, niedrigen Erdkeller ab, fand jedoch nichts außer eingemachten Bohnen, Marmeladetöpfen und Kohl. Nach zwei Stunden nahm er die Außentreppe nach oben, durchsuchte Pollys Truhe und ihre Kommode. Doch er fand nichts.

Im ganzen Haus nicht und draußen auch nicht. Nichts, das ihm weiterhalf, nichts, das das kryptische *ER IST HIER* erklären würde.

ER IST HIER.

Tom legte sich in Pollys Bett, da Sid in ihrem alten gemeinsamen Zimmer schlief. Wenn er die Worte richtig deutete, glaubte seine Tante, dass ein Mann für das Verschwinden von Debbie Chisholm, Fanny George und Gracie Miller verantwortlich war. Sonst hätte sie die drei Zeitungsausschnitte wohl kaum zusammen aufbewahrt.

Ein Mann. Ein Mörder. Und sie glaubte wohl, dass dieser Mann *HIER* war.

HIER in St. Petersburg. Und sie wusste, wer *ER* war.

Und das war ihr vielleicht zum Verhängnis geworden.

ER war ihr zum Verhängnis geworden.

ER.

War *ER* Huck?

Tom wälzte sich in dem schmalen Bett von einer Seite auf

die andere. Er hatte das Licht gelöscht, und der Mond malte ein helles Quadrat mit einem Kreuz auf die Holzwand an der Stirnseite des Bettes. Vom Anleger drang ganz leise eine Melodie zu ihm. Tom schloss die Augen, dachte über den Code nach, über das Geld, über die Zeitungsartikel und über die seltsamen Stängel mit den Bindfäden. Doch er konnte sich nicht konzentrieren. Beckys Gesicht blitzte immer wieder vor seinem inneren Auge auf. Becky, wie sie Sid einen Kuss auf die Stirn gab. Warum störte ihn das? Herrgott noch mal, Sid war sein Bruder, und Becky … Rebecca war seine Vergangenheit. Sie waren im Streit auseinandergegangen, und er empfand nichts mehr für sie, und dennoch seufzte er, wenn er an sie dachte.

Seine Lider gehorchten ihm nicht und gingen immer wieder von selbst auf. Er kam einfach nicht zur Ruhe, und er wusste, er würde bald wahnsinnig werden, wenn er nicht aufhören würde nachzudenken und wenn er nicht endlich etwas Schlaf bekäme.

Als er nach einer Stunde sinnlosen Herumwälzens schließlich aufgab, fühlte Tom sich so zerschlagen und matt wie nach einer durchzechten Nacht. Er warf sich das Jackett über und ging die Treppe hinunter. Hollis erwachte auf dem Sofa, schlüpfte mit Tom durch die Hintertür und trottete neben ihm her, als der den Weg zum Anleger einschlug.

Zunächst hatten die jungen Männer am Flussufer erstaunt und argwöhnisch aufgeblickt und mit dem Singen innegehalten, als der weiße Mann mit seinem Hund zu ihnen getreten war. Es war schon tiefe Nacht. Was wollte der Fremde? Ärger lag in der Luft.

Aber Tom hatte nur an seinen Hut getippt und nach Jim, seinem alten Freund und ehemaligen Haussklaven von Mrs Watson, gefragt. Die Männer sagten ihm, Jim sei zu Hause bei seiner Familie, und Tom hatte nur genickt und sich schweigend zu ihnen gesetzt. Schließlich hatten sie ihre Überraschung und ihren Argwohn überwunden und weitergesungen.

Die Musik gab Tom so etwas wie Ruhe. Er schloss die Augen.

Pollys Gesicht tauchte vor ihm auf, so wie sie früher gewesen war, nicht so, wie sie auf den Dielen gelegen hatte. In ihrem eigenen Blut. Tom spürte ihre Hände an seinen Wangen. Immer wenn sie ihm etwas eindringlich hatte sagen wollen, hatte sie sein Gesicht mit beiden Händen umfasst. Wenn sie mit ihm schimpfte, wenn er wieder Unfug angestellt hatte. Oder wenn sie ihm ihre Zuneigung zeigte. Als er mit Huck und Joe Harper ein paar Tage lang ausgebüxt war und man sie in St. Petersburg für tot gehalten hatte und die Jungen dann auf ihrer eigenen Beerdigungsfeier in der Kirche aufgetaucht waren, da hatte sie sein Gesicht in die Hände genommen und ihn an sich gedrückt. In ihren Augen hatte damals nichts als Liebe gestanden.

Eine eiserne Faust legte sich um Toms Herz und drückte zu.

Ihre Hände! Knochige, schrundige Hände mit sehnigen Fingern.

Bläuliche Adern liefen über den Handrücken, und einen Moment lang kam es Tom vor, als fühle er auf seinen Wangen die Wärme, die von ihren Fingerspitzen ausging.

Der Gesang der Männer auf dem Anleger wurde leiser. Die Ersten gingen, zwei andere rollten sich in Baumwollsäcke und schliefen ein. Jemand löschte die Lampe und ging dann mit schlurfenden Schritten vom Anleger.

Tom lag wach.

Hatte er eben an Polly gedacht, oder war er tatsächlich kurz eingeschlafen und hatte von ihr geträumt? Er wusste es nicht. Aber er wusste nun, was zu tun war.

Er stand auf, und Hollis hob den Kopf von den Pfoten.

»Komm, Kleiner«, sagte Tom. »Wir müssen das Gesetz brechen.«

Redaktion des *St. Petersburg Chronicle*, am Morgen des 12. Juli 1865

Sie stöhnte unter dem Gewicht der beiden in Packpapier eingeschlagenen Setzkästen, die sie beim Postamt abgeholt hatte und nun über die 3rd Street zu ihrer Redaktion schleppte. Das Dampfschiff hatte ihr die Bestellung aus Chicago mitgebracht, ständig brauchte sie Nachschub, weil das Inventar ihres Vorgängers alt und abgenutzt war.

Der *Chronicle* war ein Fass ohne Boden. Wenn sie ihre Auflage nicht bald steigern würde, musste sie ihrem Vater eingestehen, dass der Versuch gescheitert war. Was würden sich die Lästermäuler und Neider in St. Petersburg freuen, wie würden sie sich hinter vorgehaltener Hand das Maul zerreißen.

Beckys Wangen waren rot, aber nicht nur vom Gewicht der Setzkästen und der schon unerbittlich brennenden Morgensonne. Becky war wütend. Wütend auf Tom. Auf sich selbst und auch auf Sid. Der gestrige Abend war nicht so verlaufen, wie sie es sich gewünscht hätte. Tom hatte sich unmöglich benommen. Oder etwa nicht?

Oder hatte er recht? Wie schaffte er es nur, nach gerade einmal einem Tag in St. Petersburg alle und alles durcheinanderzubringen?

Sie überquerte die Main Street, nickte der eleganten, aber ebenso verkniffenen Mrs Temple zu, machte einen Bogen um einen betrunkenen Veteranen, der nur noch ein Bein hatte und der im Schatten einer Ulme seinen Rausch ausschlief, und sah Willie Mufferson mit einem Aktenordner unter dem Arm und mit einer schlampig gebundenen Krawatte in das Büro des Anwalts eilen.

Becky seufzte.

Tat sie Tom unrecht? Waren alle nur wegen Pollys Tod durcheinander, und Tom tat das einzig Richtige, indem er das Offensichtliche nicht glauben wollte und lieber eigene Fragen stellte? Wäre das nicht auch die Haltung und Aufgabe einer Journalistin? Und wie kam es überhaupt, dass sie den Drang spürte, nett zu ihm zu sein, sobald er in ihrer Nähe war? Sie hatte sich lange ausgemalt, wie es sein würde, wenn Tom eines fernen Tages einmal wieder nach St. Petersburg zurückkommen sollte. Und sie hatte sich fest vorgenommen, nicht nett zu sein, wenn es so weit war, sondern ihn gar nicht zu beachten. Sie hatte eine verheiratete Frau sein wollen, die eine erfolgreiche Zeitung führte und die ihn einfach nicht beachtete. Und jetzt? Jetzt war sie nett.

Zumindest kam es ihr so vor.

Sie biss sich auf die Lippen, ärgerte sich über ihre Selbstzweifel und stieg die zwei Stufen hinauf, die zur überdachten Veranda vor dem *Chronicle* führten. Sie stellte die Setzkästen ab, klopfte sich den Staub der Straße von den Rockschößen und suchte in ihrem Beutel nach dem Schlüssel, als sie bemerkte, dass die Tür zu ihrem Büro eine Handbreit offen stand.

Was war da los? Sie war sich sicher, dass sie gestern Abend abgeschlossen hatte, bevor sie zu dem unglückseligen Essen aufgebrochen war. Vorsichtig schob sie Tür auf und spähte in den kleinen Vorraum, der ihr als Büro, Annahmestelle für die Anzeigen und als Besprechungsraum diente. Niemand war zu sehen, doch überall lagen alte Zeitungen auf dem Boden, als hätte jemand die Redaktion durchsucht. Der Tresor befand sich nicht im Vorraum, sondern in der Druckerei dahinter. Vielleicht war der Eindringling noch da? Beim Tresor?

»Hallo?«, rief sie zaghaft in den Raum hinein, aber sie bekam keine Antwort. Becky raffte ihre Röcke und trat über die Schwelle.

Die Tür zur Druckerei und zum Archiv hinter dem Vorraum stand offen.

Der Geruch von Petroleum hing in der stickigen Luft,

jemand hatte die Lampe erst vor Kurzem gelöscht. Darauf bedacht, keinen Lärm auf den ausgetretenen Dielen zu machen, schlich Becky weiter, griff dann unter die Theke, die den Raum der Länge nach teilte, und zog einen der langen schweren Winkelhaken hervor, in die man die Bleilettern einspannte, um einen Artikel zu setzen. Das Herz schlug ihr bis zum Hals, als sie den Winkelhaken über den Kopf hob und die Tür zur Druckerei aufstieß. Entsetzt starrte sie auf die umgestoßenen Zeitungsstapel.

Dem Zustand ihres Archivs nach zu schließen, hatte ein Kampf stattgefunden. Ihr Blick fiel nach unten, und sie sog scharf die Luft ein. Da war jemand. Ein Mann lag dort auf dem Boden zwischen Bergen von Zeitungen, die über den Boden verstreut waren.

Leblos. Seine Hand hielt einen Stift umkrampft.

»Tom!«

Ein kleiner Schrei entfuhr ihr, sie ließ den Winkelhaken fallen und sank neben Tom auf die Knie. Ihre Schläfen wurden heiß, und ihre Hände zitterten, als sie seine Wangen befühlte.

Tom schlug die Augen auf. Verwirrung lag in seinem Blick. »B … Becky? Ich … ich muss … eingeschlafen sein!«

Becky riss die Augen auf, und ihr blasses Gesicht wurde mit einem Mal krebsrot. Tom versuchte ein Lächeln, und noch während er dalag, wanderte sein Blick durch den Raum. »Tut mir leid, ich musste hier einbrechen. Und auch wegen dem Durcheinander. Ich räum hier später auf, ja? Ein Kaffee wäre jetzt toll!«

»Ein Code also. Und was bedeutet er?«

Becky schob sich eine blonde Locke aus der Stirn und überflog die Zahlen, die auf das Papier gekritzelt waren, während Hollis an ihrem Knie schnüffelte und artig darauf wartete, dass ihm jemand etwas zu fressen gab. Der Hund hatte sich aus seinem Nest aus alten Zeitungen geschält und betrachtete hechelnd die beiden Menschen, die auf dem Boden der Druckerei saßen und sich über eine Seifenschachtel beugten. Die ausgeschnittenen Artikel, die von den verschwundenen Frauen berichteten, die seltsamen Pflanzenstängel, das Geld und das Papier mit der codierten Nachricht lagen ausgebreitet vor Tom und Becky auf den alten Ausgaben des *Chronicle*.

Nachdem sie ihm wegen seines Einbruchs eine ordentliche Standpauke gehalten hatte, war Beckys Wut fürs Erste verraucht, und Tom hatte ihr von dem Fund der Blechschachtel hinter dem Schrank in Pollys Wohnzimmer und von seiner erfolglosen Suche nach weiteren Hinweisen in der vergangenen Nacht erzählt.

Tom fühlte sich seltsam erfrischt, obwohl er kaum mehr als eine Stunde geschlafen haben konnte. Als Becky ihn fragend ansah, zuckte er mit den Schultern und tippte mit dem Bleistift an seine vorgeschobene Unterlippe. »Was er bedeutet, weiß ich nicht. Noch nicht. Ich hab den Verschlüsselungstext noch nicht gefunden.«

»Den Verschlüsselungstext?«

»Ja. Zuerst habe ich gedacht, es wäre so etwas Einfaches wie eine monoalphabetische Substitution, eine Cäsar-Chiffre mit Zahlen oder so etwas wie Atbash, weil Polly doch recht bibelfest war.«

Becky schüttelte den Kopf, blanke Verwirrung in den Augen. »Cäsar-Chiffre? Atbash?«

Tom winkte ab. »Einfache Geheimschriften … nicht so wichtig. Aber der Code hier …«, Tom tippte auf den Zettel in Beckys Hand, und seine Augen funkelten, »… der ist komplizierter. Das Alphabet hat 26 Buchstaben, es gibt aber viel mehr Zahlen auf dem Papier, und viele davon sind größer als 26. Es gibt also für ein und denselben Buchstaben mehrere Verschlüsselungsmöglichkeiten. Ich glaube aber kaum, dass Polly etwas über Vigenère-Quadrate wusste. Das Ganze deutet viel mehr auf eine Buchchiffre hin.«

»Eine Buchchiffre?«, echote Becky. Das französisch klingende Wort, das Tom ausgesprochen hatte, sagte ihr offenbar ebenso wenig.

»Ja. Du nimmst ein Buch oder einen Text und codierst deine geheime Nachricht über die Buchstaben in diesem Text. Dabei gibst du zum Beispiel den Buchstaben eines jeden Wortes in einem Zeitungsartikel eine Zahl entsprechend ihrer Position im Text. Ganz einfach, schau, hier …«

Tom nahm einen Bleistift und eine Ausgabe des *Chronicle*, die vor ihm lag. Er unterstrich den Zeitungsnamen: *St. Petersburg Chronicle.* »Das ist mein Verschlüsselungstext«, sagte er. Dann machte er eine Zahlenreihe darunter:

18 13 14 2 4 1 5 6 9 21 19 13 18

»Und das ist mein Geheimtext.« Tom gab Becky den Bleistift und zog aufmunternd die Augenbrauen hoch. »Und? Kriegst du's raus?«

Becky stutzte, dann nahm sie zögernd den Stift und schrieb Zahlen unter die Buchstaben:

St. P e t e r s b u r g C h r o n i c l e
1 2 3 4 5 6 7 8 9 10 11 12 13 14 15 16 17 18 19 20 21

Becky biss sich auf die Unterlippe, sie ordnete den Zahlen in Toms Geheimtext die entsprechenden Buchstaben des Zeitungsnamens zu und ließ den Bleistift über das Papier kratzen. Tom, der neben ihr kauerte, kam nicht umhin, die feinen blonden Härchen in ihrem Nacken zu bemerken. Und Ihren Geruch. Sauber, blumig, mit einem Hauch von Seife. Einen Geruch, der aus einem anderen Leben zu ihm drang wie eine fast vergessene Erinnerung. Unwillkürlich schloss er die Augen und sog ihn ein.

»Sag mal, schnüffelst du an mir?«

Tom riss die Augen wieder auf. »Ich? Nein, ich meine …

ich bin wahrscheinlich noch etwas … du weißt schon … müde.«

Unbestimmt wedelte er mit der Hand. Becky nickte wenig überzeugt und widmete sich wieder Toms Chiffre. Schließlich legte sie den Bleistift weg und las die Zeile, die sie auf das Zeitungsblatt geschrieben hatte.

»ICH TESTE BECCI«

Sie schwieg. Dann blickte sie Tom an, und in ihren Augen leuchteten Erstaunen und Anerkennung für sein kleines Kunststück. Tom zuckte mit den Schultern und drehte lächelnd die Handflächen zur Decke. »Der Schlüsseltext ist sehr kurz und hat kein ›A‹, sonst hätte da natürlich ›Rebecca‹ gestanden und nicht ›Becci‹.«

»Natürlich.« Ihr Lächeln war kurz und säuerlich.

»Aber du siehst schon, dass ich das T einmal als 2 und einmal als 5 codieren konnte. Und das E einmal als 4, einmal als 6 und einmal als 21. Auf diese Art und Weise kann man Texte verschlüsseln, ohne dass man ein einziges Mal die gleiche Zahl für den gleichen Buchstaben verwendet. Der Geheimtext ist quasi nicht zu knacken, wenn man den Verschlüsselungstext nicht kennt.«

Becky nickte sichtlich beeindruckt. »Und … deswegen bist du in meine Redaktion eingebrochen? Weil du in alten Zeitungen nach dem Verschlüsselungstext suchst?«

Tom stand auf. Er wandte ihr den Rücken zu und trat ans Fenster. »Ja. Auch. Ich habe es gestern zuerst mit ihren Büchern, mit der Bibel und den Gesundheitszeitschriften versucht. Aber das hat nicht funktioniert. Dann mit diesen drei Zeitungsartikeln über die verschwundenen Frauen. Das war's auch nicht. Dann dachte ich an die Zeitung selber, an die Überschrift, die Zeilen darunter. Weißt du, es muss etwas sein, was sehr offensichtlich ist, was sie immer zur Hand hatte. Bei Tante Polly gab es aber keine Zeitungen mehr, die waren alle verfeuert. Also bin ich hierhergekommen. Ich wollte auch mehr über die verschwundenen Frauen erfahren. Vielleicht hat Polly nicht alle Artikel gefunden. Vielleicht gab es noch mehr Frauen, die verschwunden sind. Vielleicht gab es andere Hinweise auf… *ihn*.«

Becky stand auf und trat neben Tom ans Fenster. In der staubigen Gasse hinter der Redaktion balgten sich zwei Schweine grunzend um einen Kohlstrunk, und eine alte Frau klopfte einen Teppich mit einem abgebrochenen Besenstiel.

Becky blickte Tom in die Augen. »Du glaubst, sie hatte recht? Jemand ist gekommen und hat die jungen Frauen ge… geholt?« Sie sprach leise, flüsterte beinahe, und in ihrer Stimme lag Furcht.

Tom nickte. »Ja. Genau das glaube ich. Es kann kein Zufall sein. Etwas hat Polly glauben lassen, dass sie wusste, wer es ist. Oder zumindest wusste sie, dass es ihn gibt.«

»Aber wer? Und warum tut er das? Glaubst du, er vergeht sich an ihnen? Warum findet man keine Leichen? Glaubst du … Huck …?«

Tom wich ihrem Blick aus. »Ich weiß es nicht. Aber ich werde es herausfinden.«

Sie standen nah beieinander, und wieder nahm Tom ihren Geruch wahr. Durch die Scheibe fiel milchiges Licht auf ihren Hals. Schlank und anmutig, ging es Tom durch den Kopf. Genau wie ihre Wangen war auch ihr Halsauschnitt mit ein paar Sommersprossen gesprenkelt.

Warum sah sie ihn so an? Warum stand sie so dicht bei ihm? Herrgott, er konnte sich nicht konzentrieren, und genau das sollte er jetzt! Ohne es zu wollen, nahm er ihre Hand.

»Hör mal, Becky… Rebecca… Das mit gestern Abend, ich … Ich will euch nicht zur Last fallen. Dir und Sid. Will auch gar nichts durcheinanderbringen… hier in St. Petersburg, meine ich. Ich will dir nur sagen …« Er stockte, als er sah, wie groß ihre Augen plötzlich wurden. Ja. Was wollte er ihr eigentlich nur sagen?

Gebannt blickte Becky ihn an. Sie zog ihre Hand nicht zurück.

Täuschte er sich, oder kamen sich ihre Köpfe näher? Ging diese Bewegung von ihr aus? Von ihm? Von beiden? *Hör auf!*, schrie eine Stimme in seinem Kopf. *Lass es, verdammt!* Tom senkte den Blick wieder und er entdeckte die Halskette, die er schon einmal an Becky bemerkt hatte. Der Anhänger, sonst unter dem Ausschnitt ihres Kleides verborgen, lag nun über dem Stoff zwischen den Wölbungen ihres Busens. Es war ein Messinganhänger. Eine Art Knopf.

Tom blinzelte. »Ist … das der Messingknopf vom Feuerbock, den ich dir mal geschenkt habe? Als wir fast noch Kinder waren?«

Becky blickte an sich hinunter und dann zu ihm auf. Sie blinzelte ebenfalls, als erwachte sie aus einer Starre. Dann steckte sie den Anhänger zurück in den Ausschnitt ihres Kleides, strich die Falten glatt, drehte sich um und lachte. »Ja. Ich hatte ihn damals weggeworfen und dann doch wieder aufgehoben. Hat mir irgendwie Glück gebracht, schätze ich. Deswegen hab ich ihn behalten. So als Talisman eben. Hab mir nie groß was dabei gedacht.«

Sie blieb vor dem auf dem Boden ausgebreiteten Inhalt der Seifenschachtel stehen und deutete auf die herumliegenden Zeitungen. »Was ist? Hast du schon alles gelesen? Sollen wir zusammen suchen? Bekomm ich dann vielleicht mein Interview über die letzten Stunden von Abraham Lincoln und über die Jagd auf John Wilkes Booth?«

Sie lächelte arglos, als hätte es den Moment am Fenster gerade nie gegeben. Und doch war sich Tom ganz sicher, dass es ihn gegeben hatte. Er schwieg einen Augenblick, dann ging er zu Becky, ließ sich auf die Knie nieder und versuchte, Ordnung in den Wust aus Zeitungspapieren zu bringen.

»Die hier habe ich durch. Das hier …«, er schob einen kleinen Stapel aus drei Zeitungen zu Becky, »sind die Ausgaben, aus denen die Artikel über die verschwundenen Frauen stammen. Oktober '57, Gracie Miller. August '61, Fanny George. September '63, Debbie Chisholm. Und Hattie Cooper ist vor vier Tagen, am 8. Juli '65, verschwunden. Fällt dir etwas auf?«

Beckys Augen wanderten über die Zeitung, dann zu Tom. Unsicherheit lag in ihrem Blick.

»Die Abstände werden kürzer?«

Tom nickte. »Richtig. Sie werden kürzer, weil der Mann diesen Drang, den er hat, eine Frau zu entführen und weiß Gott was mit ihr anzustellen, nicht bezähmen kann. Im Gegenteil: Er will mehr. Das scheint bei dieser Art von Täter fast immer so zu sein. Sagt zumindest Allan Pinkerton. Aber vielleicht hat Tante Polly auch etwas übersehen. Vielleicht ist noch eine Frau seit September '63 verschwunden, und Polly hat es überlesen, oder sie konnte die Tat dem Täter nicht zuordnen.«

»Wieso nicht zuordnen?«

»Vielleicht, weil es eine scheinbar vernünftige Erklärung für das Verschwinden der Person gab. Vielleicht, weil das Opfer nicht augenscheinlich in die Reihe hineinpasst, vielleicht ist es ein kleines Mädchen oder eine sehr alte Frau.«

Becky nickte und schnappte sich aufs Geratewohl eine Zeitung, schlug sie auf und verschwand hinter den vergilbten Blättern. Tom bog die Zeitung am Falz herunter, und Beckys Gesicht erschien wieder. »Wir suchen außerdem vor und nach den Entführungen nach weiteren Artikeln zu den Entführten. Vielleicht gab es weitere Erkenntnisse. Vielleicht sind Zeugen aufgetaucht. Vielleicht hat man neue Spuren gefunden. Such nach anderen Verbrechen zu der Zeit oder nach etwas, was eine Verbindung zu den Frauen oder ihren Verwandten haben könnte. Such nach ungewöhnlichen Vorgängen!«

Becky zog spöttisch eine Augenbraue hoch. »Nach ungewöhnlichen Vorgängen?«

Tom schnaubte: »Ja, verdammt, ich weiß doch auch nicht, was. Deswegen suchen wir es ja!«

Becky grinste und verschwand wieder hinter der Zeitung. Tom griff nach einem Stapel mit Ausgaben vom Winter '63/'64 und vertiefte sich in die Lektüre. Das Schweigen wurde nur vom raschelnden Umblättern der Seiten und von Hollis' gleichmäßigem Schnarchen unterbrochen. Da offensichtlich niemand vorhatte, ihm etwas zu fressen zu geben, hatte sich der Mischling schmollend unter der Druckerpresse niedergelassen und die Augen geschlossen.

Tom pflügte durch unzählige Artikel über den Krieg, über das Gefecht mit den Shoshonen am Bear River, über den Sieg der Union bei Chattanooga und dessen lokalen Auswirkungen in St. Petersburg und im County. Zahllose Scharmützel wurden da beschrieben, die Anschläge auf die Eisenbahn von St. Petersburg und St. Joseph, Frontverläufe wurden ebenso mitgeteilt wie seitenlange Listen über die Verluste.

Er las sich durch Senatsbeschlüsse, Taufanzeigen, amtliche Bekanntmachungen, Berichte über Indianeraufstände, über Mississippi-Hochwasser, Brände und Diebstähle. Er überflog Wahlergebnisse und langatmige Nachlesen von Gemeindefesten, er streifte Todesanzeigen und kurze Notizen über Neueröffnungen oder Pleiten im Geschäftsleben der kleinen Stadt und staunte über den bis nach St. Petersburg zu vernehmenden Lockruf des Goldes in Colorado am Platte River.

Tom hatte das Gefühl, als holte er in wenigen Stunden ein verlorenes Leben in St. Petersburg nach. Irgendwann stand Becky auf, machte Kaffee, bediente Mr Crawford, den Inhaber des Eisenwarenladens, der eine Anzeige aufgab, und kehrte mit zwei dampfenden Tassen in die Druckerei zurück.

Sie ließ sich auf dem papierübersäten Boden nieder, und Tom musste lächeln, als er sah, wie hingebungsvoll sie den Kopf wieder zwischen die Blätter steckte.

»Musst du nicht arbeiten? Ich mein … deine Zeitung? Musst du nicht was schreiben?«, fragte er.

Ihr Kopf tauchte hinter der Zeitung auf, ihre Augen blitzten verärgert.

»Willst du mich loswerden?«

Tom hob abwehrend die Hände. »Keine Spur, ich –« Doch

da war ihr Kopf schon wieder hinter der Zeitung verschwunden. Tom schob einen Stapel Zeitungen beiseite und zog einen neuen zu sich heran. Januar 1864.

Er war nie ein großer Leser gewesen. Ganz anders als Becky. Vielleicht war diese ganze Leserei auch für die Katz? Vielleicht gab es in den Zeitungen nichts zu finden, was ihnen weiterhalf? Vielleicht war es reine Zeitverschwendung? Er musste dringend nach Huck sehen.

Erschöpft griff er nach einer Ausgabe des *Chronicle*. Bevor er die Titelseite überflog, fiel sein Blick auf die Pflanzenstängel, und ihm fiel auf, dass Becky noch nichts dazu gesagt hatte. »Du weißt auch nicht, was das ist?«

Becky ließ ihre Zeitung sinken, betrachtete das dünne Stöckchen, das Tom hochhielt, und zuckte mit den Schultern. »Keine Ahnung. Vielleicht fragst du Mr Dobbins, der kennt sich aus mit Pflanzen.« Sie verschwand wieder hinter der Zeitung.

Tom nahm den Bindfaden, der an dem Stöckchen hing, und schwang es daran herum. »Dobbins. Ja, ich muss sowieso zu ihm und über Hattie sprechen. Ich brauche einen genauen Zeitplan vom Tag ihres Verschwindens. Außerdem muss er nach Huck sehen und –«

»Halt die Klappe!«

»Was ist? Ich meine, warum –«

»Du sollst die Klappe halten!«

Tom blickte verdutzt auf. Becky war in ihre Zeitung vertieft, ihre Augen wanderten über die Zeilen. Dann drehte sie die Zeitung zu ihm herum und tippte mit dem Finger auf einen Artikel. Ihre Augen blitzten aufgeregt.

»Es gibt einen Zeugen. Jemand hat den Mann gesehen, den du suchst.«

Die Pferde preschten über den alten Hohlweg, der von der Straße von Palmyra zur Fähre nach Quincy abzweigte. Der Hohlweg war an manchen Stellen zugewachsen, Haselnusssträucher ließen ihre Äste weit hineinhängen. Über die einst so breite Straße, die nach Marion City führte, war im Laufe der Jahre dichtes Gestrüpp gewuchert.

Bis sie in den Hohlweg einbogen, war Becky vorausgeritten; sie kannte sich gut aus in der Gegend, da Recherchen und die Besorgungen für den *Chronicle* sie oft nach Palmyra führten.

Toms Rotschimmel und Beckys schwarzer Hengst schwitzten an den Flanken; sie hatten die Tiere so angetrieben, dass sie für den Ritt von St. Petersburg bis in die Nähe der untergegangenen Stadt kaum eine halbe Stunde gebraucht hatten.

Und auch Tom lief der Schweiß den Nacken hinunter.

Die milde Morgenluft war sengender Mittagshitze gewichen, Stechmücken schwirrten in Wolken über austrocknenden Pfützen und Altarmen des Mississippi, die ihren Weg säumten. Zudem war er das Reiten nicht mehr gewöhnt. In Washington, mit Lincoln, hatte er häufiger die Kutsche und die Eisenbahn benutzt, und wenn er einmal auf einem Pferd durch die Stadt ritt, dann nicht in gestrecktem Galopp. Sein Hintern schmerzte schon, morgen würde es sicher die Hölle sein.

Auch Beckys Wangen glühten rot. Aber mehr vor Freude denn vor Anstrengung, glaubte Tom, dem Leuchten in ihren Augen nach zu schließen, wenn sie dem Pferd die Sporen gab. Als Becky den Zeitungsartikel entdeckt hatte, konnte Tom in ihrem Blick den erwachenden Jagdinstinkt erkennen, und sein halbherziger Versuch, sie davon abzubringen, dass sie mitkommen wollte, war kläglich gescheitert.

»Ich muss das wissen«, hatte sie gesagt. »Ich will von Anfang an dabei sein, das könnte eine Riesengeschichte für den *Chronicle* werden!«

Tom hatte geseufzt und genickt, als sie anbot, die Pferde zu beschaffen. Toms Rotschimmel stammte aus dem Stall ihres Vaters, Becky hatte die Pferde gesattelt, während Tom rasch zum Büro des Sheriffs gelaufen war. Er hatte sich nochmals den Schlüssel zum Gefängnis besorgt, um nach Huck zu sehen.

Joe Harper war nicht da, er suchte wohl noch immer nach verschwundenen Hunden und Flößen oder hielt Wahlreden. Jim Hollis und Billy Fisher saßen vor einem Tonkrug mit Whiskey, waren offensichtlich angetrunken und spielten Draw Poker, als Tom das Büro des Sheriffs betrat.

Hollis war aufgestanden und hatte vor Tom auf den mit Sägespänen bedeckten Boden gespuckt und bemerkt, er müsse den Krug im »Jolly County«, einem Saloon an der Ecke Main und 5th Street auffüllen gehen. Als Tom Billy fragte, ob er den Schlüssel dieses Mal einfach so haben könnte, gegen einen Dollar Bezahlung, versteht sich, war Billy Fisher unerwartet freundlich geworden.

Er fragte, ob es wahr sei, dass Tom für den Posten des Sheriffs kandidieren wolle, und empfahl sich als diensteifrigen Hilfssheriff, falls Tom noch nicht wisse, wer dieses Amt bekleiden solle. Falls er gewinnen würde.

Tom versprach Billy, es sich zu merken, und war mit dem Schlüssel zum Gefängnis gerannt.

Huck sah noch immer mehr tot als lebendig aus. Er war nicht ansprechbar, der Schweiß lief ihm über die Stirn, sein Gesicht war ausgezehrt, und unter der Decke wirkte er mager und klein. Aber Tom glaubte, seine Wangen seien nicht mehr so bleich wie am Vortag, vielleicht war auch das Fieber gesunken. Hoffentlich war es gesunken.

Tom flößte ihm etwas Wasser ein, vermischt mit einer zerdrückten Brotscheibe, und achtete darauf, dass Huck den Brei langsam schluckte. Er wischte ihm mit dem Ärmelaufschlag über die Stirn, murmelte: »Halt durch, Huck«, und ließ seinen Freund dann im Zwielicht der Zelle zurück.

Er hatte Hollis, dem Hund, ein paar Knochen aus Timothys Küche in »Harold's Happy Tavern« besorgt und ihn dann im Stall der Thatchers angebunden. Dann waren sie losgeritten.

Während des Ritts, vorbei an zahlreichen niedergebrannten Scheunen, die als traurige Überbleibsel des Bürgerkriegs den Weg säumten, hatten er und Becky kaum gesprochen. Auch jetzt schwiegen sie.

Das Haselgestrüpp wurde dichter, und die Pferde fielen in einen langsamen Trab nebeneinander. Tom warf einen verstohlenen Seitenblick zu Becky hinüber. Das Pferd ließ ihr Becken auf und nieder wippen, und ihr Busen wippte mit unter dem hübschen Kleid aus hellem Kattun. Für einen Moment blitzte in Toms Gedanken ein Bild von ihr auf.

Ohne das Kleid.

Vor mehr als zehn Jahren.

Sie lagen im Stroh in einer Scheune vor den Toren von St. Petersburg. Sanfter Nieselregen flüsterte auf den Dachschindeln. Sie küssten sich. Becky hatte ihr Kleid ausgezogen. Und Tom hatte ihr dabei geholfen. Sie war rot geworden und er auch. Seine Hand ruhte auf ihrer nackten Brust. Sie streichelte seinen Rücken, dann seinen Bauch, und dann waren ihre Finger langsam noch tiefer gewandert. Tom war so was von bereit gewesen, bereiter ging es gar nicht.

Dann hatte es plötzlich angefangen, stärker zu regnen, und schließlich hörten sie Donner. Blitze zuckten, dicke Tropfen hämmerten auf das Schindeldach, und irgendwo in der Nähe wieherte ein Pferd. Erschrocken war Becky aufgefahren, vor Angst, jemand würde zur Scheune kommen und sie entdecken. Sie hatte sich hastig angezogen, war aus der Scheune geschlüpft, und Tom stand da und wusste nicht, was er mit sich anfangen sollte. Mit der Hose in den Kniekehlen. Und erregt. Wenig später hatten sie sich getrennt.

Tom versuchte, den Blick von ihrem wippenden Körper abzuwenden, und ihm wurde klar, dass er in Keokuk das »Golden Goose« hätte besuchen sollen, von dem der Lotse auf dem Dampfschiff ihm erzählt hatte. Sein letztes Mal lag viele Wochen zurück, in Washington mit Alma, der jungen Witwe eines Unionsleutnants, die in der Wohnung unter ihm lebte.

Er hatte der zierlichen dunkelhaarigen Frau seit dem Tod ihres Mannes kleine Gefälligkeiten erwiesen, Dinge für sie geschleppt, Besorgungen gemacht, Hausierer und Bettler vertrieben, wenn sie zu aufdringlich wurden und glaubten, die kleine Frau einschüchtern zu können. Irgendwann hatte Alma Tom mehr oder weniger im Türstock geschnappt und in die Laken gezogen. Die junge Witwe war maßlos und verlangte ihm alles ab. Aber Tom hatte es genossen. Als sie danach zusammen im Bett lagen und Tom einzuschlafen drohte, hatte sie ihn rausgeworfen. Und ihn am Tag darauf wieder in ihre Wohnung gezerrt. Tom hatte keinen Widerstand geleistet, und ihr Arrangement hatte bis zum Attentat auf Lincoln angedauert. Danach hatte er andere Sorgen gehabt.

»Sieh mal! Da vorn!«

Beckys Stimme riss ihn aus seinen Gedanken. Tom wich einem Haselnusszweig aus und blickte auf. Vor ihm mündete der Hohlweg in eine Lichtung, die sich zum Mississippi öffnete. Es roch nach Fisch und faulendem Seetang. Waschbären raschelten im Unterholz und flüchteten, als sie die heranpreschenden Hufe der Pferde hörten.

Sie waren in Marion City.

In dem, was von Marion City noch übrig war.

Das meiste war von Schlamm bedeckt, aus dem neues Grün wuchs. Dennoch war der Grundriss von Häusern und Straßen auf dem Marschland auszumachen. Steinerne Pfeiler und Grundmauern ragten aus dem Schlick, junge Buchen und Haselsträucher wuchsen zwischen morschen Holzbalken in die Höhe. Deutlich konnte man noch die Kanäle und die Drainagegruben, die Marion City einst vor der Überflutung retten sollten, als Mulden im flachen Land ausmachen. Krähen pickten am Fuß von rostigen gusseisernen Säulen, die einmal Vordächer getragen hatten, und Biber hatten ihren Bau zwischen kniehohen Ziegelmauern errichtet. Alles war überzogen mit Seetang und Moos, und ein Hauch von Tod und Verwesung lag in der Luft.

Kein Windhauch regte sich, dennoch bekam Tom eine Gänsehaut.

Von hier kam er her.

Hier hatten seine Eltern gelebt, und hier war seine Mutter gestorben.

»Da drüben. Das muss es sein.«

Tom zuckte zusammen, als Beckys Stimme die unheimliche Stille durchschnitt. Er folgte dem Weg, den ihr ausgestreckter Finger wies, und erblickte das seltsamste Haus, das er je gesehen hatte.

Es war ein Ungetüm.

Keine hundert Schritt vom Ufer des Mississippi entfernt stand das Stelzenhaus. Wobei die Stelzen nicht aus Holz waren, sondern das freistehende Portal und die vier verbliebenen Eckpfeiler eines Postamtes, einer Bank oder sonst eines Gebäudes, das einst aus rotem Sandstein für die Ewigkeit hatte errichtet werden sollen und das doch niemals fertiggestellt worden war. Auf die Eckpfeiler und das Portal, an deren Schlammkruste man noch den Wasserstand der letzten Überschwemmung ablesen konnte, hatte jemand Balken gelegt und darüber das Haus errichtet, zusammengefügt aus allem, was in der zerfallenden Stadt zu finden gewesen war.

Es mutete an wie ein verkrüppelter Bastard, den zehn oder hundert Häuser zusammen gezeugt hatten. Die Vorderseite zum Waldrand hin war aus unterschiedlichsten Türen, Toren und Luken zusammengenagelt. Tom erkannte Zaunlatten, Ladenschilder und eine Schultafel, die man an der Südseite verbaut hatte. Auch Fenster hatte das Gebäude, keines wie das andere; sogar eine bunte Bleiglasscheibe war neben dem Eingang zu sehen. Das Dach schien aus Tausenden unterschiedlichen Blechstücken, Eimern, Waschbrettern und hauptsächlich aus Blechtellern zu bestehen. Eine windschiefe Treppe führte vom schlammbraunen Boden neben dem Portal hinauf, und zwischen den Stufen, den Balken, die sie stützten, und den Pfeilern des alten Gebäudes waren unzählige Schnüre, Netze und Krebsreusen zum Trocknen und Flicken gespannt.

Ein Mann mit einem Schurz über dem nackten Oberkörper stand zwischen den Stelzen im Schatten und nahm auf einem groben breiten Tisch, dessen Platte aus einer Haustür bestand, Fische aus.

Als Tom und Becky vom Pferd stiegen und näher kamen, blickte er auf. Der Mann wirkte wie einer der Welse, die vor ihm auf dem Tisch lagen. Er hatte einen flachen Kopf und eine Stirnglatze, die von einem blonden Haarkranz eingerahmt war. Die kleinen Knopfaugen standen seltsam weit auseinander, und über dem breiten Mund trug er einen schmalen gezwirbelten Schnurrbart. Er sah nicht aus, wie Tom sich einen Fischer vorstellte, zumindest sein Kopf sah nicht so aus. Der Körper hingegen war groß und sehnig, und die Adern an den muskulösen Armen traten deutlich hervor.

Tom tippte an seinen Hut. »Sir. Sind Sie Mr Chisholm?«

Der Fischer verschränkte die Arme vor der Brust, als die Fremden neben dem Portal stehen blieben, hielt in der Rechten das dünne schartige Messer, mit dem er die Fische ausgenommen hatte, fest umklammert. »Und wer will das wissen?«

Tom versuchte ein gewinnendes Lächeln aufzusetzen und wies auf Becky. »Rebecca Thatcher vom *St. Petersburg Chronicle*. Und mein Name ist Sawyer. Thomas Sawyer. Ich … hm … habe einmal für Präsident Lincoln gearbeitet.«

Becky, die hinter Tom stand, seufzte fast unhörbar bei dieser Eröffnung. Falls Mr Chisholm beeindruckt war, so zeigte er es jedenfalls nicht. Er nickte Becky zu, die das Nicken lächelnd erwiderte, dann schwieg der Mann.

Tom wollte gerade neu ansetzen, als der Fischer mit unverhohlenem Misstrauen sagte: »Ich darf hier wohnen. Meine Eltern haben das Grundstück gekauft. 1836. Kann Ihnen die Urkunde zeigen, wenn Sie wollen.«

Tom warf einen kurzen Seitenblick zu Becky und zog eine Augenbraue hoch, dann wandte er sich wieder an den Fischer. »Darum geht es nicht, Mr Chisholm. Wie Sie vielleicht wissen, hat der *Chronicle* vor nicht ganz zwei Jahren vom Verschwinden Ihrer Frau Debbie berichtet.«

Chisolm wischte sich die blutigen Hände an seinem Schurz ab. »Und? Hab keine Zeitung. Weiß nich', was die schreiben.«

Tom nickte. »Der *Chronicle* hat zwei Monate später einen Artikel darüber veröffentlicht, dass Ihre Frau wiederaufgetaucht ist. Ist sie da? Können wir mit ihr sprechen?«

Sie saß an einer Glasfront, die aus vier verschiedenen Fenstern zusammengebaut war. Obwohl die Sonne durch die stumpfen Scheiben hereinflutete, war es im Haus selbst düster.

Es war ein einziger großer Raum, aufgeteilt in eine Ecke zum Schlafen, eine zum Kochen und eine, in der Debbie Chisholm auf einem Schaukelstuhl saß und vor und zurück wippte.

Die Dielen knarrten unter Toms Sohlen, und seine Augen gewöhnten sich nur langsam an das Zwielicht. Von der Decke des Raumes hingen seltsame Gebilde herab. Kleine Flaschen, Spiegelscherben und buntes Blech waren an Schnüren und Ästen aufgehängt wie Mobiles, und in Netzen, die durch den Raum gespannt waren, lagen Fundstücke, die der zurückweichende Fluss freigegeben hatte: Puppen, Strohhüte, Zigarrenkisten, Pferdegeschirre, eine Trompete. Auf mehr wasserfleckigen Kommoden, Tischchen und Vitrinen, als zwei Menschen je brauchen könnten, standen Geschirr und Karaffen, Standuhren und Etageren, Waagen, Tintenfässer und Schreibfedern.

Die Wände waren mit Ölbildern und Stichen bedeckt, gerahmte Familienfotografien hingen dicht an dicht und ließen kaum etwas von der Wand dahinter zum Vorschein kommen. Tom bemerkte, dass es nicht die Familienbilder der Chisholms sein konnten, die da hingen. Zu viele und zu unterschiedliche Gesichter.

Über allem lag stechend der modrige Gestank des Flusses

und der Geruch der Fischsuppe, die auf einem Topf in der Küche vor sich hin kochte. Die Frau im weißen Spitzenkleid am Fenster sah nicht auf, auch nicht, als Tom und Becky neben sie traten. Ihre Hautfarbe schien eine Mischung aus Grau und Weiß zu sein, ihre Züge, einstmals bestimmt weich und schön, waren ausgezehrt und fahl.

Debbie Chisholm hatte ein längliches, ebenmäßiges Gesicht, mit einer spitzen Nase über einem kleinen Mund. In dem offenen grauen Haar, das ihr bis auf die Schultern fiel, waren noch einzelne blonde Strähnen zu erkennen. Die grünen Augen blickten stumpf. Ihre Hände waren dünn, und die Gelenke traten knochig hervor. Ohne hinzusehen, wickelte sie aus Bast eine kleine Figur, ein Püppchen mit Armen, Beinen und mit langen Haaren, so groß wie ein junges Kätzchen. Vor ihr auf einem Tisch stand bereits etwa ein halbes Dutzend dieser Strohpuppen, als würden sie auf das neue Geschwisterchen warten.

Der Fischer, der eben noch grob und abweisend gewirkt hatte, legte seiner Frau sanft eine Hand auf die knochige Schulter. Seine Stimme war leise und zärtlich. »Debbie, Liebes? Du hast Besuch.«

Debbie blickte auf, und ihre ausdruckslose Miene wich einem kleinen Lächeln des Erkennens, so als hätte sie ihren Mann lange nicht gesehen. »Carl.«

Sie sah nicht zu Tom und Becky, die neben dem Schaukelstuhl stehen geblieben waren. Carl lächelte. »Ja. Es wird bald Regen geben, siehst du?«

Er zeigte durchs Fenster zum Illinois-Ufer, wo dunkle Wolkenberge sich auftürmten.

Debbie wandte den Kopf ganz langsam zum Fenster. »Ja. Regen«, antwortete sie.

Carl fasste sie am Kinn und drehte ihren Kopf so, dass sie Tom und Becky ansehen musste. »Dein Besuch«, sagte er. »Die Lady und der Gentleman kommen aus St. Petersburg. Von einer Zeitung. Wollen mit dir reden. Über damals, als du weg warst.«

Tom und Becky nickten ihr freundlich zu. In Debbies

Augen flackerte etwas auf. Tom wusste nicht, ob es Angst war oder Wut oder schlicht der Versuch, das Gehörte zu verarbeiten. Sie sagte nichts, blickte zu Boden, wandte sich zum Fenster und nahm die Arbeit an dem Strohpüppchen wieder auf.

Carl machte einen Schritt zurück und beugte sich zu Tom. Er sprach leise. »Sie war früher ganz anders. Fröhlich und so. Bis sie weg war. Als man sie mir zurückgebracht hat, hat sie gar nicht gesprochen. Seit 'nem halben Jahr spricht sie wieder was. Nicht viel. Nie über damals. Und wenn, dann nur wirres Zeug, was kein Mensch kapiert. Ich muss zu den Fischen.«

Er klopfte Tom auf die Schulter, warf Becky ein »Ma'am« zu und verließ das Haus. Sie hörten, wie die Stufen ächzten, als er nach unten ging und die Arbeit wiederaufnahm. Der Wind frischte auf, Tom konnte es an den Baumwipfeln sehen, die am Mississippi-Ufer unter dunklen Wolken standen. Ein Luftzug kroch durch die Ritzen ins Haus und brachte Bewegung in die Fläschchen und Scherben, die an den Schnüren hingen. Ein helles Klimpern und Klingen erfüllte den Raum und unterstrich die Stille, die hier herrschte.

Tom zog Becky einen Stuhl heran, trat ans Fenster und lehnte sich mit dem Rücken dagegen. »Mein Name ist Tom Sawyer, Ma'am. Und die Dame hier ist Becky Thatcher vom *St. Petersburg Chronicle*. Wir würden gern mit Ihnen über Ihr Verschwinden vor fast zwei Jahren reden.«

Debbie Chisholm schwieg, ihre Hände wickelten weiter Bastfäden um das Püppchen. Sie musste ein paar Jahre jünger sein als Tom, doch sie wirkte wie eine alte Frau. Er blickte fragend zu Becky. Die zuckte mit den Schultern, und Tom wandte sich wieder zu Debbie.

»In einem Artikel im *St. Petersburg Chronicle* hieß es, Indianer hätten Sie im Wald auf der Straße nach Palmyra gefunden und dann in die Stadt gebracht. Stimmt das?«

Debbie zog einen weiteren Bastfaden aus einem Büschel. Kräftig, fast grob packte sie zu, verschnürte die Figur. Es schien, als würde sie ihre Besucher gar nicht wahrnehmen.

Tom rutschte langsam an der Fensterscheibe nach unten in die Hocke, damit er ihre Augen sehen konnte und vielleicht so ihren Blick auffing. »Ma'am? Ich habe Sie etwas gefragt.«

Falls sie ihn gehört hatte, verriet ihre Miene es jedenfalls nicht. Sie hob das Püppchen kurz hoch, betrachtete es prüfend und zupfte an den langen Basthaaren herum. Tom griff langsam nach dem Püppchen und hielt sanft ihre Hände fest. Die Frau blickte erschrocken auf.

Tom sprach leise zu ihr. »Ma'am. Wir wollen Sie nicht belästigen. Aber vielleicht können Sie uns ja doch etwas über Ihr Verschwinden sagen. Wo waren Sie in den zwei Monaten? Wer hat Sie entführt? Was hat er mit Ihnen gemacht? Wie sind Sie entkommen? Wie kamen Sie auf die Straße nach Palmyra, wo man Sie gefunden hat?«

Debbie starrte Tom an, dann presste sie die Lippen aufeinander, sodass ihre Kiefermuskeln hervortraten. Ihr Kinn zitterte.

Tom erschrak, als sich ihre Augen mit Tränen füllten. Er lockerte den Griff, und langsam, als bereite es ihr große Mühe und Pein, entzog sie ihm ihre Hände. Ihr Blick fiel auf das Püppchen, und sofort entspannte sie sich und nahm ihre Arbeit wieder auf. Tom blickte zu Becky, seufzte und ließ die Hände auf die Oberschenkel sinken.

Becky rutschte auf ihrem Stuhl nach vorn und deutete auf das Püppchen in Debbies Händen. »Die sind hübsch. Sehr hübsch sogar.«

Debbies Mundwinkel hoben sich leicht, wie zur Andeutung eines Lächelns. Sie schwieg. Becky blickte zu Tom, und der nickte ihr aufmunternd zu. Sie schob sich eine Locke, die ihr ins Gesicht hing, hinter das Ohr. »Machen Sie die für Kinder? Für Ihre Kinder vielleicht?«

Debbie hielt inne, hob den Kopf und blickte zu Becky. Sie blinzelte, musterte Becky eingehend, dann legte sie die Hand auf Beckys Rock und fuhr über den Stoff. »Schönes Kleid.« Ihre Stimme klang dünn und traurig.

»Ja. Es ist schön, nicht wahr?«

Becky klang aufmunternd, doch Debbie wandte sich von ihr ab und drehte den Kopf stattdessen zu Tom. »Ein schöner Mann.«

Tom spürte, wie seine Wangen heiß wurden. Die Frau des Fischers griff nach einer Tasse, die neben ihr auf einem Beistelltischchen bei einer Kanne stand. Sie trank in großen Schlucken, leerte die Tasse auf ein Mal. Sie blickte in die leere Tasse. »Trinken. Ich muss viel trinken. Das hat er gesagt. Trink viel.«

Tom legte die Stirn in Falten und sah zu Becky. Die beugte sich vor und nahm Debbies Hand. »Wer hat das gesagt? Ihr Mann? Hat Carl das gesagt?«

Debbie sah Becky erstaunt an. »Nicht Carl. Er hat das gesagt. Der Mann!« Sie hob das Püppchen und hielt es Becky vor das Gesicht.

Becky blinzelte. »*Er?* Das ist er?« Sie griff nach dem Püppchen. »Das ist der Mann, der Sie entführt hat?«

Debbie wandte sich ab, blickte auf ihren Schoß und zog dann neue Bastfäden aus dem Büschel zu ihren Füßen. Flink wickelte sie sie auf und formte eine neue Kugel.

Beckys Finger glitten durch das Haar der Bastpuppe. »Er hat Sie mitgenommen und gesagt, Sie sollen viel trinken? Und er sieht so aus?« Sie hob das Püppchen hoch.

Debbie sah nicht hin und schwieg.

Tom blickte auf die Hände der Frau, die mechanisch den Bast durch die sehnigen Finger gleiten ließ. Er bemerkte die vernarbte Haut, die sich um ihr Handgelenk zog wie ein zerfurchtes rötliches Armband. Wieder hielt er ihre Hände fest. »Hat *er* das gemacht? Der Mann? Hat er Sie festgebunden?«

Sie sah ihn nicht an, schob seine Hand weg, zurrte das Band um das obere Drittel ihres Knäuels und formte so den Kopf der Puppe.

»Ma'am?«

Sie reagierte nicht. Tom seufzte und blickte zu Becky. Er raunte ihr leise zu: »Ich weiß nicht, ob das noch was bringt. Vielleicht sollten wir lieber gehen«, und Becky nickte.

Tom wollte sich gerade aufrichten, da schoss Debbies rechte

Hand vor und griff nach Toms Kragen. Er zuckte zurück, doch Debbie hielt ihn mit eisernem Griff am Kragen umklammert und zog sein Gesicht zu ihrem. Die Augen der Frau waren weit aufgerissen, ihr Mund verzerrt, sie schob ihr Kinn unnatürlich weit vor und zischte Tom an. »Er ist der Hüter des Lichts! Vergiss das nicht! Er kann es dir geben, und er kann es dir nehmen, ganz wie es ihm gefällt! Sie legen mir Stricke auf den Weg! Ich kann nicht fliehen! Ich schreie zum HERRN! *Führe meine Seele aus dem Kerker, hörst du!* Hörst du?«

Sie schüttelte Tom, sah ihn flehentlich an, als erwarte sie endlich eine Antwort. Dann stieß sie ihn von sich, und Tom fiel hin und starrte die Frau erschrocken an. Auch Becky war vollkommen erstarrt.

Debbie blinzelte, dann ließ sie die Hand sinken und lehnte sich in ihrem Schaukelstuhl zurück. Als hätte sie etwas Wichtiges vergessen, sammelte sie sich kurz, dann griffen ihre Hände in den Schoß. Sie nahm die Puppe wieder hoch und wickelte weiter den Bast darum. Als ein dumpfes Grollen von draußen zu hören war, blickte sie aus dem Fenster in die dunklen Wolkenberge über dem Fluss. »Carl sagt, es gibt Regen. Das ist schön. Regen ist schön.«

»Es war hier«, sagte Chisholm, »Muldrow Square 12. Das da war die Elf, und hier, wo die Archer Street einmündet, sollte mal ein Friseurgeschäft entstehen.«

Sie standen im Matsch, und die Pferde wieherten unruhig.

Chisholm deutete auf halb vom Schlamm bedeckte Fundamente und Holzbohlen, zwischen denen zersplitterte Dachziegel und vermoderte Latten lagen.

»Muldrow Square 12«, murmelte Tom. Er stand auf einem Sandsteinsockel, der wohl einmal die Schwelle des Hauses gebildet hatte. Becky berührte ihn mitfühlend am Arm, sagte aber nichts.

Der Fischer spuckte einen Kautabakpfriem auf den Boden. »Ja, Sir, der Fluss nimmt, und der Fluss gibt. Jedes Mal, wenn Flut ist, nimmt er etwas mit und gibt dafür etwas Neues frei. Tut mir leid zu hören, dass er Ihnen alles genommen hat.«

Dann blickte er zu den dunklen Wolken hinauf, die inzwischen über ihnen standen. »Es geht bald los. Ich muss die Netze reinholen. Wenn Sie was über den Kerl erfahren, der Debbie entführt hat, dann geben Sie mir Bescheid. Ich würde mich gern mit ihm unterhalten.«

Unterhalten? Vermutlich lieber ausnehmen, wie einen seiner Welse, mutmaßte Tom und nickte dem Mann freundlich zu. Nach ihrem plötzlichen Ausbruch hatte Debbie ihnen nichts mehr gesagt, und Tom und Becky waren nach unten gegangen und hatten gehofft, von Chisholm noch etwas mehr zu erfahren.

Doch auch Carl wusste kaum mehr zu berichten, als dass es wohl zwei indianische Fährtenleser im Dienste der Unionstruppen gewesen waren, die Debbie auf der Straße zwischen St. Petersburg und Palmyra aufgefunden und anschließend zur Methodisten-Kirche in Palmyra gebracht hatten, wo jemand sie als die Frau des Fischers erkannte.

Ihr Kleid war zerfetzt, ihre Gelenke an Händen und Füßen waren wundgescheuert gewesen, sie reagierte empfindlich auf Sonnenlicht. Sie sprach nicht, starrte wochenlang nur teilnahmslos auf ihre Hände, bis sie irgendwann anfing, die Püppchen zu wickeln. Als Tom den Fischer fragte, ob er wisse, wo in der sie umgebenden Schlammfläche einst das Haus am Muldrow Square 12 gestanden hatte, hatte Chisholm sie hingeführt. Nun ging er zurück zu seinem Haus. Eine gebeugte dunkle Gestalt, die vor dem Grau des Himmels verschwand.

Tom spürte einen ersten Tropfen auf der Wange. Es kam ihm vor, als würde der Himmel mit dem einsetzenden Regen zu weinen anfangen, weil er selbst es nicht konnte, obwohl er in den Ruinen seiner Kindheit stand. Er empfand ein tiefes Bedauern und eine Traurigkeit, die auf seinen Schultern lagen wie ein schwerer, nasser Mantel. Ob auch Sid dieses Gefühl des Verlassenseins empfand? Er stellte sich vor, wie sie am Boden dieses Hauses gemeinsam gespielt haben mussten, und spürte plötzlich eine Welle von Wärme und Zuneigung für seinen Halbbruder.

»Du hast mir nie gesagt, wie es passiert ist«, sagte Becky sanft. »Willst du es mir erzählen?«

Tom trat einen Schritt in das Haus hinein und schob mit dem Stiefel eine grüne Scherbe über den Schlamm. Er schwieg, und Becky nickte, als hätte sie es nicht anders erwartet. Sie wandte sich ab und ging zu den Pferden, als Tom anfing zu sprechen.

»Ich erinnere mich nicht. Oder nur noch ganz schemenhaft. Sid und ich … wir waren so klein damals. Ich weiß nur noch, wie Daddy mich von einem großen Karren mit unseren Möbeln hinuntergehoben und auf den Schultern in das Haus getragen hat. Das Fundament war aus Stein, aber darauf stand eine Holzhütte. Wenn die Reihe an uns war, sollte die Baufirma ein solides Steinhaus darauf errichten. Den Rest hat Polly uns erzählt. Daddy war bei der Armee gewesen. In Marion City wollte er einen Eisenwarenladen eröffnen, weil alle dachten, die Stadt würde das neue Tor zum Westen werden und alle Glücksucher und Goldschürfer würden hier vorbeikommen, um ihre Vorräte aufzufrischen und Hacken und Schaufeln zu kaufen und dann mit den Ochsentrecks losziehen.«

Im Frühjahr '36, so erzählte Tom weiter, bekam sein Vater das Angebot, eine Einheit zu leiten, die die Choctaw-Indianer von Mississippi nach Little Rock in Arkansas umsiedeln sollte. Für seinen Vater sollte es eine einmalige Rückkehr zur Armee sein, fürstlich bezahlt, und er konnte das Geld gut gebrauchen für den Laden und das Haus. Er wollte drei Monate weg sein und dann mit den Taschen voller Geld zurückkommen. Als er losgeritten war, wurde Toms Mutter krank. Sie bekam Fieber. Erst regnete es wochenlang. Dann kam die Flut und kroch ganz langsam in die Stadt hinein. In aller Eile wurden Entwässerungsgräben ausgehoben und Dämme errichtet. Aber es half nichts. Der Fluss war zu stark. Toms Mutter brachte Sid und Tom nach St. Petersburg zu ihrer Schwester Polly, weigerte sich aber, den Laden alleinzulassen. Er war alles, was sie hatten, und sie wollte ihn nicht im Stich lassen, ob sie nun krank war oder nicht. Damals kannten Sid und Tom Polly kaum und hatten Angst vor ihr. Sid weinte die ganze Zeit. Nur Polly hatte Toms Mutter dann noch einmal besucht.

Das Wasser kam durch alle Ritzen ins Haus, und Toms Mutter hatte alles an Schnüren an der Decke aufgehängt oder auf den Tisch und auf die Stühle gestellt. Jeden Tag schöpfte sie schlammiges Wasser aus ihrem Haus, aber es kam immer nach. Polly versuchte, sie zum Aufgeben zu überreden, sagte ihr, sie brauche einen Arzt und solle mit nach St. Petersburg kommen. Aber Toms Mutter weigerte sich, und Polly fuhr zurück. Sie war nicht bei sich, sagte Polly später und machte sich Vorwürfe, dass sie ihre Schwester nicht mitgenommen hatte.

Die Fluten stiegen weiter. Kaum jemand war noch in Marion City, fast alle waren geflüchtet. Plünderer kamen in die untergehende Stadt, und niemand hielt sie auf. Eine Woche später fand man Toms Mutter ertrunken in ihrem Haus. Man vermutete, sie sei im Fieber gestürzt bei dem Versuch, über den Tisch ins Bett zu klettern. Sie hatte sich vermutlich den Kopf angeschlagen und war ertrunken.

Tom hatte alles mit ruhiger Stimme erzählt, sein Blick war starr auf den Boden gerichtet. Als Becky ihn ansprach, blickte er auf. Ihre Augen schimmerten feucht. »Was war mit deinem Vater?«

Tom holte tief Luft und setzte sich auf einen umgestürzten Baumstamm, der quer über den Fundamenten lag. »Er kam zurück, und alles war weg. Seine Frau war tot, das Haus war nicht mehr da. Sein Laden war weggeschwemmt. Seine Kinder in einer anderen Stadt. Ich weiß, dass er kurz bei Polly und uns in St. Petersburg gewohnt hat. Ich glaube, er ist einfach durchgedreht. Er hat viel geschrien und war ständig betrunken. Er hat

Sid und mich geschlagen, und Polly ist dazwischengegangen. Sie hat ihn irgendwann rausgeschmissen, und er dachte wohl, es wäre besser, seine Jungs bei Polly zu lassen, bevor noch etwas Schlimmeres passiert.

Er hat ihr das Geld dagelassen, das er mit dem Begleitzug verdient hatte. Dann ist er zur Armee zurückgegangen, hat sich nach Texas versetzen lassen und sich den Rangers angeschlossen. Im November '37 ist er in einer Schlacht gegen die Kichai-Indianer in der Nähe vom Red-River gefallen.«

Becky setzte sich neben ihn. Toms Blick war glasig. »Ich wusste nicht einmal mehr, wie er ausgesehen hat, bis ich die Fotografie gefunden habe.«

Becky legte ihm die Hand auf die Schulter und drückte sie sanft. Sein Mund war trocken. Tom spürte, wie seine Schläfen heiß wurden, er blinzelte, denn nun, so schien es ihm, würde er den Regen nicht mehr brauchen, damit seine Augen feucht wurden. Er stand auf, blähte die Backen und stieß Luft aus.

»Ich schätze, wir sollten losreiten. Sonst kommen wir in ein Unwetter, hm?«

Tom versuchte ein Lächeln, doch es wollte nicht recht gelingen.

Becky trat vor ihn hin, fasste seine Hand. »Wir werden diesen Dreckskerl finden, der deiner Tante Polly und den anderen Frauen das angetan hat, Tom. Egal, wo er sich versteckt.«

Sie lächelte ihn an, der Wind blies ihr eine Strähne aus dem Gesicht. Tom nickte, auch wenn er nicht wusste, ob der Ritt nach Marion City ihm mehr gebracht hatte als bittere Erinnerungen. Er musste nach Huck sehen. Und mit Dobbins und Joe Harper sprechen. Und mit den Angehörigen der beiden anderen verschwundenen Frauen, falls es welche gab.

Dennoch blieb er stehen, ganz versunken in Beckys Anblick. Warum war er nur jemals fortgegangen? Weil er dachte, St. Petersburg wäre nicht genug und es gäbe mehr zu sehen von der Welt? Weil er dachte, Becky sei nicht genug und sie würde auf jeden Fall auf ihn warten, egal, wie lange er weg sein würde?

»Wie kam das? Das mit dir und Sid?«

Sie blinzelte überrascht. »Ich … Er … Wir kannten uns schon so lange. Und er ist einer der wenigen mit Manieren und mit ein bisschen Grips in dieser Stadt und … Sid ist anständig, weißt du. Und er respektiert mich. Und er respektiert, dass ich meine Freiheit brauche.«

Der anständige Sid. Der respektvolle Sid.

Toms Gefühl von Wärme und Zuneigung für seinen Halbbruder verschwand so schnell, wie es gekommen war. »Deine Freiheit?«

Sie zuckte mit den Schultern. »Ja.«

Tom schüttelte den Kopf. »Du willst frei sein? Und bist was? Reporterin und Verlegerin und Druckerin und noch drei Dinge, und du … du heiratest? Und trotzdem willst du frei sein? Ich versteh dich nicht.«

Es sollte lustig klingen, aber da war ein bitterer Tonfall in seiner Stimme, und Becky fasste es offenbar ganz und gar nicht lustig auf. Sie stemmte die Hände in die Hüften und reckte angriffslustig das Kinn. »Sid hat es verstanden.«

»Ach, der verständnisvolle Sid!«

»Ja. Und du solltest nicht so von deinem Bruder reden! Er hat schließlich –«

Er packte sie und verschloss ihr den Mund mit einem Kuss. Tom wusste, dass es ein Fehler war, noch bevor er es tat.

Idiot!, schalt er sich. *Bist du verrückt? Was tust du da? Du bringst alles durcheinander!*

Zu seinem grenzenlosen Erstaunen spürte er, wie sie den Druck seiner Lippen erwiderte.

Er schloss die Augen, ihr Körper lag in seinen Armen, er spürte ihren Busen an seiner Brust, sie war leicht und biegsam, und ihr Mund war so weich und warm. Er öffnete die Lippen, sie tat das Gleiche, und er spürte ihre Zunge an seiner, und es war, als durchzuckte eine elektrische Ladung seinen Körper, wie auf diesen Jahrmärkten, wo sie einen an einen Draht fassen ließen, damit man die Kraft der Elektrizität spüren konnte. Er öffnete die Augen langsam wieder und erschrak, als er sah, dass sie die ihren weit aufgerissen hatte.

Becky machte sich von ihm los und stieß ihn von sich. Ihr Mund öffnete und schloss sich ein paarmal, so als wollte sie etwas sagen. Dann trat sie näher, holte aus und schlug ihn mit der flachen Hand heftig ins Gesicht. Toms Kopf flog zur Seite, und er taumelte und wäre fast hingefallen.

Er hielt sich die Wange und stammelte fassungslos: »W… was … a… aber …?«

Beckys Gesicht war hochrot, sie atmete stoßweise und hielt ihm den ausgestreckten Zeigefinger dicht vor die Nase. »Mach. Das. Nie. Wieder. Tom Sawyer. Hörst du? Ich bin verlobt, vergiss das niemals!«

»Hat dir jemand eine verpasst? Deine Backe sieht aus, als wärst du zwischen McLintocks Amboss und seinen Hammer geraten.«

McLintock war der Hufschmied, der den Mietstall in St. Petersburg hatte.

Tom warf einen kurzen Blick in den Spiegel, der in Mr Dobbins' Wohnzimmer über einer Kommode angebracht war. Fast konnte man Beckys Handabdruck noch erkennen. Und Joe Harpers Grinsen konnte er auch sehen. Der Sheriff lehnte hinter Tom am Türrahmen, während Mr Dobbins am Herd stand und im Licht der durch das Fenster zwischen dunklen Wolken hereinfallenden Nachmittagssonne ungeschickt einen Kaffee kochte.

»Das ist ein Sonnenbrand, Joe.«

»Nur auf einer Seite?«

»Auf dem Hinweg hat die Sonne auf dieser Seite geschienen, und als ich zurückgeritten bin, hat es geregnet.«

Joe Harper grinste noch breiter, und Tom wusste, dass er ihm kein Wort glaubte. Das Schlimmste war, dass er recht hatte.

Die Wange brannte immer noch. Auch der Ärger über sich selbst brannte. Warum hatte er Becky nur geküsst? Warum hatte sie den Kuss erst erwidert und ihm dann eine Ohrfeige verpasst?

Harper schwieg, aber das Grinsen blieb wie festgenagelt in seinem Gesicht stehen. Irgendetwas schien dem Sheriff eine unerschütterlich gute Laune zu bescheren, seit er und Tom sich vor wenigen Augenblicken an der Haustür des Dorflehrers begegnet waren. Joe Harper aufrecht im Sattel, wie die Statue eines Reitergenerals, mit buschigem Schnurrbart, weißen Handschuhen, einem schwarz glänzenden Ledermantel und einem Gesicht wie frisch gebügelt. Tom hingegen war durchnässt, seine Hutkrempe hing herunter, er war unrasiert und steckte in denselben Kleidern wie vor zwei Tagen.

Auf dem Weg durch den Wolkenbruch von Marion City nach St. Petersburg war zudem die Müdigkeit zurückgekehrt und drückte auf Toms Schultern wie das Joch eines Ochsen. Zu Toms Überraschung wollte Harper mit dem Dorflehrer wegen Hatties Verschwinden sprechen – genau wie er selbst.

Die Männer hatten sich aneinander vorbei in die enge Stube gedrückt und einander belauert, während Dobbins versuchte, ein guter Gastgeber zu sein und die Pflichten seines Hausmädchens zu übernehmen. Er kochte Kaffee, wobei er die Hälfte des Pulvers über seinen abgewetzten königsblauen Gehrock schüttete und es zwischen die Ritzen der Bodenbretter rieselte.

»Ich fürchte, der Kaffee ist recht dünn geworden, Gentlemen«, sagte er entschuldigend, als er vom Herd an den Tisch trat. »Ich weiß nicht genau, wie viel sie immer nimmt. Ich habe auch Zucker, falls ihr möchtet.«

Der Lehrer stellte eine Kanne Kaffee und drei Tassen auf den Tisch zwischen einen Stapel Schulhefte, ein Notizbuch und ein aufgeschlagenes Album, in das gepresste Blüten und Blätter eingeklebt waren.

In einer dünnen, spinnengleichen Handschrift waren Namen, Daten und Notizen neben den Blüten eingetragen. Dobbins schlug einen dicken Wälzer mit Abbildungen von Pflanzen zu, setzte sich und wies auf zwei freie Stühle. »Bitte, Gentlemen. Bedient euch.«

Tom setzte sich auf einen der Stühle am Tisch, goss sich den zähflüssigen pechschwarzen Kaffee ein und gab vier Löffel Zucker dazu. Joe Harper löste sich langsam vom Türrahmen und blieb am Tisch stehen, während auch er sich eine Tasse einschenkte.

Niemand sagte etwas. Dobbins rührte mit seinem Finger in der Tasse, leckte ihn ab und blickte aufmunternd zu den beiden grimmig schweigenden Männern. »Nun gut. Du hast gesagt, du willst mit mir über Hattie sprechen, Joe. Und du hast das Gleiche zu mir gesagt, Tom, also nehme ich an, ihr wollt mir ein paar Fragen stellen.«

Tom nickte, und Joe brummelte etwas Unverständliches. Dobbins seufzte, als wären sie noch immer zwei ungezogene, maulfaule Schüler. Er blickte erwartungsvoll über die Gläser seiner randlosen Brille und wies dann auf die gepressten Blüten auf dem Tisch. »In Ordnung, Gentlemen. Ich weiß zwar nicht, was ihr noch vorhabt, aber ich habe heute noch einiges bei meinen Forschungen nachzuholen, wie ihr sehen könnt. Also: Wer beginnt?«

»Ich. Ich bin der Sheriff dieser Stadt.«

Dobbins nickte freundlich. »Gerne, Joe. Wie kann ich helfen?«

Joe holte tief Luft und nahm seinen *Boss of the Plains*-Hut ab. Er setzte sich auf den dritten Stuhl, fuhr sich durch die schulterlangen schwarzen Haare, während Tom bereits zu sprechen begann. »Wann haben Sie Hattie zum letzten Mal gesehen, Mr Dobbins?«

Joe Harper ließ ein Grunzen hören, und Dobbins blickte ihn fragend und ein wenig erschrocken an. »Sheriff?«

Joe kaute auf seiner Backe, musterte Tom ärgerlich, dann schnaubte er. »Wegen mir. Also: Wann haben Sie die Kleine zum letzten Mal gesehen?«

Dobbins knetete mit den Fingern seine Unterlippe. »Darüber habe ich auch schon nachgedacht. Es muss Sonntagabend gewesen sein. Am Tag vor der Beerdigung deiner Tante, Tom. Ich weiß, dass Hattie Bohnen mit Hammelfleisch gekocht hat. Dann hat sie aufgeräumt und ist gegangen. Ich bin mir nicht sicher, ob sie am Montagmorgen noch einmal hier war, aber nach der Beerdigung warst du bei mir, Tom, und da habe ich sie zum ersten Mal vermisst. Aber möglich ist es, dass sie da war. Ich bin da nicht sehr streng, müsst ihr wissen. Sie macht ihre Arbeit, ich die meine, und solange sie ihre zu meiner Zufriedenheit erledigt, gibt es keinen Grund, auf einem strikten Zeitplan zu bestehen, wenn ihr versteht, was ich meine.«

»Gewiss, Mr Dobbins«, sagte Joe hastig. »Also Sonntagabend. Gut. Und dann nicht wieder?«

Dobbins blickte kurz zu Tom, dann wieder zum Sheriff. »Nein, Joe. Dann nicht wieder. Aber wie ich schon sagte, kann es sein, dass sie am Montag noch einmal hier war und ich es nicht mitbekommen habe, weil ich nicht überwache, wann sie kommt und wann sie geht, solange sie ihre Arbeit macht.«

»Gut. Ja. Ist klar.« Joe nickte und dachte nach.

Tom wollte ihn nicht unnötig ärgern, aber kam nicht umhin zu stöhnen, während Joe über seiner nächsten Frage brütete. Dobbins sah den Sheriff aufmerksam an, wartete ebenfalls, als Joe schließlich fragte: »Und … Sie wissen nicht, wo Sie hin ist?«

Dobbins starrte Joe Harper für einen Moment verdutzt an. Dann schüttelte er den Kopf. »Nein, Sheriff, sonst wäre ich wohl dahin gegangen, wo sie ist, hätte ihr eine Tracht Prügel verabreicht, und nicht ich, sondern sie hätte dir eben einen Kaffee gekocht.«

»Ja gut, das stimmt.« Joe nickte, ohne das Gesicht zu verziehen. Dann räusperte er sich und setzte den Hut, den er auf seinen Schoß gelegt hatte, wieder auf. »Gut. Schätze, dann wissen wir jetzt Bescheid, hm? Ich werde mich um die Angelegenheit kümmern und –«

»Sonntagabend also«, schaltete Tom sich ein. »Wussten Sie, dass Hattie am Samstag bei meiner Tante Polly war?«

Dobbins und Joe Harper blickten erstaunt zu Tom. Der Lehrer schüttelte den Kopf. »Nein, Tom. Das wusste ich nicht.«

»Joseph, der Wirt in der Kneipe der Schwarzen, sagt, sie ist von Ihnen aus zu ihm in die Kneipe gegangen. Sie war irgendwie durcheinander und hätte einen Schnaps getrunken, was sie wohl noch nie gemacht hatte. Sie wollte zu Polly, aber danach hat sie niemand mehr gesehen. Samstagabend, wohlgemerkt. Und sie schläft in einem Verschlag hinter der Kneipe. Wenn sie am Montag noch bei Ihnen war, Mr Dobbins, wo hat sie dann die Nacht auf Sonntag verbracht? Und wo die auf Montag?«

Joe legte seinen Hut wieder auf den Schoß, und Dobbins hob ratlos die Hände. »Das kann ich dir nicht sagen, Tom. Hattie darf auch bei mir im Schuppen schlafen, wenn sie will und wenn der Weg zu den anderen Negern ihr nachts zu weit oder zu unheimlich ist. Und sie war am Sonntag hier, du kannst Mrs Temple fragen, wenn du deinem alten Lehrer nicht glaubst. Mrs Temple war hier und hat sich einen Brief aus Quebec in Kanada übersetzen lassen. Eine Erbschaftsangelegenheit. Der Brief war auf Französisch, und ich konnte ihr behilflich sein, weil ich ein bisschen Französisch spreche. Und da war Hattie hier. Sie hat gerade oben sauber gemacht.«

Dobbins war ein wenig erregt, und sein Gesicht war rot angelaufen.

Tom sagte nichts, trank einen Schluck aus seiner Tasse und hätte ihn um ein Haar wieder ausgespuckt. Der Kaffee war wie ein Faustschlag ins Gesicht. Er gab noch zwei Löffel Zucker dazu und rührte in Ermangelung eines Löffels ebenfalls mit dem Finger um.

Dobbins blickte Hilfe suchend zum Sheriff und schüttelte den Kopf. »Nachdem Mrs Temple gegangen war, hat Hattie, wie schon gesagt, die Bohnen gekocht, hat hier aufgeräumt, und dann ist sie gegangen …« Dobbins zögerte. »Ach, wartet mal. Sie hat noch was gesagt.«

»Ja?« Joe Harper blinzelte. »Was denn?«

»Sie hat gesagt, sie will zu Sidney gehen, zu deinem Bruder, Tom, und ihn fragen, ob das Angebot noch steht und er noch jemanden sucht.«

Tom merkte auf. Sid? Sein Siddy? Was hatte der mit Hattie zu schaffen? »Was für ein Angebot? Wofür hat Sid jemanden gesucht?«

»Sidney hat bei Lucius Austins Gemischtwarenladen einen Zettel ausgehängt, dass er noch eine Haushaltshilfe sucht. Soweit ich weiß, hatte er vor, das leerstehende Haus der Farraguts zu mieten, sobald er und Miss Rebecca einmal verheiratet wären, weil er das Haus in der Hooper Street wohl zu klein und nicht angemessen fand. Und dafür hat er noch ein Hausmädchen gesucht. Ich denke, Hattie wollte sich um diesen Job bei ihm bewerben.«

Tom nickte. Er würde mit Sid reden. Falls der überhaupt noch mit ihm sprach. Ob Becky ihm wohl von dem Kuss in Marion City erzählen würde? Ihm ging auf, dass Sid der Einzige war, der Huck in Pollys Haus gesehen hatte. Oder gesehen haben wollte? Würde Sid ihn belügen? Ganz bestimmt. Aber konnte er etwas mit Pollys Tod zu tun haben?

Tom schüttelte den Gedanken ab, als ihm etwas anderes durch den Sinn ging. Er blickte von Joe zu Dobbins. »Ach, bevor ich's vergesse: Hat Polly vielleicht Kaninchen gehabt? Ich meine, in dem kleinen Gemüsegärtchen am Cardiff Hill?«

Die Männer sahen ihn ratlos an. Dobbins schüttelte den Kopf. »Kaninchen? Nicht dass ich wüsste. Warum fragst du, Tom?«

Tom winkte ab.

Joe Harper erhob sich. »Gut. Dann. Ich schätze, ich weiß jetzt genug.«

Dobbins blickte angespannt von Tom zum Sheriff. »Ihr glaubt doch nicht etwa, dass ihr etwas zugestoßen ist, oder? Sie ist doch wahrscheinlich nur weggelaufen, Gott weiß, warum.«

Tom schwieg. Er wollte in Joes Gegenwart nicht über die

anderen verschwundenen Frauen sprechen, solange er selbst nicht mehr wusste.

Joe Harper setzte seinen Hut auf, hakte die Daumen in seinem Gürtel ein und reckte die Brust vor. »Das hoffen wir alle, Sir. Aber sicher wissen können wir es nicht. Ich verspreche Ihnen jedenfalls, dass ich und meine Männer die Augen offen halten werden. St. Petersburg ist ein sicherer Ort, seit ich Sheriff bin, und das soll auch so bleiben. Mr Dobbins.«

»Sheriff.«

Joe griff zu seiner Hutkrempe und würdigte Tom keines weiteren Blickes. Er ging langsam zur Tür, und bevor er durch war, sagte Tom: »Dir auch noch einen schönen Abend, Joe!«

Harper ließ sich Zeit mit dem Umdrehen. Und als er es ganz langsam tat und das breite Lächeln wieder in seinem Gesicht war, ging Tom auf, dass er auf diesen Moment hingearbeitet hatte, seit sie Dobbins' Haus gemeinsam betreten hatten.

Mit großer Mühe unterdrückte Joe sein Grinsen. »Ach ja, Tom …«, sagte er gedehnt. »Da hätte ich fast was vergessen.« Er griff in die Innentasche seines schwarzen Mantels und zog ein zusammengefaltetes Papier hervor. »Sieht so aus, als hättest du dir in Washington nicht nur Freunde gemacht.« Er faltete das Blatt auseinander und ließ es vor Tom auf den Tisch fallen. Es war ein Telegramm.

Tom überflog die Zeilen.

MARINEMINISTERIUM WASHINGTON DC AN DAS BÜRO DES SHERIFFS ST. PETERSBURG +++ STOP +++ THOMAS SAWYER UNTER ALLEN UMSTÄNDEN IN ST. PETERSBURG FESTHALTEN +++ STOP +++ SONDERERMITTLER AMOS T. CRITTENDEN TRIFFT IN BÄLDE EIN +++ STOP +++ DAS MINISTERIUM ERWARTET VOLLUMFÄNGLICHE UNTERSTÜTZUNG +++ STOP +++ GEZ. HOWARD, SEKRETARIAT MINISTER WELLES

Joe tippte sich an den *Boss of the Plains*.

»Ich will dich nicht unter Arrest stellen, Tom, aber die Zelle neben Huck ist noch frei. Wär besser, du bleibst in der Gegend. Schönen Abend noch.«

Also doch.

Vor zwei Tagen, als er mit dem Dampfschiff ankam, hatte Tom gedacht, es würde länger dauern. Tatsächlich hatte man nur eine Woche nach seiner Abreise aus Washington beschlossen, jemanden zu ihm zu schicken.

Es ging um die Nacht im Ford's Theatre, da war sich Tom sicher. Was sonst? Nachdem der Attentäter tot und die Verschwörer gehängt worden waren, suchte man nach weiteren Sündenböcken. Und er hatte geschlafen und den Präsidenten nicht geschützt. Dass es überhaupt nicht seine Schicht gewesen war, spielte keine Rolle. Er war da gewesen. Er hatte es nicht verhindert.

Aber warum das Marineministerium? Offenbar war die brüchige Partnerschaft von Präsident Johnson und Kriegsminister Stanton, in dessen Händen die Jagd auf Booth gelegen hatte, inzwischen so zerrüttet, dass Johnson die weiteren Ermittlungen seinem Freund Gideon Welles, dem Marineminister, übertragen hatte. Schon kurz nach Lincolns Tod hatte sich die Rivalität der beiden Männer deutlich abgezeichnet. Ebenso die Tatsache, dass Johnson als Präsident anecken würde und dass Nebenkriegsschauplätze willkommen waren. Tom hatte gehofft, er hätte Washington und die dortigen Intrigen endgültig hinter sich gelassen. Jetzt schien es so, als könnte er zwar Washington verlassen, aber Washington nicht ihn.

Der Karfreitag holte ihn ein. Das Ford's Theatre holte ihn ein.

Bleiben Sie gut, Thomas. Bleiben Sie gerecht.

Joe Harpers Pferd wieherte auf, als der Sheriff am Haus vorbeiritt. Tom ließ das Telegramm sinken, schloss die Augen und massierte sie mit Daumen und Zeigefinger.

»Schlechte Nachrichten?«, fragte Dobbins mitfühlend.

Tom nickte. »Ich soll in einem Theaterstück mitspielen.«

Dobbins stutzte und musterte ihn kritisch. »Du redest wirr, Thomas«, sagte er kopfschüttelnd. »Und du siehst entsetzlich aus.« Er stand auf. »Du hast wieder nicht geschlafen, stimmt's? Ich werde dir einen Tee brauen, und diesmal wird er wirken, verlass dich drauf. Dein Körper und dein Geist müssen sich erholen.«

Tom hatte plötzlich wieder den gallebitteren Geschmack von Dobbins' Tee, den er vorgestern Nacht auf dem Lovers' Leap getrunken hatte, auf der Zunge. Er hob die Hand, um zu protestieren, aber Dobbins war bereits am Herd. Er schob einen Topf auf die gusseiserne Herdplatte und holte Kräuter aus verschiedenen Tiegeln, die er in einem Regal über dem Herd aufbewahrte.

Kräuter.

Tom erinnerte sich an etwas, was Becky gesagt hatte, stand auf und trat neben den Lehrer. »Haben Sie so etwas schon einmal gesehen?«

Er zog einen der Pflanzenstängel, die er in der Seifenschachtel bei Polly gefunden hatte, aus der Jackentasche und hielt ihn Dobbins hin. Dobbins nahm ihn und betrachtete das vertrocknete Ding mit dem Bindfaden eingehend. Er schnupperte daran und leckte sogar mit der Zungenspitze an dem Hölzchen. Dann zuckte er mit den Schultern. »Ich bin mir nicht sicher. Diese Art von röhrenartigem gerippten Stängel ist weit verbreitet bei Doldengewächsen, den *Apiaceae*. Es ist aber sicher nicht Dill oder Liebstöckel, das würde man schmecken. Es könnte ein gefleckter Schierling sein, allerdings habe ich den in dieser Gegend bisher kaum gesehen. Wo hast du den her?«

Tom zögerte kurz. Dann sagte er: »Ich hab ihn gefunden. Bei Polly. Sie hatte ein paar davon in einer Schachtel.«

Dobbins legte die Stirn in Falten. »In einer Schachtel? Seltsam. Sie hat sie wohl kaum in ihrem Gärtchen angebaut, oder?«

Tom zuckte mit den Schultern. »Keine Ahnung. Vielleicht.

Was macht man denn mit geflecktem Schierling? Ist das auch ein Gewürz wie Liebstöckel?«

Dobbins schnaubte kurz, dann tätschelte er Tom die Schulter. »Du weißt tatsachlich wenig über die Welt der Biologie, was, Tom? Aber vielleicht weißt du noch etwas über Sokrates?«

Tom zuckte wieder mit den Schultern. Wie kam es nur, das Dobbins ihn immer abzufragen schien? Als würde er noch an der Tafel stehen und Dobbins stünde hinter ihm und lauerte auf Fehler.

»Ein Grieche, oder? Ein Feldherr?«

Dobbins seufzte enttäuscht. »Nicht raten, Tom! Streng dich an! Sokrates. Der griechische Philosoph. ›Ich weiß, dass ich nichts weiß!‹ Wir haben über ihn gesprochen, ich erinnere mich genau.«

Ja, dachte Tom, vor ungefähr zwanzig Jahren, und wahrscheinlich habe ich an dem Tag geschwänzt. Bedauernd hob er die Arme. »Tut mir leid. Ich weiß es nicht. Was hat Sokrates mit diesem Stängel zu tun?«

»Sokrates war Lehrer, und er wurde angeklagt, er würde seine Schüler verderben. Das muss man sich mal vorstellen!« Dobbins lächelte. »Man hat ihn zum Tode verurteilt, und er wurde gezwungen, einen Becher mit Gift zu trinken. In diesem Becher war ein Saft aus Schierling. Das ist ein starkes Gift, und ich habe keine Ahnung, was deine Tante damit vorhatte, und wozu dieses Schnürchen dient, kann ich dir auch nicht sagen.«

Gift? Tom blinzelte. Er musste sich in Pollys Gärtchen umsehen, so viel stand fest.

Dobbins zog das kochende Wasser vom Herd und warf seine Kräuter hinein. »Ich war bei Huck heute. Es geht ihm besser, aber das Fieber ist immer noch hoch. Ich habe ihm einen Tee aus Weidenrinde gemacht und überlegt, ob ich seinen Ausschlag mit Quecksilber behandeln soll, aber ich bin mir nicht sicher, was dein schwarzer Doktor dazu sagen würde.«

Darauf wusste Tom auch keine Antwort, aber ihm ging auf,

dass er mit Cooper sprechen sollte, um ihm von den anderen verschwundenen Frauen zu erzählen.

Dobbins rührte die Kräuter im Topf um, goss den Tee durch ein Tuch in eine Schüssel, füllte dann eine Tasse und gab sie Tom.

»Schön trinken, solange er heiß ist, Tom!«

Dobbins hatte den Zeigefinger mahnend erhoben. Dann ging er an den Tisch, setzte sich und wandte sich wieder dem Pflanzenalbum zu. »Ich habe seinen Verband gewechselt und die Wunde gesäubert. Es war alles voller stinkendem Eiter und voller Blut. Huck schwitzt wie ein Schwein, und seine Haare sind fettig und verfilzt. Ich denke, ich werde sie ihm beim nächsten Mal schneiden, damit sie nicht noch mit seiner Bauchwunde verwachsen, wenn du verstehst, was ich meine.«

Dobbins sah zu ihm auf und kicherte. Für den Bruchteil einer Sekunde zuckte vor Tom das Bild eines Püppchens mit langen Haaren auf. Lange blonde Haare, die wild abstanden. Ein Bastpüppchen in den sehnigen Händen einer sehnigen Frau.

Er hat das gesagt! Er ist der Hüter des Lichts!

Er wischte den Gedanken weg. War das das Geschwätz einer Irren? Oder ein Hinweis auf Huck? Was hatte das Püppchen schon zu bedeuten? Auch Joe Harper trug schließlich die Haare lang; seit dem Krieg trugen viele Männer die Haare lang.

War das nicht alles sinnlos?

Tom rieb sich die Wange. Er musste weg. Weg aus Dobbins' Haus, weg aus St. Petersburg, bevor er noch mehr durcheinanderbrachte. Becky und Sid. Joe Harper. Und sich selbst.

Und weg, bevor ein Sonderermittler aus Washington ihn in ein Theaterstück einspannte, bei dem es bestimmt keinen Schlussapplaus geben würde.

Tom trank die Tasse in einem Zug leer und stellte sie ab. »Ich gehe jetzt, Mr Dobbins. Vielen Dank für Ihre Zeit. Sie waren sehr freundlich, aber Sie sind beschäftigt und ich will nicht weiter stören.«

Tom wies unbestimmt auf die Pflanzen und die gepressten Blumen, die Dobbins in das Album klebte und beschriftete.

Der Lehrer blickte auf, legte seine Schreibfeder beiseite und winkte ab. »Ach was. Das hat keine Eile. Ich mache das zum Zeitvertreib, weißt du? Pflanzen sind sehr interessant, auch wenn du das vielleicht nicht glauben willst, Thomas. Sie sind überall um einen herum, und doch sind sie spannend und voller Geheimnisse. Hier siehst du …«

Er zog einige der flachen grünen Gebilde aus einem kleinen Häufchen und tippte begeistert darauf. »Yamswurzel, *Anemone patens*, *Litospermum ruderale,* und hier: *Aesculus pavia,* die echte Pavie. Ich hab sie vom Lovers' Leap. Alles höchst erstaunliche Pflanzen, alle sind sie Gottes Schöpfung, und doch weiß kaum jemand, was diese Gewächse für Geheimnisse bergen, und ich …«

Dobbins brach ab und sein Lächeln verebbte plötzlich. Er sah Tom traurig an, kratzte sich am Nacken. »Und ich rede und rede, und es interessiert dich natürlich nicht.«

Tom wollte halbherzig widersprechen, doch Dobbins hob die Hand. »Nein, nein, Tom, sag nichts, ich weiß schon. Das ist eben meine Art, mit so was umzugehen, weißt du? Das mit Hattie. Ich mache mir einfach Sorgen und rede drauflos … Du hast vorher nichts gesagt, als ich dich und Joe gefragt habe, ob sie wohl wiederkommt.«

Tom schwieg. Er überlegte, dann sagte er: »Eine ist wiedergekommen.«

Dobbins blinzelte und setzte die Brille ab. »Eine ist wiedergekommen? Wie meinst du das?«

Tom trat an den Tisch. »Hattie ist nicht die erste Frau aus der Gegend, die vermisst wird. Drei andere Frauen sind vor ihr verschwunden, aber während des Krieges hat niemand der Sache größere Bedeutung beigemessen, weil so viele gestorben oder geflüchtet oder irgendwohin verschwunden sind. Sie hießen Debbie Chisholm, Fanny George und Gracie Miller.«

Dobbins riss die Augen auf. »Gracie Miller! Du hast recht!

Sie ist verschwunden, auf diesem Waldstück. Aber das war schon vor … acht Jahren. Sie war eine Klassenkameradin von dir.«

Tom nickte. »Fanny George war eine Schwarze. Sie hat für Sparks, den Stellmacher, gearbeitet. Und Debbie Chisholm ist die Frau eines Fischers. Sie verschwand vor nicht ganz zwei Jahren, aber sie ist zwei Monate später wieder aufgetaucht und ist seitdem völlig verwirrt. Redet kaum etwas, und wenn, dann nur komisches Zeug.«

Dobbins legte die Stirn in Falten. »Und du glaubst, Hattie …« Sein Zeigefinger beschrieb kleine Kreise, als würde das den Satz zu Ende führen.

Tom schob die Unterlippe vor. »Ich weiß es nicht. Aber Polly hat anscheinend etwas gewusst. Sie hat gedacht, die drei Frauen seien von ein und demselben Mann entführt worden. Jetzt ist Polly tot, und eine vierte Frau ist verschwunden.«

Dobbins starrte Tom fassungslos an. Er setzte an, etwas zu sagen, dann blickte er zur Seite und schwieg. Als er Tom wieder ansah, war er ganz ruhig. Der Schalk, der sonst aus seinen Augen blitzte, war verschwunden.

»Du musst diesen Mistkerl finden, wenn es ihn gibt, Tom. Hörst du? Du musst es einfach tun. Joe ist ein guter Kerl, aber …« Wieder sprach sein kreisender Finger den Satz zu Ende.

Tom nickte. »Ich weiß. Aber ich weiß nicht, ob ich das schaffe. Er hinterlässt keine Spuren. Zumindest hat er bei keiner der Frauen, die verschwunden sind, irgendwelche Spuren hinterlassen. Ich weiß einfach nicht, was ich als Nächstes tun soll. Es gibt Hinweise, aber sie scheinen alle ins Nichts zu führen.«

Dobbins legte ihm väterlich die Hand auf den Arm. »Du schaffst das, Tom. Du musst dich vielleicht einfach mal ausruhen, weißt du?« Er deutete auf Toms Wange. »Wer hat dir denn das schöne Andenken verpasst? War das eines der Mädchen bei Madame Pauline? Diese Kätzchen können ganz schön wild werden, wenn man sich nicht benimmt, stimmt's?«

Dobbins grinste anzüglich.

Toms Wange brannte plötzlich wieder. Becky tauchte vor seinen Augen auf. Der Kuss bei der Ruine seines Elternhauses in Marion City. Und ihr Körper, eng an seinen gepresst. Er hatte früher schon für Becky Prügel eingesteckt. Dass er von ihr Prügel einsteckte, war neu, aber dennoch wollte er sie weder anschwärzen, noch wollte er Dobbins erklären, warum er von der Verlobten seines Stiefbruders eine gelangt bekommen hatte. Er nickte und hob die Hände, als hätte ihn Dobbins ertappt.

Der Lehrer knuffte ihm freundschaftlich den Arm. »Wusst ich's doch! Du hast dich nicht verändert, Tom. Aber es sei dir gegönnt. Nach meinem Tee und nach einem heißen Ritt auf einem von Madame Paulines Mädchen wirst du heute Nacht schlafen wie ein Wiegenkind, mein Lieber. Und morgen sieht die Welt schon ganz anders aus, stimmt's?«

»Und nun, Gentlemen, habe ich die große Ehre, Ihnen die erstaunliche, die unvergleichliche *Insatiable Iris* vorzustellen, die ihrem Namen alle Ehre macht. Bleiben Sie sitzen, bringen Sie sich nicht unnötig in Gefahr bei dem Versuch, auf die Bühne zu steigen. Gerald hat strikte Anweisung, auf alle zu schießen, die ihr zu nahe kommen! Ich bitte die Gentlemen um Applaus für eine große Künstlerin.«

Die Männer im Saal blickten von ihrem Draw Poker und von ihrem Ante-Dollar-Spiel auf, klatschten und johlten, und Madame Pauline, eine dürre, verhärmte Frau Ende fünfzig in einem grauen Tüllkleid, die besser in einen Temperenzlerverein gepasst hätte als in ein Bordell, drehte an den Lampen, die die Bühne erhellten, um das Licht stimmungsvoller zu machen.

Gerald saß am Piano, er war der einzige männliche Mitarbeiter von »Madame Pauline's«. Geralds bläulich weiße Haut und die Einstichnarben an seinen Venen sagten Tom jedoch, dass er mit einem Revolver höchstens für sich selbst eine Gefahr darstellte. Morphinisten waren eine der bedauernswertesten Spätfolgen des Krieges.

Gerald griff in die Tasten, schien sich jedoch nur für die linke Hälfte des Klaviers zu interessieren, wo die dunklen, tiefen Töne herkamen. Es sollte dramatisch klingen, so viel stand fest.

Der zerschlissene Samtvorhang vor der kleinen Bühne teilte sich, und Iris, die Unersättliche, stand in einem Käfig. Sie sah zugegebenermaßen wild aus. Iris hatte die Statur eines Mastschweins. Sie war klein und drall, und ihr voluminöser Bauch wölbte sich ebenso weit vor wie ihre nicht minder voluminösen Brüste. Unter dem pausbäckigen Gesicht mit den schwarzen Locken darum herum wabbelte ein Doppelkinn auf den Halsausschnitt. Zu den schwarzen Strümpfen mit Strumpfbändern, in denen pralle Schenkel steckten, trug sie eine Korsage, die mit Fell bestickt und mit Federn verziert war, und an die Wangen hatte sie Fäden geklebt, die schlaff an ihrem Mund herunterhingen und wohl so etwas wie die Barthaare eines Raubtieres darstellen sollten. Sie gab ein Fauchen und Grunzen von sich und bog ihre speckigen Finger zu Krallen, während sie sich zu Geralds Rhythmus an den Stangen des Käfigs rieb und gleichzeitig nach einer Wurst schnappte, die über dem Käfig aufgehängt war.

Als sie das Ding schließlich in die Finger bekam, leckte sie daran, rieb stöhnend ihre Wange an der Pelle, steckte sie zur Hälfte in den Mund und zog sie wieder heraus, wobei sie verzückt die Augen schloss. Die Menge johlte begeistert, als sie schließlich hineinbiss.

Tom fand es nicht gerade abstoßend, allenfalls ein wenig albern. Dennoch sah er fasziniert zu, so wie alle Männer im Saal.

Er dachte nicht an Becky. Nein. Wirklich nicht.

Was sollte sie auch damit zu tun haben, dass er in Madame Paulines Hurenhaus an der Bar saß und Whiskey trank? Schließlich war Becky verlobt, und er war ledig, ein erwachsener Mann und gesund. Was also sprach dagegen, dass er sich mit einer von

Madame Paulines Huren anständig unterhielt und dann mit ihr nach oben in ein Zimmer ging und tat, wonach immer ihm und ihr der Sinn stand?

Nichts.

Außer vielleicht die Tatsache, dass er schon stark schwankte und Mühe hatte, sich auf dem Barhocker zu halten, auf dem er seit geraumer Zeit saß, vor sich eine Flasche von *J. Fred McCurnins* Whiskey. Tom hatte sich vorgenommen, genau dort weiterzumachen, wo Dale ihn vor zwei Tagen in »Harold's Happy Tavern« unterbrochen hatte, und wie es aussah, war dieses Vorhaben geglückt.

Er war voll bis in die Haarspitzen.

Nachdem sich Tom von seinem ehemaligen Lehrer verabschiedet hatte, war er um das Haus gegangen und hatte noch einen Blick in den Schuppen geworfen, in dem Hattie wohl gelegentlich nachts schlief. Außer einer alten kratzigen Wolldecke und platt gelegenem Stroh hatte er jedoch nichts entdeckt. War Hattie in der Nacht von Sonntag auf Montag in diesem Schuppen gewesen oder nicht? Tom konnte es nicht sagen.

Eine gute halbe Stunde später hatte Hollis Luftsprünge gemacht, als Tom ihn im Reitstall der Thatchers abholte, und er war nicht zu bremsen gewesen, als Tom ihm aus den Fleischabfällen in den von Fliegen umschwirrten Tonnen hinter »Harold's Happy Tavern« einen Knochen fischte. Im Bordell waren Hunde nicht erlaubt, aber Hollis war glücklich mit seinem Knochen vor dem Hurenhaus liegen geblieben, hatte daran genagt und Tom keines Blickes mehr gewürdigt.

»Mehr! Mehr! Mehr!«

Die Männer vor der Bühne johlten, als Iris sich endlich von ihrer Korsage befreite und ihr üppig wabbelndes Fleisch an den Stangen des Käfigs rieb. Tom schüttelte sich, sein Blick verschwamm, und er fühlte eine leichte Übelkeit in sich aufsteigen. Er schloss kurz die Augen.

Als er sie wieder öffnete, stand eine kleine Chinesin in einem gelb-roten Seidenkleid hinter dem Tresen. Schulterlanges Haar fiel ihr über die Schultern wie schwarzes Wasser. Ihr Gesicht war breit und flach und von wenig Liebreiz, aber so genau konnte er es auch nicht erkennen.

Sie verschränkte die Arme vor der Brust, dann zog sie die Mundwinkel nach oben und ahmte ein Lächeln nach. »Hi. Ich bin Lickin' Lucy. Und du?«

Es interessierte sie kein bisschen, das war ganz offensichtlich, Tom konnte es sogar durch den Whiskeynebel hindurch wahrnehmen.

»Tom«, sagte er und spürte, wie seine Zunge dabei schwer gegen den Gaumen stieß.

»Hast du Zeit, Mr Tom? Und 'n bisschen Geld? Willst du den Himmel auf Erden erleben?«

Ihre Worte klingen ungefähr so fröhlich, als sei auch ihre geliebte Tante gerade gestorben, dachte Tom. Aber egal, jetzt ist es also so weit.

»Himmel auf Erden? Hört sich gut an«, wollte er erwidern, sagte jedoch etwas, das in seinen Ohren so klang wie: »Himmaufeden? Hössichguan«.

Lucy schien Toms Aussprache perfekt zu verstehen. Viele der Männer, die zu »Madame Pauline's« kamen, sprachen wohl mit dem gleichen Akzent.

»Dann komm«, sagte sie, lief am Tresen entlang auf eine Treppe zu, die zu den Zimmern nach oben führte.

Tom erhob sich schwerfällig, kam schwankend auf die Füße und warf einen Geldschein auf den Tresen. Er ging los, dann, nach zwei Schritten, machte er kehrt, griff nach der halb vollen Flasche Whiskey und schob sich zur Treppe, wo Lucy auf ihn wartete. Er empfand Dankbarkeit für das Treppengeländer, und als er Lucys schlanke Beine und ihre glatte Haut durch den seitlichen Schlitz ihres Kleides sah, fühlte Tom sich plötzlich kräftiger und erklomm die Treppe ohne weitere Schwierigkeiten.

Am Ende der Treppe bog Lucy nach links in einen Flur. Tom wich einer schwarzen Hure und ihrem Freier aus, die ihm entgegenkamen, und stolperte hinter Lucy her. Über jeder der

Türen, hinter denen die Huren ihre Kunden bedienten, war eine Schiefertafel angebracht, auf denen der Name des jeweiligen Mädchens stand.

Clytie, Eileen, Molly, Marya.

Irgendetwas klingelte in Toms Kopf, als er die Schilder sah, aber er wusste nicht, was es war.

Eine Tür tauchte vor ihm auf, darüber eine Tafel, ein Name, irgendwas, Tom kam nicht darauf, es war ja auch egal.

Lucy blieb vor der letzten Tür stehen und hielt sie ihm auf. »Nicht ins Zimmer kotzen«, sagte sie. »Das kostet extra.«

Tom trat ein und setzte sich auf das Messingbett, das den Großteil des kargen Raums einnahm und von dessen Matratze ein säuerlicher Geruch ausging.

Sitzen war schwer, weil das Zimmer sich um ihn drehte. Tom versuchte das Ölbild einer nackten Frau mit riesigem Hinterteil zu fixieren, damit der Schwindel sich legte, aber es gelang ihm nicht. Das Bild machte es eher noch schlimmer. Als er stattdessen zu Boden blickte, sah er dort zwischen den Sägespänen Lucys kleine Füße.

Viel zu kleine Füße. Tom schüttelte sich. Lucy zündete eine Lampe an, und Tom spürte, wie ihm die Whiskeyflasche aus den Fingern glitt und unter das Bett rollte.

»Mist.«

Er ließ sich rücklings auf das Bett fallen, und plötzlich war da wieder Becky. Nicht im Raum. Sondern irgendwo da oben. Was machte sie nur da in seinem Kopf? Sie hatte da nichts zu suchen, schließlich wollte er es jetzt mit dieser kleinen Chinesin treiben, und da konnte er Becky in seinem Kopf nicht gebrauchen, so viel stand fest.

»Geh raus! V'schwinde«, murmelte er und fuchtelte mit der Hand vor seinem Gesicht herum.

Lucy, die das Seidenkleid gerade über die Schultern streifte, sah ihn verärgert an. »Was ist? Hast du's dir anders überlegt? Ins Zimmer gehen kostet schon einen Dollar; ob du gleich wieder rausgehst oder eine Stunde bleibst, ist egal.«

Tom schüttelte im Liegen den Kopf. »Nich' du. Die andere.«

Lucy musterte ihn skeptisch, stieg aus dem Kleid, das um ihre Füße lag, und stand nackt vor ihm. Toms Lider waren schwer geworden, und verschwommen nahm er ihre kleinen Brüste wahr und die dunklen Warzen, als sie sich über ihn beugte und seinen Gürtel öffnete. Sie roch ungewöhnlich gut, Madame Pauline schien ihre Mädchen regelmäßig zum Baden anzuhalten.

Lucy zog ihm die Hose herunter. Jetzt war Becky nicht mehr in seinem Kopf, dafür war da plötzlich etwas anderes. Ein dunkles Loch mit einer Pritsche.

»Huck geh's nich gut«, lallte Tom. »W'müssen'ns ummin kümmern.«

»Bin ja schon dabei. Huck? So nennst du deinen Pimmel?«

Tom konnte die Augen nur mit Mühe offen halten. »Neee. Huck Finn. 'n Kumpel. Ihm geh's b'schissen. Sollte nach'm sehen.«

»Jetzt? Oder sollen wir uns erst um dich kümmern?«

Tom versuchte, sich aufzurichten, aber er schaffte es nicht, weil Lucy gleichzeitig an seinen Stiefeln zog. Er fiel wieder zurück aufs Bett und seufzte. »Kennsu Huck? Wa'ma hier?«

Lucy zog ihm gerade die Stiefel von den Füßen, als sie innehielt.

»Hucky? Dieser versoffene, zottelige Waldschrat? Der im Gefängnis sitzt, weil er die alte Lady umgebracht hat?«

Tom versuchte zu nicken, ließ es aber sogleich wieder, als sein Kopf sich zu drehen begann. »Mja, genau der. Aber er hatie Lady nich ummebracht.«

»Klar. Und ich bin noch Jungfrau, Schnuckel.« Sie zog ihm die Long Johns aus, betrachtete, was sie sah, und legte die Stirn in Falten. »Oje. Ist das traurig. Na, da muss man aber was machen, hm?«

Tom hatte keine Ahnung, wovon sie redete, sah sie nur mit dem Kopf zwischen seinen Schenkeln verschwinden und spürte dann, wie sie sich hingabevoll seinem Pimmel widmete. Er hob den Zeigefinger und schwenkte ihn tadelnd gegen das Bild der nackten Frau mit dem riesigen Hinterteil. »Oja, ma mussas machen! Weg'n Polly unner Frau vom Fischer un ihrn Püppchen und Hattie, dassie bein Sid un' Becky sauba macht und wegn Sally Aussin un ihrn Kaninchen unnen Sommerschbrossn auch.«

Lucys Kopf tauchte zwischen seinen Schenkeln auf. »Sally Austin? Die Kleine von Mr Austin, dem Gemischtwarenhändler?«

»Mhm. Hat tolle Sommerschbrossn. Kennse die?«

»Ja, das Miststück behandelt mich wie den letzten Dreck, wenn ich bei ihrem Vater einkaufe und sie hinter dem Tresen steht. Dabei ist sie ein Flittchen, ich hab sie im Laden mal mit 'nem Herrn erwischt, der war glatt doppelt so alt wie sie. Feines Mädchen. Wenn die mal groß ist, lässt die die komplette Tennessee-Armee an ihre Titten und treibt's danach mit den Zugpferden!«

Tom blinzelte. Er hatte das Gefühl, Lucys Worte würden in seinem Kopf gerade Runden drehen wie Kaffeebohnen in einer Mühle, und nur ganz langsam würde das Pulver in seinen Verstand rieseln. Etwas war sehr wichtig an dem, was sie gesagt hatte, und noch etwas war wichtig, etwas mit einer Tür und der Tafel darüber. Was war das nur? Und über all diesen zähflüssigen Gedanken kreiste immer noch das Bild von Becky, die ihm gerade eine gescheuert hatte und ihn nun strafend musterte.

Gott verflucht, was machst du immer noch in meinem Kopf?

»'etzt geh schon weg!«

»Ach herrje. Bin ich dir zu dürr? Soll ich lieber die dicke Iris holen? Oder bist du ein Perverser und stehst auf Jungs, oder was ist los?«

»Hä?« Tom blickte an sich hinab und sah dann, was sie meinte. Anklagend wies sie mit der Hand auf seinen Pimmel, der gerade mal auf halbmast stand. Na toll.

Lucy kratzte sich an der Brust und verschränkte dann die Arme. »Ich kann's auch noch 'ne halbe Stunde probieren, Cowboy, aber die zahlst du mir, verstanden?«

Tom ließ den Kopf aufs Bett zurückfallen. Was war nur los mit ihm? Der Whiskey? Der Schlafmangel? Dobbins' Tee? Die verdammte Becky, die in seinem Kopf herumspukte und ihn tadelnd musterte? Wie sollte man bei dem bösen Blick auch einen hochkriegen? Er öffnete die Augen einen kleinen Spalt.

Lucy musterte ihn immer noch fragend. »Und? Soll ich weitermachen?«

Tom versuchte erneut zu nicken. Seine Lider waren bleischwer. Sein Finger stieß kraftlos in die Luft. »Mach weiter, sur Hölle. Und jetzt gibbse dir mal richtich Mühe!«

Sie küsste ihn auf die Wange, leckte ihn regelrecht ab.

»Lass das, ich will das nicht.«

Tom schob sie im Halbschlaf zur Seite, dann bemerkte er, dass ihr Gesicht behaart war und dass sie nach nassem Hund roch. Er blinzelte und öffnete mühsam die Augen. Es war dunkel, und es nieselte.

Hollis leckte ihm das Gesicht ab.

Augenblicklich fing Tom an zu frieren. Er lag im Matsch, in der Gasse hinter dem Hurenhaus von Madame Pauline. Dumpf erinnerte er sich, dass er dort gewesen war, dass er Unmengen von Whiskey getrunken hatte und schließlich in einem Zimmer gelandet war.

Von drinnen war gedämpftes Klavierspiel zu hören und das Johlen der Männer, die offenbar eine neue Bühnenkünstlerin feierten. Man hatte ihn anscheinend hinausgetragen und seine Hose und die Stiefel neben ihn geworfen. Vermutlich hatte Lucy ihn auch ausgeplündert. Wie lange hatte er hier gelegen? Eine Stunde? Zwei? Oder nur ein paar Minuten?

Tom stöhnte und versuchte langsam, den Kopf aus der Pfütze

zu heben, in der er lag. Der Whiskey dröhnte in seinem Schädel, und Hollis leckte ihm noch immer über das Gesicht.

»Jetzt hör schon auf, Hollis.«

Kraftlos schob Tom den Hund weg und stemmte sich auf Knie und Hände hoch. Ihm wurde schlecht. Wie konnte der Whiskey nur so verheerende Folgen haben? Das war ihm noch nie passiert. Tom fühlte sich sterbenselend, als er mühsam auf einem Bein hüpfend in seine Hose schlüpfte. Die Stiefel waren so dreckig, als wären sie aus Lehm geformt, und sie machten ein schmatzendes Geräusch, als Tom hineinschlüpfte. Was war heute nur in ihn gefahren? Erst dieser lächerliche Versuch, Becky zu küssen, und dann dieser erbärmliche Auftritt im Hurenhaus. Hollis sah winselnd zu ihm auf.

Tom fuhr sich durch die Haare, dann ging ihm auf, dass er von Kopf bis Fuß mit Matsch verdreckt war. Schwankend lief er ein paar Schritte zur nächsten Häuserecke und stellte sich direkt unter das dünne Rinnsal, das aus einer Dachrinne zu Boden plätscherte. Er wusch sich mit dem Wasserstrahl den Matsch aus dem Gesicht und schloss die Augen.

So konnte es nicht weitergehen.

Er brauchte einen klaren Kopf, und er wurde das Gefühl nicht los, dass er keinen Schritt weitergekommen war, seit er angefangen hatte, nach dem Mörder seiner Tante zu suchen. Ein Code, den er entschlüsseln musste, seltsame Stöckchen in einer Seifenschachtel, ein Bastpüppchen mit langen Haaren, Kaninchen, wo es keine geben durfte, verschwundene Frauen, von denen eine seinen Bruder treffen wollte, und sein bester Freund, der sich selbst einen Bauchschuss verpasste.

In Toms Kopf drehte sich alles, und er wusste nicht, ob es die zahlreichen Hinweise waren, die zu keiner brauchbaren Spur führten, oder der Whiskey, der seinen Verstand trübte. Sein Herz hämmerte gegen den Brustkorb, während er dastand und sich das Wasser über den Kopf laufen ließ, und er fühlte, wie ihm der Schweiß ausbrach, obwohl ihn gleichzeitig fröstelte.

Tom musste endlich wieder eine ganze Nacht durchschlafen, sonst würde er keine zwei Tage mehr durchhalten.

Und er musste zu Huck. Und zwar gleich. Vielleicht ging es ihm ja besser. Vielleicht war er bei Bewusstsein. Die Schlüssel zum Gefängnis würde er um diese Zeit wohl kaum bekommen, aber er konnte zumindest durch das Fenster nach ihm sehen – wie früher, wenn er und Huck Muff Potter besucht hatten, als der im Knast saß.

Tom blickte nach oben, in den Wasserstrahl, der aus der Regenrinne kam, als ein Geräusch ihn aufmerken ließ.

Die Hufe eines Pferdes stapften nicht weit entfernt vorbei.

Tom machte rasch einen Schritt zur Seite und ging in die Hocke. Wer immer es war, er sollte nicht sehen, wie er betrunken und schlammverschmiert unter einer Regenrinne stand und sich wusch. Es war ein Rotfuchs, soweit Tom erkennen konnte. Und das Pferd kam ihm bekannt vor. Der Reiter trug einen dunklen Gehrock und hatte den Hut gegen den stärker werdenden Regen tief ins Gesicht gezogen. Eine markante Nase ragte dennoch hervor.

Hollis winselte und legte die Schnauze in Toms Schoß, und Tom hielt ihm mit der Hand das Maul zu. »Schhhh, Hollis. Ganz ruhig«, flüsterte er.

Der Reiter war Richter Thatcher. Was machte Beckys Vater um diese Zeit auf der Straße hinter dem Hurenhaus?

Thatcher blickte in Toms Richtung, und Tom hielt den Atem an. Aber Thatcher schien ihn im Schatten der Häuserwand nicht wahrzunehmen und ritt vorüber.

Ganz langsam schob sich Tom zur Hausecke und spähte in die im Dunkel liegende Bird Street hinter Richter Thatcher her. Einen Block weiter zügelte der Richter sein Pferd und stieg ab. Vor dem Büro des Sheriffs. Das Licht aus einer offenen Tür fiel auf Thatchers Gesicht, und er band den Rotfuchs an.

Tom trat auf die Straße und ging an den Veranden der Geschäftshäuser entlang, auf das Haus zu. Das Licht erlosch. Thatcher war hineingegangen. In das Büro des Sheriffs.

Was in aller Welt war so eilig, dass es nicht bis morgen warten konnte? Und daran, dass die Tür aufgegangen war, bevor Thatcher überhaupt angeklopft hatte, erkannte Tom, dass Joe Harper den Richter wohl erwartet hatte.

Hollis trabte munter hinter Tom her und schnappte nach dessen Hosenaufschlägen. Tom blieb stehen und schob den Hund sanft von sich. »Geh weg, Hollis! Ich kann dich jetzt nicht brauchen.«

Hechelnd blieb der Hund sitzen und legte den Kopf auf die Vorderpfoten. Als Tom jedoch weiter auf das Haus zuschlich, folgte Hollis ihm wieder und schnappte nach Toms Beinen. Tom seufzte, sah sich um und entdeckte eine Schürze, die neben nassen Kleidern auf einer Wäscheleine zwischen zwei Häusern hing. Er nahm die Schürze und band Hollis damit an dem Stützpfeiler einer Veranda fest.

Der Hund begann zu winseln.

»Schhhh, leise, Kumpel. Ich hol dich ja bald wieder ab!«

Tom war nur noch ein Haus vom Büro des Sheriffs entfernt, als die Tür erneut aufging und Billy Fisher, der Hilfssheriff, in das Viereck aus Licht trat, das aus dem Büro auf die Holzdielen der Veranda fiel. Tom drückte sich rasch in den Türsturz des Nachbarhauses und hörte Billy leise fluchen. Vorsichtig spähte Tom hinüber. Billy lehnte am Geländer der Veranda und steckte sich eine Zigarette an. Sein Chef und der Richter hatten Billy wohl hinausgeschickt.

Eines der Oberlichter an der Seite des Gebäudes stand offen, und als Billy ihm den Rücken zudrehte, rannte Tom über die Gasse und drückte sich an die Seitenwand des Sheriffsbüros. Er legte das Ohr an das Holz. Dumpf drangen die Stimmen von Thatcher und Harper zu ihm. Aber er konnte nicht genau hören, was sie sagten. Er musste näher heran.

An der Hauswand standen achtlos aufeinandergestapelt leere Munitionskisten und Pulverfässer, auf denen der Stempel der Unionsarmee verblichen schimmerte. Tom zog eines der Fässer so geräuschlos es ging zu sich und kletterte darauf. Das Fass neigte sich unter Toms Gewicht leicht zur Seite und versank ein Stückchen im Matsch.

Vorsichtig lugte Tom durch den Fensterspalt. Eine Petroleumlampe verbreitete fahles Licht im Raum. Joe Harper lief in seinem Büro auf und ab, während Richter Thatcher in Joes Lehnstuhl saß und eine Pfeife stopfte.

»… und da bist du dir ganz sicher, Joe?«

»Er hat danach gefragt, Richter. Ganz sicher.«

»Das ist schlecht. Er sollte sich nicht dafür interessieren. Außerdem gefällt es mir nicht, wie viel Zeit Tom mit Becky verbringt. Ich muss mit Sidney sprechen. Er könnte uns jede Menge Zeit und Geld kosten.«

»Was ist mit diesem Sondergesandten?«

»Tu einfach, was in dem Telegramm steht. Und kümmere dich um Tom. Und rede mit unserem Mann, er soll …«

Das laute Bellen ging Tom durch Mark und Bein. Das Fass wackelte, und er musste sich am Fensterrahmen festhalten, um nicht umzufallen. Hollis stand neben dem Fass, wedelte mit dem Schwanz. Um den Hals hing die abgerissene Schürze.

»Verdammt, Hollis!«

Er hörte aufgebrachte Stimmen aus dem Büro, und als er hastig über die Schulter spähte, sah er, dass Billy Fisher um die Ecke bog.

»Da! Da ist jemand, Sheriff!«

Tom sprang vom Fass und rannte auf das Ende der Gasse zu. Er sah, wie im Dunkeln ein Lattenzaun vor ihm auftauchte. Es war eine Sackgasse.

Eine Sackgasse? Warum zur Hölle war hier eine Sackgasse? Früher war hier kein Zaun gewesen! Hollis rannte freudig kläffend neben ihm her, verhedderte sich immer wieder in der Schürze und stolperte weiter. Toms Herz hämmerte.

»Stehen bleiben!«

Fishers Stimme klang schrill an sein Ohr. Der Hilfssheriff war fett und bestimmt um einiges langsamer, aber der Zaun vor Tom war fast mannshoch.

Tom klammerte sich an den Zaun und stemmte sich nach oben. Er wollte schon ein Bein hinüberschwingen, als er sah, wie Hollis immer wieder verzweifelt an den Latten hochsprang. Der Hund winselte.

»Verdammter Köter!«

Tom sprang wieder hinunter, nahm Hollis und warf ihn kurzerhand über den Zaun. Fishers Schritte kamen im Dunkel schnell näher.

»Bleib stehen! Bist du das, Sawyer?«

Tom zog sich am Zaun hoch. Holzsplitter stachen ihm in die Finger, er spannte die Muskeln, in seinem Kopf wummerte der Whiskey. In seinem Rücken näherten sich weitere Stimmen und Schritte. Von der anderen Seite des Zauns bellte Hollis. Inzwischen mussten Thatcher und Harper auch in der Gasse sein. Der Zaun erschien ihm mit einem Mal unüberwindbar, und seine Arme zitterten.

Tom schwang ein Bein über die Bretter und zog sich stöhnend hoch, war mit dem Oberkörper schon halb über den Zaun, als Fisher seinen anderen Fuß packte.

»Hiergeblieben, du Bastard!«

Tom trat kräftig nach unten und erwischte Fisher am Kopf.

»Ahrrrggh!« Der Hilfssheriff schrie auf und ließ Toms Fuß los.

Tom fiel kopfüber vom Zaun und landete unsanft auf dem Rücken. »Verdammt!«, stöhnte er auf.

Hollis hüpfte auf seine Brust und leckte ihm über das Gesicht. Tom schob den Hund weg, blickte nach oben und sah, wie sich Billy Fishers Hände an den Lattenzaun klammerten. *Weg! Nichts wie weg!*

Er sprang auf und rannte durch ein Gemüsebeet und an der Rückseite eines Hauses vorbei in die Center Street hinein.

Die Straße war verlassen, Tom bog in die 3rd Street ein, hielt sich an der nächsten Ecke links, überquerte die Straße zum Dampfschiffanleger und drückte sich dann in der Main Street in den Schatten eines alten Schuppens.

Er keuchte, beugte sich vor und stützte die Hände auf die Oberschenkel. Sein Herz schlug so heftig, dass er meinte, es müsse ihm das Brustbein zertrümmern. Tom lauschte in die Dunkelheit hinein, während er versuchte, zu Atem zu kommen, doch wie es schien, folgte ihm niemand. In der Ferne hörte er Stimmen, aber die konnten genauso gut aus einem der Saloons kommen. Hollis saß neben ihm und leckte sich die Pfote. Der Hund schien darauf zu warten, dass das lustige Fangenspiel weiterging. Tom machte die Schürze von Hollis' Hals los und rief sich die Gesprächsfetzen ins Gedächtnis, die er in Harpers Büro hatte belauschen können.

Er hat danach gefragt. Ganz sicher.

Was meinten sie damit? Hatten sie dabei über *ihn* gesprochen?

Und was meinte Thatcher mit »unser Mann«?

Tom richtete sich wieder auf, wartete zehn Minuten, doch von Fisher, Harper und Thatcher war nichts zu sehen. In der Main Street brannte kein einziges Licht. Niemand war auf der Straße, und auch der Anleger, den er zwischen zwei Häusern hinter dem Schuppen ausmachen konnte, lag verlassen in der Dunkelheit. Der einsetzende Wind trocknete allmählich seine nassen Kleider.

Inzwischen fühlte Tom sich stocknüchtern. Und wach. Und er verspürte keine Lust, nach Hause zu gehen, wo der Sheriff vielleicht auf ihn warten würde. Auch das Gespräch mit Sid hatte Zeit bis morgen.

»Komm, Hollis. Wollen mal sehen, wie's Hucky geht.«

Er löste sich vom Schuppen und lief die Main Street in Richtung Süden weiter. Hollis trottete neben ihm her. Die Häuser standen hier nicht mehr so dicht, und nach einigen Scheunen und Schweinepferchen am Ortsrand erreichte er die Ebene, in der der Bear Creek von einem schmalen Bach zu einem Sumpf wurde, um kurz dahinter seine Wasser wieder zu sammeln und in den Mississippi fließen zu lassen. Die Geräusche der Stadt verebbten und ein Sirren und Summen von Stechmücken und Libellen hüllte Tom ein, unterbrochen vom gelegentlichen Quaken der Frösche.

Der Regen hatte aufgehört, und der Mond blitzte hinter den Wolken hervor wie eine abgegriffene Silbermünze, als Tom über die ausgetretenen Bohlen zum Gefängnis ging.

Die Tür war verriegelt. Tom blickte sich um und lauschte. Niemand war ihm gefolgt, wie es schien. Schwerfällig kniete sich Tom neben Hollis und drückte ihn sanft zu Boden. »Platz. Und dann pass auf, ob jemand kommt, verstanden?«

Hollis schleckte Tom über die Hand, und zu Toms Überraschung blieb der Hund tatsächlich sitzen, als er wieder aufstand. Er ging im Uhrzeigersinn um den Backsteinquader herum, drückte sich an Schilf und Knöterichsträuchern vorbei, bis er zu dem schmalen vergitterten Fenster von Hucks Zelle kam. Ein fauliger Geruch drang durch das Fenster heraus, eine entsetzliche Mischung aus Fäkalien und Verwesung.

Tom schluckte. Bestimmt war Huck noch nicht in der Lage, sich zum Nachttopf zu schleppen. Jemand musste ihn waschen, am besten morgen. Cooper hatte ihn eindringlich beschworen, auf Sauberkeit zu achten, wenn Huck nicht an einer Infektion zugrunde gehen sollte. Tom spähte durch die Gitterstäbe. Das trübe Mondlicht malte vier schmale helle Quadrate auf das Stroh am Boden und auf Hucks Pritsche. Huck lag regungslos auf dem Rücken, und Tom zuckte zusammen, als er erkannte, dass sein Freund die Augen offen hatte. Atmete er noch?

»Huck? Hucky, hörst du mich?«

Es kam keine Antwort, und Toms Nackenhaare stellten sich auf. War er tot?

»Huck, verdammt!«

Ein Stöhnen drang aus der Zelle. Huck blinzelte. Erleichterung kroch wie ein warmer Schauer über Toms Rücken.

»Huck, ich bin's! Tom! Hier drüben am Fenster!«

Huck drehte ganz langsam den Kopf zum Fenster, als könne er die Augen nicht bewegen. Er stöhnte erneut.

Tom winkte. »Ja! Hier bin ich, Huck! Ich bin gekommen, um nach dir zu sehen!«

Huck versuchte, sich auf die Ellenbogen zu stützen und sich ein wenig aufzurichten. »Tom. Du …«

Er sank wieder zurück. Sein kraftloses Röcheln brach Tom das Herz. »Mach langsam, Huck! Du musst dich erholen!«

Die Augen seines Freundes glommen fiebrig in der Dunkelheit. Huck befeuchtete seine rissigen Lippen mit der Zunge, dann hob sich sein Brustkorb, als sammle er Luft und Kraft für das, was er sagen wollte. »Ich … ich brauch …«

»Ja, Huck? Was brauchst du? Was soll ich dir bringen?«

»Ich … brauch ’nen Drink, verdammt, Tom! Ich brauch ’nen Drink wie ’n Neugeborenes den Nippel seiner Mama!«

Tom seufzte, und doch stahl sich ein Lächeln auf seine Lippen. »Sollst du kriegen, Huck. Ich bring dir morgen früh eine Flasche, wenn du mir versprichst, dass du es langsam angehen lässt.«

Statt einer Antwort brach ein bellender Husten aus Hucks Brust hervor. Tom biss sich auf die Lippen, dann fuhr er kurz herum, als er glaubte, er habe ein Winseln von Hollis gehört.

»Danke, Tom.«

Als er Hucks schwache Stimme hörte, schaute Tom wieder durch das Gitter. Der Hustenanfall war vorbei. Ein dünner Speichelfaden glänzte im Mondlicht auf Hucks Kinn. Schwarzer Speichel. Blut.

Tom sah auf seine Hände, die die Gitterstäbe umklammerten. »Huck, ich … Ich weiß, dir geht’s dreckig, aber ich muss trotzdem fragen: Was hast du bei Polly gemacht?«

Hucks Atem drang rasselnd durch das Zellenfenster zu Tom. Er wartete, aber Huck schwieg beharrlich.

Sag doch endlich was!

Tom schlug mit der flachen Hand gegen die Gitterstäbe. »Verdammt, Huck! Ich muss es wissen! Was war in dem blutigen

Sack? Und was war mit diesem Mädchen? Diese Sally Austin? Hast du auf dem Gemeindefest versucht, sie zu vergewaltigen?«

Selbst im fahlen Mondlicht konnte Tom sehen, wie Huck die Augen aufriss. Er blinzelte, der Schweiß stand ihm auf der Stirn, und er schüttelte den Kopf.

»Ich … hab das nich' gewollt! Ich … wollt dem Mädel nichts antun, das musst du mir glauben, sie hat –«

Wieder wurde er von einem Hustenanfall unterbrochen.

Tom wartete, bis der vorüber war. Huck lag erschöpft auf der Pritsche, schweißüberströmt und außer Atem. Tom wusste, dass er nicht weiterfragen sollte. Huck war nicht ganz bei sich und die Anstrengung würde ihn umbringen, wenn es die Kugel nicht tat.

Er wollte sich schon verabschieden, als Huck kraftlos die Hand hob und in Toms Richtung streckte.

»Du … du musst mit ihr sprechen, Tom, sie kann's dir sagen. Sie kann dir erzählen, wie's war – auch mit Polly, Tom, du …«

»Ahhrrrrghhhh!«

Der Schmerz schoss Tom in den Kopf, als hätte man ihm einen Nagel durch die Stirn getrieben. Er fiel zu Boden. Zuerst dachte er, jemand hätte ihn in den Kopf geschossen, aber dann sah er den schweren Stein, der neben ihm auf den Boden geplumpst war und den jemand nach ihm geworfen hatte.

Was zur Hölle …?

»Ich hab ihn, Dale! Komm her!«

Jeb stand grinsend über ihm. Er hatte seinen Deane & Adams-Double-Action-Revolver am Lauf gepackt, holte aus und ließ ihn auf Toms Schädel niedersausen.

Tom rollte sich blitzschnell zur Seite, und der Revolverknauf traf ihn an der Schulter. Er schrie auf, in seinem Kopf explodierten Sterne, und er spürte, wie ihm das Blut warm und nass über die Schläfe ins Haar lief.

Jebs fransiger Schurrbart zitterte vor Erregung. »Damit hast du nicht gerechnet, Niggerfreund, was?« Jeb baute sich über ihm auf, stemmte die dürren Beine in der zerrissenen Armeehose neben Toms Kopf in den Boden. Wieder holte er mit dem Revolver aus.

»Nicht, Jeb! Lass ihn mir! Er gehört mir!«

Dale schob sich an den Büschen vorbei um die Ecke des Gefängnisses. Blätter hingen an seinen Schultern, und sein rasierter Schädel schimmerte im Mondlicht, seine Augen glänzten hasserfüllt.

Tom keuchte vor Schmerz.

Der Revolver blieb einen Moment in der Luft stehen. Jeb zögerte – und mehr brauchte Tom nicht. Er rammte den Ellenbogen mit voller Wucht gegen Jebs Knie.

Es hässliches Knacken war zu hören, und Jeb stieß einen jaulenden Schrei aus. Er knickte ein, Tom rollte sich weg, bevor Jeb auf ihn fallen konnte. Jeb ging in die Knie, der Revolver fiel ihm aus der Hand, und Tom sprang hin. Er hatte die Waffe gerade gepackt, als Dales Stiefel auf seine Hand niedersauste. Tom schrie auf. Seine Finger fühlten sich an, als wären sie unter ein Kutschrad geraten. Er versuchte, die Hand vom Revolver zu lösen, aber Dale stand mit seinem ganzen Gewicht darauf. Tom warf sich nach hinten, trotzdem traf Dales Faust ihn im Gesicht. Er wurde zu Boden geschleudert, der Schmerz zuckte durch seinen Kiefer, und einen Moment lang wurde ihm schwarz vor Augen.

Er bringt mich um! Ich muss schneller sein, sonst bin ich tot!

Dale hatte sein Gewicht verlagert, und Tom zog seine Hand unter Dales Stiefel heraus. Er warf sich herum, versuchte, auf allen vieren in die Büsche zu kriechen.

Weg! Du musst hier weg!

Dale war zwar groß, aber schwerfällig war er nicht. Mit zwei Schritten war er über Tom, trat ihm die Füße weg. Tom rollte sich auf den Rücken, krallte die Finger in den aufgeweichten Boden und schleuderte Dale eine Handvoll Erde ins Gesicht.

Der Riese jaulte auf und fasste sich mit den Händen an die Augen. Tom sprang auf und rammte Dale die Faust in den Bauch. Dale sog scharf die Luft ein, sein Körper erzitterte, aber das massige Fleisch fing den Schlag einfach ab. Tom verpasste Dale noch einen Schlag gegen den Kopf, aber der Hüne grunzte nur, und als er die Hände wieder sinken ließ, schwankte er ein wenig, aber er lächelte.

»Das reicht nicht, Cowboy. Das ist einfach zu wenig.«

Tom starrte ihn entsetzt an.

Weg hier! Lauf einfach weg!

Er machte zwei Schritte rückwärts, als Dale langsam auf ihn zutaumelte, dann drehte er sich um und wollte losrennen. Doch da hörte er ein Klicken.

Klick.

Laut und vernehmlich und dazu Jebs schrille Stimme. »Bleib stehen, Niggerfreund! Sonst mach ich dir ein Loch in den Bauch!«

Tom drehte sich um und starrte in den Lauf des Revolvers. Schlammverschmiert, aber genauso tödlich wie zuvor. Er hob die Arme und versuchte so etwas wie ein Lächeln, wobei sein Kiefer brannte wie die Hölle, und er spürte, dass ihm das Blut aus dem Mundwinkel lief.

»Kommt schon, Leute. Vielleicht hatten wir einfach nur einen schlechten Start bei Harold. Vielleicht fangen wir einfach noch mal neu an, hm? Wir gehen zu Harold, und ich geb euch einen aus, wie wär's?«

Dale blickte fragend zu Jeb, und der nickte nur kurz. Tom lächelte breit und ließ die Arme ein Stückchen sinken, als Dale sich zu ihm hinwandte und ihm die Faust in den Bauch rammte.

Tom klappte einfach zusammen. Er stürzte auf die Knie und erbrach den Whiskey, vermischt mit etwas, dass man ihm bei Madame Pauline als Brunswick Stew verkauft hatte.

Dale und Jeb warteten stumm, während Tom ausspuckte und sich mit dem Ärmel über den Mund fuhr. Zitternd hob er die Hand. »Okay. Ich hab's kapiert. Ihr könnt mich nicht besonders leiden. Aber meint ihr nicht, es reicht jetzt? Meint ihr nicht, ihr bekommt echt Ärger, wenn ihr so weitermacht?«

Dale blickte wieder fragend zu Jeb. Der hielt die Waffe weiter auf Tom gerichtet und zuckte nur kurz mit den Schultern. »Mach mit ihm, was du mit seinem Hündchen gemacht hast, Dale.«

Dale lächelte. »Das is' gut, Jeb. Das mach ich.«

Er wandte sich zu Tom, verschränkte die Finger und ließ sie knacken.

Hollis!, schoss es Tom durch den Kopf. Der Zorn kroch ihm wie glutheißes flüssiges Eisen über den Nacken. Er sprang auf und rannte los.

Direkt in Dales Faust.

Die Schwärze kam augenblicklich.

Die anderen Schläge spürte er schon nicht mehr.

Sieben Meilen vor St. Petersburg, am Mittag des 13. Juli 1865

Ein Glitzern wie von tausend funkelnden Sternen.

Lichtpunkte, gleißend hell, überlagerten sich, verschmolzen zu einer einzigen strahlenden Quelle und lösten sich wieder auf in Dunkelheit.

War das die Unendlichkeit? Das Nichts? Wenn es Gottes Ewigkeit war, dann fühlte sie sich schmerzhaft an. Sehr schmerzhaft.

Eher wie das Fegefeuer.

Doch das Licht war nicht rot oder orange, und für die Hölle war es zu kühl.

Tom schloss die Augen wieder. Sein Körper war nichts als Schmerz. Sein Kiefer tat ihm weh, in der Stirn hämmerten rasende Kopfschmerzen, und die Haut spannte, dort wo das Blut getrocknet war. Seine Eingeweide brannten überall, wo die Schläge ihn getroffen hatten, und sein Nacken und seine Waden waren stocksteif, wie mit Draht festgemacht. Er versuchte, sich zu bewegen, aber es ging nicht.

Und dazu dieser Durst. Seine Zunge fühlte sich rau an und geschwollen; er würde vertrocknen, wenn er nicht augenblicklich etwas zu trinken bekam. Wo war er? Und was war er? Schon tot? Oder kurz davor? Und wo war Hollis? Was hatten diese Bastarde mit ihm gemacht?

Die Nacht vor dem Gefängnis war wie in einen dunklen Nebel getaucht. Ein Nebel aus Schlägen, Tritten, noch mehr Schlägen und Schmerz. Dann hatte es aufgehört. Irgendwann war es still, und er meinte, er hätte Schritte gehört.

Er konnte sich nicht bewegen, kein Körperteil schien mehr zu ihm zu gehören, geschweige denn, ihm zu gehorchen.

Er hatte geschlafen oder war wieder ohnmächtig geworden,

wer wusste das schon? Doch dann waren andere Schritte zurückgekommen.

Als er versuchte, die Augen zu öffnen, war ihm ein Sack über den Kopf gestülpt worden und kräftige Hände hatten ihn über den morastigen Boden geschleift. Man hatte ihn hochgehoben, und Tom spürte harte Bretter im Rücken. Der neue Tag war angebrochen; durch die Maschen des Sacks hatte er die Helligkeit gesehen. Doch dann hörte er ein Rascheln wie von einem Tuch oder von einer Plane, und wieder wurde es dunkel.

Tom wollte schreien, doch seine geschwollene Zunge erstickte ihn fast und er konnte den Kiefer nicht bewegen. Sein schon klägliches Röcheln wurde vom Geräusch der Hufe übertönt. Das Rattern von Rädern und das schmerzhafte Rütteln ließen ihn erneut in tiefe Dunkelheit sinken. Dann war alles schwarz.

Bis das helle Licht kam.

Tom blinzelte und versuchte erneut, die Augen zu öffnen. Der Sack, den man ihm über den Kopf gezogen hatte, war offensichtlich weg. Er konnte ein Auge halb öffnen, das andere war von Blut verklebt oder zugeschwollen.

Das Glitzern war noch da. Aber es waren keine Sterne. Es war die Sonne, hoch am Himmel. Heiß und erbarmungslos. Seine Wangen und der Nasenrücken brannten. Seit wie vielen Stunden lag er so in der Sonne?

Und wo lag er?

Tom versuchte, den Kopf zur Seite zu drehen. Schmerzen. Und wieder ein Glitzern. Die Sonne funkelte tausendfach von einem kleinen See zurück. Aber da war noch etwas. Etwas Langes, Gerades.

Etwas, das sich vom Horizont bis direkt zu seinem Kopf erstreckte. Tom blinzelte abermals, und langsam löste sich das getrocknete Blut von seinem Augenlid. Und die Erkenntnis, wo er lag, schlug ihm wie einer von Dales Tritten in die Magengrube. Er wollte schreien, aber es gelang nicht. Kein Laut des Entsetzens kam über seine Lippen, nur ein heiseres Krächzen.

Schienen.

Eisenbahnschienen von der Unendlichkeit bis zu seinem Kopf und seinen Füßen. Er lag, die Hände auf dem Rücken gefesselt, auf einer Schwelle, der Nacken auf der einen, die Beine auf der anderen Schiene.

Der Anblick durchzuckte ihn, wie ein Stromschlag durch die Frösche auf dem Jahrmarkt fährt, und brachte Leben in seinen geschundenen Körper. Tom zerrte an den Fesseln, er versuchte, sich von der Schwelle wegzustemmen, bäumte sich auf, doch es war sinnlos, und die Schmerzen wurden dadurch nur noch heftiger. Er kam nicht los.

Tom sammelte Kraft, versuchte, die Finger an den Knoten um seine Handgelenke zu bringen, doch ohne Erfolg. Er schob die Füße gegeneinander in der verzweifelten Hoffnung, die Fesseln an seinen Beinen zu lockern, doch die Seile blieben so fest wie eine Eisenklammer. Er sammelte Spucke, fuhr sich mit der Zunge über die Lippen und über die Innenseite der Wangen, versuchte zu schreien, und nach einiger Zeit kam tatsächlich ein Geräusch aus seiner Kehle.

Nicht laut, nicht lang.

Der Schrei verlor sich.

Erschöpft verstummte Tom, der Schweiß lief ihm über die Stirn in den Nacken. Ein paar Wildenten flogen von dem Weiher auf. Der Wind raschelte in den Silberpappeln, die am Seeufer standen.

Er war allein.

Mutterseelenallein.

Hinter dem Weiher erstreckte sich ein Wald, und sanfte Hügel wölbten sich unter Wolkentürmen zum Horizont. Ein friedliches Bild. Ein tödliches Bild von Einsamkeit. Wann würde ein Zug kommen? Wo war er? War das am Horizont der Hydesburg Hill? Ein paar Meilen westlich der Stadt? Wer sollte ihn hier finden? Hier lebte niemand. Hier kam niemand vorbei. Nur der Zug.

Der Mittagszug.

Tom blickte zum Himmel. Die Sonne stand bereits hoch. Wie lange würde es dauern? Er zuckte zusammen, als ihn etwas in die Wade stach. Tom drückte das Kinn auf die Brust, bis ihn der Nacken schmerze, und er sah schwarze Punkte, die sich über die Schiene auf sein linkes Bein zubewegten. Ameisen.

Dicke schwarze Ameisen, die ihm unter die Hose krochen wie an einer Perlenkette. Er biss die Zähne zusammen.

Mach was! Denk nach! Wie kommst du hier weg?

Tom wollte sich konzentrieren, aber die Ameisen, die sengende Sonne und die Vorstellung, was er mit Dale und Jeb anstellen würde, sollte er je von hier wegkommen, hinderten ihn daran, irgendeinen klaren Gedanken zu fassen. Er riss erneut an den Fesseln und schrie, minutenlang, bis er keuchte vor Erschöpfung und das Keuchen zu einem Schluchzen wurde.

Toms Blick verschwamm, seine Augen wurden feucht. *Heiliger Christophorus, wo bist du, wenn man dich braucht?*

Das Medaillon in seiner Brusttasche half ihm ebenso wenig, wie es Polly geholfen hatte. Was für eine bescheuerte Idee, nach St. Petersburg zu kommen. Die wohl schlechteste Entscheidung seines Lebens.

Und wohl auch die letzte.

Dann ertönte der Pfiff. Gellend, laut, grausam, wie der berüchtigte Kampfschrei der Rebellen auf den Schlachtfeldern. Das Geräusch ging Tom durch Mark und Bein. Er riss den Kopf zur Seite und sah am Horizont, jenseits des Sees, eine Dampfwolke über den Silberpappeln aufsteigen.

Da war der Mittagszug. Und er würde schneller bei Tom sein, als man brauchte, um einen kleinen Apfel zu essen. Ganz langsam, wie das einsetzende Rascheln von Blättern im Wind, begann die Schiene unter seinem Nacken zu vibrieren. Tom kniff die Augen zusammen.

Das war es dann also.

Hier, im Nirgendwo, würde es zu Ende gehen, ohne dass er wusste, wer seine Tante umgebracht hatte. Polly.

Es tut mir so leid.

Ein Gesicht trat vor sein inneres Auge. Blond, ein Lachen, schöner als jeder neue Morgen.

Warum bin ich überhaupt jemals weggegangen, Becky? Was bin ich doch für ein nichtsnutziger Idiot.

Mit einem Mal hörte er das Geräusch von Schritten im Gras, und er wandte den Kopf um. Ein Junge. Zehn, vielleicht elf. Zerschlissenes Baumwollhemd über einer Wildlederhose mit Fransen. Ein Indianer, Potawatomi vermutlich.

Die schwarzen Haare fielen ihm bis auf die Schultern. Mandelaugen in einem breiten Gesicht. Misstrauisch musterte er den Mann auf den Schienen.

Tom riss die Augen auf. Er hätte beinahe laut aufgeschrien. »Hey! Junge! Gut! Das ist gut! Du musst mir helfen, verstehst du? Du musst mich hier losmachen! Der Zug, verstehst du? Tschuu-tschuu!«

Er wandte den Kopf in die Richtung, aus der der Zug kam, dann wieder zu dem Jungen. Der verengte die Augen zu schmalen Schlitzen und betrachtete den aufsteigenden Rauch auf der anderen Seite des Sees. Man konnte bereits den Schornstein der Lokomotive ausmachen. Tom nickte heftig. Ihm war klar, dass er ein Bild des Elends und des Schreckens abgeben musste, blutverkrustet und verschwollen, wie er war, und sein Grinsen mit den rissigen Lippen musste irr wirken auf den Jungen. Der stand noch immer am Rande der Böschung und starrte zum Horizont.

»Ja! Genau! Der Zug! Du … du musst mich losmachen! Hast du ein Messer? I… ich hab auch ein Messer! In meiner Hosentasche! Du brauchst es nur rausholen und mich losschneiden!«

Der Junge blickte vom Zug zu Tom. Dann zog er einen eindrucksvollen Dolch aus einem Futteral an seinem Gürtel und kam mit schnellen, geschmeidigen Bewegungen auf ihn zu.

Toms Grinsen wurde zu einem keuchenden Lachen. »Ja! Guter Junge! Du hast selber ein Messer! Das … Das ist es! Du machst mich los, ja? Ich geb dir auch was dafür, kriegst 'ne Belohnung, hörst du?«

Der Junge trat neben ihn, schwang ein Bein über Toms Körper und setzte sich auf dessen Oberschenkel. Er nahm den Dolch, schnitt Toms Gürtel ab und steckte ihn ein.

Toms Nackenhaare stellten sich auf. »W… was… was machst du da? D… du … du sollst mich losschneiden, hörst du? Schneid meine Fesseln los!«

Der Junge hielt kurz inne und blickte auf, die Augen unter den fettig glänzenden Haaren in der Stirn waren kaum zu sehen. Er lächelte. Dann begann der Junge Toms Taschen zu durchwühlen, förderte das Taschenmesser, ein paar Dollarmünzen und Scheine hervor und steckte sie in seinen Brustbeutel.

Tom versuchte, den Jungen von seinem Körper zu schütteln, und schrie: »Du kleiner Bastard! Hör sofort auf damit! Du sollst mich losschneiden, kapiert? Schneid mich los, du kleiner Teufel! Ich verprügel dich nach Strich und Faden, hörst du?«

Die Schienen vibrierten bereits heftig. Oder war es Tom, der zitterte? Wieder gellte das Pfeifen, und das Geräusch schmerzte in Toms Ohren wie ein schrilles Lachen. Der Kleine fand noch ein Stück Schnur bei Tom, das er in seine Tasche steckte, ließ die Pflanzenstängel aus Pollys Seifenkiste nach einen kurzem Blick achtlos fallen, riss ihm die Knöpfe von der Jacke, als würde er Kirschen von einem Baum pflücken, dann stand er auf und blickte in die Richtung des herannahenden Zuges. Das Monstrum aus Feuer und Eisen war keine halbe Meile mehr entfernt.

Tom schluckte. »Bitte! Ich flehe dich an, Kleiner! Mach mich los! Ich geb dir auch alles, was du willst!«

Der Junge beschirmte die Augen gegen die Sonne und sah Tom nicht an. »Mach's gut, weißer Mann. Ich muss jetzt gehen.« Dann trat er von den Gleisen und schritt langsam durch das Gras die Böschung hinauf.

Tom schrie wie von Sinnen. »Neiiiin! Nein, du gehst nicht! Ich … ich hab was für dich! Ich geb dir eine Kette, ja? Ich hab noch eine Kette! In meiner Brusttasche!«

Der Junge blieb stehen. Zweifelnd blickte er auf den herannahenden Zug und wog die Entfernung ab. Dann drehte er um und kam mit schnellen Schritten zu Tom zurück.

Toms Stimme zitterte und klang brüchig. »Du nimmst die Kette und schneidest mich dafür los, ja? Es ist ein wertvolles Medaillon, mit einem Schutzzauber, verstehst du? Dich trifft ein Fluch, wenn du mich nicht losschneidest, verstehst du?«

Der Junge grinste nur. Das Stampfen und Schnauben der Lokomotive wurde stetig lauter, und durch das Vibrieren der Gleise nahm Tom seine Umgebung nur noch verschwommen wahr. Der Zug war jetzt nur noch eine Viertelmeile entfernt. Er war um den See herumgefahren und stampfte auf Tom zu; die großen Räder waren deutlich zu sehen, und der mächtige Kessel der Lokomotive schob sich unaufhaltsam die Schienen entlang. Der Junge beugte sich über Tom und fischte die Kette, die Tom von Polly geschenkt bekommen hatte, aus Toms Brusttasche. Er ballte die Faust und stand wieder auf.

»Geh nicht! Bitte! Schneid mich los!« Toms Stimme war kaum mehr als ein heiseres Flüstern.

Der Junge wandte sich bereits ab, als sein Blick auf den Anhänger fiel. Wie versteinert hielt er inne und starrte auf das Medaillon.

Und zu Tom.

Dann blickte er erschrocken zu der Lokomotive und stürzte zu Tom, fiel neben ihm auf die Knie und hielt ihm aufgeregt den Anhänger vor die Nase. »Kommst du von Tcibia'bos? Bist du das verlorene Kind?«, schrie er Tom an, um die herannahende Lokomotive zu übertönen.

Tom hatte keine Ahnung, wovon der Junge sprach, er zitterte, doch für den Jungen musste es ausgesehen haben wie ein Nicken. Man konnte den Rauch der Lokomotive schon riechen. Das Rattern wurde ohrenbetäubend.

Der Junge zückte seinen Dolch und durchtrennte hastig die Fesseln auf Toms Rücken. Aber der Schornstein ragte bereits über Tom auf. Es würde nicht reichen. Niemals.

»Schneller!«, fuhr er den Jungen an, und der stieß die Klinge in das Seil und zerrte daran. Die Lokomotive war schon fast bei ihnen, als das Seil endlich zerriss und Tom sich schreiend von den Schienen rollte und den Jungen mit sich zog. Die Wucht des Luftzugs nahm Tom den Atem. Der Lärm der stampfenden Räder und der ratternden Wagen machte ihn taub.

Dann erinnerte er sich an nichts mehr.

Das Stampfen und Rattern des Zuges war nicht vorbei. Es blieb. Tom stand auf der Plattform der Lokomotive und starrte in den Höllenschlund des Kessels, in den der Heizer unablässig Kohlen schippte. Es war brütend heiß. Eine glühende Kohle fiel aus dem Kessel, und einer Eingebung folgend hob Tom sie auf. Er hielt sie in der Hand und betrachtete sie eine Weile, ohne sich dabei zu verbrennen, und plötzlich ging ihm auf, dass er träumte. Er hatte seit Wochen nicht mehr geträumt. Es war so ungewöhnlich, dass er den Heizer ansprach, einen groß gewachsenen Mann, der in einem schwarzen Anzug mit dem Rücken zu ihm stand.

»Ich träume.«

»Ja«, sagte der Mann und drehte sich um. »Das ist gut, Sawyer. Aber nicht zu lange. Sie wissen ja, was passieren kann.«

Es war der Präsident. Aus der Austrittswunde in seiner Stirn lief ein dünner Faden Blut.

Tom nickte. »Ja, Mr President. Das weiß ich. Wie komme ich hier raus? Können wir den Zug anhalten?«

Abraham Lincoln hob die Hände in einer Geste des Bedauerns. »Tut mir leid, Thomas, ich fürchte, das ist nicht möglich. Wir müssen nach Springfield. Mein Sarg wird dort aufgebahrt. Die Menschen warten schon.«

Tom blickte an dem Kessel vorbei und sah in der Ferne den breiten braunen Streifen Wasser. Die Eisenbahn fuhr direkt darauf zu.

»Aber Mr President, Sir. Das da vorn ist der Mississippi. Sie sind schon viel zu weit gefahren.«

»Seien Sie nicht albern, Thomas. Wir kommen von Westen. Nach einem Halt in Marion City werden wir durch den Fluss fahren.«

»Durch den Fluss?«

»Sicher. Wie sollen wir denn sonst auf die andere Seite kommen? Und jetzt entschuldigen Sie mich bitte, Thomas.« Der Präsident griff nach der Schaufel und schippte weiter Kohlen in den Kessel.

Tom erkannte plötzlich, dass er verschwinden musste. Der Präsident war tot; verständlich, dass ihn die Fahrt durch den Fluss nicht weiter beunruhigte. Schnell wandte Tom sich um, und dort, wo der Kohlentender hätte sein müssen, war eine Tür. Er trat hindurch und stand in einem Waggon, der aussah wie Madame Paulines Hurenhaus. Die Menge feierte ausgelassen eine Nummer auf der Bühne, und Tom sah zu seinem Entsetzen, dass Hollis dort in einem Käfig steckte und Dale, Jeb, Insatiable Iris und Huck Finn um den Käfig herumstanden, mit den Armen durch die Gitterstäbe griffen und nach dem bellenden Hund fassten. Tom schluckte. Sie sahen hungrig aus. Würden sie Hollis aufessen? Er schrie, in der Hoffnung, sie abzulenken.

»Der Zug fährt in den Fluss! Wir müssen alle hier raus!«

Doch niemand achtete auf ihn. Nur Becky, die plötzlich vor ihm stand, schüttelte betroffen den Kopf. »Du denkst immer nur an dich, Tom. Und was ist mit mir? Kannst du nicht ein Mal an mich denken?«

Becky trug ein Kleid aus Blättern des *St. Petersburg Chronicle,* das vorn so weit geschlitzt war, dass man ihren nackten Busen sehen konnte.

»Willst du nicht ein Mal den Himmel auf Erden erleben?«, fragte sie und gab ihm eine Ohrfeige.

Bevor Tom etwas sagen konnte, nahm sie seine Hand und zog ihn die Treppe hinauf. Tom blickte zu den Schiefertafeln über den Türen im ersten Stock und sah, dass irgendjemand auf jede Tafel geschrieben hatte: SONDERERMITTLER AMOS T. CRITTENDEN. Tom versuchte, sich aus Beckys Griff zu lösen. Hektisch deutete er auf die Tafeln: »Da ist es doch! Becky! Da steht's doch!«

Doch Becky hörte nicht auf ihn. Ihre Hand umschloss die seine wie ein Schraubstock, sie riss ihn mit und stieß eine Tür auf. Dahinter war nichts als Nebel. Ganz allmählich erkannte Tom die Umrisse von Häusern, die halb versunken waren. Er stand bis zu den Knien in Wasser. Becky zog ihn mit sich, bis sie vor einem Haus stehen blieb, bei dem nur noch der Türsturz aus dem Wasser ragte. »Muldrow Square 12« war in den rötlichen Sandstein gemeißelt.

Becky sah ihn an, in ihren Augen schimmerten Tränen. »Ich bin verlobt, Tom. Vergiss das nie«, sagte sie, und dann küsste sie ihn und schob ihn durch ein Dachfenster in das Haus. Auf dem Speicher war es düster, auch hier war überall Nebel, und in Netzen, die von der Decke hingen, lagen allerlei Fundstücke. Fotografien von seinen Eltern, Zeitungsausschnitte, eine Derringer, Yamswurzeln, Hopfen und Erbsen. In der Mitte des Speichers war ein Katafalk errichtet. Auf einem Tisch stand ein Bett, darin lag eine alte Frau, die Hände vor der Brust gefaltet.

Tom trat näher, er konnte kaum etwas erkennen, doch auf einmal hatte er eine Fackel in der Hand.

Er wusste, dass er nicht sehen wollte, wer dort lag, die Angst schnürte ihm die Kehle zu. Er blieb stehen, aber das änderte nichts daran, dass das seltsame Bett trotzdem näher kam. Unter unzähligen zerschlissenen Decken zeichnete sich ein Körper ab. Tom wollte den Kopf der Frau nicht sehen, doch als er auf ihre Hände blickte, waren dort auf einmal sechs Arme mit sechs Händen, die Finger mit einem Knäuel aus Bast verschlungen. Erschrocken blickte er zu dem Kissen. Drei Frauen lagen dort, die Köpfe eng beieinander: seine Mutter, Polly und Debbie Chisholm, die Frau des Fischers.

Sie öffneten den Mund und schrien ihn an: »Du bist der

Hüter des Lichts! Vergiss das nicht! Du kannst es geben, und du nimmst es, ganz wie es dir gefällt! Vergiss das nicht!«

Anklagend und mit wutverzerrten Gesichtern blickten sie an ihm vorbei.

Tom, dem eine Welle von Scham die Tränen in die Augen trieb, schüttelte flehend den Kopf. »Ich? Aber ich bin doch nicht … ich hab doch nur …«

Er folgte ihrem Blick und erkannte, dass sie auf seine Fackel starrten. Das Licht. Die Frauen hatten recht.

Er *war* der Hüter des Lichts.

Die Erkenntnis durchfuhr ihn wie ein Blitzschlag, und er blickte an sich hinunter und sah, dass sein Körper nicht mehr sein Körper war. Er war aus Bast, von oben bis unten bestand er aus dünnen gelben Schnüren, und seine langen, zottigen Basthaare hingen ihm über seine Bastschultern. Dann wusste er plötzlich, dass der Nebel kein Nebel war, sondern Rauch.

Und der Rauch kam von ihm. Er hatte an seiner eigenen Fackel Feuer gefangen und brannte.

2. Teil

Raserei und Schlaf sind die beiden Tore, durch die man Eintritt zum Rat der Götter erhält, wo man die Zukunft voraussehen kann.

MICHEL DE MONTAIGNE (1533 – 1592)

Bei den Potawatomi, am Morgen des 14. Juli 1865

Tom schrie auf und schreckte aus dem Schlaf.

Sein Herz hämmerte gegen den Brustkorb, und die Bilder eines verlöschenden Traumes mischten sich mit dem Zwielicht, das in diesen seltsamen Ort drang.

Rauch hing in der Luft, Rauch aus einem offenen Feuer in einem Kreis von Findlingen, und er kräuselte sich träge zur Decke, wo er durch eine tellergroße Öffnung abzog. Die Wände der runden Behausung waren aus Flechtwerk gemacht und mit Moos ausgekleidet. Durch kleine Ritzen fiel Sonnenlicht herein und zerschnitt den Rauch mit schimmernden Strahlen.

Verwirrt blickte Tom sich um.

Er lag auf einem Fell, und eine bunte handgeknüpfte Decke war über seine Füße gebreitet. Von den Ästen über ihm hingen Tierhäute und Fleischstücke, die zum Trocknen aufgehängt worden waren, und dazwischen baumelten seltsame kleine Gebilde aus Perlen, Muscheln und Federn.

Er hatte geschlafen. Gott allein wusste, wie lange. Und er hatte geträumt. Tom streckte sich und spürte, wie das Blut in seine steifen Glieder zurückfloss. Und Schmerzen spürte er auch. Im Gesicht, am Rücken. Aber längst nicht so heftig wie auf den Schienen.

Die Schienen. Der Zug. Der Junge. Danach erinnerte er sich an nichts mehr. Wann war das gewesen? Er hatte geschlafen, aber wie lange? Schwer zu sagen. Und wo war er überhaupt? Tom ließ sich zurück auf sein Lager fallen, als es plötzlich an der Wand gegenüber raschelte.

Ein Fell wurde zur Seite geschoben, Sonnenlicht flutete in den Raum, und ein uraltes, hässliches Gesicht, umrahmt von grauen Haaren, erschien. Aus dem zahnlosen Mund drang ein gellender Schrei. Dann verschwand das Gesicht so schnell, wie es gekommen war. Die aufgeregte Stimme der alten Frau entfernte sich zeternd. Sie schimpfte in einer Sprache, die er nicht verstand.

Indianersprache.

Tom erhob sich. Ihm war schwindelig, und er musste den Kopf einziehen, um nicht an die Decke der Behausung zu stoßen. Hier oben hing der Rauch, bevor er abzog, und Tom hustete und humpelte schwankend und gebückt auf das mit einem Fell verhängte Eingangsloch zu. Die linke Seite tat ihm weh, ebenso sein linkes Knie und der Brustkorb, und an seiner Stirn spürte Tom eine Beule, die so groß sein mochte wie ein Hühnerei. Er bemerkte, dass er etwas um den Hals hängen hatte. Es war die Kette.

Seine Kette mit dem heiligen Christophorus.

Der Junge hatte sie ihm zurückgegeben und noch dazu repariert. Tom führte das Medaillon an den Mund und küsste es. Was immer der Junge darin gesehen haben mochte, es hatte ihm wohl das Leben gerettet.

Er schob das Fell beiseite und trat hinaus. Das gleißende Sonnenlicht brannte ihm in den Augen, und er blinzelte. Der Rauch aus drei kuppelförmigen Behausungen und von einem Lagerfeuer in der Mitte stieg zwischen mächtigen Eichen und kleinen Birken zum Himmel.

Die Hütten standen in einer Senke und schmiegten sich so nahe an die zerklüfteten Felsen, als hätten drei riesige, moosbedeckte Schildkröten Schutz im Wald gesucht. Zwei Kleinkinder, die bis auf einen Lendenschurz nackt waren, rannten kreischend vor Vergnügen zwischen den Hütten herum und jagten sich gegenseitig.

Eine junge Frau blickte auf, als Tom aus der Hütte trat. Sie saß vor einem Rahmen, auf den eine Tierhaut aufgespannt war, und gerbte das Fell mit einer glitschigen Masse, die sie mit den Fingern aus einem Birkeneimer kratzte. Die Masse sah aus wie das Hirn eines Tieres.

Ein Mädchen brachte Feuerholz, ohne Tom zu beachten. Die Frauen hatten lange Kleider an und eine braune Decke um die Schultern geworfen, verziert mit bunt gefärbten Borsten und Muscheln. Die ältere trug einen Zylinder; beide hatten schwarzes Haar, das zu Zöpfen geflochten war.

Von der Greisin, die ihn in der Hütte entdeckt und ihn angeschrien hatte, war nichts zu sehen, und auch den Jungen, der ihn von den Gleisen geschnitten hatte, konnte Tom nirgends entdecken.

Am Feuer zwischen den drei Hütten saß ein alter Mann mit einem runzligen und zerfurchten Gesicht, das von langen grauen Haaren umgeben wurde, in die Perlen eingeflochten waren. In der Pfeife, die er in der Hand hielt, glomm etwas, das aussah wie Weidenkätzchen. Der Alte drehte ein abgezogenes Kaninchen über dem Feuer, während er gleichzeitig das Fleisch von den Knochen zupfte. Auf den großen heißen Steinen, die das Feuer einfassten, buken dampfende Maisfladen.

Tom spürte, wie sein Magen knurrte, und das Wasser lief ihm im Mund zusammen. Wie lange hatte er nichts mehr gegessen? Einen Tag? Länger? Er suchte den Blick des Alten.

»Guten Tag, Sir. Der Name ist Tom. Tom Sawyer. Darf ich?« Tom hatte zuerst auf seine Brust gedeutet, dann auf den Boden neben dem Alten.

Der Indianer stopfte sich Kaninchenfleisch in den zahnlosen Mund und blickte kurz und gleichgültig zu Tom auf. Er antwortete nicht und drehte mit seinen knotigen, von Adern überzogenen Händen einen Maisfladen um.

Tom wartete kurz, und als keine Antwort kam, setzte er sich hin. Dem Alten schien das gleich zu sein. Er fischte etwas Gelbrotes, vermutlich Kürbis, aus einer hölzernen Schale neben dem Feuer, dann schob er sich aus einem anderen Gefäß etwas Mais in den Mund und zermahlte alles mit kreisenden Bewegungen seiner Kiefer.

Der Duft des gebratenen Kaninchens drang Tom in die Nase, ihm wurde beinahe schwindelig davon. Er beugte sich vor, um den Blick des Alten zu erhaschen, lächelte freundlich und deutete auf das Kaninchen. Es war ein riesiges Tier, und das Fett tropfte zischend in die Glut.

»Gut, hm?« Er nickte, doch der Alte zeigte keinerlei Regung. Tom rutschte etwas näher, deutete auf das Kaninchen, dann auf seine Brust. »Könnte ich vielleicht etwas davon haben, alter Mann? Von diesem Kaninchen, meine ich? Zum Essen, meine ich? Bitte?«

Tom legte die Fingerspitzen zusammen und deutete damit mehrmals auf den Mund. Der Indianer schwieg, klaubte Mais und Kürbis aus den Schalen, kaute, drehte Maisfladen um und zerstach die Blasen im Teig mit einem spitzen Fingernagel. Tom wartete, beobachtete den Alten aufmerksam, doch es kam nichts.

»Gut«, sagte Tom dann, »ich schätze, du verstehst mich einfach nicht. Aber wie ich das sehe, nehme ich hier niemandem etwas weg. Und ich habe Hunger. Ich werd jetzt was von deinem Kaninchen nehmen, in Ordnung?« Er streckte die Hand aus, zupfte etwas heißes Fleisch von dem Tier.

»Au!« Er zuckte zurück. Der Alte hatte ihm blitzschnell mit dem Griff seiner Pfeife auf die Finger geschlagen. Tom hatte noch nicht einmal die Bewegung des Alten gesehen.

»W-was soll das? Hör mal, du … Du kannst mir doch nicht einfach auf die Pfoten hauen!«

Der Alte saß reglos da, kaute weiter, die Pfeife ruhte wieder auf seinem Oberschenkel. Doch Tom glaubte, die Mundwinkel des Alten hätten sich fast unmerklich nach oben bewegt, so als würde er grinsen. Ja, ganz sicher grinste der Alte.

Tom seufzte. Der Greis lachte ihn aus. Die kleinen Kinder, die sich durch das Lager gejagt hatten, waren nun stehen geblieben und beäugten den merkwürdigen Fremden am Feuer. Sie standen drei Schritt von Tom entfernt und starrten ihn an. Tom lächelte ihnen müde zu, doch die Kinder blickten ihn ausdruckslos an, mit versteinerter Miene.

Tom blies die Backen auf und begann zu schielen, doch die

Kinder lachten nicht. Als er begann, mit den Ohren zu wackeln, kreischten sie erschrocken auf, liefen davon und verschwanden hinter den Hütten im Wald.

Tom fühlte sich plötzlich matt und verloren, als wäre er aus der Zeit gefallen und in einem anderen Leben gelandet, in einer Welt, in der man ihn nicht sah und nicht hörte, geschweige denn brauchte. Er seufzte wieder und wandte sich zu dem Alten. »Hey, das ist richtig toll hier bei euch, alter Mann. Sieht so aus, als hättet ihr nur auf mich gewartet, hm?«

Der Alte antwortete nicht. Er griff noch einmal in die Schale mit dem Kürbis, trank einen Schluck Wasser aus einer alten Whiskeyflasche, wischte sich mit dem Ärmel über den Mund, schlug sich mit der Faust gegen die Brust und rülpste. Dann wandte er sich zu Tom und redete in einer Sprache, die Tom nicht verstand.

Tom hob die Hände mit den Handflächen nach oben. »Tut mir leid, Kumpel, aber ich hab keine Ahnung, was du von mir willst. Gibt's hier vielleicht irgendjemanden, der meine Sprache spricht? Jemanden, der vielleicht etwas jünger ist als du?«

Der Alte redete weiter, lauter und heftiger jetzt, doch Tom lächelte nur hilflos und zuckte mit den Schultern. Dann deutete der Alte auf das Kaninchen und auf Tom und machte die gleiche Geste, die Tom vorher für »Essen« gebraucht hatte. Toms Augen wurden größer. »Ich darf? Wirklich? Du gibst mir was ab?«

Der Alte nickte, und Tom zupfte eine ordentliche Handvoll Fleisch von dem Braten ab und steckte es in den Mund. Es war himmlisch. Heiß, fettig, nahrhaft. Göttlich.

Der Alte schob ihm die hölzernen Schüsseln hin, und Tom griff zu. Das Fett lief ihm von den Mundwinkeln zum Kinn, und es war ihm egal, wer schon alles in diese Schüsseln gegriffen hatte. Der Mais und der Kürbis schmeckten herrlich, und Tom schob große Bissen Fleisch hinterher, bis sein erster Hunger gestillt war.

Der Alte reichte ihm die Wasserflasche, und Tom nahm einen kräftigen Schluck, stellte dann fest, dass es ein klarer Schnaps war, und die Augen tränten ihm von dem Fusel, aber er behielt ihn bei sich, und ein warmes Gefühl breitete sich in seinem Magen aus. Dankbar nickte er dem Alten zu und deutete auf den Braten. »Gut! Sehr gut, das Kaninchen ist sehr gut!«

Der Alte nickte, deutete ebenfalls auf das Kaninchen und machte dann: »Wuff!«

Tom zog die Augenbrauen zusammen. »Wuff?«

Der Alte nickte fröhlich. »Wuff, wuff!«, ahmte er gekonnt das Bellen eines Hundes nach. Tom starrte ihn entsetzt an, blickte dann zu dem Braten und wieder zu dem Alten, und es würgte ihn, und der alte Mann lachte und schlug sich mit der flachen Hand auf den Schenkel.

Tom spürte, wie sein Mageninhalt die Speiseröhre hochwanderte, und er hielt sich die Hand vor den Mund, wollte schon aufspringen, als er eine Hand auf der Schulter spürte und eine tiefe Stimme hinter ihm sagte: »Beruhig dich. Er macht Spaß. Macht Spaß mit dir.«

Tom blickte auf und sah einen Mann in Wildlederkleidung. Er war sehr groß, hatte scharf geschnittene Züge, die Augen lagen tief in den Höhlen, und langes schwarzes Haare bedeckte seine Schultern. Er schien etwas älter zu sein als Tom. Hinter ihm kamen ein weiterer Indianer, jünger und mit nacktem Oberkörper, sowie der Junge, der Tom von den Gleisen geschnitten hatte. Die zahnlose hässliche Alte, die Tom in der Hütte angeschrien hatte, humpelte ebenfalls aus dem Gebüsch. Der jüngere Mann und der Junge trugen erlegte Kaninchen und Waschbären über den Schultern.

»Du hast lange geschlafen. Das gut für dich.«

Der Mann setzte sich neben Tom ans Feuer und lud seine Begleiter ein, es ihm gleichzutun. Toms Blick fiel auf den Deane & Adams-Double-Action-Revolver mit fünf Schuss, den der Indianer an der Seite im Gürtel stecken hatte. An der Wildlederjacke hing ein Abzeichen, das ihn als ehemaligen Scout der Union kennzeichnete.

Tom erkannte den Mann wieder. Es war der Potawatomi,

der sich in den Streit mit Dale in »Harold's Happy Tavern« eingemischt hatte.

Der Indianer nahm sich etwas Fleisch von dem Braten, und bevor er es in den Mund steckte, sagte er: »Kaninchen. Nicht Hund. Wir essen nicht Hund. Nur manchmal, wenn großes Fest.«

Schweigend kaute er das Fleisch. Der Alte neben Tom kicherte ein wenig albern, dann formte er aus der Decke über seinen Schultern ein Kissen, legte sich hin und schloss die Augen. Der Junge war ans Feuer getreten und ließ den Waschbär und das Kaninchen zu Boden fallen, und Tom sah, dass das Kaninchen eine enge Schlinge um den Hals hatte und der Waschbär ein Einschussloch im Bauch. Der Junge sah ihn ehrfürchtig an und nickte ihm zu.

Tom lächelte und nickte zurück. »Danke. Danke, dass du mich losgeschnitten hast. Da ...«, er deutete unbestimmt über die Schulter, »bei der Eisenbahn.«

Dann tippte Tom auf das Medaillon, das um seinen Hals hing. »Und danke, dass du mir das zurückgegeben hast.«

Der Junge nickte stumm und eingeschüchtert. Der Scout strich dem Jungen über die Haare. *Seinem* Jungen, dachte Tom.

»Pepinawah deine Kette gesehen und denkt, du kommst von Tcibia'bos aus den westlichen Himmeln. Er denkt, du das verlorene Kind. Alte Geschichte von Göttern. Wichtig für Potawatomi. Er große Angst, wenn du das verlorene Kind.«

Tom lächelte dem Jungen zu und schüttelte den Kopf. »Nein. Ich bin nicht das verlorene Kind. Dieser Mann ...« Tom nahm den Anhänger zwischen Daumen und Zeigefinger und deutete auf den heiligen Christophorus. »... er hat meinen Gott über das Wasser getragen, als der Gott noch ein Kind war. Der Mann war sehr stark, aber das Kind war trotzdem so schwer auf seinen Schultern, dass er es fast nicht auf die andere Seite geschafft hätte. Sein Bild schützt einen vor einem plötzlichen Tod.«

Der Junge nickte erneut, sagte aber nichts, und Tom sah ihm

an, dass er immer noch nicht überzeugt war, dass Tom nicht vielleicht doch aus den westlichen Himmeln kam.

Der Vater des Jungen schürte mit einem Stock das Feuer und lächelte Tom an. »Dann dein Gott dich geschützt. Hat Pepinawah dich retten geschickt.« Er tätschelte seinem Sohn die Schulter.

»Ja. Danke, Pepinawah. Ich bin übrigens Tom. Tom Sawyer.« Tom streckte dem Scout die Hand hin.

Der Mann nahm sie nicht, sondern hob beide Hände auf Schulterhöhe und senkte sie leicht in Toms Richtung, fast wie in einer segnenden Geste. »Shipshewano heißt dich willkommen. Sei ein Gast, Tom Sawyer.«

Tom seufzte und starrte in die kleinen Flammen vor sich. »Ich danke dir, Shipshewano. Aber ich kann nicht bleiben. Ich muss wieder los.«

»Du schwach, Tom Sawyer. Du noch nicht reiten. Nicht jetzt.«

Tom blickte auf. »Ich muss. Es gibt einen bösen Mann, den ich fassen muss.«

»Böser Mann?«

»Ja. Er hat meine Tante umgebracht. Und wahrscheinlich noch andere Frauen. Er kommt und holt sie. Sie verschwinden für immer. Nur eine ist wiedergekommen, und die ist nicht mehr bei Verstand. Ich muss ihn einfach finden, damit es aufhört.«

Shipshewano sah Tom schweigend an. Dann ging sein Blick an diesem vorbei zu dem Rauch, der zwischen den Bäumen aufstieg, und die Augen des Mannes wurden glasig. »Wir sehen Böser Mann manchmal in Wald. Schatten nur. Hinter Baum, auf Fels, dann weg. Wir finden Haare an Busch und Spuren von Stiefel.«

Tom blinzelte. »Ihr habt ihn gesehen? Wo?«

»Er hat Frau zu Straße nach Palmyra gebracht. Frau besessen. Wir helfen Frau in Stadt und folgen dann Spuren von Böser Mann in Wald. Spuren sind auf Fels verschwunden. Wir haben Böser Mann nie gefunden. Wir manchmal haben tote Hunde gefunden, wenn wir Mann sehen.«

»Tote Hunde?«

Der Indianer wandte den Kopf zu Tom und sah ihm direkt ins Gesicht, die Augen wie zwei harte schwarze Kieselsteine. »Mann ist kein Mann. Mann kommt und geht, und wir sehen nicht. Er ist Dämon. Du suchst Dämon, Tom Sawyer, und du jetzt nicht stark genug.«

Die Trommeln klangen wie der schnelle Herzschlag eines uralten verwundeten Tieres durch die Nacht.

Tom erwachte, als die Männer des Clans um das Feuer herum ein halbes Dutzend Stangen errichteten, die senkrecht in den Himmel ragten. Sie spannten Felle zwischen den Stangen, sodass ein Raum entstand, der nach oben zu den Sternen hin offen war. Alle setzten sich um das Feuer, die Pfeife wurde an der Glut entzündet. Pepinawah, der Junge, und Wabaunsee, der jüngere Krieger, schlugen mit langen Klöppeln, deren Enden mit Leder umwickelt waren, auf eine große Trommel. Die Frauen stimmten einen rhythmischen Gesang an.

Tom hörte ein Geräusch, wie Glöckchen, die in der Ferne angeschlagen wurden, und der Alte, der am Morgen seinen Spaß mit ihm getrieben hatte, stand auf und tanzte. Er ging in die Knie und machte kleine Hopser, wobei er mit den Sohlen seiner Mokassins kräftig aufstampfte und sich im Kreis um das Feuer bewegte. Es sah aus, als würde er Funken auf dem Boden austreten. Dabei schüttelte er einen ausgehöhlten Ast in den Händen, in dem Steinchen oder Bohnen ein rasselndes Geräusch erzeugten. Er warf die Decke, die er um die Schultern gelegt hatte, über die fellbespannten Stangen, stimmte einen hohen, schrillen und klagenden Gesang an und schlug mit der flachen Hand gegen die Felle an der Seite, sodass sie zitterten und es aussah, als würde das seltsame Zelt leben, ja atmen.

Es kam Tom vor, als würde ein ferner, starker Wind durch entlaubte Bäume fahren, sich mit fremdartigen Stimmen zu einem Zischen und Rascheln mischen wie aus anderen Zeiten. Was war das? Er war hellwach, und doch schienen ihm seine Sinne einen Streich zu spielen. Lag es an der Pfeife, die Shipshewano ihm gegeben hatte?

»Was ist das? Weidenkätzchen?«, flüsterte er Shipshewano zu, als er den Rauch ausblies und dem Clanführer die Pfeife zurückgab, während der alte Mann seinen Tanz unterbrach und sich mit einer Art klagenden Litanei dem jungen Krieger auf der anderen Seite des Feuers zuwandte.

Shipshewano schüttelte den Kopf. »Weidenkätzchen für alten Mann. Knochen schmerzen. Weidenkätzchen gut gegen Schmerzen.« Er führte die Pfeife an die Lippen und sog den Rauch tief ein. »Das hier gut für Vereinigung mit unsichtbaren Geistern. Gut für Vision. Gut für Kraft gegen bösen Dämon.«

Der böse Dämon.

Shipshewano hatte recht, Tom konnte Kraft brauchen, wenn er gegen ihn kämpfen wollte.

Als er am Morgen erfahren hatte, dass Shipshewano und dessen Leute den Mörder schon einmal gesehen hatten, war er wie elektrisiert gewesen. Doch der Häuptling des versprengten Stammes konnte ihm nur wenig mehr sagen, als Tom schon wusste. Er war ein Schatten, der nach Belieben zu kommen und gehen schien und den auch die erfahrensten Fährtenleser der Potawatomi nicht aufspüren konnten. Shipshewano weigerte sich, Tom mehr darüber zu erzählen, solange Tom sich nicht gewaschen, etwas gegessen und geschlafen hätte. Toms Protest beeindruckte den Häuptling nicht, und nachdem Tom seinen Kragen etwas vorgezogen hatte und an seinem Hemd schnupperte, konnte er nicht mehr widersprechen. Er glaubte nicht an den Schlaf, aber etwas Wasser unter den Achseln konnte nicht schaden.

Shipshewano rief nach der jungen Frau, die das Fell mit dem Tierhirn gegerbt hatte, und die begleitete Tom zu einer kleinen

Quelle in der Nähe. Als sie sah, dass er sich unter starken Schmerzen vorwärtsschleppte, legte sie seinen Arm um ihre Schultern und half ihm.

Die Quelle ergoss sich in ein kleines natürliches Becken, bevor das Wasser über einen großen Felsen perlte und sich als kleiner Bach munter durch den Wald schlängelte. Tom kniete sich hin und erschrak, als er sein Spiegelbild im Wasser sah. Die Beule an der Stirn erschien ihm riesengroß und schimmerte dunkel, er war unrasiert, die Haare hingen in fettigen Strähnen herunter, und sie waren mit Blut verkrustet, genau wie seine Wange. Tom wusch sich Haare und Gesicht und spritzte sich etwas Wasser unter die Arme, dann richtete er sich auf und wollte zurück zu den Hütten. Doch die junge Frau hielt ihn auf und deutete auf seine Kleider.

Tom hob abwehrend die Hände. »Nein, nein. Das ist schon in Ordnung, ich kann auch baden, wenn ich wieder in –«

Sie schimpfte. Laut und wütend. Unablässig deutete sie auf seine Kleider.

Tom gab sich geschlagen, schälte sich aus den von Schmutz starrenden Kleidern, bis er schließlich in seinen Long Johns vor ihr stand. Sie machte ein todernstes Gesicht und zeigte sich unerbittlich. Tom gab seufzend nach, zog auch noch die lange Unterhose aus, wobei er bemerkte, dass sie sich abwandte und ein wenig verschämt kicherte. Dann beeilte er sich, in das Becken zu kommen, was wegen seiner Verletzungen sehr schmerzhaft war.

Das Wasser war eiskalt, dennoch genoss Tom die Erfrischung. Und während er sich an Stellen schrubbte, an die tagelang weder Wasser noch Licht gekommen war, nahm die junge Frau seine Kleider auf, ging ein paar Schritte den Bach abwärts, leerte seine Taschen und wusch den Dreck aus seinen Sachen. Er sprach sie an, nannte seinen Namen und erfuhr, dass sie Kewanee hieß.

Nach dem Bad fühlte er sich erfrischt, und Kewanee gab ihm die Decke, die sie um die Schultern gelegt hatte, damit er seine Blöße bedecken konnte. Sie half ihm zurück ans Lagerfeuer, hieß ihn auf einem Hirschfell Platz nehmen und reichte ihm eine Art Brei in einer Schüssel. Dann breitete sie seine Kleider zum Trocknen über einen Busch. Der Brei sah entsetzlich aus, schmeckte aber überraschend gut. Kewanee blieb neben Tom sitzen und überwachte jeden Bissen, den er zu sich nahm.

Sie schien zufrieden mit seinem Appetit. Als Tom die Schüssel geleert hatte und satt war, wollte er aufstehen, doch die strenge junge Frau fasste ihn an der Schulter und schüttelte den Kopf.

»Was ist? Mir geht's gut. Ich hab auch keinen Hunger mehr, ich will meine Kleider –«

»Shhhh.« Kewanee drückte ihn zurück, dann strich sie ihm über den Kopf, so wie man ein störrisches Kind beruhigte, und verstärkte den Druck auf seine Schulter.

Tom verzog schmerzhaft das Gesicht, gab ihrem Drängen nach und legte sich hin. »Ich bin aber nicht müde, das Bad war erfrischend, und ich –«

»Shhhh.«

Sie strich ihm über die Stirn, und Tom verstummte. Die junge Frau stimmte einen Gesang an, leise und sanft wie ein Wiegenlied. Toms Blick fiel auf die Blätter in den Bäumen über ihm, die sanft im Wind raschelten und durch die das Sonnenlicht perlte. Sonnenlicht.

Becky tauchte vor seinem inneren Auge auf, wie sie bei Dobbins im Garten gestanden hatte und das Sonnenlicht ihren Rock durchscheinend gemacht hatte. Wo war sie? Was machte sie gerade? Machte sie sich Sorgen um ihn?

War jemand unterwegs, um ihn zu suchen, oder war es manchen Leuten in St. Petersburg gerade recht, dass er verschwunden war? Was, wenn es nicht angefangen hätte zu regnen? Damals, vor vielen Jahren, in der Scheune vor der Stadt, als er mit Becky dagelegen hatte. Was, wenn da kein Donner gewesen wäre und kein Pferd, das gewiehert hätte?

Was, wenn er einfach dageblieben wäre?

Wenn er nie weggegangen wäre?

Über diesen Fragen war er eingeschlafen und erst wieder erwacht, als es bereits dunkel war.

»Tom Sawyer.«

Shipshewanos Stimme riss ihn aus seinen Gedanken. Der Häuptling reichte Tom wieder die Pfeife.

Tom schätzte Shipshewano auf etwa vierzig; sicher sagen konnte er es nicht. Das Gesicht des Mannes war vom Wetter gegerbt, und um den Mund lag ein trauriger Zug. Die Trommelschläge beschleunigten Toms Herzschlag, als wären die Trommeln und sein Herz durch ein unsichtbares Band miteinander verknüpft.

Der Alte tanzte nun wieder und ließ seinen rhythmischen hohen Gesang an den Zeltwänden entlangstreichen.

Tom sog an der Pfeife. Was immer auch darin war, es begann seine Wirkung zu tun. Tom fühlte sich leicht benommen wie nach zwei Gläsern Whiskey, doch anders als beim Schnaps fühlte er sich gleichzeitig hellwach, und seine Zunge kribbelte.

»Warum seid ihr hier?«, fragte er Shipshewano, »und nicht bei den anderen? Den anderen eures Stammes?«

Der Häuptling musterte ihn kurz und prüfend aus den Augenwinkeln. »Wir nicht da, wo wir herkommen, und wir nicht da, wo wir hinsollen.«

Tom legte fragend die Stirn in Falten, und Shipshewano erklärte ihm, dass sein Stamm vor bald dreißig Jahren aus der Nähe von Plymouth im nördlichen Indiana vertrieben worden war. Auf Betreiben des Gouverneurs von Indiana hatte ein Freiwilligenregiment unter einem General John Tipton fast tausend Potawatomi aus ihren Dörfern zusammengetrieben, weil sie sich weigerten, ihr angestammtes Land zu verlassen. Sie mussten weg. Nach Westen.

»Sie nennen es Reise. Wir nennen es ›Marsch des Todes‹«, sagte Shipshewano und blickte düster in die Glut. Etliche starben auf dem Treck an Hunger, Krankheit und Entbehrung. Der

Marsch sollte sie Hunderte Meilen entfernt von ihrer Heimat in die Reservate nach Kansas bringen.

Im Herbst, sechs Wochen nach Beginn des Marsches, zogen sie an Palmyra vorbei und lagerten bei Pleasant Spring. Shipshewanos Eltern und zwei weiteren Familien gelang es, sich nachts unbemerkt aus dem Lager zu schleichen. Sie wollten nicht nach Kansas.

»In Kansas kennen wir nichts. In Kansas nichts, was wir wollen.«

Shipshewano und die anderen Flüchtlinge versteckten sich in den Wäldern, wechselten häufig ihren Lagerplatz, mieden die weit verstreut lebenden Farmer. Kein Weißer störte sich daran, weil sie friedlich waren und niemand Anspruch auf das Land erhob, in dem sie jagten, Fallen stellten, fischten und sammelten, was die Natur ihnen gab. Die bruchstückhaften Nachrichten, die sie aus den Reservaten in Kansas erhielten, bestärkten sie darin, zu bleiben, wo sie waren. Eine Rückkehr nach Indiana kam nicht infrage.

Von den ursprünglich zwölf Flüchtlingen waren noch Shipshewano, seine Frau Moweaqua und die beiden Alten übrig, die aus einer anderen Familie stammten. Kinder waren dazugekommen, viele andere durch Krankheit oder einen Unfall gestorben.

»Dann kommen euer Krieg, und man uns finden im Wald.«

Als Freischärler und reguläre Truppen sich in den Wäldern Gefechte lieferten und kampierten, wurden sie von Unionssoldaten gefunden. Der Captain der Truppe machte dem Häuptling ein Angebot: Shipshewanos Familie würde unbehelligt bleiben, wenn er und sein älterer Sohn Wabaunsee als Scouts für die Truppe arbeiten würden. Shipshewano hatte kaum eine Wahl. Aber die Rationen, die sie als Scouts von den Soldaten bekamen, halfen der Familie immerhin über die strengen Winter hinweg.

Nach dem Krieg hatte man in der Armee keine Verwendung mehr für Shipshewano und seinen Ältesten, und bei seinem letzten Besuch in St. Petersburg, wo er Vorräte kaufen wollte, hatte Shipshewano erfahren, dass der Wald, in dem sie lebten, an einen der Holzbarone in St. Petersburg verkauft worden war. Die Welt hatte sich verändert. Die Gegend, die zur Zeit des »Marschs des Todes« noch fast unberührte Wildnis gewesen war, wurde zunehmend von neuen Siedlern in Besitz genommen.

»Es dauert nicht mehr lange. Wir gehen und suchen neues Land. Land, das niemand will.«

Tom nickte. Er hatte nicht alles verstanden, immer wieder hatte der Häuptling indianische Worte benutzt. Aber Shipshewano erzählte gestenreich, und das Zeug in der Pfeife tat ein Übriges, sodass vor Toms Augen Bilder eines langen, elenden Trecks durch die Wildnis aufzogen und er drei Familien sah, die bei Nacht und Nebel vor ihren Bewachern davonschlichen und dann in den Wäldern jagten und sich ein neues Zuhause bauten.

»Warum kaufst du kein Land, Shipshewano? Und wirst Farmer? Dann kann euch niemand verjagen.«

Shipshewano schüttelte den Kopf, seine Augen waren unsagbar trüb und müde. »Für Land brauchen Geld, Tom Sawyer. Und wir keine Farmer. Shipshewano und Familie leben von Wald. Mit Wald. Wir bald fort.«

Tom nickte. Zu Beginn der Zeremonie – wenn es denn eine war – hatte er sich unbehaglich gefühlt. Mittlerweile war es ihm jedoch völlig gleich, dass er nur in eine Decke gehüllt bei den Rothäuten und deren Frauen saß und die Pfeife mit ihnen teilte. Er fühlte sich angenehm ausgeruht und entspannt, und die Schmerzen in seinem Körper ließen langsam nach.

»Erzähl mir von dem Dämon, der die Frauen holt«, bat er. »Wo hast du ihn gesehen? Wo hast du die toten Hunde gefunden, von denen du gesprochen hast?«

»Dämon sieht man nicht. Er überall zwischen St. Petersburg, Palmyra, Monroe und New London. Ich sagen, er ist Schatten hinter Baum. Er ist hinter Fels und dann nicht mehr. Er ist schnell. Sehr schnell. Wir finden Spuren von Stiefeln, Zweige brechen auf kleinen Pfaden, aber wir sehen nicht Mann.«

»Und die Hunde? Du glaubst, *er* hat sie getötet?«

Die Plage der streunenden Hunde, die St. Petersburg in den letzten Monaten heimgesucht hat, scheint ausgestanden zu sein, aber nun vermisst leider Mr Harbinson seinen Hund.

Das waren Beckys Worte gewesen. Sie hatte es ironisch gemeint. Aber vielleicht war es nicht so unwichtig, wie sie dachte.

Shipshewano rollte einen kleinen Kieselstein zwischen Daumen und Zeigefinger und nickte. »Der Bauch von Hunden ist mit Messer aufgeschlitzt. Alles voller Blut. Bauch leer, Böser Mann alles rausgeholt und neben toten Hund fallen lassen. Nicht gut.«

»Wo war das?«

»Wir finden tote Hunde in Wald bei Mississippi. In Süden von Mount Oliver bei St. Petersburg.«

Tom runzelte die Stirn. Er kannte die Gegend, sie war einer der Spielplätze seiner Kindheit gewesen, und erst vor wenigen Nächten war er auf dem Lovers' Leap gewesen, hatte Dobbins' wirkungslosen Tee getrunken und mit Hollis die Nacht durchwacht.

Im Süden des Lovers' Leap schloss sich Mount Oliver an, und dort gab es ein enges Tal, fast eine Schlucht. Vor vielen Jahren hatte jemand namens Jack Sims im Winter die Spur eines Panthers verfolgt bis zu einer Felsspalte, die von Schutt und Geröll versperrt war. Sims entfernte die Steine und stieß auf den Eingang zu einem gewaltigen Höhlensystem. Das war die McDouglas-Höhle, in der Tom und Becky sich als Kinder bei einem Picknick verirrt hatten. Erst nach Tagen hatten sie den Weg nach draußen gefunden, als alle Welt die Suche nach ihnen schon aufgegeben hatte. Die Höhle war seitdem mit einer wuchtigen Eichentür verschlossen, und der Schlüssel wurde im Rathaus verwahrt, damit so etwas nicht mehr passierte.

Aber was, durchfuhr es Tom, was, wenn doch jemand die Höhle geöffnet hatte?

Was, wenn das der Ort war, an dem der »Dämon« die Frauen versteckt hielt, die er verschleppte? Was, wenn das der »Kerker«

war, in dem die Frau des Fischers gefangen gehalten wurde, wo der »Hüter des Lichts« zu ihr gekommen war? Wochenlang in dieser Höhle im Dunkeln zu sitzen würde jeden in den Wahnsinn treiben, nicht nur Debbie Chisholm. Tom rieb sich mit Daumen und Zeigefinger die Augen. Es kam ihm vor, als hätte er Debbie Chisholms Bastknäuel in der Hand und wüsste nicht, wie er es entwirren sollte. Er wusste einfach nicht, wo er anfangen sollte, etwas Sinnvolles aus all den Fäden zu formen, die er in den Händen hielt.

Kümmere dich um Tom, hatte Thatcher gesagt, als Tom ihn und Harper belauscht hatte, und dann hatte der Richter von *unserem Mann* gesprochen. Tom dachte an das, was Dobbins ihm über Sids Zettel in Lucius Austins Drugstore erzählt hatte. Angeblich war Sid auf der Suche nach einer Haushaltshilfe, und deswegen hatte Hattie mit ihm sprechen wollen. Er dachte auch an Pollys Garten. Und wie durch einen Nebel hörte er Lickin' Lucys Stimme in seinem Kopf, die über Sally Austin redete, und dann war da noch irgendetwas mit den Schiefertafeln, die im ersten Stock von »Madame Pauline's« über den Türen hingen, doch er kam nicht darauf. Doch er musste darauf kommen.

»Ich muss zurück, Shipshewano. Nach St. Petersburg.«

Der Häuptling musterte Tom und ließ seine schwarzen Augen über die Wunden im Gesicht seines Gegenübers schweifen. Er nickte. »Du müssen zurück, Tom Sawyer. Aber nicht heute. Morgen.«

Er sagte etwas für Tom Unverständliches zu dem Alten, der seinen Singsang und den Tanz unterbrochen hatte und jetzt ebenfalls am Feuer hockte und an der Pfeife sog. Der Alte, vermutlich der Medizinmann der Sippe, blickte zu Tom. Er erwiderte etwas, dann beugte er sich vor, nahm ein verglühtes Stück Holzkohle und zerrieb es in den Händen.

Der Alte kroch zu Tom, dann tunkte er die Spitze seines Daumens in das Kohlepulver in seiner Handfläche. Er hob die Hand und näherte den Daumen Toms Gesicht.

Tom wich zurück. »Was macht er da?«, fragte er Shipshewano, während er aus den Augenwinkeln auf den Alten blickte, der in der Bewegung innegehalten hatte.

»Er dich schützen, Tom Sawyer. Gegen Dämon. Dämon ist Wolf, du bist Hund. Jagdhund. Du mutig und stark, aber Dämon ist Wolf; töten Hunde. Er stärker. Du brauchen Schutz, Tom Sawyer.«

Waren es die Worte des Häuptlings, oder war es die Wirkung der Pfeife? Tom wusste es nicht, aber plötzlich wichen jede Hemmung und jede Furcht von ihm. Er nickte nur stumm und wandte das Gesicht dem alten Schamanen zu. Ein leichter Nieselregen setzte ein. Der Alte murmelte etwas, und Tom blickte noch mal zu Shipshewano. »Was sagt er?«

»Er sagen, du die Augen schließen.«

Tom tat, wie ihm geheißen, und spürte, wie der alte Mann ihm mit kohlegeschwärzten, rauen Fingern die uralten Symbole seines Volkes auf Gesicht und Wangen malte. Dazu stimmte der Alte einen leisen Singsang an. Und noch etwas spürte Tom. So heftig, wie er es seit dem verhängnisvollen Karfreitag im Ford's Theatre nicht mehr gespürt hatte, als sein Präsident feige ermordet wurde.

Er spürte den Zorn.

Den Zorn gegen den Wolf.

An den Gleisen, am Morgen des 15. Juli 1865

Staunend hob Tom einen der Pflanzenstängel auf. Pepinawah hatte sie achtlos fallen lassen, als er vor zwei Tagen Toms Taschen nach etwas Wertvollem durchsucht hatte, während Tom gefesselt auf den Gleisen lag und der Zug ratternd und stampfend näher gekommen war.

Sie waren aufgequollen.

Die Stängel waren mehr als doppelt so dick wie zuvor, fast so dick wie ein Nudelholz und schwer von der Nässe, mit der sie sich vollgesogen hatten. Offenbar hatte der nächtliche Regen diese merkwürdige Veränderung bewirkt.

Tom wollte sie nicht im Dreck zwischen den Schienensträngen liegen lassen, um etwas zum Vergleich zu haben, wenn er in Pollys Garten nach der Pflanze suchte, doch nun waren sie so ganz anders als jede Pflanze, die er bis jetzt gesehen hatte. Er drückte die Nässe aus dem Stiel heraus, so gut es ging, und wandte sich zu seinem Begleiter. »Hast du so etwas schon mal gesehen, Häuptling?«

Shipshewano saß auf einer braun-weiß gefleckten Stute und ließ den Blick über den Weiher und über die Silberpappeln schweifen. Die Bäume glänzten nach dem nächtlichen Regen wie frisch gewaschen. Die Sonne stand noch tief, der Himmel war stahlblau, und die Luft roch süßlich nach Wiesenblumen.

Shipshewano wandte die Augen von dem Weiher ab, und sein Blick heftete sich auf den tropfenden Stängel, den Tom ihm hinhielt. Er nahm ihn zwischen Daumen und Zeigefinger, drehte ihn und schüttelte dann den Kopf. »Nicht von hier. Shipshewano hat Pflanze nie gesehen. Aber ich sehen andere Sachen.« Der Häuptling deutete auf die Böschung neben dem schmalen Pfad, auf dem sie hergeritten waren.

In den Pfützen und dem getrockneten Schlamm vor der Böschung waren die Abdrücke von Rädern zu sehen. Jemand hatte einen Wagen oder Karren hin und her geschoben, um ihn möglichst nah an die Böschung heranzubringen, und dabei im nassen Boden tiefe Furchen hinterlassen. Warum hatte er versucht, möglichst nah an die Böschung heranzukommen? Weil er eine schwere Last zu transportieren hatte? Einen Körper? Toms Körper?

Tom trat näher und betrachtete das Gras zwischen den Schienen und der Pfütze. Es war zertreten, an den kleinen Büschen waren Zweige abgebrochen, und man sah tiefe Stiefelabdrücke und dazwischen eine Schleifspur.

Jemand hatte einen Körper rückwärts die Böschung hinaufgezogen. Es waren jedoch nur die Abdrücke *eines* Mannes zu erkennen. Hatte Jeb im Karren gewartet, während Dale ihn zu den Gleisen schleifte, weil Tom bei der Schlägerei sein Knie verletzt hatte?

Tom ging neben der Pfütze in die Hocke. In den Furchen, die die Räder hinterlassen hatten, sah man den Abdruck eines Nagels, mit dem die Eisenbeschläge am Holz festgemacht wurden. Neben dem Nagelabdruck waren zwei kleine halbmondförmige Risse zu erkennen, wo die Beschläge offensichtlich schadhaft waren. Falls er demnächst über einen Karren stolpern sollte, würde er sich die Nägel genauer ansehen.

Trotzdem hatte Tom keinen Zweifel, wer ihn auf die Schienen gelegt hatte. Nach seiner Rückkehr nach St. Petersburg würde er nach Dale und Jeb suchen. Er hatte sich verprügeln lassen wie ein dämlicher Bauernbursche, und das würde ihm nicht noch einmal passieren.

Mach mit ihm, was du mit seinem Hündchen gemacht hast, Dale!

Tom spürte die nackte Wut in sich aufwallen.

»Wir reiten los, Tom Sawyer. Familie warten auf Shipshewano.«

Tom wandte den Blick von den Furchen in der Pfütze und stieg auf das Pony, das Shipshewano ihm gegeben hatte. Bei ihrem Aufbruch vor einer halben Stunde hatte Tom versucht, auf den Hengst von Shipshewanos ältestem Sohn zu steigen. Doch die Indianer ritten ohne Sattel, und als Tom das Bein über den Rücken des großen Pferdes schwingen wollte, war ihm der Schmerz in die Seite und ins Knie gefahren, und er hatte sich setzen müssen. Er wollte es erneut probieren, doch der Häuptling hatte Pepinawah etwas zugerufen, und der kleine Junge brachte ihm ein Pony.

Beschämt war Tom auf das kleine Pferd gestiegen, indem er sich quer über den Rücken des Ponys legte und dann langsam ein Bein über das Tier hob. Seine Füße schleiften fast am Boden, und das Tier stöhnte unter der Last. Die ersten Minuten auf dem Pony waren die Hölle gewesen, und auch als Tom das Tier nun neben Shipshewano auf dem kleinen Pfad zwischen Weiher und Schienen entlangtrieb, tat ihm jeder Knochen weh.

Doch es war besser als gestern. Viel besser.

Er wusste nicht, ob er in dieser Nacht geschlafen hatte; die Bilder am Lagerfeuer waren verschwommen zwischen Wirklichkeit, Traum und Rausch. Letztlich war es ihm egal, er fühlte sich trotz der Schmerzen erfrischt und bereit zu tun, was zu tun war.

Während sie schweigend nebeneinanderher ritten und die Pferde durch Baumwollplantagen und Hanffelder trieben und danach über den bewaldeten Hydesburg Hill mit der felsigen Kuppe im Westen von St. Petersburg, durch den der Eisenbahntunnel verlief, musste er immerzu an Huck denken und daran, wie es diesem wohl ergangen war. Ob er sich wohl weiter erholt hatte? Würde Tom ihm Fragen stellen können? Fragen zu dem Tag, an dem Polly ermordet worden war? Huck hatte gesagt, er solle noch mal mit Sally Austin reden, und genau das würde er tun.

»Tom Sawyer.« Der Häuptling zügelte sein Pferd, streckte den Arm aus und deutete in das Tal, das vor ihnen lag und an dessen Rändern sich Felder mit Weizen, Mais und Gerste ausdehnten, die in der Sonne reiften.

St. Petersburg erstreckte sich zwischen dem Cardiff Hill im Norden und dem Lovers' Leap im Süden, und von hier oben sah es aus, als würden die Häuser am Pier demnächst in den Mississippi gedrängt werden. Der Bear Creek floss am Südrand der Stadt dahin wie eine träge silberne Schlange, und der Rauch von den Kochfeuern kräuselte sich aus den Schornsteinen zum wolkenlosen Himmel.

Eine halbe Meile entfernt, weit vor den ersten Häusern der Stadt, entdeckte Tom einige Pferde im Schatten von Platanen. Es war der Friedhof. Offensichtlich fand gerade eine Beerdigung statt: Auf einem schwarz gestrichenen Karren lag etwas unter einer Plane.

Der Bestatter, gut zu erkennen an seinem Zylinder, stand neben dem Fuhrwerk und wechselte Worte mit zwei weiteren Personen. Tom hatte den Eindruck, als würde die kleine Gruppe innehalten und zu ihm und dem Häuptling heraufblicken, bevor sie sich wieder ins Gespräch vertieften.

Shipshewano ließ seine Stute ein paar kleine Schritte zur Seite tänzeln, sodass ein Busch ihn verbarg. »Shipshewano dreht hier um. Geht heim.«

»Ja, ich verstehe.« Tom stieg vom Pony und biss die Zähne aufeinander, als er mit dem linken Bein sein Gewicht abfederte. Er gab dem Häuptling die Hand. »Vielen Dank für alles. Und richte Pepinawah auch noch mal meinen Dank aus. Sag ihm, er soll gut auf das Atkinson-Messer aufpassen. Ich denke, er hat nur vergessen, es mir zurückzugeben. Genau wie die Dollarscheine. Er kann beides behalten.«

Tom grinste, doch die Miene des Häuptlings blieb unbewegt. »Pepinawah hat Messer nicht vergessen. Pepinawah hat auch Dollar nicht vergessen. Beides Anzahlung für Hilfe für Tom Sawyer. Holzfäller kommen bald, und wir müssen weg. Shipshewanos Familie brauchen Essen und Geld, Tom Sawyer. Dreißig Dollar sind genug.«

»Dreißig Dollar? Gütiger Herr im Himmel, wieso …« Tom stockte, er blickte zu Boden und schwieg.

Shipshewanos Stute schnaubte leise, und der Häuptling tätschelte ihr die Seite. »Du Schulden bezahlen, Tom Sawyer?«

Tom seufzte. »Natürlich, Häuptling. Trotzdem danke.«

Shipshewano ergriff Toms Hand und schüttelte sie. »Besser du nicht sagen, dass wir in Wald, wo Holzfäller bald kommen, Tom Sawyer. Wir haben sonst vielleicht nicht genug Zeit, Reise vorzubereiten.«

Tom nickte, dann griff Shipshewano nach den Zügeln des Ponys und trieb sein Pferd an. Tom wandte sich hügelabwärts und ging steif ein paar Schritte auf den Friedhof zu.

»Tom Sawyer.«

Er drehte sich um. Shipshewano war noch einmal stehen geblieben. »Ja, Häuptling?«

Der Indianer beschirmte mit der Hand die Augen gegen die Sonne. Er blickte nach Osten, wo der Lovers' Leap über dem Mississippi aufragte. »Du fangen Bösen Mann. Du bist Hund und er Wolf. Aber du jetzt starker Hund. Du stärker als Dämon.«

Tom schwieg, und Shipshewano griff in die Zügel und trieb die Pferde zurück über den Hydesburg Hill zu den Schienen.

»Ja, Häuptling«, sagte Tom leise, obwohl Shipshewano schon längst hinter der Hügelkuppe verschwunden war. Versonnen strich er sich mit der Hand über die Stirn, und weil sein Sonnenbrand sich schälte, lösten sich kleine Hautfetzen und schwebten langsam durch die warme Luft zu Boden. Er folgte dem schmalen Pfad, der an der unbewaldeten Seite des Hügels hinab zum Friedhof führte.

Als er über den Bretterzaun hinwegblickte, entdeckte Tom einen Mann, der sich erschöpft auf eine Schaufel stützte. Er hatte am Rande des Friedhofs ein Grab ausgehoben, dort, wo die Armengräber lagen und wo man Fremde und die weniger angesehenen Bürger von St. Petersburg bestattete. Tom wusste, dass er schon längst ein Gebet an Pollys Grab hätte sprechen sollen, und sein schlechtes Gewissen gab ihm einen Stich.

Als er näher kam, erkannte Tom die beiden anderen Personen, die an dem schwarz getünchten Pritschenwagen des noch jungen Bestatters Nathaniel Donaghy standen. Es waren Joe Harper und Becky. Sie trug ein dunkelgrünes Musselinkleid und einen Strohhut, mehr eine Haube zum Schutz gegen die Sonne, und machte sich Notizen in ihr kleines Buch. Offensichtlich befragte sie den Sheriff. Toms Herz zog sich für einen Moment zusammen.

War das Grab für Huck?

Beten Sie für ihn. Vielleicht schafft er's, vielleicht nicht.

Tom beschleunigte den Schritt. Als er zwischen zwei Kiefern auf einem steinigen Stück des Pfades beinahe ausgerutscht wäre, blickte Becky auf, und ein kleiner Schrei entfuhr ihr. »Tom!«

Sie rannte auf ihn zu, und Tom konnte aus ihrer Miene nicht lesen, ob sie wütend war oder erleichtert, ihn zu sehen. Sicherheitshalber blieb er stehen.

»Becky! Gut, dich zu sehen, ich –«

Die Ohrfeige knallte laut, Toms Gesicht flog zur Seite, und er sah Sternchen.

Becky stemmte die Fäuste in die Hüften. »Wie kannst du mir so einen Schrecken einjagen, Tom Sawyer?«

Er fasste sich an den Kiefer und schüttelte benommen den Kopf, bis er feststellte, dass seine Beule am Kopf davon wieder schmerzte. »B-Becky, bist von Sinnen? W-warum –«

Becky schlang die Arme um seinen Hals und riss ihn dabei fast um. Tom stöhnte auf, weil sie ihn an sich presste, als würde er davonfliegen, wenn sie ihn nicht ganz fest umklammert hielt.

»Mein Gott, Tom! Ich hab mir solche Sorgen gemacht! Wo hast du nur gesteckt?«

Tom war von der Umarmung fast ebenso überrumpelt wie von der Ohrfeige. »I-ich … ich hatte Schwierigkeiten, bin da vor drei Tagen in so eine Sache geraten und –«

»Schwierigkeiten, so so. Das glaub ich gern«, sagte eine Männerstimme.

Joe Harper trug einen sandfarbenen Anzug mit einem kleinen schwarzen Binder am weißen Hemdkragen und dazu helle Wildlederhandschuhe.

Tom löste sich von Becky und humpelte ein paar Schritte auf Harper zu.

Der Sheriff musterte Tom kühl und nickte zu der Beule an Toms Stirn. »Na, Tom? Bist du in eine Schlägerei geraten?«

Er lächelte freudlos.

Tom zuckte mit den Schultern. »Bin besoffen vom Pferd gefallen, wenn du's genau wissen willst, Joe.«

Joe legte die Hände auf die Colts, die links und rechts an seinem Gürtel hingen, und sah sich mit gespieltem Eifer um.

»Ich glaub gern, dass du besoffen warst, Tom. Aber ich seh kein Pferd.«

Tom hatte weder die Absicht, ihm von Shipshewanos Pony zu erzählen, noch wollte er Joe erklären, dass er die Beule Jeb und Dale zu verdanken hatte. Schließlich hatte er mit beiden noch ein Hühnchen zu rupfen. »Das Pferd ist weggerannt, wahrscheinlich sitzt es irgendwo mit Harbinsons Hund in einem Busch und wartet darauf, dass du sie endlich findest.«

Der Sheriff verzog keine Miene.

Tom stöhnte. »Was soll das, Joe? Wen beerdigst du hier?«

Tom nickte zu dem Karren des Bestatters und zu dem formlosen Etwas unter der Plane. Fliegen schwirrten in einer Wolke darüber. Ein säuerlicher Karbolgeruch stieg Tom in die Nase.

Bitte lass es nicht Huck sein! Bitte nicht!

»Darüber wollte ich gerade mit dir reden, Tom.« Harper trat an den Karren und legte die Hand an die Plane.

Nathaniel, der Bestatter, der bis dahin stumm die Unterhaltung verfolgt hatte, trat einen Schritt zurück. »Warte, Butch«, wies er seinen Assistenten an, einen alten, seltsam feingliedrigen Mann, der mit der Schaufel vom Friedhof kam.

Becky trat von hinten an Tom heran. »Bitte sag mir, dass du nichts damit zu tun hast!«, flüsterte sie. In ihrer Stimme lag Angst.

Tom sah ihr erstaunt in die Augen. Große Beunruhigung lag darin.

»Du tust so etwas nicht, Tom, stimmt's?«

Tom schüttelte verwirrt den Kopf. Wovon redete sie?

Bitte lass es nicht Huck sein! Bitte nicht!

Er machte einen weiteren Schritt auf den Karren zu, als Harper die Plane von dem toten Körper zog und die Fliegen erst auseinanderstoben und sich dann mit einem fiebrigen Brummen auf den Leichnam stürzten.

»Ihr hattet Ärger, Tom. Das wusste jeder. Was ich nicht weiß, ist, ob du ihn umgelegt hast, aber das wirst du mir gleich sagen, und wenn mir die Antwort nicht gefällt, bekommst du die Zelle neben Huck.«

Tom blickte über die niedrigen Bretter, die die Seitenwände des Karrens bildeten, und schluckte. Der Gestank war bestialisch. Der Hals des Toten war dünn, sehnig und wirkte ausgezehrt, die Haut war wächsern, fast durchscheinend, bis auf seltsam hervortretende blaue Adern. Tom hob den Blick etwas höher, und ihm wurde schlecht.

Von dem Gesicht war fast nichts mehr übrig. Irgendjemand hatte den Mann erschlagen. Die Nase war zertrümmert, Augen und Mund eine einzige blutige Masse.

Tom würgte.

Struppige blonde Fransen standen links und rechts des zerstörten Gesichts ab. Der Mann trug die zerschlissene Uniform der Südstaaten. Auf der Brusttasche gekreuzte Kanonen, das Abzeichen der Artillerie.

Der Tote auf dem Karren war Jeb.

»Verdammte Scheiße!«, entfuhr es Tom.

»Das kann man wohl sagen. Hast ihn wohl etwas zu hart angefasst, was, Tom?«

»Hör auf, Joe! Ich hab ihn nicht umgebracht!«

»Vielleicht wolltest du es ja nicht, aber dann ist es doch passiert?«

Tom zwang sich, das zertrümmerte Gesicht genauer zu betrachten. Wo einmal Jebs Nase gewesen war, war nur noch ein Brei aus getrocknetem Blut, aus Zähnen und Knorpel. Die Augen waren in die Höhlen gedrückt und verschwammen mit dem Rest der zähen Masse. Doch an den Rändern der Wunde, am Jochbein, am Kinn und an der Stirn entdeckte Tom seltsam regelmäßige Vertiefungen, dort, wo die Waffe immer und immer wieder auf den Kopf geschlagen worden war.

Kantige Vertiefungen.

»Tom? Wo warst du die letzten zwei Tage? Und warum bist du weggelaufen?«

»Hast du das gesehen?« Er deutete auf die eckigen Vertiefungen, doch Joe ging nicht darauf ein.

»Hast du meine Frage gehört? Du hast mit diesem Mann gestritten. Er hat dich einen Niggerfreund genannt und Scheißer, das hab ich selber gehört. Ihr habt euch in Harolds Kneipe geprügelt.«

»Das war nicht Jeb. Ich hab mich mit Dale geprügelt. Und jetzt hör endlich auf damit, Joe! Hast du den Hammer gefunden?«

Für einen kurzen Moment schien es, als hätte Tom Joe Harper aus der Fassung gebracht. Der Sheriff blinzelte und sah Tom an, als sei der nicht ganz bei Verstand.

»Was für einen Hammer? Wovon zum Teufel redest du?«

»Davon.« Tom deutete auf die Einkerbungen auf dem, was von Jebs Gesicht noch übrig war.

Becky trat näher an die Leiche heran. Sie nahm ihr Notizbuch hoch, wie zum Schutz vor dem Gestank. Ihre Wangen waren bleich geworden.

Tom tippte auf die Stirn und auf das Jochbein des Toten. »Hier. Und hier auch. Siehst du das, Joe? Diese Ecken? Und hier am Kinn ist auch eine. Das war kein Stein und auch kein Gewehrschaft. Das war ein Hammer.«

»Scheiße. Wer macht denn so was?« Joe Harper schluckte und blickte Tom erschrocken an.

»Ich nicht. Ich hab gar keinen Hammer, Joe.«

Tom lächelte schief, aber der Sheriff verzog keine Miene.

Tom nahm die kalte ledrige Hand des Toten und untersuchte die Handgelenke. Dünne blaurote Furchen zogen sich um Jebs kalkweißes Handgelenk wie ein verblichenes Armband. »Man hat ihn gefesselt. Und dann mit einem Hammer zugeschlagen.«

Becky entfuhr ein leises Stöhnen.

Tom berührte sie am Arm. »Du musst das nicht sehen, Becky. Tu dir das nicht an.«

Beckys Stirn legte sich in Falten und sie straffte sich. »Oh doch. Ich muss das sehen. Meine Leser wollen das wissen, ob mir das nun Spaß macht oder nicht.« Dann kritzelte sie etwas in ihr Notizbuch und blickte ihn streitlustig an. »Gefesselt und ein Hammer. Sonst noch etwas?«

Tom hielt ihrem Blick stand, sagte aber nichts. Der alte Gehilfe des Bestatters pulte mit dem langen Fingernagel am kleinen Finger seiner linken Hand zwischen seinen Zähnen herum. Nathaniel, sein junger Chef, der offensichtlich versuchte, ein würdevolles Bild abzugeben, gab ihm einen Klaps auf den Hinterkopf, und der Alte ließ die Hand sinken. Tom trat an die Seitenwand des Karrens, verscheuchte mit der Hand ein paar Fliegen und schnüffelte an der Kleidung des Toten. Dann griff er unter Jebs Kopf und hob ihn ein Stück hoch.

Joe Harper sog zischend Luft ein. »Was machst du da, verdammt noch mal?«

Tom kniete sich hin. Mit der anderen Hand schob er ein paar fettige blonde Strähnen von Jeb zur Seite und begutachtete den Schädel von unten. »Sein Hinterkopf ist unversehrt. Keine Verletzung. Er lag also nicht auf dem Boden, als man ihm das Gesicht zertrümmert hat, sonst wären durch die Wucht der Schläge auch dort Blut und eine Wunde. Jeb saß oder stand gefesselt vor seinem Mörder, als der ihn mit einem Hammer fertiggemacht hat.«

Joe nickte, aber dann verengte er die Augen zu Schlitzen. »Du weißt ziemlich viel darüber, wie es passiert ist, Tom. Und du hast mir immer noch nicht gesagt, wo du die letzten zwei Tage gewesen bist. Du humpelst.« Joe deutete auf Toms Beule.

»Und wo hast du die her? Und komm mir nicht noch mal mit dem Scheiß von wegen ›vom Pferd gefallen‹, hörst du?« Harper verschränkte die Arme vor der Brust.

Tom seufzte und legte Jebs Kopf sanft wieder auf die Pritsche. Irgendeinen Brocken würde er Harper hinwerfen müssen, so viel stand fest. Tom blickte zu Boden und schob etwas Staub mit seiner Stiefelspitze beiseite. »Also gut, Joe. In der Nacht vor drei Tagen wollte ich noch mal nach Huck sehen.« Und er schilderte, wie zum Gefängnis gegangen war und er durch das Fenster mit Huck gesprochen hatte und wie er von Jeb und Dale dort überfallen worden war. Ob sie ihn verfolgt hatten oder ob sie ihm aufgelauert hatten, wisse er nicht, jedenfalls hätten sie ihn windelweich geprügelt und dann auf den Gleisen ein paar Meilen vor der Stadt festgebunden, damit der Mittagszug ihn überfahren sollte.

»Was?« Becky sah ihn entsetzt an.

Er nickte und sprach dann wieder zu Joe. »Zum Glück hat ein Junge mich gefunden und losgeschnitten. Seine Familie hat mir geholfen. Ich konnte kaum gehen, geschweige denn jemanden fesseln und ihm mit einem Hammer den Schädel einschlagen. Ich hab's mit Müh und Not hierhergeschafft.«

Joe Harper nickte ungerührt. »Hübsche Geschichte. Und ein Grund mehr, warum du es auf Jeb abgesehen hattest. Ich nehme an, die ›Familie‹ kann das bestätigen, wenn ich mit ihnen rede.«

Tom seufzte. »Ja, Joe. Ich schätze, das könnte sie. Aber vielleicht solltest du lieber mal mit Dale reden. Vielleicht kann er dir verraten, wo er und sein Kumpel Jeb in dieser Nacht waren und was sie gemacht haben. Vielleicht gab's ja Streit? Dale ist nicht gerade der Typ, der lange diskutiert.«

Joe Harper zwirbelte seine Schnurrbartspitze, dann spuckte er aus. »Würd ich ja machen, du Schlaumeier. Aber ich weiß leider nicht, wo Dale ist. Er ist verschwunden. Vielleicht hast du ihn ja auch nur besser versteckt als Jeb?«

Tom blinzelte. »Er ist verschwunden?«

Harper nickte, und als er gerade etwas erwidern wollte, räusperte sich der Bestatter, der bisher schweigend neben dem Karren gestanden hatte. Der junge rothaarige Mann strich seine Weste glatt und deutete dann mit dem Daumen unbestimmt über die Schulter. »Ähm, Sheriff… ich hab da noch einen Eichensarg in der Werkstatt, der…«

Harper blickte sich um. »Natürlich, Nate. Wir sind hier fertig.«

Nathaniel nickte seinem Angestellten zu, und der alte Mann mit den weichen Zügen packte Jeb grob an den Beinen, während Nathaniel über die Seitenwand des Karrens nach Jebs Schultern griff. Eine struppige Katze, der ein Ohr fehlte, saß auf dem Lattenzaun und sah ihnen dabei zu, während sie sich die Pfote leckte.

Mitfühlend legte Becky Tom eine Hand auf die Schulter. »Du solltest zu Dobbins oder zu deinem schwarzen Doktor gehen und nachsehen lassen, ob mit dir alles in Ordnung ist.«

Tom drehte sich um und sah ihr in die Augen. Der Stich in seinem Herzen machte ihm klar, dass alle guten Vorsätze, sie aus seinem Leben zu verbannen oder ihr auch nur böse zu sein, weil sie ihn schon wieder geohrfeigt hatte, vorerst nur ein frommer Wunsch bleiben würden. Als er auf den Schienen lag, hatte er sich nichts sehnlicher gewünscht, als sie wiederzusehen. Er wusste, warum, doch er wusste auch, dass er sich falsche Hoffnungen machte.

Er konnte sich gerade noch zurückhalten, ihr eine Strähne, die sich aus ihrem Haar gelöst hatte, aus der Stirn zu streichen. Stattdessen fragte er: »Wie geht es Huck?«

Becky nickte. »Besser. Er schläft viel, und er ist immer noch schwach. Aber ich schätze, er kommt durch.«

Tom seufzte vor Erleichterung. »Gut. Das ist gut, ich werde ihm –«

Wieder legte sich eine Hand auf Toms Schulter. Diesmal war es Joe Harpers Pranke, und die war alles andere als mitfühlend. »Ich hab dir gesagt, du sollst dich zur Verfügung halten,

Tom. Vor drei Tagen bei Mr Dobbins. Wegen dem Telegramm, du hast es bestimmt nicht vergessen.«

Das Telegramm. Der Sonderbeauftragte. Tom stöhnte innerlich auf.

Bei all den Problemen, den Schmerzen und den vielen ungelösten Fragen, die sich in den letzten drei Tagen wie ein Mühlstein auf seine Schultern gelegt hatten, war ihm glatt entfallen, dass er noch eine Rolle in einem Theaterstück zu spielen hatte, das in Washington aufgeführt wurde. Er seufzte. »Nein, Joe, ich hab's nicht vergessen. Aber ich hab dir ja schon gesagt, dass ich ein paar Schwierigkeiten hatte.«

»Deine Schwierigkeiten sind mir scheißegal. Wenn du ab jetzt auch nur pissen gehst, ohne mir Bescheid zu sagen, wo, leg ich dich in Ketten. Verstanden? Und jetzt sag mir, wo du die letzten Tage gewesen bist, damit ich mit diesen Leuten sprechen kann.«

»Sie heißen Fletcher, Farmerfamilie mit zwei Jungs, wohnen drei Meilen hinter Monroe an der Bahnlinie. Einfach den Gleisen folgen, du kannst es nicht verfehlen.«

Tom hoffte, dass diese Lüge ihm etwas Zeit verschaffen würde.

Harper spuckte in den Staub, dann stieß er den Zeigefinger gegen Toms Brust. »Besser, das stimmt, Bürschchen, oder du steckst kopfüber in der Scheiße, hörst du?«

Tom nickte und hob die Hände, als könnte er kein Wässerchen trüben. »Klar, Joe, meinst du, ich lüg dich an? Dann verrat du mir aber auch etwas.« Harper blickte auf, in seinen Augen lagen unverhohlen Abscheu und Wut.

»Was?«

»Wo hast du Jeb gefunden?«

»Das war nicht ich. War ein Gleisarbeiter. In Ripleys Schweinepferch am Gleisdreieck. Schätze, die Schweine sollten den Rest erledigen, aber dazu kam es nicht, weil Ripley die Viecher am Abend zuvor gemästet hat wie nichts Gutes. Die ham Jeb einfach links liegen lassen. Warum willst du das wissen?«

Tom lächelte so süß, wie es ihm möglich war. »Weil du immer ganz genau wissen willst, wo ich bin, Joe, schon vergessen?«

Harper machte einen Schritt nach vorn, sodass seine Nase fast an die von Tom stieß. Er packte Tom am Kragen und zischte: »Wag es ja nicht, Tom. Komm mir nicht blöd, sonst werd ich dir den Schädel –«

»Ja, Sheriff. Eingeschlagene Schädel!« Becky tippte auf ihr Notizbuch. »Ich schreibe gerade einen Artikel darüber, und die Leser meiner Zeitung brennen darauf, zu erfahren, welcher der Kandidaten für das Sheriffsamt wohl besser geeignet ist. Welcher der Gentlemen ist ein besonnener Hüter von Gesetz und Ordnung, und welcher wird sich als stumpfer Schläger erweisen, der sich der gleichen Gewalt bedient, vor der er die Bürger der Stadt eigentlich schützen sollte? Möchten Sie meinen Lesern dazu etwas sagen, Sheriff Harper?«

Joe hielt inne und starrte Becky zuerst überrascht und dann offen feindselig an. Er kaute auf der Innenseite seiner Backe, schließlich ließ er Toms Kragen los und wischte ihm über das Jackett, als wollte er es glatt streichen. »Tut mir leid, Tom.«

Tom atmete tief durch. »Wir waren mal Freunde, Joe. Weißt du noch?«

Harper nickte. »Ja. Das waren wir mal. Vor langer Zeit.«

Die Männer maßen sich schweigend mit dem Blick, als Becky Tom anstupste. »Es gibt jemanden in der Stadt, der dich sehen will, Tom. Dringend. Und du willst ihn auch sehen, da bin ich mir ganz sicher.«

»Lass das, Kleiner! Hör auf damit, du wirst sie noch zerfetzen!«

Tom lachte lauthals, und Hollis hörte an seiner Stimme, dass der Tadel nicht ernst gemeint war. Immer wieder sprang der Hund an Toms Hosenbeinen hoch und leckte Tom über die Hände und über das Gesicht, während Tom ihn kraulte und gleichzeitig versuchte, Hollis' Zähne von seinen Hosenaufschlägen fernzuhalten.

»Er humpelt. Genau wie du. Ich schätze, ihr zwei seid euch ziemlich ähnlich.«

Becky sah grinsend auf Tom hinunter, der vor ihr kniete und mit dem Hund spielte.

Tom strahlte. »Wo hast du ihn gefunden? Beim Gefängnis?«

Becky schüttelte den Kopf. »Er lag vorgestern Morgen im Stroh in unserem Stall. Irgendwie hat er sich wohl daran erinnert, dass es da mal einen Knochen für ihn gab, und er hat sich dahin geschleppt. Zwei Tage lag er rum und hat sich von mir füttern lassen. Seit gestern läuft er wieder.«

»Schlaues Kerlchen. Hast du gut gemacht!«

Tom drückte seine Stirn gegen die von Hollis, und es war ihm egal, dass der Hund ihm mit der rauen feuchten Zunge über das Gesicht fuhr. Doch dann traten zwei schwarz polierte Lederstiefeletten in sein Gesichtsfeld, und Tom blickte auf.

»Miss Thatcher. Mr Sawyer?«

Der Stationsvorsteher war ein distinguierter Mann Anfang fünfzig mit einem quadratischen grauen Schnurrbart, der genauso breit war wie seine Nase. Louis Hayward trug eine blitzsaubere blaue Uniform mit roten Streifen, an deren Gürtel ein beeindruckender Schlüsselbund hing. Die wachen Augen unter der Mütze blickten ungehalten auf den Mann hinab, der sich von einer Promenadenmischung ablecken ließ, und Hayward schien darum bemüht, bei diesem Anblick Haltung zu bewahren.

Becky gab ihm die Hand. »Vielen Dank, dass Sie uns empfangen, Sir.«

Sie standen im erst vor wenigen Wochen fertiggestellten Bahnhofsgebäude von St. Petersburg. Bevor das eindrucksvolle Gebäude zwei Blocks südlich des Broadway errichtet worden war, mussten die Fahrgäste in der Lobby von »Kettering's Hotel« in der südlichen Main Street auf den Zug warten. Wenn der Zug einfuhr, war man einfach über die Straße gelaufen und die vier

Stufen zu einer schlichten Holzplattform hinaufgestiegen, um einzusteigen.

Hayward hatte in der Lobby des Hotels in einem kleinen Verschlag gesessen, von wo aus er Fahrkarten verkaufte und Fahrplanänderungen ankündigte. Jetzt war er der stolze Aufseher über ein dreistöckiges Backsteingebäude mit zahlreichen Giebelchen, mit einem Turm, an dem es eine große Uhr gab, und mit einem geräumigen holzgetäfelten Wartesaal unter einem zentralen Oberlicht. Für St. Petersburger Verhältnisse war das Gebäude viel zu groß, aber die St. Louis & St. Petersburg Railway schien für eine rosige Zukunft zu planen, und in den oberen Stockwerken waren die Handwerker noch dabei, einige Gästezimmer auszubauen.

Tom stand von den glänzenden Marmorfliesen auf und gab dem etwas steif wirkenden Stationsvorsteher ebenfalls die Hand. »Danke, Sir.«

Hayward nickte säuerlich, und nach einem abschätzigen Blick auf Toms abgerissenes Äußeres meinte er mit gezwungenem Lächeln: »Keine Ursache. Dem *Chronicle* ist die St. Louis & St. Petersburg Railway stets gerne behilflich. Ich habe den Mann hier, Isaac ist sein Name. Er kann Sie begleiten.«

Hayward wies mit dem Kinn über die Schulter. Durch das Fenster neben der Tür zur Bahnplattform konnte man einen älteren Schwarzen in einer Latzhose erkennen, der sich unsicher umblickte und sich mit einem Taschentuch den Schweiß aus dem Nacken wischte.

»Vielen Dank«, sagte Becky nochmals, »das ist sehr freundlich von Ihnen. Wir wollen auch keine weiteren Umstände machen.«

Hayward nickte würdevoll, dann blickte er kurz zu den wenigen Reisegästen, die im Wartesaal saßen, und senkte die Stimme. »Ich würde Sie jedoch ersuchen, diesen unangenehmen … Vorfall dort zu belassen, wo er stattgefunden hat. Nämlich in den Schweinepferchen von Mr Ripleys Grundstück. Dass die Bahnlinie daran angrenzt, ist ja mehr oder minder nur

Zufall, und Sie wissen ja, dass es immer noch Menschen in dieser Stadt und anderswo gibt … rückständige Menschen, will ich betonen, die der Eisenbahn mit Argwohn oder gar Ablehnung begegnen, weil sie uns wahlweise für den Niedergang der Dampfschifffahrt verantwortlich machen wollen oder die Reisegeschwindigkeit unserer Züge als abträglich für den Körper befinden. Wenn Sie verstehen, was ich meine.«

Becky setzte ein verbindliches Lächeln auf und nickte. »Sicher, Mr Hayward, es ist nur … von dem Grundstück der St. Louis und St. Petersburg Railway aus kann man sich dem Pferch unbemerkt nähern. Wohingegen man, wenn man von der Seite von Mr Ripleys Grundstück herkommt, zuerst an zahlreichen Wirtschaftsgebäuden, Ställen, den Unterkünften der Arbeiter und dem Wohnhaus der Ripleys vorbeimuss, wie mein Kollege Mr Sawyer so treffend festgestellt hat. Nur deswegen belästigen wir Sie. Sollten wir also feststellen, dass der unglückliche Mr Teller auf diesem Weg in den Schweinepferch gelangt ist, werden meine Leser das bestimmt wissen wollen …«

Mr Teller? Tom bemerkte, dass er Jebs Nachnamen bis jetzt nicht gekannt hatte.

Hayward lief rot an. Er sog zischend Luft in die Backen, und Becky beeilte sich hinzuzufügen: »Wenngleich wir vom *Chronicle* uns unserer Verantwortung auch und gerade für die Eisenbahn in St. Petersburg stets bewusst sind, und ich kann Ihnen versichern, dass niemand Ihnen wegen meines Artikels Vorwürfe machen wird.«

Hayward blies die Luft langsam wieder aus, und seine Gesichtsfarbe wurde aschgrau, so wie zu Beginn ihres Gesprächs. »Vielen Dank, Miss Rebecca. Ich weiß ja, dass man sich auf die Thatchers in puncto Fortschritt in St. Petersburg verlassen kann. Grüßen Sie Ihren Herrn Vater recht herzlich von mir.«

Becky schien von Haywards Worten nicht besonders angetan zu sein. Sie nickte knapp, und Hayward zog eine Elgin-Taschenuhr an einer goldenen Kette aus seiner Westentasche hervor und warf einen Blick darauf. »Sie werden mich entschuldigen, ich muss noch einen unserer Ingenieure treffen.«

Mit einer knappen Verbeugung empfahl sich Hayward und hielt ihnen die breite Flügeltür zur Plattform auf.

Die Worte des Stationsvorstehers klangen noch eine Weile in Tom nach, als er und Becky Isaac über das Gleisbett folgten. Links von ihnen ragte grau und düster das Rundhaus auf, der kreisrunde Lokschuppen, über dessen Drehscheibe die Lokomotiven auf die Abstellgleise verteilt wurden. Hollis humpelte neben Tom her, und diesem war klar, dass sie ein reichlich groteskes Bild abgeben mussten: Herr und Hund, beide hinkend, denn auch Tom zog den linken Fuß nach und bemühte sich, mit Becky und Isaac Schritt zu halten.

»Die Mistdingers sin' aus Kiefernholz un' nich' aus Eiche. ›Mit Kiefer fährste schiefer‹, heißt's bei uns immer, und wir wissen, warum, oh ja, Sir! Die haben das gemacht, weil Kiefer weniger Lärm macht als Eiche. Wollten se in der Stadt so haben, aber bei jedem Regen quellen die Mistdingers auf, und ich lauf mit'm Eimer voll Carbolineum bis zum Ende der Stadt und pinsel die Mistdingers wieder ein, damit se noch was halten, bevor man se wegschmeißen muss.«

Tom lauschte Isaacs Litanei eine ganze Weile, bis ihm klar wurde, dass der Mann über Eisenbahnschwellen redete.

»So hab ich 'n gefunden. Ich geh bei Ripleys Pferchen vorbei mit mei'm Eimerchen, pfeif mir 'n Lied und denk mir nichts Böses, guckt da 'ne Hand unterm Zaun raus. Bin ich natürlich sofort zu Mr Hayward, und der hat 'n Sheriff geholt. So sieht's nun mal aus.«

Sie standen am Gleisdreieck, fast am Ortsrand, wo die Strecke sich teilte. Nach Norden führten die Gleise weiter am Mississippi entlang Richtung Keokuk. Die Schienen, die hier nach links abzweigten und in einem weiten Bogen nach Westen führten, verliefen durch den Tunnel im Hydesburg Hill und dann weiter über Palmyra bis hin zum westlichen Ende der Bahnstrecke und damit dem westlichen Ende des Staates Missouri in St. Louis.

»Da drüben isses. Beim zweiten Pfosten, da isser gelegen.« Isaac deutete auf den groben Holzzaun vor ihnen, der etwa dreißig Yard lang hüfthoch zwischen zwei Gebäuden verlief: einem Stall und einer Baracke für die Arbeiter.

Der Gestank und das lautstarke Gegrunze von zwei Dutzend Schweinen schlugen ihnen entgegen. Tom fasste Isaac am Arm, damit der stehen blieb. »Warten Sie hier.«

»Ja, Sir.«

Nachdem Isaac, der Stationsvorsteher, Harper und der Bestatter mit seinem Gehilfen hier herumgetrampelt waren, hatte Tom nicht mehr viel Hoffnung, verwertbare Spuren zu finden, aber man musste die Sache ja nicht unnötig schlimmer machen, als sie ohnehin schon war. Er wandte sich zu Becky. »Du bitte auch.«

Becky zog die Stirn kraus und wollte gerade etwas erwidern, als Tom schon besänftigend die Hand hob. »Nur kurz. Bitte.«

Sie nickte, und Tom ging für einen Moment in die Hocke und drückte Hollis' Hinterteil auf den Boden. »Sitz, Hollis. Warte hier, ja?«

Hollis stand wieder auf, kaum dass Tom ihn losgelassen hatte, und Becky warf Tom einen belustigten Blick zu, ging in die Knie und hielt Hollis fest.

Tom lächelte etwas ratlos zurück. Wie konnte sie nur so sein? Wie konnte sie nur so tun, als wäre in den Ruinen von Marion City nichts passiert zwischen ihnen? Es schien so, als hätte sie den Kuss und die nachfolgende Ohrfeige vergessen.

Er riss sich von ihrem Anblick los, stand auf und ging langsam auf den zweiten Pfosten des Zauns zu. Sie waren auf einem schmalen schlammigen Weg hergekommen, der genau zwischen den Gleisen und den Pferchen und der Rückseite der Gebäude verlief. Tom hielt den Blick auf den Boden geheftet.

Im aufgeweichten Morast waren zahllose Stiefelabdrücke und die Spuren von Fuhrwerken zu erkennen. Ein paar vereinzelte Blätter lagen herum. Er suchte auf gut Glück in den Radfurchen nach den halbmondförmigen Einkerbungen, aber er konnte keine entdecken. Vermutlich waren es nur die Spuren des Bestatterkarrens.

Als er sich der Stelle näherte, wo man Jebs Leiche gefunden hatte, wurden die Fußabdrücke dichter, der Matsch war zwischen den Sohlen hochgequollen. Was auch immer es an Fußspuren gegeben hatte, sie waren zerstört. Ein paar Schweine lagen in der Nähe des Zauns im Dreck und suhlten sich. Als Tom näher trat, blickten sie auf und grunzten träge. Jenseits der Pferche, auf Ripleys Grundstück, hackten schwarze Arbeiter Holz und machten Feuer unter einem fast mannshohen Kessel. Sie nahmen keine Notiz von Tom. Er untersuchte die groben Bretter, die den Zaun bildeten. An der ihm zugewandten Seite entdeckte er ein paar Blutspritzer. Also gab es keinen Zweifel.

»Becky … äh … Rebecca!«

Er winkte sie zu sich und blickte dann über den Zaun. Eine Vertiefung im Schlamm ließ noch erahnen, wo der Körper gelegen hatte. Dort, wo man den Abdruck des Kopfes schemenhaft ausmachen konnte, war der Boden dunkler. Blut hatte die Stelle gefärbt.

»Was ist? Hast du etwas gefunden?« Becky war neben ihn getreten.

Tom deutete auf die Blutspuren am Holz. »Tut mir leid für Mr Hayward und seine Eisenbahn, aber Jeb ist zweifelsohne von dieser Seite in den Pferch gekommen.«

Becky zückte ihr Notizbuch und kritzelte etwas hinein. »Und sonst?«

Sie blickte auf.

Tom schüttelte den Kopf. »Keine Ahnung. Wenn es Spuren gab, dann sind sie jetzt alle zertrampelt.« Er schwang die Füße über den Zaun, kniete sich neben die Vertiefung, wo Jebs Körper gelegen hatte, und nahm den Boden noch einmal in Augenschein.

»Aber ich denke, man kann davon ausgehen, dass der Mörder Jeb hier nur hergebracht hat, um ihn loszuwerden. Er ist nicht hier umgebracht worden, sonst wäre da mit Sicherheit noch mehr Blut. Matsch hin oder her.«

Becky notierte auch das. »Dann suchst du jetzt als Nächstes den Ort, an dem er umgebracht wurde?«

Tom seufzte. »Ich weiß es nicht. Ich bin mir ja noch nicht einmal sicher, dass dieser Mord hier irgendwas mit dem Mord an Tante Polly zu tun hat. Vielleicht war es ja Dale. Die beiden waren besoffen, haben gestritten, und Dale hat ihn erledigt. Und ich habe ein halbes Dutzend andere Dinge, die ich dringend erledigen muss, um bei Tante Pollys Sache weiterzukommen.«

Andere Dinge.

Das Gespräch mit Sid, mit Sally Austin, mit Huck; dann Pollys Gärtchen, das Gelände um die McDouglas-Höhle, wo Shipshewano den toten Hund gefunden hatte, und irgendetwas mit einer Tür und einer Schiefertafel, auf das er ums Verrecken nicht kam.

Becky spielte mit einem welken Blatt, das sie vom Boden aufgehoben hatte, und fächelte sich gespielt Luft damit zu. »Und du schuldest mir noch ein Interview, Tom. Über die letzten Stunden unseres Präsidenten. Das verspreche ich meinen Lesern schon seit Tagen, und sie sind ganz heiß darauf.«

Tom seufzte. »Ja. Das bekommst du. Aber nicht jetzt.«

Er stand auf und trat zu ihr an den Zaun. Hollis schwänzelte um ihre Füße. Isaac stand immer noch genau an der Stelle, wo Tom ihn zu warten gebeten hatte.

Becky pustete gegen das Blatt und kniff die Augen gegen die Sonne zu. »Wie war er, Tom? Präsident Lincoln, meine ich. War er so steif, wie die Fotografien ihn zeigen? So ein Typ wie Hayward?«

Tom schüttelte den Kopf. Er folgte mit dem Blick den Gleisen, die am Mississippi entlang am Horizont verschwanden. »Nein. Ganz anders. Hayward will würdevoll wirken. Lincoln war es wirklich. Er war würdevoll und weise. Er hat eine riesige Last auf den Schultern getragen, und die große Verantwortung für unser Land war ihm immer bewusst. Trotzdem hat er nie versucht, die Last oder die Verantwortung auf irgendjemand anders abzuladen. Deswegen wirkte er vielleicht steif auf den Bildern. Weil er so viel zu tragen hatte. Er war ein guter Mann. Ein sehr guter Mann.«

Ihr Grinsen erstarb, und sie schwieg. Tom blinzelte und schämte sich ein wenig, weil seine Stimme bei den letzten Worten brüchig geworden war. Sie blickten einander schweigend an, bis die Stille bedrückend wurde. Beckys Lippen schimmerten in einem sanften Rosa. Es erschien Tom fast unnatürlich, dass er sich nicht augenblicklich vorbeugte, sie in den Arm nahm und sie küsste. Er wusste, dass er etwas sagen musste, damit der Moment endlich vorüberging. Doch dann war es Becky, die anfing zu sprechen. »Tom, das in Marion City … vor dem Haus deiner Eltern …«

Er senkte den Blick. Sie hielt das Blatt noch in der Hand. Irgendetwas stimmte nicht. Er schüttelte den Kopf.

Hastig setzte Becky hinzu: »Sag jetzt nichts, in Ordnung? Ich weiß, du musst denken, dass ich seltsam bin, weil ich dich schließlich auch geküsst habe … also mich nicht gleich gewehrt habe und –«

»Wo hast du das her?«

Becky schüttelte verwirrt den Kopf.

Tom deutete auf das Blatt in ihrer Hand. »Das Blatt da. Wo ist das her?«

Becky deutete verwirrt vor sich auf den Boden. »Das lag da. Bei dem Pfosten. Warum?«

Tom nahm ihr das Blatt aus der Hand. Es war eiförmig, mit deutlichen Rippen und einem roten Stängel. Winzig kleine Blutspuren waren darauf zu erkennen. Tom blickte sich um. Eine halbe Meile in jede Richtung war kein Baum zu sehen. Bahngleise, Schuppen, Schlamm, Backsteingebäude und der große braune Fluss. Aber kein Baum.

»Was ist? Was ist mit dem Blatt?«

»Es ist nicht von hier. Und Mr Dobbins wäre stolz auf mich.«

Tom schwang sich über den Zaun auf Beckys Seite und ging in die Hocke. Er suchte die Stelle direkt beim Pfosten ab. Ein weiteres Blatt steckte zwischen zwei Brettern. Grün, eiförmig, deutliche Rippen, roter Stängel.

»Dobbins? Was hat das mit unserem alten Lehrer zu tun?«

Tom erhob sich und zwirbelte das Blatt zwischen den Fingern. »Das ist ein Blatt der *Aesculus pavia,* der echten Pavie. Und ich weiß sogar, wo sie wächst.«

Es war alles voller getrocknetem Blut.

Die umgestürzte Eibe, an die der Mörder Jeb gefesselt hatte, war an zwei Stellen dicht mit Blut bespritzt. In der Mitte, wo Jebs Körper gewesen war und die Blutspritzer abgefangen hatte, fand Tom Fasern eines Seils, die in der Rinde hängen geblieben waren.

Sie standen eine Viertelmeile südlich des Lovers' Leap im Schatten hoher Pavien und uralter Eiben. Der Boden war übersät mit den eiförmigen Blättern der Pavien, und er war zudem zertrampelt von zwei verschiedenen Paar Stiefeln, wie Tom glaubte, aber sicher war er sich nicht. Als er an den Eisenbahngleisen das Blatt in Beckys Hand entdeckt hatte, musste Tom an Dobbins' Worte und das Feuer aus den rötlichen Zweigen denken, das er vor einigen Nächten auf dem Lovers' Leap entfacht hatte.

Die Gegend um St. Petersburg war dicht bewaldet, doch echte Pavien wuchsen fast nur auf dem Hügel im Süden der Stadt. Becky hatte die Pferde besorgt, während Tom zum Gefängnis gelaufen war, um nach Huck zu sehen. Der hatte geschlafen, und Tom wollte ihn nicht wecken.

Huck hatte besser ausgesehen, er hatte nicht mehr gezittert, und sein Atem ging ruhig. Als Becky Tom am Gefängnis abgeholt hatte, hatte der beschlossen, seinen Freund später noch einmal zu besuchen.

Nach einem kurzen Ritt bergauf hatten sie die Pferde auf der Hügelkuppe angebunden und waren, nachdem sie dort nichts fanden, in Schlangenlinien durch den in der Hitze brütenden Wald bergab gegangen. Sie hatten nach weiteren Pavien Ausschau gehalten. Kurze Zeit später stießen sie auf einen schmalen Trampelpfad. Hollis schnupperte aufgeregt und rannte voraus.

Er roch das Blut.

Gleich darauf hörten sie sein Bellen, folgten dem Pfad zu einer versteckt gelegenen Lichtung zwischen roten Pavien und hatten damit den Schauplatz des Mordes gefunden. Tom bat Becky, am Rande der Lichtung zu warten, und hatte den Boden zunächst allein untersucht. Aber außer dem Blut und den Seilfasern hatte er nichts entdeckt.

»Warum hat er ihn nicht hiergelassen?« Becky stand noch immer im Schatten der jungen Pavien am Rande der Lichtung, während Tom sich in der Hocke über den Waldboden bewegte und nach Spuren suchte. Das durch die Bäume schräg einfallende Sonnenlicht sprenkelte Beckys Haar mit hellen Flecken, und ihr dunkelgrünes Musselinkleid verschwamm vor den Büschen im Unterholz, als hätte sie sich tarnen wollen.

Tom schüttelte den Kopf. »Ich weiß es nicht. Vielleicht … hier kommen gelegentlich Jäger vorbei«, überlegte er.

»Schon richtig. Aber Ripleys Schweinepferch ist auch nicht gerade abgeschieden.«

»Ich hab kein Ahnung, Becky, vielleicht hat der Mörder gehofft, dass die Schweine sich so lange an Jeb zu schaffen machen, dass man nicht mehr erkennen kann, um wen es sich bei der Leiche handelt. Vielleicht war es tatsächlich Dale, und der ist nicht sonderlich helle, und wer weiß schon, warum dieser kranke Bastard macht, was er eben macht, und … Ach, was weiß ich.« Tom verstummte. Er war enttäuscht und zugleich wütend, dass ständig neue Rätsel auftauchten, ohne dass er der Klärung seiner anderen offenen Fragen auch nur einen Schritt näher gekommen wäre. Warum hätte Pollys Mörder auch Jeb umbringen sollen? Machten sie gemeinsame Sache? Hatte er Jeb beauftragt,

Tom zu verprügeln und auf die Gleise zu legen? Wusste Jeb, dass sein Mörder vielleicht auch für das Verschwinden von Frauen aus St. Petersburg verantwortlich war? War das überhaupt derselbe Mann? Hatte Jeb sich freiwillig mit ihm getroffen, oder hatte Jeb ihn bei irgendetwas ertappt und war das Opfer eines Überfalls geworden?

Tom hätte die Liste der Fragen endlos fortsetzen können.

Er stand auf, trat zornig ein paar Blätter beiseite, dann atmete er tief durch und deutete auf eine Schneise im Gebüsch am Rande der Lichtung. »Dorthin muss er Jeb geschleppt haben. Der Mörder ist kräftig, Jeb war zwar ein kleiner Mann, aber einen Mann zu ziehen ist nicht einfach, auch wenn man ziemlich stark ist. Und er wird ihn wohl kaum quer durch St. Petersburg geschleppt haben. Irgendwo da unten hat er ihn auf ein Pferd oder auf einen Karren umgeladen, will ich wetten.«

Tom stand auf und schob sich durch die Büsche, dort, wo die Schneise war. Er hielt den Blick auf den Boden und die umgeknickten Zweige gerichtet, in der Hoffnung, weitere Spuren zu finden. Hollis lief dicht vor ihm, die Nase knapp über den verwelkten Blättern.

Becky folgte beiden mit etwas Abstand, während sie sich im Gehen gleichzeitig Notizen machte. »Siehst du, wie er schnuppert? Hollis wird noch ein richtiger Spürhund, genau wie du, Tom!«

»Er ist eben clever. Genau wie ich.«

»Dann erzähl mir doch mal, cleverer Tom Sawyer: Wie bist du eigentlich zu Präsident Lincoln gekommen? Was hat diesen weisen, würdevollen Mann dazu bewogen, einen ungehobelten Nichtsnutz aus St. Petersburg in seine Dienste zu nehmen?«

Tom stöhnte innerlich auf. Sie ließ einfach nicht locker. Er blieb stehen und drehte sich um. »Ich sprech nicht so gern über meine Zeit bei Lincoln, wie du vielleicht bemerkt hast.«

»Hab ich. Und damit es dir leichterfällt, stelle ich dir Fragen, wie *du* vielleicht bemerkt hast.«

»Ja. Leider.«

Er wandte sich wieder um und folgte dem Pfad, der sich in weiten Bögen bergabschlängelte. Sein Knie schmerzte wieder stärker. Hollis jagte erfolglos einem Waschbären hinterher, der ins dichte Unterholz flüchtete. Tom blieb stehen und pfiff ihn zurück, aber Hollis kümmerte sich nicht darum und blieb verschwunden.

Becky tippte Tom auf die Schulter. »Und? erzählst du mir jetzt, wie du zu Lincoln gekommen bist?«

»Na gut, aber nur, wenn du mir erzählst, wie du mit Sid zusammengekommen bist.« Er ging weiter, während sie wie angewurzelt stehen blieb.

»Wie ich …? Tom ich hab's dir doch schon erzählt, in Marion City, bei deinem Elternhaus. Du hast mir genau die gleiche Frage gestellt, und ich hab sie dir beantwortet, das kannst du nicht vergessen haben, das war, bevor …«

Sie verstummte, aber Tom wusste genau, was sie meinte. Vor dem Kuss. Vor der Ohrfeige. Er winkte ab. »Ja, aber das war keine richtige Antwort. Die gilt nicht.«

»Wie bitte?« Sie ging wieder weiter und holte ihn ein. »Warum gilt die Antwort nicht?«

»Weil das nur so allgemeines Zeug war. ›Wir kannten uns schon so lange, er hat Manieren, er respektiert mich …‹« Tom hatte sich keine sonderliche Mühe gegeben, ihren Tonfall zu imitieren, doch so, wie er es machte, klang sie etwas einfältig und hochnäsig.

Becky schnaubte heftig, er spürte förmlich, wie sie rot anlief, und das bereitete ihm ein gewisses Vergnügen.

Ihre Stimme wurde lauter. »Und wenn es nun mal so ist? Was wolltest du denn hören?«

»Na, ja, man beschließt doch nicht am grünen Tisch, dass man ab jetzt jemanden liebt. Da muss es doch ein bestimmtes Ereignis gegeben haben, einen bestimmten Blick, ein Gespräch, ein Fest, einen Tanz, was weiß ich.«

»Tom, bitte! Das führt doch zu nichts, das haben wir doch schon in Marion City durchgekaut.«

»Okay, schon gut. Muss ja auch nicht sein.« Er hob abwehrend die Hände und schwieg.

Becky wartete kurz, schließlich sagte sie: »Was ist, erzählst du mir jetzt, wie du zu Lincoln gekommen bist?«

»Klar, sobald du mir erzählst, wie es bei dir und Siddy war.«

»Tom! Du bist so ein …« Wütend stampfte Becky mit dem Fuß auf und wollte ihm gerade sagen, was genau er war, als sie überrascht innehielt.

Es wurde heller. Das Unterholz lichtete sich, der Pfad endete, und sie standen auf einem kleinen Waldweg. Tom streckte wieder die Hand aus und hielt sie zurück, und Becky blies sich ungehalten eine Strähne aus dem Gesicht und verschränkte die Arme vor der Brust, während er sich bückte und den Boden absuchte. »Gut. Ich warte«, sagte sie. »Aber ich rate dir, dich zu beeilen. Und es wäre auch besser, wenn du bald etwas findest. Ich bin eine sehr beschäftigte Frau, Tom. Meine Leser warten auf ihre Zeitung, und ich würde dir außerdem raten, das mit dem Interview zu Lincoln nochmals zu überdenken, weil –«

»Becky.«

»Rebecca! Weil, wenn es dir auch nur halbwegs ernst ist mit dieser Idee, als Sheriff zu kandidieren, kann es dir nur helfen, wenn ich über deine Zeit beim Präsidenten berichte, und es kann dir andererseits ungeheuer schaden, wenn ich –«

»Rebecca! Bitte!« Er war laut geworden.

Verdutzt verstummte sie. »Was ist? Warum schreist du mich an?«

Tom stöhnte. Dann nickte er mit dem Kinn zu dem aufgeweichten Waldboden.

»Sieh dir das an.« Er tippte mit dem Zeigefinger auf Furchen im Dreck. »Hier. Und hier. Die Spuren eines Karrens. Es ist derselbe Karren wie der, mit dem man mich zu den Gleisen vor der Stadt geschafft hat.«

Becky legte die Stirn in Falten. Sie ging neben ihm in die Hocke. »Woher weißt du, dass es derselbe Karren ist?«

Er zeigte ihr die halbmondförmigen Vertiefungen neben

den Nägelabdrücken in den Furchen und erzählte ihr, wie Shipshewano ihn auf die Spuren an der Böschung aufmerksam gemacht hatte.

»Indianer?«, fragte sie, gerade als Hollis aus dem Wald geflitzt kam und erschöpft hechelnd bei Tom stehen blieb.

Tom kraulte ihm den Nacken, dann stand er auf und folgte dem Waldweg bergauf. »Ja. Und wehe, du schreibst über diese Indianer.« Er drehte sich um, richtete drohend den gestreckten Zeigefinger auf sie und lief rückwärts weiter. »Ich mein es ernst!«

Irritiert blickte Becky von ihm in die andere Richtung, bergab, wo der Waldweg schon bald breiter wurde. »Wo willst du hin? Die Spuren des Karrens führen doch in die Stadt. Willst du ihnen nicht folgen?«

Tom hatte sich wieder umgedreht und war weitergelaufen. Er schüttelte den Kopf. »Nein.«

»Und warum nicht?«

»Weil wir beide wissen, wo diese Spuren enden, und weil ich mir noch etwas anderes ansehen muss.«

»Was willst du dir ansehen?«

Tom blieb stehen und drehte sich nochmals um. »Den Ort, wo wir zwei fast gestorben wären.«

»Lass uns gehen, Tom. Ich finde es unheimlich hier.«

»Das kann dir niemand verdenken.«

Sie standen vor der wuchtigen Eichentür, die den Höhleneingang seit mehr als fünfzehn Jahren verschloss. Das Portal der Höhle bildete ein großes »A« aus Stein, und schon bevor Tom und Becky sich damals bei einem Ausflug in der Höhle verlaufen hatten und drei Tage in ihr herumirrten, bis es Tom gelang, einen zweiten Ausgang zu finden, war hier eine Tür gewesen. Niemand wusste so recht, warum. Aber nach dem Vorfall, bei dem seine Tochter fast gestorben wäre, hatte Richter Thatcher die Türe zusätzlich mit Eisen beschlagen und drei Schlösser anbringen lassen.

Und niemand hatte die Tür geöffnet, sie war fest verschlossen.

Tom untersuchte den Boden vor dem Höhleneingang, aber es schien so, als wäre seit Menschengedenken niemand mehr hier gewesen. Efeu überwucherte die Tür und die Felswände darum herum, und kleine Bäume waren in dem flachen Bereich vor dem Eingang gewachsen. Keiner davon war umgeknickt, keine Fußspuren, nichts. Auch die Schlüssellöcher der drei Schlösser wiesen keinerlei Kratzspuren auf. Die Scharniere waren rostig und halb zerfressen, und wenn jemand die Tür in letzter Zeit geöffnet hätte, wären Krümel und rostroter Staub direkt unterhalb der Scharniere auf den felsigen Boden gerieselt.

Becky stand etwas abseits, hatte die Arme vor der Brust verschränkt, als wäre ihr kalt. Tatsächlich fiel wenig Sonnenlicht in das enge Tal, fast schon eine Schlucht, die hinter dem Mount Oliver zur McDouglas-Höhle führte.

»Lass uns gehen, Tom«, sagte sie noch einmal. »Ich will hier nicht sein, und ich muss die Zeitung fertig machen. Wir müssen die Pferde holen.«

Tom stand auf. Er stemmte die Fäuste in die Hüften und blickte an der schroffen Felswand hinauf, die sich vierzig Fuß hoch über dem Portal erhob. Dann drehte er sich um und ließ den Blick über die dicht stehenden Bäume und Büsche und über die grau schimmernden Felsen schweifen, die zwischen den Bäumen aufragten wie hineingequetscht.

Einen toten Hund würde er hier nicht finden. Und er bezweifelte, dass es Sinn ergab, nach dem zweiten Eingang der Höhle zwei Meilen südöstlich am Mississippi-Ufer zu suchen. Außer Huck kannte kaum jemand diesen schmalen Spalt in den Felsen am Ufer, den Tom damals, nach drei Tagen in vollkommener Dunkelheit und kurz vor dem Verhungern, entdeckt hatte und durch den er mit Becky zurück in die Freiheit geklettert war. Er wusste nicht einmal mehr, ob er irgendjemandem davon erzählt hatte außer Huck, geschweige denn, ob er diesen Eingang heute noch wiederfinden würde. Und es schien auch wenig wahrscheinlich, dass sein »Dämon«, der »Hüter des Lichts«, die Frauen, die er entführte, durch eine enge Felsspalte in die Höhle geschleppt hatte, durch die gerade einmal ein Kind passte. Wenn er sie überhaupt irgendwohin geschleppt hatte und Debbie Chisholm nicht nur verrückt war. Für diesen Zweck gab es einfachere Verstecke. Nur wo?

»Können wir gehen, Tom? Bitte.«

Bitte? Überrascht blickte Tom auf. Becky war blass, die Erinnerung an das Drama vor fünfzehn Jahren zerrte offensichtlich an ihren Nerven. Er nickte, pfiff nach Hollis, der irgendwo zwischen den Bäumen Waschbären jagte, und sie schlugen den Rückweg ein.

Wenige Schritte später, als der Höhleneingang außer Sichtweite war und Hollis wieder fröhlich kläffend um sie herumsprang, kehrte die Farbe in Beckys Wangen zurück, und sie hakte sich bei Tom unter. Was wohl Sid und ihr Vater sagen würden, wenn sie sie so sähen?

Außerdem missfällt mir, wie viel Zeit Tom mit Becky verbringt. Ich muss mit Sidney sprechen. Und rede mit unserem Mann …

Er würde Becky von dem Treffen zwischen ihrem Vater und Joe Harper erzählen müssen, das er vor drei Tagen belauscht hatte.

Thatcher. Sid. Und Joe Harper.

Thatcher hatte außerdem gesagt, Tom *sollte sich nicht dafür interessieren*. Und er sprach von *unserem Mann*. Was war es, wofür Tom sich nicht interessieren sollte? Und hatte es etwas mit Polly zu tun? Und war *ihr Mann* der Sondergesandte?

»Was ist los, Tom? Denkst du darüber nach, wie du mir am besten von deiner Zeit bei Lincoln erzählst?«

Sie lächelte ihn an, und Tom bemerkte erst jetzt, dass sie seit einer ganzen Weile schweigend und untergehakt nebeneinanderher gegangen waren wie ein altes Ehepaar.

»Ja, genau darüber denke ich nach. Sobald du deinen Teil der Abmachung erfüllst.«

Sie boxte ihn spielerisch in die Seite. »Du bist ein Idiot.«

»Ich weiß. Und ich kann so stur sein wie ein Maulesel.«

Becky seufzte, dann straffte sie sich, löste ihren Arm von seinem und zückte ihr Notizbuch. »Also gut. Wollen wir doch mal sehen, es war am …« Sie blätterte die Seiten durch, bis sie fast am Anfang des schmalen Büchleins angelangt war. »Genau. Am 18. Juli. Vor ziemlich genau einem Jahr. Das Sommerfest, du weißt schon. In der Stadt wird eine Tanzbühne aufgebaut, es gibt Marktstände, und die Farmer aus dem Umland kommen nach St. Petersburg, um sich zu betrinken und um ihren Frauen einen Strohhut zu kaufen.«

»Ist es das, was Sid gemacht hat? Er hat dir einen Strohhut gekauft? Das hat gereicht?« Er grinste sie schelmisch an, und wieder boxte sie ihn.

»Au!«

»Halt die Klappe, und unterbrich mich nicht. Du wolltest es wissen, also hör zu.

Es ist also Juli, und es ist ein wunderschöner lauer Abend nach einem furchtbar heißen Tag. In der ganzen Stadt hat man Laternen aufgehängt, eine Kapelle spielt auf dem Broadway. Fahnen hängen an den Türen, Girlanden schmücken die Häuser, und der Krieg ist einen Abend lang fast vergessen oder zumindest verdammt weit weg. Ich steh bei Calhoun am Getränkestand, wo es Erdbeerbowle gibt, und gönne mir nach einem harten Tag im Lazarett –«

»Du hast im Lazarett gearbeitet? Hier? In St. Petersburg?«

»Ja, und jetzt halt die Klappe. Ich steh also da und gönne mir ein Glas Erdbeerbowle, und da kommt dein Bruder und fragt mich, ob ich tanzen will. Einfach so. Bis zu diesem Tag haben wir uns freundlich gegrüßt und uns nach der Kirche unterhalten und auch auf der Straße, wenn wir uns getroffen haben. Aber an diesem Abend fragt er mich, ob ich tanzen will. Und die Kapelle spielt gerade *Aura Lee*, und ich denke mir: Warum eigentlich nicht? Und dann haben wir getanzt. Und …« Ihr Gesicht bekam einen verträumten Ausdruck, der Tom ganz und gar nicht gefiel.

»Und was?«, fragte er schroff.

»Und Sidney ist ein beeindruckender Tänzer.«

Tom blinzelte. Das war ihm neu. »Und dann? Ich meine, war's das? Da muss doch mehr gewesen sein.«

»Vielleicht.« Becky grinste verschmitzt.

»Vielleicht? Du musst mir schon sagen, was da war, sonst –«

»Nein! Erst du.« Beckys Stimme war schneidend, ihr Gesicht fror ein, und Tom stellte sich vor, dass sie so auch aussah, wenn sie mit ihren Händlern um Druckerschwärze feilschte. Er seufzte.

Sie kamen an die Stelle, wo der Trampelpfad, auf dem Jebs Leiche den Hang hinabgeschleift worden war, auf den Waldweg zur Höhle traf, und schlugen den Weg bergauf ein. Tom schwieg, und Becky wollte gerade etwas Bissiges bemerken, als er anfing zu erzählen.

»Es begann alles in Chicago. Da waren Hunderte, ach was, Zigtausende wie ich. Jung, vom Land und auf der Suche nach Arbeit. Wie alle hab ich mich herumgetrieben, in den Schlachthöfen gearbeitet, als Laufbursche, als Packer, an den Docks, such es dir aus; ich hab alles gemacht, wofür man ein paar Cent, etwas zu essen und einen Platz zum Schlafen bekommt. Ich hab das schon ein Jahr durchgehalten, es war die Hölle, und ich war schon kurz davor, aufzugeben und wieder hierher zurückzukommen, da ist plötzlich über Nacht alles anders geworden. Buchstäblich über Nacht.«

Während er tagsüber im Schlachthof schuftete, so fuhr er fort zu erzählen, arbeitete er nachts am Eisenbahndepot der Fort Wayne und Chicago Railroad an der Davidson Street als Nachtwächter. Schlecht bezahlt, aber dafür musste man auch nichts schleppen. Kein aufregender Job. Man musste wach bleiben, und das konnte er schon früher ganz gut. Er patrouillierte mit einer Laterne, einer Trillerpfeife und einem Schlagstock an den

Güterwaggons entlang und passte auf, dass sich nicht jemand an den Frachtwägen zu schaffen machte.

Bis zu diesem Abend war nie etwas passiert, deswegen dachte auch niemand daran, ihnen eine echte Waffe in die Hände zu drücken. Irgendwo auf dem riesigen Güterbahnhof gab es noch zwei andere Typen so wie Tom, die herumliefen und mit ihrer Laterne das Gesindel abschrecken sollten.

»Und«, so fuhr er fort, »das klappte ganz gut, wie gesagt – bis zu diesem Abend. Jedenfalls dreh ich so meine Runden, und da erwisch ich plötzlich drei Typen, die sich an einem Waggon zu schaffen machen. Komischerweise ist das einer der Postwaggons, und die sind um diese Zeit leer, da gibt's gar nichts zu holen. Egal, denk ich mir und blas in meine Trillerpfeife. Da fangen zwei der Kerle auch schon an zu rennen, und der dritte schießt auf mich.«

»Er schießt auf dich? Wegen einem leeren Waggon? Hat er dich getroffen?«

»Zum Glück nicht, aber ich denk genau das Gleiche, ich denk: ›Warum schießt der Idiot auf mich wegen 'nem leeren Waggon?‹, und das macht mich total wütend, und deswegen renn ich einfach auf ihn zu.«

»Und er?«

»Er schießt noch mal, aber er trifft nicht, und dann bin ich auch schon bei ihm und hau ihm das Ding mit dem Schlagstock aus der Hand. Und dann rennt er weg und ich hinterher.«

»Du hast ihn eingeholt?«

»Ja. Eine Viertelstunde später. Bond Street, Ecke Michigan hab ich ihm meinen Knüppel zwischen die Füße geworfen, und er ist zum Glück hingefallen und hat sich schwer verletzt, weil ich so außer Puste war, dass ich ihm niemals hätte eine reinhauen können.«

Becky nickte beeindruckt. »Gut. Aber was hat das mit Lincoln zu tun?«

»Mit Lincoln nichts, aber mit Pinkerton. Ich hab den Typen bei der Polizei abgeliefert, und am nächsten Tag bestellt mich der große Allan Pinkerton in seine Detektei und erklärt mir, dass ich den Chef einer Bande von Eisenbahndieben gefasst hätte, nach dem er seit einem Jahr gesucht hat. Die Bande hatte wohl genug von den Überfällen auf freier Strecke mit blockierten Schienen und hat sich gedacht, sie lassen sich einfach im Postwaggon einschließen, verstecken sich und warten, bis der Zug auf freiem Feld ist, um die Postsäcke rauszuwerfen oder den mitreisenden Geldboten zu überfallen. So genau weiß ich das gar nicht mehr. Jedenfalls war Pinkerton schwer beeindruckt von meiner Rennerei und hat mir einen Job angeboten.«

»In Ordnung. Und dann hast du also Ladendiebe gefangen, stimmt's?«

»Ja. Und Eisenbahnräuber und Fälscher und Heiratsschwindler und Mörder. Das Büro bestand aus zwei Dutzend Detektiven, ein paar Sekretären, Laufburschen und der Buchhaltung. Ich hab das gern gemacht. Bis der Krieg ausbrach und Pinkerton und die ganze Detektei anfingen, für seinen Kumpel McClellan zu arbeiten.«

»Den General?«

»Den glücklosen General. Den Zauderer.«

»Detektive im Krieg? Was habt ihr gemacht? Deserteure gesucht?«

»Wir waren die Spione des Nordens. Lincolns Geheimdienst. Wir haben uns hinter die feindlichen Linien geschlichen, hauptsächlich, um Zahlen über die Truppenstärke des Südens zu erfahren. Aber genau das war das Problem.«

»Warum?«

»Weil kaum einer der Agenten in den Süden kam, ohne dass er erwischt wurde. Wir waren zwar mit Uniformen der Rebellen verkleidet, aber das hat meist nicht viel gebracht. Ich bin nur mit viel Glück durchgeschlüpft und wieder zu den Unionstruppen in Annapolis zurückgekommen. Also hat uns Pinkerton stundenlang Deserteure und Kriegsgefangene der Rebellen befragen lassen und Schwarze, die mit Hilfe der ›Untergrundbahn‹ in den Norden geflüchtet waren.«

»Und warum war das ein Problem?«

»Weil McClellan Angst hatte. Er wollte mehr Truppen von Lincoln, und deswegen hat er seinen Kumpel Pinkerton angewiesen, die Zahlen, die uns die Deserteure genannt haben, gewaltig nach oben zu korrigieren. Lincoln hat zuerst nachgegeben, aber McClellan wollte immer neue Truppen haben und hat den Süden einfach nicht angegriffen, weil er dachte, sie wären uns haushoch überlegen. Ein fataler Irrtum. Ich hab Pinkerton gesagt, dass die Zahlen nicht stimmen, aber der wurde fuchsteufelswild und wollte nichts davon hören. Er hat mich zu Lincolns Personenschutz verdonnert, was zu diesem Zeitpunkt der wohl langweiligste Job war, den man sich vorstellen konnte. So kann man sich irren.«

Tom machte eine Pause, er war außer Atem. Sein Knie tat weh, und er schleppte sich schwitzend den Hang hinauf. Die Erinnerung schmerzte fast noch mehr als das Knie. Er stützte sich an einem Baum ab und atmete durch.

Becky trat neben ihn. Sie hatte im Gehen in ihr Notizbuch geschrieben. »Auch andere haben sich geirrt. McClellan musste gehen, richtig?«

Tom nickte. »Ja. Nach der Schlacht von Antietam. Und mit ihm ist Pinkerton auch gegangen. Lincoln hatte die Geduld verloren mit ›Little Mac‹, er musste ihn regelrecht zwingen, anzugreifen, und als McClellan es endlich tat und sogar gelegentlich siegreich war, hat er es versäumt, dem Feind nachzusetzen, weil er immer Angst hatte, sie würden dort irgendwo mit zehnfacher Überlegenheit auf ihn lauern.«

»Und du bist bei Lincoln geblieben.«

»Ja.«

»Warum?

»Weil er es so wollte. Und ich wollte es auch.«

»Wie war er? Was war er für ein Mensch?«

Tom überlegte, dann grinste er. »Also, Siddy ist ein beeindruckender Tänzer, ja? Aber was war da noch an diesem Abend? Irgendetwas muss da doch passiert sein.« Er ging weiter.

Becky blickte ihm fassungslos nach. »Ein Kuss«, sagte sie, und Tom blieb wieder stehen. »Ein Kuss?«

Sie nickte. »Er hat mich geküsst. Einfach so. Nach dem Tanz. Ich schätze, er hatte ein bisschen viel Bowle und ich vielleicht auch. Vielleicht war der Abend einfach richtig, mit Musik und Tanz und mit den Nachtfaltern, die um die Laternen herumschwirrten. Ich weiß es nicht. Aber es schien einfach richtig.«

»Er hat dich also geküsst?«

»Ja. Hab ich doch gerade gesagt.«

»Und du hast den Kuss erwidert?«

Sie holte ihn ein, schob die Unterlippe vor und wiegte den Kopf. »Ja. Kann man so sagen.«

»Das klingt nicht sehr überzeugt. Also: Hast du ihn nun geküsst oder nicht?«

Sie riss die Arme hoch und wurde laut. »Was weiß ich, Tom, so genau erinnere ich mich nicht mehr, es ging so schnell. Mein Gott, wir haben getanzt, wir haben gelacht, und er hat mich kurz geküsst. Ich weiß nicht mehr, ob ich ihn auch geküsst habe, warum ist das so wichtig? Hast du denn nie jemanden geküsst, als du in Washington warst?«

Tom dachte an Alma, die junge Witwe aus der Wohnung unter seiner in Washington, und an ihre seltsame Abmachung, dass er ihr manchmal half und dafür manchmal zu ihr ins Bett stieg. »Doch«, sagte er. »Aber ich war nicht verliebt. Nicht mehr, seit ich St. Petersburg verlassen habe.«

Becky blieb stehen und schnappte nach Luft. Ihre Augen schimmerten feucht, und Tom war sich einen Moment lang nicht sicher, ob sie gleich weinen oder ihm wieder eine Ohrfeige verpassen würde. Sie tat keines von beidem, stattdessen sagte sie ganz ruhig und leise: »Vielleicht war er einfach da, Tom. Vielleicht war er da und machte nicht den Eindruck, er würde plötzlich abhauen.«

Er senkte den Kopf. Natürlich. Sid würde nicht plötzlich abhauen, das stimmte wohl. Der Wunsch, sie zu berühren und sie an sich zu drücken, wurde beinahe übermächtig, und Tom verschränkte die Finger wie zum Gebet, um sich davon abzuhalten.

Was tun? Was sagen?

»Becky, da ist etwas, worüber ich mit dir sprechen muss.«

Sie hob die Hand, blinzelte. »Tom, ich weiß nicht, ob ich das jetzt –«

»Warte. Es geht um deinen Vater.«

Überrascht hob sie den Kopf. »Um meinen Vater?«

»Und um Sid. Und um Joe Harper. Vor drei Tagen hab ich deinen Vater in der Nacht … belauscht. Er saß mit Joe in dessen Büro. Sie hecken irgendetwas aus. Sie warteten auf irgendeinen Mann. Es gefällt ihnen nicht, dass ich Fragen stelle; irgendwie hat es auch mit Sid zu tun, ich weiß nicht genau, wie, aber …«

»Hör auf damit!«

»Womit?«

Beckys Mund wurde zu einem Strich, und sie lief rot an. »Hör sofort auf, Sid wegen irgendwas anzuschwärzen. Ich weiß, was du vorhast!«

»Becky, ich –«

»Rebecca! Und lass meinen Vater aus dem Spiel! Ich weiß ja, dass du Ärger mit Joe Harper hast, aber warum musst du –«

»Ich schwöre dir, ich hab sie gehört und –«

»Das hat doch nichts mit uns zu tun! Das kannst du doch nicht vermischen, nur damit ich dich … dich –« Sie stockte, ruderte verzweifelt mit den Armen, als ob sie so das Ende ihres Satzes fangen könnte, ließ sie dann kraftlos sinken und seufzte: »… wieder lieben könnte.«

Sie schwiegen beide. Die Stille im Wald wurde nur unterbrochen von Hollis' Hecheln und vom Pfeifen eines Vogels.

Tom blickte sie geradeheraus an. »Könntest du denn?«

Sie blieb stumm, zuckte nur hilflos mit den Schultern und sah so elend aus, wie Tom sie noch nie gesehen hatte. Er konnte nichts dagegen tun. Wie von selbst lösten sich seine ineinander verschränkten Finger. Er nahm sie in die Arme und küsste sie. Und sie erwiderte den Kuss. Fast wütend, wie es ihm schien, fasste sie in seine Haare und presste ihn an sich. Einen Moment lang hatte er das Gefühl, als stünde er nicht im Wald unterhalb des Lovers' Leap, sondern wieder in der regengepeitschten Scheune vor den Toren der Stadt, wie vor unendlich langer Zeit.

Wie weich ihre Lippen waren! Sie schmiegte sich an ihn, und alle Schmerzen waren plötzlich vergessen, und er fühlte sich zu Hause.

Nach einer kleinen Ewigkeit lösten sie sich voneinander. Eine Träne lief ihr über die Wange. »Das kann nicht so weitergehen«, sagte sie. »Es bringt mich um.« Sie rannte los, und schon nach wenigen Schritten hatte das Grün auf dem Lovers' Leap sie komplett verschlungen.

Nichts passte.

Enttäuscht steckte Tom den aufgequollenen, immer noch feuchten Pflanzenstängel wieder in seine Tasche und stemmte die Fäuste in die Hüften.

Einfach gar nichts passte.

Er hatte den Stängel aus der Schachtel, die er hinter dem Schrank gefunden hatte, mit jeder einzelnen Pflanze in Pollys Gärtchen verglichen. Aber es gab dort kein Gewächs, das auch nur eine entfernte Ähnlichkeit mit dem Stängel gehabt hätte.

Auch sonst passte nichts.

Tom fühlte sich leer und ratlos. War es gut, dass Becky ihn geküsst hatte, ohne ihm eine Ohrfeige zu geben? War es schlecht, weil sie geweint und gesagt hatte, es bringe sie um, und dann weggelaufen war? War es grausam und dumm, seinen eigenen Bruder zu hintergehen? Oder folgte er nur seinem Gefühl, und es war eben, wie es war?

Tom seufzte. Er sah sich auf der kleinen Parzelle um, die Polly bepflanzt hatte.

Hollis schnüffelte aufgeregt zwischen Karotten, Löwenzahn,

Zwiebeln und Kohl herum und suchte nach dem Maulwurf, dessen Hügel in den Beeten aufragten wie kleine Vulkane. Zwischen dem Gemüse und den Kräutern wucherte bereits das Unkraut. Niemand hatte sich um Tante Pollys Garten gekümmert.

Ein aus Haselzweigen geflochtener Zaun grenzte das Grundstück von den benachbarten Gärten ab. Ein schwerhöriger alter Mann mit fliehendem Kinn und mit ungepflegtem Backenbart, der in einer benachbarten Parzelle Steckrüben erntete, hatte ihm gezeigt, wo Pollys Gärtchen lag, während er einen Sack Gemüse auf sein Muli lud.

Seit der Alte den kurzen Weg zurück in die Stadt eingeschlagen hatte, war Tom allein auf der etwa ein Hektar großen Gartenkolonie unterhalb des Cardiff Hill am Mississippi-Ufer. Bürger, deren Garten in der dicht besiedelten Stadt zu klein war, bauten hier Gemüse und Obst an, um den Geldbeutel zu schonen und ihren Speiseplan zu erweitern.

Unschlüssig zupfte Tom an ein paar Kräutern herum. Er kannte Petersilie, Rosmarin, Dill und Thymian, wusste, wie sie rochen und wie sie aussahen. Aber diese Kräuter hatte Polly in ihrem Garten nicht angebaut. Pollys Kräuter sahen anders aus. Dobbins hatte von Schierling gesprochen, als er sich den Stängel angesehen hatte. Von Gift. Auch wenn er keine Pflanze gefunden hatte, die zu dem Stängel passte, wollte Tom dennoch wissen, ob es giftige Kräuter waren, die Polly hier angebaut hatte.

Warum auch immer.

Nachdem er einige Blätter abgezupft und in seine Jackentasche gesteckt hatte, stützte er sich mit den Ellenbogen auf den Zaun und überlegte, was er als Nächstes tun sollte. Er musste nach Huck sehen und ihn fragen, warum er noch mal mit Sally Austin sprechen sollte. Er musste mit Sid wegen Hattie sprechen, und er musste Cooper fragen, ob der etwas Neues über seine Schwester erfahren hatte. Und er musste den verdammten Schlüsseltext finden, mit dem sich der Code aus

Pollys Seifenschachtel knacken ließ. Mit den Verwandten der anderen verschwundenen Frauen musste er ebenfalls sprechen.

Wo steckte Dale, und würde er von dem etwas über Jebs letzte Stunden erfahren? Oder lag Dale ebenfalls irgendwo in einem Gebüsch?

Scheiße.

Wütend trat Tom gegen einen Zaunpfahl. Er brauchte unbedingt eine konkrete Spur, etwas, das ihm aus diesem Knäuel von Hinweisen und Fragen heraushalf.

Im Grunde war er keinen Schritt weiter als an dem Tag, an dem er nach St. Petersburg gekommen war.

Irgendwo, nicht weit den Fluss hinauf, hörte er das Horn eines Dampfschiffes. Bald würde es in der Stadt anlegen. Über den Baumwipfeln war bereits der schwarze Rauch zu erkennen, der die Ankunft schon von Weitem ankündigte. Tom ließ den Blick über den Mississippi schweifen, der kaum zwanzig Yard entfernt träge und hellbraun vorbeizog, und blinzelte.

Etwas blendete ihn. Auf der anderen Seite des Flusses. Ein kleines, helles Blitzen, wie von einem Spiegel oder von einem Fernglas. Gab jemand ihm Zeichen, oder wurde er beobachtet? Tom legte eine Hand an die Stirn und beschirmte die Augen. Der Fluss war an dieser Stelle keine halbe Meile breit, dennoch war es zu weit, als dass er etwas erkennen könnte. Jemand stand dort auf einer kleinen Lichtung oder auf einer gerodeten Stelle im dichten Wald am Ufer. Aber wer das war oder was er tat, war nicht auszumachen. Das Blitzen war zu unregelmäßig für eine Nachricht; ein Morsecode war es nicht, so viel stand fest.

Dann hörte es plötzlich auf.

Da war nichts. Irgendjemand suchte das Ufer mit einem Fernrohr ab, na und?

Tom seufzte, er ließ den Kopf sinken, und dabei fiel sein Blick auf etwas Merkwürdiges. Im Nachbargarten steckte ein Pflock, so dick wie ein Arm. Er war etwa kniehoch und rot lackiert. Der Pflock erfüllte ganz offensichtlich irgendeinen Zweck, aber Tom wusste nicht welchen.

»Verdammt, Hollis, was ist das?«

Hollis stellte die Ohren auf und zog die dreckige Schnauze aus einem Maulwurfshügel, tauchte sie aber sogleich wieder hinein, als Tom sich nicht regte. Tom blickte nach links und nach rechts und entdeckte in dem Garten, der schräg gegenüber von Pollys Garten lag, einen weiteren Pflock zwischen wuchernden Pflanzen, um die sich seit einer Ewigkeit niemand mehr gekümmert zu haben schien. Gleiche Höhe, gleiche Farbe.

Tom lief an die Grenze des Grundstücks und sah einen dritten Pflock in dem ebenso verwilderten Garten daneben, mitten in einem von Unkraut überwucherten Beet.

Er kratzte sich im Nacken.

Was war das? Drei Pflöcke auf drei angrenzenden Grundstücken. Wenn man die Pflöcke mit einer Linie verbinden würde, würden sie einen rechten Winkel bilden.

Oder ein Quadrat, bei dem eine Ecke fehlte.

Die Ecke wäre genau auf Pollys Grundstück.

Hollis blickte erschrocken auf und hielt in der Maulwurfsjagd inne, als Tom durch die Beete mit Kartoffeln und Karotten zu ihm stapfte, Kräuterstauden platt trat und mit den Händen das Grün zur Seite schob und den Boden untersuchte.

Nach kurzer Zeit hatte er Gewissheit. Da war nichts. Kein Pflock. In Pollys Garten gab es keinen Pflock wie in den angrenzenden Grundstücken.

»Sieh mal an, Hollis. Kein Pflock! Was sagst du dazu?«

Hollis sagte nichts, aber er rieb sich die Schnauze an Toms Hosenbeinen sauber. Tom richtete sich auf und beschirmte erneut die Augen.

Das Dampfschiff tauchte hinter den Bäumen zu seiner Linken auf und versperrte ihm die Sicht auf das andere Ufer. Ruhig und majestätisch lag es im Wasser, und große schwarzgoldene Lettern am Bug verrieten, dass es sich um die *Columbia* handelte. Zahlreiche Reisende standen an der Reling und verfolgten das Spektakel des Anlegemanövers. Manche winkten ihm zu. Dann zog der hundert Yard lange Koloss vorüber, und Tom hatte wieder einen freien Blick auf den Fluss. Das Blitzen war verschwunden, doch nun war da dicht am Ufer, an der Stelle, von wo es gekommen war, ein Mann in einem Ruderboot.

Die Ruder wippten auf und nieder, der Mann hatte seine liebe Mühe mit den verebbenden Bugwellen des Dampfschiffes. Er schien etwas im Boot zu transportieren, lange Stangen, eine Art Gestell, nicht gut zu erkennen. Der Mann im Ruderboot hielt auf den Anleger in St. Petersburg zu.

»Komm, Hollis, komm!«

Aufgeregt verließ Tom den Garten, schlug das kleine Törchen hinter sich zu und rannte, so schnell sein Knie es zuließ, auf einem Pfad zwischen den Grundstücken in Richtung Uferstraße, während Hollis ihm munter bellend folgte. Schon nach wenigen Schritten war er bei den ersten, vereinzelt stehenden Häusern der Stadt, und gleich dahinter überquerte er die Gleise, die nach Westen in Richtung Palmyra durch den Hydesburg Hill verliefen

Vor ihm, mitten auf der Main Street, tauchte der Alte mit dem Muli und den Steckrüben auf. Tom kam schlitternd zum Stehen und hüllte den Alten in eine Staubwolke.

Der Mann begann zu husten. »'dammich! Was soll 'n der Blödsinn?«

»Tut mir leid, Sir. Sagen Sie, die Grundstücke, die neben Tante Pollys Gärtchen liegen … wem gehören die?«

»Hä?« Der Alte legte die Hand hinter ein Ohr und beugte sich vor.

Tom sprach lauter: »Die Gärten neben Tante Polly. Der zum Fluss hin, der nördlich von dem und der westlich davon. Wem gehören die? Und wissen Sie, was es mit den roten Pflöcken darin auf sich hat?«

»Hä?«

Tom seufzte. Gerade als er ansetzen wollte, noch lauter zu schreien, unterbrach ihn der Alte. »Kenn keine Pflöcke. Der

Garten zum Fluss hin gehört Sereny Harper. Die beiden anderen haben mal McLintock und dem Schweden gehört.«

»Gustavson? Dem Küfer?«

»Ja, Jungchen. Aber die haben beide da lange nichts mehr gemacht. Die jungen Leute kaufen doch heute alles Gemüse im Laden. Eine Schande, so was. Sie haben die Gärten vor einiger Zeit verkauft, wenn ich mich nicht irre.«

»Verkauft? An wen?«

Der Alte zuckte mit den Schultern. »Weiß nich'. Weiß nur, dass sich in letzter Zeit komische Leute in den Gärten rumtreiben.«

»Komische Leute?«

»Ja. Leute wie Sie, die da nichts zu suchen haben und die sich nicht um die Gärten kümmern.« Der Alte schnäuzte sich in die Hände und wischte sie dann an der Hose ab.

Tom nickte und blickte zwischen zwei Häusern auf den Fluss. Das Ruderboot war nicht mehr zu sehen. »Haben Sie vielen Dank, Sir.«

Er lief zügig weiter und bog um die Ecke in die Center Street. Es war um die Mittagszeit, die Straßen waren belebt mit Menschen, die sich in den Garküchen ein Essen holten oder zum Anleger unterwegs waren, um das Dampfschiff nicht zu verpassen. Hammerschläge waren aus einem Mietstall zu hören. Tom wich einem Murphy-Wagen aus, der von Ochsen gezogen wurde und der Bettgestelle geladen hatte. Sein Knie brannte inzwischen, als hätte man einen Nagel hineingetrieben, aber Tom biss die Zähne zusammen und schob sich an den Häusern vorbei.

Am Anleger hatte sich bereits eine kleine Menschentraube gebildet. Die schwarzen Packer entluden das Schiff. Eine Handvoll Reisender kam mit Koffern die Gangway herunter.

Tom schob sich durch die Menge auf die Plattform und hielt Ausschau nach dem Ruderboot. Es war nicht mehr weit vom Anleger entfernt, und Tom konnte sehen, was für eine Fracht der junge blonde Mann, der einen grauen Anzug trug, in seinem Boot transportierte.

Es war eine Art Stativ mit Messingbeinen und mit Fernrohren obendrauf.

Eine Hand legte sich auf Toms Schulter, und er fuhr herum.

»Nich' erschrecken, Tom! Is' nur der alte Jim!«

»Jim!« Tom blickte in ein strahlend weißes Lächeln.

Der kräftige Mann mit dem grauen Bart setzte den Sack Mais ab, den er über die Schulter gelegt hatte, und wischte sich mit dem Ärmel über die schweißnasse Stirn.

»Ham uns ja 'ne Weile nich' geseh'n. Meine Lizzie hat gesagt, die Leute ham gesagt, du hattest 'n paar Schwierigkeiten.« Jim tippte sich an die Stirn und nickte zu Toms Beule an der gleichen Stelle.

Tom warf einen kurzen Seitenblick zu dem Mann in dem Boot. Mit wenigen Ruderschlägen würde er am Anleger angekommen sein. Er wandte sich wieder zu Jim.

»Ja. Da gab's so ein paar Veteranen aus dem Süden, mit denen hatte ich ein kleines Tänzchen.«

Jim spuckte aus. »Verdammte Rebs! Wenn ich irgendwie helfen kann, sag Bescheid, Tom. Bin zwar nur 'n alter schwarzer Mann, aber hey …« Lächelnd hob er die Hände, als sich hinter ihm, bei einem Haufen abgeladener Säcke, ein Mann mit einer Schirmmütze und mit irgendwelchen Papieren in der Hand aufrichtete und ihn durch die Menge erspähte.

»Jim! Ich bezahl dich nicht fürs Rumstehen, verdammt!«

»Ja, Mr Kubish, Sir. Bin sofort bei Ihnen, Sir.« Er drehte sich zu Tom und lächelte entschuldigend. »Tut mir leid, Tom. Hast 'n ja gehört. Ich muss wieder. Also mach's gut, und wie gesagt, wenn du Hilfe brauchst …« Jim nahm den Sack auf und schwang ihn über die Schulter.

Tom blickte zum Wasser. Der Mann mit dem Ruderboot legte an und warf ein Seil um einen der Poller am Anleger. Tom kniff die Augen zusammen und überlegte. »Ja, Jim. Da gibt es tatsächlich etwas, was du für mich tun könntest.«

Jim hielt inne. »Ja? Was denn?«

Tom beugte sich vor und sprach leise mit Jim, als er eine dröhnende Stimme hinter sich hörte.

»Tom! Wenn das mal kein günstiger Zufall ist!«

Tom drehte sich um und blickte in das breite Lächeln des Sheriffs. Harper hatte die Daumen in seinen Pistolengurt gehakt und streckte die Brust heraus. Jim Hollis und Billy Fisher, seine Hilfssheriffs, flankierten ihn, und irgendetwas war merkwürdig an ihnen.

Tom bemerkte, dass sie seltsam gepflegt aussahen. Jim hatte ein sauberes Hemd an, das verdächtig nach Sonntag und Gottesdienst aussah, und wenn er sich nicht täuschte, dann hatte Billy Fisher sich rasiert.

»Was ist los, Joe? Geht ihr drei Hübschen heute zur Beichte? Da wird der Pfarrer aber rote Ohren bekommen.«

Joe Harpers Grinsen blieb wie festgezurrt in seinem Gesicht. Er schüttelte den Kopf.

Tom blickte zum Anleger. Der Mann im Anzug stieg aus dem Ruderboot und hievte sein Messingstativ auf die Planken.

»Nicht ich gehe heute zur Beichte, Tom. Du wirst gehen.«

Tom wandte sich um und entdeckte drei weitere Männer hinter Harper. Zwei junge Soldaten im Range eines First Lieutenant, die Koffer trugen, flankierten einen Major.

Der Mann war groß und massig, er trug eine kleine Nickelbrille unter buschigen schwarzen Augenbrauen, aber sonst schien der Mann keine Haare zu haben. Unter seinem Arm klemmte eine Ledermappe, die beinahe zwischen seinem ausladenden Bauch und den kräftigen Armen verschwand.

Harper schwang die Hand nach hinten, als wäre er Madame Pauline, die eine ihrer unvergleichlichen Nummern ankündigte, und der Major trat nach vorn.

»Tom Sawyer?«, fragte er, und Tom schluckte, weil er wusste, was nun kommen würde.

Er nickte. »Ja, Sir.«

»Major Amos T. Crittenden vom Marineministerium und

Sonderermittler für Minister Welles. Ich möchte mit Ihnen über Ihre Rolle bei der Ermordung von Präsident Lincoln sprechen.«

Das Geräusch trieb ihn in den Wahnsinn.

Der Silberlöffel kreiste seit Minuten in der Tasse Tee, die sich Crittenden hatte bringen lassen. Auf einem kleinen zerkratzten Tablett hatte Pfarrer Sprague ihm einen Zuckerkegel gebracht, und der Major hatte ihn mit einer Zange zerkleinert und so viele Stückchen in seine Tasse geworfen, dass der Tee fast über den Tassenrand schwappte. Dann nahm er den Löffel und rührte um. Langsam und vorsichtig, damit die Tasse nicht überlief. Das helle hauchende Kratzen war das einzige Geräusch in der ansonsten stillen Kirche von St. Petersburg.

Tom hatte keine Ahnung, warum der Major darauf verfallen war, ihn in der Kirche zu verhören. Dass es ein Verhör werden würde, bezweifelte er nicht. Reverend Sprague, der weißhaarige, gebeugte Pfarrer, aus dessen Ohren graue Haare wuchsen, hatte kurz gestutzt, als Harper vor wenigen Minuten mit Crittenden, den beiden Lieutenants und Tom im Schlepptau zu ihm gekommen war und Crittendens Ansinnen vorgebracht hatte. Dann hatte er mit den Schultern gezuckt, »warum nicht« genuschelt und die Türen seiner Kirche geöffnet. Auf Spragues strafenden Blick hin hatte Tom den Hund draußen angeleint.

Als er unter der Galerie hindurch in die Kirche trat, hatte Tom einen Schritt in seine Vergangenheit gemacht. Unzählige Stunden hatte er hier abgesessen, zu Tode gelangweilt oder auch mit nagend schlechtem Gewissen, wenn Pfarrer Sprague donnernd über die Sünde predigte. Oder aber sich glänzend unterhalten, wenn es ihm gelungen war, einen Kneifkäfer in die Sonntagsgemeinde zu schmuggeln, der den Gottesdienst aufmischte, bis die Leute fast erstickten vor unterdrücktem Lachen.

Ein Dutzend dunkler Bankreihen bildeten eine Gasse zum Altar, der nur ein einfacher, weiß gestrichener Tisch aus groben Brettern war. Ein nacktes Holzkreuz an der Wand dahinter war der einzige Schmuck in dem ansonsten schlichten Raum mit der weiß getünchten Decke und den ebenso weißen Bretterwänden. Mit den zahlreichen Fenstern an den Seiten und im Altarraum, durch den die Nachmittagssonne schräg hereinflutete, hatte der Raum etwas sehr Helles und Freundliches. Doch das viele Licht spendete Tom keinen Trost. Düster und benommen schleppte er sich nach vorn und verfluchte die Ankunft des Sonderermittlers, der genau in dem Moment gekommen war, als er in Pollys Gärtchen auf den schwachen Hauch einer Spur gestoßen war.

Crittenden hatte Harper zu dessen großer Enttäuschung weggeschickt und einen der Lieutenants an der Tür zur Sakristei, den anderen am Kirchportal postiert. Dann hatte er sich, ohne ein weiteres Wort an Tom zu richten, in die erste Bankreihe gekniet und gebetet, während Tom danebenstand und nicht so recht wusste, was er tun sollte. Schließlich hatte Crittenden Tom gebeten, neben ihm Platz zu nehmen. Die Bänke waren eng, und Crittenden hatte sichtlich Mühe, seinen massigen Körper auf der schmalen Sitzfläche unterzubringen.

Er hatte seine Ledermappe geöffnet, zwei Etuis, eine graue Mappe und einen Bogen Papier herausgenommen und sich dann um den Tee gekümmert. Ausführlich. Geradezu aufopfernd.

Was zur Hölle machte er da?

Crittenden rührte den Zucker um, als gälte es, Kieselsteine aufzulösen. Endlich nahm er die Tasse mit ruhiger Hand, führte sie langsam zum Mund, während er die andere Hand unter die Tasse hielt, falls sie tropfte. Er setzte die Tasse an die Lippen, trank sie in einem Zug leer und setzte sie wieder ab. Dicke Schmeißfliegen flogen immer wieder brummend gegen die Fensterscheiben.

Tom stöhnte innerlich auf. Machte der Major das alles mit Absicht so langsam?

Crittenden setzte seine Nickelbrille ab, putzte sie mit einem Seidentüchlein aus einer kleinen Tasche seiner tadellos gepflegten Uniformjacke, hielt sie prüfend gegen das Licht und setzte sie wieder auf. Dann öffnete er die Mappe und vertiefte sich in ein Dokument, als wäre Tom gar nicht da.

Tom seufzte. Was sollte dieses Schauspiel? Wollte Crittenden ihn zermürben, bevor die eigentliche Befragung überhaupt losging? Wo war inzwischen wohl der Mann in dem Ruderboot? Wie ging es Huck, und wann würde er endlich mit Sid sprechen können? Crittenden brachte ihn zur Raserei, bevor er überhaupt ein Wort gesagt hatte, und schließlich hielt es Tom nicht mehr in der Bank. Er stand auf, ging um die Sitzreihe herum, stützte die Hände auf die Banklehne genau vor Crittenden und bellte ihn an: »Ich habe geschlafen, wenn es das ist, was Sie wissen wollen!«

Crittenden blickte überrascht auf und blinzelte hinter seinen Brillengläsern hervor. »Ich bitte um Verzeihung?«

»Ich habe geschlafen. Als auf Präsident Lincoln geschossen wurde. Das ist es doch, warum Sie hier sind, oder nicht?«

Crittenden wechselte einen kurzen Blick mit dem Lieutenant, der an der Sakristeitür postiert war. Der Mann hatte sich von seinem Platz in Toms Richtung bewegt und zu dem Armycolt an seinem Gürtel gegriffen, als Tom laut wurde. Crittenden schüttelte den Kopf, und der Lieutenant bezog wieder seinen Posten.

Crittenden richtete den Blick auf Tom, lächelte dünn und meinte ruhig: »Geschlafen. Ja, das weiß ich. Bitte setzen Sie sich doch wieder.« Er wies neben sich auf die Bank und vertiefte sich wieder in das Studium seines Dokuments.

Tom, unschlüssig, was er von Crittendens Antwort halten sollte, nahm tatsächlich wieder Platz. Der Major schien das Theaterstück in voller Länge aufführen zu wollen und hatte nicht vor, gleich in den letzten Akt zu springen.

Er schloss die Mappe und schob sie auf seine Knie, dann legte er einen Bogen Papier darauf. Aus dem Etui nahm er daraufhin eine Schreibfeder und ein Tintenfass, das er vorsichtig auf die breite Lehne der Bankreihe vor sich stellte, tauchte die Schreibfeder ein und wandte sich dann an Tom. »Ich bin hier, um mit Ihnen über die Umstände der Ermordung von Präsident Lincoln zu sprechen, Mr Sawyer.«

»Ob Sie's glauben oder nicht, darauf bin ich auch schon gekommen, Major. Und wie ich bereits sagte, ich habe geschlafen, als –«

»Ja, ja. Schon gut«, unterbrach ihn Crittenden. »Eins nach dem anderen. Erzählen Sie mir zunächst bitte, wie Sie in den Dienst des Präsidenten kamen.«

Tom blies geräuschvoll die Luft aus den Backen und wiederholte die gleiche Geschichte, die er am Morgen Becky erzählt hatte.

Crittenden nickte und legte den Kopf ein wenig schräg. »Sie sind also nicht von Pinkertons Nachfolger Lafayette Baker für den Dienst bei Präsident Lincoln ausgewählt worden?«

»Nein, Sir, wie ich schon sagte, habe ich diese Ehre Allan Pinkerton zu verdanken und danach dem Präsidenten selbst, der mich in seinem Dienst behalten wollte, auch nachdem Pinkerton von seinen Pflichten entbunden wurde.«

Crittenden machte sich eine Notiz auf dem Blatt Papier. »Gut. Sie haben sich nach der Flucht von John Wilkes Booth an dessen Ergreifung beteiligt. Ich habe erfahren, dass Sie am 26. April dabei waren, als man den Mörder in der Scheune bei Bowling Green umzingelt hatte. Können Sie mir schildern, wie es zu den tödlichen Schüssen auf Booth kam?«

Tom runzelte die Stirn. Warum fragte Crittenden nach der Nacht zwei Wochen nach der Ermordung und blieb nicht bei dem Abend im Ford's Theatre? Er räusperte sich. »Ich … war in der Scheune, weil ich nicht wollte, dass Booth verbrannte oder dass er einen verzweifelten, theatralischen Ausbruch oder so etwas versuchte, woraufhin die Männer von Colonel Conger, der die Verfolgung von Booth befehligte, ihn sicherlich erschossen hätten.«

Crittenden lächelte. »Ja. Aber wie kam es dann zu den Schüssen?«

»Ich … bin in die Scheune gegangen, alles stand bereits in Flammen. Ich fand Booth und überzeugte ihn, aufzugeben. Er war schon dabei, sich die Handschellen anzulegen, als Sergeant Boston Corbett seinen Gewehrlauf durch einen Spalt zwischen den Scheunenbrettern steckte und Booth erschoss. Ich hätte den Mann umbringen können.«

»Wen? Booth?«

»Nein. Corbett. Eine schnelle Kugel war zu einfach für Booth.«

Crittenden verzog keine Mine und machte sich wieder Notizen. »Sind Sie mit Kriegsminister Stanton bekannt, Mr Sawyer?«

Tom stutzte. Er schüttelte den Kopf. »Sie meinen, ob wir uns manchmal auf einen Scotch und eine Partie Whist treffen und darüber reden, wie die Tabakernte auf unseren Ländereien dieses Jahr wohl ausfällt?«

Crittenden blickte auf. Seine Augen waren eisblau und kalt. Er lächelte nicht. »Ja. So etwas in der Art.«

Tom schnaubte. »Nein, Major. Ich bin mit dem Kriegsminister nicht bekannt. Ich bin ein Junge aus St. Petersburg, der zufällig beim Präsidenten gelandet ist, weil er irgendwann einmal schneller gelaufen ist als ein Eisenbahnräuber. Ich habe Präsident Lincoln nur zu Sitzungen und zu Gesprächen mit Minister Stanton begleitet. Im Weißen Haus, bei Kabinettssitzungen, in Stantons Haus oder wo immer die beiden Herren sich unterhalten wollten. Dann habe ich es so gemacht wie ihre beiden Lieutenants hier: Ich habe mich an eine Tür gestellt, aufgepasst, dass niemand mit gezückter Waffe durch die Tür kommt, und dabei tunlichst das Maul gehalten.«

Crittenden blickte Tom lange schweigend an und nickte. Schließlich machte er sich wieder Notizen. Ohne von seinem Blatt aufzublicken, sagte er: »Warum haben Sie Washington verlassen und sind nach St. Petersburg gefahren, Mr Sawyer? Man hat mir erzählt, Ihnen wurde eine Position als Personenschützer bei Präsident Johnson angeboten?«

Tom wusste nicht, worauf Crittenden hinauswollte. Ging es darum, dass er sich verhalten hatte wie jemand, der vor einer Schuld davonlief? Was sollten diese albernen Fragen? Tom spürte, wie ihm die Wut langsam wieder den Nacken heraufkroch. Er biss die Zähne aufeinander und zwang sich zu einem Lächeln. »Ich bin hierhergekommen, weil mein Bruder heiratet, Major. Oder zumindest heiraten wollte, bis meine Tante vergangene Woche ermordet wurde, falls Sie es genau wissen wollen.«

Jetzt blickte Crittenden doch von seinem Blatt auf. »Oh. Das tut mir sehr leid, Mr Sawyer. Seien Sie bitte meines Beileides versichert. Sie haben am fraglichen Abend im Ford's Theatre geschlafen, als der Schuss auf Präsident Lincoln fiel, sagten Sie vorhin. Warum haben Sie geschlafen?«

Tom blinzelte. Der Kerl machte ihn wahnsinnig. Crittendens Fragen folgten keinerlei System, er sprang munter zwischen den Ereignissen hin und her. Wenn Crittenden dieses Schauspiel weiter aufführen würde, nur um Tom am Ende mit einem Paukenschlag festzunehmen und nach Washington zu bringen und ihm den Prozess zu machen, würde er Pollys Mörder niemals finden. Er würde Becky wahrscheinlich nie wiedersehen. Tom beschloss, sich dumm zu stellen und sich nicht provozieren zu lassen. »Weil ich müde war.«

Crittendens Augen weiteten sich. »Oh, Sie waren müde, ich verstehe. Dann sei Ihnen Ihr Schlaf natürlich gegönnt. Ihre Aufgabe war es ja nur, auf den mächtigsten Mann dieser Nation aufzupassen und ihn notfalls mit Ihrem Leben zu verteidigen, wie Sie es bei Ihrer Vereidigung geschworen hatten. Wer kann da schon erwarten, dass Sie wach bleiben, Mr Sawyer? Also ich habe da volles Verständnis und würde Ihnen nie –«

»Ja, es war meine Schuld, Sie aufgeblasener Fettsack!« Tom fegte die Mappe mit dem Blatt von Crittendens Knien und sprang auf.

Die beiden Lieutenants setzten sich sofort in Bewegung,

zückten den Revolver, doch Crittenden hielt sie mit einer Handbewegung zurück. Wortlos sammelte der Major seine Mappe und das Papier vom Boden auf und blickte dann lächelnd zu Tom. »Sie geben also zu, dass es Ihre Schuld war?«

Tom schrie ihn an und es war ihm völlig gleichgültig, dass die Lieutenants mit gezückter Waffe näher kamen. »Ja, verdammt! Ich hätte da sein müssen! Und das, *obwohl* es gar nicht meine Schicht war! *Obwohl* Parker von der Metropolitan Police schon seit drei Stunden beim Präsidenten hätte sein müssen, aber der hat sich lieber nebenan in den ›Star Saloon‹ gehockt und sich betrunken! *Obwohl* ich in der Nacht davor kein Auge zugetan habe, weil der Präsident entschieden hatte, einen Spaziergang durch das nächtliche Washington zu machen und es *wieder* niemand von der Metropolitan Police gab, der da war, um ihn zu begleiten, nur mich! Mich und niemanden sonst!«

Tom keuchte, er hatte die Beherrschung verloren, und er ärgerte sich maßlos über sich selbst, weil es Crittenden nach nur wenigen Minuten gelungen war, ihn genau dorthin zu bringen, wo er nie wieder hatte sein wollen: an den Abgrund seiner Schuld. Er beugte sich dicht zu Crittenden hinunter, dass dessen Brille beschlug.

Der Major wich ein wenig zurück.

»Ich hätte wach sein und es verhindern müssen«, sagte Tom ganz ruhig. »Ich hätte in der Loge des Präsidenten sein müssen, ich hätte Booth erschießen sollen, bevor er den Präsidenten erschießen konnte. Und ich hätte bereitwillig mein Leben für den Präsidenten gegeben, so wie ich es bei meiner Vereidigung geschworen habe. Für niemanden hätte ich es lieber gegeben, weil ich diesen weisen, starken und herzensguten Mann verehrt habe, wie ich noch nie jemanden verehrt habe, Major Crittenden. Aber das ist alles unerheblich, stimmt's? Präsident Johnson ist in Schwierigkeiten, und Sie wollen von ihm ablenken. Es geht Ihnen darum, einen Sündenbock zu finden, und da sind Sie auf den schlafenden Tom Sawyer gestoßen. Und Sie haben natürlich recht: Es war meine Schuld. Ich hätte nicht schlafen dürfen.«

Tom atmete tief ein. Er straffte sich. »Wenn Sie mir deswegen in Washington den Prozess machen müssen, dann tun Sie das, aber ersparen Sie uns beiden dieses jämmerliche Theater hier.«

Tom machte eine ausladende Geste mit den Armen, die ihn und Crittenden, die Lieutenants und die ganze Kirche einzuschließen schien. Dann ließ er erschöpft die Arme sinken.

Crittenden sagte nichts. Er blickte Tom verblüfft an, und nach einer kleinen Ewigkeit, wie es Tom vorkam, fing er meckernd an zu lachen.

Tom schüttelte verwirrt den Kopf.

Crittendens lautes Lachen brach sich an der Kirchendecke und hallte durch den Raum. Sein Doppelkinn wabbelte, und er hielt sich den Bauch.

Tom blickte fragend zu einem der Lieutenants, doch der steckte nur wortlos seine Waffe ein und bezog wieder Posten.

Der Major beruhigte sich langsam, nahm schließlich die Brille ab und wischte sich mit dem Ärmel über die Augen, immer noch leicht bebend. »Verzeihen Sie mir, bitte verzeihen Sie!«

Dann verebbte das Lachen. Crittenden setzte die Brille auf, räusperte sich und blickte Tom schließlich streng an.

»Sie liegen vollkommen falsch, Mr Sawyer. Ich untersuche den Tod des Präsidenten nicht, um Ihnen als ›Sündenbock den Prozess zu machen‹, wie Sie es ausdrücken …« Der Major stand auf, beugte sich vor und senkte die Stimme zu einem verschwörerischen Flüstern. »Präsident Johnson hat mich hergeschickt, weil wir glauben, dass Kriegsminister Stanton Präsident Lincoln hat ermorden lassen. Und mit Ihrer Hilfe können wir das vielleicht beweisen.«

Tom starrte den Sonderermittler mit offenem Mund an und ließ sich kraftlos auf eine Bank sinken.

»Wie bitte?«, flüsterte er.

Die Tür zur Sakristei öffnete sich quietschend. Pfarrer Sprague spähte herein, offensichtlich aufgeschreckt durch das Gebrüll und das Gelächter in seiner Kirche, und sah sich aufgebracht um, bis er bemerkte, dass Crittenden ihm winkte.

»Alles in Ordnung, Hochwürden. Wir unterhalten uns nur angeregt!«, rief er lächelnd dem steinalten Geistlichen zu, und der Lieutenant an der Tür geleitete den beunruhigten Priester wieder hinaus.

Crittenden stand auf, verschränkte die Hände hinter dem Rücken und schlenderte zum Altar. »Sie hatten recht mit Ihrer Feststellung, dass Präsident Johnson in Schwierigkeiten steckt, Mr Sawyer. Es geht jedoch nicht um seinen zu nachsichtigen Umgang mit dem Süden, wie es ihm die radikalen Republikaner vorwerfen, wobei er damit im Übrigen lediglich Präsident Lincolns versöhnliche Haltung fortführt. Die Schwierigkeiten, in denen der Präsident steckt, sind ganz anderer Natur. Es hängt damit zusammen, dass in diesem Fall die Opposition in Gestalt des Kriegsministers in seinem eigenen Kabinett sitzt. Und es hängt damit zusammen, dass sich die Hinweise mehren, dass eben jener Kriegsminister der Kopf der Verschwörung zur Ermordung von Präsident Lincoln war.«

Tom bemerkte, dass ihm der Mund immer noch offen stand, und er schnappte nach Luft, bevor er sprach. »Minister Stanton? A-aber … Sie können nicht bei klarem Verstand sein, Major.«

Crittenden legte den Kopf schräg und sprach sehr sanft. »Sehen Sie, Mr Sawyer, mein Glaube ermahnt mich, ruhig und besonnen zu sein und zu verzeihen. Matthäus, Kapitel fünf, Vers 38: ›Ich aber sage euch: Widersteht nicht dem Bösen, sondern jedem, der dich auf die rechte Wange schlägt, halte auch die andere hin.‹ Doch auch meine Geduld hat Grenzen, und mein Glaube ist gelegentlich nicht so fest, wie er sein sollte. Sie haben mich einen aufgeblasenen Fettsack genannt, und jetzt unterstellen Sie mir, ich wäre nicht bei Verstand. Wenn Sie mich noch einmal beleidigen, werde ich die beiden Lieutenants anweisen,

Sie in Ketten hier hinauszuschleifen und dieser da …«, er nickte zu Toms Beule an der Stirn, »… noch eine Reihe weiterer hinzuzufügen. War das deutlich genug, Mr Sawyer?«

Tom nickte, und kleinlaut fügte er hinzu: »Ja, Major. Sehr deutlich. Verzeihen Sie bitte. Doch Sie müssen sich irren. Warum sollte der Kriegsminister hinter der Ermordung Lincolns stehen? Welchen Sinn hätte das?«

Crittenden schob die Unterlippe vor. »Oh, den Sinn, den es immer hat: Macht. Macht und Eitelkeit. Stanton hat den Präsidenten verachtet. Er hat ihn einmal einen ›waschechten Gorilla‹ genannt, er hat den Präsidenten immer abgelehnt wegen dessen niedriger Herkunft und Lincolns Anweisungen oft nicht befolgt oder falsch weitergegeben. Wir nehmen an, dass Stanton dachte, er wäre ein besserer Präsident als Lincoln, und auf jeden Fall hält er sich für einen geeigneteren Präsidenten als Andrew Johnson. Und wenn alles so gelaufen wäre, wie Stanton es geplant hatte, dann wäre er heute tatsächlich Präsident.«

»Wenn alles so gelaufen wäre? Wie meinen Sie das?«

Crittenden hob die rechte Hand und zählte mit den Fingern auf. »Booth hat den Präsidenten getötet. David Harold, einer der Mitverschwörer, sollte ein Attentat auf den damaligen Vizepräsidenten Andrew Johnson verüben, aber er war zu feige und ist stattdessen geflüchtet. Lewis Powell sollte den damals bereits erkrankten Außenminister Seward umbringen, aber er ist gescheitert und Seward hat schwer verletzt überlebt. Stanton hat noch in der Nacht von Lincolns Tod das Kriegsrecht verhängt und die Regierungsgeschäfte übernommen. Die er allerdings wieder abgeben musste, als Vizepräsident Johnson vereidigt wurde. Im zwanzigsten Verfassungszusatz, Abschnitt drei, heißt es, der Kongress soll die Nachfolge des Präsidenten bestimmen, falls weder der Präsident noch der Vizepräsident ihr Amt ausüben können. Was glauben Sie wohl, Mr Sawyer, wen der Kongress zum nächsten Präsidenten bestimmt hätte, falls neben Präsident Lincoln auch noch der Vizepräsident und der Außenminister ermordet worden wären? Das Land hatte gerade einen mörderischen Bürgerkrieg hinter sich und war an allen Flanken angreifbar. Für wen hätte man sich wohl entschieden?«

Tom nickte und sagte leise: »Für den Kriegsminister. Für Stanton.« Doch dann schüttelte er ungehalten den Kopf. »Trotzdem. Ich meine, was beweist das schon? Deswegen muss ja nicht Stanton hinter der Ermordung stecken! Das reicht doch nicht aus für einen Verdacht.«

»Das stimmt, Mr Sawyer. Aber ich will Ihnen einmal ein paar Dinge zu bedenken geben, die uns Kopfzerbrechen gemacht haben und von denen Sie vielleicht bisher keine Kenntnis hatten. Kehren wir zunächst zu jenem tragischen Karfreitag zurück, an dem der Präsident starb, und reden über ein Treffen, bei dem Sie selbst anwesend waren, soweit ich weiß. Vielleicht erinnern Sie sich daran, dass der Präsident an jenem Karfreitag Minister Stanton eingeladen hat, ihn ins Ford's Theatre zu begleiten.«

»Daran erinnere ich mich in der Tat, Major. Ich war dabei, als der Präsident die Einladung ausgesprochen hat, und ich erinnere mich auch noch, dass ich Stantons Absage etwas brüsk fand.«

Crittenden zog die Augenbrauen hoch und nickte.

»Brüsk. Ja, in der Tat. Lincolns Sekretär, der ebenfalls zugegen war, sagte aus, Stanton habe den Präsidenten regelrecht angeschnauzt und bemerkt, er habe Wichtigeres zu tun. Lincoln hat ihn daraufhin wohl gebeten, ihm Major Thomas Eckart, der für Stanton gearbeitet hat, als Begleiter ins Theater mitzugeben. Können Sie das bestätigen?«

»Das ist korrekt, Sir.«

»Kennen Sie Major Eckart, Mr Sawyer?«

»Ja, Sir. Er ist der Leiter des Telegrafenamtes, wo Stanton mehr oder weniger sein Hauptquartier aufgeschlagen hat. Eckart ist ein Baum von einem Mann, groß, stark, zerbricht schon mal zum Spaß Stöcke über dem Arm, um zu beweisen, wie viel Kraft er hat.«

»Ja, und er wäre in der Theaterloge für Booth bestimmt ein

größeres Hindernis gewesen als der etwas schmächtige Major Rathbone. Doch Stanton hat auch diese Bitte des Präsidenten unwirsch abgelehnt. Eckart hätte ebenfalls zu tun, beschied er dem Präsidenten. Stimmt das?«

Tom nickte. »Ja, Major. Genauso war es.«

»Tja, nur leider sind das schon zwei Lügen. Beide Männer hatten an diesem Karfreitag wenig zu tun. Eckart hat das Telegrafenamt früh verlassen, ist nach Hause gegangen und war gerade dabei, sich zu rasieren, als er von Lincolns Ermordung erfuhr. Stanton hingegen hat noch einen gewissen Mr Bradley empfangen, von einer Anwaltskanzlei, mit der Stanton in Verbindung steht, und hat dann den bettlägrigen Außenminister Seward besucht, um zu sehen, wie es um dessen Gesundheit stand. Etwas, was alle Beteiligten in höchstem Maße erstaunt hat, da Seward und Stanton sich bekanntermaßen verabscheut haben.«

Tom runzelte die Stirn.

»Mag sein, dass er gelogen hat. Aber auch das beweist nichts. Vielleicht hat Stanton im Allgemeinen nichts übrig für das Theater, vielleicht ist er davon ausgegangen, dass er und Eckart tatsächlich noch etwas zu tun haben würden. Vielleicht hat er auch seine Meinung gegenüber Seward plötzlich geändert.«

»Ja, das mag sein, Mr Sawyer. Und Sie haben recht. Ein Beweis ist das nicht.«

Crittenden verschränkte die Arme hinter dem Rücken und schritt den Gang zwischen den Bankreihen auf und ab, während er dozierte. »Viel interessanter sind tatsächlich die Dinge, die unmittelbar *nach* dem Mord passiert sind. Wir wissen, dass Sie nach der Ermordung unseres Präsidenten bei der Verfolgung von Booth dabei waren. Können Sie mir sagen, woher Sie und die Männer, die dabei waren, die Informationen hatten, die Sie zu Booth geführt haben?«

»Die kamen von oben, Major. Von Lafayette Baker persönlich, dem Chef des Geheimdienstes. Man hat gesagt, er habe seine Männer ausgeschickt, damit sie alles durchsuchen, jeden verhören und notfalls bestechen oder foltern, um an die Informationen zu gelangen, wo Booth und die anderen sich aufhielten.«

»Ja, das hat man gesagt, nicht wahr? Aber ist es nicht merkwürdig, dass Baker, Geheimdienstchef von Stantons Gnaden, der behauptet hat, er wisse nichts über das geplante Attentat und kenne die Identität der Verschwörer nicht, innerhalb von 48 Stunden nach dem Attentat den genauen Fluchtweg von Booth und Harold kannte? Dass er wusste, dass er den Verschwörer Lewis Paine in Mary Suratts Pension in einem Zimmer im dritten Stock unter einem Bett finden würde und dass er ebenfalls genau wusste, wo er den Verschwörer George A. Atzerodt zu suchen hatte, und ihn dort, im Haus von dessen Cousin in Germantown in Maryland, auch gefunden hat?«

Tom kratzte sich am Kinn. »Ja, das ist es in der Tat.«

»Und es gibt noch mehr Merkwürdigkeiten. Obwohl die Brücken nach Virginia von der Armee genauso streng bewacht wurden wie in Kriegszeiten, ist es Booth und David Harold gelungen, unbehelligt an zahllosen Posten und Sperren vorbeizukommen.«

Tom zog die Schultern hoch. »Man sagte, die Wachtposten konnten nach dem Attentat nicht schnell genug informiert werden, unter anderem, weil die Telegrafenleitung gestört war.«

»Die Telegrafenleitung, ja, ja.« Crittenden nickte und tippte sich mit dem Zeigefinger an die Unterlippe. Er blieb stehen und wandte sich zu Tom. »Die Telegrafenlinien in Washington waren in der Mordnacht plötzlich alle außer Betrieb. Seltsam, nicht wahr? Niemand konnte sich das erklären. Noch viel weniger konnte man sich erklären, warum sie am nächsten Tag einfach so wieder funktionierten. Aber vielleicht kann ja eine Menge Geld diese ganzen Rätsel klären.«

»Geld? Was für Geld?«

»Die Belohnung. Die hunderttausend Dollar, die Stanton sofort nach dem Attentat auf die Ergreifung von Booth und dessen Mitverschwörern ausgesetzt hat. Tot oder lebendig mit einer eindeutigen Betonung auf *tot*.«

Tom legte die Stirn in Falten. »Wer hat das Geld bekommen?«

»Oh, da wäre zunächst einmal Lafayette Baker, Ihr ehemaliger Chef, dessen Aufgabe es war, Booth zu jagen, und der eigentlich einen ganz normalen Sold für diese Aufgabe bekam. Er hat einen erheblichen Teil der Hunderttausend kassiert und wurde zum Brigadegeneral befördert. Interessanterweise bekam auch Major James O'Beirne dreitausend Dollar. Wissen Sie, wer Major O'Beirne ist, Mr Sawyer?«

»Nein, weiß ich nicht. Aber bei der Jagd auf Booth war er nicht dabei.«

»Das stimmt. Er war derjenige, in dessen Zuständigkeitsbereich die Brücken und Wachtposten am Potomac und in Virginia fielen, an denen Booth vorbeigeritten ist, ohne je angehalten zu werden.«

Tom sprang auf. »Was? Wofür zum Teufel hat Stanton ihm eine Belohnung gegeben?«

»Vielleicht dafür, dass er weggeschaut hat, als ein weltbekannter Schauspieler des Weges kam?«

Tom schüttelte den Kopf. Er spürte Zorn in sich aufwallen, als er sich wieder setzte, während Crittenden seinen Spaziergang durch den Mittelgang wiederaufnahm.

»Auch Major Eckart, der Leiter des Telegrafenamtes, wurde kürzlich befördert. Vielleicht dafür, dass man am fraglichen Abend keine Nachrichten über zwei flüchtende Mörder verschicken konnte? Man weiß es nicht. Seltsam ist auch, dass Booth am nächsten Tag, als die Telegrafenleitungen auf wundersame Weise wieder funktionierten, mehrere recht simpel verschlüsselte Telegramme in die Hauptstadt geschickt hat, die seinen Aufenthaltsort verraten haben.«

»W-was zum Teufel …?«

»Ja, nicht wahr? Das passt alles nicht zusammen, oder es lässt nur einen Schluss zu: Etwas stimmt nicht bei dieser Suche nach Booth. Erst lässt man den Mann laufen, dann setzt man ein hohes Kopfgeld auf ihn aus, und schließlich, bevor er etwas sagen kann, wird er schnell und ohne Verhör erschossen. Und seine Mitverschwörer fängt man bereits kurz nach dem Attentat, man steckt sie ins Gefängnis, jeden in eine andere Zelle, damit sie nicht miteinander reden. Man zieht ihnen wattierte Kapuzen über den Kopf, damit sie nichts sehen und nichts hören. Dann macht man ihnen einen Militärprozess, obwohl so ein Attentat gar nicht der Militärgerichtsbarkeit unterliegt. Aber Minister Stanton hat es so bestimmt. Denn damit war er es, der über das Schicksal der Verschwörer entscheiden konnte. Es hieß, er habe die Zeugen massiv eingeschüchtert und sogar ein Gnadengesuch an den Präsidenten unterschlagen, damit man seiner Linie folgte und dem Todesurteil für alle Inhaftierten nichts mehr im Wege stand.«

»Alle sind tot. Niemand kann mehr etwas sagen.« Tom hatte leise zu sich selbst gesprochen.

Crittenden blieb vor ihm stehen und stützte die Arme auf die Bank. »So ist es, Mr Sawyer. Und das Ganze wäre vermutlich niemandem aufgefallen, wenn da nicht diese achtzehn fehlenden Seiten wären.«

Verwirrt schüttelte Tom den Kopf. »Was für achtzehn Seiten?«

Crittenden löste sich von der Bank und wandte Tom den Rücken zu.

»Aus Booth' Tagebuch.«

Das Tagebuch.

Vor Toms innerem Auge tauchte ein rot eingeschlagenes Buch auf, das Booth, fiebernd und schwach, im Lichte der verglühenden Tabakblätter aus der Innentasche seines Gehrocks hervorgezogen und wieder zurückgesteckt hatte. Und Tom hörte Booth' hohe, sich überschlagende Stimme, während der Mörder auf das Buch tippte.

Ich habe einiges zu erzählen. Und alle werden zuhören. Lafayette Baker, Minister Stanton, Präsident Johnson – sie alle werden mir zu-

hören, und sie werden rote Ohren bekommen, wenn ich ihnen das hier vortrage!

»›Ich habe einiges zu erzählen‹«, murmelte er und berichtete Crittenden dann von Booth' Ankündigung in der Scheune.

Crittenden ging zu der Bank, wo seine Mappe lag, und machte sich schweigend eine Notiz. »Das passt«, sagte er dann. »Und durch eben dieses Tagebuch kam alles ins Rollen. Wie Sie vielleicht wissen, ist einer der Verschwörer, John Surratt, der Sohn der Pensionsbesitzerin, bei der sich die Verschwörer getroffen haben, noch immer flüchtig. Der Generalstaatsanwalt bereitet dennoch schon einen Prozess gegen Surratt vor und ist dabei, Beweismittel zu sichern. Dazu gehört auch das Tagebuch von Booth, das sich in Stantons Besitz befindet.«

»Stanton hat Booth' Tagebuch?«

»Ja. Er hat es von Lafayette Baker, und der wiederum hat es von Colonel Everton Conger, der auch befördert wurde und eine Belohnung von fünfzehntausend Dollar bekommen hat und der Booth das Tagebuch kurz vor dessen Tod persönlich abgenommen hat, wenn das stimmt.«

»Ich nehme es an, Sir.«

Crittenden blieb stehen. »Sie nehmen es an? Sie waren doch dabei?«

Tom kratzte sich am Kinn. »Nicht während Booth' letzten Minuten. Es war klar, dass der Schuss in den Nacken tödlich war, und ich war so wütend, dass Corbett, dieser verrückte Hutmacher, ihn angeschossen hatte, dass ich sofort zurück nach Washington geritten bin. Ich wollte Booth nicht noch mehr Publikum bei seiner theatralischen Abschiedsvorstellung verschaffen.«

Crittenden nickte. »Das kann ich verstehen. Was jedoch niemand so recht versteht, und vor allem nicht der Generalstaatsanwalt, ist, dass in diesem Tagebuch achtzehn Seiten fehlten, als Stanton es nach erheblichem Widerstand endlich rausgerückt hat. Sie waren mit einem Messer säuberlich herausgetrennt, haben aber eine sichtbare Lücke im Buch hinterlassen. Conger und Baker, die beide vorgeladen wurden, haben einen heiligen Eid geschworen, die Seiten seien noch drin gewesen, als sie Stanton das Tagebuch übergeben haben.«

»Und was hat Stanton gesagt?«

»Der hat genau das Gegenteil behauptet. Seit diesem Vorfall greift er den Präsidenten unablässig an, der seinem Generalstaatsanwalt bei dieser Untersuchung den Rücken stärkt. Vorgeblich wegen dessen versöhnlicher Haltung gegenüber dem Süden, aber es sieht eher so aus, als wollte der Kriegsminister von etwas ablenken, meinen Sie nicht?«

Tom lehnte sich zurück und dachte über das Gehörte nach. Hätte Booth ihm in der Scheune noch mehr gesagt, wenn der verrückte Hutmacher ihn nicht angeschossen hätte? *Ich habe einiges zu erzählen. Und alle werden zuhören.* Hätte er von Stanton erzählt? Pinkerton hatte seinen Detektiven beigebracht, dass sie sich bei der Suche nach einem Mörder immer fragen sollten, wer von einem Verbrechen am meisten profitierte. Stanton hätte profitiert. Und die Merkwürdigkeiten, die Crittenden aufgezählt hatte, waren nicht von der Hand zu weisen.

Schließlich nickte Tom. »Ich glaube, Sie haben recht. Stanton hat Dreck am Stecken. Aber ich weiß beim besten Willen nicht, wie ich Ihnen dabei weiterhelfen kann, Major.«

Crittenden schob sich ächzend neben Tom in die Bank und senkte die Stimme. »Sie haben mir schon geholfen, indem Sie einige meiner Fragen beantwortet haben. Sie können uns noch mehr helfen, indem Sie mit mir nach Washington zurückkommen und Ihre alte Position als Personenschützer wieder einnehmen. Arbeiten Sie für Lafayette Baker, finden Sie heraus, ob und wie er in die Sache verwickelt ist und inwiefern er mit Stanton bei diesem Komplott zusammenarbeitet. Was uns fehlt, ist ein eindeutiger Beweis, ein Bindeglied, das Stanton ganz klar mit Booth in Verbindung bringt. Finden Sie dieses Bindeglied für uns, Mr Sawyer. Wir werden uns großzügig erweisen.«

Tom merkte auf. »Wir? Wer ist eigentlich *wir?*«

»Wir sind die Guten.« Crittenden lächelte gewinnend.

»Nachdem der Generalstaatsanwalt auf diese … Unstimmigkeiten aufmerksam wurde, hat er mit Präsident Johnson gesprochen. Und da die Army dem Kriegsminister untersteht, hat Johnson sich an seinen alten Freund, Marineminister Welles gewandt. Und Minister Welles hat meine Wenigkeit beauftragt, die Sache zu untersuchen. Sie sehen, Sie wären in bester Gesellschaft, Mr Sawyer. Und ein Mann mit Ihren Qualitäten sollte nicht in diesem … verzeihen Sie, Kaff versauern. Darf ich auf Ihre Unterstützung zählen?«

Tom verschränkte die Finger, stützte die Ellenbogen auf die Knie und senkte den Kopf, als würde er beten.

Seit er nach St. Petersburg gekommen war, hatte man ihn verspottet, verprügelt und versucht, ihn umzubringen, und bis auf zwei, drei zusammenhanglose Spuren war er keinen Schritt weiter bei dem Versuch, den Mord an seiner Tante aufzuklären. Vielleicht hatte Crittenden recht. Vielleicht sollte er tatsächlich zurück nach Washington gehen und einen ganz anderen Mord aufklären. Einen, der möglicherweise wichtiger war und dessen Aufklärung eine Stelle in seinem Inneren verheilen lassen konnte, die ihm wie ein rostiges, schartiges Messer in die Seele schnitt.

»Ich weiß es nicht, Major«, sagte Tom schließlich. »Ich brauche etwas Zeit für diese Entscheidung.«

Der Mann in dem Ruderboot. Huck. Sid. Sally Austin. Wie lange würde es dauern, bis er mit ihnen gesprochen hätte? Was würde er dabei herausfinden? Und dann tauchte auch noch Becky vor seinem inneren Auge auf, wie sie weinend zwischen den Büschen am Lovers' Leap verschwunden war. Er wollte das Bild verscheuchen, aber es gelang ihm nicht, und erst Crittendens Stimme riss ihn aus den Gedanken.

»Bedenkzeit sollen Sie bekommen, Mr Sawyer. Aber nicht viel. Ich werde noch eine Nacht hierbleiben, höchstens zwei.«

Tom stand auf. »Mehr werde ich nicht brauchen.«

Crittenden machte keine Anstalten, sich zu erheben und Tom so in den Mittelgang zu lassen. Er faltete die Hände und legte sie in den Schoß. »Das Hotel am Bahnhof war bereits ausgebucht, wie man mir sagte. Das anstehende Sommerfest scheint einige Gäste in Ihr Städtchen zu locken. Sie finden mich in der Pension einer gewissen Mrs Temple in der North Street.«

Tom nickte. »Ja, Sir. Ich weiß, wo das ist. Dürfte ich bitte …?« Er deutete auf den Gang, aber noch immer erhob Crittenden sich nicht.

»Ich habe noch eine Frage, bevor Sie gehen, Mr Sawyer.« Crittenden blickte mit seinen klaren blauen Schweinsäuglein zu Tom auf. Seine Wangen waren rosig. »Als John Wilkes Booth vor der Scheune in Bowling Green im Sterben lag und Sie bereits unterwegs nach Washington waren, hat er den Zeugenaussagen zufolge die Hände gehoben, auf seine Handflächen gestarrt und gemurmelt: ›Unnütz, unnütz‹, bevor er starb. Können Sie sich vorstellen, warum?«

Tom blinzelte, dann zuckte er mit den Schultern. »Vielleicht, weil ihm in den letzten Minuten seines Lebens aufging, wie sinnlos der Mord war, den er begangen hatte; er konnte damit die Zeit nicht zurückdrehen. Für den Süden war der Krieg verloren. Vielleicht, weil ihm seine Flucht sinnlos erschien. Und wenn Sie recht haben, Major, dann vielleicht auch, weil ihm sein Bündnis mit Stanton nichts genützt hat. Ich weiß es nicht. Ich kann es Ihnen leider nicht sagen.«

Crittenden nickte und schwieg. Schließlich stand er auf und machte Platz, damit Tom die Bankreihe verlassen konnte. Er streckte Tom die Hand hin, und Tom bemerkte dass der massige Major sehr schlanke Finger und eine fast damenhaft glatte Haut hatte.

»Haben Sie vielen Dank, Mr Sawyer. Möge Gott Ihnen bei Ihrer Entscheidung helfen und Sie auf den rechten Pfad führen!«

Tom ergriff die Hand des Majors, schüttelte sie und lächelte verbindlich. Er wollte zurück zum Anleger gehen und sehen, ob er den Mann mit dem Ruderboot noch irgendwo finden konnte, als er plötzlich innehielt und Crittenden entgeistert anstarrte. »Was haben Sie eben gesagt, Major?«

Crittenden neigte den Kopf leicht zur Seite. »Wie meinen? Ich habe gesagt –«

Tom schlug sich mit der flachen Hand an die Stirn, und das klatschende Geräusch hallte im Dachgebälk nach wie ein Gewehrschuss. Dann rannte er ohne ein weiteres Wort aus der Kirche, als wäre der Teufel mit sieben Dämonen und einer Mistforke hinter ihm her, um ihn ins Fegefeuer zu ziehen.

Der Stuhl knarrte und wackelte bedrohlich unter Toms Gewicht. Tom nahm das Bild von seinem Platz über der Tür ab.

Wie hatte er nur so blind sein können? Es war die ganze Zeit direkt vor seinen Augen gewesen. *Eine Tafel über der Tür.*

The Lord is my Shepherd,
I shall not want;
He makes me lie down in green pastures.
He leads me beside still waters;
He restores my soul.
He leads me in paths of righteousness
For His name's sake.
Psalm 23

Der Herr ist mein Hirte … und Major Crittenden hatte ihn vor wenigen Minuten auf den rechten Pfad geführt.

Hollis blickte besorgt zu ihm auf, schwänzelte um den Stuhl herum und bellte, als sein Herrchen wieder herunterstieg.

Tom legte den gestickten Bibelvers in dem aus Zigarrenschachteln gebastelten Rahmen auf den Tisch in Pollys Wohnstube. Das Haus war verwaist, Sid war noch auf der Arbeit, obwohl es bereits Abend war und die Sonne nur noch die Giebel der Häuser in der Hooper Street streifte.

Mit zitternden Fingern zog Tom aus seiner Jackentasche den vom Regen aufgeweichten und zerfledderten Zettel, den er aus der Seifenkiste hatte. Die Zahlen waren schon ziemlich verblasst.

1865
19 24 25 26 111 24 328 19 11 18 27 19.00
34 46 65 23 56 32 33 115 63 42 ~~25.00~~
324 78 515 25 211 31 15 512 27 13 67 ~~22.00~~
22 111 410 21 43 15 14 25 52 316 28 73 71 71 ~~25.00~~

Er strich das Papier glatt, kramte aus einer von Pollys Schubladen eine Schreibfeder und ein Tintenfass hervor, riss aus einer Gesundheitszeitschrift eine Seite heraus und machte sich an die Entschlüsselung des Textes.

Sorgfältig tauchte er die Feder in das Fass und malte Zahlen direkt auf den Stoff neben die Buchstaben des Psalms. Er nummerierte sie durch, wobei jeder Buchstabe zwei Zahlen bekam, einen für die Zeile, in der er stand, einen zweiten für die Position innerhalb der Zeile. Dann ersetzte er die Zahlen auf dem Zettel durch die jeweiligen Buchstaben, für die sie standen, so wie er es vor ein paar Tagen Becky gezeigt hatte.

Die Feder kratzte über die Seite aus der Gesundheitszeitschrift. Neben eine Anzeige für einen Apparat zur Darmspülung und einen Artikel über Haferflocken schrieb er die Zeilen mit den entschlüsselten Buchstaben. Wenige Minuten später hielt er den Klartext in Händen.

Tom pfiff leise durch die Zähne. »Sieh mal einer an, Hollis.«

1865	
SALLY AUSTIN	19.00
ADAH TEMPLE	~~25.00~~
PAULA HOYNES	~~22.00~~
SYBIL OLLENDORFF	~~25.00~~

Hollis war gänzlich unbeeindruckt und hatte sich unter dem Tisch zu Toms Füßen zusammengerollt und schlief.

Tom war sich sicher, dass es sich um eine Rechnung handelte. Das würde auch das Geld in der Seifenkiste erklären. Drei Frauen hatten Tante Polly in diesem Jahr Geld gegeben, ihre Schulden waren getilgt, wie es aussah. Sally Austin hatte nicht bezahlt. Aber wofür hatte sie nicht bezahlt?

Er hörte Beckys Stimme in seinem Kopf, das, was sie bei dem ersten Gespräch in ihrer Redaktion über den Vorfall beim Gemeindefest gesagt hatte. *Huck hat behauptet, Sally würde ihm Geld schulden, und darüber sei es zum Streit gekommen.*

Sie schuldete *ihm* Geld? Oder schuldete sie Polly Geld? Wofür hatten die Frauen bezahlt? Was hatte Polly ihnen verkauft? Und vor allem: Warum wurde diese Rechnung verschlüsselt? Welche Ware musste man geheim halten? Wohl kaum die Decken, die Polly nähte, und die waren auch keine 25 Dollar wert. Und wer waren die anderen Frauen?

Tom wusste, wer Adah Temple war, Dobbins hatte von ihr gesprochen, wegen der Erbschaftsangelegenheit, bei der er ihr behilflich gewesen war. Tom kannte sie von früher. Mrs Temple war eine attraktive junge Frau gewesen; inzwischen musste sie Anfang vierzig sein. Sie besaß die Pension in der North Street, bei der Crittenden untergekommen war. Ein respektables Haus, nicht ganz billige Zimmer, weswegen Tom sich für »Harold's Happy Tavern« entschieden hatte, als er nach St. Petersburg gekommen war. Ihr Mann verkaufte Pflüge im ganzen Staat und war die meiste Zeit des Jahres nicht zu Hause. Tom würde ihr einen Besuch abstatten müssen.

Den Namen Paula Hoynes hatte er schon einmal irgendwo gehört, aber der Name Sybil Ollendorff sagte ihm gar nichts. Er würde fragen müssen. Er würde die Frauen fragen, was sie seiner Tante abgekauft hatten. Einen Moment lang durchzuckte Tom der Gedanke, ob Polly wohl mit Morphium gehandelt haben könnte. Im Krieg waren zahllose Soldaten morphiumsüchtig geworden. Aber Frauen? Ein Schulmädchen und eine ehrbare Pensionsbesitzerin? Oder kauften sie das Gift für irgendwelche Männer? Oder hatte Polly sie erpresst?

Tom verwarf den Gedanken, aber er würde das Haus seiner Tante noch einmal von oben bis unten durchsuchen müssen. Und zwar sofort. Danach würde er mit Sally Austin sprechen. Und er würde mit Sids Zimmer anfangen, solange sein Halbbruder noch bei der Arbeit war. Es war der einzige Raum, den er bei seiner ersten Durchsuchung nicht betreten hatte.

Tom beugte sich zu Hollis und kraulte ihm den Nacken. »Aufwachen, Kumpel!«

Träge hob Hollis ein Lid und fuhr sich mit der Zunge über die Schnauze.

Tom deutete auf die Tür. »Wenn Siddy reinkommt, bellst du, verstanden?«

Hollis gähnte herzhaft und legte dann den Kopf wieder auf die Vorderpfoten. Tom seufzte und stieg entschlossen die Treppe hinauf. Sein Tag hatte irgendwann im Morgengrauen im Lager von Shipshewano begonnen, dennoch verspürte er keine Müdigkeit. Das linke Knie tat immer noch weh, aber er fühlte sich langsam besser, weil die Schmerzen in der Seite und an der Stirn, wo die Beule war, nachgelassen hatten. Draußen dämmerte es schon, als Tom über die abgewetzten Läufer in dem kurzen Flur zu Sids Kammer ging.

Er öffnete die Tür zu dem Zimmer, das er als Kind mit Sid geteilt hatte, fand Streichhölzer auf dem Tisch, riss eines an und entzündete die Lampe, die auf einem schmalen Brett über dem Bett stand. Langsam glühte der Docht hoch, und das Zimmer wurde in ein flackerndes Orange getaucht. Ein Bett, eine Kommode, ein kleiner Tisch mit einem Stuhl davor. Das war alles.

Tom kniete sich hin und schaute unter das Bett.

Ein Koffer.

Er zog ihn hervor, öffnete ihn, doch der Koffer war leer. Tom zog das Bett von der Wand weg, wippte mit dem Fuß auf jeder einzelnen Diele, um zu sehen, ob eine locker war, dann klopfte er die Wände ab, um nach Hohlräumen zu suchen.

Keine lockeren Dielen, keine Hohlräume. Er öffnete die Schreibtischschublade, darin lagen eine Bibel, Schreibzeug, eine

Flasche Oriental Hair Tonic, das Sid bestimmt für sein dünner werdendes Haar benutzte, und ein Fläschchen mit der Aufschrift »Alternative Sarsaparilla« – nach dem Aufkleber zu schließen, ein Wundermittel gegen Blasenentzündung.

Unter den Fläschchen lag ein Brief in geschwungener Handschrift. Beckys Handschrift. Tom rang mit sich, dann seufzte er, faltete den Brief auseinander und las ihn.

Er war harmlos. Eine Einladung zur Neueröffnung ihrer Zeitungsredaktion. Förmlich, als hätte sie diesen Brief dutzendfach geschrieben. Außer einem »Liebster Sid« und einem »Deine Rebecca« erinnerte nichts an einen Brief, den man dem Mann seines Herzens schrieb.

Tom biss sich auf die Lippen. Er musste noch einmal mit ihr reden. Sie hatte recht. So konnte es nicht weitergehen. Aber wie es weiterging, konnte nur *sie* sagen. Schließlich war sie mit seinem Bruder verlobt, und Tom fand, er selbst war ihr gegenüber schon deutlich genug geworden, was seine Gefühle anging.

Aber war er das wirklich? War er sich denn überhaupt im Klaren über seine Gefühle? Wollte er wirklich mit Becky zusammen sein, oder war es einfach nur Nostalgie, die ihn zu ihr hinzog? Oder war es noch banaler, und er wollte seinem Halbbruder eins auswischen? Tom wusste es nicht, und das machte ihn wütend auf sich selbst.

Er warf den Brief zurück in die Schublade und wandte sich zu der Kommode. Er zog die Schubladen eine nach der anderen auf, doch er fand darin nur Sids Hemden, seine Hosen und seine Unterwäsche. Frisch gewaschen und säuberlich zusammengelegt. Dann kam er zu der Schublade ganz unten und zog daran. Er stutzte.

Sie ging nicht auf.

Tom zog fester, aber die Schublade klemmte nicht, sie war abgeschlossen. Er stand auf und wollte schon nach unten gehen, um ein Beil aus der Speisekammer zu holen und damit die Schublade aufzuhebeln, als er an der Tür stehen blieb. Sid war nicht sonderlich einfallsreich. Das war er noch nie gewesen. Und manche Angewohnheiten behielt er hartnäckig bei. Tom fasste nach oben und tastete mit den Fingern über den staubigen Türrahmen.

Der Schlüssel fiel herunter.

Er trat wieder an die Kommode und schloss die Schublade auf. Sie klemmte ein wenig, aber mit etwas Rütteln gelang es Tom schließlich, sie zu öffnen. Ein Haufen Papiere waren darin.

Tom blätterte durch Geburtsurkunden, Briefe seiner Eltern, Rechnungsbücher aus dem Laden in Marion, den seine Eltern besessen hatten, und Besitzurkunden für das zerstörte Haus. Er fand Bankunterlagen, Arbeit, die Sid mit nach Hause genommen zu haben schien, Vollmachten der Witwe Douglas, ein paar Aktien einer Bahnlinie und Anteilsscheine an einem Landkauf in Illinois, wie es schien. Schließlich öffnete er einen schmalen Ordner aus blauer Pappe und fand darin einen Kaufvertrag.

Tom setzte sich auf den Boden und studierte das Dokument. Es war ein Kaufvertrag für Pollys Gärtchen, ausgestellt am 22. Juni dieses Jahres.

Die St. Louis & St. Petersburg Railway Company wollte Pollys Gärtchen für den erstaunlichen Preis von fünfzehnhundert Dollar kaufen. Das Grundstück war nicht einmal ein Drittel wert, wenn es hochkam, vermutete Tom. Pollys Unterschrift unter dem Dokument fehlte jedoch, der Strich, auf dem sie hätte unterschreiben sollen, war leer.

Drei Gärten. Drei Pflöcke. Ein vierter Pflock fehlt.

Toms Gedanken überschlugen sich. Seine Tante hätte ihren Garten verkaufen sollen. Eine Brücke über den Mississippi sollte gebaut werden. Die Stadt würde aufblühen. Das Grundstück war plötzlich etwas wert.

Ich weiß nur, dass sich in letzter Zeit komische Leute in den Gärten rumtreiben. Leute, die da nichts zu suchen haben und die sich nicht um die Gärten kümmern.

Zwei Grundstücke waren vermutlich bereits im Besitz der Eisenbahngesellschaft, ein weiteres gehörte den Harpers oder hatte ihnen gehört, wie der dritte Pflock nahelegte. Aber das vierte Grundstück gehörte Polly.

»Wenn eines Tages die Eisenbahnbrücke über den Mississippi kommt, dann wird St. Petersburg eine richtige Stadt werden«, hatte Richter Thatcher gesagt. »So wie Springfield, vielleicht sogar wie St. Louis.«

Der Mann im Ruderboot war ein Vermessungsingenieur gewesen; das Messingstativ mit dem fernrohrähnlichen Instrument in seinem Boot war ein Messgerät, das man für die Konstruktion einer Brücke brauchte. Ein Theodolit.

Und Tante Polly wollte offenbar nicht verkaufen.

Tom griff nach den Aktienpapieren, die er zuvor beiseitegelegt hatte.

»St. Louis & St. Petersburg Railway Company«, stand in wunderbar geschwungenen Lettern über dem Bild einer dampfenden Lokomotive. Sid besaß Anteilsscheine im Wert von dreitausend Dollar an der Bahngesellschaft, die den Bau der Brücke über den Mississippi plante. Tom suchte nach dem anderen Papier, dem Anteilsschein am Landkauf in Illinois. Das Grundstück lag auf der Markung von Kinderhook, Pike County. Das war nur einen Katzensprung entfernt. Auf der anderen Seite des Flusses.

Am Ufer, genauer gesagt.

Der Mann im Ruderboot.

Tom überflog die Kaufurkunde. Zwei andere Anteilseigner des Grundstückskaufs am Illinois-Ufer standen auf dem Dokument: Malcom Thatcher, Friedensrichter in Marion County. Und Joseph Harper, Sheriff in St. Petersburg.

Er sollte sich nicht dafür interessieren. Er könnte uns Zeit und jede Menge Geld kosten. Rede mit unserem Mann.

Unser Mann. Der Mann im Ruderboot?

In Toms Kopf drehte sich alles. Sid, Harper und Thatcher hatten das Grundstück am anderen Ufer gekauft, wo der Brückenpfeiler auf der Illinois-Seite entstehen sollte. Sid hatte zudem viel Geld in die Eisenbahngesellschaft gesteckt, die die Brücke bauen wollte. Tom verstand kaum etwas von Finanzen, aber er wusste, wenn die Brücke gebaut werden würde, würden die Aktien im Wert steigen. Und Sid, Thatcher und Harper würden auch beim Verkauf der Grundstücke, auf denen die Brücke entstehen sollte, groß abkassieren.

Wenn ihnen nicht jemand dazwischenfunkte.

Wenn sich nicht vielleicht eine alte Frau weigerte, ihr Grundstück zu verkaufen. War es das? Hatten sie Polly aus dem Weg geräumt, weil sie ihr Gärtchen nicht verkaufen wollte? Hatte Sid Polly auf dem Gewissen? Oder hatten sie Huck dafür bezahlt? Oder Jeb und Dale? Tom spürte einen Schmerz in der Magengrube. Sein Halbbruder, der Mörder ihrer Tante?

Aber was hatte das mit Hattie Cooper zu tun? Und mit den anderen verschwundenen Frauen? Hatte es überhaupt etwas damit zu tun? Tom hörte Schritte auf der Veranda. Hollis bellte. Sid kam von der Arbeit zurück.

Hastig stopfte Tom die Unterlagen wieder in die Schublade, überlegte es sich dann anders und nahm den Kaufvertrag für das Gartengrundstück an sich, faltete ihn zusammen und steckte ihn in seine Jackentasche. Dann löschte er das Licht und ging nach unten.

Hollis bellte jemanden an, der vor der Tür zur Veranda stand, als würde er sich nicht hineintrauen. Noch auf der Treppe sagte Tom: »Gut, dass du da bist, Sid. Wir müssen reden. Hollis, halt die Klappe!«

Er zog die Tür auf und hob überrascht die Brauen. Es war nicht Sid, der vor ihm stand.

Es war Jim.

Tom beugte sich zu Hollis hinunter und strich ihm beruhigend über das Fell. »Hör endlich auf zu bellen, Hollis! Das ist nur Jim. Was gibt's, Jim?«

Jim hielt seinen Strohhut vor der Brust, als würde ihn das vor Hollis' Gebell schützen, und blickte eingeschüchtert von dem Hund zu Tom. »Ich weiß, wo er is', Master Tom. Ich hab 'n gefunden.«

Mr Pettibone, einer der örtlichen Holzbarone, hatte den Standort seines Sägewerks klug gewählt.

Sie lag eine Meile westlich der Stadt, nicht weit von den Wäldern, die Pettibone abholzen ließ, und gleich bei der Bahnlinie, die die Pinienstämme, die Pettibone zukaufte und in riesigen Flößen von Wisconsin den Mississippi abwärts verschiffte, zur Mühle brachte.

Der Bear Creek, der mitten durch das Gelände floss, trieb noch immer eine der Sägen an, doch die hohen Schornsteine, viel höher als das Dach der Sägemühle mit dem Turm in der Mitte, an dem die große Uhr angebracht war, kündeten von den zahlreichen dampfbetriebenen Gattersägen, die dort inzwischen gute Dienste leisteten.

Und noch aus einem weiteren Grund war der Standort der Mühle klug gewählt.

Sie lag in Sichtweite der Hütten und Baracken, der Siedlung mit Josephs Kneipe, in denen die schwarzen Arbeiter des Sägewerks wohnten.

Die letzten Arbeiter verließen gerade die Mühle und trotteten mit hängenden Schultern, ermattet von einem langen Tag, den kleinen Hügel zu der Siedlung hinauf, wo Tom vor einigen Tagen Dr. Cooper bei einer Entbindung gestört hatte. Und wo er ihn vor wenigen Minuten auch angetroffen hatte, bevor er weiter zum Sägewerk ging.

Die Luft in Toms Versteck roch nach frisch gesägtem Holz. Tom kauerte hinter einem Felsen, von dem aus er das gesamte Sägewerk von W. B. Pettibone überblicken konnte, selbst aber unentdeckt bleiben würde. Riesige Stapel von gesägten Brettern türmten sich haushoch auf dem Gelände. Zahlreiche Straßen und Gassen zwischen diesen Stapeln bildeten ein dichtes

Netz um die Sägemühle in der Mitte, wie eine kleine Stadt aus Holzwürfeln.

Endlose Holzwürfel.

Während Tom das menschenleere Gelände beobachtete, wurden seine Lider plötzlich schwer. So aufwühlend die Entschlüsselung von Pollys Geheimtext und die Entdeckung in Sids Schublade auch gewesen war, so sehr drückte ihn nun die Müdigkeit nieder. Würde er jetzt schlafen können? Hier? Wenn er sich hinlegen würde? Er wusste es nicht, aber er wusste, dass er jetzt nicht schlafen durfte. Tom zwickte sich in den Oberschenkel und schlug sich mit der Hand ins Gesicht, bis ihm der Kiefer wehtat.

Seit er Cooper vor wenigen Minuten verlassen hatte, war seine Stimmung gedrückt. Cooper hatte nichts Neues über Hattie erfahren, er hatte ihm aber gesagt, dass Huck auf dem Wege der Besserung war. Das Fieber war fast weg, die Entzündung der Wunde war abgeklungen, und Huck war die meiste Zeit bei klarem Verstand. Man hatte den Prozess auf übermorgen angesetzt.

Übermorgen.

Tom hatte nicht mehr viel Zeit.

Cooper machte sich große Sorgen um seine Schwester, Tom hatte es ihm angesehen. Der Doktor hatte ihn gefragt, ob er glaube, dass Hattie noch am Leben war. Tom konnte es ihm nicht sagen, und er wollte ihm keine falschen Hoffnungen machen. »Beten Sie darum«, hatte er gesagt, weil ihm nichts Besseres einfiel, und Cooper hatte nur schwach genickt. Um rasch das Thema zu wechseln, hatte Tom ihm den rätselhaften Pflanzenstängel in die Hand gedrückt und ihn gebeten, herauszufinden, was das war. Tom sagte, es könnte helfen, Hattie zu finden, wenn er auch nicht genau wisse, wie.

Cooper hatte wieder schweigend genickt und ihm dann etwas widerstrebend das Fläschchen ausgehändigt, um das Tom ihn gebeten hatte. Daraufhin war der Doktor in den schäbigen Anbau der Kneipe gegangen, wo seine Schwester vor ihm gewohnt hatte, und hatte tatsächlich angefangen zu beten.

Beten. Vielleicht half es ja.

Dass seine Tante Polly mit Hattie zusammen gebetet haben sollte, kam Tom immer noch merkwürdig vor. Sally Austin hatte das behauptet, und mit Sally Austin würde er ohnehin morgen sprechen. Er wollte sie vor dem Unterricht an der Schule abfangen, vorausgesetzt, er würde diese Nacht überleben.

Tom merkte auf, als ein kräftiger, hochgewachsener Mann das Tor der Sägemühle verriegelte. Das musste der Vorarbeiter sein, von dem Jim gesprochen hatte. Unter dem Tor verschwanden die Gleise für die Loren, mit denen die Baumstämme hineintransportiert wurden. Dann trat der Vorarbeiter in das Licht der Laterne über der Tür zum Büro, steckte die Finger in den Mund und stieß einen lauten Pfiff aus. Ein Mann in einer abgewetzten Denimjacke trat aus dem Dunkel einer Gasse aus Bretterstapeln und blickte über die Schulter, bevor er zum Büro ging. Er überragte den Vorarbeiter um einen Kopf.

Einen kahl geschorenen Kopf mit einem rötlichen Bart.

Tom hielt den Atem an. Jim hatte sich nicht getäuscht.

Es war tatsächlich Dale.

Er trug ein Gewehr lässig über der Schulter und gab dem Vorarbeiter die Hand. Der Vorarbeiter schüttelte sie und überreichte Dale einen kleinen Beutel. Sie sprachen miteinander, aber Tom konnte nicht hören, was sie sagten. Die Männer waren zu weit weg.

Dann zog der Vorarbeiter etwas aus der Jackentasche, es sah aus wie ein Geldschein, so genau konnte Tom es nicht erkennen. Dale bekam den Schein, und der Vorarbeiter verließ das Gelände. Dale nahm sein Gewehr und ging vor der Mühle auf und ab. Als er sich vergewissert hatte, dass der Vorarbeiter verschwunden war, entleerte er seine Blase in eine Pfütze und setzte sich dann auf einen flachen Stapel frisch gesägter Bretter vor dem Büro. Er stellte das Gewehr neben sich ab, öffnete die Tüte und nahm etwas heraus, auf dem er dann herumkaute. Falter umschwirrten die Lampe über dem Büro, in deren rötlichem Schein Dale offenbar sein Abendessen verschlang. Er war allein.

Tom wusste, dass es jetzt so weit war.

Jim hatte sich für ihn umgehört und von Caleb, einem der Arbeiter der Mühle, erfahren, dass sich ein großer Kerl im Sägewerk herumtrieb, tagsüber in einem entlegenen Winkel der Bretterstraßen schlief und sich immer versteckt hielt, wenn die Arbeiter in seine Nähe kamen. Als Caleb Floyd, den Vorarbeiter, darauf angesprochen hatte, hatte der Caleb angeschnauzt, er solle sich lieber um seinen eigenen Kram kümmern und bei der Arbeit nicht rumglotzen. Caleb hatte von Weitem beobachtet, wie der Kerl mit Floyd redete. Gestern Abend, als er länger arbeiten musste, hatte Caleb gesehen, wie der Vorarbeiter dem Mann etwas zu essen brachte und der Kerl daraufhin mit seinem Gewehr die Sägemühle bewachte. Offensichtlich versorgte Floyd Dale mit Essen, und offensichtlich arbeitete Dale als eine Art Nachtwächter.

Tom dachte an die Nächte in Chicago, als er auf dem Eisenbahndepot der Fort Wayne und Chicago Railroad Wache geschoben hatte. Es war kühl gewesen, genau wie jetzt. Toms Atem bildete kleine Wölkchen vor seinem Mund.

Dale war allein, er war nicht sonderlich schlau, und er war auch nicht sonderlich schnell. Aber wenn er einen einmal in der Mangel hatte, gab es kein Entkommen. Tom würde schnell *und* schlau sein müssen, um Dale zu erwischen. Er hatte einen Plan, aber damit der funktionierte, musste Dales Gewehr verschwinden, und Tom betete, dass er nicht auch noch einen Revolver hatte.

Beten. Vielleicht half das ja.

Tom griff nach Tante Pollys Schürhaken, den er dabeihatte, verließ seinen Beobachtungsposten am Felsen und schlich sich zwischen den Sumachsträuchern hinunter zu der Ebene, wo die Holzstapel das Straßennetz bildeten. Er tauchte ein in die Gassen aus aufgeschichteten Brettern, die, durch kleine Hölzchen voneinander getrennt, in der Luft trockneten. Tom lief in gebückter Haltung, bis er um eine Ecke spähen und einen Blick auf Dale und auf die Mühle werfen konnte. Dale biss gerade in ein Sandwich, trank dann einen kräftigen Schluck aus einer Feldflasche und wischte sich den Mund mit dem Ärmel ab.

Er bemerkte Tom nicht.

Das musste sich ändern.

Tom sah sich auf dem Boden um. Der Mond war zwischen den grauen Wolken hervorgekommen und warf einen silbrigen Glanz auf die Rindenabfälle, die Holzsplitter und das Sägemehl zwischen den Stapeln. Zwischen der Rinde und dem Sägemehl lag eines der Hölzchen, die die Bretter voneinander trennten. Tom hob es auf und warf es in hohem Bogen in eine der angrenzenden Gassen. Schnell duckte er sich und spähte wieder um die Ecke.

Dale stutzte. Er legte das Sandwich beiseite, erhob sich, griff nach hinten an seinen Hosenbund und zog sich die Hose hoch. »Hallo?«

Als er keine Antwort bekam, schnappte Dale sich sein Gewehr und machte sich auf in die Gasse, um nachzusehen.

Tom packte den Schürhaken fester und schlich Dale hinterher. Der rothaarige Hüne verschwand für einen Moment aus Toms Blickfeld, als er in die angrenzende Gasse bog. Tom war dicht hinter ihm, er blieb an der nächsten Ecke stehen und warf ein kurzen Blick in die Gasse.

Dale stand mit dem Rücken zu ihm.

»Bist du das noch, Floyd?«, rief Dale unbestimmt ins Dunkel.

Jetzt! Jetzt sieht er dich nicht!

Tom schob sich um die Ecke in Dales Gasse, er schlich näher heran, holte ganz langsam mit dem Schürhaken aus. Die Rinde, die überall herumlag, knirschte unter seinen Sohlen, aber das laute Zirpen der Grillen dämpfte das Geräusch.

Dale ging vorsichtig weiter und hob den Lauf seiner Waffe.

Schneller! Er dreht sich gleich um!

Tom beschleunigte den Schritt. Als er nur noch eine Armlänge hinter Dale stand, schwang er den Schürhaken auf Dales Nacken.

Doch Dale war schneller. Er drehte sich pfeilschnell um und riss das Gewehr hoch. Toms Hieb traf den Lauf der Waffe, und der Schürhaken wurde ihm fast aus der Hand geschlagen.

»Du!«, zischte Dale und zog die Waffe wieder hoch. Bevor er abdrückte, ließ Tom den Schürhaken auf Dales Finger niedersausen. Dale brüllte auf und das Gewehr fiel zu Boden.

Verdammt! Tu was! Tu was!

Tom holte abermals aus, doch Dale stürzte sich auf ihn, rammte Tom den Kopf in den Bauch, und sie gingen zu Boden. Tom schlug mit dem Rücken auf, und der Schmerz loderte grell in seinen Schläfen. Dale lag mit seinem ganzen Gewicht auf Tom, und seine kräftigen Pranken schlossen sich um Toms Hals.

»Du hättest 'ne richtige Waffe mitbringen sollen, du Schlappschwanz von einem Niggerkumpel!« Dale drückte erbarmungslos zu. Toms Kehlkopf wurde gequetscht und seine Augen quollen hervor. Dale grinste. »Diesmal blas ich dir das Licht aus.«

Tom bekam keine Luft mehr, und er fühlte, wie die Schwärze langsam in ihm hochkroch. Es war wie vor dem Saloon, nur dass Tom da noch nicht gehinkt und seine Seite noch nicht geschmerzt hatte wie verrückt. Toms Finger tasteten zitternd an seiner Seite hinunter. Er krümmte sich, riss mit der anderen Hand an Dales Pranken um seinen Hals, schob die Finger in seine Hosentasche, bekam den feuchten Stoff endlich zu fassen. Hektisch zerrte er das Tuch hervor, riss es nach oben und drückte es Dale keuchend auf die Nase.

»W-was soll der Scheiß …« Dale reckte den Hals, wollte sich wegdrehen, aber das konnte er nicht, ohne Tom gleichzeitig loszulassen.

Langsam, ganz langsam spürte Tom, wie Dales eiserner Griff um seinen Hals erlahmte und er wieder Luft bekam.

»I-ich hab 'ne richtige Waffe«, stieß Tom erstickt hervor, als Dales Pranken schließlich schlaff wurden und Dale besinnungslos nach hinten sackte. »Dr. Coopers Waffe, du hirnloser Fettsack.«

»Aufwachen, Dale! Du sollst auf-wa-chen!«

Tom tätschelte Dale sanft die Wange, und langsam fingen die Lider des Hünen an zu flattern. Dale fuhr sich mit der Zunge über die wulstigen Lippen und blickte in Toms lächelndes Gesicht.

»Du bist wach! Das ist toll, Dale! Ich habe schon fast nicht mehr damit gerechnet! Hab schon gedacht, ich hätt's ein bisschen zu gut gemeint mit dem Chloroform. Aber ich wollte auf Nummer sicher gehen, das verstehst du bestimmt, oder, Dale?«

Dale verstand gar nichts, er schüttelte sich, wollte sich aufrichten, doch er stellte fest, dass er gefesselt war.

Tom setzte sich auf einen Holzstoß neben Dale und zog aus einer braunen Papiertüte ein angebissenes Sandwich. Er hob es kurz hoch, damit Dale es sehen konnte, bevor er herzhaft hineinbiss.

»Tut mir leid, Kumpel, ich hab 'nen Mordshunger. Du bist ganz gut im Futter, wenn wir mal ehrlich sind. Mann, das war eine Plackerei, bis ich dich da oben hatte.« Kauend deutete Tom auf die Lore, auf der Dale gefesselt lag.

Der blickte an eine Holzdecke, und eine Laterne schräg über ihm verbreitete trübes Licht, in dem Holzstaub glitzerte. Sie waren in der Mühle, so viel war Dale sicherlich klar, denn von irgendwo hörte man das Rauschen eines Baches.

Tom schluckte den Bissen hinunter und deutete auf Dales Stiefel. »Du musst zu deinen Füßen gucken, Dale! Da wird's interessant.«

Dale hob den Kopf, legte das Kinn auf die Brust und sah an seinem Körper hinab. Er stöhnte erschrocken auf. »Scheiße, Mann! Mach keinen Scheiß, hörst du?«

Tom lachte. »Ja, ich gebe zu, besonders originell ist das nicht. Ihr fesselt mich auf die Schienen, und ich fessele dich auch auf die Schienen. Aber irgendwie passt es dann doch, oder nicht? Mann, ich hab ewig gebraucht, bis ich kapiert hab, wie das Ding funktioniert.«

Tom schob den letzten Bissen des Sandwichs in den Mund,

rieb sich die Krümel von den Händen und trat dann an eine Konstruktion aus Holz und Eisen an der Wand. Er griff nach einem Hebel. »Hier! Den hier muss man runterdrücken, damit sich das Mühlrad in den Bach senkt, Dale. Ist das nicht faszinierend? Schau her!«

Tom drückte den Hebel nach unten, und es knirschte und knackte, man hörte das Wassser gegen die Mühlräder plätschern. Dann griffen Zahnräder ineinander, und die große alte Gattersäge, die in einer Ecke der Mühle neben den dampfbetriebenen Sägen stand, setzte sich langsam, aber dafür lautstark in Bewegung. Auf und nieder glitten die drei mannshohen Sägeblätter, die nur knapp fünf Fuß von Dales Beinen entfernt waren, und verursachten dabei ein schrilles, kreischendes Geräusch in dem Gestell, in dem sie hingen.

»Lieber Herr Jesus, hör auf, Mann! Bitte hör auf!« Dale stemmte sich gegen die Fesseln, mit denen er auf der Lore festgemacht war, aber sie gaben nicht nach.

Tom trat neben die Lore, legte Dale eine Hand auf die Brust und schob die Lore damit ein Stückchen nach vorn. »Es geht ganz leicht, siehst du? Man kann die Baumstämme … oder eben dich, Dale, also von Hand in die Säge schieben, oder man kann auf das Pedal hier drücken …«, Tom setzte den Fuß auf einen quadratischen Holzblock, der sich daraufhin in eine Aussparung im Boden der Mühle senkte, »… und das Mühlrad treibt über eine Kette auch den Lorenwagen an. Tolle Sache, hm?«

»Nein! Neiiin! Hiiilffeee! Flooooyd!«

Bleiben Sie gut, Thomas. Bleiben Sie gerecht.

Oh ja, gerecht würde er bleiben. So gerecht, wie dieser Bastard es verdiente.

Dales Gesicht war rot angelaufen, er schrie gellend und zerrte an den Fesseln, aber er blieb fest auf die Lore gebunden.

Tom kicherte, trat noch einmal auf den Block im Boden und zog Dale ein Stück von der ratternden Säge weg. »Sei nicht albern, Dale. Floyd ist zu Hause und schläft, niemand kann dich hier hören. So wie man mich auf den Eisenbahngleisen übrigens auch nicht gehört hat, weißt du? Dafür hab ich die Lok gesehen, als sie auf mich zukam. Zuerst hab ich gedacht, ich schicke dich mit dem Kopf voraus in die Säge, aber dann hab ich es mir anders überlegt. Ich dachte, wir machen es genauso wie bei mir und der Lok und du kannst auf die Säge gucken und erlebst noch mit, wie sie zuerst deine Beine und dann den Rest von dir zersägt. Wie findest du das?«

»Lass mich! Lass mich gehen, hörst du? I-ich … es tut mir leid, dass wir dich verprügelt haben … Ich … ich hau hier ab, du wirst mich nie wiedersehen!«

»Das stimmt, ich werde dich nie wiedersehen, weil du gleich zersägt wirst, Dale, außer … außer du erzählst mir etwas, was ich wissen will, dann überlege ich es mir vielleicht noch einmal.«

Dale starrte auf die auf- und niederfahrende Säge. Seine Stimme war schrill, und er schrie, um das kreischende Geräusch der Sägeblätter im Gestell zu übertönen. »W-was? Was soll ich dir erzählen?«

Tom blickte auf Dale hinunter wie ein mitfühlender Arzt auf einen Patienten im Krankenbett. »Erzähl mir, was du mit Jeb gemacht hast. Warum hast du ihn umgebracht, Dale? Warum hast du ihn an die Schweine verfüttert?«

Dale blickte gehetzt von den Sägeblättern zu Tom. »W-was, ich … ich hab Jeb nicht umgebracht, Kumpel, das musst du mir glauben! Ich wusste nicht mal, dass er tot ist! Ich hab's von Floyd erfahren, Mann! Jeb war mein Freund!«

Tom seufzte mitfühlend. Bedauernd hob er die Hände. »Tja, aber wer soll es denn dann gewesen sein? Also, ich war's nicht, und wir alle kennen dein hitziges Gemüt, Dale. Ein paar Gläschen zu viel, ein Streit unter Freunden, der außer Kontrolle gerät … Man kennt das ja. Es dämmert bald, und ich muss mit meinem missratenen Bruder und mit einem Schulmädchen sprechen und außerdem nach einem Kumpel sehen. Also langweile mich lieber nicht, Dale.« Mahnend hob Tom den Zeigefinger.

Dales Augen zuckten zwischen dem Sägeblatt und Tom hin

und her. Dicke Schweißperlen liefen ihm über die Stirn. »Ich schwör's dir, Mann! Ich war's nicht! Wir waren im Puff, nachdem wir dich vermöbelt haben. Aber Jeb is' noch mal los, wollte irgendwen treffen, aber ich weiß nicht, wen. Ich war schon total blau, bin auf der Braut eingeschlafen. Und dann kam er einfach nicht zurück, und einen Tag später hör ich, dass er tot ist und … und … und mehr weiß ich nicht!«

»Wen wollte er treffen?«

Dale riss an seinen Fesseln. »Ich weiß es nicht, verdammt noch mal! Und jetzt bind mich los, du Bastard!«

Tom schüttelte traurig den Kopf und schnalzte tadelnd mit der Zunge. »Tststs, Dale. Ich hab dir gesagt, du sollst mich nicht langweilen. Und beschimpfen solltest du mich auch nicht.« Tom trat auf den quadratischen Block, der daraufhin im Boden verschwand. Die Transportkette griff in ein Zahnrad unter der Lore. »Mach's gut, Kumpel«, sagte Tom und wandte sich zum Ausgang der Mühle.

Dales Augen weiteten sich vor Entsetzen. Die Lore rollte langsam auf die Säge zu. »NEEIIINN! Nicht!«

Tom zog die Tür auf.

Schon waren Dales schlammverkrustete Stiefel nur noch eine Handbreit von den messerscharfen Sägezähnen entfernt. »Da war ein Typ!«, schrie Dale panisch. »Beim Knast!« Dale riss den Kopf zur offen stehenden Tür der Mühle.

Tom war weg.

Dale schrie sich die Seele aus dem Leib. »Komm zurüüüück! Der Typ hat uns bezahlt, damit wir dich zusammenschlagen! BITTEEE!« Dales Gebrüll wurde ohrenbetäubend, als die kreischend ratternden Sägeblätter seine Stiefelsohlen aufritzten.

Dann stieß Tom den Fuß auf den Hebel und zog die Lore langsam zurück. Er hatte nicht länger als einen Atemzug gebraucht von der Stelle vor der Tür, wo er gewartet hatte, bis zu der Säge.

Dale weinte hemmungslos. Auf seiner Hose hatte sich ein dunkler Fleck ausgebreitet.

Tom schüttelte nachsichtig den Kopf. »Dale, Dale, Dale. Du machst mir Sorgen, weißt du das? Erst lügst du mich an, und dann pisst du dich voll.«

Dale keuchte, hustete, und dann kicherte er irr, bevor er wieder weinte.

Tom gab ihm einen Klaps auf die Wange. »Also, Dale: der Mann beim Knast. Wer ist das? Wer hat euch bezahlt?«

»Ich weiß es nicht«, stöhnte Dale. »Ich hab ihn noch nie gesehen.«

»Dale!« Tom trat auf den Block am Boden, und die Kette klinkte sich wieder ein.

Die Lore fuhr Richtung Säge, und Dale schrie auf. »Wirklich nicht! Du musst mir glauben! Nur Jeb hat mit ihm geredet!«

Tom trat nochmals auf den Block und die Lore blieb stehen. »Also warum sollte ich dir das glauben Dale? Wo du und Jeb doch so unzertrennlich wart?«

Dale keuchte, der Schweiß lief ihm immer noch über die Stirn. »Jeb hat uns immer Arbeit besorgt. War schon im Krieg so. Ich hab immer nur gemacht, was Jeb gesagt hat. Er is' auch los und hat mit Floyd geredet und hat uns die Arbeit hier verschafft. Wir kannten Floyd vom dritten Arkansas Artillerieregiment, er war Captain, und ich … Ich schwör's, ich hab den Typen nie gesehen, der dich loswerden wollte!«

»Jeb ist also von jemandem angesprochen worden, der euch Geld dafür gegeben hat, dass ihr mich verprügelt?«

»Genau so war's, Mann! Wir waren bei Harold. Jeb is' raus zum Pissen. Als er zurückkommt, sagt er, so 'n Kerl hätt ihn angesprochen und ihm zwanzig Dollar gegeben, dafür, dass wir dich verdreschen. Zwanzig Dollar! Und ich hätt's sogar umsonst gemacht.« Dale versuchte ein Grinsen, bis ihm aufging, dass ihm das wohl nicht helfen würde. Er zuckte mit den Schultern. »Weißt schon, wie ich's mein, oder?«

Tom nickte. »Und du hast Jeb nie gefragt, wer dieser Typ war und wie er ausgesehen hat?«

Dale schüttelte den Kopf. »Hat mich nicht interessiert. Hauptsache, er zahlt.«

»Wann war das?«

»Am gleichen Tag, wie wir dich am Knast getroffen haben.«

»Und dann habt ihr mich an die Gleise gefesselt, und Jeb ist noch mal los, um euren Lohn zu kassieren?«

Dale nickte. »Ja … Nein!«

»Was denn jetzt, Dale?« Tom schüttelte ungehalten den Kopf.

Dale fuhr sich mit der Zunge über die Lippen, und seine Augen wanderten suchend über die Decke der Mühle. »Jeb is' los, um die zwanzig Dollar zu kassieren, und er is' nicht zurückgekommen. Aber das war am Morgen, nachdem wir hier mit der Nachtwache fertig waren. Wir ham dich nicht auf irgendwelche Gleise gefesselt. Das sollten wir nicht, wir sollten dich nur zusammenschlagen und liegen lassen. Der Typ hat zu Jeb gesagt, wir sollen beim Knast auf dich warten, weil da würdest du irgendwann auftauchen. Jeb hat schon geflucht, weil wir zu spät zur Nachtwache kommen würden und Floyd wär sicher sauer, aber dann bist du ja doch aufgekreuzt und –«

»Moment mal!«, unterbrach Tom Dales plötzlichen Redefluss. »Ihr habt mich nicht auf die Gleise gefesselt?«

»Nein! Sag ich doch!«

Tom stutzte, und Dale beeilte sich, mit einem Blick auf die Säge hinzuzufügen: »Und das stimmt, Kumpel! Das waren wir wirklich nicht!«

Die halbmondförmigen Vertiefungen in den Reifenspuren tauchten vor Toms Augen auf. »Habt ihr einen Wagen, du und Jeb?«

»Einen Wagen?« Dale blinzelte Tom verwirrt an. Tom blickte hinunter auf die Sägespäne, in denen er stand. Er würde beim Gefängnis nach den Reifenspuren suchen müssen. Wenn Dale die Wahrheit sagte, und davon ging er in Anbetracht von Dales nasser Hose aus, dann hatte dieser Jemand gewartet, bis Dale und Jeb mit ihm fertig waren, und hatte ihn dann auf einen Karren geladen, um ihn zu den Gleisen zu bringen. Das bedeutete, dass sein Gegner wusste, dass Tom nach ihm suchte. Und dass er Tom loswerden wollte.

Dass er ihn töten wollte.

Du mutig und stark, aber Dämon ist Wolf, töten Hunde. Er stärker. Du brauchen Schutz, Tom Sawyer.

Unwillkürlich fasste Tom sich an die Wange, wo der alte Indianer ihm die Symbole aufgemalt hatte. War das wirklich erst gestern gewesen? Wann hatte er zum letzten Mal geschlafen? Tom fühlte sich unsagbar müde. Jegliche Energie schien aus ihm entwichen zu sein. Er blickte zum Fenster. Ein schmaler Streifen Licht erschien im Osten über den Baumwipfeln. Ein neuer Tag dämmerte herauf.

»K-kann ich jetzt gehen, Sir? Bitte!« Dale grinste ihn schief an.

Tom tätschelte ihm die Schulter. »Ich heiße Tom. Tom Sawyer. Und wenn du mich noch mal Niggerfreund nennst oder meinen Kumpel Cooper oder einen seiner Freunde noch mal belästigst, Dale, dann schiebe ich dich wieder in diese Säge, verstanden?«

Hill Street, am Morgen des 16. Juli 1865

»Oh, Mr Sawyer! Der ist aber süß! Ist das Ihrer?«

Sally Austin ließ ihre Schultasche fallen, kniete sich neben Hollis hin und kraulte ihm den Nacken, während der Hund immer wieder versuchte, ihr über die Finger zu lecken, und sich dann auf den Rücken warf und ihr den Bauch entgegenreckte.

Tom hatte Hollis im Haus seiner Tante abgeholt, bevor er hierhergekommen war. Der kleine Mischlingshund schien zunächst beleidigt zu sein, dass Tom ihn die ganze Nacht allein gelassen hatte. So wie er sich jetzt auf dem Boden wälzte, schien sich seine Laune allerdings schon wieder gebessert zu haben.

Tom zupfte sich einen Fetzen Haut von der Stirn. Sein Sonnenbrand begann sich zu schälen. »Ja, ich schätze schon. Hollis ist mir zugelaufen. Niedlich, der Kleine, was?«

Sally blickte zu ihm auf und nickte. Eine sanfte Röte überzog ihr mit Sommersprossen gesprenkeltes Gesicht.

Sie ist hübsch, sehr hübsch, ging es Tom wieder durch den Kopf. Aus irgendeinem Grund erinnerte Sally ihn an ein Erdbeertörtchen, und ihm ging auf, dass er Hunger hatte. Außer Dales Sandwich hatte er in den letzten vierundzwanzig Stunden nichts gegessen, und bei dem Geruch von Frühstücksspeck, der, vermischt mit dem Rauch aus den Küchenherden in der Luft hing, lief ihm das Wasser im Mund zusammen.

Tom saß zwischen dem Gemeindestall und Fulbrights Brennerei auf den Stufen zu Nate Donaghys Bestattungsinstitut. Wobei das »Bestattungsinstitut« auf Nates Firmenschild ein großes Wort war für die Sargschreinerei und das winzige Büro, das dazugehörte. Dennoch sah es für Tom so aus, als hätten Nates Geschäfte durch den Krieg einen gewissen Aufschwung erfahren. Immerhin hatte es ein Firmenschild, und das war unter dem Vorbesitzer, Nates Vater, noch nicht so gewesen.

Nates Treppe lag genau gegenüber von Lucius Austins Drugstore, und Tom hatte sich vom Sägewerk über den kurzen Umweg, um Hollis abzuholen, gleich zu dem Laden in der Hill Street begeben, um Sally auf dem Schulweg abzupassen.

Auf großen Schiefertafeln vor dem Schaufenster hatte Mr Austin aufgelistet, was man bei ihm kaufen konnte: Rizinusöl, Teerpappe, Eingewecktes, Läusepulver, Maisstärke, Lavendelwasser, Fässer zum Einlegen, Zucker und drei Dutzend andere Dinge, auf die man nicht verzichten konnte.

Der Morgen war wunderschön. Tautropfen glitzerten im Gras zwischen den Häusern in der Hill Street, und die Ladeninhaber schoben ihre Waren vor die Geschäfte und rollten die bunten Markisen aus. Eine neue Eisenwarenhandlung würde in Kürze eröffnen, und der Besitzer trug eine graue Schürze über dem Anzug und brachte gerade, auf einer Leiter stehend, sein Ladenschild an.

Sally kicherte, als Hollis mit seinen kurzen Füßen hochsprang wie ein Gummiball und nach ihrer Hand schnappte. »Der ist ja richtig wild! Ein ganz Frecher!«

»Ja, das ist er.« Tom nickte und lächelte müde. »Ich würde mich gern mit dir unterhalten, Sally. Es geht um meine Tante. Tante Polly.«

Über Sallys Gesicht legte sich ein Schatten. Sie griff nach ihrer Schultasche und stand auf. »Tut mir leid, Sir. Ich muss in die Schule. Ich bin schon spät dran.«

Sie wandte sich ab und lief los. Hastig. Hollis blieb einen Moment verdutzt stehen, dann rannte er ihr bellend nach.

Tom stand auf, holte sie ein und ging neben ihr her. »Was ist los, Sally? Wir haben uns doch beim letzten Mal so nett unterhalten. Ich würde nur gern von dir wissen, warum du meiner Tante die neunzehn Dollar noch nicht bezahlt hast.«

Sally blickte ihn gehetzt von der Seite an. Sie umklammerte den Gurt ihrer Schultasche, als würde sie sich daran festhalten. »Ich schulde Ihrer Tante kein Geld, Sir. Sie müssen sich irren.«

Tom schüttelte den Kopf. »Das glaub ich nicht, ich hab's schwarz auf weiß. Ich hab eine Rechnung gefunden, weißt du? ›Sally Austin: neunzehn Dollar‹ steht darauf.«

»Das stimmt nicht. Sie hat da bestimmt was verwechselt.«

»Ach ja? Du meinst, es geht um eine andere Sally Austin? Wie viele Sally Austins gibt es wohl in St. Petersburg?«

Sally blieb stehen und sah ihn zornig an. »Ich weiß es nicht, Mr Sawyer. Aber Ihre Tante bekommt keine neunzehn Dollar von mir. Und Sie auch nicht! Stecken Sie in Schwierigkeiten und wollen einem Schulmädchen Geld abpressen, ist es das?«

Sie war laut geworden, und einige Passanten, die auf der Hill Street ihren Geschäften nach gingen, merkten auf und bedachten Tom mit einem finsteren Blick.

Tom lächelte. So ist das also, dachte er, du willst einen auf bedrängte Jungfrau machen. Er gab seiner Stimme einen besonders sanften Ton. »Hör zu, Sally. Ich will kein Geld von dir. Die neunzehn Dollar sind mir egal. Ich will nur wissen, was du dafür bekommen hast. Was hat meine Tante dir verkauft?«

»Eine Decke.« Sally ging zügig weiter.

Tom stutzte und folgte ihr wieder. »Eine Decke?«, echote er.

»Ja. Einen Quilt. Eine von diesen Steppdecken, die sie genäht hat. Ich wollte eine haben. Für meine Aussteuer. Aber ich hab bezahlt. Vielleicht war sie … Vielleicht hat sie nicht mehr aufschreiben können, dass ich schon bezahlt habe.«

Tom hielt sie am Arm fest, und es war ihm egal, dass die Leute es sehen konnten. »Eine Decke, Sally? Für neunzehn Dollar? Meine Tante hat die Decken deinem Vater gegeben, damit der sie mit einem kleinen Aufschlag in seinem Laden verkauft. Warum hast du dann nicht einfach eine aus dem Laden genommen? Und warum sollte meine Tante diese Rechnung mit einer Geheimschrift verschlüsseln? Es waren noch andere Namen auf der Rechnung. Die anderer Frauen.

Was hat Polly euch verkauft? Morphium? Für einen Freund von dir vielleicht? Oder hat sie dich erpresst?«

Sallys Augen zuckten hin und her, als würde sie überlegen, ob sie losschreien sollte, aber sie tat es nicht.

»Hallo, Sally. A-alles in Ordnung mit dir?« Es war Henry Gustavson, der flachsblonde Sohn des Küfers. Er blickte besorgt auf Toms Hand um Sallys Arm.

Sally nickte kurz und machte eine abwehrende Geste mit der Hand. »Alles in Ordnung, Henry. Mr Sawyer begleitet mich nur zur Schule.«

»Oh.« Henry nickte und er sah fast ein wenig enttäuscht aus. »Na dann bis gleich«, sagte er und rannte an den letzten Häusern der Hill Street vorbei und den Hügel hinauf, der zur Schule und zu Mr Dobbins' Haus führte.

Tom ließ Sallys Arm los. Er stand so nah, dass er den schwachen Geruch nach Veilchenseife wahrnahm, der ihrem Haar entströmte. »Warum sagst du mir nicht einfach die Wahrheit, Sally? Huck hat mit dir schon wegen dem Geld gesprochen, stimmt's? Damals, beim Gemeindefest, als du behauptet hast, er hätte dich vergewaltigen wollen.«

Sie riss die Augen auf. Zorn loderte darin. »Und das stimmt auch! Man hat ihn mit heruntergelassener Hose erwischt, Mister! Da können Sie den Sheriff fragen! Da können Sie jeden fragen!«

Tom nickte. »Ja, das glaube ich, dass man Huck mit heruntergelassener Hose erwischt hat. Die Frage ist nur, wie die da hingekommen ist, Sally.«

Sally wollte etwas sagen, aber dann schien sie es sich anders zu überlegen. Sie fuhr sich mit der Zunge über die Lippen, und die Stille stand einen Moment lang unheilvoll zwischen ihnen. Sie legte den Kopf schräg und kniff die Augen ein wenig zusammen. »Wie meinen Sie das, Mr Sawyer?«

»Vielleicht hatte ja der Gentleman, mit dem man dich neulich im Laden deines Vaters erwischt hat, auch eine heruntergelassene Hose. Was meinst du, was hätten dein Vater und der Sheriff da gesagt? Hätten sie dir noch mal geglaubt?«

Sally sog zischend Luft ein. »Die Schlitzaugen-Hure«, flüsterte sie.

»Ja, Lucy heißt sie, glaub ich«, sagte Tom. »Wenn ich mich recht erinnere, kann sie dich nicht besonders leiden, weil du sie ein bisschen von oben herab behandelst. Vielleicht solltest du das lassen, Sally. Vielleicht steht dir das gar nicht zu.«

Sally schwieg. Sie nahm eine Haarsträhne zwischen die Finger und zwirbelte sie. Heftig atmend blickte sie zu Boden. Dann hob sie den Kopf und blickte Tom an. Ihre Augen schwammen in Tränen.

»Es tut mir leid. Ich … ich wollte das nicht. Das mit Huck, meine ich. Aber er hat nach dem Geld gefragt. Er hat gesagt, er kommt von Ihrer Tante, und ich … Ich hatte das Geld einfach nicht, und dann hab ich ihm angeboten … Ich meine, ich wollte … ich wollte meine Schulden abarbeiten. Bei ihm. Sie wissen schon.«

Sie wedelte mit den Armen, suchte nach Worten, während ihr die Tränen über die Wangen liefen. »Er wollte erst nicht, ich hab ihn überredet, hab ihm die Hose aufgemacht, und dann … dann hab ich … hab ich ihn in die Hand genommen, und dann … hab ich von irgendwoher Stimmen gehört, und alles ging so schnell, und ich hab geschrien, und er wollte mir den Mund zuhalten, und dann kamen schon die Männer und der Sheriff.«

Sie bedeckte die Augen mit der Hand und schluchzte. »Bitte, Mr Sawyer, Sie dürfen mich nicht verraten. Mein Vater darf nie erfahren, was wirklich passiert ist! Bitte!«

Tom legte ihr besänftigend die Hand auf die Schulter. »Schhh. Ist schon gut. Von mir erfährt er es nicht. Aber dem Sheriff oder dem Richter wirst du es vielleicht sagen müssen, wenn man Huck den Prozess macht.«

Sally blickte erschrocken auf. »Das geht nicht. Ich kann das nicht sagen!«

Tom blickte sie streng an. »Oh doch, das wirst du. Du wirst ihnen sagen, dass Huck dich nicht vergewaltigen wollte, und du wirst ihnen sagen, dass er für meine Tante das Geld eingetrieben hat. Und *mir* wirst du sagen, was meine Tante dir verkauft hat. Und zwar sofort.«

Sally blinzelte eine Träne weg, dann sah sie sich verstohlen um. Etwas Verschlagenes trat in ihre Züge, und sie senkte die Stimme zu einem Flüstern. »Ich … Ich könnte doch meine Schulden auch einfach bei Ihnen abarbeiten, und wir vergessen das Ganze, Mr Sawyer? Wie bei Huck. Nur dass ich bestimmt nicht schreien werde, ich schwöre es!« Sie hob eine Hand, als würde man sie vereidigen.

Tom wusste nicht, was er sagen sollte. Was zum Teufel dachte sie sich eigentlich?

Sally deutete sein Zögern falsch, sie lächelte und redete schnell weiter. »Ich hab doch gemerkt, wie Sie mich angesehen haben. Sie können auch mehr haben, wenn Sie wollen. Alles, wenn Sie wollen. Ich kenne eine Scheune, wo wir –«

»Sally!«, fuhr Tom sie an, und sie verstummte. Er stemmte die Hände in die Hüften und sah verlegen zu Boden. »Hör auf damit. Und zwar sofort. Das wird nie passieren.« Er atmete tief ein. »Ich will einfach nur wissen, was Polly dir für das Geld gegeben hat, verstehst du? Sag es mir. Jetzt. Sonst machst du alles nur noch schlimmer.«

Sally blinzelte. Sie wischte sich die Tränen weg, und ihre Augen funkelten vor Zorn. Dann begann ihre Unterlippe zu zittern, und sie schrie ihn an. »Fragen Sie doch Ihren feinen Bruder, wenn Sie's genau wissen wollen! Fragen Sie doch Sid!«

»Was kann ich für Sie tun, Sir? Wollen Sie wechseln? Greenbacks oder Shinplasters, US-Silber, Dollarscheine und Territoriumsnoten. Wir haben alles da.« Der schmächtige Bankangestellte mit dem Backenbart trug ein weißes Hemd, eine schwarze Weste und einen schwarzen Schirm über den Augen. Er spähte misstrauisch hinter den lackierten Gitterstäben seines Schalters hervor und musterte den seltsamen Kunden, den er vor sich hatte.

Tom wusste, dass er – unrasiert, übernächtigt und mit seiner inzwischen gelbgrün schimmernden Beule an der Stirn – eher wirkte wie ein Bankräuber. Doch es war ihm egal. Er stand in der »St. Petersburg Financial & Agricultural Bank«, wie das rote Schild mit den weißen Lettern über dem Portal des Backsteinbaus am Broadway verkündete. Hollis jaulte draußen, weil Tom ihn vor der Tür angebunden hatte.

Tom sah sich in dem holzgetäfelten Schalterraum um, schüttelte freundlich den Kopf und sagte: »Danke. Ich möchte nichts wechseln, ich suche –«

Dann sah er die Tür, auf der in Augenhöhe Messingbuchstaben mit dem Namen seines Bruder prangten: »Sidney Sawyer«. Tom zog eine Augenbraue hoch und ging auf die Tür zu.

Der Bankangestellte hob protestierend die Hand. »Sir! Bitte, Sir, Sie können da nicht so einfach …! Mr Sawyer hat einen –«

Doch Tom hatte die Tür bereits aufgezogen.

Sid saß in einem rot-braun karierten Tweedanzug hinter einem wuchtigen Schreibtisch, seine runden Wangen waren gerötet, die blonden Haare streng gescheitelt und über eine kahl werdende Stelle am Hinterkopf gekämmt. An der Wand hinter ihm standen Rollladenschränke voller Akten. Ihm gegenüber saß eine ältere Dame in einem brombeerfarbenen Flanellkostüm und mit einem beeindruckenden grauen Dutt. Beide blickten überrascht zur Tür, als Tom eintrat, und Sid stöhnte. »Wallace, ich hab doch gesagt, ich bin in einer –« Er stockte, als er Tom im Türrahmen erblickte.

Tom tippte an die Krempe seines Huts und nickte der verwirrten Lady zu. »Ma'am. Hallo, Siddy. Wir müssen reden.«

Sid blickte verwirrt zu seiner Kundin, dann wieder zu Tom. Er versuchte seine sich überschlagende Stimme zu beherrschen. »Tom! Was soll das? Warum platzt du hier einfach so herein?«

Hinter Tom erschien Wallace, der Bankangestellte, im Türrahmen. »Tut mir leid, Mr Sawyer, aber dieser Gentleman ist einfach reingegangen, ohne zu –«

»Das ist kein Gentleman, Wallace«, unterbrach Sid ihn. »Das ist mein Bruder. Und er wird augenblicklich wieder gehen, sobald er sich bei Mrs Buford für diesen unangemessenen Auftritt entschuldigt hat.«

Mrs Buford verstand offensichtlich nicht, worum es gerade ging, aber sie nickte aufmunternd, als ihr Name fiel.

Tom nickte freundlich zurück. »Das werde ich nicht. Tut mir leid, Ma'am, aber Sie müssen jetzt gehen.« Er reichte ihr die Federboa, die über der Rückenlehne ihres Stuhls hing.

Mrs Buford schnappte nach Luft und sah zu Sid, der nun aufstand und inzwischen krebsrot angelaufen war. »Was fällt dir ein, Tom! Du verlässt sofort mein Büro, oder ich –«

»Wir müssen über eine Brücke reden, Siddy. Über Tante Pollys Garten und über Sally Austin.«

Sid verstummte. Einen Moment lang war kein einziges Geräusch im Raum zu hören. Sid blinzelte. Er schluckte, dann sagte er tonlos zu Mrs Buford: »Es tut mir leid, Ma'am. Wallace wird Sie hinausbegleiten. Ich werde mich so bald wie möglich wieder bei Ihnen melden.«

Mrs Buford wollte empört etwas erwidern, doch da war Sid schon bei ihr, half ihr aus dem Stuhl und schob sie zu Wallace, der ebenso verwirrt zu sein schien wie Mrs Buford. Sid schloss die Tür hinter ihnen und blieb stumm mit dem Gesicht zur Tür stehen, während Mrs Bufords Gezeter noch einen Augenblick lang aus dem Schalterraum zu ihnen drang. Dann drehte er sich um und lehnte sich mit dem Rücken an die Tür. »Was willst du von mir?«

»Habe ich das nicht bereits gesagt?« Tom schlenderte um Sids Schreibtisch herum und nahm auf Sids Stuhl Platz. Er legte die Füße auf den Tisch. »Wir reden über die Brücke. Und über Sally. Und darüber, ob du Tante Polly wegen eines Deals mit dem Sheriff und Richter Thatcher umgebracht hast.«

»Bist du jetzt völlig wahnsinnig geworden?« Sid riss die

Augen auf. Er stürzte zum Tisch, stemmte die Fäuste auf die Schreibtischplatte und schrie Tom an: »Glaubst du ernsthaft, *ich* hätte unsere Tante umgebracht?« Seine Stimme überschlug sich. »I-ich hab Huck erwischt, schon vergessen? Ich hab gesehen, wie er über sie gebeugt stand, verdammt noch mal!«

»Das sagst *du*! Wollen mal sehen, was Huck mir erzählt, wenn ich ihn gleich besuche!«

Sid schüttelte den Kopf und hob in einer hilflosen Geste die Hände. »Und warum zum Teufel sollte ich das tun? Warum sollte ich Polly umbringen, kannst du mir das vielleicht sagen?«

Tom zog den Kaufvertrag für Pollys Gartengrundstück aus seiner Jackentasche und knallte ihn auf den Tisch. »Ja. Lass uns mal sehen. Du hast mit Thatcher und dem Sheriff ein Grundstück am Illinois-Ufer gekauft, auf dem wohl die Pfeiler für die Eisenbahnbrücke über den Mississippi entstehen sollen. Auf der anderen Seite des Flusses liegt Pollys Gärtchen, für das es einen Kaufvertrag mit der gleichen Eisenbahngesellschaft gibt, von der *du* ganz zufällig Aktien hast. Außerdem stecken du, Harper und Thatcher, denen die anderen Gartengrundstücke gehören, auf denen Pfeiler gebaut werden sollen, mit dem Vermessungsingenieur der Eisenbahn unter einer Decke, wenn ich das richtig verstanden habe. Wenn die Brücke kommt, verdienst du also dreifach. *Wenn*. Das Einzige, was im Weg stand, war wohl Polly, hab ich recht?«

Während Sid ihn noch fassungslos anstarrte, stand Tom auf, stemmte die Fäuste ebenfalls auf die Tischplatte und beugte sich so nah zu Sid, dass sie mit der Nase fast zusammenstießen. Sein fröhlicher Tonfall war wie weggeblasen. Er zischte seinen Bruder an: »Ich kann nicht glauben, dass du sie wegen ein paar lumpigen Dollar umgebracht hast, du Schwein. Und jetzt sag mir, dass das nicht stimmt!«

Sid war blass geworden. Er ließ sich auf den Stuhl fallen, auf dem bis vor Kurzem noch Mrs Buford gesessen hatte. Erschöpft rieb er sich die Stirn. Als er das Klicken hörte, blickte er auf und starrte in den Lauf von Toms Colt-Pocket-Navy-Revolver.

Tom schüttelte den Kopf. »Ich hab keine Lust mehr auf Lügen, verstehst du, Sid? Ich bin seit einer Woche in St. Petersburg, und alle verarschen mich, und ich hab's so satt. Ich will wissen, was mit Polly passiert ist, und ich hör dir genau ein Mal zu. Wenn mir deine Geschichte nicht gefällt, schieß ich dir in deinen Arm, kapiert?« Er deutete mit der Waffe auf Sids rechten Arm.

Sid nickte. Er zitterte so heftig, dass es aussah, als würde er mit dem ganzen Körper nicken. »Ich habe …« Dann brach er ab, hob beschwichtigend die Hände und stand auf. Er ging zu einem der Rollladenschränke und zog zwei Aktenordner hervor. Er legte sie auf den Tisch, öffnete den einen Ordner, blätterte darin und zog dann zwei Dokumente hervor. »Das hier ist vom Mai.«

Er reichte Tom eines der Schriftstücke, und der erkannte den geschwungenen Schriftzug der St. Louis & St. Petersburg Railway Company. Es war ein Kaufvertrag, ausgestellt auf Pollys Namen. Es ging um ihr Gartengrundstück. Der Kaufvertrag war identisch mit dem, den Tom in Sids Kommode gefunden und vor Sid auf den Tisch gelegt hatte. Identisch bis auf die Summen, die geboten wurden. Im Kaufvertrag, den Sid auf den Tisch gelegt hatte, bot die Eisenbahngesellschaft 1.200 Dollar.

Tom blickte zu Sid und schüttelte den Kopf. »Was bedeutet das, Sid? Was soll das beweisen?«

Sid reichte ihm das zweite Dokument. Wieder ein Kaufvertrag. Das Papier war leicht zerknittert. Die Eisenbahngesellschaft hatte 600 Dollar für den Kauf von Pollys Grundstück geboten.

»Das war im Februar«, sagte Sid. »Schau mal ganz unten, wo der Strich ist.«

Tom ließ die Augen über das Papier gleiten. Da war Pollys Unterschrift. Die lang gezogenen, spinnengleichen Buchstaben, unverkennbar ihre Handschrift. »Sie hat den Garten für 600 Dollar verkauft?«

»Nein.« Sid schüttelte den Kopf, und sein leichtes Doppelkinn wabbelte. »Sie *wollte* verkaufen, und ich hab sie gerade noch erwischt, bevor sie damit zur Post ist. Ich habe ihr das Ding aus der Hand gerissen und auf sie eingeredet wie auf einen lahmen Gaul, damit sie es nicht tut.«

»Damit sie es nicht tut? Ich dachte, genau das wolltet ihr! Du und Thatcher und Harper! Warum sollte sie es nicht tun?«

Sid seufzte. »Damit sie einen besseren Preis bekommt, Tom. Das Grundstück war viel mehr wert, nachdem Joe, Thatcher und ich der Eisenbahngesellschaft die anderen Gartengrundstücke verkauft hatten.« Er tippte auf den Kaufvertrag mit den 1.200 Dollar. »Und noch mehr, als wir ihnen das Land auf der Illinois-Seite für einen lächerlichen Betrag überlassen hatten.« Jetzt tippte er auf den Vertrag, den Tom mitgebracht hatte. »Wir wollten, dass Polly auch ein Stück vom Kuchen abbekommt.«

Tom blinzelte und ließ die Waffe sinken. »Jetzt verstehe ich gar nichts mehr. Warum habt ihr der Eisenbahngesellschaft die Grundstücke für die Brücke so billig überlassen? Das war doch euer großes Geschäft, oder nicht?«

Sid ließ sich wieder auf den Stuhl fallen und zog den anderen Ordner zu sich hin. Wütend starrte er Tom an, als wäre der absichtlich schwer von Begriff. »Es ging uns doch nicht um ein paar Dollar für ein bisschen Land links und rechts des Mississippi, Tom. Das sind doch nur Almosen ... oder bestenfalls eine kleine Rente für eine alte Dame wie Polly. Uns ging es um viel mehr. Uns ging es um die Stadt.«

»Um die Stadt?«, echote Tom schwach.

Plötzlich glommen Sids Augen auf, und er beugte sich vor und senkte die Stimme. »Joe hat ziemlich wenig Geld. Aber dafür besitzt seine Familie jede Menge Land am Stadtrand. Ich bin auch nicht sonderlich wohlhabend, aber ich weiß, wie man Verträge abschließt, Gesellschaften gründet und Finanzierungen auf die Beine stellt. Und Thatcher bringt das Kapital.«

Sid öffnete den Ordner, zog ein Dokument nach dem anderen heraus und reichte sie über den Tisch zu Tom, als wäre der ein Buchprüfer, vor dem er sich rechtfertigen musste. Seine

Hände zitterten, und er versuchte, seiner Stimme einen festen Klang zu geben. »Sieh dir das an: Uns gehört der oberste Stock des Bahnhofs, in dem Hotelzimmer entstehen sollen. Das hier ist der Gesellschaftervertrag für die Wohnhäuser, die auf Joes Feldern jenseits der Maple Avenue gebaut werden. Dazu gründen wir eine eigene Baugesellschaft; das sind diese Verträge.«

Er klopfte mit dem Zeigefinger auf das Papier und wanderte dann zu einem weiteren Dokument, das er auf den Tisch legte. »Hier die Pachtverträge mit Harold; wir haben ihm das ›Happy Tavern‹ abgekauft und wollen in der Hill Street einen neuen Saloon mit ihm als Betreiber eröffnen.« Er tippte auf die jeweiligen Papiere. »Das ist unsere neue Eisenwarenhandlung in der Hill Street, das hier wird eine Möbel- und Fensterschreinerei in der Bird Street, und das sind unsere Anteile am Steinbruch hinter dem Cardiff Hill.«

Sid zog weitere Dokumente hervor, bis schließlich der ganze Schreibtisch mit Papier bedeckt war, und atmete tief durch, als wären es Bleiplatten gewesen, die er abgelegt hatte. »Wenn die Brücke kommt, Tom, und sie wird kommen, weil wir alles dafür getan haben … wenn die Brücke kommt, dann fällt der Umweg über St. Louis und Davenport weg, und der ganze Bahnverkehr aus dem Osten nach Kansas City und in den übrigen Westen wird über St. Petersburg laufen. Die Menschen werden kommen und bleiben, weil es Arbeit gibt. Wir werden eine richtige Stadt. Eine Stadt, die zu einem erheblichen Teil Joe Harper, Richter Thatcher und deinem Bruder gehört.«

Sid stemmte wieder die Fäuste auf die Tischplatte. Er beugte sich vor und seine Unterlippe zitterte, als er mühsam beherrscht flüsterte: »Und um auf deine Frage zu antworten, mein lieber Bruder: Nein. Ich habe Tante Polly nicht wegen lumpigen 1.500 Dollar umgebracht. In ein oder zwei Jahren bin ich ein sehr, sehr reicher Mann, Tom. Und bis dahin wollte ich unserer Tante das Leben ein bisschen leichter machen.«

Stille senkte sich über den Raum. Tom kaute auf der Innenseite seiner Backe, blickte bekümmert aus dem Fenster. Seine

Theorie war nicht nur dahin, er hatte Sid auch vollkommen falsch eingeschätzt. Geknickt sah er seinen Halbbruder an. »Entschuldigung, Sid. Ich … ich hatte ja keine Ahnung.«

Sid schob die Unterlippe vor und verschränkte die Hände vor dem Bauch. Er nickte, und das Rot seiner Wangen wurde langsam blasser. »Entschuldigung angenommen. War's das? Kann ich weiterarbeiten, oder willst du mich immer noch erschießen?«

Er grinste schief, und Tom lächelte schmal zurück. »Nein. Das war's nicht. Du weißt, dass ich es nicht vergessen habe, nur weil du diese Sache …«, Tom tippte auf die Verträge und Dokumente, die auf dem Tisch lagen, »… nur weil du das hier erklärt hast.«

Sid seufzte, rieb sich mit Daumen und Zeigefinger die Augen. »Dann frag mich doch einfach! Sag, was du zu sagen hast.«

»Sally Austin.«

Sid nickte wieder. »Sally.« Er holte tief Atem und blies die Luft geräuschvoll wieder aus. Dann hob er die Handflächen und zuckte mit den Schultern. »Was soll ich dir erzählen, Tom? Ihr Vater ist Kunde unserer Bank, ich bin Kunde in Lucius' Laden. Polly hat ihm Decken verkauft. Sally und ich … wir haben uns ein paarmal gesehen, und ich glaube, die Kleine hat sich irgendwie in mich verguckt! Aber ich hab ihr klargemacht, dass sie das vergessen kann. Und das war's, mehr gibt's da nicht zu sagen!«

Tom hob den Lauf des Colt-Pocket-Navy-Revolvers und drückte ab. Das Holz der Armlehne von Sids Stuhl splitterte, Sid schrie auf und zog rasch den rechten Arm an den Körper. »D-du! Du bist wahnsinnig!«

»Ich hab dir gesagt, du sollst mir keinen Scheiß erzählen, Siddy! Man hat euch gesehen, dich und Sally, also erzähl mir keinen Scheiß, ja?«

»Man hat uns gesehen?« Jegliche Farbe wich aus Sids Gesicht.

Man hörte schnelle Schritte, die Tür wurde einen Spaltbreit aufgezogen, und Wallace steckte vorsichtig die Nase herein. »Alles klar, Mr Sawyer, Sir? Soll ich den Sheriff rufen?«

Sid schüttelte den Kopf, ohne Wallace anzusehen. Er hob die Hand und winkte ab. »Nein, Wallace, schon gut. Es war ein Unfall. Mein Bruder, er … Es war ein Unfall. Lassen Sie uns bitte allein.«

Wallace schien nicht recht überzeugt zu sein. Dennoch schloss er die Tür wieder, und seine Schritte entfernten sich.

Tom richtete den Colt auf seinen Bruder. »Letzte Chance, Sid. Nutze sie.«

Sid schloss die Augen und vergrub das Gesicht in den Händen. Seine Stimme drang erstickt zu Tom. »Ich … ich weiß nicht, was ich sagen soll. Es … es ist einfach so passiert. Sie war so …« Er wedelte mit der Hand, suchte nach dem richtigen Wort. »So reif.«

Tom schlug so heftig mit der flachen Hand auf den Tisch, wo die Dokumente und Verträge lagen, dass ein paar Blätter zu Boden segelten. »Sie ist ein gottverdammtes Schulmädchen, Sid! Was zum Teufel hast du dir eigentlich dabei gedacht? Ich sollte dich auf der Stelle erschießen! Hast du auch nur ein einziges Mal an Becky gedacht, als du sie gevögelt hast?«

Sid öffnete die Augen, sie waren gerötet, der Zorn flackerte darin, und er spie die Worte förmlich aus. »An Rebecca? Ja, ich denke die ganze Zeit an Rebecca! Ich denke morgens an sie, wenn ich zur Arbeit gehe, ich denke an Rebecca, wenn ich ins Bett gehe. Ich liebe sie, verstehst du? Ich würde alles für sie tun. Und sie? Das mit uns geht schon seit Monaten, Tom, und es ist nie über einen harmlosen Kuss hinausgegangen. Du musst das verstehen, du bist doch ein Mann! Sie hat mich nicht rangelassen; es gab nicht mehr als einen verdammten harmlosen Kuss auf die Wange oder auf die Stirn oder vielleicht mal auf den Mund. Mehr nicht. Und da gehe ich in Lucius' Laden, und Lucius ist nicht da, und Sally, die immer um mich herumscharwenzelt wie so ein kleiner Schmetterling, hat so ein geblümtes Kleid an und bittet mich, sie festzuhalten, weil sie auf die Leiter steigen muss, um ganz oben an das Regal zu kommen, und dann, dann …«

»Dann hast du sie festgehalten?«, half Tom nach.

Sid blickte auf, als hätte er Tom schon fast vergessen. Seine Stimme wurde leise und fast sanft. »Ja. Dann hab ich sie festgehalten. Sie hat so getan, als würde sie ausrutschen, und ich habe sie festgehalten. Und dann war sie in meinem Arm, und ich habe ihren Körper gespürt, ich habe gespürt, dass sie … eine Frau ist, verstehst du? Und dann hat sie mich geküsst. Aber nicht wie Rebecca. Ganz anders. Und sie hat gesagt, dass ihr Vater bis zum Abend weg ist und –«

Tom hob die Hand. »Bitte! Ich will das gar nicht wissen, Sid. Wie lange ging das zwischen dir und ihr?«

»Ein paar Wochen, mehr nicht. Seit einem Monat ungefähr ist es aus. Ich weiß nicht, warum. Sie wollte es plötzlich nicht mehr. Und das war auch gut so.«

Bis vor einem Monat? Vor einem Monat war das Gemeindefest. Huck spricht Sally auf das Geld an, das sie Polly schuldet. Das Geld wofür?

In Toms Kopf bildete sich ein unangenehmer Druck. Eine schlimme Ahnung kroch in ihm hoch, ein Ahnung, wofür Sally seiner Tante Geld gegeben hatte.

Sie wollte es plötzlich nicht mehr.

Tom schüttelte sich. Er wollte diesen Gedanken nicht zulassen. Er musste mit den anderen Frauen auf Pollys Liste sprechen. Und mit Huck. Der würde es wissen. Aber wollte er ihn überhaupt fragen? Auf einmal sah Tom das Bild eines blutverschmierten, groben Leinensacks vor sich. Ihm wurde schwindelig.

Ich will das nicht!

Was hatte Sallys und Sids Geschichte mit dem Mord an Polly und Jeb zu tun? Und mit dem Verschwinden der Frauen? Und mit Hattie? Hatte es überhaupt etwas damit zu tun?

Sid beugte sich vor. »Bitte, Tom. Du darfst es Rebecca nicht sagen. Du würdest sie damit furchtbar verletzen.«

Tom schnappte nach Luft. »*Ich*? *Ich* würde sie damit furchtbar verletzen?«

Sid schüttelte den Kopf, in seiner Stimme schwang Verzweiflung mit. »Ich liebe sie, Tom! Und ich will sie heiraten. Und ich weiß auch, dass … sie dich wahrscheinlich immer noch liebt, und ich nehme an, du liebst sie auch. Das war in den letzten Tagen nicht zu übersehen.«

Tom schluckte und sah zu Boden. Von irgendwoher stieg ihm der Geruch eines Feuers in die Nase. Er hob abwehrend die Hände. »Tut mir leid, ich weiß nicht –«

»Nein, Tom. Versuch's erst gar nicht. Ich weiß genau, dass es so ist. Aber wir beide wissen auch, dass du sie niemals heiraten wirst. Du wirst sie nur wieder unglücklich machen. Irgendwann haust du wieder ab. So wie damals. So wie immer. Du kannst dich einfach nicht entscheiden, so ist es doch, und du wirst ihr das Herz brechen.«

Tom schwieg, und Sid tippte sich an die Brust. »Ich kann sie glücklich machen, verstehst du? Ich kann ihr etwas bieten, und ich werde ihr immer treu sein, das weiß ich jetzt. Das schwöre ich, so wahr ich hier sitze.«

Sid machte eine Pause und holte tief Atem. »Erzähl ihr nichts von Sally, in Ordnung? Und lass sie gehen, bitte. Ihr zuliebe. Mir zuliebe.«

Tom konnte seinem Bruder nicht in die Augen sehen. Rauchschwaden zogen über den Dächern vor dem Fenster dahin. Irgendjemand machte ein kräftiges Feuer, und es schien Tom, als würden die schwarzen Wolken direkt aus seinem Herzen kommen.

»Tom?«

Tom blickte auf. »Was war mit Hattie?«

»Mit Hattie?« Sid schüttelte verwirrt den Kopf.

»Hattie Cooper. Die für Dobbins arbeitet … gearbeitet hat. Du hast einen Zettel in Lucius Austins Laden aufgehängt, dass du eine Haushaltshilfe suchst. Für das Haus der Farraguts, in das du mit Becky ziehen wolltest. Hattie hat den Zettel gesehen und wollte dich deswegen sprechen. Letzten Sonntag.«

Sid schüttelte den Kopf, schien vollkommen ratlos zu sein. »Ja? Ich hab sie nicht gesehen. Den Zettel hab ich schon ganz vergessen. Das mit Polly … Am Montag war die Beerdigung. Ich … war nicht ganz bei mir, aber ich weiß, dass Hattie nicht vorbeigekommen ist.«

Tom sah, dass Sid die Wahrheit sagte. Im Lügen war Sid, anders als Tom selbst, nie sonderlich gut gewesen. Und wenn er doch einmal log, hatte Sid immer einen scheelen Blick auf den Boden geworfen, als wäre dort irgendwo die Wahrheit zu finden. Tom war sich sicher: Sid wusste wirklich nicht, wovon sein Halbbruder redete, und hatte Hattie vermutlich am Sonntag nicht gesehen. Es war schlicht zum Verzweifeln. Niemand hatte sie gesehen. Niemand hatte den Mann gesehen, der Jeb fertiggemacht hatte. Niemand wusste etwas, und er wusste auch nichts. Morgen war Hucks Prozess, und auch wenn er jede Menge schmutzige Dinge über Sally und über Sid und über halbseidene Spekulationen und krumme Geschäfte mit der Eisenbahn erfahren hatte, so war er doch keinen Schritt weiter, Pollys Mörder zu finden und Huck zu entlasten. Nichts. Nur diese dumpfe, schreckliche Ahnung, die sein Herz umklammerte wie eine eiserne Faust.

Sie wollte es plötzlich nicht mehr.

»Herr im Himmel, da macht aber jemand ordentlich Feuer!« Sid war aufgestanden und ans Fenster getreten. Er deutete mit dem Finger nach Südosten, wo eine dichte Rauchwolke über den Dächern der Häuser am Broadway hing. »Das muss fast beim Fluss sein, irgendwo unterhalb vom Lovers' Leap.«

Tom trat neben ihn. Von der Straße her drangen aufgeregte Stimmen zu ihnen. Er blinzelte, und die Kehle schnürte sich ihm zu. »Ich weiß, was da brennt«, sagte er mit tonloser Stimme.

Huck!

Das Gefängnis stand lichterloh in Flammen.

Tom rannte durch die Menge der Schaulustigen. Ein Dutzend Bewohner, darunter einige Kinder, hatten sich vor den Brettern versammelt, die über den Sumpf zum Gefängnis führten, und betrachteten das Feuer wie ein Jahrmarktsspektakel. Jemand rief halbherzig nach der Feuerwehr, ein paar Männer kamen mit Wassereimern angerannt, aber das wäre angesichts der hoch auflodernden Flammen ungefähr so wirkungsvoll wie eine Handvoll Kieselsteine als Damm gegen eine Flut.

Das Schilf hatte Feuer gefangen, ebenso die Haselnussbüsche, die um das Gefängnis herum wuchsen. Eine dichte Wand aus Flammen hüllte den Backsteinbau ein, leckte über die Tür und über das Dach aus Holz. Das Knistern war ohrenbetäubend, und der einsetzende Wind trieb Funken und schwarze Wolken in die Stadt. Das Schlimmste aber war, dass Tom keine Schreie aus dem Gefängnis hörte. War Huck ohnmächtig? Oder schon erstickt?

Jim Hollis stand an den Bohlen und stützte sich auf sein Gewehr, als wollte er sichergehen, dass niemand dem Feuer zu nah kam. Als Tom auf ihn zurannte, drehte Jim Hollis sich um. Er grinste. »Na, Tom. Auch ein bisschen die Hände wärmen?«

»Wer hat das getan?«

»Was weiß denn ich? Was willst du jetzt tun?«

»Gib mir den Schlüssel, Jim, und dann geh mir aus dem Weg!«

»Hab den Schlüssel nicht hier, und die Tür brennt schon längst, du Schlaumeier! Spiel jetzt bloß nicht den Helden.«

»Geh mir aus dem Weg, Jim! Wir müssen Huck da rausholen!«

»Das Feuer erspart uns schon die Verhandlung, Tom. Huck bekommt nur, was er verdient, also –«

Toms Schlag war kurz und trocken. Er traf Hollis am Jochbein, und der Hilfssheriff sank stöhnend zu Boden. Tom sprang über ihn hinweg und rannte über die Bohlen auf das brennende Gefängnis zu. Hollis schrie ihm etwas nach, aber Tom hörte ihn schon nicht mehr. Die Hitze hüllte ihn ein, Funken schwebten vom Himmel auf ihn herab wie teuflische Glühwürmchen.

In Toms Kopf zuckten Bilder aus der Scheune in Bowling Green auf.

Sie haben genau vier Minuten, Sawyer.

Tom zweifelte keine Sekunde daran, dass es Brandstiftung war. Aber wer hatte das Gefängnis angezündet? Hollis? Im Laufen zog er sein Jackett aus, tauchte es kurz in die brackigen Pfützen des Sumpfes und legte es sich dann über die Schultern. Dichter Rauch hüllte ihn ein, und er versengte sich die Haare, als er sich an den knisternd brennenden Haselnusssträuchern vorbeischob und schließlich vor der lodernden Tür stand.

»Huck?«

Tom schrie, aber es kam keine Antwort. Seine Wangen brannten, und der Schweiß lief ihm über das Gesicht. Er trat mit dem Fuß gegen die Tür, aber noch hielten die massiven Eichenbretter stand. Er fluchte und schob sich dicht an der Mauer des Gefängnisses entlang um das Gebäude herum, bis er zu dem vergitterten Fenster gelangte. Er trat in Scherben. Die Reste einer zerbrochenen Whiskeyflasche lagen auf dem Boden. Der Brandsatz?

Die Hitze war unerträglich, Tom hatte das Gefühl, als würde er sich an einen glühenden Ofen schmiegen, als er durch das Gitter spähte. Dichter Rauch hing in der Zelle wie Nebelschwaden; an manchen Stellen war das Dach bereits eingestürzt, Balken und brennende Latten waren heruntergefallen, bedeckten den Boden mit Flammen und Glut. Dicht bei den Gitterstäben lag ein Körper. Reglos.

»Huuuck!«

Das Herz schlug ihm bis zum Hals, als er glaubte, Huck habe sich ganz leicht bewegt. »Huuuck!«, schrie er noch einmal, dann hustete Huck plötzlich, sein ganzer Körper zuckte.

Toms Augen tränten vom Rauch. Wie zum Teufel sollte er da hineinkommen? Wie zum Teufel sollte er Huck herausholen?

Er hatte nicht mehr viel Zeit, bis Huck ersticken würde. Über das Dach? Ausgeschlossen.

»Halt durch, Huck!« Tom rannte zurück zur Eingangstür, zog seinen Colt, betete, dass die Querschläger ihn nicht treffen würden, und feuerte zwei Schüsse auf das Schloss ab. Das Metall splitterte. Tom trat so kräftig zu, wie er konnte, und das Türblatt knirschte, und ein Riss bildete sich. Doch die Tür hielt.

Tom starrte auf die Wand aus Feuer vor sich, dann nahm er drei Schritte Anlauf und warf sich mit seinem ganzen Gewicht seitlich gegen das brennende Holz. Es splitterte, und Tom fiel mit der Tür nach innen.

Der Schmerz in der Schulter nahm ihm den Atem, Funken stoben ihm ins Gesicht, versengten ihm die Wangen und die Nase. Das Türblatt hing noch halb in den Angeln, halb lag es zerschmettert auf dem Boden. Beißender Rauch quoll Tom entgegen und füllte seine Lungen, er hustete und konnte kaum mehr etwas sehen. Flammen züngelten auf seinem Jackett, und Tom schlug sie aus, während er sich aufrappelte und durch den Qualm vorwärtsstolperte.

Huck lag bei den Gitterstäben und versuchte, sich auf die Arme zu stützen. Er hustete bellend.

Tom kniete sich vor das Gitter. »Huck! Huck, ich bin's!«

»T-tom. Verdammt, ich –« Er sackte zurück auf den Boden.

Tom sprang auf, umfasste die solide Kette mit dem Vorhängeschloss, die das Gitter verriegelte. »Shit!« Blitzschnell ließ er wieder los. Das Ding war glühend heiß, er hatte sich die Finger verbrannt. »Zurück, Huck! Du musst zurück!«

Schwerfällig hob Huck den Kopf, dann, als er sah, wie Tom den Colt auf das Schloss richtete, kroch er ein Stück vom Gitter weg. Tom feuerte, die Kugel prallte ab und schlug in die Wand ein. Das Schloss hatte er nicht getroffen. »Verdammte Scheiße!« Tom ging noch näher heran, der Lauf der Waffe keine Handbreit von dem massiven Vorhängeschloss entfernt. Wenn es unglücklich lief, würde die abprallende Kugel ihm die Waffe, die Hand oder sonst was zerschmettern. Er hatte nur noch zwei

Kugeln im Lauf, und er drückte zweimal kurz hintereinander ab.

Die Schüsse waren ohrenbetäubend laut, Pulverdampf vernebelte ihm den Blick, doch dann erklang das feine Rasseln der Kette, die an den Gitterstäben entlangglitt und zu Boden fiel. Das Schloss war zerstört.

Brennende Balken krachten von oben herunter, es würde nicht mehr lange dauern und die ganze Decke würde einstürzen. Tom ließ den Colt fallen, riss die Zellentür auf und packte Huck unter den Achseln. »Los! Raus hier!«

Jämmerlich hustend kam Huck auf die Füße. Toms Augen tränten, und er rang nach Luft. Er legte sich Hucks Arm um die Schultern und schleppte ihn zur Tür. Ein brennendes Brett fiel von der Decke und streifte Tom am Rücken. Er biss die Zähne zusammen, stolperte mit Huck über die Reste der eingetretenen Tür am Boden und schob ihn halb nach draußen.

Sie fielen in den mit Asche gesprenkelten Staub vor dem Gefängnis. Tom holte so tief Luft wie noch nie in seinem Leben.

Luft!

Huck und er wurden von einem keuchenden Husten geschüttelt. Tom blickte auf, um nach einem Ausweg aus dem Inferno zu suchen. Die brennenden Haselbüsche und Holunderbäume bildeten inzwischen einen geschlossenen Ring aus Feuer um das Gebäude, und der dichte Rauch nahm ihnen jede Sicht.

Selbst die Holzbohlen, die zum Gefängnis führten, standen in Flammen.

»Hilft nichts, Huck. Wir müssen da durch!« Tom deutete unbestimmt in Richtung St. Petersburg, und Huck brachte zwischen den Hustenanfällen ein zustimmendes Grunzen heraus. Er kam auf die Knie. Als Tom ihn hochzog, krachte plötzlich ein Schuss. Splitter fetzten aus der Backsteinwand hinter ihnen und trafen Tom im Gesicht.

»Runter!«

Er zuckte zusammen und zog Huck nach unten. Wer zum Teufel schoss da auf sie? Und von wem war der Schuss gekommen? Von Jim Hollis, jenseits der brennenden Büsche? Würde der es wagen, auf offener Straße auf Tom zu schießen? Aber warum sollte er –?

Ein zweiter Schuss schlug in die Wand hinter ihnen ein. Näher diesmal!

»Scheiße!«

Sie lagen jetzt auf dem Bauch. Der Schuss war aus dem dichten Gestrüpp gekommen, das sich hinter dem Gefängnis den Lovers' Leap hinaufzog.

Tom presste sich auf den Boden und warf einen Seitenblick zu den Büschen. Etwas blitzte zwischen den Blättern auf. Ein Gewehrlauf? Tom meinte schemenhaft die Umrisse einer Gestalt zu erkennen.

War er das? Der Mörder?

Der Wolf.

Er biss die Zähne zusammen und fluchte. Seine Waffe lag irgendwo auf dem Boden vor Hucks Zelle, aber es waren sowieso keine Kugeln mehr drin. Der Mann, der vielleicht auch Tante Polly umgebracht hatte, war keine vierzig Schritt entfernt, aber jeder Versuch, ihn jetzt zu fassen, wäre glatter Selbstmord gewesen. Wieder ein Schuss, und die Erde vor Tom spritzte auf.

»Wir müssen hier weg, Huck! Um die Ecke!«

Sie krochen auf dem Boden weiter, um das Gefängnis herum zur Rückseite des Gebäudes, wo die Zellenfenster waren. Auch hier brannten die Büsche und die niedrigen Bäume bereits. Tom deutete auf eine schmale Lücke zwischen zwei Haselsträuchern, die in Flammen standen. »Da! Da müssen wir durch!«

Huck stöhnte vor Schmerz. Er rollte sich auf den Rücken, fasste sich an den Bauch. Sein Hemd verfärbte sich rot. Die Wunde war wieder aufgegangen. »T-Tom. Ich schaff d-das nich'.«

»Halt die Klappe, Huck! Wenn wir hierbleiben, legt der Dreckskerl uns um! Los, komm!«

Er packte Huck am Kragen und zog ihn vorwärts, mitten hinein in das Feuer. Das Prasseln der Flammen übertönte jedes andere Geräusch. Funken stoben umher, fraßen sich in Toms Nacken und in seine Wangen, und er spürte, wie seine versengten Haare sich kräuselten. Huck stolperte hinter ihm her, kaum in der Lage, einen Fuß vor den anderen zu setzen, doch Toms Griff war eisern.

Wieder ein Schuss, der knapp neben ihnen durch die brennenden Sträucher pfiff.

»Er kommt hinter uns her! Los, da lang!« Tom deutete unbestimmt in den Rauch und schob Huck durch das dichter werdende Unterholz am Fuß des Lovers' Leap auf das Flussufer zu. Sie brachen durch die letzten brennenden Büsche, der Rauch hüllte immer noch alles ein, aber die Flammen züngelten hier nur am Boden. Huck keuchte und hustete, doch Tom war unerbittlich und blieb erst stehen, als sie durch die Bäume das Flussufer sehen konnten.

Sie waren am südöstlichen Ende der Stadt, dort, wo der Mississippi und der Wald an die letzten Scheunen grenzten.

Erschöpft beugte Tom sich vor, stützte die Hände auf die Oberschenkel und rang nach Luft. Huck hatte sich auf den Boden fallen lassen, kauerte auf allen vieren und übergab sich. Heimchen zirpten aufgeregt, so als würden sie das nahende Feuer spüren.

Angespannt spähte Tom durch die Bäume zurück in das tosende Inferno hinter ihnen. Von der Stadt her hörte er Schreie und die Glocke der Feuerwehr. Griffen die Flammen auf den Ort über? Er kniff die Augen zusammen, suchte nach einer Bewegung zwischen den Bäumen, nach einem Aufblitzen des Gewehrlaufs. War der Kerl immer noch hinter ihnen her? Anzunehmen.

Tom wandte den Kopf zum Mississippi. Das Ufer war hier flach, Weiden wuchsen im Wasser, und die ausladenden Äste schaukelten in den sanften Wellen. Wolken von Mücken hingen in der Luft. Es roch nach Krabben und Schwemmholz, das in der Sonne faulte. Zwischen zwei mächtigen Stämmen gab es einen kleinen Steg. Drei Ruderboote waren dort vertäut. Er legte Huck die Hand auf die Schulter. »Kotzen kannst du später, Hucky. Wir müssen hier weg.«

Tom half ihm auf und wollte ihn zu den Booten ziehen, doch Huck hielt ihn fest. »W-warte! Wo willst du hin?«

»Weg! Irgendwo dort lauert dieser Bastard mit seinem Gewehr, oder er ist schon unterwegs zu uns.«

Tom deutete in Richtung des Gefängnisses, doch Huck schüttelte energisch den Kopf. »Das sieht aus, als würden wir abhauen, Tom! Der Sheriff wird dich auch einlochen, wenn sie uns finden!«

»Der Sheriff wird mich sowieso einlochen, weil ich seinen Mann niedergeschlagen habe. Auf so eine Gelegenheit hat Joe bloß gewartet. Und der Kerl, der auf uns geschossen hat, will nicht, dass ich herausfinde, wer Polly umgebracht hat, und er will verhindern, dass du beim Prozess aussagst, wie es wirklich war. Er wird uns umlegen, ob wir in den Ort zurückgehen oder nicht. Jetzt komm!«

Ohne Hucks Antwort abzuwarten, zog Tom ihn das kurze Stück zum Ufer hinunter und schob ihn in eines der Boote. Er machte das Seil los, mit dem es an einem morschen Pfahl festgebunden war, und sprang ins Wasser. Keuchend schob er das Boot in die sanften Wellen des Flusses hinein, bis er fast hüfthoch im Wasser stand, dann stemmte er sich hoch und ließ sich über die Seitenwand in das Boot fallen. Sein Herz schlug wie eine Dampframme gegen seine Brust.

Die Strömung erfasste sie und zog das Boot rasch in die Mitte des braunen Flusses. Tom spähte über die Seitenwand zurück zum Ufer, versuchte zu erkennen, ob der Mörder ihnen gefolgt war. Über den Bäumen stieg der Rauch in den von dunklen Wolken bedeckten Himmel, das Läuten der Glocke und die Schreie aus dem Ort verhallten langsam. Am vorbeiziehenden Ufer war niemand zu sehen.

Huck blickte über den Mississippi und zu den Inseln, die

vor ihnen flussabwärts lagen. »Wo willst du hin, Tom?« Furcht schwang in seiner Stimme mit.

Tom wandte sich zu ihm und wies mit dem Zeigefinger nach vorn. »Jackson Island. Vielleicht ist unser altes Lager noch dort, was meinst du, Huck?«

Er lächelte matt, doch Huck sah ihn ausdruckslos an. »Nein. Nicht Jackson Island, Tom. D-da sollten wir … das solltest du nicht!«

Tom schüttelte verwirrt den Kopf. Was war los mit Huck? Angst blitzte in den Augen seines Freundes auf. »Warum nicht, Huck? Es hat schon einmal funktioniert. Alle haben uns für tot gehalten, als wir ein paar Tage verschwunden waren. Vielleicht funktioniert es noch einmal.«

Huck schüttelte in stummen Entsetzen den Kopf, dann begann seine Unterlippe zu zittern. »Nein! Das ist nicht gut! Bitte nicht, Tom!«

»Warum nicht, zur Hölle? Warum nicht Jackson Island? Was ist mit der Insel, Huck?«

Es regnete in Strömen.

Dicke Tropfen schlugen auf die Farne und auf die riesigen Hickoryblätter, rannen hinunter und tränkten den Boden. Es war kalt geworden. Wie aus dem Nichts hatte sich Nebel über den Fluss und die Inseln gelegt. Aus dem Wald drang das Rascheln und Zirpen von Insekten zu Tom, das Kreischen von Ratten, Waschbären und anderem Getier, das vor den sintflutartigen Regenfällen Schutz suchte. Er spürte die Nässe seiner Kleider kaum, er fühlte sich wie betäubt und unfähig, überhaupt etwas zu empfinden. Etwas zu fühlen außer einer großen Leere.

Die Kreuze.

Er kauerte am Rande einer kleinen Lichtung auf der Insel. Seit einer Stunde, seit zwei? Er konnte es nicht sagen. Tom konnte nur immerzu auf das Dutzend kleiner Kreuze und die aufgestellten Findlinge starren, die zwischen braun glänzenden Schlammpfützen in drei säuberlichen Reihen aus der Erde ragten, manche bereits schief, andere erst vor Kurzem aufgestellt, wie es schien.

In die großen, glatt geschliffenen Steine vom Flussufer hatte Huck Zahlen geritzt, Daten aus den vergangenen acht Jahren. Die Kreuze waren aus Schwemmholz und Schnur gemacht, und Huck hatte schöne Kieselsteine, bunte Scherben und gelegentlich auch Blumen auf den großen Steinen abgelegt, die die Tiere der Insel davon abhalten sollten, in den darunterliegenden Gräbern zu wühlen.

Die Grabstellen waren klein. Fast winzig.

Sie wollte es plötzlich nicht mehr.

Der Regen mischte sich mit den Tränen auf Toms Wangen, und ihm wurde klar, dass er über das falsche Bild weinte, das er von Polly gehabt hatte. Die alte Polly verblasste, und eine neue, ganz andere Frau trat an ihre Stelle. Eine noch stärkere Frau, geheimnisvoll, die für sich selbst sorgte und bereit war, dafür mehr zu tun, als Decken zu nähen und ein kleines Gärtchen zu bewirtschaften.

Die Männer haben keine Ahnung, was eine Frau alles tun kann, um ihren Lebensunterhalt zu verdienen.

Das hatte sie einmal zu Becky gesagt. Und sie hatte recht behalten. Tom hatte von allem keine Ahnung gehabt, bis das Gespräch mit Sally ihn auf eine Spur geführt hatte, die er nicht wahrhaben wollte. Aber angesichts des geheimen Friedhofs war jeder Zweifel ausgeschlossen. Alles passte, alles fügte sich zusammen. Die Gesundheitszeitschriften in Pollys Haus. Die Kräuter in ihrem Garten, vermutlich Heilpflanzen. Die verschlüsselte Rechnung, auf der nur Namen von Frauen standen. Das Geld in der Seifenschachtel.

Sallys Verhältnis mit Sid, das plötzlich beendet war.

Ihre Lügen.

Sie wollte es plötzlich nicht mehr.

Es.

Und Huck, der ihm im Schlachthof nicht die Wahrheit hatte sagen wollen, sondern sich lieber selbst in den Bauch geschossen hatte. Huck, der mit einem blutigen Sack bei seiner Tante gewesen war in der Nacht, als sie starb. Mit einem blutigen Sack. Einem Sack, der dazu diente, etwas Unaussprechliches wegzubringen. Um etwas zu der Insel zu bringen und es dort zu bestatten – aus irgendwelchen fragwürdigen religiösen Gründen oder aus schlechtem Gewissen oder warum auch immer.

Tom wusste, dass es Ärzte und Quacksalber gab, die den Huren und anderen Frauen in Not für einen unverschämten Preis die ungewollten Kinder wegmachten, obwohl das gegen das Gesetz verstieß. Und auch wenn die Frauen dabei ihre Gesundheit aufs Spiel setzten. Alles war ihnen lieber, als ein Kind zu bekommen und mit der Schande zu leben. Aber solche Quacksalber gab es in St. Petersburg nicht. Polly hatte diesen Mangel für die Frauen von St. Petersburg behoben. Sie war ein ehrbares Mitglied der Gemeinde gewesen. Geachtet, geschätzt. Niemand hätte gedacht, dass sie eine Engelmacherin war, und die Damen, die ihre Dienste in Anspruch nahmen, waren offenbar peinlich darauf bedacht gewesen, dass es auch niemand erfuhr. Und dafür hatten sie bezahlt. Aber was hatte das mit ihrer Ermordung zu tun? Hatte es überhaupt was damit zu tun?

Tom saß im Regen, starrte auf den Friedhof der ungeborenen Kinder und fand keine Antwort auf diese Frage. Er würde mit Huck sprechen, sobald dieser sich etwas erholt hatte. Vorhin, auf dem Boot, war Huck in sich zusammengesunken und hatte immer wieder gesagt: »Es tut mir leid.« Dann war er plötzlich auf den Boden des Bootes gesackt und verstummt. Sein Hemd war am Bauch ganz von Blut getränkt.

Das Boot war auf eine Sandbank aufgelaufen, fünfundzwanzig Yards vor der Insel. Tom hatte Huck an Land geschleppt und dann das Boot zwischen ein paar umgefallenen, im Wasser liegenden Bäumen am Ufer versteckt und mit Zweigen abgedeckt. Es hatte zu nieseln begonnen, und Tom brachte Huck zu der

Höhle, eigentlich mehr ein überhängender Fels, der sich unweit des Lagers aus ihrer Kindheit mitten auf der Insel befand. Er hatte ein Feuer gemacht und Hucks Hemd aufgeknöpft. Als er den blutgetränkten Verband entfernte, bekam er ein flaues Gefühl im Magen beim Anblick der klaffenden Wunde. Er riss einen Ärmel von seinem eigenen Hemd ab, um die Wunde notdürftig zu verbinden.

Huck war kaum bei Besinnung gewesen, aber Tom schüttelte ihn, schlug ihn mit der flachen Hand auf die Wange, und als Huck zu sich gekommen war, hatte er gefragt: »Was ist hier los? Was ist auf der Insel?«

Huck hatte ihn mit glasigen Augen angestarrt, dann matt die Hand gehoben und an Tom vorbei in die Bäume gedeutet, wo ein Trampelpfad mehr zu erahnen als zu sehen war. Daraufhin hatte er die Augen wieder geschlossen und war augenblicklich in einen tiefen Schlaf gesunken.

Tom war dem Pfad gefolgt. Die Insel war drei Meilen lang, eine Viertelmeile breit, und ein knapp zweihundert Yards breiter Kanal trennte sie vom dicht bewaldeten unbewohnten Illinois-Ufer. Nach kurzem Fußmarsch durch das Unterholz war er auf die Lichtung gestoßen und verstört vom Anblick der kleinen Gräber auf die Knie gesunken.

Die Männer haben keine Ahnung, was eine Frau alles tun kann, um ihren Lebensunterhalt zu verdienen.

Er fühlte sich kraftlos, ausgelaugt, schwach. Wann hatte er zum letzten Mal geschlafen? Tom wusste es nicht. Dass er Dales Sandwich gegessen hatte, war eine Ewigkeit her. Auch Huck würde etwas zu essen und zu trinken brauchen, wenn er aufwachte.

Wenn er aufwachte.

Lange konnten sie hier nicht bleiben. Joe Harper kannte diesen Ort; vor bald zwei Jahrzehnten war er mit ihnen auf der Insel gewesen. Es würde keinen Tag dauern, bis er auf Jackson Island nach ihnen suchen würde.

Tom schloss die Augen und spürte, wie ihm die Regentropfen über das Gesicht rannen. Warum war er nur hierhergekommen? Warum war er nicht in Washington geblieben? Seit dem verhängnisvollen Karfreitag im Ford's Theatre war sein Leben ein einziges Hetzen, ein Weglaufen vor der Frage: Was fange ich jetzt mit mir an?

Was, wenn er jetzt einfach zu Crittenden ging und dessen Angebot annahm? Den Mord an Polly auf sich beruhen ließ? Was, wenn er St. Petersburg, Huck und alle Bewohner einfach ihrem Schicksal überließ und sich wieder um sein eigenes Leben kümmerte?

Alle Bewohner.

Und Becky? Konnte er sie auch einfach ihrem Schicksal überlassen? Sie wieder zurücklassen? Mit Sid, der ein Schulmädchen gevögelt und auch noch die Stirn hatte, sich als Opfer darzustellen?

Tom atmete tief ein. Nein. Das ging nicht.

Er stand auf und wandte sich zu dem Trampelpfad hin, der ihn zurück zu der kleinen Höhle bringen würde, als plötzlich eine durchnässte graue Gestalt vor ihm stand.

»Huck!« Tom erstarrte, doch als Huck mit wutverzerrtem Gesicht auf ihn zustürmte, wich er zurück. Huck sah aus wie ein Toter. Seine schulterlangen Haare klebten an der schmutzigen Wildlederjacke. Er hatte einen mächtigen Knüppel in der Hand, hob ihn über den Kopf und rannte damit auf Tom zu.

Toms Nackenhaare stellten sich auf. »Huck, nein!«

Er wollte losrennen, doch er blieb an einer Wurzel hängen und stolperte. Er fiel zwischen den Gräberreihen zu Boden auf die Schulter, und dann war Huck über ihm. Er schwang den Knüppel und ließ ihn niedersausen.

Schützend riss Tom die Arme hoch.

Aber Huck traf nicht ihn. Sein Knüppel zerschmetterte eines der kleinen Kreuze. Mit dem Fuß trat er einen der Flusssteine um, hob den Knüppel wieder, drehte sich und schlug ein weiteres Kreuz um.

Tom schnappte nach Luft. Er war wie versteinert, bis ihm klar wurde, dass Hucks Angriff nicht ihm gegolten hatte. »Huck! Lass es sein!«

»Nein!« Huck schrie auf vor Zorn und wütete weiter. Immer wieder hob er den Knüppel und zertrümmerte damit Kreuze, stieß Steine um und verwüstete den Friedhof mit einer Wut und einer Kraft, die vom schieren Wahn befeuert zu sein schien.

»Hör auf, Hucky!« Tom sprang auf, gab acht, dass ihn die weiten Schwünge des Knüppels nicht trafen, und schlang dann von hinten die Arme um seinen Freund und hielt ihn fest.

»Lass mich! Lass mich los!« Huck schrie und bäumte sich auf, er hob Tom von den Füßen, versuchte, ihn abzuschütteln. Doch Tom klammerte sich fest, bis Huck schließlich erschöpft stehen blieb, und heftig atmend den Knüppel fallen ließ.

Erst jetzt lockerte Tom seinen Griff. Huck sank in sich zusammen und bedeckte das Gesicht mit den Händen. »Ich wollte das nicht, Tom! Ich wollte das alles nicht!« Erstickt kam seine Stimme zwischen den Händen hervor.

Tom keuchte vor Anstrengung. Er legte Huck die Hand auf die Schulter. »Verdammt, Huck. Erzähl mir endlich, was passiert ist.«

Das kleine Feuer knisterte freundlich und warf einen behaglichen gelben Schein auf die Felswände. Es hatte aufgehört zu regnen, und es war dunkel geworden, Glühwürmchen schwebten wie grüne Funken durch den Wald auf der Insel.

Tom hatte ein paar frische Zweige mit vielen Blättern abgebrochen und vor die Höhle gelegt, damit der Schein des Feuers nicht durch die Bäume und über den Fluss bis zur Stadt drang. Nackt bis auf ihre Long Johns saßen er und Huck unter dem

Felsvorsprung, pickten die gebratenen Schildkröteneier von den flachen Steinen um ihre Feuerstelle und gaben acht, dass sie sich dabei nicht die Finger verbrannten.

Tom hatte die Eier im Ufersand ausgegraben. Das war nicht schwer, nicht einmal in der Dämmerung, denn die Schildkröten bevölkerten das ganze Ufer. Tom hatte mit der Hand zwei, drei Löcher in den Sand gegraben und war auf vierzig bis fünfzig der walnussgroßen mattweißen Eier gestoßen.

Sie kauten stumm, tranken gelegentlich einen Schluck Wasser aus den Bechern, die sie sich aus Lindenblättern zusammengedreht hatten, während ihre an Ästen beim Feuer aufgehängten Kleider trockneten. Schließlich wischte sich Huck mit dem Handrücken über den Mund, blinzelte in die Flammen und durchbrach die Stille zwischen ihnen. »Ich hab sie erwischt. Vor Jahren, du warst schon eine Weile weg. Sie war immer freundlich zu mir. Ich konnte immer zu Tante Polly gehen, wenn es mir schlecht ging oder wenn ich zu besoffen war, um etwas im Wald zu fangen, das ich verkaufen konnte. Es war Abend, und ich klopf so an die Tür, aber niemand kommt, um aufzumachen. Und dann hör ich so ’n Stöhnen, wie wenn jemand Schmerzen hat oder wie wenn zwei es treiben, und ich mach mir Sorgen um Polly, zück mein Messer und schleich ums Haus rum.

Die Fensterläden sind zu, aber am Hintereingang gibt’s ’nen Spalt zwischen Türblatt und Rahmen, und ich lins so durch, und da seh ich sie. Beim Hokus, Tom! Ich fall fast in Ohnmacht, wie ich seh’, wie auf dem Esstisch deiner Tante ’ne Frau liegt, Röcke hochgerafft, und Polly fummelt da was bei ihr unten rum. Ich dacht schon … na ja, ist ja auch egal, was ich gedacht hab, jedenfalls seh ich dann ’ne Menge Blut, und Polly hat einen Haufen komische lange Löffel, und sie zieht so ein dickes Hölzchen unten aus der Frau raus, und ich hab, Himmel noch eins, keinen blassen Schimmer, was da passiert.«

Tom starrte Huck mit offenem Mund an. »Ein Hölzchen? So einen Stängel? So eins … warte!« Er griff über sich, klopfte die

Taschen seines Jacketts ab und holte den Pflanzenstängel heraus, den er seit fünf Tagen mit sich herumtrug. »So einen hier?«

Huck nahm den vom Regen wieder aufgequollenen Stängel, betrachtete ihn erstaunt und nickte. »Ja, kann sein. Der hatte auch so'n Bändel.« Huck tippte auf den Bindfaden am einen Ende des Pflanzenstängels. Er sah zu Tom. »Wo hast du den her?«

Tom winkte ab. »Bei Polly gefunden. Egal, erzähl weiter.«

Huck fuhr sich mit der Zunge über die Lippen. »Ich … ich bin erschrocken, a-als ich das Blut gesehen hab, mach 'nen Schritt zurück, stoß gegen 'nen Eimer oder was, und das Ding hat gescheppert, und dann hat Polly die Tür aufgerissen und hat mich finster angeschaut. Aber ich hab gemerkt, dass sie mächtig Angst hat, weil sie was Verbotenes tut. Und sie merkt, dass ich's gemerkt hab, und dann hat sie gefragt, wie lange ich da schon lausche, und ich konnt sie nich' belügen, Tom, ich konnt deine Tante noch nie belügen.«

Tom nickte, und ein trauriges Lächeln stahl sich auf sein Gesicht. Er hatte seine Tante zwar oft belogen, aber er war nur selten damit durchgekommen.

Huck starrte in die Flammen. »Sie hat mich gefragt, ob ich weiß, was sie da macht, während die Lady in eurer Küche sich hastig die Röcke gerichtet hat und vom Tisch geklettert ist. Und ich hab Ja gesagt, weil ich ja nicht blöd bin und ihr auch nichts vormachen wollte. Und dann hat sie gemeint, das müsse unter uns bleiben und sie habe Arbeit für mich, wenn ich will, und ich könnt mir dabei was verdienen. Sie hat 'nen Sack genommen, ist zum Tisch gegangen und hat das …«

Huck brach ab. Er stocherte mit einem Stöckchen im Feuer, dann warf er es hinein und sah zu Tom auf. »Sie hat das tote Kind hineingetan. Wobei das kein Kind war, Tom, das war immer 'ne Handvoll … Zeug, mehr nicht. Aber für sie war's irgendwie wichtig, und für mich war's das auch, nicht nur wegen dem Geld, auch sonst.

Wär irgendwie falsch gewesen, sie nicht zu beerdigen. Sie

gibt mir also den Sack in die Hand und drei Dollar dazu und will wissen, ob ich 'ne Idee hab, wo man es beerdigen könnte, wo's bestimmt keiner findet. Und ich sag: ›Auf der Insel, wo ich mit Tom und Joe war, damals.‹ Und sie nickt und findet das gut und gibt mir dann ihren Anhänger vom heiligen Christophorus, weil der doch so 'n starker Mann war, der den kleinen Jesus übers Wasser gebracht hat. ›Jetzt bist du der starke Mann, der die Kinder übers Wasser bringt, Huck‹, hat Polly gesagt und mir noch 'ne Bibel mitgegeben, damit ich 'nen Satz oder zwei vorlesen kann, wenn ich ihnen das Grab gemacht hab. Kenn ja keine Gebete und kann kaum lesen, für viel hat's nicht gereicht, aber so was wie: ›Es wird gesät in Niedrigkeit und wird auferstehen in Herrlichkeit. Es wird gesät in Armseligkeit und wird auferstehen in Kraft‹, war schon noch drin. Beim ersten Mal war's noch komisch, aber ich … hab mich irgendwie besser gefühlt, wie ich das gemacht hab. Und das Geld konnte ich auch brauchen.«

Huck blickte schuldbewusst zu Tom, als erwarte er irgendeine Form der Absolution. Aber Tom sagte nichts. Also erzählte Huck einfach weiter. »Ich hab dann immer bei Polly vorbeigeschaut, wenn ich in St. Petersburg war. Wir wurden irgendwie so was wie … wie Geschäftspartner, und ein paarmal hab ich auch Schulden eingetrieben, wenn die Ladys, denen deine Tante geholfen hat, sich plötzlich nicht mehr an den ausgemachten Preis erinnern konnten. So war das auch bei Sally. Ich wollt sie nich' vergewaltigen, Tom, das musst du mir glauben. Ich hab ihr beim Gemeindefest kaum gesagt, was ich will, da war sie schon an meiner Hose, und ich –«

»Ich weiß. Ich hab mit ihr gesprochen. Sie hat's mir erzählt«, unterbrach Tom ihn.

Huck zog erstaunt die Augenbrauen hoch, dann nickte er, und seine Züge verdüsterten sich wieder. Er schüttelte den Kopf. »Ich … ich wollte das nicht, Tom. Ich wollte nicht, dass du es erfährst. Da im Schlachthaus. Ich wollte nicht, dass man in einem Prozess aus mir rauskriegt, warum ich bei deiner Tante gewesen bin. Mit 'nem blutigen Sack und Siddy, der mich rausrennen sieht und so … Aber einen Mord, den ich nich' gemacht hab, wollte ich auch nich' zugeben. Lieber wär ich tot umgefallen.«

»Das hast du ja auch fast geschafft«, schmunzelte Tom, aber Huck blieb ernst.

»Ich weiß, dass es verboten ist und wahrscheinlich auch eine schlimme Sünde. Aber ich glaube, Tante Polly wollte diesen Frauen nur helfen, weil sie in Not waren und nicht wussten, was sie tun sollten.«

Tom hob die Hand. »Schon gut, Hucky. Ich … ich weiß nicht, was sie dazu gebracht hat, das zu tun, was sie getan hat. Vielleicht wollte sie helfen, vielleicht ging's um das Geld, aber …« Tom schüttelte den Kopf, brach ab. Dann blickte er zu Boden. »Aber es ist mir auch egal. Sie hat getan, was sie getan hat, und jemand hat sie umgebracht, und ich weiß, dass du es nicht warst. Und ich will wissen, wer es dann war, und ich werde den Bastard kriegen!«

»Ja, Tom, das wirst du. – Ich finde, wir sollten es wieder tun.«

Verwirrt schüttelte Tom den Kopf. »Was tun?«

»Na, den Eid schwören! Von damals, auf dem Friedhof, weißt du noch? Du hast im Schlachthof doch davon geredet! Als Indianer-Joe den Doktor erstochen hat und es Muff Potter in die Schuhe schieben wollte und wir alles gesehen haben?«

Tom nickte, lächelte schwach. »Ja, weiß ich.«

»Niemand muss das von Polly wissen, oder?«

»Nein.« Tom schüttelte den Kopf. »Das muss niemand wissen.« Er streckte Huck über das Feuer hinweg die Hand hin.

Huck ergriff sie mit feierlicher Miene und begann zu sprechen, und nach Hucks ersten Worten fiel Tom mit ein: »Tom und Huck schwören, sie werden dichthalten wegen dem hier und wollen auf der Stelle tot niederfallen, wenn sie je darüber reden, und verfaulen!«

Huck presste die Lippen aufeinander, und seine Augen

schimmerten feucht. Tom war etwas peinlich berührt von Hucks Ergriffenheit und dem lastenden Schweigen und erzählte Huck von Pollys versteckter Seifenkiste, von den Zeitungsartikeln, von Debbie Chisholm, von Jeb und Dale und von allem, was er bisher über den Mörder in Erfahrung gebracht hatte. Und er erzählte Huck, was ihm Shipshewano über den Dämon gesagt hatte: »Wie es aussieht, ist er auch für ein paar tote Hunde im Wald verantwortlich. Frag mich nicht, was ihn dazu getrieben hat, die armen Viecher zu töten.«

Huck sah ihn fassungslos an, schüttelte den Kopf. »Die Hunde? Diese toten Hunde, das war *er?*«

Tom nickte. Einen Moment lang tauchte Hollis' nasse Schnauze vor seinem inneren Auge auf. Der Hund war sicherlich immer noch vor Sids Bank angeleint und wartete auf ihn. Hoffentlich gab ihm irgendjemand etwas zu fressen. »Ja. Das war er. Du hast also auch tote Hunde gesehen?«

Huck pickte sich ein weiteres Schildkrötenei von einem der Steine am Feuer. Er nickte grimmig. »Im Wald. An Lovers' Leap und Cardiff Hill. Immer mal wieder, wenn ich meine Fallen kontrolliert hab. Dieser kranke Bastard. Er hat sie ausgeweidet und dann liegen lassen. Er hat ihre Eingeweide mitgenommen. Warum auch immer. Ich dachte, das wär irgend so ein Spinner, 'ne verirre Seele, die Hunde isst, weiß der Henker, warum.«

»Hast du ihn mal gesehen? Den Mann, der das getan hat, meine ich?«

Huck schüttelte bekümmert den Kopf und verstummte.

»Erzähl mir, was an dem Tag passiert ist, als du Polly gefunden hast, Huck. Ganz genau. Ich will jede Einzelheit wissen.«

Huck zuckte mit den Schultern. »Hatte am Montag vor ihrem Tod bei Polly vorbeigeschaut, und sie hat gesagt, ich soll am Samstagabend wiederkommen, weil sie dann … Kundschaft hat und Arbeit für mich. Also sammel ich die Tiere aus meinen Fallen ein, verkauf sie an Nichols, den Pelzhändler am Broadway, hau den größten Teil vom Geld bei Madame Pauline auf den Kopf, nehm noch 'ne Flasche Whiskey mit und geh dann, als es dämmert, zu Polly. Seit der Sache auf dem Gemeindefest halt ich mich, so gut es geht, von der Stadt und von Joe Harper fern. Und wie ich gerade um die Ecke der Hooper Street komme, fährt tatsächlich der Sheriff auf einem Karren daher, und ich duck mich hinter 'nen Schuppen, damit er mich nicht sieht, weil er gesagt hat, ich soll mich nicht mehr blicken lassen, und dann –«

»Moment mal.« Tom hob die Hand und legte den Kopf schräg. »Joe Harper ist auf einem Karren an dir vorbeigefahren?«

Huck sah erstaunt auf. »Ja. Hatte etwas unter 'ner Plane auf dem Karren liegen.«

»Er hat gesagt«, fuhr Tom nachdenklich fort, »er wär am Anleger gewesen und hätte sich um irgendeinen Kahn gekümmert, als Willy Tanner, der Sohn von Amy, ihn in die Hooper Street gerufen hat.«

»Dann muss er aber verdammt schnell unterwegs gewesen sein.«

Tom kaute auf der Unterlippe. Er hatte mit Will Tanner gesprochen, und der Junge hatte ihm bestätigt, dass der Sheriff am Anleger gewesen war. Die Frage war nur: Wie lange war er dort gewesen, und was hatte er davor gemacht? Und was hatte wohl unter der Plane auf dem Karren gelegen? Er nickte Huck zu. »Weiter. Was dann?«

»Nichts weiter. Als Joe um die Ecke biegt, geh ich über die Straße und um das Haus herum. Ich hol den Sack heraus. Den, wo ich die … Kinder … du weißt schon. Find's aber schon komisch, als ich seh, dass die Tür hinten offen steht. Ich ruf nach Polly, bekomm aber keine Antwort. Und als ich reingehe, seh ich sie da liegen … beim Hokus, Tom, sie liegt da und rührt sich nich' und hat ein Riesenloch im Hinterkopf, und alles is' voll Blut!«

Tom legte die Hände vor den Mund, die Kehle schnürte sich ihm zu. Die Fotografie seiner toten Tante, die Becky ihm gezeigt hatte, tauchte vor ihm auf.

Huck sah Tom an, als müsse der etwas dazu sagen, zu dieser unfassbaren Ungeheuerlichkeit. Tom atmete tief ein und sagte: »Und?«

Huck schüttelte den Kopf. »Und nichts! Ich steh einfach da und kann nichts tun. Da kommt Siddy rein und sieht mich so stehen, und ich sag noch: ›Sie ist tot‹, oder so was. Und wie er mich so anguckt, wird mir klar, wie das Ganze aussehen muss, und ich weiß nicht mehr, was ich tun soll, und stoß ihn weg und renn raus. Ich renn den Fluss runter, warum, weiß ich auch nicht. Ich hab mich rumgetrieben, war im Wald und im Schlachthof, hab nicht gewusst, was ich machen sollte. Keine Ahnung, wie lange. Ein'n Tag, vielleicht zwei. Dann brauchte ich unbedingt was zu trinken und bin durch die Hintertür ins Red Oak geschlichen und hab mir 'ne Flasche besorgt. Ich versteck mich bei Gustavson hinterm Schuppen und gieß mir die Pulle rein, aber da kommt Gustavson plötzlich um die Ecke und sieht mich. Dann bin ich in den Wald gerannt und hab mich wieder im Schlachthof verschanzt, ich war total fertig und bin eingepennt. Irgendwann hab ich gehört, wie ihr gekommen seid. Den Rest kennst du.«

»Ja. Am Montag sagt sie dir also, dass sie am Samstag Kundschaft hat.«

Huck blickte für einen Moment zu dem Felsvorsprung hinauf und zählte irgendetwas stumm an seinen Fingern ab. Dann nickte er. »Ja.«

»Am Samstag geht Hattie zu ihr und wird seit dem Sonntag vermisst.«

Huck legte die Stirn in Falten. »Hattie, die Kleine, die bei Dobbins sauber macht?«

Tom nickte. »Ja. Ich hab dir doch erzählt, dass immer wieder Frauen verschwunden sind.«

Huck blinzelte verwirrt. »Du hast von Debbie Chisholm gesprochen und Gracie Miller und noch einer jungen Schwarzen …«

»Fanny George.«

»Ja, Fanny George, aber nicht von Hattie. Das ist schlimm.« Huck senkte den Kopf und stocherte wieder in der Glut des kleinen Feuers.

»Ja«, sagte Tom, »das ist es. Am Sonntag ist sie angeblich noch bei Dobbins gewesen – Adah Temple kann das wohl bestätigen –, und dann wollte sie zu Sid, aber da ist sie nie angekommen. Vielleicht hat sich Dobbins auch getäuscht, und es war Samstag, als sie zu Polly ging und Sid treffen wollte. Vielleicht war sie auch die ›Kundin‹, von der Polly dir am Montag erzählt hat. Oder sie ist abgehauen, weil sie etwas mit dem Mord zu tun hat.«

Huck schüttelte sich. »Du glaubst, sie hat Polly erschlagen?«

»Schwer vorstellbar, was? Nach allem, was ich höre, war sie eher klein und zierlich, und … Warum sollte sie das tun? Angeblich war sie mit meiner Tante befreundet. Andererseits: Warum sollte Polly für sie tun, was sie für die anderen Frauen getan hat?«

»Die beiden mochten sich, Tom. Letztes Jahr is' deine Tante in ihrem Gärtchen von 'ner Klapperschlange gebissen worden. Hattie war zufällig in der Nähe und hat Polly wohl das Gift aus dem Bein gesaugt. Deine Tante bekam Fieber, aber nicht schlimm, und dass sie überlebt hat, hat sie Hattie zu verdanken. Seitdem haben sie zusammen gebetet.«

Tom sah Huck erstaunt an. Also stimmte es, was Sally Austin erzählt hatte.

Huck räusperte sich. »Deine Tante hatte nichts gegen Schwarze. Und schon gar nichts gegen Hattie. Sie waren wirklich Freundinnen, wenn man das sagen kann, so wie halt 'ne weiße Lady und 'ne junge Schwarze Freundinnen sein können. Jeder mochte Hattie; Joe wird verrückt vor Sorge sein.«

»Joe Harper? Der war eher gleichgültig, als ich mit ihm bei Dobbins war und wir ihn zu Hatties Verschwinden befragt haben.«

»Gleichgültig?« Huck schüttelte energisch den Kopf. »Joe hielt große Stücke auf sie. Hat ihr sogar ein Kleid geschenkt.«

»Ein Kleid?«

»Ja, so 'n buntes Ding mit Blumen drauf. Er hat's ihr geschenkt, das weiß ich, ich hab's gesehen, vor ein paar Wochen, als ich Dobbins 'n paar Steinsamen vorbeigebracht hab. Sind so Blumen, die ganz selten sind, aber ich weiß, wo sie wachsen, und Dobbins hat mir Geld dafür gegeben. *Lithospermum ruderale* sagt Dobbins zu denen, das hab ich mir gemerkt. Jedenfalls will ich ihm die Dinger bringen, da seh ich Joe Harper, wie der sich bei Dobbins' Schuppen rumdrückt. Er hat mit Hattie geredet und ihr das Kleid geschenkt. Ich glaub, sie fand das Kleid toll. Aber mehr hab ich nicht gesehen; wollte nicht, dass Joe mich entdeckt.«

Vor Toms Auge tauchte das geblümte Kleid auf, das er unter Hatties Bett gefunden hatte. »Warum hat er das getan? Warum schenkt er ihr ein Kleid?«

Zum ersten Mal an diesem Tag schien es, als würde Huck tatsächlich grinsen. »Na, weil er auf sie steht! Joe steht auf schwarze Mädels, wusstest du das nicht?«

Tom kam sich dumm vor, er schüttelte stumm den Kopf.

Hucks Grinsen wurde breiter. »Kannst du ja nicht wissen, warst ja dann weg. Aber hast du dich nich' gewundert, dass der Sheriff keine Frau hat? Ist im besten Alter, hat 'ne gute Arbeit, säuft nich' und sieht ja nich' mal schlecht aus. Aber er findet halt keine, die ihm gefällt und die er heiraten kann, ohne dass man ihn aus der Stadt jagt. Joe hat schon immer eine Schwäche gehabt für Schwarze. Frag mal Clytie aus Madame Paulines Stall. Joe war regelmäßig Gast bei ihr. Irgendwann hat sie ihn rausgeschmissen, weil er wohl zu grob war. Den Sheriff, stell dir mal vor! Darfst es aber nicht weitererzählen, hab ich von Clytie selber, und Joe wär bestimmt stinksauer.«

Huck lächelte, aber Tom sah durch ihn hindurch.

Der Sheriff.

Lässt sich mit einer Schwarzen ein. Kurz vor der Wahl. Er macht ihr Geschenke. Wenig später geht sie zu Polly, und Polly redet von einer neuen Kundin. Hat Polly ihr geholfen? Ein

Kind weggemacht? Joes Kind? Und dann wird Polly ermordet, und Hattie verschwindet, und Joe fährt mit einem Karren und mit irgendetwas unter einer Plane durch die Hooper Street, obwohl er angeblich beim Anleger ist. Weitere Frauen waren davor verschwunden. Auch eine weitere schwarze Frau. Und immer ist der Sheriff in der Nähe und findet keine Spuren und lässt die Sache auf sich beruhen.

Tom sah das Bastpüppchen mit den langen Haaren vor sich, das Debbie Chisholm in der Hand gehalten hatte. Und er sah Joe Harper mit seinen langen Haaren, der lieber nach verschwundenen Hunden suchte als nach verschwundenen Frauen. Joe Harper, der ständig unterwegs war und nie Verdacht erregte und der kein Interesse daran hatte, dass sein alter Jugendfreund Huck Finn seinen Bauchschuss überlebte. Joe Harper, der viel zu verlieren hatte, wenn Polly erfuhr, von wem Hattie schwanger war.

Joe Harper.

Tom griff über seinen Kopf nach den Kleidern. Das Feuer trieb die Feuchtigkeit in kleinen Dampfwolken zu dem Felsvorsprung. Er stand auf, schnappte sich das noch immer klamme Hemd und schlüpfte hinein.

Huck merkte auf. »Du gehst?«

»Warte nicht auf mich, Huck. Wenn ich bis morgen Abend nicht zurück bin, solltest du nach Illinois gehen oder mit dem Boot nach Süden fahren. Weit nach Süden.«

Huck sah betrübt in das Feuer. Er seufzte, dann blickte er wieder auf. »Wo willst du hin, Tom?«

»Ich besuche einen alten Freund.«

Main Street, am Morgen des 17. Juli 1865

PROKLAMATION:

GESUCHT

1.000 DOLLAR BELOHNUNG

TOT ODER LEBENDIG

FÜR DIE ERGREIFUNG VON

HUCKLEBERRY »HUCK« FINN

VERDÄCHTIG DES MORDES

UND AUF DER FLUCHT

500 DOLLAR

LEBENDIG

FÜR DIE ERGREIFUNG VON

THOMAS SAWYER

VERDÄCHTIG DER BEIHILFE ZUR

FLUCHT DES MÖRDERS HUCK FINN

Becky stockte der Atem.

Dieser verdammte Joe Harper! Er hatte es getan.

Der Mistkerl hatte tatsächlich eine Druckerei gefunden, vermutlich Mannheimer's in Palmyra!

Sie stand auf der 3rd Street und starrte auf das fleckige Papier, minderwertiger Holzschliff, wie sie fand, auf dem der Steckbrief abgedruckt war.

Jemand hatte ihn mit einem Nagel an der Eiche befestigt, die zwischen dem Schlachter und Cooks Schneiderei für etwas Schatten sorgte. Die Zeile »tot oder lebendig« hatte ihre Müdigkeit augenblicklich vertrieben. Sie hatte die halbe Nacht wach gelegen und war dann noch in der Dunkelheit aufgestanden, um zur Redaktion zu gehen. Es war früh am Morgen, die Dämmerung war gerade eben den ersten Sonnenstrahlen gewichen, und die Wolken am Horizont schimmerten in der Farbe von getriebenem Kupfer. Die Buden und Stände, die die Händler für die Feiern zum Sommerfest mit dem Jahrmarkt und für die dabei stattfindende Sheriffwahl errichteten, standen halb fertig und verlassen am Straßenrand. An der Ecke zur Main Street lungerten drei Indianer herum und warteten darauf, dass der Drugstore aufmachte. Sonst war niemand auf der Straße.

Sie blickte über die Schulter, dann riss sie den Steckbrief vom Baum, knüllte das Papier zusammen und ließ es zu Boden fallen. Hastig lief sie über Cooks Veranda und ging auf ihre Redaktionsräume zu. Als der Sheriff gestern Nachmittag zu ihr gekommen war, hatte sie ihm das druckfrische Exemplar des *Chronicle* in die Hand gedrückt, auf dessen Titelseite Toms Geschichte über seinen Weg zu Lincoln und über die bisherigen Ergebnisse seiner Recherchen prangte. Becky hatte in dem Artikel auch seine Kandidatur für den Posten des Sheriffs in St. Petersburg erwähnt und war mit dem Setzen der Bleilettern und dem Andruck dermaßen beschäftigt gewesen, dass sie den Rauch und den Aufruhr am Rande der Stadt nicht bemerkt hatte.

Harper hatte den Artikel überflogen, müde gegrinst und ihr dann erklärt, er wolle auch einen Artikel über Tom schreiben und drucken lassen. Der würde allerdings etwas kürzer und nicht ganz so euphorisch ausfallen wie ihrer. Dann hatte er ihr vom Brand des Gefängnisses berichtet und davon, wie Tom Jim Hollis niedergeschlagen hatte und allem Anschein nach mit Huck geflüchtet war, denn als das Feuer endlich heruntergebrannt war, hatten sie in der Ruine des Gefängnisses keine Leichen gefunden. Bisher hatten auch die Bluthunde nicht angeschlagen, deswegen holte er sich Unterstützung bei jedem Mann, der sich eine Belohnung verdienen wollte.

Becky hatte seinen Ausführungen schweigend gelauscht, den Sheriff nur entsetzt angestarrt, und als Harper verlangte, dass sie Toms Steckbrief für ihn druckte, hatte sie ihn kurzerhand hinausgeworfen.

Etwas später war ihr Vater in die Redaktion gekommen. Sein Gesichtsausdruck hatte ihr schon verraten, in was für einer Stimmung er war, als er noch auf der Schwelle stand. Joe hatte geredet, und ihr Vater würde sie zurechtweisen, vermutete sie. Und damit lag sie richtig.

Den Sheriff vor den Kopf zu stoßen sei für die Inhaberin einer Zeitung nicht gerade klug. Einen Druckauftrag abzulehnen, selbst wenn man den Inhalt der Drucksache nicht mochte, sei unprofessionell. Sich auf die Seite von Tom Sawyer zu schlagen, der die ganze Stadt in Aufregung versetzte, sei dumm, und so offensichtlich für ihn zu werben, sei einer richtigen Journalistin nicht würdig. Sid sehe das sicher genauso, bemerkte ihr Vater abschließend.

Becky hatte sich kämpferisch gegeben, aber im Grunde wusste sie, dass er recht hatte. Sie hatte ihn hinauskomplimentiert, angeblich, weil sie noch so viel zu tun hatte. Tatsächlich wollte sie alleine sein.

Als sie die Tür hinter ihrem Vater geschlossen hatte, war sie auf einen Stapel alter Zeitungen gesunken und hatte geweint. Fünf Minuten etwa, dann hatte sie sich ermahnt, nicht so eine Heulsuse zu sein, war aufgestanden, hatte sich gestrafft und den Artikel dennoch gedruckt. Ihr Vater mochte zwar recht haben, doch sie hörte aus allem nur seinen Unwillen heraus, dass sie Tom mehr Glauben schenkte als dem Sheriff. Zudem hatte sie ihn im Verdacht, Joe Harper mit der Belohnung auszuhelfen. Woher das Büro des Sheriffs 1.500 Dollar haben sollte, falls jemand die Belohnung kassieren würde, war ihr ein Rätsel.

Und was Sid anging, da lag ihr Vater völlig falsch. Als Becky Sid gestern nach der Arbeit aufgesucht hatte, um mit ihm über Tom zu sprechen und um sich über die Gefühle klar zu werden, die ihr seit Tagen das Herz zerrissen, war er seltsam still und zurückhaltend gewesen. Mit zitternder Stimme hatte sie ihm gestanden, dass sie glaubte, sie brauche noch mehr Zeit. Sie sei durcheinander, und ja, sie könne nicht leugnen, dass dieser Zustand auch mit Toms Rückkehr zu tun habe.

Und Sid hatte genickt. Mehr nicht.

Zu ihrer grenzenlosen Überraschung war er nicht wütend geworden, hatte nicht geschrien und hatte auch nicht seine Leidensmiene aufgesetzt, wie er es sonst gerne tat, wenn ihm etwas nicht passte. Er hatte nur genickt und gemeint: »Ja. Vielleicht hast du recht. Vielleicht sollten wir noch etwas warten.« Dann hatte er schlicht bemerkt, er wolle heute bei ihr vorbeikommen, und sie würden sich dann in Ruhe über einen neuen Termin unterhalten.

Becky konnte sich das nicht erklären. Was war nur in ihn gefahren? Von Wallace, dem Kassierer der Bank, hatte sie gehört, dass Tom bei seinem Bruder gewesen war und mit ihm gesprochen hatte, bevor er zum Gefängnis gerannt war. Hatte es damit etwas zu tun? Sie wünschte, Tom wäre hier. Sie musste mit ihm sprechen. Vielleicht könnte er ihr erklären, was mit Sid los war.

Hatte Tom ihn bedroht?

Sie kannte Tom seit ihrer Kindheit. Trotzdem war sie sich nicht sicher, ob er dazu imstande wäre. Wenn sie nur mit ihm sprechen könnte! Sie war krank vor Sorge, was mit ihm und Huck geschehen sein mochte. Waren sie in Illinois? Oder den Fluss hinunter nach St. Louis geflüchtet? Oder waren sie irgendwo in der Nähe? Sie wusste nicht, was sie tun würde, falls man die Leichen der beiden Männer irgendwo finden würde. Oder wenn der Mob sie fassen und lynchen würde.

Tot oder lebendig.

Becky ging an den Indianern vor dem Drugstore vorbei, während die Männer sie aufmerksam musterten. Ein Mann mit wettergegerbten Gesicht und mit einer Adlernase, ein Junge von vielleicht zehn Jahren und ein merkwürdiger Alter mit weißen Haaren, der etwas in seine Pfeife stopfte, das aussah wie Weidenkätzchen, saßen auf den Stufen des Drugstores und ließen eine Feldflasche kreisen.

Ein leichter Schauer überlief sie. Sie nickte ihnen kurz zu

und bog dann in die Main Street ein, wo weitere Steckbriefe von Tom und Huck hingen. Wie es aussah, hatte Joe Harper die ganze Stadt damit plakatiert.

Sie blickte nach links, und einen Block weiter entdeckte sie eine kleine Menschenansammlung an der Ecke zur Bird Street vor dem Büro des Sheriffs. Joe Harper war nirgends zu sehen, aber Jim Hollis stand auf der Veranda und sprach zu dem guten Dutzend Männern. Sie schnappte Wortfetzen auf: »bewaffnet«, »gefährlich«, »unschädlich machen«. Jim deutete in verschiedene Richtungen und teilte die Männer wohl in Gruppen ein.

Becky erkannte Bürger der Stadt und dazwischen einige Fremde. Trapper, Fallensteller, Fährtenleser und Jäger, wie es aussah. Ein paar Veteranen waren auch dabei. Billy Fisher, der andere Hilfssheriff, hatte zwei Hunde, die heftig an der Leine zerrten. Collins Bluthunde. Er ließ sie an etwas schnuppern. Hucks Fransenjacke? Offenbar machten die Männer sich nun auf die Suche.

Sie waren hinter Tom und Huck her.

Tom.

Wieder jagte ihr ein Schauer über den Rücken. Denk nicht an Tom, denk an deine Arbeit, ermahnte sie sich. Heute, am Tag vor der Wahl, würde sie den Artikel über Joe Harper bringen und auf Seite zwei ein kurzes Porträt von Saul Jones, dem Sohn des alten Walisers, der sich ebenfalls um den Posten bewarb. Sauls Chancen standen jedoch schlecht; jeder wusste, dass er nur darauf aus war, seinen mageren Lohn als Postmeister aufzubessern, und er hatte offen zugegeben, dass er nicht im Traum daran dachte, seine Arbeit im Postbüro aufzugeben, falls er der nächste Sheriff werden sollte. Damit gewann man nicht eben die Herzen der Bürger. Joe Harper versprach Freibier im Falle seiner Wahl. Das funktionierte schon eher.

Das Redaktionsgebäude war nur noch einen Block entfernt, als Becky eine Bewegung hinter sich wahrnahm und einen schnellen Blick über die Schulter warf. Die drei Indianer waren ihr gefolgt. Becky hielt den Atem an und beschleunigte den

Schritt. Mit fahrigen Bewegungen kramte sie den Schlüssel hervor. Die Männer hinter ihr holten auf. Was wollten sie?

Sie hatte nichts gegen Indianer, aber die Meute vor dem Büro des Sheriffs war inzwischen außer Sichtweite, und sonst war niemand hier. Niemand, der sie hören würde. Unwillkürlich musste sie an die verschwundenen Frauen denken. Ob die Indianer doch etwas damit zu tun hatten, wie ihr Vorgänger in dem Artikel über Gracie Miller angedeutet hatte? Sie nahm die drei Stufen zur Veranda des *Chronicle* mit einem großen Schritt, dann stocherte sie mit dem Schlüssel im Schloss herum.

»Missus?«

Die Stimme des Indianers ließ sie herumfahren. Die beiden Männer und der Junge waren direkt hinter ihr. Der Anführer, der Mann mit der Hakennase, trug einen Dolch am Gürtel, der Junge hatte ein Gewehr in den Händen. Der merkwürdige Alte, dem die weißen Strähnen ins Gesicht hingen, grinste schief unter einem tief in die Stirn gezogenen Schlapphut. Becky atmete schneller.

»Was ist? Was wollen Sie von mir?« Becky spähte an den Männern vorbei zur Straße. Der alte Mann war unbewaffnet, er ging gebeugt, und er humpelte. Wenn sie flüchten müsste, würde sie es an ihm vorbei versuchen. Doch plötzlich richtete sich der Alte auf und machte einen Schritt auf sie zu.

Sie wich zurück, stieß mit dem Rücken an die Tür.

Der Alte kam näher, und mit jedem Schritt, den er tat, straffte er sich ein bisschen, und sie erkannte, dass seine Zähne mit Farbe geschwärzt waren und dass seine weißen Haare aussahen wie Wolle. Er roch sogar nach Schaf.

Der Alte grinste, dann sagte er mit Toms Stimme: »Hast du vielleicht einen Kaffee für meine Freunde und mich, Becky?«

Der Kaffee war noch kochend heiß, und Tom verbrannte sich die Zunge und den Rachen, als er ihn hinunterstürzte. Fäden der Schafwolle, die er auf dem Kopf trug, hingen ihm in den Mund. Er fühlte sich matt, schwindelig, und manchmal verschwamm sein Blick. Wann hatte er das letzte Mal eine Stunde geschlafen? Vorgestern? Vorvorgestern?

Shipshewano räusperte sich, während Becky noch mit verschränkten Armen vor ihm stand, sein seltsames Äußeres musterte und auf eine Antwort wartete.

Tom nickte von ihr zu Shipshewano. »Gib ihm Geld.«

»Geld? Was?« Becky schüttelte den Kopf und stemmte die Hände in die Hüften.

Tom blickte über die Schulter zu Shipshewano. »Wie viel schulde ich dir, Häuptling?«

»Fünfzig Dollar.«

»Fünzig? Herr im Himmel, Häuptling! Ich hatte noch etwas von dreißig im Ohr.«

»Kleider von Vater kosten auch Geld. Oder willst du hier zurückgeben, Tom Sawyer?«

Tom nickte Becky aufmunternd zu. »Gib es ihm.«

Sie rührte sich nicht, starrte ihn nur fassungslos an.

Tom seufzte. »Bitte! Ich habe keinen Cent mehr. Du bekommst es zurück, in Ordnung?«

Becky schnaubte, ging aber zu ihrem Tresor, der gut versteckt zwischen Stößen alter Zeitungen an dem gemauerten Kamin in der Mitte der Redaktionsstube festgeschraubt war. Während sie die Zahlen an dem Rädchen eingab, betrachtete Pepinawah mit großen Augen die Druckerpresse, tippte andächtig und ganz vorsichtig auf die Zahnräder und Walzen, als könnte sich das Ungetüm jeden Moment in Bewegung setzen.

Der Junge hatte Tom als Erster entdeckt, als der vor knapp drei Stunden ins Lager der Potawatomi gekommen war. Tom hatte das Versteck auf der Insel verlassen, das Ruderboot genommen und sich drei Meilen stromabwärts treiben lassen. Dann war er an Land gerudert und hatte das Ruderboot zwischen den Bäumen am Ufer vertäut. Zwei Stunden war er landeinwärts gegangen, hatte sich am Mond und an den Sternen orientiert, bis ihm das Gelände vage vertraut vorkam und er das Lager der Potawatomi wiederfand. Oder das Lager hatte ihn wiedergefunden, wie man's nahm.

Als er gerade den Bach überquerte, in dem Kewanee ihn gezwungen hatte, ein Bad zu nehmen, war Pepinawah im Mondlicht vor ihm aufgetaucht. Er hatte Toms Atkinson-Messer in der Hand und schien bereit, sich auf ihn zu stürzen. Dann hatte er Tom erkannt und nach seinem Vater gerufen.

Wenig später hatten sie um das Feuer im Kreis der Hütten gesessen. Neben den Hütten hatte Tom mehrere Travois entdeckt, Schlepptragen aus Tipistangen. Shipshewano plante bereits den Aufbruch seiner Sippe, wie es schien. Tom hatte um Hilfe gebeten, und Shipshewano hatte sie ihm zugesagt. Gegen Bezahlung, natürlich.

Bezahlung, die er nun entgegennahm.

Der Häuptling zählte die Scheine, die Becky ihm in die Hand drückte, langsam ab, dann stopfte er sie in seinen Lederbeutel. »Wir noch eine Weile in St. Petersburg. Wir kaufen Vorräte in Drugstore. Du sie schicken, wenn du Hilfe brauchen.«

Shipshewano zeigte mit dem Finger auf Becky, als wäre die ein Maulesel, den man nach Gutdünken zur Arbeit einsetzen könnte.

Bevor Becky noch etwas erwidern konnte, sagte Tom: »Mach ich. Vielen Dank, Häuptling. Ich stehe in deiner Schuld.«

Shipshewano sagte etwas zu seinem Jungen, dann verließen die Indianer das Redaktionsbüro. Tom stand am Fenster und spähte auf die Main Street. Das Dutzend Männer, die eben noch vor dem Büro des Sheriffs gestanden hatten, zogen an ihm vorbei, teilten sich in kleine Grüppchen auf und zerstreuten sich in den Straßen der Stadt.

»Joe Harper ist nicht dabei«, murmelte Tom. Vom Fluss her hörte er Kanonendonner, und ein Schauder der Erinnerung überlief ihn. Er nahm an, dass die Männer des Sheriffs eine der Kanonen, die noch vom Krieg übrig waren, aus einer Scheune geholt und auf ein Dampfschiff geladen hatten, um sie dort auf dem Fluss abzufeuern. Angeblich brachte die Druckwelle Leichen, die im Fluss trieben, wieder an die Oberfläche. Hucks Leiche, seine Leiche, von denen sie meinten, dass die dort irgendwo waren. Vielleicht würde man auch mit Quecksilber versetzte Brotlaibe in den Fluss werfen, weil die Leichen genau dorthin schwammen. Das sagte man zumindest.

Aber wie lange würden sie es versuchen, bevor sie aufgaben?

Tom kaute nachdenklich auf der Innenseite seiner Wange. Vermutlich nicht allzu lange. Und vermutlich würde es nicht allzu lange dauern, bis sich jemand an den Zufluchtsort ihrer Kindheit erinnern und auf der Insel nach ihnen suchen würde. Vermutlich wäre es Joe Harper selbst, der sich daran erinnern würde. Vielleicht würden sie auch die Kindergräber entdecken.

Das würde alles nur noch schlimmer machen. Viel schlimmer.

Tom hoffte, dass Huck sich an die Abmachung hielt und in der kleinen Höhle blieb, die er, bevor er die Insel verließ, hinter einem dichten Vorhang aus Ästen und Zweigen versteckt hatte.

»Käferchen, Käferchen, fliege schnell heim, dein Haus steht in Flammen, deine Kinder sind allein.« Leise wisperte Tom einen Aufzählvers aus seiner Kindheit vor sich hin, bis er Beckys Hand auf der Schulter spürte und zusammenfuhr.

Sie bedachte ihn mit einem sorgenvollen Blick. »Was willst du jetzt tun, Tom?«

»Ich muss Joe Harper finden und mit ihm reden. Allein.«

»Allein?«

»Ja, allein. Was ist eigentlich mit Hollis passiert? Hast du ihn gesehen?«

»Den Hilfssheriff?«

»Meinen Hund.«

»Sid hat gesagt, das Tier hat vor seiner Bank rumgejault, als du weg warst, und er hat ihn losgebunden. Seitdem habe ich ihn nicht mehr gesehen.«

Tom nickte bekümmert.

Becky riss die Arme hoch. »Was ist los, Tom? Bist du hergekommen, weil du deinen Hund vermisst?« Er schwieg, und Becky verschränkte die Arme vor der Brust. »Wo ist Huck? Was ist passiert, Tom? Du hast etwas herausgefunden, stimmt's? Etwas, was dir nicht gefällt, ich sehe es dir an. Ist Huck doch schuldig?«

Tom schüttelte den Kopf. »Die Männer haben keine Ahnung, was eine Frau alles tun kann, um ihren Lebensunterhalt zu verdienen«, gab er statt einer Antwort zurück.

Becky kniff die Augen zusammen und schüttelte ebenfalls den Kopf. »Was soll das heißen, Tom?«

Tom drehte sich um, blickte betrübt zu Boden und wies auf einen der Zeitungsstapel. »Setz dich«, sagte er, und als sie es widerstrebend tat, zog er die dürftige Perücke aus Schafwolle herunter und kratzte sich am Kopf. Bei Pinkerton hatte er nicht nur gelernt, wie man Verdächtige beschattete und Verfolger abhängte, sondern auch, wie man mit Verkleidung, falschen Haaren und einem anderen Gang, einer veränderten Körperhaltung zu einer anderen Person wurde. Fähigkeiten, die ihm jetzt sehr zupassgekommen waren.

Er lehnte sich an die Druckerpresse und wischte sich die Asche aus dem Gesicht, mit der er sich im Lager der Potawatomi eingerieben hatte, um die Augenhöhlen tiefer und die Wangen hohler erscheinen zu lassen. Wo sollte er anfangen?

»Ich war bei Sid, als ich den Rauch von dem brennenden Gefängnis sah.«

Auf ihrer Stirn erschien eine Falte. »Warum warst du bei Sid?«

Tom winkte ab. »Ist egal. Jedenfalls seh ich den Rauch, und mir war sofort klar, wo er herkommt.« Dann erzählte er ihr, wie er mit Huck aus dem Gefängnis geflohen war. Er sprach von den Schüssen und davon, was er auf der Insel gesehen und was er von Huck über Polly und Joe Harper erfahren hatte. Die Geschichte von Sid und Sally Austin sparte er aus, nicht jedoch, was er über Joe Harpers Neigungen erfahren hatte. »Ich hab das Kleid gefunden, Becky. Es lag zusammengeknüllt unter Hatties Bett.«

Becky starrte ihn stumm an, dann schüttelte sie den Kopf. »Joe? Du glaubst, es ist Joe Harper?«

Tom zuckte mit den Schultern. »Ich weiß es nicht. Es ist meine einzige Spur. Es würde vieles erklären. Du musst mir helfen, wir müssen ihn finden und ihn dann allein an einen Ort locken, wo ich ihn befragen kann.«

Becky schüttelte den Kopf. »Das ist doch Irrsinn, Tom! Die halbe Stadt sucht nach dir. Sucht nach euch. Was, wenn Joe nicht redet? Was, wenn er es gar nicht ist?«

Tom schob die Unterlippe vor. »Er muss reden. Wenn er es nicht ist, weiß ich auch nicht weiter.«

Becky stand auf und trat an ihn heran. »Vielleicht solltest du einfach abhauen, Tom. Mit Huck oder allein. Sie werden euch lynchen, bevor du irgendetwas beweisen kannst.«

»Und dich in St. Petersburg zurücklassen? Mit dieser Bestie, die frei herumläuft und Frauen entführt und weiß Gott was mit ihnen macht?«

Sie seufzte und ließ den Kopf sinken. Dann kam sie noch einen kleinen Schritt näher, stand direkt vor ihm, die Füße zwischen seinen Beinen. Plötzlich umfasste sie zwei Finger seiner linken Hand. Sie drückte sie sanft, strich mit dem Daumen darüber, nahm dann seine Hand ganz in die ihre, presste sie an ihre Brust, als würde sie drei Hände zum Gebet brauchen.

Tom hielt den Atem an. Es kam ihm vor, als würde es eine kleine Ewigkeit dauern, bis sie wieder aufblickte.

»Was ist, wenn ich mitkomme, Tom?«

Ihm war, als hätte sie ihn geohrfeigt. »Was?«

»Wenn ich mitkomme. Mit dir. Nach … egal … Wohin du auch gehst. Ich meine nur, wenn du nicht hierbleiben kannst, wenn das nicht geht für dich, ich … Ich weiß es doch auch nicht … aber ich … ich will da sein, wo du bist. Egal, wo das ist.« Hilflos hob sie die Hände und ließ sie wieder sinken.

Tom schüttelte den Kopf. Die Müdigkeit und ihre Worte machten, dass ihm das Blut in den Ohren rauschte und er sich benommen fühlte. Er blinzelte. »Becky, ich … weiß gar nicht, wo ich hinsoll, und ich … hab dir so viel Kummer gemacht … dir und Sid … und ich weiß wirklich nicht –«

Sie packte ihn. Packte ihn einfach und küsste ihn, und Tom zuckte zurück, aber sie ließ ihn nicht los, und dann war es, als tauchte er in sich selbst ein. Als könnte er ganz in Becky verschwinden und mit ihm wie in einem endlosen Strudel alle Zeitungsblätter um sie herum, die Redaktion, die ganze Stadt.

Alles konnte plötzlich verschwinden, nur weil sie ihn küsste.

Er erwiderte den Druck ihrer Lippen, presste sie an sich, und sie fuhr ihm mit ihren langen Fingern durch das Haar. Dann spürte er ihre Fingernägel auf seinem Rücken, und ein Schauer überlief ihn. Er löste sich für einen Moment von ihr, sah ihr in die Augen. »Ich liebe dich. Schon immer. Aber ich glaube, das weißt du«, sagte er, und sie lächelte nur, küsste ihn auf den Mund, schob ihn sanft nach hinten, und er setzte sich auf die Holzplatte, auf der frisch gedruckte Zeitungsbögen lagen und zu Boden glitten.

Tom küsste ihre Wangen, ihren Hals, ihr Dekolleté. Sie schloss die Augen, drängte sich an ihn, presste ihre Hüften gegen seine, und er legte die Hand auf ihr Kleid, umfasste ihren Busen. Ein leiser Seufzer entfuhr ihr, sie öffnete die Augen, sah ihn lächelnd an, und wieder presste sie ihre Lippen auf die seinen, und sie küssten sich. Tom streifte den Ärmel ihres Kleides über ihre weiche Haut. Beckys hochgesteckte Haare lösten sich wie von allein und fielen ihr wie ein goldener Regen über die Schultern bis auf die Brust, die mit wenigen Sommersprossen gesprenkelt war. Sie öffnete seinen Gürtel, und Tom fühlte sich mehr als bereit, etwas zu Ende zu bringen, was vor so langer Zeit in einer Scheune im Regen begonnen hatte.

Er ließ sich rücklings auf den Druckertisch sinken und zog sie zu sich herunter, fuhr mit der Hand unter ihren Rock und an ihren Beinen entlang. Er staunte, staunte über sie und über sich und über ihre wahnsinnig weiche Haut. Als er das Schleifchen an ihrem Unterkleid löste, seufzte sie abermals auf, schloss die Augen und reckte sich seiner Hand entgegen.

Und dann war da das Geräusch.

Das hässliche Geräusch einer knarrenden Diele.

Tom blickte an Becky vorbei und sah in die weit aufgerissenen Augen seines Bruders. Sid stand wie versteinert in der Tür zum Vorraum, seine Wangen waren tiefrot angelaufen, und das schütter werdende Haar hing ihm in die Stirn, als hätte er mehrmals heftig den Kopf geschüttelt. Wie lange stand er dort schon? Er hatte eine schmale Ledermappe in der Hand, als wäre er gerade auf dem Weg zur Arbeit.

Becky bemerkte Toms Zögern. »Was ist, du –«, setzte sie an.

Das Lächeln auf ihrem Gesicht verschwand augenblicklich, als sie sich umwandte und Sid ebenfalls entdeckte. Blitzschnell richtete sie sich auf, zog ihr Kleid über die unbedeckte Brust. »Sid! Ich –«

Sids Mund stand offen, er schüttelte den Kopf, seine Augen schimmerten feucht. Dann ließ er die Tasche fallen.

Tom rechnete damit, dass sein Bruder auf ihn losgehen würde, und hob abwehrend die Hand. »Moment, Siddy, du solltest jetzt wirklich –«

Sid wühlte in seiner Anzugtasche und zog etwas Kleines, mattsilbern Glänzendes hervor. Eine Remington Double Derringer, eine Damenpistole mit Perlmuttgriff. Seine Hand zitterte, als er die Waffe auf Tom und Becky richtete.

»Sid! *Nicht!*«, brüllte Tom, sprang auf und zog Becky hinter sich. Becky schrie ebenfalls, Tom stürzte auf Sid zu, doch dann hörte er plötzlich nichts mehr. Alles wurde vom Knall der Derringer übertönt.

Pulverdampf erfüllte das Redaktionsbüro.

Und Tom ging zu Boden.

Es war, als hätte jemand ihm eine glühende Klinge in die Schulter gestoßen. Die Wucht der Kugel hatte Tom von den Füßen gerissen.

»Tom!« Beckys Schrei ließ die Fensterscheiben vibrieren.

Tom krümmte sich vor Schmerz auf dem Boden und versuchte, wieder hochzukommen, spürte den Herzschlag in seinen Schläfen pochen und wie Blut aus der Wunde sickerte.

»Du Mistkerl!« Taumelnd stand Tom auf und fasste sich an die linke Schulter. Wenn Sid auch die zweite Kugel abfeuern würde, wäre alles vorbei.

Doch Sid warf die kleine Pistole weg, stürzte sich mit einem zornigen Aufheulen auf Tom und riss ihn wieder von den Füßen. Becky machte einen Satz zurück, um nicht ebenfalls zu Boden gerissen zu werden. Tom knallte mit dem Rücken auf die Dielen und stieß sich den Kopf an.

Türme aus alten Zeitungen gerieten ins Wanken und stürzten um sie herum zusammen.

»Hör auf, Sid! Hör auf!«

Sid holte aus und verpasste Tom einen Schwinger gegen das Kinn. Der sah Sternchen und rammte Sid, so hart er noch konnte, die Faust in die Seite. Sid stöhnte, krümmte sich. Seine Züge waren verzerrt, er biss die Zähne aufeinander, Tom holte zu einem weiteren Schlag gegen Sids Kinn aus, doch Sid schien den Schmerz nicht zu spüren.

»Du Schwein!«, schrie Sid. Seine Augen waren weit aufgerissen, er krallte die Hände um Toms Kopf und drückte ihm die Daumen in die Augenhöhlen.

»Ahrrrggh!« Ein grässlicher Schmerz ließ Toms Kopf explodieren, Tom schlug nach Sids Händen, doch dessen Griff war eisern. Tom packte Sids Handgelenke und stemmte sie mit aller Kraft zur Seite. Einen Moment lang konnte er nichts sehen, hielt Sids Hände weiter fest, doch dann bekam der sie frei, faltete sie wie zum Gebet und holte aus, um sie gegen Toms Kopf zu schmettern.

Doch das tat er nicht.

Tom hörte einen dumpfen Schlag, dann verdrehte Sid die Augen und sackte zur Seite. Becky stand hinter Sid, in den Händen ein dickes Eisenrohr, das aussah, als gehörte es zur Druckerpresse. Erschrocken schlug sie die Hand vor den Mund. »Oh mein Gott! Was hab ich getan?«

Sid lag leblos auf den Dielen. Aus seinem Hinterkopf sickerte Blut und bildete eine kleine Lache auf den Zeitungen, die den Boden bedeckten.

»Ich hab meinen Verlobten erschlagen!«

Tom stöhnte und kam mühsam auf die Knie. Er tätschelte Sids Wange, fühlte ihm den Puls. »Du hast ihn nicht erschlagen. Leider. Der Mistkerl lebt.«

Becky keuchte auf vor Schreck, ihre Unterlippe zitterte, und sie sank neben Tom auf die Knie und schloss ihn in die Arme. »Mein Gott! Er hat … er hat auf dich geschossen! Wenn er dich getroffen hätte!«

Sie bedeckte sein Gesicht mit Küssen, und Tom wehrte sich nicht. Seine Lippen verzogen sich zu einem angestrengten Grinsen. »Er *hat* mich getroffen, wie du vielleicht bemerkt hast.«

Becky wich mit dem Oberkörper ein Stück zurück und musterte Tom. Die Lederjacke des alten Indianers war an der Schulter zerfetzt, das Leder mit Blut getränkt. »Oh mein Gott!«

Vorsichtig streifte sie ihm die Jacke ab. Tom biss die Zähne zusammen. Er konnte kaum hinsehen, und als er es doch tat, war er verblüfft, wie klein die Verletzung war.

Mit zitternden Fingern tastete Becky die Ränder der Wunde ab. Dann blinzelte sie überrascht und betrachtete ihn prüfend. »Davon bist du zu Boden gegangen? Das ist nur ein Streifschuss, Tom. Kaum mehr als ein Kratzer. Du hast wahnsinniges Glück gehabt.«

»Glück? Mein Bruder schießt auf mich, und du nennst das Glück?«

Sie antwortete nicht, sondern band sich die Halbschürze über ihrem dunkelgrünen Satinkleid ab, riss sie in lange Streifen und verband damit Toms Wunde. Als sie fertig war, versuchte Tom vorsichtig, den Arm zu bewegen. Es tat zwar weh, aber es ging. Er bemerkte, dass Becky fassungslos auf Sid starrte, der langsam zu sich kam.

»Was machen wir nur mit ihm? Vielleicht braucht er einen Arzt? Vielleicht sollten wir ihn zu Dobbins oder zu Cooper bringen?«

»Dann können wir auch gleich die Meute, die mich und Huck sucht, in die Redaktion rufen. Das erspart ihnen die Arbeit.« Tom schleppte sich zur Wand der Redaktionsstube und nahm eine der langen Leinen vom Haken, über denen Becky die Zeitungen zum Trocknen aufhängte. Er kniete sich neben Sid und begann ihm die Hände auf dem Rücken zu fesseln.

Becky blickte verzweifelt von Sid zu Tom und wieder zurück. »Aber wir können ihn doch nicht einfach so liegen lassen? Der arme Sid. Seine Verlobte und sein eigener Bruder … Kein Wunder, dass er völlig durcheinander war.« Sie beugte sich zu Sid hinunter und strich ihm sanft die verschwitzten Haare aus der Stirn.

Tom fesselte gerade Sids Beine. Fassungslos starrte er Becky an. »Der *arme* Sid? Der Mistkerl schießt mich an, und du nennst ihn den *armen* Sid?«

Becky blickte betrübt zu ihm hinunter, zuckte mit den Schultern und nickte.

Tom schnaubte und stand auf. War das zu fassen? Sids Lider flackerten. Als er die Augen öffnete, stieß Tom ihn unsanft mit dem Stiefel an. »Sid! Hey, Siddy! Wer hat was mit Sally Austin gehabt, obwohl er mit einer wunderbaren Frau verlobt ist?« Das war hundsgemein, Tom wusste es, aber er konnte sich trotzdem nicht zurückhalten.

Sid zuckte zusammen. Er stöhnte auf, sein Blick verschwamm zwischen Tom und Becky, die Tom verwirrt anstarrte. »Tom, was … was redest du denn da?«

Tom stieß seinen Bruder erneut mit dem Stiefel an. »Wer, Sid? Wer hat das Schulmädchen gevögelt, hm?«

Sid stöhnte. Er blinzelte von Tom zu Becky, dann atmete er

tief ein, schlug die Augen nieder und seufzte. »E-es tut mir leid, Becky.«

»Nein!« Becky sprang auf, das Gesicht hochrot. Sie holte aus und versetzte Sid einen Tritt in den Unterleib. Sid stöhnte auf, und Tom verzog schmerzhaft das Gesicht.

»Wie konntest du so etwas tun!« Becky gab Sid einen weiteren Tritt in die Seite.

Allmählich bekam Tom Angst, dass Sid wieder die Besinnung verlieren würde, und er streckte den Arm aus und hielt sie zurück. »Hör auf. Das reicht!«

Becky hielt inne, sie ballte die Fäuste und zitterte am ganzen Leib vor Zorn.

»Lass ihn. Er hat bekommen, was er verdient.« Tom ließ sie wieder los.

Sid keuchte. Dann fletschte er die Zähne und zischte. »Es tut mir leid, dass ich dich enttäuscht habe, Becky. Aber es tut mir nicht leid, dass ich diesen Dreckskerl hier angeschossen habe.«

Tom sagte nichts, er sah Sid nur ganz ruhig an. Sid rollte sich auf die Seite, stützte sich auf eine Schulter und stemmte sich mit den auf dem Rücken gefesselten Händen mühsam in eine kauernde Haltung. »Und für Becky tut es mir leid, dass sie wieder auf dich reingefallen ist. Wo du hinkommst, verbockst du alles, Tom. Mit Polly, mit mir, sogar mit Präsident Lincoln. Du wirst auch das mit Becky wieder verbocken, ganz einfach, weil du ein Verlierer bist.« Er spuckte aus. Ein wenig Blut spritzte auf die Zeitungen.

Tom musterte ihn stumm.

Sid lehnte sich mit dem Rücken an die Druckerpresse, schob die Unterlippe vor und blies sich eine Strähne aus der Stirn. »Die ganze Stadt sucht nach dir und nach deinem feinen Freund Huck Finn, Tom. Ich habe gerade Joe Harper getroffen. Er hat Verstärkung aus Palmyra angefordert, und der Richter ist bereit, die Belohnung noch einmal zu erhöhen. Du und dein Mordgeselle, ihr habt keine Chance. Man wird euch bald finden. Und du blöde Kuh hilfst ihm auch noch, Becky. Das werdet ihr büßen, das schwör ich euch.«

Tom hob die Derringer vom Boden auf und richtete sie auf Sid. »Wo hast du Joe Harper getroffen?«

»Der Sheriff? Der hat mich hier abgesetzt. Dann ist er mit seinem Wagen dort langgefahren.« Der junge Mann mit dem eindrucksvollen Backenbart beschirmte die Augen gegen die Sonne und deutete auf den schmalen Weg, der sich den Cardiff Hill hinaufwand. Er stand in Pollys Gärtchen; um ihn herum auf dem Boden lagen rot lackierte Pflöcke. Der Vermessungsingenieur, der sich als Mr Albright von der St. Louis & St. Petersburg Railway vorgestellt hatte, tätschelte den wuchtigen Theodoliten aus Messing, der auf einem Stativ vor ihm stand und mit dessen Fernrohren er das gegenüberliegende Ufer anpeilte. »Das Baby hier wiegt mit Stativ gute vierzig Pfund. Bin froh, dass Sheriff Harper angeboten hat, mich mit seinem Wagen hierherzubringen. Jetzt, wo das Grundstück verkauft ist, können wir endlich mit den Arbeiten für die Brücke anfangen.«

Tom nickte. Sid hatte keine Zeit verloren. »War er allein?«

»Ja, Sir.« Der Geodät zog ein kariertes Taschentuch hervor, wischte sich über die schweißglänzende Stirn und begann dann, Knoten in die Zipfel des Tuchs zu machen, um sich eine Kopfbedeckung gegen die erbarmungslose Sonne zu schaffen. »Auf dem Weg hierher hat er mir gesagt, er habe nicht viel Zeit, er müsse nach zwei Verbrechern auf der Flucht suchen, aber dann schien er es sich anders zu überlegen und war mehr an den Hunden interessiert.«

Tom zog die Stirn in Falten. »An den Hunden?«

Albright nickte. »Ja. Das können Sie glauben oder nicht. Zuerst sieht er so einen kleinen struppigen Köter mit weiß-braun gschecktem Fell, der an uns vorbei zum Hügel läuft, und sagt:

›Das ist der Hund von dem Bastard‹, und er meint damit den Verbrecher, den er sucht …«

Tom schluckte. Harper hatte Hollis gesehen? Aber warum interessierte ihn das? Dachte er tatsächlich, Hollis könnte ihn zu Tom führen?

Albright legte sich die Mütze aus dem Taschentuch über den Kopf, dann deutete er mit dem Zeigefinger unbestimmt zum Mississippi-Ufer. »Da unten war noch ein Hund. Ist da rumgelaufen und hat geschnuppert. Das war so ein dickes schwarzes Vieh, riesengroß, und das eine Ohr war grau. Der Sheriff kannte auch diesen Hund. Gehört Harbins oder Harmson oder so, hat er gesagt.«

»Harbinsons Hund.«

Tom blickte über die Schulter zu Becky, die das gesagt hatte. Shipshewano und Pepinawah standen etwas abseits bei ihren Pferden und warteten im Schatten einer Eibe, während sie die Uferstraße im Auge behielten.

Albright nickte erneut. »Ja, Miss, genauso hieß der Mann! Und der Hund schnüffelt so, und dann findet er plötzlich eine Fährte und flitzt los. Genau wie der kleine struppige Köter davor. Dann kam sogar noch ein dritter Hund und ist zum Hügel gerannt, aber den kannte der Sheriff nicht. Egal, jedenfalls ist der Sheriff dann auf seinen Wagen gestiegen und den Hunden hinterher zum Hügel gefahren. Mehr kann ich Ihnen auch nicht sagen. Sie und Ihre Begleiter suchen bestimmt auch nach den beiden Verbrechern, hab ich recht? Sie sind Fährtenleser und wollen die Belohnung kassieren, stimmt's?« Der Vermessungsingenieur musterte Toms fleckige Indianerkleidung und wies dann auf die beiden Potawatomi im Hintergrund.

Tom grinste freundlich. »Genau so ist es, Mr Albright. Haben Sie vielen Dank.«

Sie folgten den Spuren des Wagens den Cardiff Hill hinauf. Das Haus des alten Walisers am Wegesrand war inzwischen verfallen. Der Steinbruch hinter dem Haus war zugewachsen. Der Waliser wohnte mittlerweile in der Stadt bei seinem Sohn Saul, der sich um den Posten des Sheriffs bewarb. Schon bald ritten sie im Schatten hoher Bäume. Es roch nach Bärlauch, der in üppigen Feldern unter den ausladenden Eichen wuchs, und Wolken von Stechmücken peinigten sie.

Toms Schulter brannte, und er fühlte sich matt und schläfrig. Der Schock der Verwundung war verflogen, und er spürte nur noch Müdigkeit und Schmerzen in seinem Körper. Dennoch hielt er den Blick unverwandt zu Boden gerichtet. Die halbmondförmigen Vertiefungen im Abdruck der Räder waren in dem feuchten Waldboden deutlich zu erkennen, Tom hätte die Hilfe der Potawatomi als Fährtenleser gar nicht gebraucht. Nur um aus St. Petersburg hinauszukommen, waren sie unverzichtbar gewesen. Die Straßen hatten gewimmelt von fremden Trappern, Veteranen und sonstigem Gesindel. In Trauben waren sie vor den Steckbriefen gestanden und hatten sie von den Mauern und von den Bäumen gerissen, um ihr eigenes Exemplar für die Suche zu haben.

Während Tom bei den Potawatomi am Drugstore gewartet hatte, war Becky in das Büro des Sheriffs gegangen und hatte unter einem Vorwand nach Joe Harper gefragt und erfahren, dass er immer noch nicht zurückgekehrt war. Also waren sie zu Pollys Gärtchen geritten. Sid hatte ihnen erzählt, dass er Joe und den Geodäten zuvor auf der Straße getroffen hatte und dass er Mr Albright die Genehmigung erteilt hatte, das Gärtchen in seine Vermessungen einzubeziehen, da er den Vertrag der Eisenbahngesellschaft noch heute unterschreiben wollte.

Nachdem Sid ihnen das erzählt hatte, hatten sie ihn zusätzlich zu den Fesseln auch noch geknebelt und im Besenschrank der Redaktion eingeschlossen. Es würde vermutlich nicht lange dauern, bis er jemanden auf sich aufmerksam machen würde.

»Harbinsons Hund? Was hat das zu bedeuten, Tom?« Becky

ritt dicht neben ihm am Rand des Waldwegs. Tom hatte versucht, sie davon zu überzeugen, in St. Petersburg zu bleiben und darauf zu achten, dass man Sid nicht entdeckte. Außerdem wollte Tom nicht, dass Harper oder die Kopfgeldjäger sie mit ihm erwischten. Wenn man ihn erwischen würde. Aber Becky hatte abgelehnt und war dabei ordentlich laut geworden. Ziemlich schnell hatte er eingesehen, dass es keinen Zweck hatte. Er betrachtete ihre klaren blauen Augen, ihren Hals, der sanft geschwungen in die Schultern überging, und es kam ihm vor wie ein Traum, dass sie sich vor nicht einmal einer Stunde geküsst hatten.

»Ich weiß es nicht.« Tom zuckte mit den Schultern. Wie oft hatte er diesen Satz in den letzten Tagen gesagt? Auch das wusste er nicht mehr. Benommen schüttelte er den Kopf, um die Müdigkeit zu vertreiben

Shipshewano, der neben Pepinawah vor ihnen ritt, hob plötzlich die Hand. Er sagte etwas zu seinem Sohn, und die beiden saßen ab. Shipshewano kniete sich auf den Boden.

Tom zügelte sein Pferd, stieg ab und trat zu ihnen. »Was ist? Hast du was entdeckt, Häuptling?«

Shipshewano deutete auf die Reifenspuren mit den halbmondförmigen Vertiefungen. »Spur endet. Geht da rein.« Er deutete in den Wald.

Der Bärlauch hatte sich zwar wiederaufgerichtet, nachdem er platt gedrückt worden war, doch die Abdrücke der Räder waren noch gut zu erkennen. Sie verloren sich zwischen den jungen Buchen.

Shipshewano ging ein paar Schritte zwischen die Bäume und spähte in das dunkelgrüne Zwielicht. »Tom Sawyer!«, rief er plötzlich, und Tom war mit drei Schritten bei ihm.

Shipshewano deutete auf ein Gebüsch, hinter dem die Umrisse eines Wagens zu erkennen waren. Tom zückte den Colt, den ihm Shipshewano geliehen hatte, und biss die Zähne zusammen, weil die Bewegung ihm Schmerzen in der angeschossenen Schulter verursachte. Er bedeutete Becky, sie solle am Waldrand warten, und Shipshewano flüsterte seinem Sohn etwas zu, was Tom nicht verstand, und der Junge blieb bei den Pferden stehen.

Vorsichtig schlichen Tom und der Häuptling sich an. Der raschelnde Bärlauch wich einem dichten Teppich aus Efeu, der ihre Schritte dämpfte. Eine Spottdrossel zwitscherte irgendwo hoch über ihnen. Harper hatte den Wagen hinter dem Gebüsch versteckt, wie es schien. Von ihm selbst und von dem Pferd fehlte jede Spur.

Versteckte er sich?

Tom deutete Shipshewano an, er solle sich rechts um das Gebüsch herum anschleichen, während Tom die andere Seite übernahm. Irgendwo knackte ein Ast, und ein Eichhörnchen sprang erschrocken auf einen Baum. Behutsam setzte Tom einen Fuß vor den anderen, bis er einen freien Blick auf den Karren hatte. Es war ein schlichter, älterer Buckboard-Wagen, ein leichtes vierrädriges Gefährt, das eine kleine Ladefläche hatte und auch mit einem Verdeck versehen werden konnte.

Tom entsicherte den Revolver, ging um das Gebüsch herum und legte auf den Wagen an, als plötzlich Stimmen und Hufgetrappel an sein Ohr drangen.

»Tom! Da kommen Männer! Das ist bestimmt ein Suchtrupp!« Aufgeregt deutete Becky auf den Weg, der sich den Cardiff Hill hinabwand.

»Bleibt, wo ihr seid! Sag ihnen, du hast Pferde gekauft und der Junge hilft dir mit ihnen!«

Tom drückte sich ins Gebüsch, und Shipshewano tat es ihm gleich. Wenig später sahen sie eine Gruppe von vier Männern auf Pferden, die den Waldweg heraufpreschten. Jeder hatte ein Gewehr vor sich auf dem Sattel liegen. Drei ritten an Becky vorbei, doch einer zügelte sein Pferd und blieb bei ihr stehen.

Der breitschultrige Mann mit Schnauzbart, langen blonden Haaren und einem schwarzen Schlapphut fragte sie etwas, was Tom nicht verstehen konnte. Becky deutete auf Pepinawah, dann den Hügel hinauf, wo das Haus der Witwe Douglas stand.

Der Mann tippte sich an die Hutkrempe, als wolle er sich verabschieden, doch dann ließ er den Blick durch den Wald schweifen und blickte in Toms Richtung. Er schien zu zögern, griff nach seinem Gewehr. Hatte er die frischen Spuren im Bärlauchfeld entdeckt?

Becky folgte seinem Blick und stellte ihm rasch eine Frage. Der Mann wandte sich wieder zu ihr, nickte, dann gab er seinem Pferd die Sporen, um seine Begleiter einzuholen. Wenig später war er hinter einer Wegbiegung verschwunden.

Tom atmete auf. Er nickte Becky zu, drehte sich um, nahm den Colt hoch und ging die letzten Schritte auf den Wagen zu, der hinter dem Gebüsch stand. Auch Shipshewano richtete sein Gewehr auf das verlassen dastehende Fuhrwerk. Eine Plane lag auf der Ladefläche. Tom streckte die freie Hand aus, machte noch einen Schritt und griff nach der Plane. Mit einem Ruck zog er sie vom Wagen.

Die Ladefläche war leer. Da war gar nichts.

Tom warf einen kurzen Blick unter den Wagen, doch auch dort war nichts zu sehen. Niemand war bei diesem Wagen, nichts war auf diesem Wagen. Shipshewano spähte in die Umgebung, dann ließ er den Gewehrlauf sinken, kniete sich hin und untersuchte den Waldboden. Tom musterte die Beschläge auf den Rädern des Fuhrwerks. Neben einem Nagel fand er zwei kleine halbmondförmige Risse. Als er sich aufrichtete, stand Becky neben ihm.

Tom nickte. »Das ist der Wagen. Joe Harper hat mich zu diesem Bahndamm gebracht, und er hat Jeb auf dem Lovers' Leap getroffen.«

Becky zog eine Augenbraue hoch. »Kann sein. Aber das ist nicht sein Wagen.«

»Nicht sein Wagen? Warum?«

»Ich kenne den Wagen. Er gehört Mrs Temple. Ihr Mann, der Pflugverkäufer, ist nie da, sie braucht das Ding kaum und leiht ihn gerne aus. Ich hab ihn mir auch schon ausgeliehen, um neue Platten für die Boston-Presse zu transportieren.«

Tom nickte grimmig. »Wie dem auch sei. Das ist der Wagen. Und Joe scheint ihn öfter auszuleihen.«

Er trat an die Ladefläche und nahm sie genauer in Augenschein. Auf einem der groben Bretter, aus denen das Fuhrwerk zusammengenagelt war, entdeckte er mehrere dunkle Flecken. Blut? Die Bretter waren geschrubbt worden, vielleicht mit einer Wurzelbürste; die Kratzspuren waren als helle Striche im dunklen Holz zu erkennen. Tom beugte sich vor und zupfte mit den Fingern irgendetwas von einem Holzsplitter ab. Er zeigte es Becky.

»Ein Haar?«

Er nickte. »Dunkel und gelockt. Vielleicht von mir. Vielleicht von Hattie.«

Becky sah ihn stumm an, als Shipshewano wieder aufstand und auf die steile Böschung hinter dem Wagen deutete. »Spuren von Pferd. Gehen dort hoch.«

Tom nickte mit dem Kinn zu Pepinawah. »Der Junge soll hierbleiben. Mit den Pferden. Er kann da drüben im Gebüsch warten. Es ist nicht weit, wir müssten bald dort sein.«

Erstaunt schüttelte Becky den Kopf. »Du weißt, wo er ist?«

Tom zog den Colt und lief los, folgte den Spuren die Böschung hinauf. »Er ist im Spukhaus.«

Sie rochen es beinahe eine halbe Meile, bevor sie dort waren.

Die Mischung aus Verwesung und Hundepisse hing im Wald wie ein schwerer Schleier. Efeu, der alles überwucherte, was aus dem Boden wuchs, und der bis in die Kronen der hohen Bäume vorgedrungen war, machte aus dem steil einfallenden Sonnenlicht eine grüne Dämmerung. Gelbe Wolken aus Kiefernstaub schwebten zwischen den Bäumen, und das Zirpen der Grillen und das Rascheln im Unterholz waren fast unnatürlich laut. Tom bemühte sich, nicht auf einen Zweig zu treten, dennoch machte er mehr Geräusche als Shipshewano, dessen Züge angespannt wirkten, während er fast lautlos neben Tom durch den Wald schlich.

Becky hatte die Derringer in der Hand, die sie Sid abgenommen hatten, und hielt sich knapp hinter den Männern. Wieder einmal hatte Tom vergeblich versucht, sie dazu zu bewegen, bei Pepinawah zu warten. Sie hatte nichts gesagt auf sein Bitten hin, sie hatte nur die Waffe gezogen und war an ihm vorbei die Böschung hinaufmarschiert. Shipshewano hatte Tom angegrinst und war ihr gefolgt.

Hinter der Böschung wurde das Gelände flacher. Sie befanden sich in einem bewaldeten Tal, westlich vom Cardiff Hill. Die verfallene Hütte eines Einsiedlers, die seit ihrer Kindheit »das Spukhaus« hieß, stand seit Jahrzehnten leer. Als Tom und Huck noch Kinder gewesen waren, hatten sie dort Schatzsucher gespielt, als plötzlich zwei üble Gestalten in das Haus kamen und die Jungen sich verstecken mussten. Einer von ihnen war Indianer-Joe gewesen, der Mr Robinson, den ehemaligen Doktor der Stadt, auf dem Gewissen hatte und der später in der McDouglas-Höhle gestorben war. Tom und Huck hatten beobachtet, wie die Männer ihre Beute vergraben wollten und dabei tatsächlich auf einen versteckten Schatz stießen. Das Ganze schien ihm im Moment so weit weg, als wäre es jemand anders passiert, in einem anderen Leben.

Tom merkte auf, als Shipshewano ihn sanft am Arm berührte. Der Häuptling deutete durch die Bäume nach vorn, und Tom entdeckte die braune Flanke eines Pferdes.

Joes Pferd.

Es stand angebunden an einem Busch und fraß Blätter. Hinter dem Rücken des schwarzen Hengstes erkannte Tom zwischen den Bäumen die Umrisse der Hütte. Er trat auf einen Ast, und das Pferd hob den Kopf und schnaubte. Tom fluchte lautlos, dann schlich er vorsichtig näher an das Haus heran. Der Gestank wurde schlimmer. Niemand war zu sehen, Tom hörte keine Stimmen, keine Schritte. Aber er vernahm das Winseln von Hunden.

War Hollis dabei?

Er wollte sich nicht vorstellen, was das zu bedeuten hatte. Hucks Worte kamen ihm in den Sinn: *Dieser kranke Bastard. Er hat sie ausgeweidet und dann liegen lassen.*

Geduckt ging Shipshewano auf die Hütte zu. Tom wandte sich zu Becky um und flüsterte. »Bitte warte hier. Ich rufe dich, wenn es sicher ist, in Ordnung?«

Becky schluckte. Aber sie nickte, blieb bei Joes Pferd und richtete über dessen Rücken die Derringer auf die Hütte. Tom folgte dem Häuptling. Er hob seinen Colt und schob Äste beiseite, um die Hütte besser sehen zu können. Einen Moment lang verschwamm sein Blick. Er blinzelte.

Die Holzwände der Hütte waren grau und verwittert, das ganze Häuschen stand schief, als würde es jeden Moment einstürzen. Nur die jungen Bäume, die aus den Fenstern und aus dem Dach wuchsen, schienen es noch zu halten. Efeuranken quollen aus den Ritzen in den Bretterwänden, heruntergefallene Dachschindeln lagen um die Hütte herum, dazwischen eine rostige Pfanne und eine verschimmelte Matratze. Die Tür der Hütte hing schief in den Angeln, die Fenster glichen schwarzen Augenhöhlen in einem Totenschädel.

Shipshewano sah zu Tom, deutete auf sich und dann mit seinem Gewehrlauf auf eines der Fenster. Tom nickte und schob sich vorsichtig auf die Eingangstür zu.

Plötzlich war da eine Bewegung auf der Veranda. Blitzartig hob Tom den Colt.

Es war ein Hund. Ein brauner Straßenköter mit einem weißen Ring um ein Auge. Er winselte, sah Tom kurz an, dann schnupperte er und verschwand wieder in der Hütte.

Toms Herz schlug heftig. Er atmete tief ein und ging weiter, war jetzt keine fünf Schritte mehr von der Tür entfernt. Shipshewano verschwand um eine Ecke der Hütte.

Tom stützte die Hand, in der er den Colt hielt, mit der anderen Hand. Er betrat die schmale Veranda, und das Holz knarrte unter seinen Stiefeln.

Kein Lüftchen regte sich. Der Gestank nahm ihm fast den Atem, schien ihm in jede Pore zu kriechen. Käfer krabbelten zwischen seinen Füßen herum und krochen in die Hütte.

Er beugte sich kurz vor, um an der schief in den Angeln hängenden Tür vorbei ins düstere Innere der Hütte zu spähen, doch er konnte nichts erkennen. Nichts, außer einer dunklen Lache auf dem Boden. Toms Nackenhaare stellten sich auf.

Dieser Mann darf nicht entkommen.

Oh nein, Sir. Das wird er nicht.

Er stieß die Tür mit dem Fuß auf, machte einen Schritt in die Hütte und schwenkte den Colt einmal quer durch den Raum. Die Hunde jaulten auf und sprangen durcheinander. Toms Augen gewöhnten sich allmählich an das Zwielicht. Der beißende Geruch verschlug ihm den Atem. Der ganze Raum war voller Tiere.

Hunde.

Lebende Hunde.

Tote Hunde.

Und zwischen ihnen ein toter Mann auf dem Boden.

»Joe!« Tom machte einen Satz nach vorn und verscheuchte damit die beiden Köter, die an Joes Jacke zerrten.

Shipshewanos Gesicht blitzte am Fenster auf, als Tom sich über den leblosen Mann beugte, und verschwand rasch wieder.

Joe lag auf dem Bauch, Blut sickerte unter seinem Körper hervor. Um ihn herum, wie wahllos verstreut, die toten Hunde. Manche aufgeschlitzt. Ausgeweidet. War Hollis darunter? Es schnürte Tom die Kehle zu. Er stieß Joe mit dem Colt an. »Joe! Joe!«

Der Sheriff antwortete nicht. Das Blut pochte Tom in den Schläfen. War Joes Mörder noch in der Hütte? War er noch hier? Zitternd hob Tom den Colt, schwenkte ihn durch den Raum und machte über tote Hundekörper hinweg zwei Schritte auf die Treppe zu, die nach oben führte. Ein struppiger weißer Hund bellte ihn an. Die Bretter waren teilweise herausgebrochen, und Staub und Hundekot lagen auf den Stufen. Keine Fußabdrücke, niemand war die Stufen hinaufgegangen. Nur er und Joe und ein halbes Dutzend Hunde waren in der Hütte.

Scheiße. Scheiße. Scheiße.

Er kniete sich neben Joe hin, griff unter den schweren Körper und drehte ihn auf den Rücken. Er zuckte zurück.

Joes Gesicht war zertrümmert. Ein Brei aus Blut, zerfetzter Haut und Zähnen. Ein gähnendes Loch, genau wie bei Jeb. Wo Joe gelegen hatte, lag ein blutverschmierter Hammer auf dem Boden.

Die Galle schoss Tom in den Rachen, als Shipshewano hereinkam und zu ihm trat.

»Niemand draußen. Wir allein.« Als er Joe sah, verzog der Indianer angewidert das Gesicht.

Tom ließ sich auf den Hintern fallen und wandte sich ab. Er biss sich auf die Zunge, um etwas anderes zu spüren als Wut und Zorn und Trauer. Die Hunde bellten wie von Sinnen. Auf dem Boden waren blutige Fußabdrücke zu sehen. Viele Abdrücke. Spuren eines Kampfes.

Das Blut schoss Tom in die Wangen. »Scheiße. Scheiße, Häuptling! Er war es nicht! Joe hat ihn gefunden, aber er war es nicht! Dieser Dreckskerl hat ihm das Gesicht zerschmettert!« Seine Augen wurden feucht. Tränen der Wut und der Scham darüber, dass er einen Freund verdächtigt hatte. Und der wahre Täter lief immer noch irgendwo da draußen herum.

Shipshewano schob die Hunde zur Seite, die sich winselnd und drängelnd um etwas balgten, was auf dem Boden lag. Es war eine Whiskeyflasche, fast leer, bis auf einen kleinen Rest. Eine gelblich schimmernde Flüssigkeit hatte sich um die Flasche herum auf dem Boden verteilt. Shipshewano kniete sich hin, tauchte den Finger hinein und roch daran. Er zuckte zurück. »Pisse von Hundefrau. Macht Hunde verrückt.«

Tom schüttelte den Kopf. Was war das hier? Was war hier

passiert? Plötzlich bewegte sich die Tür eines alten morschen Wandschranks in der Ecke des Raumes. Tom ließ sich auf den Rücken fallen, riss den Colt hoch. Aus den Augenwinkeln sah er, wie auch Shipshewano sein Gewehr zückte. Die Schranktür öffnete sich einen Spaltbreit, und eine weiß-braun gesprenkelte Schnauze lugte hervor, und eine Zunge fuhr darüber.

»Hollis! Herr im Himmel!«

Der kleine Hund zwängte sich durch den Spalt, sprang aus dem Schrank und lief schwanzwedelnd zu Tom. Er hechelte, winselte und leckte Tom das Gesicht, und eine Welle der Erleichterung überkam Tom. »Guter Junge. Ja. Hast dich versteckt. Guter Junge.«

Da packte ihn eine Hand.

Tom schreckte zusammen. Hollis sprang von ihm weg. Joe Harper hatte sich bewegt! Seine Hände in den blutverschmierten weißen Handschuhen hielten Toms Bein umklammert, und ein ersticktes Stöhnen kam aus dem blutigen, ausgefransten Loch, das einmal Joes Mund gewesen war.

»Joe! Er lebt! Scheiße, er lebt!« Tom blickte zu Shipshewano, dann an diesem vorbei zur Tür der Hütte, wo plötzlich Becky aufgetaucht war.

Sie war kreidebleich, ihr Gesicht eine Mischung aus Entsetzen und Ekel. »Joe?«, hauchte sie.

Joes Griff um Toms Bein erlahmte. Das Stöhnen wurde zu einem Röcheln und erstarb.

Becky taumelte und hielt sich am Türrahmen fest. Tom hob die Hände. »Becky, du solltest –« Er brach ab, wollte sich aufrichten, um ihr den Blick auf Joe zu versperren, doch sie stürmte bereits an ihm vorbei und sank neben Joe auf die Knie. Sie biss sich auf die Lippen, dann fühlte sie Joes Puls und nahm den Ärmel ihres Kleides, um ihm das Blut aus dem Gesicht zu wischen. »Er lebt noch! Vielleicht kommt er durch!«

Tom sprang auf. »Wir müssen ihn zu einem Arzt bringen!«

Der Häuptling schüttelte den Kopf. »Joe Harper dann sterben. Er gehen besser nicht auf Pferd.«

Gehetzt blickte Becky vom Häuptling zu Tom. »Er hat recht, Tom! Das überlebt Joe nicht. Ich hole diesen Cooper her.« Sie richtete sich auf.

Tom beachtete sie nicht. Er zupfte etwas von Joes blutbefleckten weißen Handschuhen. Es war ein Haar. Ein langes blondes Haar.

»Was ist das? Was hast du da, Tom?«

»Das sind seine Haare. Sie haben gekämpft. Joe hat sie ihm ausgerissen. Es sind die Haare dieser Bestie!«

Verzweifelt sah sie ihn an. »Tom! Wir müssen uns beeilen! Joe wird sterben, wenn wir nicht bald einen Doktor holen. Ich reite zu Cooper; wartet ihr hier?«

Tom schüttelte den Kopf. »Nein, nicht Cooper. Die Siedlung beim Sägewerk ist zu weit weg, und wir wissen nicht, ob er überhaupt da ist. Bis du ihn findest, ist Joe verblutet. Hol Dobbins! Der ist in seiner Schule.«

Becky nickte, dann sah sie, dass Tom die Augen weit aufriss. Instinktiv wandte sie den Kopf und blickte über die Schulter, doch da war nichts. Tom starrte fassungslos ins Leere.

»Tom? Tom, was ist?«

Tom beugte sich über Joe und nahm dessen Hand. Wie versteinert glotzte er auf Joes blutverschmierte weiße Handschuhe. Er schlug sich mit der flachen Hand gegen die Stirn. »Ich verdammter Narr. Ich gottverdammter Narr!«

Verwirrt schüttelte Becky den Kopf. Sie wollte gerade etwas erwidern, als sie das Schnauben eines Pferdes hörte. Sie wandte sich um und starrte hinaus. Bei Joes Pferd stand ein weiteres Pferd. Und daneben ein Mann. Breitschultrig, mit Schnauzbart und Schlapphut. Und mit langen blonden Haaren. Einer von den Kerlen, die hinter Tom und Huck her waren. Der, mit dem Becky am Waldweg gesprochen hatte. Er trug ein Gewehr.

»Ma'am? Was machen Sie da?«

Tom warf Shipshewano einen beunruhigten Blick zu, und beide griffen nach ihrer Waffe. War der Kerl allein, oder hatte er seine Kumpane mitgebracht?

»Versteck dich!«, wisperte Becky Tom zu und trat aus der Tür auf den Kopfgeldjäger zu. Doch Tom regte sich nicht. Er blieb nur wie erstarrt in dem düsteren Raum stehen, und Shipshewano tat es ihm gleich. Der Mann konnte sie im Dunkeln ohnehin unmöglich ausmachen.

Becky ging über die Veranda und trat vor den Kerl hin, sodass sie ihm den Blick auf die Hütte versperrte. »Ich habe Schreie gehört und dann einen Verletzten gefunden«, sagte sie mit brüchiger Stimme und griff nach seiner Hand, als würde sie eine Stütze brauchen. »Er … er ist halb tot, und Sie müssen mir helfen! Wir müssen sofort einen Arzt holen! Bitte kommen Sie!«

Sie wollte ihn von der Hütte wegziehen, doch er machte sich los, stand etwas unschlüssig herum. Becky ließ seine Hand nicht los. »Bitte! Es ist wirklich eilig! Er wird sterben, wenn wir nicht sofort einen Arzt holen!«

Der Mann blinzelte, dann sagte er: »Vielleicht ist es einer von den Galgenvögeln. Ich seh mir das erst an.« Er stapfte auf die Hütte zu. Tom machte einen Schritt und stellte sich mit dem Rücken zur Wand neben die Eingangstür. Er packte seinen Revolver am Lauf und hob ihn über den Kopf. Dann nickte er Shipshewano zu.

Der Kerl draußen kam näher, und Tom hörte am Rascheln der Röcke, dass Becky ihm folgte. »Nicht! Bitte! Wir müssen uns wirklich beeilen!«

Seine Stiefel waren bereits auf der Veranda zu hören. Er war schon fast in der Hütte, als eine Stimme aus dem Wald rief: »George! George, wo steckst du? Sie haben sie!«

George, der Typ mit dem Schnauzbart, blieb vor der Hütte stehen und drehte sich um. Ein hagerer, bärtiger Kerl mit einer sonnenverbrannten Glatze trabte auf seinem Schimmel zwischen den Bäumen hervor. Ein uraltes Springfield-Zündnadelgewehr lag quer über seinem Sattel. Er grinste und tippte sich kurz an den Hut, als er Becky sah. »Sie haben sie gefunden! Auf Jackson Island haben sie sich versteckt. Den einen bringen sie gerade in die Stadt, der andere ist wohl noch irgendwo auf der Insel. Komm, wir reiten zurück, damit wir es nicht verpassen, wenn sie ihn hängen!«

George spuckte aus. »Verdammte Scheiße, hätt die Kohle gut gebrauchen können!«

Tom gefror das Blut in den Adern, und ihm wurde übel. Huck! Diese Mistkerle hatten ihn gefunden.

Der Alte stieß den Rebellenschrei aus, wendete seinen Schimmel und verschwand zwischen den Bäumen. George stapfte hinterher und stieg auf sein Pferd. Er nickte Becky kurz zu. »Tut mir leid, Miss. Aber das kann ich mir nicht entgehen lassen.« Er gab dem Pferd die Sporen und preschte durch das Gehölz. Wenige Sekunden später sah und hörte man nichts mehr von den beiden Männern.

Becky rannte zur Hütte zurück. Tom war an der Wand entlang zu Boden gesunken und rieb sich die Stirn. »Scheiße. Verdammte Scheiße!«

Sie kniete sich vor ihn hin. Ihr Blick war hart, durchbohrte ihn erbarmungslos. »Sie haben Huck. Und Joe liegt im Sterben. Was jetzt, Tom Sawyer?«

Tom hob die Hand und ließ sie erschöpft wieder sinken. »Ich weiß es nicht.«

Er wusste nur, dass er schlafen wollte, einfach nur schlafen. Tom schloss die Augen.

Beckys Lippen wurden schmal. Sie packte ihn an den Schultern und schüttelte ihn heftig. »Hey! Lass dir bloß nicht einfallen, jetzt aufzugeben! Du musst etwas tun, Tom! Denk nach! Du weißt doch, wie es geht! Du hast doch gesehen, wie Lincoln mit Schwierigkeiten umgeht! Was hätte der Präsident getan?«

Der Präsident.

Das Blut.

Die Handschuhe.

Tom öffnete die Augen wieder. Sie waren glasig.

»Tom! Tom, rede mit mir, was machen wir jetzt?«

Er wandte den Kopf zu Joe und blickte auf die blutbefleckten Handschuhe.

Dann nickte er. »Der Präsident hätte die Navy geschickt. Und das machen wir jetzt auch.«

Das perlenden Lachen der Damen ging über in einen entsetzten Aufschrei, als die beiden Indianer polternd ins Haus traten. Mrs Temple stieß vor Schreck gegen das Tischchen mit der Spitzendecke, und die Teetassen klirrten aneinander. Der Raum duftete nach frischem Apfelkuchen und nach schwerem Parfüm. Major Crittenden stand so rasch von einer geblümten Chaiselongue auf, wie sein massiger Körper es zuließ, und tastete mit fahrigen Bewegungen am Gürtel nach seinem Armeerevolver, bis ihm klar wurde, dass er ihn wohl oben in seinem Zimmer hatte liegen lassen.

»Was wollen Sie hier? Was machen Sie in meinem Haus?« Mrs Temples Stimme überschlug sich angstvoll, und sie krallte die Hände in die mit schwarzer Seide und mit Pelzimitat besetzten Aufschläge ihrer Jacke.

Der alte, gebeugt gehende Mann mit den strähnigen schlohweißen Haaren hielt sich im Hintergrund, während der jüngere mit der eindrucksvollen Adlernase auf sie zuging. Draußen vor dem Fenster stand ein Junge, ebenfalls ein Indianer, der bei den Pferden geblieben war und mit einem kleinen Hund spielte.

Als die Damen sich ängstlich um Major Crittenden drängten, der offensichtlich auch nicht wusste, was er tun sollte, hob der jüngere Indianer die Hand. »Keine Angst. Wir wollen reden mit Major Crittenden. Dieser Mann …«, Shipshewano nickte über die Schulter zu seinem Begleiter, »dieser Mann wissen Dinge über Edwin McMasters Stanton.«

Crittenden blinzelte über die Gläser seiner Brille hinweg und musterte den alten Indianer, der gebeugt neben der Tür lehnte und an den schweren Vorhängen vorbei durch das Fenster spähte. Plötzlich überzog ein feines Lächeln das Gesicht des Majors, und er nickte. »Ja … ähm … ja, das hatten wir ja besprochen, dass Sie hierherkommen, wenn Sie etwas wissen, nicht wahr?«

Crittenden wandte sich zu den Damen hinter ihm um und setzte eine ernste und zugleich feierliche Miene auf. »Ich bitte um Entschuldigung, meine Damen. Ich fürchte, den Auftritt dieser Herren haben Sie mir zu verdanken. So unwahrscheinlich es auch klingen mag, aber diese Männer haben tatsächlich Informationen, die für das Wohl der ganzen Nation entscheidend sein könnten.«

Ein ehrfürchtiges Raunen ging durch die Damen, und Crittenden deutete eine leichte Verbeugung vor Adah Temple an, einer eleganten dunkelhaarigen Dame von Anfang vierzig. »Ich weiß, ich kann nicht einfach so über Ihren Salon verfügen, Madam. Aber ich hoffe auf Ihr Verständnis.«

Mrs Temple versuchte offensichtlich ihre Aufregung zu bezähmen, sie straffte sich und setzte ein gezwungenes Lächeln auf. »Selbstverständlich, Major. Wenn es um das Wohl der Nation geht, steht Ihnen mein Salon natürlich zur Verfügung.«

Crittenden nickte lächelnd, und Mrs Temple deutete, an die Damen gerichtet, mit einer einladenden Geste zu einer gläsernen Schwingtür auf der anderen Seite des Raumes. »Lassen Sie uns auf die Terrasse hinter dem Haus gehen, Ladys. Der Tag ist ohnehin zu schön, um ihn in dieser düsteren Höhle zu verbringen.«

Sie lachte etwas bemüht über ihren eigenen Scherz und führte die Damen nach draußen, wobei sie den Indianern einen argwöhnischen Blick über die Schulter zuwarf und mit sorgenvoller Miene ihre teuren, schweren Teppiche und dann die schlammverschmierten Hosenaufschläge der Männer musterte.

Als die Schwingtür sich endlich hinter den Frauen geschlossen hatte, bezog Shipshewano Posten neben dem Hauseingang. Tom riss sich die Perücke aus Schafwolle vom Kopf und stürmte auf Crittenden zu. »Ich brauche Ihre Hilfe, Major! Und zwar sofort!«

Crittenden bückte sich, griff nach seiner Teetasse und goss verschütteten Tee aus der Untertasse zurück in die Tasse. Seine kleinen Augen blitzten hinter der Brille hervor. »Mr Sawyer, Sie haben einen ungewöhnlichen Geschmack, was Ihre Bekleidung angeht. Ich nehme an, das hat mit den Schwierigkeiten zu tun, in denen Sie stecken. Stimmt es, dass Sie einem entlaufenen Mörder helfen?«

Tom schüttelte energisch den Kopf. »Huck ist kein Mörder. Der Mob will ihn hängen. Jetzt! Wir haben es gesehen! Sie bringen ihn gerade zu der alten Eiche neben dem Friedhof! Sie müssen das verhindern, Major! Wo sind Ihre Männer?«

Crittenden schlürfte seinen Tee. Er nickte zur Decke des Salons, wo ein Kronleuchter hing. »Sie sind oben und packen unsere Sachen. In einer Stunde kommt das Dampfschiff, das uns den Fluss hinaufbringt. Ich hatte gehofft, Sie würden uns begleiten.«

Tom packte Crittenden an der Uniformjacke. »Das werden Sie nicht tun, Major! Sie können nicht gehen. Nehmen Sie Ihre Männer, reiten Sie sofort los, und hindern Sie die Meute daran, einen Unschuldigen zu hängen! Bitte!«

Crittenden blickte befremdet auf Toms Hände an seinem Revers, und Tom ließ ihn los. Dann lächelte der massige Mann wieder. »Warum sollte ich das tun, Mr Sawyer? Rechtssprechung ist nicht meine Sache, und ich habe auch nicht die Absicht, mich in die Angelegenheiten des örtlichen Sheriffs zu mischen.«

»Der Sheriff ist halb tot! Er wurde von dem wahren Mörder angegriffen. Huck kann es nicht gewesen sein! Bitte, Sir! Sie müssen mir helfen!«

Crittenden schüttelte den Kopf. »Das werde ich nicht tun, Mr Sawyer. Aber ich mache Ihnen einen Vorschlag: Sie setzen dieses Ding wieder auf...«, Crittenden deutete auf die Schafwolle in Toms Händen, »und ich nehme Sie mit auf das Dampfschiff und bringe Sie sicher aus dieser Stadt, wo man Sie vermutlich ebenfalls hängen wird, wenn man Sie fassen sollte. Der Einfluss von Minister Welles wird ausreichen, Gras über diese Sache wachsen zu lassen, wenn Sie erst einmal im fernen Washington sind. Und dort werden Sie mir helfen, Minister Stanton zur Strecke zu bringen. Was halten Sie von meinem Vorschlag?«

Tom atmete tief ein, dann sagte er: »Ich halte nichts davon. Sie rufen Ihre Männer, und ich bringe Stanton für Sie zur Strecke. Und zwar hier und jetzt.«

Crittenden blinzelte verwirrt. »Wie meinen Sie das, Mr Sawyer: ›Hier und jetzt‹? Wie in Gottes Namen wollen Sie das denn anstellen?«

Tom griff in die Lederjacke und zog ein paar zusammengeknüllte Handschuhe hervor, die er wenige Minuten zuvor in Pollys Haus in der Hooper Street aus seinem Koffer hervorgewühlt hatte. Sie waren mit Blut befleckt. Wie die von Joe. Er warf sie vor Crittenden auf das Teetischchen. »So will ich das anstellen.«

Crittenden blickte Tom erstaunt an, griff dann nach den Handschuhen und löste sie voneinander. Zwei Handschuhe. Cremefarben. Wildleder. Mit bräunlichem getrockneten Blut daran. Crittenden schüttelte den Kopf, und Ärger schwang in seiner Stimme. »Was hat das zu bedeuten, Sawyer?«

»Diese Handschuhe habe ich John Wilkes Booth abgenommen, kurz bevor ihn die Kugel von Sergeant Boston Corbett traf. Manchmal verstecken Verbrecher Nadeln oder Draht in den Handschuhen, mit denen sie jemanden angreifen oder damit sie ihre Handschellen damit lösen können. Ich wollte kein Risiko eingehen. Außerdem dachte ich, dass die Handschuhe … Na ja, das Blut daran könnte von Lincoln stammen. Ich wollte nicht, dass sie in einer Scheune in Virginia verbrennen.«

Crittenden blickte überrascht auf die Handschuhe. Er nickte. »Das ist ja … wirklich interessant, Mr Sawyer. Doch, doch. Ganz erstaunlich. Ein morbides, aber eines Tages vielleicht sogar historisch bedeutsames Andenken. Aber … was hat das mit Stanton zu tun?«

»Als Booth starb, was hat er da gemacht, Sir?«

Crittenden schob die Unterlippe vor: »Er hat die Hände vors Gesicht gehalten, auf die Handflächen geblickt und gesagt: ›Unnütz, unnütz‹ …« Crittenden verstummte. Dann riss er die Augen auf, und sein Blick ging in raschem Wechsel von Tom zu den Handschuhen und wieder zu Tom. »Sie meinen … diese Handschuhe?«

»Drehen Sie sie auf links. Na los. Stülpen Sie sie um!«

Crittenden tat, wie ihm geheißen. Hastig stülpte er die Handschuhe um und untersuchte die Innenseite. Er brauchte nur einen kurzen Moment, um die Buchstaben zu entdecken, die mit einer Nadel oder mit einem anderen spitzen Gegenstand in die Spitze des Mittelfingers geritzt worden waren:

J. H. Bradley & Co.
Nr. 1688 – 31st Street
Georgetown – 25 TSD USD

Crittenden wurde bleich. Er ließ sich auf einen der zierlichen Stühle sinken, der unter seinem Gewicht ächzte. Dann blickte er zu Tom auf. »Sie verdammter Teufelskerl. Wissen Sie, was das ist?«

Tom schüttelte den Kopf. »Ich hab keine Ahnung. Aber ich bete zu Gott, dass es Ihnen weiterhilft.«

Crittenden lachte meckernd, dann sprang er auf, klopfte Tom auf die Schulter, zögerte, machte einen Schritt nach vorn und drückte Tom an seinen mächtigen Bauch, dass dem die Luft wegblieb. »Bradley und Co. ist eine Anwaltskanzlei in Georgetown, zu der Stanton enge Verbindungen hat. Er ist stiller Teilhaber, munkelt man in Washington, und er hat sich am Tag von Lincolns Ermordung mit Bradley getroffen! Das ist es, Sawyer! Das ist das fehlende Glied in der Kette! Das verbindet Stanton und Booth! Sie haben es gefunden, und ich weiß jetzt, wo ich suchen muss!« Crittendens Augen strahlten.

Tom verzog keine Miene. »Was ist? Helfen Sie mir jetzt?«

Der Major nickte. »Ich hole meine Männer, wir reiten zum Friedhof und retten Ihren Freund, bevor es zu spät ist.«

Tom seufzte erleichtert. »Gut, aber beeilen Sie –«

In diesem Moment klopfte es an die gläserne Flügeltür, und Mrs Temple öffnete sie und steckte vorsichtig den Kopf herein. Der Geruch von Steckrübensuppe drang aus dem Flur zu Tom.

Mrs Temple räusperte sich. »Ich möchte Sie weiß Gott nicht stören, Major, aber ich habe gerade etwas sehr Unangenehmes erfahren.« Sie schien gar nicht wahrzunehmen, dass der alte, gebeugte Indianer plötzlich kurze dunkle Haare hatte und ganz aufrecht ging.

Crittenden nickte. »Ja, bitte?«

»Wenn Sie das Dampfschiff noch erreichen wollen, müssen Sie jetzt aufbrechen. Und zwar zu Fuß, fürchte ich. Der Sheriff sollte schon längst wieder da sein mit meinem Wagen, aber er ist noch nicht zurück, wie Mildred mir eben sagte. Ich bin untröstlich.« Nun sah sie auch Tom an und blinzelte verwirrt. »A-aber … was … wie sind Sie …?«

Crittenden ging auf sie zu. »Danke, Mrs Temple, aber meine Pläne haben sich geändert. Wenn Sie gestatten, ich bin sehr in Eile.« Der massige Mann schob sich an ihr vorbei durch die Tür und hastete die Treppe hinauf, die hinter der Glastür in elegantem Schwung zwei Stockwerke nach oben führte.

Adah Temple blickte ihm entgeistert nach, dann wandte sie sich um und blickte Tom fragend an. »Mr Sawyer? Tom? Sind Sie das?« Dann schien ihr plötzlich etwas klar zu werden, und sie beschirmte die Augen mit der Hand und senkte den Blick zu Boden. »I-ich meine … ich habe Sie nicht gesehen … also … wer immer Sie auch sein mögen, ich weiß es nicht. Ich gehe jetzt einfach wieder auf die Terrasse und …«

Sie wollte sich zurückziehen, da packte Tom sie am Handgelenk.

Mrs Temple riss die Augen auf, nackte Angst im Blick. »Tun Sie mir nichts! Bitte, ich …«

»Seien Sie ruhig, und beantworten Sie meine Frage, Miss! Wem haben Sie vor fünf Tagen Ihren Wagen geliehen? Es hat geregnet in der Nacht, erinnern Sie sich?«

Mrs Temple schüttelte den Kopf, ihre Unterlippe zitterte, als würde sie gleich weinen. »Meinen Wagen? Ich verstehe nicht … ich … ich weiß nicht!«

Tom packte sie noch fester. »Wem? Denken Sie nach!«

Bestürzt blickte sie zu Boden. »A-aber ich … Dem Sheriff? Joe Harper leiht sich das Ding ständig aus … aber …«

Tom seufzte verzweifelt, doch da hellte sich Mrs Temples Miene plötzlich auf.

»Es hat geregnet, sagen Sie? Jetzt weiß ich es wieder. Es war nicht der Sheriff. Ich war nicht sehr erfreut, weil ich Gäste hatte, die ich mit dem Wagen am Anleger abholen wollte, und als er den Wagen endlich zurückbrachte, war die ganze Ladefläche nass, als wäre sie gerade geschrubbt worden.«

Toms Stimme wurde zu einem heiseren Flüstern.

»Wer war es?«

Er hatte gelogen.

Natürlich hatte er gelogen. Kein Mensch hat ein so gutes Gedächtnis, dass er ständig lügen könnte, ohne dass jemand es merken würde, hatte Lincoln einmal gesagt, und er hatte verdammt noch mal recht gehabt. Toms Herz schlug wie ein Schmiedehammer gegen seine Brust, als er die leichte Steigung zum Schulhaus hinaufrannte. Niemand hielt ihn auf, niemand beachtete den alten Indianer. Der Mob war mit anderen Dingen beschäftigt.

Dobbins hatte gelogen. Mrs Temple war zwar wegen ihrer kanadischen Erbschaftsangelegenheiten bei Dobbins gewesen, wie er es gesagt hatte, als Tom ihn vor Tagen gemeinsam mit

Joe Harper wegen Hatties Verschwinden befragte. Aber nicht am Sonntag, an dem sie Hattie angeblich noch gesehen hatte, sondern zwei Tage zuvor. Und Dobbins war es auch, der sich vor fünf Tagen Mrs Temples Wagen geliehen hatte, mit dem Tom zum Bahndamm und Jebs Leiche zu den Schweinen gebracht worden war.

Dobbins.

Der Wolf.

Der Dämon.

Nicht Sid und auch nicht Joe hatten Polly umgebracht. Es war Dobbins. Dobbins, zu dem er Becky geschickt hatte.

Beeil dich, verdammt!

Tom war nassgeschwitzt, als er die letzten Schritte zum Schulhaus rannte. Die Tür zur Schule stand weit offen, die Schüler waren heimgegangen. Tom wandte sich zu dem kleinen Haus des Lehrers, und Hollis rannte fröhlich neben ihm her.

Bitte, mach, dass sie da ist, bitte!

Als er aus Mrs Temples Haus gestürmt war, hatte Tom Pepinawah losgeschickt, damit der Cooper suchen sollte, und Shipshewano hatte er zurück zu Joe Harper in das Spukhaus geschickt, falls Dobbins tatsächlich mit Becky dorthin gegangen war. Er hatte dem Häuptling aufgetragen, Becky zu beschützen, falls er sie lebend vorfand. Und Dobbins zu erschießen, falls es nötig sein würde. Würde es nötig sein? Nicht auszudenken, was dieser kranke Bastard mit Becky anstellen könnte. Und Dobbins würde Joe Harper sicher nicht helfen.

Er würde es zu Ende bringen und Joe töten.

Tom verfluchte sich. Wie hatte er nur so blind sein können? Wenn er Adah Temple früher befragt hätte, wäre er schneller hinter Dobbins' Lüge gekommen. Wenn er intensiver nach dem Wagen mit den halbmondförmigen Rissen in den Reifenbeschlägen gesucht hätte, wäre er schneller auf Joe und Dobbins als Verdächtige gestoßen.

Wenn. Hätte. Wäre.

Alles sinnlose Überlegungen.

Schreie aus der Ferne rissen ihn aus seinen Gedanken. Er blickte über die Schulter. Drei Männer in Uniform preschten auf Pferden zum Friedhof. Sie schossen in die Luft. Das Geschrei der Menge drang bis hierher. Hatten sie Huck schon aufgeknüpft? Dann hätte er vermutlich einen Strick von einer der großen Platanen hängen sehen. Und seinen Freund Huck an diesem Strick.

Doch Tom sah nichts dergleichen.

Bitte, mach, dass Crittenden noch rechtzeitig kommt, bitte!

Tom stieß die kleine Gartenpforte auf und war mit zwei Schritten bei der Eingangstür. Er zog den Colt und lauschte einen Augenblick lang, bevor er eintrat. Wäsche flatterte auf einer Leine im Garten, und der Wind spielte mit einem quietschenden Fenster. Sonst war nichts zu hören. Hollis zerrte an Toms Hose, und Tom schob ihn sanft mit der Stiefelspitze weg. »Lass das!«, flüsterte er. »Aus, Hollis!«

Doch Hollis ließ nicht von ihm ab, er wollte spielen. Tom hörte keine Geräusche von drinnen und stieß die Türe auf. Mit ausgestreckten Armen schwenkte er die Waffe durch den Raum. »Becky?«

Nichts, niemand zu sehen.

»Bist du da? Mr Dobbins?«

Keine Antwort. Vorsichtig spähte er durch die kleine Stube, lauschte nach oben. Ein Topf kochte auf dem Herd über, und Kohlsuppe verdampfte zischend auf der glühenden Herdplatte. Es roch angebrannt. Stühle lagen umgestürzt auf dem Boden, dazwischen Papiere, die vom Tisch gefallen waren. Es hatte einen Kampf gegeben. Da waren sogar Blutspritzer auf dem Papier. Sein Magen krampfte sich zusammen.

»Mr Dobbins, ich weiß jetzt, wer meine Tante umgebracht und Hattie entführt hat. Es war Dale, einer dieser versoffenen Veteranen, die sich in der Stadt herumtreiben!«, rief er laut.

Wieder keine Antwort. Nur Stille. Tom hatte wenig Hoffnung, dass Dobbins auf diese Finte hereinfiel, falls er irgendwo in einem Versteck lauerte, aber den Versuch war es wert. Er zückte die Waffe wieder und stieg die Stufen nach oben. Das Holz knarrte unter seinem Gewicht.

Bitte, mach, dass sie da ist! Bitte, mach, dass sie gefesselt irgendwo liegt und Dobbins weg ist!

Durch das kleine Fenster im Giebel fiel nur wenig Licht in den oberen Stock. Es lag über dem Schuppen, in dem Hattie angeblich ab und zu geschlafen hatte. Ein kurzer Gang, zwei Türen, mehr war dort oben nicht. Tom stieß die erste Tür auf, schwenkte den Lauf des Colts in die Ecken. Eine Art Speicher. Kisten, Koffer, ein Schrank unter der Dachschräge. Sonst nichts. Er öffnete den Schrank. Tischtücher, Bettwäsche, Wintermantel. Er drehte um, öffnete die zweite Tür. Ein leeres Bett, ein Nachttisch. Eine Truhe.

Nichts. Niemand.

Wo bist du, Becky? Was hat er mit dir gemacht?

Tom stürmte wieder nach unten. Schwanzwedelnd spielte Hollis mit dem Papier auf dem Boden. Toms Atem ging stoßweise. Der ganze Raum drehte sich um ihn und verschwamm.

Wo ist sie? Denk nach? Denk nach!

Dobbins hatte Becky überwältigt, wie es aussah. Vermutlich hatte Becky ihm erzählt, dass Tom bei Crittenden und damit bei Adah Temple war. Vielleicht hatte sie ihm auch die Sache mit den Wagenspuren erzählt. Dobbins ging bestimmt kein Risiko ein und hatte die unliebsame Zeugin überwältigt. Aber wollte er Becky auch umbringen? War er auf der Flucht? Dann hätte er Becky vermutlich an Ort und Stelle ermordet und sie liegen lassen. Aber sie war nicht hier.

Tom beschloss das als Zeichen zu nehmen, dass sie noch lebte. Aber wo war sie? Wo zum Teufel war Dobbins?

Das Spukhaus im Wald hätte nicht als Versteck getaugt. Nein, Dobbins hatte Debbie Chisholm, Hattie und die anderen Frauen sicherlich nicht im Spukhaus versteckt. Dafür war das Gebäude nicht geheim genug, und es hatte auch nicht so ausgesehen, als wäre jemand dort gefangen gehalten worden. Das Spukhaus hatte er benutzt, um die Hunde anzulocken. Mit dem Urin einer läufigen Hündin, warum auch immer.

Die Hundeplage, die so plötzlich aufhörte, wie sie gekommen war, kam Tom in den Sinn. Was tat Dobbins? Was hatte er vor? Und was sollte er selbst jetzt tun? Zurück zum Spukhaus? Dobbins würde nicht dorthin gehen, wo er bald wieder mit ihm rechnen musste. Zum Anleger? Würde Dobbins mit dem Dampfschiff fliehen wollen? Wie sollte er Becky unbemerkt an Bord bringen?

Wo ist sie? Ich werde sie niemals wiedersehen.

Toms Beine gaben plötzlich nach, und er sank auf die Knie. Einen Moment lang wurde ihm schwarz vor Augen.

Nicht jetzt! Du kannst jetzt nicht schlafen! Du darfst nicht aufgeben! Du musst sie finden!

Hollis winselte, unterbrach sein Spiel mit dem Papier am Boden, kam zu Tom gelaufen und leckte ihm das Gesicht. Kraftlos schob Tom ihn weg. Plötzlich knallten wieder Schüsse in der Ferne. Tom schrak auf. War das beim Friedhof gewesen? Ließ Crittenden seine Männer in die Menge feuern? Oder feuerte die Menge auf Crittenden? Warum konnte er nicht einfach die Augen schließen? Jetzt? Hier?

Tom schlug sich auf die Wangen, um wach zu bleiben. Es half.

Denk nach! Denk nach!

Er schüttelte sich. Sein Blick wurde wieder klar und fiel auf die Stelle, wo der Hund eben noch rumgetollt hatte. Er schüttelte sich wieder.

Da war Beckys Anhänger.

Der Messingknopf von dem Feuerbock, den Tom ihr als Junge einmal geschenkt hatte. Auf allen vieren kroch er hin und streckte die Hand nach dem Messinganhänger aus, der zwischen zwei Dielenbrettern steckte. Wahrscheinlich war die Kette beim Kampf gerissen. Toms Mund war staubtrocken. Er schluckte, griff nach dem Messingknopf und wollte ihn herausziehen. Aber er schaffte es nicht.

Der Messingknopf steckte zwischen zwei Dielenbrettern fest. Tom nahm an, dass Becky oder Dobbins daraufgetreten waren, als sie miteinander rangen, und dass sie den Anhänger so zwischen die Dielenbretter geschoben hatten. Von der Kette war nichts zu sehen. Ein Bild tauchte plötzlich vor seinem inneren Auge auf: Dobbins, wie er Kaffee für ihn und Joe Harper kochte und wie das verschüttete Pulver zwischen die Ritzen der Dielen rieselte.

Er presste die Wange an den Boden und spähte in die schmale Ritze zwischen den Brettern. Da war ein schwaches silbernes Schimmern in einem schmalen Lichtschein, der durch die Ritzen der Dielen drang.

Das musste die Kette sein.

Sie lag fast zehn Fuß unter ihm in einem Raum unter der Küche.

Tom versuchte mit den Fingernägeln in die Ritze zu kommen und die Diele anzuheben. Doch es gelang ihm nicht. Instinktiv griff Tom in seine Hosentasche, doch dann fiel ihm ein, dass Pepinawah sein Atkinson-Messer hatte. Fluchend stürzte er zum Schrank neben dem Herd und riss die Schubladen auf. Er fand ein schartiges Küchenmesser. Er kniete sich wieder hin, stieß das Messer in die Ritze und hebelte die beinahe zehn Fuß lange Diele aus dem Boden. Er hob sie heraus und warf sie zur Seite.

Unter ihm war ein Raum, ein gemauerter Keller, beinah so groß wie die Stube, soweit er erkennen konnte. Eine Leiter führte nach unten. Er schwenkte seinen Colt in die dunklen Ecken unter sich, doch es rührte sich nichts.

Oder sah er nur nichts?

Tom riss eine weitere Diele heraus, und noch eine, dann war der Spalt groß genug, dass er hindurchschlüpfen konnte.

Er nahm eine Kerze von der Fensterbank und zündete sie

am Herd an. Die Kerze in der einen, den Colt in der anderen Hand, stieg er mit dem Rücken zu den Sprossen die steile Leiter hinab. Hollis blickte ihm aufgeregt schnuppernd vom Rand der Öffnung nach. Ein strenger Geruch schlug Tom entgegen, ein Geruch, der ihn an etwas Furchtbares erinnerte. Die Kerze flackerte, als er unten an der Leiter angelangt war. Der Boden des Raumes war aus gestampftem Lehm. Tom leuchtete mit der Kerze in die dunklen Ecken. Und sah ihn.

Dobbins.

Tom drückte ab, der Knall war ohrenbetäubend, doch der Mann rührte sich nicht, er blieb einfach stehen.

Kein Schrei, kein Stöhnen.

Keine Bewegung.

Und es war nicht Dobbins. Es war seine Perücke. Eine Perücke mit kurzen dunklen Haaren, die an einem Haken an der Wand über einem zerschlissenen hellgrauen Mantel hing, auf dessen Schultern sich Kletten und Dreck verfangen hatten. Tom hatte auf einen Mantel geschossen, doch seine Beine zitterten immer noch vor Schreck.

Die Kerze beleuchtete nur einen Umkreis von einer Armlänge um Tom, aber das genügte, um zu sehen, dass außer ihm niemand in diesem Keller war.

Kein Dobbins. Keine Becky.

Noch eine Sackgasse.

Als der Pulverdampf und der Staub sich gelegt hatten, hob er Beckys Kette auf und betrachtete die Perücke. Dobbins hatte sie hiergelassen. Und eine andere Perücke aufgesetzt? Eine mit langen blonden Haaren wie bei Debbie Chisholms Bastpüppchen und wie Tom sie auf Joe Harpers Handschuhen gefunden hatte? Die Perücke mit den kurzen dunklen Haaren, die er normalerweise trug, gegen eine andere zu tauschen wäre ein einfaches Mittel, um sein Erscheinungsbild schnell zu verändern. Tom hatte genau das Gleiche mit der Schafwolle auf seinem Kopf getan.

Er hielt die Kerze höher, blickte sich um und hielt den Atem an. Was er sah, jagte ihm eine Gänsehaut über den Nacken. Es gab einen groben Tisch, eher eine Werkbank mit einer rissigen Platte, die mit dunklen Flecken übersät war. Auf dem Tisch lagen Phiolen und ein dickes Buch. Davor stand ein Stuhl. Schlaufen an den Armlehnen ließen erahnen, dass hier jemand gefesselt worden war. Hattie? War sie in diesem Raum gewesen, als Tom und Joe nur ein paar Fuß über ihr mit Dobbins gesprochen hatten?

War das hier Dobbins Versteck, in dem er die Frauen über Wochen und Monate gefangen hielt? Aber wie war das möglich, wenn Hattie zu der Zeit ständig im Haus gewesen war? Sie hätte es bemerken müssen. Und wo war dann Becky?

Er leuchtete mit der Kerze über die Wände, drehte sich einmal im Kreis und zuckte zurück. Dutzende tote Augen starrten ihn an.

In einem Regal an der Wand standen lauter Einmachgläser und große bauchige Glasgefäße. Unzählige präparierte Tiere schwammen in einer trüben, öligen Flüssigkeit. Ein ganzer Hund. Ein Katzenkopf. Frösche. Fische. Ein Marder, dem das Fell abgezogen worden war. Fledermäuse. Manchmal auch nur ihre Eingeweide. Säuberlich mit dünnen, eng gedrängten Buchstaben beschriftete Aufkleber aus verblichenem Papier prangten auf den Gläsern. Als er ein merkwürdiges blasenartiges, fleischiges Gebilde in einem Einmachglas sah, konnte er sich keinen Reim darauf machen.

Er las den Aufkleber, und der Magen drehte sich ihm um.

Menschlicher Uterus. Zehnte Schwangerschaftswoche.

Tom würgte etwas Galle herauf und spuckte sie auf den Boden. Er hielt sich an der Leiter fest, rieb sich mit dem Handballen die Stirn. Wenn er hier zusammenklappen würde, wäre alles aus, und es wäre um Becky geschehen.

Wo war sie? Wo hatte dieser Bastard sie hingebracht?

Würde dieser Keller es ihm sagen?

Tom leuchtete mit der Kerze über die drei anderen Wände. Diese waren beklebt mit Bildern, Fotografien, Zeichnungen,

Tabellen – wie ein einziges, wahnwitziges großes Gemälde. Ein Triptychon des Irrsinns auf drei Wänden.

Anatomische Tafeln aus medizinischen Lehrbüchern, Zeichnungen von Menschen, die aussahen, als hätte jemand ihnen die Haut abgezogen, die Bauchhöhle geöffnet und die Eingeweide offengelegt. Nadeln waren auf die einzelnen Organe gepinnt und mit Fäden verbunden, die zu anderen Nadeln führten, die in Fotografien, Zeichnungen und Tabellen steckten. Ein Netz aus miteinander verknüpften Erkenntnissen; Ergebnisse aus irgendwelchen fragwürdigen Forschungen, die Dobbins zu betreiben schien.

Fellstücke waren an die Wand genagelt, weißes Fell, braunes Fell, geschecktes Fell. Hundefell? Da hingen Fotografien; verschwommen und unscharf zeigten sie eine junge schwarze Frau. Das war nicht Hattie. Aber vielleicht Fanny George, die bei Ezra Sparks, dem Stellmacher, gearbeitet hatte und die ebenfalls verschwunden war? Daneben das Bild eines Mulattenmädchens und das eines weißen Jungen. Nadeln steckten in den Augen und im Körper, daneben hingen Tabellen mit unzähligen Einträgen in einer kleinen, krakeligen, fast unleserlichen Schrift. Gepresste Pflanzen hingen an den Wänden und waren mit kleinen Zetteln versehen. Yamswurzel, *Lithospermum ruderale, Apocynum cannabinum, Anemone multifia, Cirisium ochrocentrum, Vitex agnus-castus.* Tom sagten die Namen nichts, aber er wusste, dass Dobbins einige davon in einem Gespräch erwähnt hatte. Hucks Stimme drang an sein Ohr.

So Blumen, die ganz selten sind, aber ich weiß, wo sie wachsen, und Dobbins hat mir Geld dafür gegeben.

Auch die Pflanzen waren mit Nadeln gespickt.

Ein Faden führte von der Yamswurzel zu der Fotografie der jungen Schwarzen, die vielleicht Fanny George war. Ein Faden verlief von der *Anemone multifia* zu einem anderen Foto. Unscharf, verschwommen, das Gesicht ausgemergelt und verzerrt vor Entsetzen. Dennoch erkannte Tom die Frau, die darauf abgebildet war.

Debbie Chisholm.

Was hatte Dobbins ihnen verabreicht?

Ich muss viel trinken. Das hat er gesagt. Trink viel.

Tom folgte dem Faden von einer weiteren Pflanze mit fünf fingerartigen Blättern, ähnlich dem Hanf. *Vitex agnus-castus*. Der Faden führte zu einem Zeitungsausschnitt. Tom erschauerte. Es war eine Fotografie von ihm. Mit Lincoln und Pinkerton auf dem Schlachtfeld von Antietam. Verwirrt schüttelte Tom den Kopf. Was hatte Dobbins mit ihm gemacht? Und wann hatte er etwas mit ihm gemacht?

Ich muss viel trinken. Das hat er gesagt. Trink viel.

Der Tee. Dobbins hatte ihm einen Tee gemacht. Zweimal. Aber was war passiert? Es war doch nichts passiert? Der Tee hatte doch nicht gewirkt, was auch immer seine Wirkung hätte sein sollen. Tom betrachtete den kleinen Zettel, der an der Pflanze hing.

Anaphrodisiakum.

Anaphrodisiakum. Was bedeutete das? Toms Gedanken wirbelten durcheinander. Das Wort hatte er schon einmal gehört. Oder so ähnlich. *Aphrodisiakum*. Das regte den Geschlechtstrieb an.

Dann war ein An-Aphrodisiakum …? Ein Raum kam ihm in Erinnerung. Ein Mädchen in einem Seidenkleid. Eine Chinesin, Lickin' Lucy, über ihn gebeugt, wie sie verzweifelt versuchte, seiner halbgaren Erektion auf die Sprünge zu helfen. Er hatte einen Durchhänger gehabt und es auf den Whiskey, auf die Müdigkeit und auf die Gedanken an Becky geschoben.

Anaphrodisiakum.

Dobbins machte Experimente mit der Geschlechtlichkeit! Die entführten Frauen. Die Pflanzen. Die verschwundenen Hunde, angelockt mit dem Urin einer trächtigen Hündin. Die Felle. Und an den Wänden Tafeln, Stammbäume, Vererbungsreihen.

Toms Blick fiel auf die Fotografie eines Mannes im Ornat eines Priesters, die mitten zwischen den Fäden, Bildern und

Tabellen prangte wie eine Spinne im Netz. Der Mann hatte einen strengen Blick, schütteres Haar, eine Brille.

Ein Augustinermönch aus Brünn in Österreich hat es herausgefunden. Er hat Erbsen gekreuzt, gelbe und grüne wie diese hier, und er hat so die Geheimnisse der Vererbung entschlüsselt.

Mendel. Hieß er so?

Aber warum hatte Dobbins Tante Polly umgebracht? Weil auch sie mit Geschlechtlichkeit zu tun hatte? Weil sie Abtreibungen vornahm? Und was hatte das mit Hattie zu tun? War sie eines von Dobbins Experimenten gewesen? Machte Dobbins, was Mendel machte, nur mit Menschen?

Toms Blick fiel auf das Buch, einen dicken Wälzer zwischen den Phiolen und Tiegelchen auf dem Tisch. Das Buch kam ihm bekannt vor.

Die Prinzipien der Chirurgie
Von John Bell
Collins und Company, New York, 1812

Tom hatte dieses Buch heimlich mit Becky angesehen, als sie noch Kinder waren. Damals, in der Schule. Dobbins hatte schon immer Arzt werden wollen, es ohne das nötige Geld aber nur zum Dorfschullehrer gebracht. In einer Pause hatte er das Buch, in dem er stets schmökerte, während er die Kinder etwas abschreiben ließ, unbeobachtet auf dem Pult liegen lassen. Tom hatte Becky erwischt, wie sie darin blätterte, und dabei hatte Becky versehentlich eine Seite eingerissen.

Dobbins war fuchsteufelswild geworden, als er es entdeckte, und hatte die Kinder einzeln aufgerufen, um den Missetäter ausfindig zu machen. Tom hatte sich für Becky gemeldet und die Prügel auf sich genommen.

Becky.

Die jetzt in der Gewalt dieses Irren war, der Experimente mit der Geschlechtlichkeit machte. Tödliche Experimente.

Denk nach! Denk nach, verdammt!

Er riss das Bild von Debbie Chisholm von der Wand. Es war nicht das Bild eines geschulten Fotografen. Und sie sah entsetzlich aus. Wahrscheinlich hatte Dobbins es gemacht, als er Debbie gefangen hielt. Tom betrachtete den Hintergrund. Grau, zerfurcht, formlos. Das konnte alles Mögliche sein. Eine Decke, ein Fels, eine Mauer, irgendetwas.

Denk nach, verdammt!

Er drehte sich um, und der Geruch stieg ihm wieder in die Nase. Der Geruch, mit dem er etwas Entsetzliches verband. Eine entsetzliche Erinnerung. Er kam von dem Mantel, auf den er eben geschossen hatte. Die Kletten, der Dreck auf den Schultern. Kleine trockene Kügelchen, die zerbrachen und stanken, als Tom sie zerrrieb. Aber es war kein Dreck, es waren keine Kletten. Sondern Kot. Der Kot eines kleinen Tieres. Der Geruch hatte Tom einmal drei Tage verfolgt, als er an einem Ort ohne Licht eingeschlossen war.

Er ist der Hüter des Lichts!

Tom fuhr herum. Das Regal mit den präparierten Tieren. Das Glas mit der Fledermaus. Noch ein Glas. Eine weitere Fledermaus. Gehäutet.

Also doch!

Er wusste jetzt, wo er suchen musste.

Plötzlich bellte Hollis. Die Tür quietschte in den Angeln, und Tom hörte Schritte. Erst zögernd, langsam, dann schneller.

»Komm da raus, du Schwein, sonst erschieß ich dich in diesem Loch.« Jim Hollis' Gesicht tauchte über Tom auf, und der Hilfssheriff richtete den Lauf seiner Gwyn & Campbell auf ihn.

»Schmeiß die Waffe weg! Jetzt. Und Hände hoch!«

Tom ließ den Colt fallen. Als er den linken Arm hob, durchzuckte ihn der Schmerz. Er biss die Zähne aufeinander und ließ ihn wieder sinken.

»Hände hoch, hab ich gesagt, und dann kommst du rauf!«

»Ich hab 'ne Wunde an der Schulter, Jim. Und wenn ich die Hände oben habe, kann ich nicht die Leiter hochklettern.«

Jim stutzte, dann wurde sein Blick hart. »Du mieser Klugscheißer. Ich sollte dich gleich hier erschießen! Komm jetzt endlich rauf!«

Tom ging zu der Leiter und stieg nach oben. »Hör mal, Hollis, du machst einen Fehler, du solltest wirklich –«

»Halt die Klappe, verdammt!«

Jim stieß ihm den Lauf des Gewehrs in den Bauch, kaum dass Tom sich aus dem Loch gestemmt hatte. Tom krümmte sich auf dem Boden und stöhnte. Als er wieder aufgestanden war, sah er durch das Fenster, dass ein weiterer Mann vor Dobbins' Haus bei den Pferden wartete. Tom hatte ihn schon einmal gesehen: breitschultrig, mit Schnauzbart, langen blonden Haaren und einem schwarzen Schlapphut. Es war George, der Kopfgeldjäger, der beim Spukhaus aufgetaucht war.

Jim baute sich drohend vor Tom auf. Sein rechtes Auge war blau und geschwollen, wo Tom ihn gestern getroffen hatte, als Jim ihm den Weg zum brennenden Gefängnis versperrt hatte.

Jim zischte: »Tja, deine kleine Rettungsaktion für Huck war zwar schlau gedacht von dir, Tom, aber dein dicker Major konnte leider nichts machen.«

Huck!

Toms Magen zog sich zusammen. Er würde sich gleich wieder übergeben müssen. Hollis, der Hilfssheriff, grinste, während Hollis, der Hund, ihn finster anknurrte, aber vorsichtig lauernd auf Abstand blieb.

»Ein paar Männer und ich haben Crittenden und seine Lieutenants verjagt. Wir wollten Huck gerade aufknüpfen, aber dann erzählt einer von den Fallenstellern von einer Hütte hinter dem Cardiff Hill und von einer hübschen Lady, die etwas von einem Verwundeten gesagt hat. Ich dachte gleich an dich, und ich finde, zwei Verbrecher am Strick machen einfach mehr her als einer. Also lassen wir Huck erst mal am Friedhof zurück, und ich reite mit George zur Hütte. Und wen treffe ich da? Die stinkende Rothaut, mit der zusammen du Joe Harper umbringen wolltest!«

»Bist du verrückt? Das war ich nicht, das war –«

Wieder rammte Jim ihm das Gewehr in den Bauch. Tom ging zu Boden und krümmte sich abermals.

Jim stand über ihm, spie seine Worte aus. »Glaub bloß nicht, ich bin so dumm und fall auf dich rein, Tom. Um Joe steht's ganz beschissen, und wenn wir nicht gekommen wären, hätte die Rothaut ihm wahrscheinlich vollends das Licht ausgeblasen. Wir haben das Schwein zusammengeschlagen, bis es ausgespuckt hat, auf wen es da wartet. ›Sprechen mit Tom Sawyer‹, hat der Kerl immer wieder gewinselt, ›sprechen mit Tom Sawyer‹. Der Bastard hat immer wieder deinen Namen genannt. Dann hat er uns erzählt, wo wir dich finden können. Und jetzt werde ich dich zum Friedhof bringen und neben deinem versoffenen Kumpel Huck und der Rothaut aufhängen. Los! Raus mit dir!«

Tom stand mühsam auf. »Es war Dobbins, du Idiot!«, keuchte er. »Er hat Joe mit dem Hammer das Gesicht eingeschlagen! Er hat Polly und Jeb ermordet, und er wird Becky töten, wenn du nicht endlich Vernunft annimmst! Sieh dir doch das da unten mal an! Dieser Keller! Der Mann ist wahnsinnig, Jim!«

Jim Hollis war krebsrot angelaufen, er holte mit dem Gewehr aus und wollte Tom den Lauf ins Gesicht schmettern, aber Tom sah den Schlag kommen und duckte sich weg. Jim schnaubte, legte das Gewehr an und richtete es auf Toms Beine und lud durch. Plötzlich schrie er auf, veriss das Gewehr und schoss in den Boden.

Hollis hatte die Zähne in Jims Unterschenkel geschlagen. Er zog und zerrte und machte keine Anstalten, je wieder loszulassen.

»Hau ab! Hau ab, du Biest!«, schrie Jim, riss die Waffe herum und legte auf Hollis an, doch der Hund fetzte vor seinen Füßen hin und her, und Jim zögerte abzudrücken. Tom warf sich nach vorn und schmetterte Hollis die Faust ins Gesicht. Der Hilfssheriff stöhnte auf und schlug mit dem Hinterkopf auf den Boden.

Tom wollte nach der Waffe greifen, doch dann sah er durch das Fenster, dass George seinen Posten bei den Pferden verlassen hatte und auf das Haus zustürmte. Tom schnappte den Hund unter dem Bauch und rannte die Treppe hinauf, genau in dem Moment, als George durch die Tür kam und Jim auf dem Boden liegen sah.

»Bleib stehen, oder ich schieße!«, schrie George.

Tom rannte weiter, seine Stiefel hämmerten auf den Treppenstufen. Der Schuss traf die Holzwand einen Schritt hinter ihm, und Tom schlug auf dem Treppenabsatz der Länge nach hin. »Ich mach dich kalt, wenn du hochkommst!«, schrie er, doch das schien George nicht im Geringsten zu beeindrucken.

Tom hörte die Schritte des Mannes auf den Stufen. Das Holz knarrte, George schob sich langsam die Treppe hinauf, während Tom, das Gesicht zur Treppe gewandt, rückwärts den kurzen Gang entlangtappte. Hollis winselte.

»Du sitzt in der Falle, Cowboy. Komm lieber runter, sonst knall ich dich ab!«

Gehetzt blickte Tom sich um. George hatte recht. Die Zimmer hatten nicht einmal Fenster. Das einzige Fenster war das am Ende des Ganges im Giebel.

Das einzige Fenster. Über dem Schuppen.

Als Georges Hut bereits über der obersten Treppenstufe erschien, drehte Tom sich um und riss das Fenster auf.

Schon spähte George über den Treppenabsatz. »Bleib stehen, verdammt noch mal!«

Tom stemmte sich auf den Holm. »Tut mir leid, Kumpel!« Er warf Hollis aus dem Fenster, und als der Schuss krachte, sprang er hinterher.

Er kam hart mit den Füßen auf dem Schindeldach auf. Das Holz barst unter ihm. Die Knie wurden ihm in die Brust gestaucht, und die Luft wurde ihm aus den Lungen gepresst. Er rollte sich über das Dach und schlug mit dem Rücken auf dem trockenen Boden auf. Der Schmerz, der ihm bei der unsanften Landung in die Schulter schoss, raubte ihm fast die Besinnung. Hollis war bereits unten und bellte ihm laut ins Gesicht, als wolle er sich ernstlich beschweren.

»Bleib stehen!« Georges Gesicht und der Gewehrlauf tauchten im Dachfenster auf.

Tom kam stöhnend auf die Knie, dann rappelte er sich auf und rannte los, ein Schuss schlug in die Bohnenstangen neben ihm, und Splitter fetzten gegen seine Wange.

»Bleib endlich stehen!«

Tom sprang über den Gartenzaun, und eine weitere Kugel schlug dicht neben ihm in den Boden ein. Er rannte in den Schutz des dichten Waldes, der kurz hinter Dobbins' Grundstück begann und der zum Lovers' Leap führte.

Der Lovers' Leap. Dahinter die McDouglas-Höhle.

Dort musste er hin!

Der Fledermauskot auf Dobbins' Mantel, die Fledermäuse in den Gläsern und der formlose Hintergrund auf der Fotografie von Debbie Chisholm. Es konnte ein Tropfsteinfelsen sein. Es musste einfach ein Tropfsteinfelsen sein!

Die Höhle war seine letzte Hoffung. Vielleicht hatte er ja nicht nur Huck von dem zweiten Eingang zu der Höhle erzählt, vor Jahren, als er das Abenteuer mit Becky in der Dunkelheit überstanden hatte. Vielleicht hatte seine Prahlsucht ihn damals dazu verleitet, dieses Geheimnis auch anderen preiszugeben. Vielleicht aber hatte Dobbins den Eingang selbst gefunden, auf seinen Erkundungen, um Blumen und sonst was in der Umgebung von St. Petersburg zu sammeln.

Wie dem auch sei, es musste einfach die Höhle sein.

Schnell! Renn schneller, verdammt!

Huck konnte er jetzt nicht mehr helfen, und Tom hatte nur wenig Hoffnung, dass es Crittenden doch noch gelingen würde, den Mob daran zu hindern, seinen Freund und den Häuptling zu lynchen. Hätte er etwas anders machen sollen? Zusammen mit Shipshewano Crittenden und dessen zwei Lieutenants verstärken, damit sie zumindest zu fünft gewesen wären, und sich erst danach um Becky und Dobbins kümmern? Es war müßig, sich darüber den Kopf zu zerbrechen.

Wie lange würde es dauern, bis Hollis mit George und den anderen zu einer Treibjagd auf ihn blies? Würde Joe Harper überleben und sagen können, wer ihn so zugerichtet hatte? Wahrscheinlich nicht.

Mach dir keine falschen Hoffnungen.

Du bist Beckys einzige Chance.

Renn schneller, verdammt!

Tom lief um den Lovers' Leap herum in östlicher Richtung, hielt sich abseits der Trampelpfade und Waldwege, rannte direkt zwischen den Bäumen hindurch und orientierte sich am Stand der Sonne und an Wegmarken seiner Kindheit, an die er sich dunkel erinnerte. Irgendwann konnte er einfach nicht mehr. Er blieb stehen, keuchte vor Anstrengung, stützte sich an einen Baum, spürte die knorrige Rinde unter den Händen.

Hör nicht auf! Renn weiter!

Tom schwitzte, er fühlte sich matt und fiebrig. Hatte sich die Wunde an der Schulter entzündet? Er lief weiter, langsamer jetzt. An einer kleinen Quelle hielt er inne, trank kaltes, klares Wasser, bis ihm der Bauch wehtat. Auch Hollis, der neben ihm hergerannt war, tauchte die Schnauze ins Wasser und trank gierig.

Tom spritzte sich das kühle Nass ins Gesicht, bis er sich ein wenig erfrischt fühlte. Wenn er sich hier an Ort und Stelle auf den Waldboden legen würde, würde er augenblicklich einschlafen.

Egal! Jetzt renn!

Tom überquerte den Waldweg an der Stelle, wo er vor zwei Tagen mit Becky die Spuren des Wagens entdeckt hatte. Der Weg beschrieb eine weite Linkskurve in das enge Tal, das zu der Höhle führte. Tom lief jedoch weiter geradeaus in südliche Richtung. Der zweite Eingang lag noch etwa zwei Meilen weiter flussabwärts am Ufer des Mississippi. Und dann? Wenn er in der Höhle war? Er hatte keine Waffe, keine Lampe, keinen noch so kleinen Kerzenstummel, und er hatte noch nicht einmal die Drachenschnüre, die ihm den Rückweg aus der labyrinthartigen Höhle gewiesen hatten, als er als Kind mit Huck Finn noch einmal in die Höhle gekrochen war. Niemand wusste, wohin er unterwegs war. Falls er scheiterte, musste er fast hoffen, dass die Bluthunde seine Spur aufnehmen würden, damit man ihn und Becky fand.

Es ging steil bergauf. Der Wald knisterte und knackte vor Trockenheit, und ein Luchs rannte davon, als Tom die Kuppe der nächsten Anhöhe erreichte. Dort gab es eine charakteristische Felsformation, als hätte ein Riese ein paar Felsbrocken achtlos hingeworfen, wie Tom sich erinnerte. Er wandte sich nach Osten und schlug den Weg zum Mississippi ein. Turmhohe uralte Eichen säumten den Weg. Tom biss die Zähne aufeinander, als er in einer Wurzel hängen blieb und beinahe hinschlug.

Nicht stehen bleiben! Renn weiter!

Schließlich wurde der Boden sandig, und der Wald lichtete sich. Er hörte den Fluss rauschen, kurz darauf stand er auf einer Anhöhe, vierzig Fuß über dem Ufer. Tom blinzelte in das gleißende Licht der Nachmittagssonne, das sich im Wasser in tausend Brechungen spiegelte. Zögernd trabte Hollis an den Abgrund, sah hinab und winselte.

»Du solltest lieber hierbleiben, Kumpel.« Tom strich ihm durch das struppige Fell, dann riss er eine dicke Efeuranke von einer Eibe und band Hollis damit am Baum fest. »Wünsch mir Glück, Hollis. Ich kann's brauchen.«

Er tätschelte ihm den Rücken, und der Hund beobachtete mit schräg gelegtem Kopf aufmerksam, wie Tom sich hinkniete und rückwärts den Abhang hinunterkletterte. Er hielt sich an Wurzeln und Grasbüscheln fest, verlor den Halt und rutschte auf dem sandigen Untergrund nach unten, bis er zwischen den Büschen am Ufer liegen blieb. Tom blickte sich um.

Das Ufer sah hier fast überall gleich aus, aber dann entdeckte er, wonach er gesucht hatte: Etwa hundert Yards flussaufwärts ragten Felsen aus dem Wasser, wo es vor langer Zeit einmal einen Erdrutsch gegeben hatte.

Die Sumachsträucher standen so dicht, dass Tom sich die Wangen und die Hände aufriss, bis er die Stelle erreicht hatte. Erschöpf ließ er sich auf einen Felsen fallen, streckte Arme und Beine aus und atmete tief durch. Dann hörte er vom Fluss her Stimmen und sprang hinter einem Strauch in Deckung.

Es waren Flößer, die einen Verbund von großen Baumstämmen den Fluss hinunterbrachten. Der Rauch eines Feuers auf dem Floß kräuselte sich zum Himmel, einer der bärtigen Männer spielte auf einer Mundharmonika.

Tom blieb hinter dem Strauch in Deckung, regte sich nicht und betete, dass sie endlich vorüberzogen. Es kam ihm vor wie eine Ewigkeit, bis das Floß endlich hinter der nächsten Flussbiegung verschwand. Als er ihnen hinterhersah, entdeckte er etwas zwischen den wild sprießenden Büschen, die in die braunen Wasser des Mississippi ragten.

Die regelmäßige Form des Bootes war zwischen den Blättern leicht zu erkennen. Dobbins hatte keine Zeit gehabt, es besser zu verstecken.

Tom ging hinunter zum Fluss und durchsuchte das Boot.

Auf den Planken entdeckte er eine schwache Blutspur, und eine Faust schloss sich um sein Herz. Einer Eingebung folgend, warf Tom die Ruder in den Fluss. Er suchte unter der Sitzbank nach einer Waffe oder einer Lampe, aber da war nichts.

Über die Felsen rannte er wieder den Abhang hinauf, untersuchte den Boden und entdeckte wenig später abgeknickte Zweige und dann Stiefelabdrücke. Daneben Schleifspuren.

Er hatte sie hierhergeschleppt, doch sein Vorsprung konnte nicht allzu groß sein.

Tom folgte den Spuren bis zu einer Stelle, wo zwischen zwei großen Felsbrocken ein Sumachstrauch mit verwelkten Blättern stand. Der einzige Strauch mit welken Blättern weit und breit. Tom wusste, dass er den Eingang zur Höhle gefunden hatte.

Der Busch war mit den Wurzeln ausgerissen und vor den Eingang der Höhle gelegt worden, um diesen zu verbergen. Abgehauene Felsbrocken lagen darum herum, und an den Wänden erkannte Tom verwitterte Spuren des Meißels, mit dem Dobbins den Eingang vor geraumer Zeit verbreitert haben musste.

Tom zog den Busch weg, und der kühle Atem der Höhle schlug ihm entgegen. Einen Moment lang blieb er wie angewurzelt stehen. Er blickte in einen schwarzen Spalt, der im Fels klaffte wie eine offene Wunde. Ein Mal noch war er mit Huck in die Höhle zurückgekehrt, nachdem er sich dort mit Becky verlaufen hatte und den zweiten Ausgang wie durch ein Wunder wiedergefunden hatte. Das war vor über fünfzehn Jahren gewesen, und es hatte ihm damals nichts ausgemacht.

Jetzt schnürte ihm die Angst die Kehle zu. Der Geruch von nassem Kalk und von Fledermauskot, der zu ihm drang, machte, dass sich ihm die Nackenhaare aufstellten.

Becky ist da drin! Geh rein! Jetzt geh rein, verdammt!

Der Fels war glatt, feucht und glitschig.

Er tastete sich an der Wand entlang. Tom sah nichts mehr. Um ihn herum herrschte völlige Dunkelheit.

Er warf einen Blick über die Schulter zurück. Ganz weit hinten war noch der helle Spalt, durch den er hereingekrochen war. Doch dann machte der Gang eine Biegung, und das letzte Licht verschwand, wie wenn eine Kerze erlosch. In der Schwärze sah er die Hand vor Augen nicht. Da war nichts. Gar nichts.

Tastend setzte Tom einen Fuß vor den anderen.

Sein Gehör schien sich in dem Maße zu schärfen, wie seine Sicht abgenommen hatte. Es tropfte von der Decke, und ab und zu hörte Tom etwas über die Wände oder den Boden huschen, eine Eidechse vielleicht oder Ratten. Seine Schritte knirschten. Man würde ihn kommen hören.

Dobbins würde ihn hören.

Andererseits würde Tom auch Dobbins hören, falls der kam. Und Tom würde ihn sehen, falls er eine Lampe oder Fackel tragen würde.

Seine Finger strichen über eine mit Flechten bewachsene Stelle, und von fern hörte er das Gluckern eines Baches. Tagelang hatte Tom mit Becky neben einer Quelle unweit des zweiten Ausgangs ausgeharrt, damals, als sie sich verirrt hatten. Dass sie nicht verdursten würden, war ihr einziger Trost gewesen. Ein schwacher Trost.

Vorsichtig schob Tom sich vorwärts, immer auf eine Felsspalte oder auf eine abschüssige Stelle gefasst, von denen es unzählige in der Höhle gab, wie er wusste. Er blieb stehen, lauschte in die Dunkelheit, doch da war nichts. Nichts, außer seinem Atem und seinem Herzschlag, der ihm so laut zu dröhnen schien wie die Glocke der Sonntagsschule.

Das Plätschern wurde lauter. Als er mit dem Fuß ertastete, dass er an dem unterirdischen Wasserlauf war, ging er in die Hocke und trank einige Schlucke aus der Hand. Er fröstelte. In der Höhle war es kalt, und die schweißnasse Lederjacke klebte ihm am Rücken. Als er sich aufrichtete, spürte er einen Windhauch im Gesicht. Er zuckte zusammen und stieß mit dem Hinterkopf gegen einen Felsen. Der Schmerz schoss ihm durch die Schläfen, aber Tom wagte nicht zu schreien.

Er lauschte atemlos. Da war nichts. Niemand. Oder doch?

Flügelschlagen?

Ein leichter, kaum spürbarer Luftzug hatte ihn gestreift. Wahrscheinlich eine Fledermaus. Tom atmete tief durch, dann tastete er sich langsam weiter, tiefer in die Höhle hinein. Aus der Erinnerung wusste er, dass die Wände des Ganges gut sechzig Fuß hoch waren. Gigantische weiße, rötliche und sandfarbene Tropfsteine hingen von der Decke und wuchsen aus dem Boden. Wenn er dem Hauptgang weiter folgen und sich nicht in einem der zahlreichen abzweigenden Nebengänge verirren würde, musste er irgendwann auf die großen unterirdischen

Gewölbe stoßen. Sie wirkten, als würden sie von hohen Säulen aus zusammengewachsenen Tropfsteinen getragen, und waren mit Vorhängen aus Stalaktiten geschmückt. Ein schöner Anblick. Bei Licht.

Plötzlich tappte er mit einem Fuß ins Leere und verlor das Gleichgewicht. Tom unterdrückte einen Schrei, ruderte mit den Armen und taumelte nach hinten. Seine Finger rutschten an dem glitschigen Fels ab, dann fanden sie Halt an einem Tropfstein, und er stand wieder sicher. Er wartete einen Moment, lauschte, doch er hörte nichts. Er stemmte einen Fuß in den Boden und schob den anderen Fuß tastend vor.

Da war eine Spalte.

Doch wie breit war sie? Und wie tief?

Tom streckte den Fuß weiter vor, klammerte sich an den Tropfstein. Da war nichts. Was, wenn er hier nicht weiterkam? Er schob den Fuß noch ein Stück weiter, stand fast im Spagat, als etwas über seine Finger krabbelte. Tom erschauerte, aber er ließ nicht los, und dann fand seine Fußspitze einen Vorsprung. Er streckte sich, suchte mit der freien Hand nach einem Halt auf der anderen Seite der Spalte, aber spürte nur glatten Stein. Keine Vertiefung, nichts, um die Finger hineinzukrallen.

Tom stand mit gespreizten Beinen über der Spalte, er keuchte, atmete tief ein, dann stieß er sich ab und warf sich auf die andere Seite. Er landete bäuchlings auf dem feuchten Stein, seine Füße rutschten ab, seine Finger kratzten über den Boden, doch dann war da ein Riss im Fels, und er klammerte sich fest. Von seiner Schulter fuhr ein stechender Schmerz durch seine ganze linke Seite, und einen endlosen, grausamen Moment lang hing Tom in der Spalte. Er würde ohnmächtig werden und loslassen.

Doch er ließ nicht los.

Denn plötzlich war da etwas.

Er blinzelte. Einbildung? Spielten seine Augen ihm einen Streich? Nein. Kein Zweifel. Da war ein Umriss. Ein schwacher Schimmer in der endlosen Schwärze.

Tom biss die Zähne aufeinander und zog sich hoch.

Keuchend blieb er auf dem kalten Boden liegen. Waren da Schritte? Kam jemand näher? Er zwang sich, ruhiger zu atmen, damit er hören konnte, ob Dobbins auf ihn zuschlich. Er zählte langsam bis hundert und blieb liegen, doch er hörte nichts. Und der schwache Schimmer blieb.

Langsam richtete Tom sich auf. Mit den Fußspitzen tastete er sich vorwärts, während er gleichzeitig nach einem festen Halt an der Wand suchte. Immer wieder blieb er kurz stehen und lauschte, ob Dobbins kam oder ob er sonst ein Geräusch hörte. Ein Rufen von Becky? Einen Schrei? Ein Stöhnen? Doch da war nichts. Nichts als Stille.

Mit jedem Schritt konnte er etwas mehr erkennen in der Düsternis. Der Schimmer wurde zu einem Flackern. Es war eine Kerze, die einsam irgendwo in der Höhle zu brennen schien.

Der Gang vor ihm wurde breiter. Die Kerze stand nicht in einer Felsnische, sondern auf einem Tisch in einer größeren Felskammer. Langsam tauchten lange Regalreihen in der Dunkelheit auf und Zeichnungen auf dem blassen Fels. Angespannt kauerte Tom in einer Felsnische außerhalb des Lichtkegels der Kerze und beobachtete das Versteck, das sich Dobbins geschaffen hatte. Nichts regte sich.

Wo war der Mistkerl? Tom hatte zwar die Spuren zu dem versteckten zweiten Eingang verfolgt, aber in der Eile nicht darauf geachtet, ob es auch Spuren gab, die vom Eingang wegführten. Hatte er Dobbins verpasst? Wie lange brannte diese Kerze wohl schon? Die in das flackernde Kerzenlicht getauchten Zeichnungen auf dem Felsen zeigten weit verzweigte Stammbäume, wenn Tom sich nicht täuschte. Daneben endlose Zahlenreihen und Skizzen von Knochen und von Schädelformen. Dobbins war ein guter Zeichner; das musste man als Lehrer wohl sein. Tom erkannte Vogelköpfe, Spatzen und Finken. Und Hunde. In den Regalen standen Gläser mit konservierten Tieren wie in Dobbins' Keller.

Menschlicher Uterus. Zehnte Schwangerschaftswoche.

Ein Schauer überlief ihn. Wo war Becky? Was hatte Dobbins mit ihr gemacht? Der Schein der Kerze erhellte den Boden bis etwa fünf Schritt vor ihm. Der Fels dort war glatt und eben, er würde nicht stolpern. Tom tastete neben sich auf dem Boden herum und fand schließlich einen losen Stein, schwer, scharfkantig. Keine besonders wirkungsvolle Waffe, falls Dobbins einen Colt oder ein Gewehr hatte, aber besser als nichts.

Gebückt ging er vorwärts und lauschte. Der Gang mündete in die kleine Felskammer, in der die Kerze brannte. Jetzt sah Tom, dass es zwei Tische waren, die hier aufgebaut waren, grob, aus dicken Brettern zusammengezimmert. Lederschnallen waren daran befestigt, und sie waren mit dunklen Flecken übersät. Blut. Es stank nach verfaultem Fleisch. Tom schluckte, kämpfte gegen die Übelkeit an.

Da waren Sägen und Messer, säuberlich aufgereiht. Operationsbesteck, eine Waschschüssel, Tücher. Auch die fleckig. Kisten und Truhen standen hier, ein großer Reisekoffer mit Messingschnallen, ein Stuhl, ein Fotoapparat, ein aus Steinen gemauerter Ofen. Tiegel, Körbe mit getrockneten Kräutern. Es musste eine Ewigkeit gedauert haben, diesen Ort so einzurichten.

Tom strich mit der Hand über die Flecken auf dem Tisch. Sie waren trocken. Immerhin. Wo war Becky? Wo Dobbins?

Plötzlich hörte er ein Geräusch und ging bei einem der Tische in Deckung.

Ein Seufzen? Oder war es ein Winseln? War Hollis ihm nachgelaufen?

Tom spähte über die Tischkante. Neben Skalpellen und kleinen Schröpfkellen lag eine Art Fleischerbeil. Er griff danach. Niemand kam. Aber das Geräusch war immer noch zu hören. Es schien aus einer dunklen Nische an der gegenüberliegenden Seitenwand der Kammer zu kommen. Es war ein Schluchzen.

»Becky.«

Der Name kam als Flüstern über seine Lippen. Tom richtete

sich vorsichtig auf und schlich zu der Nische, die sich als kurzer Gang herausstellte. Er schob sich hindurch.

Nur spärlich flackerte das Kerzenlicht in die angrenzende Kaverne hinein. Wartete Dobbins auf ihn? Hier, im Dunkeln? Er hob das Fleischerbeil und machte beherzt einen Schritt in die Kaverne hinein. Niemand griff ihn an. Das Schluchzen erstarb und wurde zu einem keuchenden Atmen.

Jemand hatte ihn bemerkt.

Er sah die Umrisse einer Gestalt auf dem Boden liegen. Die Brust hob und senkte sich. Eine weibliche Brust. Ein paar Schritte dahinter lag noch ein Körper. Dieser reglos.

Hattie? Oder Becky? Tom schickte ein Stoßgebet zum Himmel, ging in die Hocke und presste ihr rasch die Hand auf den Mund. Er bückte sich zu ihr hinab und erkannte ihren Geruch.

Becky!

Sie zuckte zusammen.

Sie lebte!

Erleichterung durchströmte Tom.

Becky wand sich, stöhnte, versuchte, ihn zu beißen, bis sie sein Flüstern an ihrem Ohr hörte.

»Ich bin's. Nicht schreien. Wo ist er?« Er löste die Hand vor ihrem Mund.

Ihre Stimme war ein tränenersticktes Flüstern. »Tom!«

Sie zitterte am ganzen Leib. Er strich ihr über das Haar und spürte eine Wunde an der Stirn. Becky zuckte erneut zusammen, und Tom küsste sie auf die Wange, um sie zu beruhigen. »Ich hol dich hier raus. Aber wo ist er, Becky? Wo ist Dobbins?«

»I-ich weiß es nicht! Er … er hat mich niedergeschlagen und hierhergeschleppt. Dann ist er wieder weg. Ich hab geschrien, aber niemand hat mich gehört. Er … Ich weiß nicht, wo er hin ist! Mach … mach mich los!«

Tom legte das Beil weg und nestelte an den Gürtelschlaufen, mit denen Beckys Hände hinter ihrem Rücken gefesselt waren. »Lebt Hattie?«, flüsterte er.

»Hattie …?« Sie stockte, dann begriff sie, wen er meinte. »Sie hat sich bewegt. Vorhin. Sie hat gestöhnt.«

Tom riss an der Schnalle. Er würde die beiden Frauen irgendwie hier herausbringen und dann Dobbins schnappen. Wo immer er auch steckte. Wenn Joe Harper nicht überleben sollte, konnte Becky jedem erzählen, wer der wahre Mörder war. Auch wenn das Huck vielleicht nicht mehr helfen würde.

Die Schnalle sprang auf, Beckys Hände waren frei. »Ich spür meine Finger nicht mehr! An den Füßen sind auch noch Fesseln! Du musst sie wegmachen!«, flüsterte sie.

Tom tastete nach den Fesseln, als er plötzlich hinter sich ein Geräusch hörte. Blitzartig nahm er das Beil, drehte sich um und holte aus.

Es war zu spät.

Die Kaverne explodierte in gleißendem Licht.

Ein greller Blitz blendete ihn, und ein beißender Schmerz fuhr ihm plötzlich in die Nase.

Das Letzte, was Tom sah, bevor das Licht um ihn erlosch, war eine furchterregende Gestalt mit langen blonden Haaren und einer dunklen Brille, die einen Magnesiumblitz in der einen und einen Hammer in der anderen Hand hatte.

Im Versteck, 18. Juli 1865

Tom erwachte von einer sanften Berührung an seiner Wange. Er hatte entsetzlichen Durst, und der nasse Lappen auf seinen Lippen war eine Wohltat.

»Ja. Gut. So ist es besser.« Die Stimme war ebenso sanft wie die Berührungen auf seiner Haut. Dennoch stimmte etwas nicht mit ihr. Es lag an der trügerischen Sanftheit. Die Schmerzen in Toms Nase kehrten mit brutaler Wucht zurück, und er riss die Augen auf.

Und schloss sie wieder vor Qual.

Es war hell, fast taghell, doch über ihm war das Höhlendach. Und dieses Gesicht.

Dobbins. Mit einer langen blonden Perücke. »Hell, nicht wahr? Du wirst dich schnell daran gewöhnen.« Er legte den Lappen beiseite. »So ist es besser. Du wirst gut aussehen, wenn man dich finden sollte.«

Tom wollte sich auf ihn werfen, doch es ging nicht, und er schrie auf. Er war fixiert an Armen und Beinen. Auf einem Tisch. Der Schmerz tobte in seiner Schulter und in seinem Gesicht. In seiner Nase. Er heulte auf, zerrte an den Lederschnallen, die ihn an das Holz banden.

»Beruhige dich, Tom, beruhige dich. Keine Angst. Du siehst nicht aus wie Jeb oder Joe Harper. Du hast noch ein Gesicht, aber deine Nase wird in Zukunft wohl etwas schief sitzen. Verzeih mir.«

Toms Blick verschwamm. Am Rand seines Blickfelds kroch eine Schwärze herauf. Wenn er die Augen schließen würde und sich dieser Schwärze hingab, würde alles besser werden, das spürte er. Doch das ging das nicht.

Er musste die Augen offen halten.

»Wo ist Becky? Was haben Sie mit ihr gemacht?«

Dobbins lächelte. »Du liebst sie immer noch, nicht wahr? Ist es nicht erstaunlich, dass wir uns nicht wehren können gegen unsere Natur? Dass sie uns immer wieder zwingt, Dinge zu tun, die wir vielleicht gar nicht wollen?«

»Wo ist sie?«

Toms Schrei hallte in der Höhle wider, und Dobbins legte den Kopf schief, als würde er dem Klang nachlauschen. Als es wieder still war, sagte er: »Du musst doch nur den Kopf ein bisschen zur Seite drehen, Tom. Sie ist ganz nah bei dir.«

Dobbins nickte zu einer Stelle neben ihm, und Tom riss den Kopf nach links.

Da lag sie tatsächlich. *Becky!* Fixiert auf einem Tisch, genau wie er. Sie war nicht entkommen. Alles war umsonst gewesen. Becky lag mit geschlossenen Augen neben ihm, den Kopf zu ihm gewandt. Erleichtert stellte er fest, dass sie atmete.

Sie lebt! Gottlob, sie lebt!

Dobbins hatte auch ihr Gesicht mit dem Lappen gesäubert, aber an ihrem Hals waren noch Spuren von getrocknetem Blut und an der Stirn klaffte eine hässliche Platzwunde.

Tom riss an den Lederschnallen. »Was haben Sie mit uns vor? Was haben Sie mit Becky gemacht, Sie Schwein?«

Dobbins antwortete nicht. Er blickte zu Boden, zu etwas, das jenseits von Toms Blickfeld war. »Komm her! Ja, so ist es gut, Kleiner, komm zu mir!« Dobbins bückte sich, und als er wieder aufstand, hatte er Hollis auf dem Arm. Der Hund winselte und leckte ihm das Gesicht. Dobbins lachte. »Ist ja gut, ist ja gut, Kleiner! Wahrscheinlich rieche ich immer noch nach läufiger Hündin.« Er sah zu Tom. »Auch er ist machtlos gegen die Gesetze der Natur, Tom. Siehst du, wie er mich liebt? Nur weil ich wie etwas rieche, was ihn erregt.«

»Hollis, fass! Beiß ihn!«

Doch Hollis leckte über Dobbins' Hände, als hätte Tom gar nichts gesagt.

Zärtlich strich Dobbins ihm über das Fell. »Ich hab den armen Kerl losgebunden, nachdem du den Eingang entdeckt hast und hineingegangen bist. Ich hab da draußen auf dich gewartet. Irgendwie wusste ich, dass du kommst. Und ich habe mich nicht geirrt.«

Tom presste die Lippen aufeinander. Zorn über sich selbst kochte in ihm hoch. Warum hatte er das Ufer nicht besser abgesucht? Wie hatte er sich nur so leicht übertölpeln lassen können?

Dobbins drückte Hollis einen Kuss auf das Fell. »*Hollis* nennst du ihn? Wie den Hilfssheriff? Das ist sehr einfallsreich, Tom. Ich habe ihn schlicht *November '64* genannt, weil er und seine Geschwister in diesem Monat geboren wurden. Aber er ist mir nicht gelungen, siehst du?«

Grob packte er Hollis an der Schnauze und drehte den Kopf des winselnden Hundes so, dass Tom ihn von der Seite sehen konnte. »Der Stopp ist zu flach, die Kruppe zu hoch, die Rute zu kurz. Außerdem hatte ich mit weniger Flecken gerechnet. Aber ich habe inzwischen große Fortschritte bei den Hunden gemacht. Hollis und seine Geschwister sind eher missraten. Ich war gerade dabei, St. Petersburg von dieser Plage zu befreien und sie wieder loszuwerden, als Joe Harper mir in die Quere gekommen ist.«

»Sie kranker Bastard! Sie haben Joe das Gesicht zertrümmert. Und Sie haben Polly umgebracht!«

Dobbins schob die Unterlippe vor, als würde er ernsthaft über das nachdenken, was Tom gerade gesagt hatte, und schließlich nickte er. Dann setzte er Hollis ab und wandte sich zu einem weiteren Tisch, auf dem Operationsbesteck, Reagenzgläser und Papiere verstreut lagen.

Tom drehte den Kopf, um ihn über Beckys leblosen Körper hinweg zu beobachten, und von seiner Nase fuhren pochende Schmerzen über sein ganzes Gesicht. Eine Woge der Übelkeit schwappte über ihn, und er musste würgen.

»Entspann dich, Tom. Nicht dass du brechen musst.« Dobbins begann die Papiere zusammenzulegen, sprach über die Schulter gewandt: »Und ja. Ich habe deine Tante umgebracht. Ich wollte es nicht, aber sie hat mich dazu gezwungen.«

»Sie hat Sie *gezwungen*? Sie sind ein kranker Bastard!«

Dobbins nahm den Packen Papiere und legte ihn behutsam in eine Reisetasche. Er drehte sich um. »Das bin ich nicht. Und du kannst mir ruhig glauben, wenn ich sage, sie hat mich gezwungen. Siehst du, Tom, deine Tante dachte, sie würde St. Petersburg als Engelmacherin einen Dienst erweisen. Tatsächlich hat sie genau das Gegenteil getan. Sie wusste es einfach nicht besser. Wenn man der Population dieser Stadt oder irgendeiner Population, ganz gleich, ob aus dem Tierreich oder aus dem Reich der Menschen, einen Gefallen tun will, sie verbessern will, muss man Charles Darwin lesen. Und Mendel. Und auch Francis Galton.« Er zögerte, legte den Kopf schräg und betrachtete Tom. »Deinem verwirrten Blick entnehme ich, dass du die Schriften dieser Männer ebenso wenig kennst, wie deine Tante sie kannte. Ein bedauerlicher Fehler.«

Dobbins wandte sich wieder ab. Er ging zu einem Regal und nahm eines der Einmachgläser mit einem Präparat heraus. Er trat an den Tisch, auf dem Tom lag, und hielt ihm das Glas vor das Gesicht. Es war ein kleiner Frosch, der in der trüben Flüssigkeit schwamm. Ein gelbgrüner Frosch, an dessen einem Hinterbein eine taubeneigroße Geschwulst wucherte. »Ein Ochsenfrosch. *Rana catesbeiana.* Ich habe ihn hier am Ufer gefunden. Siehst du den Tumor an seinem Bein? Er behindert ihn beim Jagen, macht ihn schwächer und langsamer als seine Artgenossen. Er wäre unweigerlich verhungert, wenn ich ihn nicht vorher gefangen hätte.«

Dobbins stellte das Glas neben Becky ab und stützte die Hände auf den Tisch, als wäre es sein Pult und Tom noch immer sein widerborstiger Schüler. »Die Natur, lieber Tom, regelt diesen Mangel von allein. Der Frosch ist fehlerhaft, also lässt die Natur ihn sterben, damit er sich nicht fortpflanzen kann und so die Population gefährdet und die Gesamtheit aller Ochsenfrösche schwächt. Ein perfektes System, seit Millionen von Jahren. Und was machen wir? Hm? Wir ach so hoch entwickelten Menschen mit unserem elenden Mitgefühl und unseren unzähligen karitativen Einrichtungen? Den Armenküchen, den Krankenhäusern, den Temperenzlervereinen, den Genesungswerken und auch, ja, auch den Engelmacherinnen?«

Tom antwortete nicht, aber Dobbins brauchte niemanden, der ihm antwortete. Er stieß sich von Toms Tisch ab, stellte das Einmachglas auf Beckys Tisch und streckte den Zeigefinger in die Höhe. »Wir pfuschen der Natur ins Handwerk. Jeder Schwachsinnige, Kranke, jeder Säufer, jeder Kriegsversehrte und jetzt auch die Nigger werden bei uns gehätschelt und gepflegt, obwohl sie in ihrer Begrenztheit und mit ihrem minderwertigen Erbmaterial in der Natur eigentlich keine Überlebenschance hätten.«

Dobbins ging mit gemessenen Schritten um die Tische herum, als wäre die Höhle sein Klassenzimmer. Er verschränkte die Hände hinter dem Rücken, während er mit lauter Stimme dozierte. »Dein Huck, dieser Jeb oder auch Dale, die Nigger, die Huren, die Rothäute, sollen die wirklich alle Kinder bekommen, was meinst du, Tom? Wenn man eine Gesellschaft verbessern will, muss man das minderwertige Erbmaterial an der Fortpflanzung hindern und das überlegene, gesunde, starke Erbmaterial zur Fortpflanzung anregen. Das ist es, das ist das Gesetz der Natur, und deine Tante, Tom, hat diesem ehernen Gesetz zuwidergehandelt.«

Dobbins wandte Tom den Rücken zu, ging wieder zu dem anderen Tisch und begann, Teile des Operationsbestecks in ein Etui zu packen.

Tom folgte ihm mit dem Blick und erstarrte plötzlich.

Becky!

Becky hatte die Augen aufgerissen. Sie war wach, ihre Pupillen zuckten hin und her, und sie öffnete den Mund, als wolle sie etwas sagen.

»Schhhhh«, zischte Tom leise und blickte angespannt zu Dobbins. Hatte er etwas gehört?

Sie schloss den Mund wieder und schwieg. Als sie Dobbins' Schritte hinter sich hörte, blickte sie Tom angsterfüllt an. Der nickte langsam.

Genau. Das war Dobbins.

Becky bewegte die Arme und Beine, zog an den Lederriemen, die sie festhielten, aber Tom schüttelte den Kopf. Er nickte mit dem Kinn zu dem Einmachglas, das Dobbins bei ihr hatte stehen lassen. Es war nicht einmal eine Handbreit von ihren Fingern entfernt. Wenn es ihr gelingen würde, den gläsernen Deckel abzubekommen und ihn zu zerbrechen, dann könnte sie mit der Scherbe vielleicht den Ledergurt um ihr Handgelenk durchschneiden.

Würde. Könnte. Vielleicht.

»Der Deckel«, flüsterte er fast unhörbar.

Becky blinzelte und sah an sich hinunter zu dem Einmachglas. Dann nickte sie ihm unmerklich zu, streckte den Arm und schob die Finger auf das Einmachglas zu, während Dobbins weitersprach.

»Seit fünfundzwanzig Jahren sitze ich in einem Schulhaus, und weißt du, was ich jeden Tag sehen muss, Tom? Dumme Kinder. Horden von dummen Kindern. Nur gelegentlich ist ein heller Kopf darunter. Und bedauerlicherweise ist es so, dass die dummen Kinder, wenn sie geschlechtsreif sind, wieder dumme Kinder zeugen, und sie zeugen immer mehr Kinder als die Eltern, deren Erbmaterial für die Gesellschaft viel besser wäre. Schon der griechische Philosoph Plato hat erkannt, dass man dagegen etwas tun muss. Rom, Athen, Sparta: Diese Völker wussten noch, dass man das Schwache ausmerzen muss, um das Starke zu erhalten, und ließen minderwertige Säuglinge gleich nach der Geburt töten. In Rom hat man missgebildete Kinder in den Tiber geworfen, in Sparta hat man Neugeborene einfach ausgesetzt. Nur die Stärksten haben das überlebt. Darwin nennt das natürliche Auslese, Tom. Deswegen sind diese

Kulturen so groß geworden, deswegen haben sie Jahrhunderte überdauert und Weltreiche beherrscht. Aber heute?«

Tom spähte aus den Augenwinkeln zu Becky. Sie biss die Zähne aufeinander und streckte sich, bis der Gurt um ihren Oberarm ins Fleisch schnitt. Doch sie kam mit den Fingerspitzen an das Einmachglas heran.

Dobbins machte eine kurze Pause, er seufzte auf und zuckte bedauernd mit den Schultern. »Wir sind schwach, und unser verdammtes Mitleid lässt uns degenerieren. Das Einzige, was sich in einer Gesellschaft wie der unseren durchsetzen lässt, um das schlechte Erbmaterial zu verbessern, ist erstaunlicherweise der Krieg. Der Bürgerkrieg war letztlich ein Segen für dieses Land, Tom, weil es ein Krieg der Armen und Unterprivilegierten war, ein Krieg des Pöbels. Und der Pöbel ist dabei gestorben, nicht die Elite. Doch dieser Segen wird leider nicht lange andauern. Ein Junge wie Henry Gustavson wird immer sieben Geschwister haben, genauso schief und beschränkt wie er selbst und wie sein schielender Vater. Und jemand wie Richter Thatcher hat bestenfalls zwei oder drei, manchmal vier Kinder wie die hübsche, gesunde und sehr schlaue Becky. Dieses Missverhältnis ist wider die Natur. Darwin sagt: Alles, was gegen die Natur ist, hat auf die Dauer keinen Bestand. Und damit hat er verdammt noch mal recht! Und deine Tante, Tom, hat ausgerechnet die Kinder der Frauen abgetrieben, die einen besseren Stand in der Gesellschaft hatten. Die schlau sind und gesund und die es sich leisten konnten abzutreiben. Und die das Kind unbedingt hätten austragen sollen, wenn es nach der Natur gegangen wäre. Deine Tante war die Antithese jeder sinnvollen natürlichen Auslese.«

Tom blickte gehetzt von Dobbins zu Becky. Ihre Fingerspitzen drehten das Glas mit dem Frosch ein wenig, sodass es näher auf sie zurückte. Als Dobbins keine Erwiderung von Tom hörte, drehte er sich um, und Becky zog die Hand schnell zurück.

Dobbins ging lächelnd auf Toms Tisch zu, ein Skalpell in

Hand. »Und diese Stadt wäre nicht da, wo sie ist, wenn ich ihr nicht seit Jahren unschätzbare Dienste erweisen würde.«

Tom starrte auf das Skalpell in Dobbins' Hand und schnaubte. »Unschätzbare Dienste? Sie haben die Frauen entführt und ermordet.«

Dobbins' Lächeln gefror. Er schüttelte ungehalten den Kopf, wie er es immer bei den begriffsstutzigen Schülern getan hatte. »Nein, nein, nein! Manche sind gestorben, das gebe ich zu. Aber das war nicht ich. Das war die Natur, Tom!«

Dobbins hob das Skalpell in die Höhe und sprach leise weiter. »Andere dagegen leben. Kinder, deren unfruchtbaren Müttern oder deren von Erektionsstörungen betroffenen Vätern ich mit einem Tee oder mit einem guten Rat geholfen habe. Mithilfe der Natur. Und anderes Leben habe ich verhindert, unwertes Leben. Mithilfe der Natur. Wie bei dir, als du zu ›Madame Pauline's‹ gegangen bist. Wie bei so vielen anderen. Ich habe aus dieser Stadt unwertes Leben entfernt und die Population dadurch gestärkt. Du glaubst mir nicht? Debbie Chisholm war nie ein großes Licht, und ihr Mann ist fast debil. Hätten diese Leute Kinder bekommen sollen? Und Debbie Chisholm lebt und darf sich in ihrer Einfalt des Lebens erfreuen, das ich ihr geschenkt habe.«

»Die Frau ist wahnsinnig geworden. Das ist Ihre Schuld!«

»Ach was!«, fuhr Dobbins auf. Zornig riss er die Hände hoch, drehte sich um, ging zur Höhlenwand und nahm einige Fotografien und Skizzen ab, die dort hingen. Er schwieg.

Tom nickte Becky zu, und sie streckte die Finger wieder zu dem Einmachglas. Wenn sie das Glas weiter zu sich heranschob, würde es über die Tischplatte schaben. Dobbins musste weitersprechen, damit er es nicht hören konnte.

»Und das war der Grund? Das war der Grund, warum Polly sterben musste?«, fragte Tom.

»Nein. Nicht nur.« Dobbins betrachtete die Bilder in seinen Händen einen Moment lang, dann steckte er sie in die Reisetasche zu den anderen Papieren und ging zum Regal. »Solange sie sich an ihre eigene Kundschaft hielt, ließ ich sie gewähren.

Sie wurde erst zu einem ernsthaften Problem, als sie sich wegen irgendeiner religiösen Spinnerei und wohl aus Mitgefühl für die Nigger dann auch noch mit Hattie angefreundet hat. *Meiner* Hattie.«

Becky konnte das Glas nun mit der ganzen Hand greifen. Sie zog es näher zu sich hin und schob die Finger um den spangenartigen Verschluss am Deckel.

Dobbins nahm einen Tiegel aus dem Regal und betrachtete den Aufkleber prüfend durch seine Brille, stellte ihn dann wieder zurück und zog einen anderen hervor. Er lachte auf. »Arme, dumme Hattie; die dachte doch tatsächlich, der Allmächtige hätte ihr ein Kind geschenkt, weil sie es im Schlaf empfangen hatte und nicht wusste, dass ich der Allmächtige gewesen war.«

Tom merkte auf. »Was?«

Dobbins nickte lachend. »Ja. Ich arbeite auch an Mischlingen, weißt du? Warum bekommt Mendel es bei Erbsen hin, aber ich nicht beim Menschen? Ich meine das mit der Farbe? Bei Fanny George, dem Niggermädchen von Sparks, dem Stellmacher, habe ich noch viele Fehler gemacht. Aber danach wähnte ich mich um einiges weiter, und da ich von Joe Harpers Schwäche für Niggerfrauen wusste, habe ich ihn ermutigt. Ich habe ihm erzählt, dass Hattie ihn mag, und ihn gelegentlich zu mir eingeladen. Joe ist sofort darauf angesprungen, aber bei Hattie haben meine Ermutigungen nichts geholfen. Irgendwann habe ich die Geduld verloren. Weißt du, ich bin kein Heiliger, das gebe ich gerne zu.«

Er lächelte sanftmütig. »Ich hab ihr einen starken Schlaftrunk verabreicht und ihr dann meinen Samen geschenkt. Mein Kind wächst in ihr heran, und wenn alles gutgeht, wird es ein weißes Kind sein. Dann wird sie erst recht an eine unbefleckte Empfängnis glauben.«

Dobbins lachte meckernd. In Toms Kopf zuckte das Bild der unterstrichenen Stelle in Hatties Bibel auf. *Da sprach Maria zu dem Engel: Wie soll das zugehen, da ich von keinem Manne weiß?* Er schüttelte sich, als er sah, wie Becky den Deckel des Glases umfasste und die Spangen zusammendrückte, die den Deckel auf dem Gefäß hielten.

Dobbins hörte nicht, wie die Spange sich löste und wie Becky den Deckel abnahm. Er ging zu seiner Reisetasche und packte einen Tiegel ein, während er weitersprach. »Hattie hat mir das später alles erzählt. Das dumme Ding bekam Angst, als ihre Monatsblutung ausgeblieben ist und ihre Brüste und der Bauch größer wurden. Sie vertraute sich deiner Tante an, und die hat versprochen, ihr zu helfen. Als Hattie den ganzen Samstagmorgen so nervös war, habe ich sie beobachtet. Sie hat heimlich ein paar von meinen alten Laken eingepackt und mir gesagt, sie wollte zu ihren Leuten, aber ich habe ihr nicht geglaubt und bin ihr gefolgt. Tatsächlich ist sie zuerst dorthin, wo die Nigger wohnen, aber dann ist sie zu deiner Tante gegangen, Tom. Da wusste ich, dass ich Schlimmeres verhindern musste. Ich habe gesehen, wie Polly die Vorhänge zugezogen und die Tür verriegelt hat, als Hattie im Haus war, und mir war klar, dass ich schnell sein musste. Und ich war schnell. Es tut mir wirklich leid um Polly, Tom. Aber du verstehst sicher, in was für einer prekären Lage ich mich befand.«

Dobbins drehte sich um, und Becky verbarg den gläsernen Deckel in der Hand. Würde Dobbins bemerken, dass das Glas nun offen war? Nahm er den fauligen Geruch wahr, der dem Gefäß entströmte?

Tom fauchte ihn an. »Und dafür musste sie sterben? Weil sie Ihr ›Experiment‹ beendet hätte?«

Dobbins setzte die Brille ab und wischte sich mit dem Handrücken über die Stirn. Er schüttelte traurig den Kopf. »Ja. Und weil sie irgendwie herausgefunden hat, was ich tue, und in ihrer kleinlichen Beschränktheit nicht verstanden hat, dass ich allen nur einen Dienst erweise.«

Mach, dass er weiterredet, schoss es Tom durch den Kopf. *Mach einfach, dass er weiterredet!*

»Wie hat sie es herausgefunden?«

Dobbins drehte sich um, schloss das Etui mit dem Operationsbesteck und legte es in die Tasche. Er zuckte mit den Schultern. »Ich weiß es nicht genau. Ich nehme an, weil wir zu oft die gleiche Kundschaft hatten. Gracie Miller hatte sich an sie gewandt, weil sie schwanger war von diesem Gemischtwarenhändler in Palmyra. Polly wollte bei ihr eine Abtreibung vornehmen, aber ich hatte in einem Gespräch mit Gracie angedeutet, dass es auch eine andere Möglichkeit gibt, wenn man ein Kind nicht haben will. Ausgerechnet die Rothäute wissen über diese Dinge wesentlich besser Bescheid als unsere Ärzte, musst du wissen. Sie benutzen seit Jahrhunderten *Anemone multifia*, um Abtreibungen vorzunehmen. *Radix Dioscorea deltoides*, die Yamswurzel, verhindert, dass man überhaupt erst schwanger wird. Das Gleiche gilt für *Lithospermum ruderale* und für die Wurzeln der *Apocynum cannabinum*. Ich fürchte, meine Andeutungen haben Gracie so verunsichert, dass sie zu deiner Tante gegangen ist und ihr von unserem Gespräch erzählt hat. Das habe ich leider erst erfahren, als ich Gracie mitgenommen habe, um sie von meinen Methoden zu überzeugen. Ich schätze, als Gracie verschwunden ist, ist deine Tante zum ersten Mal auf mich aufmerksam geworden.«

Tom hielt den Atem an, als Becky den gläsernen Deckel schräg auf den Tisch stellte. Er hustete laut auf und übertönte damit das Knacken, als sie den Deckel zerbrach. Dann schrie er Dobbins an: »Das werden Sie büßen, Dobbins! Man wird Sie hängen, das schwöre ich Ihnen!«

Dobbins drehte sich um. Täuschte Tom sich, oder hatte sein Blick geflackert? Hatte er einen Lidschlag lang auf Becky hinuntergeblickt? Aus den Augenwinkeln nahm Tom wahr, wie Becky die Scherbe in der Hand verbarg, sie drückte so fest zu, dass die Adern an ihrem Handrücken hervortraten und Tom Angst hatte, dass die scharfe Kante ihr in die Handfläche schneiden könnte.

Dobbins lächelte Tom traurig an, dann drehte er sich wieder um und schloss die Reisetasche. »Nein. Das wird man nicht, Tom. Und ich werde für nichts büßen, weil ich nicht mehr hier sein werde.« Er löschte die Lampe über dem Schreibtisch, und in der Höhle wurde es merklich dunkler. »Ich werde St. Petersburg verlassen, und niemand wird mich aufhalten. Joe Harper lebt ja leider noch, wie Becky mir berichtet hat. Und dann gibt es noch diese Rothaut, die mit dir unterwegs war, und vielleicht gelingt es dem Kerl ja, Harper zu deinem Niggerdoktor zu bringen, und Harper überlebt und kann jedem erzählen, wer ihn niedergeschlagen hat. Außerdem ist da noch dieser Sonderermittler, der sich fragen wird, wo du geblieben bist. Das alles sieht mir ganz danach aus, als würde es für mich in St. Petersburg nur noch Ärger und Verdruss geben. Und ganz ehrlich: Ich sehne mich schon eine Weile danach, meine Fähigkeiten in einer größeren Stadt zu erproben. Dort wird man auch weniger Fragen stellen, wenn unwertes Leben von der Straße verschwindet.«

Dobbins nahm die blonde Perücke ab, öffnete eine Truhe neben dem Tisch und setzte eine Perücke mit kurzem braunen Haar auf. Als er seine eigenen grauen Fransen unter die Perücke stopfte, nickte Tom Becky zu. Sie krümmte ihr Handgelenk und begann, mit der Scherbe an dem Ledergurt zu scheuern, der ihren Unterarm an der Tischplatte fixierte. Es ging nur unendlich langsam, aber sie bekam einen Riss hinein.

»Wo wollen Sie hin?«, fragte Tom, damit Dobbins weiterredete.

Dobbins drehte sich nicht um. Er zog ein Manilahalstuch aus der Jackentasche, band es um und holte aus der Truhe einen falschen Bart. Er öffnete seine Tasche noch einmal und nahm den Tiegel wieder heraus. Behutsam tunkte er den Finger in das Töpfchen und strich sich eine Paste um Mund und Kinn. Dann klebte er den Bart an und prüfte mit einem kleinen Handspiegel, ob er richtig saß. »Nach Kalifornien, Tom«, sagte er. »San Francisco. Viele Schlitzaugen sollen dort leben, sagt man. Sehr interessant für mich.«

Der Lederriemen war schon zur Hälfte eingerissen. Beckys Handgelenk zitterte, aber sie schnitt tapfer weiter.

Rede! Er soll reden!

»Warum haben Sie mich nicht gleich hergeschafft, als Sie die Gelegenheit dazu hatten? Warum sollte mich der Zug überfahren?«

»Na, weil das nach einer dumpfen Rache ausgesehen hätte, zu der zwei so einfältige Gesellen wie Dale und Jeb fähig sind. Und außerdem, weil ich dich mag, Tom. Ich hatte dir einen kurzen, schmerzlosen Tod zugedacht, weil du ein bisschen anders bist. Du warst zwar genauso ein dummer Schüler wie alle anderen und dazu noch frech und ungezogen. Es sah ganz so aus, als würdest du deine minderwertigen Erbanlagen hier in St. Petersburg lassen und damit gute Erbanlagen wie die der Thatchers schwächen. Und doch warst du anders als der Rest. Du warst einer dieser Glücksfälle der Natur, die man eine positive Mutation nennen mag, genau wie ich. Du hast St. Petersburg verlassen und aus dem wenigen, was du hast, etwas gemacht. Bist sogar in das Umfeld eines Präsidenten gelangt. Ich mag dich. Wirklich. Doch dann bist du zu einem Problem geworden, und als ich das andere Problem – Huck, dem es allmählich besser zu gehen schien, wo er doch so einen guten Sündenbock abgegeben hätte –, als ich dieses Problem gerade gelöst habe, da bist du mir wieder in die Quere gekommen, Tom. Aber das ist jetzt vorbei. Ich mag dich und Becky zwar sehr, aber ...«

Dobbins warf den Tiegel und den Handspiegel wieder in die Reisetasche und trat von der Truhe weg. Mit raschen Schritten kam er auf Beckys Tisch zu, packte Beckys Handgelenk und riss ihr die Scherbe aus der Hand.

Becky schrie auf, Toms Herz setzte einen Schlag aus.

Dobbins nahm die Scherbe und hielt sie an Beckys Auge. »Aber *das* werdet ihr hübsch bleiben lassen, hörst du, Rebecca Thatcher?« Er versetzte ihr mit dem Handrücken einen Schlag ins Gesicht, und sie schrie auf.

Tom bäumte sich auf in seinen Fesseln. Er brüllte. »Lass sie! Lass sie verdammt noch mal in Ruhe, du Schwein!«

Dobbins schwitzte, er presste die Lippen aufeinander und lief rot an, als wäre *er* geohrfeigt worden und nicht Becky. »Das war deine Idee, stimmt's, Tom? Das hättest du nicht tun sollen! Das war sehr ungezogen von dir. Du weißt, dass ich das nicht mag!«

Becky schluchzte. Tom riss an den Ledergurten, bis ihm schlecht und schwindelig wurde vor Schmerzen. »Was wollen Sie jetzt tun? Bringen Sie uns um? So wie die anderen?«

Dobbins' Züge entspannten sich schlagartig. Er lächelte, schüttelte den Kopf, ging zum Regal und blies eine weitere Lampe aus. Dann noch eine. Er nahm die letzte verbliebene Lampe von einem Haken an der Wand, griff nach seiner Reisetasche, nahm einen braunen Mantel und einen Bowlerhut von einem Stuhl und ging wieder zu den Tischen. Er hatte eine kleine Phiole in der Hand.

»Nein, Tom, das werde ich nicht. Ich bin kein Unmensch. Ich bringe niemanden um. Die Natur wird das Problem auf ihre Art lösen. Ich lasse euch hier. Dir und Becky war es schon vor langer Zeit bestimmt, in dieser Höhle zu bleiben, weißt du? Du hast so anschaulich von eurem Abenteuer in der Höhle erzählt, damals, als du bei Polly zu Hause auf dem Sofa gelegen hast. Du hast gesagt, Becky habe sich schon aufgegeben gehabt und sei eingeschlafen. Heute wird es anders sein und doch wieder genauso.«

Dobbins stellte die Tasche ab und hielt Tom die Nase zu. Der Schmerz schoss ihm in den Kopf wie eine Kugel. Tom bäumte sich auf, er brüllte, und dann spürte er eine wässrige Lösung im Mund. Die Phiole!

»Nicht, Tom! Schluck es nicht!«, schrie Becky.

Tom wollte ausspucken, doch Dobbins hielt ihm immer noch die Nase zu. »Oh doch, Tom. Schluck es! Du wirst es schlucken, sei ein braver Junge!«

Tom meinte bereits, ersticken zu müssen, als er schließlich durch den Mund tief Luft holte. Er spürte, wie ihm das Zeug die Kehle hinunterrann.

»Gut so, Tom. So ist es gut. Ich habe dasselbe Mittel auch Hattie gegeben, und das sind nicht diese harmlosen Beruhigungskräuter, die ich dir am ersten Tag für den Tee gegeben habe. Du bist müde, Tom?« Dobbins strich ihm sanft übers Haar. »Dann schlaf doch endlich. Das Mittel wird dir helfen.«

Er lachte, und Tom rang nach Luft, als Dobbins ihn endlich losließ. Er spie den Rest der Flüssigkeit aus. »Sie werden in der Hölle schmoren, Dobbins. Sie werden brennen!«, japste er.

»Ach ja?« Dobbins ging zu Becky, setzte sich auf die Tischkante und drückte ihr einen Kuss auf die Stirn. Sie wandte sich ab, wimmerte, schüttelte den Kopf, damit er aufhörte. Dann nahm Dobbins die Scherbe, die er Beckys Hand entwunden hatte, packte ihr Handgelenk und schnitt ihr in den Unterarm. Das Blut schoss pulsierend aus den Adern.

Becky schrie, und Tom riss an den Ledergurten, die ihn an Brust, Armen und Beinen fesselten. »Nein! Nicht!«

Dobbins erhob sich, zog den Mantel an und griff nach seiner Reisetasche.

»Komm, Hollis!« Er pfiff, und Hollis lief schwanzwedelnd zu ihm und sprang auf seinen Arm. Dobbins lächelte Tom an und setzte den Hut auf. Er tippte sich an die Krempe. »Auf Wiedersehen, Tom. Und schlaf schön.«

Er blies die letzte Lampe aus, und seine Schritte verhallten in vollkommener Dunkelheit.

Tom schrie ihm nach, aber Dobbins kehrte nicht zurück.

Als sein Schrei verhallt war, herrschte nur noch Stille in der Höhle. Alles war dunkel. Um Tom herum und auch in ihm. Neben sich hörte er Becky leise stöhnen. »Tom!«

»Versuch, deine Hand aus dem Gurt zu bekommen. Oder den Fuß. Den einen Riemen hast du schon angeschnitten, er wird reißen, probier es!«

Er hörte, wie sie an den Lederriemen zog und zerrte und wie sie stöhnte vor Anstrengung und vor Schmerzen. Schließlich erlahmten die Bewegungen. »Ich … Es geht nicht!«

Tom zerrte wieder an seinen eigenen Gurten, er stemmte sich mit dem Rücken hoch, versuchte, die Riemen zu zerreißen oder seine Gliedmaßen aus den engen Schlaufen zu winden, bis er einen Krampf im Nacken bekam und sein Hals sich zusammenzog vor lauter Schmerzen. Irgendwann blieb er erschöpft liegen und atmete heftig.

Es war sinnlos. Die Gurte gaben nicht nach. Er war müde, spürte ein warmes, wohliges Gefühl von Mattigkeit von seinen Beinen nach oben kriechen.

Nicht schlafen! Du darfst nicht schlafen!

Becky keuchte. Als er sich langsam beruhigt hatte, hörte Tom, wie neben ihm etwas auf den Boden tropfte, und er wusste, dass es Beckys Blut war.

»Becky?«

Sie schwieg. War sie ohnmächtig?

»Becky! Becky, sag etwas!«, rief er entsetzt.

»Tom?« Ihre Stimme klang dünn und erschöpft.

»Ja?«

»I-ich schaff das nicht, Tom. Ich schaff es nicht mehr.«

»Du darfst nicht aufgeben, Becky! Wir kriegen das hin! Wir kommen hier raus, du wirst schon sehen!«

Sie antwortete nicht, ihr Atem ging langsam. Das Tropfen blieb.

Tom bekam eine Gänsehaut. »Becky? Becky, hörst du? Wir schaffen das!«

Sie hustete. »Du vielleicht, Tom. Du schaffst es immer irgendwie. Du warst schon als Junge so. Du hast immer einen Ausweg gefunden. Ich nicht.«

»Hör mir zu! Du wirst noch mal versuchen, den Riemen zu zerreißen! Tu es jetzt! Du schaffst es!«

Sie bewegte sich. Der Tisch knarrte, ihr Kleid raschelte, sie stöhnte, keuchte, dann seufzte sie, und sie lag wieder ruhig. »Es … es geht nicht. Es tut mir so leid, Tom.«

»Schon gut. Das macht nichts. Ruh dich aus. Mir fällt schon was ein, hörst du?«

Aber was? Würde jemand nach ihnen suchen? Warum? Und wer sollte das sein? Huck oder Shipshewano, die eine Schlinge um den Hals hatten? Crittenden, der bestimmt vor dem Lynchmob aus St. Petersburg geflüchtet war?

Toms Beine wurden taub und die Fühllosigkeit kroch in seinen Oberkörper. War das Dobbins' Mittel? Das Zeug musste raus!

Er rollte die Zunge zusammen und presste sie gegen seinen Gaumen. Als das nichts half, versuchte er sie zu schlucken. Augenblicklich musste er würgen, und etwas Galle schoss ihm die Kehle herauf, und er spuckte aus. Die Flüssigkeit rann ihm über das Kinn. Tom schloss die Augen.

Denk nach! Denk nach, ermahnte er sich, doch er spürte nur dieses wunderbare, köstliche Gefühl, das seinen Körper heraufkroch wie eine wiederkehrende Brandung und das jedes Mal etwas mehr von ihm mitnahm und ihn in eine köstliche bleierne Dunkelheit hineinzog.

Wir schlafen niemals.

Wir schlafen niemals.

Wir schlafen niemals.

»Tom?« Ihre Stimme holte ihn zurück aus dem Dunkel.

»Ja?«

»Ich … hab immer auf dich gewartet, weißt du?«

»Ja.«

»Seit dem Tag, als du weggegangen bist, hab ich auf dich gewartet. Aber du bist nicht gekommen.«

Tom schwieg.

»Irgendwann konnte ich nicht mehr warten. Und Sid … Auch wenn er ganz anders ist … Er ist dir trotzdem ähnlich. Nicht sehr. Aber manchmal, wenn er etwas sagt oder wenn er sich die Haare aus der Stirn streicht, dann erinnert er mich an dich. Er war dir so ähnlich, dass ich manchmal denken konnte, du wärst bei mir. Wärst im selben Raum und ich könnte dich berühren, wenn ich die Hand ausstrecke.«

Toms Hals schnürte sich zu. Seine Augen wurden feucht,

und seine Stimme war brüchig. »Es tut mir so leid, Becky. Ich hätte nie weggehen dürfen. Es war ein Fehler.«

»Ja, das war es. Ich liebe dich trotzdem.«

»Ich liebe dich auch, Becky.«

Stille senkte sich über den Raum.

»Tom?«

»Ja?«

»Werden wir sterben?«

Wieder Stille.

Tom hörte ihren Atem. Er ging langsam, er war wie das Licht einer Lampe, die flackerte und ganz allmählich verlosch. »Ich weiß es nicht, Becky.« Er wusste es wohl, aber er brachte es nicht übers Herz, es zu sagen.

»Schade. I-ich weiß nicht, wie lange ich noch wach bleibe, Tom. Ich … « Sie verstummte.

Tom wartete einen Moment, und als sie nicht weitersprach und er spürte, wie die Taubheit seine Brust erfasste und ihn von allen Seiten langsam einhüllte und ihn aufzuzehren schien, schüttelte er sich. »Becky?«

Nichts. Keine Antwort. Kein Atemgeräusch.

»Becky, sag etwas! Bitte!«

Stille.

»Beeee-ckyyy!«

Sie antwortete nicht. Tom heulte auf und schlug mit dem Hinterkopf auf das Holz.

Bleib wach! Rede mit ihr!

Bleib wach! Lass dir etwas einfallen!

Bleib wach!

Die Schmerzen hielten ihn wach, aber sie brachten ihn an den Abgrund einer Ohnmacht. Und dann war die Taubheit von seiner Brust in seinen Kopf gekrochen, und alles wurde mit einem Mal leicht und warm, und Bilder zogen an ihm vorüber. Eine weite grüne Wiese am Lovers' Leap. Die Sonne blendete ihn. Becky in einem geblümten Kleid, mit dem der Wind spielte. Ihr Lachen. Sie hielten sich an den Händen, drehten sich im

Kreis und ließen sich ins Gras fallen. Er sog ihren Geruch ein, seine Wange an ihrem Hals, und sie lachte, und ihr Haar kitzelte seine Haut. Es waren schöne Bilder. Tom ließ alle Schmerzen und alle Finsternis von sich abfallen und wälzte sich mit ihr auf der Wiese auf dem Lovers' Leap, und er tauchte in sie ein und sie in ihn, und sie waren eins. Er würde hierbleiben. Hier, wo es keine Finsternis gab, sondern nur ihn und Becky in einer ewigen Umarmung ohne Angst und ohne Zorn. Ohne Schmerz und ohne Tod.

Dann spürte er die Schläge auf seine Wange. Und die Stimme aus einem anderen Leben, die sagte: »Er darf nicht sterben. Er schuldet uns einen Haufen Geld, machen Sie etwas, Doktor!«

Ein beißender Geruch stach Tom in die Nase, und er zuckte unwillig, weil die Bilder von Becky und ihm auf dem Lovers' Leap langsam verblassten. Er blinzelte, und als er die Augen schließlich öffnete, blickte er in die von einer Lampe beschienenen Gesichter eines indianischen Jungen und eines schwarzen Mannes.

Dieser Mann darf nicht entkommen.

Oh nein, Sir. Das wird er nicht.

Aber wo war dieser verdammte Bastard?

Tom lief durch die Straßen der Stadt und schob sich durch das Gewühl der Menschen. Cooper hatte ihm nach dem Riechsalz etwas Morphium gegeben, und Tom spürte die wohltuende Wirkung. Seine Schmerzen waren fast verschwunden. Dennoch fühlte er sich nicht mehr schläfrig. Wie könnte man an so einem Tag auch schläfrig sein? Die ganze Stadt war auf den Beinen und brummte wie ein Bienenstock. Dutzende Familien aus der Umgebung waren nach St. Petersburg gekommen, um sich die Wahl zum Sheriff und den Jahrmarkt und das Sommerfest nicht entgehen zu lassen. Es wurde getrunken und gelacht, und Tom war schon an zwei Schlägereien vorbeigerannt.

Saul Jones, klein, gedrungen, rothaarig und schon reichlich angetrunken, stand auf einem Podest in der Main Street und schwang vor einem johlenden Publikum eine Rede, während eine Blaskapelle den Broadway hinuntermarschierte und *Garryowen* schmetterte, dass die Scheiben der Geschäfte zitterten.

Die Straßen wimmelten von Menschen, die an den Ständen mit gebackenen Schweinekrusten, gepökeltem Schweinefleisch, Pfannkuchen, warmem Maisbrot und Zuckerkringeln standen und sich die fettigen Finger ableckten. Aus den Garküchen stiegen unablässig Rauchwolken in den strahlend blauen Himmel, und irgendwo knallte ein Schuss.

Tom schob einen Hutverkäufer zur Seite, der einen Stapel Strohhüte auf dem Arm balancierte, und drängte sich zwischen zwei Bauern hindurch, die über den Preis eines Ferkels stritten. Über die Köpfe der Menge hinweg entdeckte er Crittenden und dessen Lieutenants zu Pferde. Der Major suchte die Menge mit den Augen ab. Als er Tom entdeckte, legte er die Hand an den Mund, um den Lärm zu übertönen. »Wir suchen bei den Mietställen!«

Tom hob eine Hand zum Zeichen, dass er verstanden hatte, und rannte weiter. Der mutige Major. Als der Lynchmob ihn gestern vom Friedhof vertrieben hatte, war er eilends in das Büro des Sheriffs geritten, hatte einen verstörten Billy Fisher und Richter Thatcher angetroffen, die sich fragten, wo in aller Welt Joe Harper steckte. Mit dem Waffenarsenal des Sheriffbüros und mit Thatchers Autorität waren sie zu fünft zurück zu den Platanen beim Friedhof geritten und hatten in die Menge geschossen. Huck und Shipshewano hatten die Schlinge bereits um den Hals gehabt, und davor hatten die Männer sie furchtbar zugerichtet, um sich die Zeit zu vertreiben, während sie auf die Rückkehr von Jim Hollis warteten. In letzter Sekunde hatten Crittenden und Thatcher die Meute daran hindern können, Huck und Shipshewano zu hängen. Dann hatte Thatcher den schwer verletzten Joe Harper auf der Ladefläche eines Wagens beim Friedhof entdeckt.

Joe. Wie konnte man jemanden so zurichten?

Und wo steckte der verdammte Bastard, der das getan hatte, jetzt?

Tom bog in die First Street ein und blieb einen Moment lang stehen, um Atem zu schöpfen und die Gesichter in der Menge zu mustern. Ein Veteran mit nur einem Auge und einem fransigen Schnurrbart. Eine betrunkene Hure aus dem »Madame Pauline's«. Ein junger Gentleman mit gerötetem Gesicht. Ein alter Farmer mit Zahnlücken.

Kein brauner Mantel. Keine Reisetasche. Kein Bowlerhut. Und kein großer Koffer.

Es musste der große Reisekoffer mit den Messingschnallen sein, den Tom in der Höhle gesehen hatte, dort, wo er von Dobbins niedergeschlagen worden war. Darin transportierte er sie. Ganz sicher.

Es war bereits Mittagszeit. Wie lange hatte er in der Höhle geschlafen? Eine Minute? Zehn? Eine Stunde? Wie groß war Dobbins' Vorsprung? War er überhaupt noch in der Stadt?

Tom hatte keine Antwort auf diese Fragen. Noch immer kam ihm das Auftauchen von Pepinawah und Dr. Cooper in der Höhle vor gut einer Stunde vor wie ein Traum. Als Pepinawah ihm die Fesseln gelöst hatte und Coopers Riechsalz bei ihm wirkte, hatte er sich so schlagartig aufgerichtet, dass er beinahe vom Tisch gefallen wäre.

Sein erster Blick hatte Becky gegolten. Sie lag auf dem Tisch, hatte einen Verband um den Arm. Cooper schien sich bereits um sie gekümmert zu haben. Ihre Augen waren geschlossen.

Tom war aufgesprungen, und hatte sein Ohr an ihre Brust gelegt. Dann hatte er Coopers Hand auf der Schulter gespürt.

»Sie ist schwach. Aber sie wird es schaffen, Mr Sawyer.«

Die Worte klangen immer noch in Toms Ohren. Es waren die schönsten Worte, die er je gehört hatte, und Cooper war verblüfft zusammengezuckt, als Tom ihm um den Hals gefallen war. Als er Cooper in die angrenzende Kaverne geführt hatte, um ihn zu Hattie zu bringen, hatten nur noch gelöste Fesseln auf dem Boden gelegen. Cooper, in dessen Augen die Hoffnung aufgeflammt war, hatte bestürzt zu Boden geblickt. Dann war Tom der Reisekoffer wieder eingefallen.

Groß genug für die zierliche Hattie. Und Dobbins war kräftig genug, sie herauszuschaffen. Er musste es getan haben, als er und Becky ohnmächtig gewesen waren. Doch wie wollte Dobbins mit einem Reisekoffer aus der Stadt kommen? War er schon weg?

Wo bist du, du verdammter Hurensohn!

Tom drehte sich um und ließ den Blick über die Köpfe schweifen. Eine hübsche junge Dame mit einem Sonnenschirm. Zwei Familien, die sich begrüßten, eine davon die Gustavsons. Wallace, der Bankangestellte, der gedünstete Austern aus einer Dose löffelte. Dutzende, Hunderte Gesichter, aber kein Mann mit Kinnbart und braunen Haaren. Und keiner, der einen Hund bei sich hatte. Oder hatte er Hollis gar nicht mitgenommen? Sondern ihm das gleiche Ende wie den anderen bereitet?

Toms Schläfen pochten.

Ausgerechnet dem anderen Hollis, dem Hilfssheriff, hatten er und Becky ihre Rettung zu verdanken, wenn es stimmte, was Tom von Cooper erfahren hatte. Verstanden hatte er es nicht so recht. Aber darüber musste er sich jetzt auch nicht den Kopf zerbrechen. Er hatte andere Sorgen.

Wo steckst du? Bist du schon weg?

Tom merkte auf, als er einen Bowlerhut in der Menge vor sich auf der Main Street entdeckte. War das Dobbins? Der Mann war gut vierzig Schritt entfernt und bewegte sich von Tom weg. Trug er einen Bart?

Dreh dich um! Dreh dich verdammt noch mal um!

Tom umklammerte den Revolver, den ihm Cooper in der Höhle überlassen hatte. Als die Glocke des Dampfschiffs vom Anleger her ertönte, strömten plötzlich Menschmassen aus den Geschäften und Saloons. Sie schoben sich in Richtung Broadway, der zum Anleger führte, und Tom verlor den Mann wieder aus den Augen. Die Menge erwartete die Ministrel-Kapelle des Schiffs beim Fest sowie zahlreiche neue Gäste, und niemand schien sich das Spektakel des Anlegemanövers entgehen lassen zu wollen. Wo war der Kerl mit dem Hut von eben nur? War es Dobbins gewesen?

Plötzlich war er wieder da, halb verdeckt von einem Wagen, der Hühner in Käfigen zum Anleger transportierte. Der Mann mit dem Bowlerhut blickte zaghaft über die Schulter, als suchte er die Straße nach Verfolgern ab. Ein Bart. Ein brauner Mantel. Und die kleinen blitzenden Augen, die Tom seit fast dreißig Jahren kannte.

Dobbins.

Einen Lidschlag trafen sich ihre Blicke. Dobbins zuckte zusammen, verzog das Gesicht zu einer zornigen Grimasse, duckte sich und verschwand so plötzlich in der Menge, wie er aufgetaucht war. Tom drängte sich an den Leuten vorbei. Doch die Menschen, die zum Anleger strömten, keilten ihn ein, und er kam nicht schneller voran, als die träge Masse sich fortbewegte.

»Aus dem Weg! Platz da!«

Einige Leute drehten sich murrend um, doch niemand leistete seiner Aufforderung Folge. Die Leute lachten oder grunzten verärgert, als Tom sich an ihnen vorbeidrängte. Kurz sah er den Hut nochmals in der Menge aufblitzen, dann war er verschwunden.

Verdammt! Verdammt! Verdammt!

Tom stützte sich auf die Schultern zweier Männer vor ihm, um besser sehen zu können.

»Hey! Lassen Sie das, Mister!«

Nichts. Der Hut blieb verschwunden. Die Männer schüttelten ihn ab, und Tom schob sich weiter an den nach Schweiß und Schnaps riechenden Schaulustigen vorbei. Zum Anleger! Wollte Dobbins mit dem Dampfschiff fliehen? Aber wo war der Koffer? Dobbins musste große Mühe haben, damit durch die Menge zu kommen.

Tom drückte sich an einer Gruppe Kinder vorbei, schob

einen Fallensteller, der Felle zum Verkauf anbot, aus dem Weg und stand schließlich heftig keuchend auf dem überfüllten Anleger. Die dicken Taue, die von der *Aleck Scott* an Land geworfen wurden, klatschten auf das Holz. Tom drehte sich einmal im Kreis.

Kein Hut, kein Mantel, kein Dobbins.

Die Landebrücke wurde vom Dampfschiff auf den Anleger geschoben, und Tom drängte sich nach vorn, damit er jeden sehen konnte, der auf das Schiff wollte. Die Ministrel-Gruppe, in gestreiften Anzügen und mit Strohhüten, ging unter dem lauten Applaus der Umstehenden von Bord. Dahinter spuckte das Schiff drei Dutzend neue Gäste aus, und Toms Augen wanderten suchend über die Menschenmassen am Ufer. Ein Tourist mit Monokel und einer lächerlichen Schirmmütze aus grünem Tweed, Matrosen, Stauer, fröhliche Gesichter überall.

Dann war die Landungsbrücke frei, und die ersten Fahrgäste aus St. Petersburg bestiegen das Schiff. Frauen, Kinder, junge Männer. Dobbins war nicht dabei. Hatte er seine Maskierung verändert? Tom betrachtete die Gepäckstücke, die die Schwarzen an Bord schleppten. Säcke, Taschen, Kisten. Kein Koffer mit Messingschnallen.

Verdammt! Verdammt! Verdammt!

Plötzlich entdeckte er ein bekanntes Gesicht in der Menge. Jim! Er trug Baumwollballen zum Schiff und lud sie auf einen Stapel auf dem Vorderdeck ab. Tom hob die Hand. »Jim! Jim, warte!«

Der Schwarze trabte von der Landungsbrücke und wischte sich mit dem Ärmel über die schweißnasse Stirn. Er grinste Tom an, als der sich zu ihm durchgekämpft hatte, und musterte dann dessen merkwürdigen Aufzug. »Tom! Was hast 'n du für Sachen an? Bist du unter die Fallensteller gegangen? Hab gehört, man hat diesen Dale gefunden. Festgeschnallt auf 'ner Brettersäge. Du weißt nicht zufällig, wie er dorthin gekommen ist?«

Tom packte den Freund an den Schultern. »Jim, ich hab keine Zeit zu plaudern. Hast du Dobbins gesehen?«

»Dobbins? Den Lehrer?«

»Ja. Oder 'nen Mann, der ihm ähnlich sieht. Mit Kinnbart, braunem Mantel und 'nem Hut?«

Jim schüttelte den Kopf. »Tut mir leid, Tom.« Er deutete mit dem Kinn auf die Baumwollsäcke. »Ich muss arbeiten. Kubish zieht mir das Fell über die Ohren, wenn ich rumsteh und Leute anglotze. Kann sein, dass er hier ist, würd mich aber wundern.«

»Warum?«

»Hab Dobbins noch nie am Anleger gesehen. Ich glaub, er macht sich nichts aus Dampfschiffen.«

Tom blinzelte.

Verdammte Dampfschiffe. Mir wird jedes Mal schlecht, wenn ich auf einem von diesen schaukelnden Pötten bin.

Das hatte Dobbins gesagt, als Tom zum ersten Mal bei ihm gewesen war. Aber wenn er nicht beim Dampfschiff war, wo steckte er dann? Es gab auch keinen Mietstall beim Anleger. Und doch war Dobbins ganz in der Nähe gewesen!

Toms Augen wanderten wieder über die Menge.

Wo bist du? Wo zum Teufel steckst du?

Das Gellen einer Pfeife drang durch das Gelächter der Menge zu ihm, und Toms Blick schoss über die Dächer der Häuser an der Main Street. Eine Dampfwolke stieg über »Kettering's Hotel« zum makellosen Himmel auf.

Es gab noch eine Möglichkeit, mit einem schweren Koffer die Stadt zu verlassen.

Tom hetzte an den Schweinepferchen von Ripleys Farm vorbei. Er war den Trampelpfad am Ufer entlanggerannt, um die Menschmassen auf der Main Street zu meiden.

Mach, dass sie noch nicht losfahren! Bitte!

Er sprang über einen Zaun und raste an endlosen Bretterwänden vorbei, hinter denen die Schweine eingepfercht waren. Zwei Farmersburschen, die eine Raddeichsel schleppten, wichen erschrocken aus, als Tom sie anschrie: »Aus dem Weg! Aus dem Weg!«

Seine Stiefel schmatzten im Matsch. Er sprang über ein Gatter, und plötzlich waren die Schweine überall und quiekten schrill und panisch, als Tom zwischen ihnen hindurchhetzte. Er hob den Kopf, als wieder ein Pfiff ertönte.

Hinter einer schier endlosen Menge von Schweinerücken tauchte die Lokomotive auf. »B&O 4-4-0« stand in großen weißen Buchstaben auf dem mächtigen schwarzen Kessel. Langsam, fast unmerklich glitt sie aus dem Bahnhof heraus. Die Schubstangen bewegten sich ächzend vor und zurück, und die Räder drehten sich zunächst widerstrebend, dann schneller. Wieder schoss eine Dampfwolke aus dem Dom über dem Kessel zum Himmel, und der rote Kuhfänger glitt unaufhaltsam vorwärts.

Tom wich den Schweinen aus, stolperte und wäre um ein Haar ausgerutscht. Er fand Halt an einem Schweinerücken und rannte weiter. Die aufgeregten Tiere stoben auseinander, bildeten eine Gasse für ihn. Die ersten Abteilwagen zogen an ihm vorbei. Bis zum Ende des Pferchs, dort, wo die Schienen verliefen, waren es noch dreißig Schritt.

Toms Herz hämmerte gegen das Brustbein, und er versuchte dennoch, schneller zu werden. Die Reisenden blickten aus dem Fenster der Abteilwagen, manche sahen ihn und winkten. Als Tom noch gut zwanzig Schritt vom Zaun an den Gleisen entfernt war, kamen die Frachtwagen. Einer. Dann noch einer. Wie lang war der Zug? Ein Schuppen versperrte ihm die Sicht. Der dritte Frachtwagen. Dann war Schluss.

Der Zug war vorübergezogen.

Tom schwang sich über das Gatter und rannte dem Zug hinterher. Der Kies im Gleisbett knirschte unter seinen hämmernden Schritten und machte ihn langsamer. Tom sprang zwischen die Gleise und lief auf den Schwellen weiter, um schneller zu werden. Der beißende Rauch, der alles hinter dem Zug einhüllte, nahm ihm den Atem. Seine Beine schmerzten, seine

Lungen brannten. Die letzte Plattform des Zuges war nur mehr eine Armlänge entfernt. Er streckte die Finger nach dem Geländer der Plattform aus und bekam den Handlauf zu fassen. Der Zug wurde immer schneller!

Tom griff mit der anderen Hand nach dem Handlauf und klammerte sich an das Geländer. Er stieß sich vom Boden und schwang die Beine herauf. Zitternd hielt er sich fest. Er war auf dem Zug. Er fuhr mit!

Dann hievte er sich über das Geländer auf die Plattform und blieb einen Moment lang keuchend liegen. Als sich sein Atem wieder etwas beruhigt hatte, war der Zug bereits aus der Stadt gefahren, vereinzelte Scheunen und erste Weizenfelder zogen links und rechts der Schienen vorbei.

Tom richtete sich auf und nahm den Revolver aus dem Gürtel. Er zog die Tür zum Frachtabteil auf.

Dutzende Koffer, Kisten und Käfige mit Hühnern und Enten standen auf dem Boden und waren in grob zusammengezimmerte Regale gestapelt. Die Hühner gackerten aufgeregt und übertönten das ohrenbetäubende Rattern des Zuges. Tom durchmaß den Frachtwagen mit drei schnellen Schritten, riss die Tür am anderen Ende auf, kletterte über beide Plattformen in den nächsten Frachtwaggon, der ebenso vollgestopft mit Gepäck war wie der erste. Als er auch ihn durchquert hatte und die Tür zum nächsten Wagen aufzog, hielt er einen Augenblick lang inne. Hier, unter einem Regal, stand ein großer Reisekoffer mit Messingbeschlägen.

Dobbins' Koffer!

Tom schob ein Fass zur Seite und zog ihn unter dem Regal hervor. Er bemerkte ein paar kleine kreisrunde Löcher unter den Tragegriffen an der Seite. Luftlöcher!, durchfuhr es ihn.

»Hattie? Hattie, hörst du mich?«

Es kam keine Antwort. Tom riss am Deckel, aber ein kleines Vorhängeschloss verhinderte, dass er den Koffer öffnen konnte. Sollte er das Schloss wegschießen? Zu riskant. Gehetzt sah Tom sich um, entdeckte neben der Tür ein paar Metallstangen und eine Werkzeugkiste. Er mühte sich mit einer Zange an dem Schloss ab, dann warf er das Werkzeug wütend weg, nahm eine der Stangen und schlug damit zu. Nach drei Schlägen ging das Schloss zu Bruch, und der Deckel sprang auf. Sein Herz setzte für einen Schlag aus.

Hattie.

Zusammengekrümmt, mit angezogenen Beinen, die Hände auf dem Rücken gefesselt, lag sie in dem Koffer. Sie war zierlich. Fast wie ein Kind. Sie wirkte blass unter der dunklen Haut. Ihr Kinn war blutverschmiert. Tom schluckte, legte ihr zwei Finger an den Hals und fühlte einen schwachen Puls. Sie schlief, oder sie war ohnmächtig. Einen Moment lang blieb er ratlos stehen. Was tun?

Er hob sie aus der Kiste und legte sie vorsichtig auf den Boden des Frachtwaggons. Dann trat er auf die Plattform zum nächsten Wagen. Als er die Tür aufriss, starrten ihn zwei Postbeamte aufgeschreckt an. Sie sortierten Briefe aus Säcken in ein großes Regal mit unzähligen Fächern.

»Hank! Hank, wach auf!«

Ein dicker grauhaariger Bahnbeamter mit einem buschigen Schnauzbart wie ein Walross saß auf einem Stuhl in der Ecke und döste. Verschlafen öffnete er die wässrigen Augen. Als er Tom sah, schnappte er nach Luft, und seine Hände griffen nach dem Gewehr, das neben ihm an der Wand lehnte.

Tom hob den Revolver. »Lassen Sie das! Ich will nichts von Ihnen! Im Zug ist ein Mörder! Kümmern Sie sich um das Mädchen nebenan!«

Er deutete hinter sich zu Hattie und stürmte an ihnen vorbei zum nächsten Wagen, bevor einer der verblüfften Männer etwas sagen konnte. Er kletterte über die Plattform und gelangte in den ersten Personenwagen. Die Reisenden in den Sitzreihen blickten erschrocken auf, als der Mann mit der Waffe an ihnen vorbeiging und jeden Einzelnen musterte.

Tom war bereits durch den halben Wagen gerannt, als hinter ihm eine Stimme erschallte. »Bleiben Sie stehen, Mann!«

Der Schnauzbart aus dem Postabteil kam hinterhergerannt. Er legte auf Tom an. Die Fahrgäste schrien erschrocken auf. Tom drehte sich zu ihm um, als plötzlich das Bellen eines Hundes ertönte.

»Hollis!«

Tom drehte sich nach vorn, in die Richtung, aus der das Bellen kam. Am anderen Ende des Waggons sprang ein bärtiger Mann in einem braunen Mantel auf und öffnete seine Reisetasche. Dobbins!

»Stehen bleiben, oder ich schieße!«

Dobbins wandte sich um, zog einen Revolver hervor und schoss. Tom ließ sich fallen, und der Schuss durchlug die Glastür zum Postwaggon.

Verdammter Bastard!

Glassplitter regneten auf die mit rotem Samt bezogenen Sitzbänke, und die Leute im Zug schrien wieder entsetzt auf.

»Runter! Runter! Bleiben Sie unten!«, brüllte Tom, legte auf Dobbins an, doch der schoss noch einmal und riss dann die Tür zur nächsten Plattform auf.

»Scheiße, verdammte Scheiße, mich hat's erwischt!« Der Bahnbeamte hinter Tom starrte entgeistert auf eine Schusswunde in seinem Oberschenkel, aus der das Blut pulsierend herausquoll. Hollis lief hechelnd auf Tom zu.

»Nicht jetzt, Kleiner, nicht jetzt!« Tom sprang auf, als Dobbins gerade aus dem Abteil floh. Er rannte los und war mit drei Schritten bei der Tür. Vorsichtig jetzt! Lauerte Dobbins ihm auf der Plattform dahinter auf? Er spähte durch die Glastür. Dobbins rannte durch den nächsten Waggon.

Tom riss die Tür auf, sprang über die Plattform in den nächsten Wagen. Dobbins war schon fast am anderen Ende angekommen. Wo wollte er hin?

Die Reisenden drückten sich in die Sitzpolster und schrien durcheinander, als Tom mit seinem Revolver an ihnen vorbeistürmte. Ein Junge, der Zeitungen und Brötchen verkaufte, sammelte seine über den Boden verstreuten Waren ein, Dobbins hatte ihn offenbar umgerannt. Tom sprang über den Jungen hinweg und griff nach der Tür, doch dann hielt er inne.

Durch die Glastür sah er, wie Dobbins sich an der Kupplung zu schaffen machte, die die Waggons verband. Er zog den Bolzen heraus, gerade als Tom auf die Plattform trat. Tom schoss auf ihn, aber die Kugel schlug knapp neben Dobbins ins Holz.

Dobbins warf den losen Bolzen weg, sprang auf und öffnete die Tür zum nächsten Waggon. Der Waggon, auf dessen Plattform Tom stand, wurde langsamer, die beiden Teile des Zuges entfernten sich ganz langsam voneinander. Dobbins blieb gelassen an der Glastür stehen und sah zu, wie Tom dem Waggon verwirrt hinterherstarrte.

Mach was! Dieser Mann darf nicht entkommen!

Tom stieß sich ab und sprang über den Abstand zwischen den beiden Waggons. Sein Fuß verfehlte die Plattform, er rutschte ab und schnappte nach dem Geländer, hielt sich mit einer Hand fest, während er mit der anderen noch seinen Revolver umklammerte. Seine Füße suchten einen Halt.

Dobbins legte auf Tom an, aber als er sah, wie Tom sich hochzog und sich über das Geländer auf die Plattform schwang, ließ er den Arm sinken, riss die Tür auf und rannte in den Waggon.

Tom hob den Revolver und legte von hinten auf Dobbins an. »Bleiben Sie stehen! Stehen bleiben, oder ich schieße!«

Doch Dobbins rannte weiter. Die Reisenden im Waggon riefen empört durcheinander. Sie standen auf, versperrten ihm den Blick auf Dobbins. Tom konnte hier drinnen nicht schießen, ohne einen Unschuldigen zu treffen. Er stieß die Leute beiseite und stürmte an das Ende des Wagens. Dobbins hatte einen Vorsprung, und wenn er noch einmal versuchen würde, den Waggon abzukoppeln, würde er es schaffen.

Tom sprang über herumstehende Koffer hinweg, wich einer zeternden Mutter mit einem Säugling auf dem Arm aus und stürzte durch die Tür zur Plattform.

Nichts. Wieder war Dobbins verschwunden.

Vor ihm war der Kohlentender und davor nur noch die Lokomotive. War Dobbins auf den Tender geklettert?

Neben ihm schlug ein Schuss ein, und Tom sprang zurück in das Abteil. Der Schuss war von oben gekommen! Dobbins war also auf das Dach des Waggons geklettert. Tom richtete den Lauf seines Revolvers zur Abteildecke und drückte zweimal ab. Holzsplitter regneten auf ihn herab, und die Menschen im Wagen schrien auf.

Aus den Augenwinkeln sah er, wie ein Reisender eine Waffe zog. Zwei weitere Männer sprangen auf. Tom stürmte auf die Plattform, die Waffe auf das Dach gerichtet. Dobbins war nicht zu sehen. Hatte er ihn getroffen? Lag sein Körper auf dem Dach oder war er vom Dach gestürzt, ohne dass Tom es gesehen hatte?

Mit der einen Hand griff er nach den Sprossen der Leiter, die neben der Tür nach oben führte. Mit der anderen Hand richtete er die Waffe auf das Dach. Vorsichtig, Sprosse für Sprosse, zog er sich nach oben.

Plötzlich tauchte Dobbins' Kopf über dem Dach auf. Dobbins legte auf Tom an und drückte ab, aber Tom war schneller. Er schoss, und die Kugel fetzte Dobbins die Waffe aus der Hand, sie schlitterte über das Waggondach und fiel hinunter.

Dobbins stieß einen schrillen Schrei aus und rannte zum anderen Ende des Waggons. Tom stieg die letzten Sprossen der Leiter hinauf und schwang sich auf das Dach. Der Fahrtwind fegte ihm durch die Haare, der Waggon schwankte unter seinen Füßen, und die Landschaft raste an ihm vorbei.

Dobbins stand am anderen Ende des Daches, er hatte Tom den Rücken zugewandt und schien zu überlegen, ob er es wagen sollte zu springen. Der Zug dampfte den Hydesburg Hill hinauf; neben dem Gleisbett fiel das felsige Gelände steil ab. Einen Sprung würde er nicht überleben.

Das wäre zu einfach für das Schwein.

»Stehen bleiben! Nehmen Sie die Hände hoch!« Tom richtete die Waffe von hinten auf Dobbins und ging langsam zu ihm hin. »Umdrehen! Sofort!«

Vier Schritte von Dobbins entfernt blieb Tom stehen. Er stellte sich breitbeinig hin und stemmte die Füße in das gewölbte Dach. Wenn einer von ihnen stolpern würde, wäre das sein letzter Fehler. »Wird's bald?«, schrie er, um den Fahrtwind und das Geratter der Lokomotive zu übertönen.

Dobbins drehte sich ganz langsam um. Ein freundliches, fast gütiges Lächeln spielte um seine Lippen. »Tom. Du erstaunst mich immer wieder. Ich dachte, wir hätten uns in der Höhle zum letzten Mal gesehen. Wie geht's Becky?«

»Halten Sie die Klappe! Wir gehen jetzt zurück zur Leiter, und Sie werden ganz langsam vor mir hinuntersteigen!«

Der Fahrtwind riss Dobbins die Perücke vom Kopf. Mit einem Mal sah Toms ehemaliger Lehrer sehr alt aus. Nur ein paar dünne graue Strähnen wirbelten um die faltige Stirn und um die blasse Glatze. Tränen schimmerten in Dobbins' wässrigen blauen Augen. Auch der Fahrtwind? »Tom, ich ... ich kann das nicht. Ich habe über zwanzig Jahre lang die Kinder dieser Stadt unterrichtet. Die Menschen schätzen mich. Ich kann nicht zurück und –«

»Schnauze! Wir gehen jetzt da runter!« Tom richtete den Lauf des Revolvers auf Dobbins' Kopf.

Der Lehrer seufzte ergeben, nickte kaum wahrnehmbar und ging los. Tom musste einen kleinen Schritt zur Seite machen, um ihn an sich vorbeizulassen. »Hände hinter den Kopf!«

Dobbins legte langsam die Hände hinter den Kopf. Plötzlich schnellte er vor und packte Tom am Arm. Er schlug die Zähne in Toms rechtes Handgelenk. Tom schrie auf und ließ die Waffe fallen. Er versetzte Dobbins mit der Linken einen Hieb, doch er traf ihn nicht richtig. Dobbins ließ sich bäuchlings auf das Dach fallen, wollte nach dem Revolver greifen, der über die Wölbung nach unten rutschte. Tom trat ihm in die Seite. Dobbins stöhnte auf und rollte sich auf den Rücken. Die Waffe blieb in dem kleinen Vorsprung am Rand des Daches liegen. Tom rutschte auf dem Bauch über das Dach auf den Abgrund zu. Von der Lokomotive her ertönte ein lauter Pfiff.

Tom griff nach dem Revolver, bekam ihn mit den Fingern beinahe zu fassen, doch der Zug legte sich in eine Kurve, und Tom rutschte über die Dachkante. Sein Körper schrammte über den kleinen Vorsprung, Toms Hand schnellte vor, er packte die Kante, klammerte sich mit einer Hand fest. Das Blech schnitt ihm in die Finger, und Tom brüllte auf vor Schmerz. Sein Körper hing in der Luft, mit den Beinen stieß er gegen die Fensterscheiben des Waggons. Unter ihm schossen schroffe Felsen vorbei. Er ließ den Revolver fallen und griff mit der nun freien Hand nach der Kante und zog sich hoch.

Auf einmal war Dobbins über ihm und trat ihm mit seinen glänzenden schwarzen Stiefeletten auf die Hand. »Ich habe dir gesagt, ich kann nicht zurück, Tom. Das eherne Gesetz der Natur, Tom, weißt du noch? Das Überleben des Stärkeren.«

Das Blech schnitt ihm tief ins Fleisch. Toms Gesicht verzog sich vor Schmerz. Seine Finger wurden taub. Das Blut lief ihm über das Handgelenk in den Ärmel. Wieder gellte der Pfiff der Lokomotive.

»Lass los, Tom. Mach es dir nicht so schwer. Die Natur kommt immer zu ihrem Recht.«

Tom ließ den Kopf sinken. Sein Gewicht zog ihn nach unten. Er konnte sich nicht mehr halten. Er würde loslassen müssen. Sein Blick ging über die Lokomotive hinweg nach vorn, über die Felsen und die Felder und Bäume und den mächtigen braunen Fluss, der sich träge unter einem stahlblauen Himmel dahinwand.

Bleiben Sie gut, Thomas. Bleiben Sie gerecht.

Vor ihm lag die Kuppe des Hydesburg Hill.

Wo das Loch im Fels war.

Der Tunnel, in dem der Zug verschwand.

Sein Herz setzte einen Schlag aus.

Er blickte auf, zu Dobbins. Der sah noch immer lächelnd zu ihm herab.

Dann, als hätte jemand ihn von weit her gerufen, wandte

Dobbins den Kopf zur Lokomotive. Seine Augen weiteten sich, und sein Mund öffnete sich wie zu einem Schrei.

Dieser Mann darf nicht entkommen.

Oh nein, Sir. Das wird er nicht.

Auf dem Friedhof von St. Petersburg, 26. Juli 1865

Joe Harpers Schwester Susie weinte so hemmungslos, dass Sereny, ihre Mutter, sie stützen musste. Es waren nicht viele, die sich unter den Ulmen auf dem Friedhof versammelt hatten.

Pfarrer Sprague sprach einige kurze Worte, dann machte sich Nate Donaghy mit seinem Helfer, dem feingliedrigen älteren Mann, daran, feuchte Erde in das frische Grab zu schaufeln, während die Trauernden sich allmählich zerstreuten. Wind kam auf und trieb Wolken von Kiefernstaub zum Mississippi. In der Nacht hatte es geregnet, die Luft roch klar und frisch. Es würde heiß werden.

Der Pfarrer trat zu Tom. »Es wird Zeit, Tom. Ich denke, sie warten schon auf uns.«

Tom nickte, und gemeinsam schlugen sie den kurzen Weg zur Kirche ein. Sprague zupfte seinen weißen Kragenspiegel zurecht und schüttelte den Kopf. »Furchtbar, einfach furchtbar. Wir waren eine nette, friedliche Gemeinde, und plötzlich ist nichts mehr so, wie es war. Wir waren wie Lämmer und haben einen Wolf in unseren Reihen beherbergt, ohne dass wir es wussten.«

Einen Wolf.

Dämon ist Wolf, du bist Hund. Jagdhund.

Shipshewanos Worte klangen in Toms Ohren nach. Der Häuptling und seine Familie hatten das Wäldchen hinter dem Hydesburg Hill verlassen, hieß es. Für immer. Tom war noch einmal zu ihnen geritten, hatte seine Schulden bezahlt und noch ordentlich was draufgelegt, nachdem er gesehen hatte, wie der Lynchmob den Häuptling zugerichtet hatte. Sein schlechtes Gewissen konnte er auch mit noch so vielen Dollars nicht beruhigen, aber der Häuptling war zäh und schien die Verletzungen gut wegzustecken. Tom hoffte, sie würden auf ihrem Zug nach Westen einen Platz finden, wo man sie in Ruhe ließ.

Sprague räusperte sich. Er schien auf eine Antwort von Tom zu warten.

»Ja, Hochwürden. Furchtbar. Was er diesen Frauen und meiner Tante und nicht zuletzt Joe Harper angetan hat. Wissen Sie etwas über ihn? Ich meine, wo er war, bevor er nach St. Petersburg kam?«

Sprague schnaubte und lächelte freudlos. »Oh, Dobbins war schon immer hier. Seine Eltern gehörten zu den ersten Siedlern, die mit dem alten Moses Bates und mir in den Zwanzigerjahren nach St. Petersburg kamen, Tom. Der Junge hat mir sehr leidgetan. Er war schlau, weißt du? Er war schon immer ziemlich schlau. Und er war ein Einzelkind. Aber sein Vater war ein sehr weicher Mann, nicht geschaffen für die Wildnis, wie sie damals noch war. Hat eine Farm aufgebaut, aber mit wenig Erfolg, meine ich. Und seine Mutter war ein richtiges Biest. Eine Ausgeburt der Hölle, ich kann's nicht anders sagen. Weiß Gott, wie Dobbins' Vater an die geraten ist. Sie hat getrunken, hat ihren Mann geschlagen und auch ihren Sohn. Grün und blau.

Dobbins war der Einzige der Familie, der in die Kirche kam, und oft war sein Hintern so wund, dass er die ganze Predigt auf der Bank hin und her gerutscht ist, weil er nicht wusste, wie er sich hinsetzen sollte. Der Junge hat fleißig gelernt, aber irgendwann habe ich mir Sorgen gemacht, weil die Mutter ihn ständig geschlagen hat und weil er anfing, Tiere zu quälen. Nichts Dramatisches, Fröschen ein Bein ausreißen, Katzen den Schwanz abschneiden, solche Dinge. Aber ich habe mir Sorgen gemacht, dass sein Charakter verkommt.

Ich weiß noch, wie er einmal hinter der Kirche stand und ganz gebannt eine Katze im hohen Gras angestarrt hat. Sie hat ihn angefaucht, um ihre Jungen zu verteidigen, die sie gerade gesäugt hat. ›Sie beschützt sie‹, hat er gesagt und mich dabei völlig ratlos angesehen, als wäre das nicht das Natürlichste von der Welt.«

Sprague blieb einen Moment stehen und schwieg. Er schüttelte verständnislos den Kopf.

Tom wollte gerade etwas sagen, als der Pfarrer schließlich weitersprach. »Es ist nicht recht, das zu denken, aber wir waren alle fast erleichtert, als die Hütte der Dobbins eines Nachts in Flammen aufging und die Mutter verbrannt ist. Ich … schon damals kamen Gerüchte auf, der Junge könnte etwas damit zu tun haben, aber niemand hat das ernsthaft geglaubt. Schließlich hat er tagelang geweint und war ganz erschüttert vom Tod seiner Mutter. Ich schätze, er hat sie trotz allem geliebt. Aber heute, nach allem, was passiert ist, glaube ich, dass *er* das Feuer gelegt hat. Sein Vater hat die Hütte wiederaufgebaut, doch er hat den Jungen zunächst auf das Priesterkonvent in St. Louis geschickt. Dort ist er ein paar Jahre zur Schule gegangen.

Aber Dobbins ist nicht Pfarrer geworden. Ich glaube, wenigstens das hat der Allmächtige zu verhindern gewusst. Wieder gab es Gerüchte; selbst von so weit entfernten Orten wie St. Louis sind sie zu uns gedrungen. Es hieß, er habe Mitschüler belästigt. Genaueres wusste man nicht.

Wie dem auch sei, jedenfalls kam er irgendwann zurück und wurde Lehrer. Ich habe ihn eine Zeit lang im Auge behalten, das gebe ich zu. Aber er war ruhiger geworden, und seine Neigung, Tiere zu quälen, war wohl eher einer wissenschaftlichen Neugier gewichen. So hat es jedenfalls ausgesehen. Als er noch jünger war, hat er ständig davon geredet, dass er Medizin studieren will, aber dafür hat es nie gereicht, wie du ja weißt. Ich glaube, es war etwas Großes in ihm, ein brillanter Geist, der es aber nie geschafft hat, die Dämonen in sich zu besiegen. Er tut mir leid, trotz allem, was er den Frauen und dem Sheriff und auch diesem Jeb angetan hat. Vielleicht wäre es besser gewesen, er wäre gar nicht erst geboren worden.«

Tom nickte und schwieg betroffen. Als sie vor dem Portal der Kirche angekommen waren, klopfte Sprague ihm freundschaftlich auf die Schulter. »Bis gleich, Tom. Du siehst müde aus, du solltest mal wieder schlafen.«

Tom lächelte. »Ich schlafe seit ein paar Tagen sehr gut.«

Der Pfarrer wiegte den Kopf, als würde er es nicht recht glauben. Er ging um die Kirche herum zur Sakristei. Tom sah ihm hinterher, bis eine Stimme ihn aus seinen düsteren Gedanken an Dobbins riss.

»Mr Sawyer, Sir?« Es war Cooper. Er hatte mit Hattie im Schatten einer Platane gewartet.

Tom ging ein paar Schritte auf sie zu. Cooper hatte seine Reisetasche in der Hand, und Hattie, die ein Chintzkleid mit Gänseblümchenmuster trug, hatte ein Bündel auf den Rücken gebunden.

Bildete Tom sich das nur ein, oder wölbte sich ihr Bauch bereits? Wie weit sie wohl war?

Cooper tippte sich an die Krempe seines Hutes. »Wir wollten uns verabschieden, Mr Sawyer. Und uns nochmals bei Ihnen bedanken. Hattie?«

Hattie lächelte schüchtern und deutete ungelenk einen kleinen Knicks an. »Danke, Sir. Mr Sawyer, Sir.«

Tom musste lächeln. »Schon in Ordnung.« Er musterte die beiden. Bruder und Schwester. Unverkennbar. »Schade, dass Sie nicht länger bei uns bleiben, Mr Cooper. Mit dieser Stadt geht es aufwärts, jetzt wo die Eisenbahnbrücke kommt, würde Richter Thatcher sagen. Wir können Männer wie Sie gebrauchen.«

Cooper grinste. »Es wird ein anderer Arzt kommen. Und es wird ein Weißer sein. Vielleicht hat er es leichter als ich, hier Fuß zu fassen.« Er wies mit dem Kinn auf Hattie. »Wir wollen zurück nach Savannah. Wir wollen unsere Geschwister suchen. Das war Hatties Idee.«

Hattie lief rot an und sah zu Boden. Bis auf ein paar Schrammen im Gesicht schien es ihr gut zu gehen.

Tom nickte und streckte die Hand aus. »Danke, Cooper. Sie haben mich mindestens genauso gerettet wie ich Sie.«

Cooper nahm die Hand und schüttelte sie lächelnd.

Tom gab auch Hattie die Hand. Er wies auf ihren Bauch,

blickte von ihr zu Cooper und wieder zu ihr. »Was willst du … Ich meine … willst du es bekommen?«

Hattie blickte ihn mit großen Augen an. Dann sah sie zu Boden »Ich … das weiß ich nicht. Vielleicht schon. Ich … es kann ja nichts dafür, oder, Mister? Das Baby, mein ich.«

Tom blinzelte und schwieg einen Moment. Er sah seinen Vater vor sich, wie er mit einer Flasche in der Hand auf ihn und Sid zutaumelte. Und Polly, die sich seinem Vater in den Weg stellte. Tom lächelte. »Natürlich. Es kann nichts dafür. Egal, wer der Vater war. Das Kind braucht nur deine Liebe.«

Hattie wurde dunkelrot. »Die wird es bekommen, Sir.«

»Komm, Hattie. Wir müssen. Das Dampfschiff wartet nicht.«

Sie gingen los. Auf einmal wandte sich Cooper noch einmal um und fischte etwas aus seiner Reisetasche. »Das hätte ich fast vergessen, Mr Sawyer. Auch wenn ich nicht weiß, ob es jetzt noch wichtig ist.« Er drückte Tom den Pflanzenstängel mit dem Faden in die Hand. »Ich habe einen Studienfreund von der Wilberforce University angeschrieben. Er ist Botaniker in Illinois. Man nennt diese Pflanze *Laminaria*. Das ist eine Art Seetang; den findet man an jeder Küste. Ich wusste das nicht, aber Ärzte für Frauenheilkunde setzen es wohl seit Kurzem ein, um den Gebärmutterhals sanft zu erweitern, wenn eine Abtreibung vorgenommen werden muss. Das Pflanzengewebe dehnt sich langsam aus, wenn es feucht wird, wussten Sie das?«

Tom nickte. »Ja, das weiß ich. Und den Rest weiß ich jetzt auch. Vielen Dank, Mr Cooper.«

Cooper lächelte. »Sie hat viel von Frauenheilkunde verstanden, Ihre Tante. Glaube ich zumindest. Vermutlich wäre sie eine gute Ärztin gewesen. Ich denke, sie hat den Frauen geholfen.«

»Das denke ich auch, Mr Cooper. Passen Sie auf sich und Hattie auf.«

Cooper tippte sich nochmals an den Hut und ging mit Hattie den Hügel zur Stadt hinab.

Die Orgel begann zu spielen, und Tom wusste, dass er langsam hineingehen musste, als sein Blick auf einen kleinen weißbraunen Fleck am Waldrand fiel.

Hollis.

Seit der Verfolgung von Dobbins im Zug hatte er den Hund nicht mehr gesehen. Nachdem er sich auf das Dach des Zuges gezogen hatte, war Tom über den Tender zur Lokomotive geklettert und hatte dem erstaunten Lokomotivführer erklärt, dass er einen großen Teil seines Zuges verloren hatte. Hollis war nicht mehr in dem abgehängten Waggon gewesen, und Tom hatte keine Zeit gehabt, sich um ihn zu kümmern.

Tausend Dinge waren seitdem geschehen.

Zunächst hatte er in Erfahrung gebracht, wie es kam, dass Becky und Tom gerettet worden waren. Als er und die Indianer sich bei Adah Temple getrennt hatten, war Pepinawah losgerannt, und er hatte Cooper tatsächlich in der Kneipe der Schwarzen gefunden. Er wollte mit dem Arzt zu der Hütte am Cardiff Hill eilen. Doch am nördlichen Ende der 3rd Street kam ihnen Jim Hollis mit Adah Temples Wagen und zwei Männern auf der Ladefläche entgegen: dem schwer verletzten Joe Harper und Pepinawahs Vater, der übel zugerichtet war.

Pepinawah und der Doktor hatten mitbekommen, wie Richter Thatcher und Crittenden verhindert hatten, dass Huck und Shipshewano gehängt wurden, dann hatte sich Cooper eingemischt und sich um Joe Harper und den Häuptling gekümmert. Huck hingegen hatte jede Hilfe abgelehnt; trotz der Prügel, die er bezogen hatte, und trotz der Bauchwunde hielt er sich wacker auf den Beinen.

Thatcher hatte wissen wollen, von wem Joe Harper so zugerichtet worden war, aber der Sheriff selbst war nicht ansprechbar und Shipshewano sagte immer wieder nur, sie sollten Tom Sawyer fragen, und er sprach vom Dorflehrer, zu dem Tom unterwegs gewesen war. Schließlich war Jim Hollis dazugekommen und hatte zerknirscht berichtet, dass Tom ihm entkommen sei und Mr Dobbins einen recht merkwürdigen Keller besitze, den sich der Richter vielleicht einmal ansehen sollte.

Als Thatcher von den Indianern hörte, dass Becky zuerst bei Dobbins gewesen war, ritt er sofort los und ließ sich den Keller des Schulmeisters zeigen. Was er dort fand, erschütterte ihn. Er stellte mit Jim Hollis und Billy Fisher einen Suchtrupp zusammen, doch alles, was sie fanden, war ein Mann im Besenschrank der Redaktion.

Sid.

Thatcher hatte geflucht und die Suche auf die umliegenden Wälder ausgedehnt.

Als Cooper erfuhr, dass es im Keller des Schulmeisters seltsame Fotografien von jungen schwarzen Frauen gab, war er hellhörig geworden. Shipshewano, der sich kaum bewegen konnte, hatte seinem Jungen gesagt, er solle Cooper helfen und Toms Spur folgen. Huck hatte trotz seiner schlechten Verfassung darauf bestanden, die beiden zu begleiten, und als der Junge ihn und den Doktor an dem Tal vorbeiführte, das sich vor der McDouglas-Höhle erstreckte, war in Huck eine Ahnung aufgestiegen.

Der zweite Ausgang der Höhle.

Die Männer und Pepinawah folgten Toms Spuren, die sie bis zum Abhang über dem Mississippi führten. Huck wollte mit hinunterklettern, doch er schaffte es nicht. Seine Bauchwunde blutete inzwischen wieder heftig. Cooper hatte seinen Revolver gezogen und war allein mit dem Jungen zu der Höhle hinuntergestiegen. So hatten sie Tom und Becky schließlich gefunden.

Zwei Tage später hatte Major Crittenden die Stadt verlassen, und Tom hatte versprochen, mit ihm in Verbindung zu bleiben und über das Angebot nachzudenken, ihm dabei zu helfen, Kriegsminister Stanton zur Strecke zu bringen. Crittenden war jedoch zuversichtlich, dass ihm dies mithilfe von Booth' Handschuhen ohnehin gelingen würde.

Huck bekam einen schnellen Prozess und wurde von allen Vorwürfen freigesprochen. Von den Gräbern auf der Insel hatte niemand etwas erfahren.

Dann hatte Tom Becky alles berichtet, was er über Dobbins herausgefunden hatte. Und er hatte ihr außerdem alles über seine Zeit beim Präsidenten erzählt. Seit die Artikel über ihn und Dobbins erschienen waren, erfuhr der *Chronicle* einen Auflagenrekord nach dem anderen.

Tom hatte außerdem mit Richter Thatcher nochmals Dobbins' Keller durchsucht, und gestern waren sie in die Höhle zurückgekehrt und hatten die sterblichen Überreste von Fanny George und Gracie Miller gefunden. Verscharrt in einer Kaverne.

Hollis war ihm manchmal wie eine schwache Erinnerung vorgekommen, wie ein Traum aus einer Zeit, als er nicht geträumt hatte. Jetzt aber stand der Hund am Waldrand und schien seltsam unschlüssig, ob er zu Tom kommen sollte oder nicht.

Tom steckte Daumen und Zeigefinger in den Mund und pfiff nach ihm. Hollis rannte freudig auf ihn zu, doch als er vor der Kirche angekommen war, sprang er nicht an Tom hoch oder schnappte nach dessen Hosenaufschlägen, wie er es sonst immer getan hatte. Er wurde langsamer, blieb einige Schritte von Tom entfernt stehen, setzte sich und legte den Kopf schräg, als würde er Tom eingehend mustern.

»Was ist, Hollis? Sagst du mir nicht guten Tag?«

Tom kniete sich hin und hielt Hollis die Hand hin, um ihn zu locken. Doch Hollis blieb, wo er war. Er winselte leise, drehte den Kopf zum Wald.

»Was ist los, Kleiner? Kennst du mich nicht mehr?«

Hollis wandte sich wieder zu Tom und blickte von unten zu Tom auf. Seine Augen waren groß. Dann ließ er den Kopf sinken.

Hinter Tom öffnete sich die Tür der Kirche. »Sag mal, spielst du hier mit deinem Hündchen, oder kommst du endlich rein? Die ganze Gemeinde wartet auf dich. Du willst doch nicht wieder abhauen, oder?«

Tom blickte in das hässlichste Gesicht, das man sich vorstellen konnte. Cooper hatte sein Bestes gegeben und offensichtlich von den Erfahrungen auf den Schlachtfeldern gelernt, doch Joe Harpers Gesicht blieb eine offene Wunde mit einer schiefen, verstümmelten Nase und mit einem ausgefransten Loch, wo einmal sein Mund gewesen war. Über dem linken Auge trug er eine Klappe, und das war vermutlich auch besser so.

Cooper hatte Joe Harper schon aufgegeben gehabt, als Saul Jones diesem gleichsam auf dem Sterbebett zur Wiederwahl gratulierte. Die Nachricht hatte besser gewirkt als jede Medizin, die Cooper ihm hätte geben können. Joe stemmte sich im Bett hoch und reckte die Faust in die Höhe, um gleich darauf wieder in die Laken zu sinken und die drei folgenden Tage in einem Opiumrausch zu verbringen, in den Cooper ihn versetzte. Er war wieder Sheriff von St. Petersburg und ganz sicher der abstoßendste der ganzen Vereinigten Staaten.

Joe hatte sich die Beisetzung von Gracie Miller, der besten Freundin seiner Schwester Susie, erspart, weil er kaum gehen konnte, was jeder verstand, der gerade eben mit Tom und Pfarrer Sprague auf dem Friedhof gewesen war. Jetzt humpelte er jedoch auf Krücken zu Tom, packte ihn am Kragen und zog ihn mit sich. »Na komm schon, Junge. Ich weiß, es tut weh, aber dein Bruder wird dir nie verzeihen, wenn du jetzt nicht da reingehst.«

Tom lächelte, ließ sich bereitwillig mitziehen und wandte sich am Portal noch einmal um. Hollis saß nicht mehr vor der Kirche. Er war zum Waldrand zurückgelaufen und verschwand zwischen den Bäumen. Wehmütig blickte Tom ihm nach. Irgendetwas sagte ihm, dass er den Hund nicht wiedersehen würde.

Schweigend betrat er hinter Joe Harper die Kirche. Die Bänke waren bis auf den letzten Platz besetzt, und die Orgel schmetterte so laut, dass die Scheiben zitterten.

Sid saß in der ersten Reihe.

Am Revers seines makellosen schwarzen Anzugs hing ein kleines Sträußchen, und als Tom sich neben ihn setzte, verzog Sid säuerlich den Mund. »Zu spät. Wie immer«, flüsterte er zischend.

»Halt die Klappe, Sid«, gab Tom zurück. Er schluckte, als plötzlich die Tür zur Sakristei aufging und Pfarrer Sprague herauskam. Richter Thatcher folgte ihm in einem eleganten Cut und führte Becky an seinem Arm in die Kirche.

Sie sah umwerfend aus. Das lange weiße Kleid mit den Spitzen und den aufgenähten kleinen Rosen betonte dezent ihre weiblichen Formen und ließ sie gleichzeitig groß, elegant und damenhaft wirken. Ihre Schleppe wurde von zwei kleinen Mädchen getragen, die immer wieder kicherten.

Becky hob den zarten Schleier, den sie über dem Gesicht trug, und Tom sah, wie sie strahlte. Sie war noch ein wenig blass, doch die Ängste und Strapazen der vergangenen Tage waren ihr kaum noch anzusehen. Lange weiße Glacéhandschuhe verbargen den Schnitt an ihrem Unterarm. Sie warf Tom und Sid einen fröhlichen Blick zu, dann nahm sie auf der kleinen Bank vor dem Altar Platz, und ihr Vater ging zu seiner Bank in der ersten Reihe.

Sid beugte sich zu Tom und raunte ihm ins Ohr: »Wenn du sie auch nur einen Tag unglücklich machst, schieß ich dir auch noch in die andere Schulter.«

Tom beugte sich zu Sid und raunte zurück: »Halt die Klappe, oder ich sperr dich wieder in ihren Besenschrank.«

»Du bist ein gemeiner Taugenichts, Tom.«

»Und du ein erbärmlicher Idiot.«

Sid grinste, als eine Stimme hinter ihnen sie zusammenzucken ließ. »Ihr haltet jetzt beide die Klappe, und du gehst nach vorn und heiratest jetzt diese Frau, Tom Sawyer, sonst bring ich hier zu Ende, was ich im Schlachthof angefangen habe.«

Tom blickte über die Schulter zu Huck, der in der Bank hinter ihnen saß, sich mit dem Daumen quer über die Kehle fuhr und dabei grinste. Der Anzug, den Huck trug, war zwar ausgebeult, fadenscheinig und verwaschen, aber er wirkte dennoch so falsch an seinem Freund, als hätte ein viel zu großes Insekt einen merkwürdigen Kokon um ihn gesponnen.

Tom erhob sich, trat zum Altar und setzte sich genau in dem

Moment neben Becky, als die Orgel aufhörte zu spielen und Pfarrer Sprague die Arme zur Decke erhob.

»Die Heilige Schrift sagt uns: ›Wer liebt, ist geduldig und gütig. Wer liebt, der ereifert sich nicht, er prahlt nicht und spielt sich nicht auf. Wer liebt, der verhält sich nicht taktlos, er sucht nicht den eigenen Vorteil und lässt sich nicht zum Zorn erregen. Wer liebt, trägt keinem etwas nach; es freut ihn nicht, wenn einer Fehler macht, sondern wenn er das Rechte tut. Wer liebt, der gibt niemals jemanden auf, in allem vertraut er und hofft er für ihn; alles erträgt er mit Geduld.‹«

Tom musste über den sorgsam gewählten Bibelvers des Pfarrers lächeln. Ihm war, als hätte einer der alten Propheten das vor unendlich langer Zeit nur für ihn und für Becky geschrieben. Und auch für ihn und für Polly und irgendwie auch für Sid. Und vielleicht auch für den großen Mann, der sein Land so geliebt hatte und den Tom nicht hatte beschützen können.

Bleiben Sie gut, Thomas. Bleiben Sie gerecht.

Hatte er das geschafft? Vielleicht. Und morgen? Und die Tage danach? Würde es ihm auch weiterhin gelingen? Tom wusste es nicht, aber plötzlich breitete sich ein tiefes Gefühl von Frieden in seiner Brust aus, und es kam ihm vor, als fiele eine schwere Decke, die auf seinen Schultern gelegen hatte, von ihm ab.

Er sah zu Becky, und sie spürte seinen Blick. Ein Lächeln erschien auf ihrem Gesicht, und es war so voller Kraft und Liebe, dass Tom einmal mehr wusste, dass er das Richtige tat. Sie griff nach seiner Hand, als dürfte man ihn nicht einen Moment lang loslassen.

Sprague lächelte gütig und ließ den Blick über die Köpfe seiner Gemeinde schweifen. »Wir sind heute hier zusammengekommen, weil zwei Menschen vor Gott den heiligen Bund der Ehe schließen wollen. Rebecca Thatcher, Thomas Sawyer, erhebt euch, und tretet vor.«

Becky stand auf, als sie merkte, wie Toms Hand schlaff in der ihren hing.

Er war nicht aufgestanden, saß immer noch auf der Bank. Das Kinn war ihm auf die Brust gesunken, und er atmete tief und regelmäßig.

Becky blinzelte und sah ratlos zu Pfarrer Sprague.

Tom war eingeschlafen.

Nachwort

Achtung! Das Nachwort verrät Wendungen des Romans!

Sakrileg! Blasphemie!

Wie kann jemand es wagen, Mark Twains *Tom Sawyer* weiterzuschreiben? Anmaßend? Klarer Fall von Selbstüberschätzung?

Genau diese Fragen habe ich mir auch gestellt, als mir die Idee zu *Der Mann, der niemals schlief* zum ersten Mal in den Sinn kam. Natürlich ist das anmaßend, natürlich ist das eine Steilvorlage für jeden, der dieses Experiment von vornherein als gescheitert betrachten und diesen Roman verdammen möchte. Aber zu meiner Verteidigung habe ich einen sehr prominenten Fürsprecher.

Mark Twain selbst schrieb im Nachwort zu *Tom Sawyers Abenteuer*: »Eines Tages mag es sich lohnen, die Geschichte der Jüngeren wieder aufzugreifen und zu sehen, was für Männer und Frauen sie geworden sind.«

Wer würde dem großen Meister widersprechen wollen?

Im selben Nachwort schrieb er außerdem: »Wer einen Roman über Erwachsene schreibt, der weiß genau, wo er aufhören muss – nämlich bei der Heirat.«

Zumindest daran habe ich mich gehalten.

Auch in anderer Hinsicht taugt Mark Twain als Vorbild – als jemand, der sich nicht scheut, sich ein großes Werk der Literatur vorzunehmen und es weiterzuerzählen. Twain hat sich mit *Die Tagebücher von Adam und Eva* die Freiheit genommen, die Bibel weiterzuerzählen. Und zwar auf seine Art und Weise.

Genau das wollte ich mit *Der Mann, der niemals schlief* auch tun. Und wenn sich Twain zutraute, die Offenbarung des

Allmächtigen weiterzuschreiben, warum sollte ich nicht eine Nummer kleiner anfangen und mir seinen *Tom Sawyer* vornehmen?

Ich wollte Twains Stil nicht kopieren. Schnell war mir klar, dass mir das nicht gelingen würde; zudem wage ich zu behaupten, dass Twains Art, zu beschreiben und Dialoge zu führen, bei einem Roman von heute nicht mehr unbedingt funktionieren würde. Dafür hat sich zu viel verändert in der Art, wie wir sprechen und damit auch lesen wollen. Tempo und Rhythmus in heutigen Romanen haben sich auch an die Sehgewohnheiten und Erzählmuster aus der Welt des Films angepasst und sind so ganz anders als 1876, zu der Zeit, in der Twains Klassiker entstand. Aber natürlich habe ich mich an seine Figuren aus *Tom Sawyer* und aus den Nachfolgebänden über den cleveren Taugenichts aus St. Petersburg gehalten. Ich habe Beschreibungen von Menschen und Situationen, wie zum Beispiel dem Anlanden des Dampfschiffs, von Landschaften und von St. Petersburg, von Twain übernommen und durch Recherchen über die historischen Vorbilder erweitert und ergänzt.

Bei all dem hoffe ich, dass ich sehr respektvoll mit Twains Vermächtnis umgegangen bin, dass ich Tom, Huck, Becky und all den anderen nichts unterstellt habe, sie nichts habe sagen und tun lassen, was Twain sie nicht vielleicht auch hätte tun lassen, wenn er die »Geschichte der Jüngeren« eines Tages tatsächlich wieder aufgegriffen hätte.

Mr Dobbins mag mir verzeihen, aber die Anlagen zu allem, was ich ihm in die Schuhe schiebe, finden sich bereits im Ursprung, in *Tom Sawyers Abenteuer.*

Ich wollte in erster Linie den Geist des Buches weiterführen. *Tom Sawyers Abenteuer* ist für mich ein Abenteuerbuch, ein Krimi, eine Liebesgeschichte, eine stellenweise sehr berührende Geschichte über Freundschaft, und lustig ist es auch.

Ich hoffe sehr, dass mir das zumindest teilweise gelungen ist.

Wahrheit oder Legende?

Einige historische Aspekte des Romans verdienen vielleicht eine eingehendere Betrachtung. Die Umstände, die zum Tod von Abraham Lincoln geführt haben, sind weitgehend erforscht, zahllose Fakten hinlänglich bekannt, und dennoch ranken sich etliche Legenden und Verschwörungstheorien um die Ermordung des großen Präsidenten.

Steckte Kriegsminister Stanton tatsächlich hinter einer Verschwörung, die den Mord an Lincoln zum Ziel hatte? Die Vorwürfe, die ich Crittenden bei Toms Verhör erheben lasse, treffen jedenfalls alle zu; die Ungereimtheiten, was Stantons Rolle in der ganzen Sache betrifft, bleiben nach wie vor bestehen und entsprechen dem heutigen Stand der Forschung. Lediglich die Handschuhe und damit das fehlende Glied in der Kette sind meine Erfindung – basierend auf Booth' überlieferten letzten Worten. Wenn auch erwiesen zu sein scheint, dass Booth größere Geldsummen von einer Firma ausbezahlt bekam, zu der Stanton Verbindungen hatte.

Als Jahre nach Lincolns Tod dessen Sohn Robert Briefe aus dem Nachlass seines Vaters im Kamin verbrennen wollte, kam ein Freund von Robert dazu und wollte ihn daran hindern, um die Briefe für die Nachwelt zu erhalten. Robert hat die Briefe dennoch den Flammen übergeben und soll dabei gesagt haben: »Die Briefe beweisen, dass es in Vaters Kabinett einen Verräter gab.«

Wahrheit oder Legende – die Feindschaft und der Grabenkrieg zwischen Stanton und Lincolns Nachfolger im Amt, Präsident Johnson, spitzten sich in den Wochen und Monaten nach dem Attentat derart zu, dass Johnson Stanton schließlich als Kriegsminister entließ. Doch der Senat überstimmte den Präsidenten, und Stanton verbarrikadierte sich im wahrsten Sinne des Wortes in seinem Büro, während die radikalen Republikaner ein Amtsenthebungsverfahren gegen Johnson einleiteten, weil der mit der Entlassung Stantons angeblich geltendes Gesetz gebrochen hatte.

Stanton zog bei diesem Amtsenthebungsverfahren im Hintergrund die Fäden, doch am Ende gewann Johnson die Abstimmung mit einer einzigen Stimme Vorsprung. Stanton musste schließlich doch gehen. Aber war er der Kopf einer Verschwörung? War er schuld an Lincolns Tod?

Wir werden es vermutlich nie erfahren – es sei denn, die fehlenden achtzehn Seiten aus Booth' Tagebuch tauchen doch noch auf und be- oder entlasten den vielgerühmten und ebenso geschmähten Kriegsminister. Booth' Tagebuch kann man sich im Ford's Theatre in Washington auch heute noch ansehen. Es wird in einer Vitrine aufbewahrt und ist an der Stelle aufgeschlagen, an der die achtzehn Seiten säuberlich herausgetrennt wurden. Von wem auch immer.

Sechzehn Jahre nach Abraham Lincoln starb ein weiterer amerikanischer Präsident an den Folgen eines Attentats: James A. Garfield wurde im Juli 1881 von einem psychisch kranken Täter, Charles Guiteau, angeschossen. Eine der Kugeln in seinem Rücken konnte trotz eines von Alexander Graham Bell entwickelten Metalldetektors nicht gefunden werden – der Präsident starb elf Wochen später an den Folgen einer Infektion, verursacht durch ebendiese Kugel.

Spätere Untersuchungen ergaben, dass der Präsident auf einem Bett mit metallenen Sprungfedern lag, was niemand bemerkt hatte, sodass Bells kurioser Apparat wohl nutzlos war.

Das sei jedoch nur erwähnt, weil ich mich bei Hucks Bauchschuss und bei Coopers Operation an den Beschreibungen der bei Garfields Behandlung beteiligten Ärzte orientiert habe, da ich anfangs nicht genau wusste, wie lange man eigentlich mit einem Bauchschuss überleben kann. Fest steht: Es können schon mal elf Wochen sein, und wenn man die Kugel findet, auch wesentlich länger.

1865 endete der Amerikanische Bürgerkrieg, der erste Krieg, den Historiker einen »totalen Krieg« nennen, weil er in puncto Vernichtung, Zahl der Toten, Logistik und Komplexität ein bis dahin ungekanntes Ausmaß erreicht hatte. Letztlich war es ein Krieg, um die seit Jahrzehnten ungeklärte Sklavenfrage zu lösen. Die Frage, ob Menschen schwarzer Hautfarbe in den neuen Staaten der Union als Sklaven gehalten werden durften oder nicht.

Die Frage der Hautfarbe und der damit verknüpfte Status – Sklave oder freier Mann – trieb die absurdesten Blüten. Die Tochter eines weißen, freien Mannes und einer schwarzen Sklavin wurde, wenn sie auf die Welt kam, automatisch zu einer Sklavin. Hatte diese Tochter ihrerseits wieder Kinder mit einem weißen, freien Mann, waren auch diese Kinder Sklaven.

So gab es einige Menschen weißer Hautfarbe, die im Stand der Sklaverei lebten – auch wenn dies der wortreichen Begründung der Sklaverei aus der Bibel widersprach. Dort heißt es im Buch Genesis, die *dunkelhäutigen* Söhne Hams sollten allen anderen dienen. Im Fall der ererbten Sklaverei war dieses Bibelwort offenbar schnell vergessen.

Konstellationen wie die beschriebene waren auf den Plantagen des Südens übrigens keine Seltenheit. Erst das Ende des Bürgerkrieges markierte auch das Ende der Sklaverei in den Vereinigten Staaten. Die rassische Endogamie hielten die Gesetzgeber dennoch lange aufrecht. Die letzten Gesetze gegen *intermarriage* oder *miscegenation* – zu deutsch: »Rassenmischung« – wurden erst 1967 annulliert.

Hautfarbe? Rasse? Herkunft?

Nicht nur in der Politik rang man in dieser Zeit um diese existentiellen Fragen.

Im selben Jahr, in dem der Bürgerkrieg endete, veröffentlichte Gregor Mendel erstmals seine bahnbrechenden Thesen und Experimente zur Vererbungslehre. Dass Dobbins zu dieser Zeit bereits davon Kenntnis hatte, ist sicher unwahrscheinlich, wenn auch nicht unmöglich. Wissenschaftler und Privatgelehrte standen auch in diesem Vor-Internet-Zeitalter durch ausgedehnte Korrespondenz miteinander in Verbindung, hielten sich gegenseitig über neue Erkenntnisse und Entwicklungen in ihrem jeweiligen Bereich auf dem Laufenden.

Wie viele andere vor und nach ihm hat sich Dobbins aus Mendels Theorien und Darwins Thesen das herausgepickt, was in sein Weltbild passte. Dass dies auch heute noch nach Belieben und vor allem dem jeweiligen Glauben entsprechend geschieht, zeigt die steigende Zahl der amerikanischen Schulbücher, die die Schöpfungsgeschichte der Bibel gleichberechtigt neben Darwins Theorien in den Biologiebüchern abdrucken.

Des Menschen Glaube ist eben sein Himmelreich. Auch wenn der Mensch an die Wissenschaft glaubt.

Schon bald nach der ersten Veröffentlichung von Darwins Werk *Die Entstehung der Arten* versuchte sein Cousin Francis Galton, den Dobbins ebenfalls erwähnt, Darwins Erkenntnisse auf den Menschen anzuwenden.

Der umfassend gebildete britische Gelehrte gilt damit als Erfinder der Eugenik, als Vordenker der Verhaltensgenetik. So brillant Galtons Ideen in zahlreichen anderen Wissenschaftszweigen auch waren, seine Hypothesen zur Eugenik waren auf das Grauenhafteste von Rassismus und den überkommenen Vorurteilen seiner Zeit durchdrungen.

Galton behauptete, dass alle Unterschiede zwischen den Völkern zwangsläufig genetischer Natur seien. Die Angehörigen einer »niederen Rasse«, die von Weißen aufgezogen würden, behielten »eine wilde, unzähmbare Ruhelosigkeit«, die »den Wilden angeboren« sei. Galton schrieb: »Der Neger, der heute in den Vereinigten Staaten geboren wird, hat die gleichen natürlichen Eigenschaften wie sein entfernter Vetter, der in Afrika geboren wird; die Tatsache seiner Transplantation bewirkte keine Veränderung seiner Natur.«

In *Genie und Vererbung* (1869) erörterte Galton die Möglichkeit, »die Rasse zu verbessern«. Er hoffte auf eine Zivilisation, »wo der Stolz auf die Rasse ermutigt würde«, und schrieb, dass »es eine größtenteils völlig unvernünftige Sentimentalität gegenüber der schrittweisen Auslöschung einer niederen Rasse gibt«. Eine Sentimentalität, derer Dobbins sich nicht schuldig machen wollte.

In anderer Hinsicht lag Dobbins jedoch richtig: Die Ureinwohner Amerikas waren in Fragen der Empfängnisverhütung und Abtreibung der Schulmedizin tatsächlich um Jahrzehnte, wenn nicht Jahrhunderte voraus. Ein Schilfgras, Piripiri genannt, als Tee aufgegossen, wurde einem Mädchen verabreicht, wenn sie ihre allererste Menstruation hatte, und sollte angeblich über mehrere Jahre unfruchtbar machen. Auch die Blätter des Agerarger, des Sohe oder die Früchte des Bok wurden zu diesem Zweck eingesetzt. Die amerikanischen Ureinwohner kannten schließlich auch die empfängnisverhütende Wirkung der Yamswurzel. Die Pflanze enthält bis zu zehn Prozent Saponine – eine pflanzliche Substanzklasse, die auch heute oft therapeutisch verwendet wird.

1943 versetzte der Wissenschaftler Russel Marker die Welt in Erstaunen, als er den Wirkstoff Diosgenin, der genauso wirkt wie das weibliche Hormon Progesteron, aus der wilden Yamswurzel herstellte. Bis 1970 war das aus der Yamswurzel gewonnene Diosgenin die einzige Quelle für die hormonelle Substanz zur Herstellung der Antibabypille. Die nordamerikanischen Shoshonen aber kannten die empfängnisverhütende Wirkung der *Litospermum ruderale* schon lange. Sie ist mittlerweile eine der am besten untersuchten Pflanzen der Welt. Ihr Wirkstoff, die lithospermische Säure, wirkt auf die Eierstöcke, die Thymusdrüse und die Hypophyse. Mittlerweile sind Hunderte empfängnisverhütende und abtreibende Pflanzen bekannt.

Herkunft? Rasse? Hautfarbe?

Der große Mark Twain hat das alles auf eine ebenso einfache wie geniale Formel gebracht. Und wenn ich mir schon seine Figuren für meinen Roman ausleihe, dann sei ihm wenigstens das Schlusswort vergönnt:

> *Wenn wir bedenken, dass wir alle verrückt sind, ist das Leben erklärt.*

Stuttgart, im Juni 2012, Simon X. Rost

Dank an:

Joachim Jessen, Stefanie Heinen, Monika Hofko
sowie das gesamte Lübbe-Team.
Sandra, Emil und Johannes.
Und all die anderen, die mich auf diesem Ritt in den Wilden Westen begleitet, mir geholfen und mich ermutigt haben.

Krieg und Frieden im 20. Jahrhundert

Ken Follett
WINTER DER WELT
Die Jahrhundert-Saga
Roman
Aus dem Englischen
von Dietmar Schmidt,
Rainer Schumacher
1.024 Seiten
ISBN 978-3-7857-2465-1

Es ist eine Zeit des Umbruchs, eine Zeit der Finsternis. Aber auch der Hoffnung, die selbst das tiefste Dunkel erfüllt. Während sich die Lage in Europa erneut zuspitzt, versuchen drei junge Menschen heldenhaft ihr Schicksal zu meistern: Der Engländer Lloyd Williams wird Zeuge der Machtergreifung Hitlers und entschließt sich gegen den Faschismus zu kämpfen. Die Deutsche Carla von Ulrich ist entsetzt über das Unrecht, das geschieht, und geht in den Widerstand, während die lebenshungrige Amerikanerin Daisy nur vom sozialen Aufstieg träumt – und eine bitterböse Überraschung erlebt! Liebe und Hass, Anpassung und Widerstand vor dem großen Panorama des Zweiten Weltkriegs

Lübbe Hardcover